陀思妥耶夫斯基文集

Ф. М. Достоевский

鬼

Бесы

〔俄〕陀思妥耶夫斯基 著

娄自良 译

上海译文出版社

"描绘人内心的全部深度"
——总序

  解读作家是难事，何况是陀思妥耶夫斯基这样的作家。一个半世纪以来，文学家、思想家、评论家，以至革命家们，虽然对陀氏其人其文多有阐发，却是众口异词，甚或径相抵牾。然而，陀氏的面貌终究还是深印在人们的心中，只是每个读者心目中的陀思妥耶夫斯基不尽相同。这首先是因为陀思妥耶夫斯基作品本身的多义性，由此引出了后来的批评家们大相径庭的评论。这种现象，许多大作家都有。因为"大"，就多了包容，才生出种种阐释。那么作家真正的本义在哪里呢？当然是在作品里，但要使本义外化，又须通过阅读，而阅读的主体却又各有各的立场和观念，于是转而为无尽的，甚至相悖的评论。作品的本义游弋在阅读和评论之间。这种说法显得像一个悖论，却是事实。所以像陀思妥耶夫斯基这样的作家，最好还是不去寻求一劳永逸的解读，因为它不曾有，也不会有，就像不会有一劳永逸的文学批评理论一样。我们从批评家那里读到的文学解读，是经过特定批评视角折射的，凸显的是批评感兴趣的理解。这一点常常在读者那里产生错觉，以为批评家解读的即文学本身。其实两者并不相等，有时甚至相悖。所谓批评，并非完全客观的阐发，更多的是一种主观的解读，甚至还附带着对文学的要求。但好的批评视角会有十分精彩的发现和阐释，它体现的是批评家自身的睿智和素养。文学研究却比批评要稍稍显得客观，因为它的注意力多少还在作品或作家本身，尽管它也并不能完全做到这一点，因为批评和研究终究是相互依存，很难分割清楚的。

关于陀思妥耶夫斯基的批评和研究话题早已超越了陀氏本身。当一个人物成了大众的话题，他就成为各种思想的载体、对话的平台，人们会借他的名声来说自己的话，使它成为话题的注释或旁证。这是派生的现象，在学术研究中往往不可避免。《陀思妥耶夫斯基文集》已经摆在读者的面前，如何解释小说里的故事，每个读者本身就是批评家，因为任何阅读都是事实上的批评，毋庸笔者赘言。本文仅止于就陀氏本人、他的创作，以及与此有关的几个问题提出一些思考角度，读者尽可见仁见智，作出最富想象力的解读。

艰难踬躓，创作一生

十九世纪辉煌的俄国文学最引人注目的特点是它的思考深度和批判精神。但很多表现了这种思想深度的大作家如普希金、冈察洛夫、托尔斯泰、屠格涅夫等人却并不出身于平民，相反倒有优裕的生活来保证他们的写作，就像当时俄国历史上第一次有组织有纲领的十二月党人起义偏偏发生在一批贵族青年中一样，俄国的思想和变革的号角是在知识阶层里吹起的。陀思妥耶夫斯基虽然也不出身平民，但在俄国作家里，他的一生踬躓困顿，充满了悲剧性的变故。疾病对他的折磨也造成他精神上的创伤，这在相当程度上反映在他的作品里。

一八二一年十一月十一日陀思妥耶夫斯基出生在莫斯科。父亲是一名普通的军队医官，薄有田产，也取得了贵族身份。青年陀氏醉心于文艺，还在莫斯科一所寄宿中学读书的时候，就在老师的影响下接触了当时俄国和西欧的文学，涉猎了从莎士比亚到西欧浪漫主义和现实主义经典作家的作品。但父亲的普通医官职务和小农奴主的身份只能勉强供陀思妥耶夫斯基求学。中学毕业后，他依照父亲的意愿，进了彼得堡军事工程学院，以冀将来在军队里谋职。一八三九年他父亲被自己田庄上的农奴殴打致死。一八四三年他从工程学院毕业后只工作了一年，就辞去公职，决然从事文学翻译和创作。彼得堡的生活，扩大了他对俄国社会的了解，他开始关注并决心"用一辈子"来探索"人和人生"之谜。经过短暂的准备，包括翻译巴尔扎克的长篇《欧也妮·葛朗台》之后，一八四五年发表第一部中篇《穷人》。这个篇幅不大的中篇引起当时俄国文坛极大反响，如别林斯基认为这是"社会小说的第一次尝试"，涅克拉索夫甚至惊呼是"新的果戈理出现了"。这是陀思妥耶夫斯基文学之路的第一次回响。革命民主主义派和"自然派"发现了陀思妥耶夫斯基，并引以为同道。但是陀氏在《穷人》中开掘了"小人物"主题之后，似乎并不满足于"社会小说"的界定。马上在一八四六年发表了另一个中篇《双重人格——高略德金先生的奇遇》，把眼光从社会问题转入了人物的内心世界、心理过程。正反两种对立的性格，其实是存在于一个人的身上，作家把他们幻化为性格迥异的两个同貌人，借助荒诞的手法把人性中的怯懦与野心、本分与嚣张、老实与无耻等等，作了极端的对比表现。从解剖社会转入解剖人性，预示了陀思妥耶夫斯基的创作不同凡响的多样化趋向。"双重人格"的倾向在这里只是最初的开端，它将在嗣后的作品里不断深化，成为陀氏最主要的母题之一。这部作品当然受到了以别林斯基为首的革命民主主义批评家的反对。这是文艺理论中政治倾向性的差异。陀氏当时对文学性的侧重，例如强调文学的"想象"和"幻想"，即后来所谓的"幻想的现实主义"，与革命民主主义派对社会使命的重视，强调文学应同专制农奴制度作斗争并宣传革命和社会主义的主张产生分歧。陀氏认为"这是强加给文学的……有辱于它身份的使命"。其实这不单是一种文艺论争。这种分歧，终于在一八四七年公开化，致使后来的许多批评家认为陀氏脱离了革命民主主义正确的主张。现在从陀氏的创作个性和作品整体来看，这种分道扬镳恐怕是必然的。然而，四十年代终究是陀氏创作生涯中一个重要的开始。接着发表的中篇小说《女房东》（1847）、《白夜》（1848）、《脆弱的心》（1848）以及未完成的《涅陀契卡·涅兹凡诺娃》（1849）等作品，都表明此时已经形成带有陀氏个性并在他后来小说里反复出现的一些旋律，如："小人物"、"双重人格"、"幻想家"、"罪恶与情欲本能"、"被伤害与侮辱的"等等。这表明陀氏的小说真正的着眼点也许并不全在正面的写实上,更在审视人的本身、剖视人性以及挖掘人生本义上。

　　然而,陀氏四十年代的创作却中断在蓄势待发的状态里。在文学观念上他虽然和别林斯基发生了分歧,但他在政治思想上依然信奉法国空想社会主义,而且参加了当时俄国著名的彼得拉舍夫斯基小组的活动,是积极成员之一。一八四九年陀思妥耶夫斯基和小组其他成员一起被沙皇政府逮捕,他因在小组上朗读过别林斯基有名的反农奴制度的信《致果戈理》,以及其他的"罪名",被剥夺了贵族身份,并处死刑。在临刑前改判为流放苦役并期满后当兵。长达九年的苦役和兵营生活,对陀思妥耶夫斯基的一生有着不可磨灭的影响。一方面,亲历底层生活极大丰富了他对生活的认识,积累了大量的文学素材,对社会和人生的思考更趋深刻,形成了独特的哲理性探索,但长期亲历流放和苦役,无可否认也加重了他对人生苦难和社会阴暗的感觉。与底层生活的紧密接触,使他更关注人民的思绪,特别是根植在民间的宗教意识,一种寻求权力阶层和平民之间和解的倾向在他身上开始显现。加之生理上癫痫病发作日趋频繁,沙皇鹰犬无时不在的监视跟踪,更增添了他精神上的抑郁,以致他的创作也隐含了某些病态、痉挛的风格。这也是后来许多评论家所说陀氏思想消极面的由头。

　　经历了无数磨难,他在五十年代末返回彼得堡,开始了他创作生涯的新阶段。这一时期发表的中篇小说《舅舅的梦》(1859)、《斯捷潘奇科沃村及其居民》(1859)和长篇小说《被伤害与侮辱的人们》(1861)还继续着四十年代的风格,在长篇中除了描写社会和家庭的道德堕落以外,已经出现宣扬正教受苦受难精神、人要在苦难里寻求幸福、以苦难来净化心灵的说教。对社会真实的揭示和借宗教解脱的药方,是这一时期创作里很明显的矛盾倾向,出现了所谓"苦难救赎"的主题。一八六一年正值俄罗斯农奴制度改革,陀氏却在文学观念和政治主张两个方面明确宣告自己的主张。一八六一年他针对杜勃罗留波夫①而发的一篇论文《——波夫先生和艺术问题》，明确反对艺术的"功利主义"，虽然他并不赞同"为艺术而艺术"的主张，但强调艺术的"主要本质"是"灵感的自由"。在政治主张上陀氏更接近的是俄国的斯拉夫主义②，一八六二年发表《两个理论家阵营》，文章主要针对当时的"自由主义"代表如卡特科夫③的主张，但同时也表明了自己与革命民主派的分歧，提出"根基论"④主张，强调人民的信仰才是"根基"，是道德理想的根源，俄国的改革必须与人民的"根基"相结合，西欧的革命方式不适用于俄国，应该寻求在君主和正教教会指引下的和解和团结，利用普及"文化和教育"促使两者的联合。这一点是历来评论家对陀氏思想最有非议的地方，常常被视作对革命民主主义派的攻击。但就在这个时期，以作家亲身经历为素材的长篇笔记小说《死屋手记》（1861—1862）发表了。小说展示了苦役犯可怕处境和精神状态，从社会和生活的因果深入剖析人性"善"、"恶"的变异。人性中兽性一面发展成"恶魔化"的个性，出现了"强者与弱者"的论题。俄国思想家赫尔岑说"以戴着镣铐的手为自己的难友画像，竟然将西伯利亚一座牢狱的风尚习俗，创作成米开朗琪罗式的壁画"，屠格涅夫更把它比作但丁《神曲》的《地狱篇》。一八六四年发表的中篇《地下室手记》更是从心理分析

---

① 杜勃罗留波夫（1836—1861）——19世纪俄国革命民主主义者，文艺批评家，政论家，与别林斯基、车尔尼雪夫斯基齐名，反对专制农奴制度、贵族资产者的自由主义，宣传农民革命思想，倡导文学的现实主义、人民性和干预社会生活的原则。

② 斯拉夫主义——19世纪俄国的一种社会思潮。反对主张走西欧发展道路的"西欧派"。强调俄国宗法制度、保守传统与东正教，主要代表人物有阿克萨科夫兄弟、基列耶夫斯基兄弟等，在农奴改革进程中，逐渐与"西欧派"趋于融合。

③ 卡特科夫（1818—1887）——俄国政论家，自由主义倡导者，主张实施英国式的政治制度。《俄罗斯通报》杂志和《莫斯科新闻》报的出版人。

④ 根基论——19世纪60年代俄国由费·米·陀思妥耶夫斯基、阿·亚·格里戈里耶夫、尼·尼·斯特拉霍夫等在《时代》等杂志上提出的一种主张。倡导知识阶层应在宗教伦理的基础上同社会的"根基"，即接触土壤的人民接近。又译"土壤派"。

的角度来剖析一种"自卑"的内心世界，触及了人的潜在意识问题。在"幻想家"之后，又出现了"地下人"主题，但长期以来都流传着一种说法，似乎《手记》一书是针对车尔尼雪夫斯基的长篇《怎么办？》中"合理的利己主义"而发，后来高尔基更认为此书是对虚无主义和无政府主义的辩解。这部很深入描绘了人的心理和意识的小说，承担了太多的政治重负。

一八六二年陀思妥耶夫斯基第一次走出国门，接触西欧社会。六月到八月间，在巴黎、伦敦和日内瓦的逗留，看到的一切使他对西欧的文明和发展道路产生极大的疑惑。归国后不久，就写了散记体小说《冬天记的夏天印象》，第一次触及"西欧道路与俄国方式"的母题。这是他的"根基论"最早的文学表述。这一母题在后来的几部大作品里都有程度不同的开拓，尤其是在七十年代下半叶的《作家日记》和最后的长篇《卡拉马佐夫兄弟》里更有综合性的探讨。

陀思妥耶夫斯基的创作至此似乎是在为最后的四部厚重的长篇作准备。一八六六年长篇小说《罪与罚》出版，这部小说给作家带来了世界性的声誉，作品表面的谋杀情节遮掩着作家对社会和人性的深入探索。小说涉及的十分广泛的论题早已冲破故事框架，所以读者掩卷后存留在脑际的往往是各种论题，如涉及"超人与庸人"的超人哲学、有关"强者与弱者"的权力真理，更有人在言语行为里不自觉的"潜意识"泄漏，以及再一次回响起的"苦难救赎"等等。由于每个论题都有相当的雄辩性，小说作为一个体裁竟第一次彰显出某种互不相让的思想争论的品格。这被后来的文学评论家巴赫金称作为小说的"复调结构"，影响着此后一百多年长篇小说结构上的发展，且至今被认真地讨论和研究着。

《白痴》（1868）、《鬼》（1871—1872）分别体现了两种不同风格的小说。《白痴》是一部色彩斑斓的长篇小说，探讨了"罪恶与圣洁"的题目，在一个由伪善虚假织成的罗网里，一旦有人捅破那层薄薄的遮掩，这妖魔化的世界便不成体统，梅诗金公爵这个"自然人"，以十分单纯无邪的处世态度来对待周围的一切，结果呢？一切都是颠倒的：善良成了白痴，仁爱变成无用，狂暴显示为力量，怯懦装扮成理性，美命定了要被践踏和毁灭，恶却愈加肆无忌惮、扰乱一切。梅诗金公爵并没有能撼动这张根深蒂固的网，他并不能为这个世界做什么，仍然回到他那瑞士的净土。作家以强烈的激情揭示了当时俄国社会的腐朽和道德丧尽的世象。梅诗金公爵像一面镜子，返照出腐败的群象。《鬼》则把社会政治与人性的善恶本质紧密结合起来作深入的剖视，在一个政治事件里发现人性里兽性——妖魔化的依据。

《鬼》从情节上看是一部涉案小说，在社会政治层面上有"反虚无主义"的主题，也表明了作者对社会变革中欧洲道路的评价，但作品更多的是从共性、抽象的角度考察革命的暴力与道德人性、社会主义思想里无神论的得失等很值得深思的问题。由于当时的俄国正处在剧烈的革命变革时期，这些敏感的问题引起很大的争议。深谙文学的高尔基也从政治上评价《鬼》，说过这是"七十年代对革命运动进行恶意攻击的无数尝试中最富于天才也最恶毒的一次"。但就作品思考的深度、对沙皇政府的揭露，以及对"自由主义"的批判，此书的意义恐怕远在具体的社会事件之外，且要深刻得多。如果我们稍加注意，也许可以发现在法国存在主义作家萨特的剧作《肮脏的手》里呼应着类似的共通主题。

《卡拉马佐夫兄弟》（1879—1880）是陀思妥耶夫斯基的压卷之作。计划中有上、下两部，最后只写成了第一部。评论界一般把这部小说视为作家最成熟的作品。作家曾经开拓过的种种主题，如："幻想家"、"双重人格"、"灵与肉"、"被伤害与侮辱的"、"超人哲学"、"权力真理"、"偶合家庭"、"恶魔性格"、"苦难救赎"等等，在这部书里都作了探讨。小说把社会现实生活的揭示、人物类型的刻画、俄国社会发展道路和人类命运的思考等一系列问题融合在一起，涉及了政治、社会、人性、哲学、伦理、道德等各个方面的论题。书中展示的人物，从老卡拉马佐夫到德米特里、伊万、阿列克塞三兄弟，以及身为厨师、实为老卡拉马佐夫私生子的斯乜尔加科夫，这个"偶合家庭"里的所有成员，都有着十分鲜明的性格，代表着不同的主题。作家从人物的心理和意识着手，写出了"俄罗斯性格"的不同方面。这些性格要素是认识俄罗斯社会和人性的重要依据。长期以来，"俄罗斯性格"似乎只是一个褒词，其实作为民族性格来讲，它"既伟大，又孱弱"，充满正反矛盾和斗争的习性才是正常的。就像果戈理《死农奴》里的地主们，也正是"俄罗斯性格"某些方面的体现。高尔基曾经写了两篇文章专论"卡拉马佐夫习性"，但这何尝不是民族性格的一部分，只是消极面凸显得更明晰罢了。《卡拉马佐夫兄弟》把俄罗斯人的生活观念、宗教意识、民族特性和人性欲望都作了透彻的解剖，脱略在具体画面之上的含义正是陀氏所追求的目标。嗣后的作家们也看到了这一点，所以在二十世纪现代主义文学兴起时，诸多现代派作家会把陀氏视作为自己的师承。但陀氏作品的丰富性，表明他依然是写实主义的杰出代表。他的作品的真实往往是通过人物的自身感受、内心分析以及近乎乖张的行为来体现，散发出强烈的时代气氛，形成别具一格的真实。陀氏说："人们称我为心理学家，不，我是高度意义上的现实主义者，我的意思是，我描绘人的内心的全部深度。"这恐怕是理解陀思妥耶夫斯基的关键所在。

六十至七十年代陀氏还创作过两个长篇《赌徒》（1866）和《少年》（1875）。《赌徒》题材不大，写人被嗜好和物欲控制，无法自拔的状态，对沉湎于赌博的心态有极为传神的描绘。人性的弱点反过来控制人本身，带着悲剧性的意味。这也牵涉到作家自己曾经有过的一段经历。该书的创作过程成就了一段佳话。陀氏一生为金钱所困，为了偿还哥哥米哈伊尔身后的债务，他与出版社约定在规定的期限里交出一部作品，但合同规定，如逾期不交，将影响陀氏作品的版权。作家无奈之下，只能聘用女速记员安·格·斯尼特金娜，由他每天口述小说内容，斯尼特金娜打字整理成文稿，最后在二十六天的时间里赶完书稿，同时也成就了作家第二次婚姻。斯尼特金娜即后来的陀思妥耶夫斯卡娅，陀氏去世后，她对陀氏遗稿的整理作了许多贡献。《少年》写了俄国资本主义进程里人们浮躁的心态和欲望的变化。七十年代人们急切的发财欲望腐蚀着年轻一代人的灵魂。作家对特定历史时期的普遍极端个人主义，表示出明显的担忧，他想从宗教思想里找到适合的药方，当然是不现实的。但小说生动地见证了这个剧变时期的人心浮躁的状态。也许至今还有现实意义。陀思妥耶夫斯基另外的一些作品，如中篇《永久的丈夫》（1870）、"幻想性的故事"《温顺的女性》（1876）和《一个荒唐人的梦》（1877）都各有侧重，不相雷同。特别是《一个荒唐人的梦》把"幻想家"的主题上升到对"人类黄金时代"的憧憬，说明陀氏思想的变化。

从一八七三年到一八八一年陀氏陆续在刊物上发表《作家日记》，体裁不一，有政论、文学评论、回忆录、特写、谈话式的随笔以及一部分小说。长期以来，俄国评论界认为《作家日记》体现了作者思想中软弱以至反动的一面，其实这是研究陀思妥耶夫斯基的一部极其重要的资料，是正确理解陀氏其人其事的钥匙。陀氏一生，磨难不断，除了政治上的迫害，经济窘迫也是他和俄国其他大作家不一样的地方，往往预支计划中作品的稿费，以解眉急。这在某种程度上也影响着他的写作风格，而为有些评家所诟病。但陀氏的写作风格正是冲动型的，不加掩饰的内心激动，急于表达的思想观念，形成陀思妥耶夫斯基别具一格的文风。他不可能像托尔斯泰或屠格涅夫那样字斟句酌地反复修改文稿。感情的激流一路狂泻，有时甚至显得痉挛纠葛的文风，构成了陀氏小说的别样格调。很难说他写的是美文，但有着不作掩饰的内心披露，深入骨髓的无情解剖，作家自己常常会忘情于展示严酷的真实，以致只求将它们如实呈现于读者的眼前，不作表面的抑扬，却把判断留给读者自己。

陀氏小说对世界和人性的思考和剖视，把小说这个文学体裁推到了思想的前沿。小说家不是政治家或哲学家，重要的不在他能提出什么医治人生和社会的良方，因为这时他们往往是既幼稚又可笑的。文学的力量在于敏锐的发现，表现的深刻，在感性的图像里展示世界的真相和人性深处的奥秘。就这一点来说，陀思妥耶夫斯基是做得非常出色的，可以说达到了前所未有的时代的高度。高尔基虽然对陀氏有些作品颇有微词，但他承认陀思妥耶夫斯基是"最伟大的天才"，

"就表现力而言，他的才能可能只有莎士比亚堪与媲美"。读过陀思妥耶夫斯基的作品，就知道这并非溢美之词。

一八八一年一月二十八日陀思妥耶夫斯基在圣彼得堡逝世。此后的一百多年时间里，臧否不一的评论从来不曾间断过，这主要是对他的政治倾向性和宗教意识而言，至于对他在世界文学中崇高的地位，他对小说文体的巨大贡献，似乎并不见太大的异议。倒是随着现代小说风格的演进，陀氏小说的价值正越来越引起人们的注意。

变幻的母题旋律

小说通常都以题材分类，例如司各特的《艾凡赫》被称作"历史小说"，巴尔扎克的《人间喜剧》是以"场景"来归类，如"巴黎场景"、"外省场景"之类，托尔斯泰的《战争与和平》通常被称作"史诗小说"，更有完全具体如英国作家哈代的被统称为"威塞克斯小说"的一组作品。但陀思妥耶夫斯基写的故事虽然大都发生在彼得堡，但并没有评论家称他的小说为"彼得堡小说"。原因是陀氏小说不断开拓的是一种"母题"，他像音乐家那样，找到活跃在生活里的种种"旋律"，构成他小说的主要元素。这在以往的作家那里并不多见。

"小人物"是俄国文学里固有的一个母题，从普希金的《驿站长》开始，果戈理的《外套》，到后来契诃夫的《一个文官的死》，这个母题被开拓得淋漓尽致。陀思妥耶夫斯基的第一部作品《穷人》奏响的就是这个旋律。陀氏崇敬普希金，他的第一部作品献给了这样一个题目，也许并不偶然。因为他说过："我们都是从普希金门下走出来的。"但《穷人》里的主人公杰武什金虽然有着和其他"小人物"一样的命运，在心里占主导地位的却是对自己人格的意识。"我有良心和思想，我是人"，"我的一块面包是我自己的，是用劳力挣来的"。社会的不公，贫富的对立使他愤懑，他意识到自己软弱，又不能有所作为，他告诉读者，"在一个最浅薄的人类天性里面有着多么美丽的、高贵的和神圣的东西"（别林斯基语）。陀氏把"小人物"的内心世界、心理过程，十分清晰地展示给读者看。这是他比前辈们要更深刻的地方。

探索人的内心奥秘，是一条很复杂的路。重视文学社会历史作用的评论家们对他承袭俄罗斯文学写"小人物"传统褒奖有加的时候，陀氏却悄悄转向，把他的探索推进到人的"双重人格"母题上，创作了小说《双重人格》（又译《孪生兄弟》、《性格迥异的同貌人》等）。历来的小说都是善恶分明，在英国小说里有"happy ends"，就连法国巴尔扎克也未能免俗，总要在小说里分出这样的壁垒。但陀思妥耶夫斯基用形象说明，善与恶常常会共同栖居在一个人身上，人的本性里就有兽性与人性，当兽性占上风的时候，就出现恶行，人性却支持着人的善行。在《双重人格》里，作者只是把这个问题提了出来，因为在一个中篇里也不可能有太深入的开掘。这个旋律，还要在作家后来的长篇里作为回旋曲反反复复地出现。但这个中篇已经把问题十分明确地提了出来。当然引起评论界一片哗然，好像陀氏忽然误入歧途。这一点甚至影响着中国的评论界。其实只消读一下陀氏嗣后的作品，就能知道《双重人格》正是作家小说母题深化的一个前兆。《罪与罚》里的斯维德里加依洛夫、《鬼》里的尼古拉·斯塔夫罗金，以及《卡拉马佐夫兄弟》中的德米特里·卡拉马佐夫和伊万·卡拉马佐夫等，都对这一个重要母题有更深入的开拓。很难设想，如果在陀思妥耶夫斯基的作品里没有"双重人格"的母题，小说的思想魅力和人物的生动个性将会是什么样子？

小说作为一种思想现象，和其他人文学科是处在同一发展长河中的，只是文学是借助着形象来表现和认识世界，它和哲学之借助于抽象和共性、概念和逻辑来演绎世界，至少在方法上是不同的。但是人类认识的发展在不同的学科中却往往有着同步性。因为人都生活在同一个历史进程里。一个有趣的现象是，陀思妥耶夫斯基在自己的小说里用形象演绎的母题，却在后来的哲学家和心理学家的发现里得到了印证。十九世纪德国哲学家尼采出生在一八四四年，比陀思妥耶夫斯基整整晚了二十三年，他在一八九五年出版的《权力意志》一书里的基本思想，陀氏在一八六六年出版的长篇《罪与罚》里通过拉斯柯尔尼科夫的对权力的思考，作了形象的表述。主人公基本上表达了"超人哲学"和"权力意志"的观念。

按拉斯柯尔尼科夫的理论，"人按照天性法则，大致可以分成两类：一类是低的人（平凡的人）……他们是一种仅为繁殖同类的材料，而另一类则是……具有天禀和才华的人，在当时的社会里能发现新的见解。……第一类人就是一种材料……第二类人则永远是未来的主人。第一类人保持着这个世界，增加他们的数目；而第二类人推进这个世界……""芸芸众生，人类中的普通材料，生存在世界上只是为着经过某种努力，通过某种……血统的交配而终于生出了多少具有独立精神的人，甚至一千人中只有一个。也许一万人中出一个，……几百万人中出几个天才，而伟大的天才，也许是世界上有了几十万人以后才出现的"，"真正的统治者，他才可以为所欲为，攻破土伦，在巴黎进行大屠杀，忘记在埃及的一支军队，在莫斯科远征中糟蹋了五十万条人命，……拿破仑、金字塔、滑铁卢……"这里说的几百万人中才能出一个的人，其实就是"超人"。拉斯柯尔尼科夫说："这种人有权利昧着良心去逾越……某些障碍，但只是在为实现他的理想（有时对全人类来说也许是个救星）……如果开普勒、牛顿的发现，由于某些错综复杂的原因，没有能够为大家所知道，除非牺牲一个，或者十个或者百个，或者更多妨碍者的生命，那么牛顿为使自己的发现能让全人类知道，就有权利，甚至有义务……消灭这十个人或者百个人。""立法者们和人类社会的建立者们……他们无一例外都是罪犯，……他们也不怕流血，只要流血对他们有利，人类社会中多数这些超人和建立者都是非常可怕的刽子手。所有这些人都是伟大的……"这类几十万以至几百万人中才有一个的"超人"可以使千千万万人毁灭，可以踏过尸体和血泊，人们却认为这是为人类造福。

常常有人说尼采的《权力意志》是法西斯主义的理论基础，但它的出现，距陀氏演绎理论和形象描绘这种事实，已经过了好几十年。

人类的认识，都差不多在同一个时期进化到一个新的境地，有时是哲学家用推理和演绎的方法先作了预示，有时却由伟大的文学家用形象来先期作了表现。陀氏之所以伟大，还因为他要比弗洛伊德更早触及了人的"潜意识"。陀氏并没有提出任何理论，但是在他作品中的人物，有许多涉及潜意识的行为。他对弑父现象的描绘，梦境的暗示，人对自己行为的文饰作用，自虐倾向，甚至后来由弗洛伊德的学生荣格探讨的人在潜意识里的自卑意念的表现等许多问题，作家都有极其精细的描写。这一点，比陀思妥耶夫斯基晚生三十多年的弗洛伊德的著作是最好的证明。作为精神病学专家兼心理学家，他一方面用医案来说明他的潜意识理论，但陀思妥耶夫斯基的作品，当然地成了他理论的佐证。他那篇著名的《陀思妥耶夫斯基与弑父意识》就成了《卡拉马佐夫兄弟》的注脚。关于梦的解析以及潜意识问题的解释，陀氏成了一个提供形象材料的先驱。这是很值得玩味的现象。陀氏自己说"我描绘人内心的全部深度"，以探索人类心灵的奥秘为己任，这说明他十分自觉地从人的内心、心理、意识上切入去了解人心的秘密。但他不是哲学家，也不是心理学家，不以推论的形式来表述他的看法，但他创造的文学形象是厚重的，有着充分的心理的和哲学的依据。这也是陀氏的心理剖视要高出于文学中一般心理描写的道理。

陀氏作品里常遭非议的部分是他对宗教的态度。其实宗教问题是俄罗斯文学里一个不可逾越的论题，有着深厚的俄罗斯文化历史背景。俄罗斯是欧洲最后的封建王朝，是农奴制取消最晚的国家。农奴制借着宗教的力量在民间形成很普遍的"苦难救赎"的思想，这是无助百姓的精神寄托。东正教以苦难来救赎原罪的观念根深蒂固，在人世用苦难来净化自身，用宽恕他人来寻找内心慰藉和平衡，变成了很高尚的行为准则。在陀氏的作品中，许多矛盾都是借助这种"苦难救赎"的思想来处理的。在《被伤害与侮辱的人们》中，女主人公涅莉、娜塔莎受尽侮辱与伤害，但对待"恶魔化"的瓦尔科夫斯基之流却是正教所提倡的百般容忍和承受苦难。"痛苦能洗尽一切"，这是深入俄国农民性格里的一种意识，它只能加剧恶的横行。但这种意识至少在当时已经成了俄罗斯性格的消极组成部分。当然作为一个伟大的艺术家，陀思妥耶夫斯基在小说里还是让涅莉在临死前说出了她的诅咒"我不久前读了福音书。那里说，要宽恕自己所有的仇敌。我读了，而他（瓦尔科夫斯基）我终究没有宽恕"。这一段话，和陀氏在《被伤害与侮辱的人们》以及其他小说里一再宣扬的通过受苦来净化自身的"救赎"母题是不相吻合的，这也说明艺术的逻辑在艺术家身上终究还是要起作用的。

　　"灵与肉"、"兽性与神性"、"理智与情欲"这些母题，陀思妥耶夫斯基在最后一个长篇《卡拉马佐夫兄弟》里都放在"偶合家庭"这个总概念下面作了详尽的探讨。由于老卡拉马佐夫令人不齿的行为，这个家庭里的成员，没有十分牢固的精神上和感情上的联系，像几个偶然相遇的人生活在一个屋檐下，在长子德米特里身上有着老卡拉马佐夫听任自然欲望的一面，也有曾经是一名军人和体面人的痕迹，在他身上明显的"灵与肉"斗争，使他完全成了一个"双重人格"的人。为了情欲，他和老父亲争夺情妇格露莘卡，甚至扬言要杀死自己的父亲。但内心却还存留着一丝做人的尊严，也思考人间的种种苦难。所谓"所多玛城的理想"与"圣母马利亚的理想"一直在他身上斗争着。所以当老卡拉马佐夫真的被杀之后，人们理所当然地认为他是凶手，但这时的德米特里却不想为自己辩白，俄罗斯人意识里那种根深蒂固的"救赎"观念竟占了上风。他决定用苦难来净化自己，自我完善。虔诚地忏悔自己的罪孽，寻求精神的"复活"，这情节很像后来托尔斯泰在一八九九年出版的长篇《复活》的基调。我们的评论，常常直言主人公的"伪善"。在俄罗斯宗教文化的背景上，这也许并非"伪善"两字可以概括的。就像德米特里被欲望驱使时候的不顾一切，在他决定"救赎"自己的时候，也是一样的认真，这也正是俄国宗教文化背景下的"俄罗斯性格"的一种表现。同一母题在二十年后由托尔斯泰的《复活》再次奏起并作为全书的主题的时候，俄罗斯人意识里这种深藏着的宗教文化积淀，是再也不该忽视了。这种宗教文化意识，它彰显为崇高一面的时候是"救赎"，露出它破釜沉舟一面的时候则是"自虐"。《白痴》中女主人公娜斯塔霞·菲立波夫娜，在无法摆脱自己被欺凌和玩弄的命运时，虽然遇见了梅诗金公爵，但终于不愿接受公爵的帮助，宁肯随粗鲁不堪的商人罗果静而去，她拒绝"新生"，却手焚十万卢布来嘲弄报复这一群心怀鬼胎的人，明白无误地表现了一种"自虐"的倾向。

在陀氏作品的母题中，也有诸如"幻想家"、"地下人"、"自然人"这样的人性概念。早期的中篇《女房东》、《白夜》、《脆弱的心》或多或少都写出当时年轻人沦为无所作为的"幻想家"的母题，但其中有些作品如《白夜》，主人公内心的纯真和善良，不计利害的自我牺牲的爱心，说明作家对这一代年轻人的期望和同情。陀思妥耶夫斯基被人称作为"残酷的天才"，因为他对人物内心解剖的犀利与无情，常常令人不寒而栗。但《白夜》里的主人公给人以一种美好的希望。人性的善良哪怕是一种"幻想"，也显得那么令人向往。这是陀氏作品里少有的充满动人诗意和明邃风格的作品。晚年的《一个荒唐人的梦》则体现了一种对于"人类黄金时代"的幻想。

在陀氏的作品中，这种不断变幻的母题旋律，是很值得注意的现象，说明作家对这个世界有着十分概括性的认识。他通过这些关键概念演绎了他对人生的思考和对社会、历史的认识。这是他的创作与其他作家十分不同的地方。陀氏的这些认识，在相当程度上还有预见性，往往会在后来的历史里找到佐证。例如被评论家阐释得很多的《卡拉马佐夫兄弟》第五卷中"宗教大法官"那一节，历来有种种解释，但这一节涉及的问题，对于人类、世界、社会秩序、暴力与奴役等等问题的探讨，无疑带着某种寓意的性质。我们习惯于对一个作家描绘的内容作出判断，陀思妥耶夫斯基却总想留下一点让人遐想的余地，包括俄国评论家定义的陀思妥耶夫斯基小说的"复调结构"①，正是这种特殊风格的表现。

---

① 参见《陀思妥耶夫斯基诗学问题》，巴赫金著，白春仁等译，生活·读书·新知出版社 1988 年版。

独特创新的小说艺术

小说艺术的经典样式从文艺复兴时期到十九世纪的三百余年时间里，经过从塞万提斯、拉伯雷到司汤达、巴尔扎克、狄更斯、托尔斯泰等一大批作家的创新，已经到了相当完美的境地。陀思妥耶夫斯基却使小说的内涵层次有了更饱满的展现，并在经典的小说样式中添加了新的元素，所谓"复调"现象。

历来小说理论的着眼点，或在小说体裁的限定，如长篇、中篇、短篇；记事体、传记体、虚构体、书信体，或人物小说、事件小说、家庭小说、社会小说、历史小说、哲理小说、抒情小说、纪实小说等；或在构成小说的要素，如：情节、人物、场景、语言、风格、主题等。小说的要素是小说存在的形式，是小说之所以为小说的理由，是小说区别于其他文学体裁的依据。但小说的价值还取决于它的内涵层次，不同类型的小说有不同的内涵。陀氏的小说却通常能提供更加饱满的阅读层次。不同的读者，在陀氏作品里可以找到不尽相同的内涵。这种见仁见智的现象，虽然在其他大作家那里也不乏表现，但在陀思妥耶夫斯基绝对是一种特色。

小说的内涵是分层次的。小说可以在**故事情节层次**上被阅读，也称作**事件层次**。这是可以用叙述梗概的方式来表达的那一部分内容。一个年龄不小的小公务员杰武什金和一个苦命的、饱受凌辱的年轻姑娘杜勃罗谢洛娃相爱，而终因周围世界中人、事和生计的迫促，只得深受别离之苦而抱憾终身的故事。主人公善良而软弱、自尊而无奈、深情而无力的处境，社会与生活对小人物的重压和摧残，贫苦情侣在生活重担下无出路的状态等等，这就是陀氏第一部小说《穷人》的故事情节层次。一个读者，单读这个感人而痛苦的爱情故事，也可以受到感动。再看另一所谓"偶合家庭"的故事。父子、兄弟五人间种种思想的、感情的、物欲的、精神的冲突，在冲突、矛盾，以致仇视的过程中，引出一起弑父的案件。这是陀思妥耶夫斯基最后的长篇小说

《卡拉马佐夫兄弟》的故事情节层次。这个事件对于读者也一样有它的吸引力，它显示了一个家庭悲剧，每个人物都有着自己的性格和行为的理由。读者也看到了人性的罪恶与奸诈，情欲对人的毁灭力量。这样的事件，在生活里是可以得到印证的。许多小说在这个层次上就结束了。这类小说被称作为情节小说，或者事件小说。但陀氏的小说通常还可以进入第二个层次的阅读。

社会历史的层次较之情节和故事要更进一步，因为它着眼在与故事相关的社会、政治、历史的主题，也就是**时代的层次**。这些主题也许并不具有永恒共通的意义，但它们有着时代的迫切的内涵。不仅促使当代人思考，而且是长久的历史鉴照。《穷人》在这个层次上表达了社会的混乱和失衡。好人受苦，恶人当道；有活力的青春被毁灭，为非作歹者左右他人的命运，一个是非颠倒的社会，它的出路在哪里？谁的罪过？这是十九世纪俄罗斯社会的写照。对于生活在这个社会里的人们有着震撼人心的力量，所以它会引起别林斯基等人的惊呼，但它也会引起后来某些社会阶段里人们的共鸣。在《卡拉马佐夫兄弟》里，处在这一个层次上的问题表面上并不十分显著，但是作家从六十年代初开始关注的"西欧道路与俄国方式"的社会变革观，在这里得到了综合性的表述。作家在一八六三年发表的《冬天记的夏天印象》里尖锐批判的西方资产者的贪欲与自私、伴随西方式自由与平等而来的罪恶，在《卡拉马佐夫兄弟》里以文学形象作了充分的展示。深植在人民土壤里的宗教意识与文化知识载体的完美结合，成了陀思妥耶夫斯基心目里的"俄国方式"。这是《卡拉马佐夫兄弟》这部作品中时代的层次，是当时整个俄国社会都以不同的方式关心着的社会历史内涵。是当时俄国具有相当迫切性的主题。但这样的母题，对于中国的读者来说可能会因为文化宗教背景产生现实的距离，但对今天的俄国社会和文化来说，始终是一个十分引人关注而且一时难于解决的问题。"西欧道路与俄国方式"、"欧洲与亚洲"、"东方与西方"，这些思考从一九一七年以来俄国八十余年历史进程中，从来也不曾消停过。俄国方式的宗教影响依然是一种潜在的激流。

个别的事物走向本质的共通，具体的形象趋于抽象的普遍。小说在经过了故事情节画面、社会历史含义之后，最后的境界是**永恒共通的哲理**。它是无数具体故事情节和社会历史图像的普遍概括。它不会因事过境迁而失去活力，却能把表象指归到本质。并不是所有的小说都具有这样的品格，但陀思妥耶夫斯基的作品的着眼点，往往正是在这人性共通的哲理上。陀思妥耶夫斯基对哲学有相当透彻的了解，这从他论述到的哲学家的数量上可以证明，但他不是哲学家，作为小说家，他必然要透过人性来观察现象的本质。他说过要"在人身上发现人"，所谓"窥视心灵的奥秘"。这是作家最终的着眼点。如果说一部《穷人》，苦难的爱情是它的情节，善恶的失衡是它的现实，那么主人公心理的变幻是它最终要探索的奥秘。就像《双重人格》，情节是一个精神错乱的小公务员的故事，我们完全可以把它理解为一个精神病人的感觉和体验。所指社会现实是弱肉强食，强力和扩张对软弱与安分的排挤，但作家在永恒的人性层次上要说明的却是善与恶原本就共存于一体，人性与生俱来有着"双重"性，魔鬼与天使共居一处乃是人的天性，人性的复杂和变异都来源于此。当然，这一命题在这里还只是一个开篇，更深的探究还有待后来的几部大作品，《罪与罚》中斯维德里加依洛夫性格里那种善与恶、崇高和卑鄙的难以想象的结合，《鬼》里斯塔夫罗金幻觉里看到的那个可怕之至的"蜘蛛"，其实就是他内在本性里恶的幻化。他那种对善恶界限虽然内心清楚，却行为放浪、淫乱无耻、不断作恶，两种相互排斥的思想可以同时宣教，却并不相信其中任何一种，"我……希望做好事，并从中感到愉快，同时我又希望干坏事，并且也感到愉快"，终于在无法解决的矛盾里以自杀了结生命。《卡拉马佐夫兄弟》中伊万与"鬼"谈话，正是一个人身上善因与恶因的交锋。在陀思妥耶夫斯基的作品里这类题目有许多，例如"人的社会性与生物性"、"人的非逻辑行为"、"潜在意识与外部行为"、"直觉现象"、"偶然与必然"、"理智与感情"、"诱惑与理性"、"灵与肉"、"真性情与无个性"等等。总之，他善于把真正人性面上那一层遮掩物毫不顾惜地揭开，示世人以人类本性的真相。所以永恒共通的层次是陀氏作品中最值得关注的部分。在这个层次上来读小说，可能具体的情节故事和社会历史画面反倒显得不那么重要，因为这时作家探讨的是在抽象共通层面上的题目，所谓"义主文外"，"秘响旁通"的部分。它们超脱了具体的图像和事件，进入共通的境界，把人身上最最隐秘的部分呈现在读者的面前。涉及永恒哲理的层次有许多，人性的奥秘是重要方面，当然也有超出人性范畴的命题，如"真实与假象"、"宗教与道义"、"教条式与创造性"、"生命的本质"等等。这些题目的产生，当然并非完全抽象的永恒，而有陀氏自身的历史限定性，但他所提供的思考角度，至今仍不乏现实意义，所以对陀氏作品的不同层次的内涵，是非常值得关注的，因为它们都包含着作家十分独特的发现。

二十世纪现代主义文学兴起，虽然在最初颠覆传统的时刻，也有一些流派宣告过要把陀思妥耶夫斯基扔进大海，但随着现代主义文学的深入发展，许多现代主义的代表人物，却开始谬托师承，把陀思妥耶夫斯基奉为现代主义的偶像。这是很值得思索的现象。其实陀思妥耶夫斯基与现代主义虽说也可以强调某些传承关系，但陀氏终究还是经典小说的代表。不过他小说里的创新，的确有十分独特的个性。十九世纪俄罗斯的小说是以它的思考深度、现实诉求和批判热情为主要特点的。所以后来在俄国有了"批判现实主义"的说法。这是从思想特征上来评价。但俄罗斯小说艺术，也有着相应的创新和变革。其中陀思妥耶夫斯基小说的创作尤其让人觉得有着某种新意。直到俄国文艺评论家米·巴赫金出版专著《陀思妥耶夫斯基的创作问题》（1928），其中提出陀氏小说的"复调结构"问题，才引起评论界注意。可惜的是该书的主要思想与当局一统的文艺政策和理论体系不合，未能广泛流传。而作者本人也因莫须有的罪名，于次年被投入北方集中营，后又辗转流放到南方。身心横遭摧残。但他的著作却在西方得到了广泛的流传。巴赫金的理论直到五十年代终于引起当时苏联文学理论界的争议，于是在一九六三年经过修改后以《陀思妥耶夫斯基的诗学问题》为名发行新版。在苏联依旧争论不绝，但此时在国外已经把巴赫金的理论作为小说理论的重要创新，甚至把巴赫金视作小说理论发展的一个分水岭①。现在即使在中国，一谈起陀思妥耶夫斯基，就会联想到巴赫金，似乎"复调小说"理论才是唯一能说明陀氏创作的理论。这是一个很繁复的论题。我们不在这里讨论。但"复调"之说，的确在相当程度上表达了陀氏小说的特点。这是小说写法的一个变革。在陀氏本人，也许并不十分明确地意识到这一点，因为他本人从来也没有谈论过类似的概念。但读者如果没有先入之见，在读完他的小说后，常常会有一种感觉，似乎作者在小说里通过人物之口，讨论了许多问题，或者通过作家的描写涉及了种种情景，但读者在掩卷沉思时，又常常会觉得无所适从。因为作者最终也没有在他的书里投下一个十分明确的结论。但他促使你对书中的叙事进行思考，每一个人物的声音都可以在你耳边絮叨，都在表明自己存在的理由，作家本人到底站在哪一个人物的后面，反而很难让人捉摸。这就是所谓的"复调"。这个理论是借用了音乐上的一个术语。好比音乐的声部，原来的小说都是一个基调，伴随着和声，但现在像巴赫的赋格，出现了平等的声部，就像钢琴演奏，本来是右手的基调，左手是低音的和声，现在两个相互争鸣的声部，出现了复调音乐。其实这仅仅是一种比喻，在小说里并不可能真有那样繁复。但经典的小说通常是作家定下基调，然后安排人物的行为和言语，在相互的关系中，善恶忠奸，壁垒分明，即使在巴尔扎克的小说里通常也是善人善终，恶人恶报。陀思妥耶夫斯基却往往在一个人的性格里放进了两重的变数，这是一。另外作为善、恶典型的人物，都可能一语道破事物的真谛。善恶两类主人公的行为往往会发生突变。每种行为也都有自己的理由。作者并不一定要清楚地表现出他的倾向性。

　　根据巴氏的理论，这样的小说结构，会产生行为以外、语言以外的含义，不一定都有明确的结论。所以就能促使读者的思索，扩大小

---

① 参阅 David Lodge/After Bakhtin/ Routledge, London and New York, 1990。

说的容量。这是现在一般对所谓"复调"的理解,事实上这个理论要涉及许多其他方面的问题,这是一种把文学与语言学结合起来考察的十分重视文本细读的理论。《罪与罚》里拉斯柯尔尼科夫的理论,其中侦查科长波尔菲里·彼得罗维奇与拉斯柯尔尼科夫的"法与理"之争论,索菲娅·马尔美拉陀娃的宗教教义与拉斯柯尔尼科夫的"超人哲学"之争,到底是谁说服了谁?无非是一种思索,一种更为深入思考的趋向。

尤其是巴赫金论及陀氏小说中"对话"的概念,主人公的自我意识是对话化的;这个自我意识在自身的每一点上,都是外延的,同自身、同他人、同第三者有着一种对话的关系。这就关系到小说文本中的潜在文本。一个单一的文本在极大的程度上扩大了自身容量。

读陀氏的小说,当然不能完全用"复调"的理论来解析。但这是一个很值得关注的特点。

通常的陀氏评论,总是把着眼点放在作者着力描绘的社会现实画面,故事情节发展,人物性格发展上。但陀思妥耶夫斯基作品的故事,却往往信手拈来,他的大作品,通常都是涉案故事,一般都是从报刊上得来某个报道,以此敷衍成篇,却成一个精彩的长篇故事。之所以精彩,是因为作者注入了他的思考和对人性的挖掘。陀氏的小说,是思想的小说,是剖视人性的小说,故事与情节只是他借以使人物和事件活动起来的要素而已。

陀氏小说十分注重人物的自我意识,所以形成一种思想的类型。他并不十分注意性格刻画和典型塑造。他要创造的是一种思想类型。他们存活在和不同的思想声音的"对话"中,甚至这种对话是潜在的、只是在上下文中隐含着的。所以作者往往会虚化故事的环境、日常生活的细部刻画,转而用不同性质的对话来表现作品的容量。他的人物很难用传统的术语来定义,如性格、典型、正面主人公、反面人物等等。因为作家自己的声音和评价也混迹在人物的相互关系或对话里,而且作者的声音也未必能左右人物和情节的发展。所以在阅读陀氏作品的时候，不妨以读者自己固有的心态和感觉来与作者的思想对话，完全不必抱定一种文学批评的理论或观念，来生硬地分析作品。让每一次阅读都成一次冒险，看看读完后你会产生什么感觉。这是一种很有趣的阅读过程，在阅读中加上读者自己的一路思考，陀氏的作品将给你十分独特的感觉。

　　对陀氏这样的作家最好还是不抱先入之见，随着作者的安排，先领略他的思想，然后再来作认真的思索。它不是消闲的读物，却能长人心智。

夏仲翼

二〇〇四年九月

目 录

重要人物表

瓦尔瓦拉·彼特罗夫娜·斯塔夫罗金娜——斯塔夫罗金将军遗孀

尼古拉（尼古连卡）·弗谢沃洛多维奇·斯塔夫罗金——瓦尔瓦拉的儿子

达丽娅（达莎，达什卡，达申卡）·帕夫洛夫娜·沙托娃——瓦尔瓦拉的养女

斯捷潘·特罗菲莫维奇·韦尔霍文斯基——尼古拉的家庭教师，西欧派自由主义者

彼得（彼得鲁沙）·斯捷潘诺维奇·韦尔霍文斯基——斯捷潘的儿子，秘密组织"五人小组"的组织者和领导人

玛丽娅·季莫费耶夫娜·列比亚德金娜——尼古拉·斯塔夫罗金的妻子

列比亚德金——玛丽娅的哥哥

沙托夫（沙图什卡）——瓦尔瓦拉·彼特罗夫娜的仆人之子，达莎之兄，死于"五人小组"的谋杀

玛丽娅（玛丽）·伊格纳捷夫娜·沙托娃——沙托夫的妻子

普拉斯科维娅·伊万诺夫娜·德罗兹多娃——德罗兹多夫将军遗孀

莉莎维塔（莉兹，莉莎）·尼古拉耶夫娜·图申娜——普拉斯科维娅·伊万诺夫娜与前夫之女

马夫里基·尼古拉耶维奇·德罗兹多夫——炮兵大尉，莉莎的腻友

安德列·安东诺维奇·冯·列姆布克——省长，德裔俄国人

尤莉娅·米海洛夫娜——省长夫人

卡尔马津诺夫（谢苗·叶戈罗维奇）——著名作家

加甘诺夫（阿尔捷米·帕夫洛维奇）——近卫军退伍上校

维尔金斯基——小官吏，"五人小组"成员

阿琳娜·普罗霍罗夫娜·维尔金斯卡娅——维尔金斯基的妻子，助产士

希加廖夫——维尔金斯基的内弟，"五人小组"成员

托尔卡琴科——"五人小组"成员

利普京（谢尔盖·瓦西利伊奇）——小官员，"五人小组"成员

利亚姆申——犹太人，邮政总局小官员，"五人小组"成员

基里洛夫——建筑工程师，无神论者

费季卡——从西伯利亚逃亡的苦役犯

埃尔克利——准尉，彼得·斯捷潘诺维奇的崇拜者

索菲娅·马特韦耶夫娜·乌利京娜——销售福音书的女书商

竟然全无踪影，
迷路了，怎生是好？
看来有鬼，诱使我们
在这旷野四处徘徊。
…………
他们把众人赶往何方？
那歌声为什么如怨如诉？
这是要给家神下葬，
还是要送女妖嫁夫？

亚·普希金

　　那里有一大群猪在山上吃食。鬼央求耶稣，准他们进入猪里去。耶稣准了他们。鬼就从那人出来，进入猪里去。于是那群猪闯下山崖，投在湖里淹死了。放猪的看见这事就逃跑了，去告诉城里和乡下的人。众人出来要看是什么事。到了耶稣那里，看见鬼所离开的那人坐在耶稣脚前，穿着衣服，心里明白过来，他们就害怕。看见这事的，便将被鬼附着的人怎么得救告诉他们。

——《圣经·新约·路加福音》第 8 章第 32 至 36 节

第一部

第一章　代序：敬仰的斯捷潘·特罗菲莫维奇·韦尔霍文斯基的若干生平细节

一

我们这个城市历来平淡无奇，不久前却发生了一些极为离奇的事情。在讲述之前，我因为拙于构思而不得不从远处落墨，从才华横溢、受人敬仰的斯捷潘·特罗菲莫维奇·韦尔霍文斯基的若干生平细节说起，就算是这篇纪事作品的一个序吧。我要讲的故事本身还在后面。

直说了吧，斯捷潘·特罗菲莫维奇在我们面前总是扮演某种与众不同，不妨说是仁人志士的角色，而且嗜之成癖。我甚至觉得，离开这个角色他就活不下去。并不是要把他比作粉墨登场的戏子，我绝无此意，何况我本人是敬重他的。那一切也许只是习惯使然，或者不如说是一种持久、高尚的憧憬所致，从童年起他就醉心于模仿仁人志士的绝妙表演。比方说，他特别欣赏自己"被迫害"、不妨说"被流放"的境遇。这两个说法都有一种异彩，使他一朝着迷而终难自拔，渐渐地竟自命不凡起来，经过如此漫长的岁月，他在自己心目中终于升到了某种极其崇高的地位而私心窃喜。在上个世纪的一部英国长篇讽刺小说中，一个叫格列佛的人，从居民身高仅六英寸左右的小人国归来。他那么习惯于以小人国里的巨人自居，走在伦敦街头竟情不自禁地吆喝过往行人和马车，要他们小心闪避，以免被他无意中踩死，在他的想象中，他仍然是巨人，而别人都是侏儒。人们因此而笑他，骂他，粗鲁的马车夫还用鞭子抽这位巨人。可是这公道吗？谁不知道习惯的力量呢？在斯捷潘·特罗菲莫维奇身上，习惯导致了几乎同样的结果，但是或许可以说，表现得更加天真无邪，因为他为人极好。

我甚至认为，他后来完全被人遗忘了。但是决不能说，他在当初也默默无闻。无疑，他曾一度跻身名流，与我们上一代的某些活动家同样享有盛名。有一个时期（不过短暂得转瞬即逝），很多操之过急的人几乎把他的名字与恰达耶夫、别林斯基、格拉诺夫斯基[①]以及在国外崭露头角的赫尔岑相提并论。可是斯捷潘·特罗菲莫维奇的活动，或许可以说是由于"风云变幻"吧，几乎在一开始就夭折了。事实如何呢？原来根本就不曾有过什么"风云"，"变幻"更无从说起。至少在这件事上是如此。只是现在，只是在前几天我才惊讶莫名，却又千真万确地了解到，斯捷潘·特罗菲莫维奇居住在我们省会，周旋于我们之间，非但不是如我们惯常所以为的那样被流放，而且从未受到过监视。可见，陷入自鸣得意的臆想会有多么不可思议的结果！他本人一辈子都真心实意地相信，在某些圈子里人们总是忌惮他，他的一举一动随时都会被人知道、猜忌，他相信，二十年来的一连三任省长在前来就职的时候，就早已有了关于他的某种特殊的、惴惴不安的疑虑，这是上面向他们宣布任命时就首先授意的结果。要是那时有人以确凿的证据向斯捷潘·特罗菲莫维奇说明，他的担心是完全多余的，那么他一定会感到被轻视而愤愤不平。而他是一个极聪明、极有才气的人，甚至可以说是一位学者，不过在学术上嘛……嗯，总之在学术上他建树甚少，似乎是毫无建树。不过在我们俄国，学者的这种情况是屡见不鲜的。

他从国外归来并作为讲师而在大学讲台上展现才华的时候，已是四十年代末了。一共只作了寥寥数次公开讲演，似乎是与阿拉伯人有关的；他还成功地进行了学位论文答辩，这篇出色的学位论文阐述了在一四一三至一四二八年那个时代德意志小城汉瑙有可能起到的社会

---

① 格拉诺夫斯基（1813—1855），俄国历史学家，社会活动家。车尔尼雪夫斯基、别林斯基、涅克拉索夫对他的启蒙作用曾给予很高的评价。

作用以及它在汉萨同盟中的地位①，同时也论述了它完全未能起到这种作用的那些特殊的、语焉不详的原因。这篇论文巧妙地痛击了当时的斯拉夫派，从此在斯拉夫派中激起众怒，树敌甚多②。后来，不过是在失去教职以后了，他在一本译介狄更斯作品、宣扬乔治·桑的进步月刊③上发表了（可以说这是一种报复，要让人看看，他们失去了怎样的一个人才）一篇极其深刻的论文的上篇，仿佛是论述某个时代某些骑士之所以具有非凡道德情操的原因④，或类似的问题。至少它贯串着一种含义深远而又非常高尚的主题。后来听说，论文的续篇被匆忙查禁了，而且月刊也因为发表了这半篇论文而遭殃。很可能有这么回事。那时候什么怪事不会发生呢？不过单就这一次而论，恐怕是什么怪事也不曾有过，只是作者本人偷懒，半途而废罢了。至于他中断关于阿拉伯人的讲演，是因为有人（显然是他的反动宿敌）不知怎么截获了致某人的一封透露了某些"情况"的信⑤，于是他被要求作出解释⑥。不知是否可靠，反正还听说，与此同时在彼得堡破获了几

---

① 汉萨同盟是北德意志诸城市在中世纪结成的贸易政治同盟，1669 年完全解体。汉瑙是基宁河与美因河汇合处的一座德国古城。在阐述斯捷潘·特罗菲莫维奇的学术、教育活动时，陀思妥耶夫斯基以夸张的笔调描述了莫斯科大学教授格拉诺夫斯基的很多生平事迹。后者的硕士学位论文《沃林、约姆斯堡和维涅塔》是论述中世纪城市问题的。

② 很多人认为格拉诺夫斯基学位论文的结尾是影射、抨击美化斯拉夫民族历史的斯拉夫主义倾向。这篇学位论文在莫斯科大学审查和答辩过程中，斯拉夫派教授斯·舍维廖夫和奥·博江斯基给予了否定的评语。

③ 陀思妥耶夫斯基指的大概是 19 世纪 40 年代的《祖国纪事》。

④ 1847 年格拉诺夫斯基在一本"教育丛书"文集中发表了《巴亚尔德骑士》一文，文中赞扬了外号"无私无畏的骑士"的巴亚尔德的崇高道德品质。

⑤ 在彼得拉舍夫斯基派（1845 至 1849 年彼得堡进步知识分子组织）成员被捕时，查获了阿·普列谢耶夫于 1849 年 3 月 26 日致谢·杜罗夫的信。信中说，格拉诺夫斯基"对大学生有很大影响"，竭力"培养他们之中的优秀苗子"，而且总是"为了共同事业"而从事某种活动。于是莫斯科省总督扎克列夫斯基把他视为"可疑分子"而对他实行秘密监视。

⑥ 1849 年格拉诺夫斯基被指控在莫斯科大学讲课时有反宗教倾向而被迫向莫斯科都主教菲拉列特作专门"解释"。格拉诺夫斯基曾在 1849 年 12 月 28 日致 Я·涅韦罗夫的信中满腔愤怒地述及此事。

乎闹得地动山摇的庞大的反自然、反国家的十三人团①。据说他们似乎要翻译傅立叶②本人的著作。真是事有凑巧，就在这时，斯捷潘·特罗菲莫维奇的一首长诗在莫斯科被查获。这还是他六年前年轻时在柏林写的。正当它的手抄本在两个爱好者之间传阅时被发现，此外又在一个大学生那里查到。现在我的桌子里也放着一本。它是我去年才得到的，是此前不久斯捷潘·特罗菲莫维奇亲手抄录并有作者的亲笔题词，红色山羊皮精装。其实它不无诗意，甚至不无些许才气；写得很怪诞，不过那时（准确些说，在三十年代）是常有人写写这类玩意的。要叙述情节可就为难了，因为我其实一点儿也看不懂。这似乎是一篇采取抒情剧形式的讽喻作品③，与《浮士德》第二部相似。开幕是女声合唱，然后是男声合唱，后来是别具一格的团体合唱，最后是从未投生却渴望到人世走一遭的幽灵们的合唱。所有这些合唱的内容都很含糊，大都是对某某的诅咒，然而仿佛极富幽默意味。这时场景突然更换了，所谓"生活的节日"到了，在这个节日连昆虫也唱起歌来，一只乌龟上场，用拉丁文作了例行致辞，如果我没有记错的话，甚至有一种矿物也唱了什么，那可完全是非生物啊。总之，歌声不绝于耳，说起话来就是无谓的谩骂，当然啦，仿佛含义深远。最后，场景又换了，出现一片荒野，一个文雅的青年徘徊于悬崖峭壁之间，摘

---

① "反自然、反国家的十三人团"是对彼得拉舍夫斯基小组（1845—1849）的讽刺性称呼。这一派继承了十二月党人的解放要求，希望铲除专制农奴制度，其中很多人拥护空想社会主义。陀思妥耶夫斯基年轻时也是该小组成员。

② 傅立叶（1772—1837），19世纪初空想社会主义最著名的代表人物之一，在彼得拉舍夫斯基派中很有影响。从陀思妥耶夫斯基的书信中可以看出，他在19世纪40年代曾醉心于傅立叶提出的设立生产消费协会的主张。

③ 陀思妥耶夫斯基部分地利用弗·谢·佩切林（1807—1885）——1836年侨居国外的俄国语文学家和文学家——的长诗《死亡的胜利》（1833—1834）来说明斯捷潘·特罗菲莫维奇的作品。《死亡的胜利》中有很多合唱，还有非生物的合唱（风的合唱，火炬的合唱，星辰的合唱）。有一场出现了死亡——一个"骑着白马的美少年"。苍天、大地以及地球和其他行星上的民族追随着死亡，高呼"Vive la mort！Vive la mort！Vive la mort！"（死亡万岁！）。佩切林的这篇长诗被赫尔岑和奥加廖夫收入了文集《十九世纪俄国秘密文献》（1861）一书。

下一些野草，含在嘴里嘚着。仙女问，为什么他要嘚这些野草，他答道，他觉得自己洋溢着生命力，想寻求一种蒙眬的睡意，而这些草汁终于使他如愿；然而他的主要愿望是丧失理智（这个愿望也许是多余的呢）。然后，一位风姿如玉的美少年骑着黑马骤然驰来，而追随其后的是各族人民大众。青年是死亡的象征，而各族人民渴望着死亡。终于到了最后一场，蓦地出现一座巴比伦塔，大力士们唱着新希望之歌，终于就要建成，而在顶层即将竣工的时候，主人，姑且说是奥林匹斯山上的主人吧，却神态滑稽地溜走了，于是机灵的人类占据了他的位置，怀着对事理的新的领悟立即开始了新生活。咳，就是这么一首长诗那时被看作危险作品。去年我曾建议斯捷潘·特罗菲莫维奇将它付印，因为在当代它是全然无害的。可他拒绝这个建议，显然很不高兴。说它无害，这种看法使他大为扫兴，我甚至认为，整整两个月来他之所以对我有点冷淡，也是起因于此。结果怎样呢？几乎就是我提议在这里付印的时候，这首长诗却意外地在**那边**，即在国外出版了，被收入一本革命文集，而斯捷潘·特罗菲莫维奇事前一无所知。他起初骇然，急忙求见省长，又往彼得堡写了一封措辞高雅的申辩信，他把这封信向我读了两遍，不过并未寄出，因为不知道该寄给谁。总之，整整一个月他忐忑不安。不过我深信，他在内心深处是非常得意的，几乎睡觉时也带着他所收到的那本文集，白天就把它藏在褥垫下面，还不让女仆去铺床，尽管天天在等着某处发来的电报，但神态傲然。结果什么电报也没有收到。于是他与我又和好如初，这也足以说明他心地非常善良，谦和而不计前嫌。

二

我并不是说，他丝毫没有受过打击；不过现在我毫不怀疑，他当初是可以把有关阿拉伯人的讲演继续下去的，只要略作必要的解释即可。但他那时自视甚高，匆匆断定，他的一生已毁于"风云变幻"。倘要挑明全部真相的话，那么改变他的前程的真正原因，是中将夫人、大富婆瓦尔瓦拉·彼特罗夫娜·斯塔罗夫金娜重申过去对他的礼聘，请他以高级教师和朋友的身份负责她的独生子的教养和全面智育，至于优厚的报酬就不必提了。这个建议最初还是在柏林向他提出的，恰在他第一次丧偶的时候。他早在少不更事时娶的结发妻子，是本省一个轻佻的姑娘，为了这个还挺有魅力的娘们，他备尝苦涩，既因为供养不起她，也由于别的一些微妙的原因。她死于巴黎，最后三年夫妻分居，她身后给他留下一个五岁的幼子，"还不曾被愁云笼罩的燕尔新婚的结晶"，感伤的斯捷潘·特罗菲莫维奇曾在我面前如此慨叹。孩子一出世就被送回俄国，一直由穷乡僻壤的几位远房姑妈扶养。那时斯捷潘·特罗菲莫维奇谢绝了瓦尔瓦拉·彼特罗夫娜的聘请，不久，甚至一年不到，他就再婚，娶了柏林的一个沉默寡言的德国女子，实际上并无特殊的必要。不过此外还有推辞的其他原因：当时有一位他忘不了的教授声誉鹊起，使他艳羡不已，于是他也走上讲台，细心备课，要一展他那雄鹰的翅膀。眼下既然铩羽而归，自然想起了当初就曾跃跃欲试的那份礼聘。与他共同生活不到一年的第二位夫人的突然亡故，使问题迎刃而解。坦率地说：决定一切的是瓦尔瓦拉·彼特罗夫娜对他的那份热情的关怀，那份宝贵的近乎完美的友情，如果可以这样形容友情的话；他投入了友情的怀抱，于是事情定了下来，一晃就是二十多年。我用了"怀抱"这个字眼，可千万不要有谁想入非非，这里只能按照最高尚的道德含义来理解怀抱。一种极微妙、极高雅的联系把两位如此出色的人物结合起来了，这是永恒的结合。

教席之所以被接受，还因为斯捷潘·特罗菲莫维奇的结发妻子留下的小小庄园恰与斯塔夫罗金夫妇在我省的一座非常壮丽的近郊庄园斯克沃列什尼基毗邻。何况他从此可以摆脱大学里的烦杂工作而在宁静的书斋献身于学术，以深奥的学术著作丰富祖国的文献。虽然并没有学术著作问世，然而却能在其余生，在二十余年里，作为"责难的化身"站在祖国面前，诚如人民诗人所云：

　　　你作为责难的化身

………………

　　站在祖国面前，

　　你——自由派的理想家。①

　　不过，人民诗人所提到的那个人物，倘若愿意，也许真的有资格一辈子摆出这么一副架势，尽管乏味得很。至于咱们的斯捷潘·特罗菲莫维奇比起那样的人，老实说，不过是效颦之辈，而且站得倦了，往往还侧身而卧。然而尽管是侧卧，这样的卧姿依然能体现责难之意，平心而论，为了向区区一省示威，这样也就够了。你不妨看看他在我们俱乐部里是怎样坐上牌桌的。他的神气仿佛在说："打扑克！我居然坐在这里同你们打叶拉拉什②！难道这种现象是能够容忍的吗？谁该对此负责？是谁断送了我的事业，使我不得不打牌混日子？唉，该死的俄罗斯！"于是他傲然地打出一张王牌红桃。

　　其实他极爱打牌，因而与瓦尔瓦拉·彼特罗夫娜屡生龃龉，尤其在最近，特别是因为他总是输。这在以后再说。我只想指出，他还是（不如说有时是）很有良心的人，他因为赌博而含羞抱愧，常常郁郁不欢。在与瓦尔瓦拉·彼特罗夫娜结交的二十年间，他每年照例有三四次陷入我们所谓的"忧国忧民"的心境，其实就是心情抑郁，然而这个字眼却为可敬的瓦尔瓦拉·彼特罗夫娜所乐用。后来除了忧国忧民，他又陷入了对香槟酒的嗜好；不过敏感的瓦尔瓦拉·彼特罗夫娜毕生都在竭力阻止他的庸俗倾向。他也正需要一个保姆，因为他有时很反常：他在极其崇高的忧国忧民的心境中会突然像道地的凡夫俗子那样开怀大笑。有时甚至用谐谑的口吻谈论他自己。可是瓦尔瓦拉·彼特罗夫娜所怕的无过于这种谐谑。她是一丝不苟的女人，是学术和文艺的庇护人，只遵循极其崇高的意愿行事。这位高贵的夫人对她可怜的朋友是有重大影响的。关于她有必要另作交代，我这就来谈

---

① 引自涅克拉索夫的长诗《熊猎》。

② 一种古老的牌戏，近似于惠斯特。

谈她。

三

有的友谊是很奇怪的，两个朋友都恨不得把对方吃了，毕生如此，却又分不开。分手无论如何也不行：使着性子绝交的一方会首先病倒，说不定还会一命呜呼，如果当真绝交的话。我确实知道，斯捷潘·特罗菲莫维奇有好几次，有时还是在单独与瓦尔瓦拉·彼特罗夫娜互诉隐衷之后，在她走后突然从沙发上跳起来，用拳头擂起墙壁来。

他丝毫不是矫揉造作，有一次甚至把墙上的灰泥也擂得掉了下来。也许有人会问，我怎么会知道如此微妙的细节？可是，如果我本人就是目击者呢？如果斯捷潘·特罗菲莫维奇不止一次伏在我肩头痛哭失声，绘声绘影地亲自向我描述全部内情呢？（在这种情况下他真是无话不谈啊！）可是，请看痛哭之后往往会发生的情况吧：第二天他就因为自己忘恩负义而情愿被钉上十字架；急忙把我叫到身边或者自己跑来见我，唯一的目的就是要告诉我，瓦尔瓦拉·彼特罗夫娜是"品格高尚、彬彬有礼的天使，而他却恰恰相反"。他不仅跑来对我说，而且不止一次写信向她本人生动地描述这一切，还签上自己的全名，郑重承认，譬如就在昨天，他曾对别人讲，她是出于虚荣心才留下他，她忌妒他的博学和才华，说她恨他，却不敢露于形色，因为怕他离她而去，以致有损于她在文坛的声望；他说，他因此而鄙视自己，决意自戕，现在就等她一言而决，如此等等。由此可见，这个长不大的五十岁的孩子，一旦冲动起来，会达到如何歇斯底里的程度！有一次我亲眼看了他的一封信，那是在他们为了微不足道的小事而恶语相加的争吵之后。我不禁骇然，央求他不要把信寄出。

"不行……老实说……这是责任……我会死的，如果不向她坦陈一切一切的话！"他几乎是热病发作似的回答道，终究还是把信寄了出去。

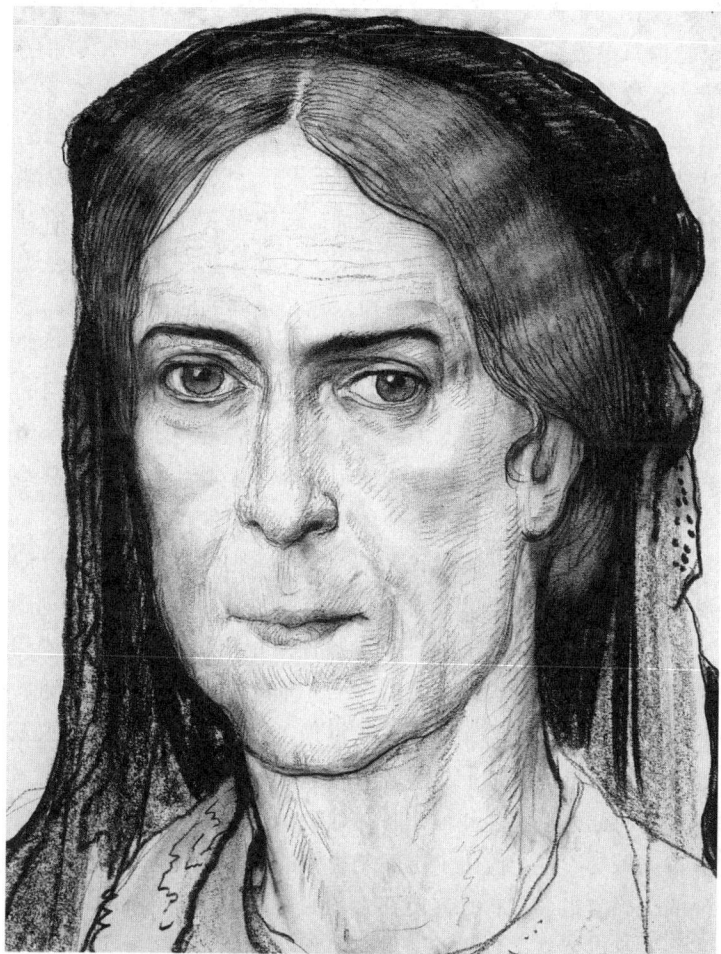

他们的不同之点正在于她是永远不会寄出这样的信的。的确，他对写信真是情有独钟，即使两人同住一幢房子，也要写信给她，在歇斯底里发作的情况下，还会一天写两封。我确实知道，即使一天有两封，她也总是极细心地阅读，还作出标记，分类放入一只专用的小匣子里；不仅如此，还把信的内容暗记于心。她让她的朋友空等一天，不给任何回音，而在见面时不动声色，若无其事。渐渐地她把他训练得帖然就范，再也不敢提及头一天的事了，只是不时地看看她的眼色。但是她什么也没有忘记，他有时却忘记得实在太快了，而且受到她平静的神态的鼓舞，往往就在当天，只要有朋友来访，就会喝着香槟，孩子似的又笑又闹。可想而知，她在这样的时刻望着他，眼神里该有多少怨毒，而他却懵然不觉！也许过了一周、一个月，甚至半年，在某一个特殊时刻，他无意中想起信里的一句话，想起信的全部内容，以及一切有关的情况，猛然羞愧难当，难受至极，以至他的轻度霍乱发作而病倒。他所特有的这种状似轻度霍乱的发作在某些情况下只是神经震荡的结果，也是他体质中的令人发噱的奇趣。

真的，瓦尔瓦拉·彼特罗夫娜确实常常恨他；可是有一点他到死也没有发觉，即对她来说，他终于成了她的儿子，她的一个创造物，甚至可以说是她的一个虚构；他与她骨肉相连，她留下他，雇用他，绝不是仅仅出于"忌妒他的才华"。这种猜疑对她该是多大的侮辱！她对他怀有不可遏止的爱，而又经常恨他、怨他、蔑视他。她无微不至地关怀他、照料他二十二年，当问题涉及他作为诗人、学者、名流的声誉的时候，她忧心忡忡，彻夜难眠。她臆造了他，而且对自己的臆造首先深信不疑。他仿佛是她梦想中的人物……但是她因此而要求于他的也确实很多，有时甚至要求他服服帖帖。而她那样不忘旧怨，简直令人难以置信。我要顺便讲两段趣闻。

四

在关于解放农奴的传闻不胫而走，俄罗斯举国欢腾，迎接复兴的时候，有一天路过本地的彼得堡的一位男爵造访瓦尔瓦拉·彼特罗夫娜。他是有广泛上层关系并且深谙政局的人物，瓦尔瓦拉·彼特罗夫娜非常重视类似的造访，因为自从丈夫过世，她在上流社会的联系便日渐减少，以至中断。男爵在她家里待了一个小时，喝了茶。没有旁人在座，不过瓦尔瓦拉·彼特罗夫娜邀请了斯捷潘·特罗菲莫维奇，作了介绍。男爵居然听说过他，或者是假装听说过，但在喝茶时却很少理睬他。斯捷潘·特罗菲莫维奇当然不容怠慢，何况他的风度极为优雅。虽然出身似乎不高，但是幼年曾经有机会在莫斯科的名门受到教育，因而教养有素；他能像巴黎人一样说一口流利的法语。因此，男爵一见之下就应当看出，瓦尔瓦拉·彼特罗夫娜虽然蛰居外省，身边却有怎样的人物。结果并不是这样。在男爵肯定刚刚传开的关于伟大改革的传闻完全属实时，斯捷潘·特罗菲莫维奇忍不住叫了一声**乌拉**，甚至还做了一个手势来表示他的狂喜。他的叫声不高，甚至还很优雅。甚至那份狂喜还是预先想好的，而手势在喝茶前的半小时就特意对着镜子反复练习过；想必当时出了什么差错，以至男爵竟微微一笑，不过随即彬彬有礼地插话道，全体俄国人都目击这一伟大事件而深感欣慰。不久他就走了，而且临走时也没有忘记向斯捷潘·特罗菲莫维奇伸出两根手指握别。回到客厅以后，瓦尔瓦拉·彼特罗夫娜有两三分钟一言不发，好像在桌子上寻觅什么；但她忽然向斯捷潘·特罗菲莫维奇转过身来，面色苍白，两眼冒火，声音低沉地缓缓说道：

"这是我永远不能宽恕你的！"

第二天她若无其事地与自己的朋友见面；对发生过的事情再也不提。但是十三年后，在一个伤感的时刻，她又回想起来而埋怨他，而且面色苍白，与十三年前第一次抱怨他的时候完全一样。她一辈子只对他讲过两次："这是我永远不能宽恕你的！"男爵事件已经是第二次了。第一次的事件也很典型，而且似乎对斯捷潘·特罗菲莫维奇的命运有重大影响，所以我决定旧事重提。

这件事发生在一八五五年春季的五月，就在斯塔夫罗金中将去世的消息传到斯克沃列什尼基之后。他是一个鲁莽的老人，在奉命赶赴作战部队，前往克里米亚的途中死于胃病。瓦尔瓦拉·彼特罗夫娜成了遗孀，一身丧服。诚然，她不会太悲痛，因为最后四年与丈夫因性格不合而完全分居，只付给他生活费（中将本人总共只有一百五十名农奴和薪俸，还有的就是显贵的身份和上层关系；全部财产和斯克沃列什尼基都属于瓦尔瓦拉·彼特罗夫娜，一个十分富有的包税商的独生女儿）。尽管如此，出乎意外的消息还是使她感到震惊而完全离群索居。不言而喻，斯捷潘·特罗菲莫维奇寸步不离地随侍左右。

　　正是百花争艳的五月；傍晚景色迷人。稠李花开了。每到黄昏两个朋友就在花园里相聚，在凉亭里坐到夜色降临，彼此倾诉各自的感情和思绪。这是诗情画意的时刻。瓦尔瓦拉·彼特罗夫娜有感于命运的变化，更比平日健谈。她似乎与自己的朋友很贴心，这样度过了几个傍晚。斯捷潘·特罗菲莫维奇突然有了一个奇怪的想法："莫非这个郁郁寡欢的寡妇有意于我，期望我在她服丧周年之后向她求婚？"这是一个玩世不恭的念头；然而一个人生性高雅，有时却就因为有多方面的修养而更倾向于玩世不恭。他琢磨着，觉得真像是那么回事。于是寻思起来："财产可观，不错，可是……"确实，瓦尔瓦拉·彼特罗夫娜算不上一个美人：她是高个子，面色发黄，瘦骨嶙峋，一张狭长的马脸。斯捷潘·特罗菲莫维奇越来越犹豫，他为疑虑所苦，甚至因为难于决断而哭了一两次（他常哭）。晚上在凉亭里，他的脸不由自主地流露出调侃和嘲弄的神气，流露出卖弄风情而又高傲的表情。这却是无意中情不自禁的表现，甚至越是高尚的人，这种表现越触目。天知道该怎样评说，然而更可能的是，瓦尔瓦拉·彼特罗夫娜的心里并没有起过什么念头，足以使斯捷潘·特罗菲莫维奇有理由那样猜疑。何况她也不会把自己的姓氏斯塔夫罗金改换成他的姓氏，尽管他的姓氏也那么光彩。也许她的表现不过是女性的撒娇，女性下意识的需要的流露，在一些特殊的场合女人有这种需要是十分自然的。不过我不敢说一定对；甚至时至今日女人的心依然深不可测！不过我还是说下去吧。

　　应该设想，她很快就看透了他那怪怪的脸色；她敏感而精细，而他有时却太天真了。不过黄昏仍旧那样度过，谈话依然富于诗意和情趣。有一天，随着夜幕降临，在活跃而诗意盎然的谈话之后，他们在斯捷潘·特罗菲莫维奇住宿的厢房台阶边热情地握手道别。每年夏天他都要从斯克沃列什尼基主人的豪宅搬进这个几乎坐落在花园里的小小厢房。他刚刚走进房间，在惴惴不安的思绪中取一支雪茄，还没有点燃，倦怠地静立于敞开的窗前，看着缕缕白云围绕着明月飘动，这时一阵轻微的窸窣声使他哆嗦了一下，转过身来。仅仅在四分钟之前才告辞的瓦尔瓦拉·彼特罗夫娜又站在他的面前。黄黄的脸庞几乎发青，紧抿着嘴唇，嘴角抽搐。她以坚定而毫不容情的目光沉默地逼视他的眼睛，有整整十秒钟之久，突然又低沉又急切地说道：

"这是我永远也不能宽恕你的！"

已经过了十年以后，斯捷潘·特罗菲莫维奇向我低声讲述了这段伤感的故事，事先还闩上了门。他起誓，他当时愣在那儿，竟没有听见也没有看见，瓦尔瓦拉·彼特罗夫娜是怎样消失的。此后她对这段往事从未有过什么暗示，而且始终若无其事，所以他一生都不免要想，这一切都不过是大病之前的幻觉，何况他当夜就真的病倒了，足有两个星期没有痊愈，于是凉亭里的约会也就中止了。

尽管他但愿那是幻觉，然而终其一生，他每天都仿佛在等待着这件事的下文，或者说结局。他不信就这么结束了！既然如此，他有时就不免对自己的朋友投以诧异的目光。

五

她甚至亲自给他设计了一套服装，他也就穿了一辈子。这套服装优雅而有特色：下摆长长的黑色常礼服，几乎一直扣到上面，俊俏合体；宽边礼帽（夏天是草编的）；白色麻纱领带，系成两侧下垂的大蝴蝶结；顶端镶银的手杖，长发垂肩。他那深褐色头发，只是最近才有点花白。不留胡须。据说他年轻时非常漂亮。不过在我看来，即使到了老年他也很引人注目。何况五十三岁又怎能算老？可是，由于要卖弄忧国忧民，他不仅不愿显得年轻，似乎反而炫耀上了年纪的持重。高高瘦瘦的身材，垂肩长发，凭着那一身打扮，挺像一位大家庭的长者，或者不如说更像三十年代一本出版物上诗人库科利尼克①的一幅石印肖像，尤其是夏天在花园里的时候：他坐在长椅上，在盛开的丁香花下，双手轻扶手杖，身边放着一本打开的书，对着西下的夕阳富于诗意地沉思。说到这里，我想指出，他到后来对读书越来越不感兴趣了。不过这是晚年的情况。瓦尔瓦拉·彼特罗夫娜大量订阅的报刊，他是经常阅读的。对俄罗斯文学的成就，他也经常关心，不过丝毫不失自尊。他曾醉心于研究我国当代的内政外交，可是不久就把手一挥，放弃了研究。他往往拿着托克维尔②的著作踱入花园，口袋里却揣着私下隐藏的保罗·德·科克③的轻松读物。不过这是微不足道的小事。

我想顺便说说库科利尼克的肖像。瓦尔瓦拉·彼特罗夫娜第一次得到这幅小画像的时候，还是在莫斯科贵族女子寄宿中学读书的小女孩。她立即爱上了肖像，这是中学里所有小女孩的通病，她们见谁就会爱上谁，同时也会爱上自己的老师，主要是书法老师和绘画老师。然而意味深长的倒不在于小女孩的特点，而是瓦尔瓦拉·彼特罗夫娜到了五十岁还珍藏着这幅小画像，它是她最隐秘、最心爱的宝贝之一。也许正是由于这个缘故，她才给斯捷潘·特罗菲莫维奇也设计了一套与画像有点相似的服饰。当然，这也是小事一桩。

在瓦尔瓦拉·彼特罗夫娜身边的最初岁月，或者不如说前半期，斯捷潘·特罗菲莫维奇还想着写作，每天都认真地打算动笔。可是到了后半期，他想必连早已熟悉的东西也忘记了。他越来越经常地对我

---

① 库科利尼克（1809—1868），俄国作家，写有很多维护宗教和专制的剧本、小说和诗歌。

② 托克维尔（1805—1859），法国资产阶级自由派史学家和政治活动家，其主要学术著作《旧制度与大革命》阐述了法国1789年革命的历史。

③ 即夏尔-保罗·德·科克（1794—1871），法国通俗小说家。这里是把他作为轻松读物的炮制者而提及的。

们说："好像已经作好了写作的准备，材料也收集齐了，可就是写不下去！一事无成！"于是沮丧地低下头来。毫无疑问，这使为科学而受难的他在我们的心目中显得更加伟大；可是他本人似乎别有所求。"人们把我忘了，谁也不需要我了！"他不止一次情不自禁地说道。他的这种深深的苦闷，到五十年代末特别严重。瓦尔瓦拉·彼特罗夫娜终于明白不能掉以轻心。何况一想起人们把她的朋友忘记了，不再需要他了，她就无法忍受。为了让他的苦闷得到排遣，也为了恢复他往日的光荣，她把他带到了莫斯科，她认识那里的一些高雅的文人学者；不料莫斯科也不能尽如人意。

那是一个特殊的时期，一股新的浪潮兴起了，与先前的死水一潭大不相同，不知什么缘故，你觉得它很奇特，却又到处感觉得到它的存在，甚至在斯克沃列什尼基也不例外。有种种传闻。总的说来大家对事实都有所了解，不过显而易见的是，除了事实还有随之而来的种种观念，主要是它们大量涌现。这就使人感到尴尬：你无所适从，也无法准确地知道，这些观念的含义究竟是什么？瓦尔瓦拉·彼特罗夫娜出于女人的天性，一定要探究其中的奥秘。她亲自阅读报刊，以及私下流传的国外出版物，甚至当时开始出现的传单①（这一切都有人为她搜罗）；结果只弄得她晕头转向。她又开始写信了，给她的答复很少，而且越来越令人莫名其妙。斯捷潘·特罗菲莫维奇被郑重其事地请来向她澄清"所有这些观念"；可是对他的解释也十分不满。斯捷潘·特罗菲莫维奇对整个运动采取极其倨傲的态度；他把一切都归结为他本人被忘却，被置于无用之地。终于也有人提起了他，起先是在国外的出版物上，说他是流放中的受难者，随即是在彼得堡，说他曾经是著名星座中的一颗明星；甚至把他与拉吉舍夫相提并论，也不知是什么缘故。后来有人发表消息，说他已经去世，还许诺要写一篇

---

① 从 19 世纪 60 年代开始，散发传单成为俄国革命民主主义者同专制制度进行斗争的重要手段，例如他们曾散发《致年轻的一代》、《大俄罗斯人》（1861）、《年轻的俄国》等传单。

悼念他的文章。斯捷潘·特罗菲莫维奇刹那间就复活了，而且气概非凡。他对当代人的倨傲态度陡然消失，心中燃起了炽烈的愿望：参与运动，一显身手。瓦尔瓦拉·彼特罗夫娜立即对一切又充满信心，拼命忙活起来。决定毫不迟疑地前往彼得堡，了解事实真相，亲自研究，如果可能，要全身心地投入活动。此外，她宣布要创办自己的杂志并为它奉献余生。斯捷潘·特罗菲莫维奇眼见情况发展到了这一步，变得更加傲慢了，在赴彼得堡的途中，就对瓦尔瓦拉·彼特罗夫娜几乎摆出庇护者的架势，——她立即把这一点铭记在心。不过她此行还另有相当重要的原因，即恢复上层关系。必须尽可能让上流社会知道她的存在，至少要作一番尝试。不过此行的主要借口却是要看望她那即将毕业于彼得堡高等政法学校的独子。

六

他们去了，而且在彼得堡几乎住了整个冬季。可是，到大斋①前夕，一切都像美丽的肥皂泡一样破灭了。幻想落空，而混乱非但没有澄清，反而变得更加糟心。首先，上层联系几乎毫无进展，只有微不足道的接触，而且还是仰人鼻息的高攀。深感屈辱的瓦尔瓦拉·彼特罗夫娜转而一头扎进了"新观念"，并且开始在自己家里举办晚会。她邀请文学家，于是立即有很多文学家被领到她的家里。以后他们就不请自来，呼朋引类。她还从未见过这样的文学家。他们令人难以置信地徒务虚名，而且丝毫不加掩饰，仿佛这就是他们的使命所在。有些人（虽然远不是全体）甚至大醉而来，却仿佛觉得醉态有一种特殊的、昨天刚被发现的美。他们全都莫名其妙地骄傲得出奇。所有人的神气都分明在说，他们刚刚发现了一个非常重要的秘密。他们肆意谩骂，还自鸣得意。很难了解到他们究竟有什么作品；可是在座的却有评论家、小说家、剧作家、讽刺作家、暴露性作家。斯捷潘·特罗菲

---

① 复活节前持续七周的吃斋期。

莫维奇甚至挤进了他们最高的圈子,就是那里在指导着运动。指导运动的人高高在上,但他们殷勤地欢迎他,当然,谁都对他一无所知,也从未听说过他,除了他能"阐述思想"之外。他在他们身边巧于周旋,尽管他们德高望重,居然有两次好不容易把他们请到了瓦尔瓦拉·彼特罗夫娜的沙龙。这些人很严肃,也很有礼貌,举止得体;看来别人都怕他们;不过他们显然无暇应酬。还有两三位过去的文坛名人也露面了,他们碰巧也在彼得堡,而且瓦尔瓦拉·彼特罗夫娜早就和他们保持着最美好的关系。然而使她吃惊的是,这些真正的而且无可置疑的名人却低声下气,有的简直是巴结那鱼龙混杂的一群,卑鄙地阿谀奉承。起先斯捷潘·特罗菲莫维奇很走运;人们迎合他,在公开的文学集会上把他推向前台。在一次公开的文学朗诵会上,他第一次登台朗诵时,响起了极其热烈的掌声,掌声持续了五分钟之久。九年后他噙泪回忆这段往事,不过宁可说是由于爱好艺术的天性,而不是出于感激之情。"我向您起誓,而且我打赌,"他亲口对我说(不过只是对我才说,而且是在私下里),"全体听众中,简直没有任何人对我有丝毫的了解!"这是一个出色的自白:由此看来,他有敏锐的头脑,既然他当时在台上尽管得意忘形,却能洞察自己的处境;由此看来,他又没有敏锐的头脑,既然时隔九年,他回忆起来还不无委屈之感。人们曾要他在两份或三份集体抗议书①上签名(他自己也不清楚抗议什么),他签了。还有人逼着瓦尔瓦拉·彼特罗夫娜签名抗议一起"丑行",她也签了。不过,这些新来者大多数虽然拜访瓦尔瓦拉·彼特罗夫娜,却不知何故竟自以为有理由轻视她,公然加以嘲笑。后来斯捷潘·特罗菲莫维奇在伤感的时候曾向我暗示,从那时起她就忌妒他了。她当然明白,那些人是不可交的,但仍然以女性那种歇斯底里的急切心情热烈地接纳他们,而主要的是她似乎始终在期待

---

① 50 年代末至 60 年代初俄国文学家和报刊为了用某种方式引导社会舆论,往往采
   取集体抗议的手段,公开揭露某些持有反动偏见和农奴制观点的人们在社会道德
   方面的"丑行"。

着什么。她在晚会上话语很少，尽管她是可以说话的；可她多半在默默地倾听。人们纷纷议论，关于废除书报检查制度和词末的硬音符，关于以拉丁文字母代替俄文字母，①关于昨天某人被流放，关于市场②上的一起丑闻，关于俄罗斯实行民族自治而保持自由联邦关系的好处，关于取缔陆海军，关于恢复波兰以第聂伯河为界的疆域，关于农业改革和传单，关于取消继承权、家庭、子女和神父，关于妇女权利，③关于任何人都永远不会宽恕的克拉耶夫斯基④先生的房产，等等，等等。显然，在新来的这一群鱼龙混杂的人之中有很多痞子，但毫无疑问，也有很多正派的甚至很有吸引力的人物，尽管他们毕竟有些令人讶异之处。正派的人远比那些不正派的粗野的家伙更叫人难以理解；然而不知究竟谁在谁的掌握之中。瓦尔瓦拉·彼特罗夫娜宣布创办刊物的意向以后，更多的人涌到了她的家里，而且立即当面纷纷指责她是剥削劳动者的资本家。指责的放肆和突兀都令人目瞪口呆。年老的将军伊万·伊万诺维奇·德罗兹多夫是已故斯塔夫罗金将军的旧交和战友，一位极可尊敬的人物（不过是从一定角度来看），而且我们所有在场的人都认识他；他极为固执、易怒，吃得极多，对无神论怕极了。在瓦尔瓦拉·彼特罗夫娜的一次晚会上，他与一位年轻的名流争执起来。青年人对他说的第一句话是："您既然这样讲话，那

---

① 1862 年在彼得堡举行了一系列正字法问题会议，首都的俄语教师和某些新闻记者与会。陀思妥耶夫斯基的《时代》杂志 1862 年第 3 期所载小品文《关于正字法的纷争》是对会议最尖锐的评论之一。

② 60 年代彼得堡的什坚鲍克市场，是首都进步青年通常集会的地方。人们在这里发表演说，作报告，展开讨论等。

③ 显然，陀思妥耶夫斯基的这段文字是暗指革命民主主义传单《年轻的俄罗斯》的内容。1862 年由扎伊奇涅夫斯基出版发行的这一传单引起了社会的关注。它所提出的要求，包括把俄国变为"各省共和联邦制同盟"，逐步由民族近卫军取代常备军，让波兰完全独立，取缔寺院，妇女享有同男子完全平等的权利，组织对儿童的社会教育，取消继承权。

④ 安·亚·克拉耶夫斯基（1810—1889），一个没有原则的圆滑的出版商和记者，靠出版业的巨额利润成为房产主。陀思妥耶夫斯基曾在一篇文章中对他痛加讥评。

么您一定是个将军，"那意思是，他找不到比将军这个字眼更厉害的骂人话了。伊万·伊万诺维奇非常气愤："是的，先生，我是将军，一位中将。我曾经为我的国君效力。而你，先生，是一个无知小儿和无神论者！"不可容忍的丑闻发生了。第二天报纸揭露了这件事，而且因为瓦尔瓦拉·彼特罗夫娜不愿立即赶走将军而开始征集签名，反对她的"不成体统的行径"。画刊上出现了漫画，在一幅小小的画面上把瓦尔瓦拉·彼特罗夫娜、将军和斯捷潘·特罗菲莫维奇作为三个反动朋友而刻薄地加以描绘；漫画还附有人民诗人针对这一事件而写的诗。我发觉，那些挂着将军军衔的大人物确实有一个可笑的习惯，说什么"我曾为我的国君效力"……就好像他们的国君不是我们这些普通臣民的国君，而是另有其人，只属于他们。

不言而喻，不能在彼得堡待下去了，特别是因为斯捷潘·特罗菲莫维奇也遭到了彻底的失败[1]。他受不住了，开始鼓吹艺术的权利，却招来了更无情的大声嘲笑。他在自己最后一次讲话时，想以一篇冠冕堂皇的漂亮演说发挥影响，打动人心，并期望人们会对他"被流放"表示敬意。他毫无异议地同意"祖国"是一个既无益又可笑的字眼；也同意宗教有害的思想，但响亮而坚定地宣称，普希金比靴子重要，而且远为重要。[2]嘘声四起，他还没有走下讲台就当众号啕痛哭。瓦尔瓦拉·彼特罗夫娜把奄奄一息的他带回了家里。"他们对待我就像对待一顶旧草帽一样！"[3]他语无伦次地嘟哝道。她通宵伺候，给他服桂樱叶水，而且直到天色破晓反复对他说道："您还是有用之才；您还会大显身手；您还会受到重视的……在别的地方。"

第二天一早就有五位文学家来见瓦尔瓦拉·彼特罗夫娜，其中三

---

① 原文为意大利文。

② 这是对皮萨列夫关于艺术的某些论述的抨击。皮萨列夫反对"纯艺术"和唯心主义美学，然而在一系列论文（《现实主义者》、《普希金与别林斯基》等）中对艺术以及普希金的创作作了反历史主义、狭隘功利主义的错误评价。

③ 原文为法文，以后不再注明，用仿宋体排印。

人是她从未谋面的陌生人。他们面色严峻地向她宣布,他们对她的杂志问题进行了研究并作出了有关决定。瓦尔瓦拉·彼特罗夫娜从未委托别人就她的杂志问题进行研究或作出什么决定。他们的决定是,她把杂志创办起来以后,要立即根据自由结合的原则,将杂志连同资金转让给他们;她本人回到斯克沃列什尼基去,并且不要忘记把"思想陈腐的"斯捷潘·特罗菲莫维奇带走。出于大度,他们同意产权归她所有,每年将纯利润的六分之一汇至她的名下。最令人感动的是,这五个人中大概有四人全无利己的动机,完全是为"共同的事业"而奔波。

"我们懵懵懂懂地离开了,"斯捷潘·特罗菲莫维奇叙述道,"我脑子里一片空白,记得我伴随着车厢的碰撞声而喃喃不已:

> 维克和维克和列夫·卡姆别克①,
> 列夫·卡姆别克和维克和维克……

而且鬼知道还说了些什么,就这样直到莫斯科。到了莫斯科才冷静下来,仿佛在这里真的会有所不同。唉,朋友们!"他有时慨然长叹,"你们无法想象,你们的心里会充满怎样的忧伤和恼怒,眼看你们早已视为神圣的伟大思想被碌碌无为之辈接过去并照搬给与他们一样蠢的蠢材,照搬到大街上去,于是你们蓦然发现它已经沦落在旧货市场上,灰头土脸,面目全非,荒唐地向隅而泣,成为蠢人们的玩物,失去了往日的匀称与和谐!不!在我们的时代并不是这样,我们所追求的绝不是这种局面。不,不,绝不是。一切都变得我无法辨认了……我们的时代将再次来临,把目前已经蜕变的一切重新纳入坚实的发展

---

① 维克是俄语"世纪"一词的音译,《世纪》是 1861 至 1862 年在彼得堡出版的周刊,1861 年初因发表被认为是侮辱妇女的《俄国的怪现象》一文而受到普遍的注意和抨击。列夫·卡姆别克是记者,《家庭》和《圣彼得堡通报》的出版者。"维克和维克和列夫·卡姆别克"这种荒唐的词组是对当时讽刺性刊物所登载的诗歌的讽刺性模仿,意在强调当时报刊上日趋激烈的论争"杂乱无章"、"毫无意义"和"烦琐无聊"。

道路。否则怎么得了呢？……"

<h1 style="text-align:center">七</h1>

从彼得堡回来以后，瓦尔瓦拉·彼特罗夫娜立即把自己的朋友送到国外去"休养"；而且她感觉到，他们也必须暂时分手。斯捷潘·特罗菲莫维奇兴高采烈地动身了。"到了那里，我将获得新生！"他满怀激情地叫道，"到了那里，我终于能从事学术工作了！"然而他寄自柏林的最初信件就又老调重弹。"我的心碎了！"他给瓦尔瓦拉·彼特罗夫娜写道，"往事历历，终难忘怀！在柏林这里，一切都使我想起我的旧情，我的过去、青春的欢乐和苦涩。她在哪里？她俩现在在哪里？你们在哪里啊，永远使我自惭形秽的两位天使？我的儿子，我钟爱的儿子在哪里？而我，我自己，原先那个有钢铁般坚强的力量、屹立如山崖的我又在哪里啊，而现在某个安德烈耶夫，一个长着大胡子的东正教小丑居然能把我的生活击得粉碎。"，等等，等等。至于斯捷潘·特罗菲莫维奇的儿子，他一生中只见过两次，第一次是在儿子出生的时候，第二次就是不久前在彼得堡，当时那个年轻人正在准备报考大学。上文曾经提到，这个孩子一直由O省的几位姑姑扶养（生活费由瓦尔瓦拉·彼特罗夫娜支付），离斯克沃列什尼基有七百俄里。至于安德烈耶夫，不过是我们本地的开着一家小铺子的商人，为人古怪，是自学成才的考古学家，热中于搜集俄国的古董，有时与斯捷潘·特罗菲莫维奇在认识问题上，主要是对思潮的认识问题上互相攻讦，彼此挖苦。这位长着灰白胡须、戴着银边大眼镜的可敬商人在斯捷潘·特罗菲莫维奇的小小庄园上（毗邻斯克沃列什尼基）买下了几俄亩树林供他采伐，还有四百卢布没有付清。虽然瓦尔瓦拉·彼特罗夫娜为自己的朋友前往柏林而慷慨解囊，可是斯捷潘·特罗菲莫维奇在临行之前却特别想拿到这四百卢布，也许有秘密开销吧，因此一听说安德烈耶夫要延期一个月支付，差一点没有哭起来，不过延期是有理由的，因为最初的几笔款项由于斯捷潘·特罗菲莫维

奇当时的特殊需要而几乎提前半年就支付了。瓦尔瓦拉·彼特罗夫娜兴致勃勃地看了这第一封信，用铅笔在"你俩在哪里？"这个感叹句下面划了着重线，于是注明日期，锁进了小匣子。当然，他在回忆自己的两位已故的妻子。来自柏林的第二封信，调子又有了变化："我每天工作十二小时（'十一小时也好啊'，瓦尔瓦拉·彼特罗夫娜不满地说），在图书馆翻阅资料、核查、摘录、四处奔走；访问了几位教授。与出色的顿达索夫一家恢复了交往。娜捷日达·尼古拉耶夫娜至今还多么有魅力！她向您致意。她年轻的丈夫和三个侄儿都在柏林。每天晚上我们与青年们座谈到黎明，那几乎就是雅典之夜①，当然仅就机智和风雅而言；一切都很高雅：频频演奏的音乐，西班牙的旋律，对人类复兴的向往，永恒美的观念，西斯廷圣母，光影相间，然而太阳上也有黑点！啊，我的朋友，高尚忠实的朋友！我的心和您在一起，我是您的，永远只和您在一起，无论在什么地方，甚至在马卡尔和他的牛犊所在的地方②，您可记得，我们在离开彼得堡之前曾时常满怀恐惧地谈起它。想起来就要笑。越过国境，我才觉得自己安全了，一种奇怪的、崭新的感受，在如此漫长岁月之后的第一次……"如此等等。

"哼，一派胡言！"瓦尔瓦拉·彼特罗夫娜断然说道，把这封信也收了起来，"既然雅典之夜继续到黎明，那就不可能有十二个小时看书。信莫非是喝醉了写的？不过，让他胡闹去吧……"

"在马卡尔和他的牛犊所在的地方"这句话的原意是"马卡尔不把牛犊往那里赶的地方"。斯捷潘·特罗菲莫维奇有时故意以非常荒谬的方式把俄国谚语和方言译成法语，尽管他无疑能理解得更正确一些，也能译得更好一些；他那样做是有意卖弄，觉得挺俏皮。

但是他没有胡闹太久，连四个月也没有坚持住就赶回了斯克沃

---

① 指古希腊哲学家柏拉图夜晚在雅典郊外的花园里与弟子们的谈话。
② 这里指西伯利亚。

列什尼基。他的最后几封信通篇是倾诉对他那远方朋友的情意绵绵的爱，简直浸透了伤感的泪水。有些人眷恋家门，就像室内驯养惯了的小狗。朋友重逢，欢天喜地。过了两天又一切照旧，甚至更加落寞。"我的朋友，"两星期以后斯捷潘·特罗菲莫维奇极其神秘地对我说道，"我的朋友，我有了一个令我骇然的……新发现：我是一个普通的食客而已，别的什么也不是！是的，什——什么也不是！"

八

此后是一个平静的时期，至今持续了几乎九年之久。时常发作的歇斯底里和对我伏肩痛哭并没有丝毫扰乱我们宁静的生活。我感到奇怪，斯捷潘·特罗菲莫维奇在这个时期竟没有发福。他只是鼻子有点儿发红，更加心平气和。渐渐地，在他的周围形成了一个固定的朋友圈子，不过始终是一个小圈子。瓦尔瓦拉·彼特罗夫娜虽然同这个圈子很少接触，但是我们大家都把她视为庇护者。在接受了彼得堡的教训以后，她终于在我们这个城市安定下来了；冬天住在她市内的府第里，夏天住在她近郊的庄园。近七年来，直至我们的现任省长奉调到职为止，她在我省社交界的作用和影响是前所未有的。令人怀念的前任省长，性格随和的伊万·奥西波维奇是她的近亲，而且受过她的恩惠。他的夫人一想起会惹恼瓦尔瓦拉·彼特罗夫娜就要发抖，而省内社交界对她简直崇拜得五体投地。自然，斯捷潘·特罗菲莫维奇的日子也就很好过。他是俱乐部的成员，输起钱来落落大方，因而赢得了尊敬，不过很多人只是把他看作一个"学者"而已。后来，瓦尔瓦拉·彼特罗夫娜允许他住进了另一幢房子，我们就更加自由了。我们每周两次在他那里聚会；大家很快乐，尤其是在他不吝惜香槟酒的时候。酒就是从那个安德烈耶夫的小铺子拿来的。瓦尔瓦拉·彼特罗夫娜每半年结一次账，在结账的那一天他的轻度霍乱差不多总是要发作。

圈子里最老的成员是利普京①，他是省里的一名官员，年纪不轻了，是个大自由派，全市闻名的无神论者。他第二次结婚，娶了一个年轻漂亮的女人，得到一笔嫁妆，此外，他有三个半大的女儿。他把全家管得战战兢兢、深居简出，又极端吝啬，靠薪俸买了一座小屋，还积了一大笔钱。他为人暴躁，官阶却很低；在市里不大受人尊重，上层人物是不接待他的。何况他还是一再受到惩罚的劣迹昭彰的诽谤者，而且曾分别遭到一位军官和一位身为一家之长的地主的严惩。但是我们喜欢他机灵的头脑，他的好奇心和他所特有的尖刻、乐天的性格。瓦尔瓦拉·彼特罗夫娜不喜欢他，他却总有办法去逢迎巴结。

她也不喜欢沙托夫。他只是去年才成了小圈子里的一员。沙托夫是大学生，在一次学潮之后被学校开除了。他幼年曾是斯捷潘·特罗菲莫维奇的学生，生下来就是瓦尔瓦拉·彼特罗夫娜的农奴，是她已故的仆人帕维尔·费奥多罗夫的儿子，受到她的庇护。她不喜欢他的傲气和忘恩负义，他在被赶出大学校门以后没有马上来投奔她，这是她无论如何也不能原谅的。相反，甚至对她当时特意写来的信置之不理，宁可去投靠一个开明商人，为他管教几个孩子。他与商人一家去了国外，与其说是家庭教师，不如说是照管孩子的男仆；可是他那时太想出国了。孩子们身边还有一位家庭女教师，一位活泼的俄罗斯小姐，她也是在出国前夕才来到这个家庭的，主要是因为要价不高而被聘用。两个月后，商人赶走了她，理由是她有"自由思想"。沙托夫也跟着她一起走了，不久他们在日内瓦结婚，两人共同生活了大约三个星期就分了手，仿佛是两个没有任何约束的自由人；当然，也是由于贫困。后来他独自在欧洲流浪了很久，天晓得靠什么活着。听说，在街头擦过皮鞋，在港口当过苦力。约一年前他终于回到故乡，与老姑母住在一起，一个月后给她办了丧事。他和妹妹达莎的关系极其疏

---

① 据陀思妥耶夫斯基为《鬼》所作的笔记，利普京的原型（或原型之一）是米柳科夫（1817—1897），他是温和的自由派教育家、文学家和文学史家。利普京与他相似之处在于，一方面是家庭的小暴君，另一方面却推崇傅立叶思想。米柳科夫与彼得拉舍夫斯基小组有间接关系，但未参加 60 年代的政治斗争。

远。达莎也被瓦尔瓦拉·彼特罗夫娜所收养，是她的宠儿，生活得很体面。沙托夫和我们在一起的时候总是闷闷不乐，沉默寡言；可是，偶然有人触犯他的信念，他就会恼怒异常，出言不逊。"你得先把他捆起来，然后再同他辩论，"斯捷潘·特罗菲莫维奇有时开玩笑说；但是他喜欢沙托夫。在国外的时候，沙托夫彻底改变了他原有的某些社会主义信念，而且跳到了另一个极端。这是一个充满幻想的俄罗斯人，这种人会突然被某种富于煽动性的思想所征服，于是仿佛立即受到它的控制，有时会终生受制。他们从来没有能力驾驭思想，而是热烈地信仰它，于是从此就仿佛在倒塌下来并把他们压得半死的巨石之下，在垂死的痉挛中度过余生。沙托夫的那副尊容比起他的信念毫不逊色：他举止笨拙，一头淡黄色乱发，矮个子，宽肩，厚嘴唇，一双下垂的淡黄色浓眉，蹙额，阴沉沉的目光固执地向下瞅着，仿佛害羞似的。他头上老是有一撮头发怎么也不肯平伏下来，乱蓬蓬地竖着，他大约二十七八岁。"他老婆跑了，我不会再觉得奇怪了，"瓦尔瓦拉·彼特罗夫娜有一天瞅了瞅他说道。他尽力穿得干干净净，尽管穷得要命。他还是不向瓦尔瓦拉·彼特罗夫娜求助，而是勉强对付着；他也给商人干活。有一次他站柜台，后来要作为掌柜的助手随货船出发，可是临动身时病倒了。难以想象，他能忍受怎样的赤贫，他连想也不去想它。他病了以后，瓦尔瓦拉·彼特罗夫娜曾匿名暗中给他转去一百卢布。不过他知道了这个秘密，想了想，收下了钱，并且来向瓦尔瓦拉·彼特罗夫娜致谢。他受到热情的接待，但是又丢脸地辜负了她的期待：总共只坐了五分钟，一言不发，呆呆地看着地面，憨笑着，可是，不等她说完话，而且是在谈话最有趣的时候，他却突然站了起来，不知为什么竟侧着身子笨拙地鞠了一躬，害羞得要死，无意中又把她那个贵重的嵌花小工作台碰翻在地，咕咚一声摔坏了，他出去的时候，羞愧得无地自容。后来利普京狠狠地责备他没有以轻蔑的态度拒收这一百卢布，因为那是他过去的专横的地主婆的钱，他不但把钱收下了，还要觍着脸去感谢。他孤身一人住在市郊，不喜欢有人去看他，甚至我们这些人也不例外。他经常到斯捷潘·特罗菲莫维奇那里去参加晚会，向他借阅书报。

参加晚会的还有一个叫维尔金斯基的年轻人，是本地的一名官员。他与沙托夫有些相似，不过看起来在各方面都与他截然相反；但他也是"有家室的人"。一个可怜的、十分文静的青年，却也有三十上下了，受过很好的教育，但主要是靠自学。他贫穷、已婚、在职，赡养着姑母和妻妹。他的妻子以及所有女眷都具有最新潮的见解，然而把一切都表现得颇为粗俗，正是所谓"落到街头巷尾的思想"，正如斯捷潘·特罗菲莫维奇在谈论其他话题时所提起过的。她们接受小册子中所说的一切，而且一听说有关首都进步人士的传闻，就会把无论什么都扔出窗外，只要听说有这样的主张的话。维尔金斯基夫人在我们市里当助产士；少女时期曾在彼得堡生活了很久。维尔金斯基本人是少有的心地纯洁的人，我很少见到有谁比他更正直、更热情奔放。"我永远、永远不会放弃这些美好的希望，"他曾目光炯炯地对我说。说起"美好的希望"，他总是低声地、陶醉地、仿佛涉及机密似的窃窃私语。他细高个儿，窄窄的肩膀，稀稀落落的浅棕色细发。斯捷潘·特罗菲莫维奇对他的某些见解的高傲的嘲讽，他都谦和地接受。有时却很严肃地加以反驳，往往使他受窘。斯捷潘·特罗菲莫维奇对他态度亲切，而且对我们大家都像慈父一样。

"你们都是'半瓶醋'，"他曾以戏谑的口吻对维尔金斯基说，"与你们相似的人都是。不过，维尔金斯基，您没有我在彼得堡在这些中学生那里所看到的那种局—限—性，然而终究是'半瓶醋'。沙托夫很想下一番工夫，可是他也是半瓶醋。"

"我呢？"利普京问道。

"您只是不偏不倚，随遇而安……以您特有的方式。"

利普京生气了。

关于维尔金斯基，据说他的夫人与他结婚还不到一年，突然向他宣布不要他了，宁可要列比亚德金。遗憾的是，此话属实。这个列比亚德金是外来人，而且身份非常可疑，根本不是他所自称的退伍上尉。他只会拧胡须、酗酒、无聊地信口雌黄。此人立刻就悍然迁入他们家中，享用别人的面包，在他们家吃，在他们家睡，后来还傲然蔑视男主人。人们言之凿凿，说维尔金斯基在妻子宣布不要他的时候，对她说："我的朋友，在此之前我只是爱你，现在我敬重你，"①不过，事实上未必真有过这一番古罗马式的表白；相反，据说他哭得身子打颤。在他被抛弃的大约两周之后，有一天他们全"家"到市郊的小树林里去，与熟人们一起喝茶②。维尔金斯基快活得有点儿异常，而且还参加跳舞；列比亚德金在独自扭着康康舞，维尔金斯基突然没来由地冲上去，双手揪住他的头发，按下去，把那个巨人拖着就走，一面尖声地又哭又叫。巨人害怕极了，甚至没有反抗，在被拖着的时候几乎是一声不吭；事后却俨然正人君子似的大发雷霆。维尔金斯基整夜跪着恳求妻子饶恕；可是未能求得原谅，因为他终究不愿去向列比亚德金道歉；此外，人们还指责他缺乏坚定的见解，指责他糊涂；说他糊涂，是因为他向一个女人求饶，竟会下跪。上尉不久便踪影杳然，只是最近才又在我们这个城市里露面，带着自己的妹妹，另有所图；不过关于他以后再谈。那个可怜的"有家室的人"自然要对我们排遣内心的苦闷，需要与我们做伴。不过他在我们这里从来不谈家事。只有一次，他和我从斯捷潘·特罗菲莫维奇那里回来的时候，曾隐约谈起自己的处境，可是立即握住我的手，热情洋溢地叫道：

"这没有什么；这不过是个人的私事；丝毫、丝毫也不妨碍我们的'共同事业'！"

我们这个圈子也有偶然来访的客人；犹太人利亚姆申、大尉卡尔图佐夫都来过几次。有一个时期，一个爱寻根究底的小老头儿也常来，可是他死了。利普京曾带来一位被流放的波兰天主教教士斯洛尼

---

① 看来陀思妥耶夫斯基想以这句箴言（《罪与罚》中的列别兹雅特尼柯夫也这样说过）讽刺性地模仿车尔尼雪夫斯基的长篇小说《怎么办？》中关于爱情、婚姻、忌妒的议论。

② 这里也是讽刺性地影射《怎么办？》中的一个情节：在这部小说的第三章，拉赫美托夫对薇拉·巴甫洛夫娜说，她和罗普霍夫、吉尔沙诺夫可以"仍然在一起喝茶"。

采夫斯基，我们在一个时期里曾有原则地接纳他，可后来就不予接待了。

九

有一个时期，市里纷纷传说，我们的圈子是自由思想、腐化和无神论的温床；而且愈传愈烈。其实我们有的只是最天真无邪、引人入胜的纯俄国式的快乐的自由主义闲聊。"最崇高的自由主义"和"最崇高的自由主义者"，即没有任何目的的自由主义者，只是在俄国才会有。斯捷潘·特罗菲莫维奇像任何一个标新立异的人一样，需要听众，而且还需要一种感觉，即他在履行思想宣传的崇高职责。何况总得有人共饮香槟，借着酒兴就俄罗斯和"俄罗斯精神"，一般的上帝和特殊的"俄罗斯的上帝"交流使人开心的想法①，上百次地重复那些人所共知、耳熟能详的出乖露丑的俄罗斯笑话。我们也不回避市里的流言蜚语，有时还道貌岸然地严加评判。我们也涉及全人类的问题，严肃地讨论欧洲和人类的未来命运；断然预言，法国在独裁制度垮台以后②将一下子降为二等国，而且其下降的速度将是悲剧性的。我们早已预言，教皇在统一的意大利其作用不过是一名都主教而已，③并且深信不疑，这个千年未决的问题，在我们这个人道、工业和铁路的时代只是小事一桩。要知道，"最崇高的俄罗斯自由主义"对待问题是不可能有其他态度的。斯捷潘·特罗菲莫维奇有时谈谈艺术，而且讲得很精彩，不过有点儿抽象。有时回忆自己青年时代的朋友，都是在我国青史留名的人物，回忆起来非常动情、仰慕，可是似乎不无忌妒。如果太觉无聊，那么弹一手好钢琴的犹太人利亚姆申

---

① 可能是指彼·维亚泽姆斯基（1792—1878）的诗《俄罗斯的上帝》（1828），诗中讽刺性地描述了俄罗斯日常的精神生活方式。
② 指拿破仑三世被推翻，第三共和国宣布成立（1870）。
③ 意大利国王维克多-伊曼纽尔的军队于1870年占领罗马，把所谓"教省"并入意大利国家，从而结束了罗马教廷的世俗权力以及许多世纪来对政权的觊觎。

（邮政总局的小官员）就坐下来演奏，而在间奏曲中表现猪叫、暴风雨、分娩和婴儿的第一声啼哭，等等；他就是为此而受到邀请的。有时酒喝得过量了，——这种情况是有过的，虽然并不经常如此——大家兴高采烈，有一次甚至在利亚姆申的伴奏下齐声合唱《马赛曲》，不过我不知道效果好不好。我们热情洋溢地迎接了2月19日这个伟大的日子①，而且在此之前早就开始为它干杯了。这是很久以前的事情了，沙托夫和维尔金斯基都还没有来，斯捷潘·特罗菲莫维奇还和瓦尔瓦拉·彼特罗夫娜同住一幢房子。在这个伟大的日子来临之前不久，斯捷潘·特罗菲莫维奇曾时常哼着著名的，然而有点别扭的诗句，大概是从前某个自由派地主所作：

> 农夫们来了，手里拿着斧子，
> 可怕的事情就要发生。

好像是这样的，我记不清楚了。有一次瓦尔瓦拉·彼特罗夫娜听到了，向他嚷道："胡扯，胡扯！"悻悻地走了。利普京恰巧在场，尖刻地对斯捷潘·特罗菲莫维奇说道：

"当年的农奴要是真的一时高兴对地主老爷们干出什么不愉快的事，"说着他用食指围着自己的脖子绕了一圈，"那就令人遗憾了。"

"亲爱的朋友，"斯捷潘·特罗菲莫维奇心平气和地对他说道，"请相信，**这**（他也绕着脖子比画了一下）对我们的地主，对我们所有的人都不会有什么好处。我们就是没有脑袋也干不出什么名堂来，尽管最妨碍我们明白事理的就是我们的脑袋。"

我要指出，我们很多人认为，在宣布解放农奴的那一天会发生意外，就像利普京所预言的那样，毕竟都是农民问题和国家问题的所谓

---

① 1861年2月19日（俄历）沙皇亚历山大二世签署了《关于农民脱离农奴依附关系的法令》，废除农奴制。该法令于3月5日公布。

专家啊。斯捷潘·特罗菲莫维奇似乎也有这种看法，以致几乎在这个伟大日子的前夜突然要求瓦尔瓦拉·彼特罗夫娜让他出国；总之，他惶惶不可终日。可是伟大的日子过去了，又过去了一些时候，于是斯捷潘·特罗菲莫维奇的唇边又露出了高傲的微笑。他在我们面前就俄国人，特别是俄国农民的性格发挥了一些卓越的见解。

"我们都是急性子，对我国的农民是操之过急了，"他在总结自己的一系列卓越见解时说道，"我们把他们变成时髦人物，若干年来整个文学界把他们视为新发现的宝贝。我们把桂冠戴上那些长虱子的脑袋。整整一千年，俄罗斯乡村只给了我们卡马林舞。有一位杰出的俄国诗人，很会说俏皮话，他第一次在舞台上看到伟大的拉歇尔①，就欣喜若狂地叫道：'我可不愿拿拉歇尔去交换一个农民！'我想更进一步：我情愿交出全体俄国农民，去换一个拉歇尔。该是清醒的时候了，可不要把我国的粗制焦油和女皇之花②相提并论。"

利普京立即表示同意，不过他指出，当初违心地称赞农民是大势所趋；甚至上流社会的夫人们也洒泪阅读《苦命人安东》③，其中有的还从巴黎写信给国内的管家，吩咐他们从今以后要更人道地对待农民。

说来也巧，关于安东·彼特罗夫④的消息刚刚传出，在我省，而且就在离斯克沃列什尼基只有十五俄里的地方也发生了骚动，当局急忙派出了军队。这一次斯捷潘·特罗菲莫维奇惊慌异常，他把我们也

---

① 即艾丽莎（1820—1858），法国女悲剧演员，在法国喜剧院演出多年。1853 至 1854 年在俄国巡回演出，获极大成功。

② 一种法国香水。

③ 1847 年出版的德·瓦·格里戈罗维奇（1822—1899）的中篇小说，因真实而满怀同情地描写农奴的困苦生活而深受欢迎。

④ 安东·彼特罗夫（安东·彼特罗维奇·西多罗夫，1824 [？]—1861），喀山省别兹德纳县的农奴，反对沙皇政府的所谓别兹德纳农民起义的领导者。这次起义是由于对 1861 年改革不满而爆发的。对起义者残酷的血腥镇压（彼特罗夫本人被枪毙）在社会上引起了十分广泛的反响。赫尔岑曾义愤填膺地在《钟声》上撰文抨击这次镇压。

吓坏了。他在俱乐部高叫，需要派更多兵力，要求发电报从别的县抽调部队；他求见省长，反复申述他与此事无关；请求不要凭着过去的印象把他牵连进去，并且建议立即将他的声明向彼得堡有关方面报告。还好，这一切很快就过去了，也没有造成什么后果。只是我当时对斯捷潘·特罗菲莫维奇不免感到奇怪。

众所周知，三年以后人们开始谈论民族性，还萌生了"舆论"。斯捷潘·特罗菲莫维奇大加嘲笑。

"朋友们，"他教导我们说，"我们的民族性如果真像报上所鼓吹的那样已经'萌生'，那么它还坐在学校里，坐在圣彼得中学①里，捧着德文书本，背诵着没完没了的德文课，而德国教师必要时可以罚它跪下。我赞美德国教师；不过最可能的是，什么也没有发生，也没有什么东西萌生，而是一切照旧，也就是说依然托庇于上帝。在我看来，对于俄国来说，对于我们的神圣罗斯来说，这样也就行了。何况所有那些斯拉夫主义啦，民族性啦，都太陈旧，翻不出新花样。民族性，在我国可以说从来不曾有过，除非是作为俱乐部里老爷们的臆造，而且还是莫斯科的产物。不言而喻，我说的不是伊戈尔王子时代。而且一切都是由于闲得无聊。在我们这里，连善行义举也是由于闲得无聊。一切都起因于我们那种老爷式的可爱的、文雅的、适情任性的闲逸！这话我说了三万年了。我们不会靠自己的劳动生活。至于他们所大肆宣扬的已经'萌生'的我们的社会舆论，它是无缘无故突然从天上掉下来的吗？难道他们就不明白，要获得一种见解，首先就需要劳动，自己的劳动，自己在工作中的首创精神，自己的实践！不费力气永远得不到任何东西。只要我们劳动，我们就会形成自己的见解。既然我们从不劳动，所以代替我们而拥有见解的，就是迄今代替我们工作的人们，这就是说，仍然是那个欧洲，仍然是那些德国人——我们两百年来的老师。而且俄国是一个太大的难题，没有德国人，没有劳动，我们是无法解决的。二十年来我敲着警钟，号召大家

①18世纪创办于彼得堡的男子德语中学。

劳动！我把自己的一生奉献给这样的号召，我这个疯子，竟满怀信心！而今我已不再有信心了，然而我还在敲着警钟，而且要敲到最后，直至躺进坟墓；我要不停地拉钟绳，直至我的丧钟响起！"

唉！我们只能唯唯称是。我们向自己的导师鼓掌，而且还那么热烈！怎么办呢，先生们，现在不还时常听到这种"可爱的"、"聪明的"、"自由主义的"陈腐的俄国废话吗？

我们的导师信仰上帝。"我不明白，为什么这里的人都把我说成无神论者？"他有时说道，"我是信仰上帝的，但是要区别，我所信仰的上帝是这样一个生灵，他意识到我即是他。我的信仰总不能不有别于我的娜斯塔霞（女仆），或某个为了'以防万一'而信仰的地主老爷，或我们亲爱的沙托夫吧，不过，不，沙托夫不能作数，沙托夫是莫斯科的斯拉夫主义者，他的信仰是**被迫**的。至于基督教，我虽然对它怀着由衷的敬意，却并不是基督教徒。不如说我是古代的异教徒，就像伟大的歌德或古希腊人。就说一点吧：基督教不了解妇女，这在乔治·桑的一部天才小说①中有出色的描写。至于我是否顶礼膜拜、斋戒以及其他等等，我不明白，这与别人何干。不论这里的告密者们怎样活跃，反正我不想当耶稣会士。一八四七年别林斯基在国外给果戈理写了那封著名的信②，强烈指责他信仰'什么上帝'。咱俩说说，我无法想象，有什么比果戈理（当时的果戈理！）读了这句话……和这封信的瞬间更富于喜剧色彩了！不过，撇开可笑之处不谈，我对问题的实质是关心的，所以我要说，要指出：他们才是人物啊！他们爱人民，能为人民经受磨难，能为人民牺牲一切，与此同时却能在必要时不迎合人民，在某些见解上不予苟同。事实上别林斯基是决不会在斋戒或吃素中寻找出路的！……"

可是沙托夫这时插话了。

---

① 大概是指长篇小说《列莉娅》。
② 指别林斯基于 1847 年就果戈理《与友人书简选》一书而写的《给果戈理的一封信》。

"您的这些人物从来没有爱过人民，没有为人民受过苦难，也没有为人民作过任何牺牲，不论您怎样想，怎样自鸣得意！"他阴沉地发着牢骚，低下头，不耐烦地转向一边。

　　"你说他们不爱人民！"斯捷潘·特罗菲莫维奇尖叫起来，"噢，他们是多么热爱俄罗斯啊！"

　　"他们既不爱俄罗斯，也不爱人民！"沙托夫也尖叫起来，双目炯炯，"你不可能爱你所不了解的东西，而他们对俄罗斯人民是毫无认识的！他们，您也在内，都对俄罗斯人民视若无睹，别林斯基尤其如此，这从他给果戈理的信里就能看出来 。别林斯基和克雷洛夫寓言中那个喜欢刨根问底的人一模一样，他在珍禽异兽陈列馆里没有看见大象，却全神贯注于法国的那些社会主义小甲虫①；此外他们什么也看不见。而他看来比你们大家都更聪明啊！你们不仅忽视人民，而且还以极端恶劣的藐视态度对待人民，就说一点吧：你们心目中的人民就只是法国人民，而且还只是巴黎市民，于是你们因为俄罗斯人民不同于他们而感到脸上无光。这是明摆着的事实！谁失去人民，谁也就失去上帝！一定要知道，凡是不再能理解自己的人民并失去与人民的联系的人，随即就会失去祖先的信仰，成为无神论者或者变得冷漠无情。我的话是对的！这是必定会得到验证的事实。这就是为什么你们和我们现在全都是可憎的无神论者或堕落的冷血动物，就是这样！您也是，斯捷潘·特罗菲莫维奇，我丝毫没有把您看作例外，甚至这番话就是针对您而说的，这一点您要明白！"

　　通常在讲了这样一段独白（这是他常有的事）之后，沙托夫就抓起便帽，向门口冲去，满心以为，现在全完了，他和斯捷潘·特罗菲莫维奇的友好关系从此彻底破裂。然而那一位总是能及时让他止步。

　　"我们不能和解吗，沙托夫，在你发了这一通可爱的妙论之后？"他说，心平气和地从圈椅里向他伸出手来。

　　笨拙而害羞的沙托夫不爱表达温情。这个人外表粗鲁，看来为人

---

　　① 沙托夫在这里指的是法国空想社会主义思想的宣传者傅立叶、卡贝、勒鲁等。

却心细如发。尽管时常失去分寸，可是首先因此而难受的就是他自己。听到斯捷潘·特罗菲莫维奇善意的话语，他轻轻地叽咕了一句什么，像狗熊一样在原地踏了踏脚步，蓦地笑了，他把便帽放在一边，坐到了原来的椅子上，眼睛还是瞅着地下。不用说，酒送上来了，于是斯捷潘·特罗菲莫维奇找个适当的借口，譬如说，为纪念过去的哪一位活动家而举杯祝酒。

第二章　亨利亲王。提亲

一

　　世上还有一个人，瓦尔瓦拉·彼特罗夫娜对他的依恋不亚于对斯捷潘·特罗菲莫维奇，这就是她的独子尼古拉·弗谢沃洛多维奇·斯塔夫罗金。就是为了他，斯捷潘·特罗菲莫维奇才被聘为家庭教师的。男孩那时八岁，而他的父亲，轻浮的斯塔夫罗金将军，当时已和他的妈妈分居，所以孩子是在她一个人的扶养下长大的。应当为斯捷潘·特罗菲莫维奇说句公道话，他能赢得学生的好感，全部秘密就在于他自己也是个孩子。那时我还不在这里，而他总是需要一个真诚的朋友。他无意让这个小不点儿做自己的朋友，他还很小很小。结果却是自然而然地情投意合，相互之间毫无隔阂。他不止一次在夜里叫醒自己的十岁或十一岁的朋友，仅仅为了向他哭诉自己受了伤害的感情或向他透露家庭的什么隐私，却没有想到，这种做法是绝对不能容许的。他们互相投入对方的怀抱，失声痛哭。小男孩知道妈妈很爱他，但他却未必也很爱她。她很少与他谈话，很少使他过于感到什么拘束，然而他似乎总是浑身不自在地感觉到她密切注视着自己的目光。不过，母亲已经把孩子的学业和道德教养完全托付给了斯捷潘·特罗菲莫维奇。那时她还完全信赖他。应当说，老师使学生的神经有点病态。他十五岁被送进高等政法学校的时候，孱弱而苍白，出奇地安静而耽于沉思（后来却体力过人）。还应当考虑到，两个朋友深夜彼此投入对方的怀抱，并非都是为了家庭细故而流泪。斯捷潘·特罗菲莫维奇善于深深地触动朋友的心弦，在他的内心引起最初的、还颇为朦胧的忧伤，有的人一旦品味了、体验了这种悠远、神圣的愁绪，以后就再也不会拿它去换取廉价的满足了。（也有一些人爱惜这种闲愁胜于最甜美的满足，即使后者是有可能得到的。）然而好在师生二人终究各自东西了，尽管为时已晚。

头两年这个年轻人曾离校回家度假。在瓦尔瓦拉·彼特罗夫娜和斯捷潘·特罗菲莫维奇旅居彼得堡期间，他有时出席妈妈家里的文学晚会，听听，看看。他很少说话，依旧沉静而腼腆。他对斯捷潘·特罗菲莫维奇仍旧抱着温存关切的态度，不过比较克制一些了：显然在回避同他谈论高雅的话题或忆旧。毕业后，他按照妈妈的愿望参了军，不久被编入最著名的近卫骑兵团之一。他没有穿军装来见妈妈，而且从彼得堡写来的信也少了。瓦尔瓦拉·彼特罗夫娜毫不吝惜地给他寄钱，尽管改革以后她那些农庄的收入大为减少，初期的收入还不到过去的一半。不过她长期节俭积攒了一笔不算太小的款子。她对儿子在彼得堡上流社会的成功很感兴趣。她未能办到的事，富有而前途远大的青年军官却办到了。他所恢复的交往，是她所无法梦想的，而且他到处受到亲切接待。但是不久瓦尔瓦拉·彼特罗夫娜就听到了一些相当奇怪的流言：这个年轻人不知怎么突然疯狂地寻欢作乐起来。倒不是赌博或酗酒；只听说他狂放不羁，骑马踩死了人，还听说他对上流社会一位夫人的兽行，他与这位夫人有染，后来却又当众羞辱她。这实在是一种太明目张胆的卑鄙行径。此外，人们还说他喜欢寻衅滋事，为了逗乐而侮辱别人。瓦尔瓦拉·彼特罗夫娜心烦意乱，忧心忡忡。斯捷潘·特罗菲莫维奇安慰她说，这不过是年轻人血气方刚，精力过剩，大海的波涛终会平静下来的，这一切就像莎士比亚笔下的亨利亲王，他在青年时代也曾与福斯塔夫、波因斯和桂嫂①为伍，寻欢作乐。瓦尔瓦拉·彼特罗夫娜这一次没有大喊"胡扯，胡

---

① 这都是莎士比亚历史剧《亨利四世》中的人物。亨利亲王是亨利四世之子，后即位为亨利五世。他年轻时生活轻佻放荡，但后来是英明的君主。

扯！"，尽管近来她常常冲着斯捷潘·特罗菲莫维奇这样叫嚷，相反，她听得很认真，吩咐他详加说明，亲自拿起莎士比亚的作品，专心致志地阅读了这部不朽的历史剧。然而历史剧未能使她得到安慰，而且她也没有发现有多少相似之处。她在发出几封信之后，正急切地等待着回音。回音倒是没有耽搁，很快就传来一个不幸的消息，亨利亲王几乎接连进行了两场决斗，而且决斗的起因都是由于他的错，他一枪击毙了一个对手，又使另一个残疾，他由于这种行为而受到法庭审判。结果是降为士兵，并被剥夺权利，发配到一个步兵团服役，这还是特别从宽处理。

一八六一年，他不知怎么竟突然出人头地了，他获得了十字勋章并提升为军士，然后不知怎么又很快晋升为军官。在此期间，瓦尔瓦拉·彼特罗夫娜也许向首都发了近百封求情信，在这种特殊情况下，她不惜略微降低身份。提升后，年轻人突然退伍，又没有回斯克沃列什尼基，而且根本不再给母亲写信了。最后总算从侧面打听到，他又到了彼得堡，可是被原先的社交界拒之门外；他似乎在什么地方藏了起来。后来才知道，他混迹于一伙怪人之中，交往的都是彼得堡居民中的败类、潦倒的官吏、傲气地乞讨为生的退伍军人以及酒鬼，出入他们肮脏的家，在天知道什么小胡同的昏暗的贫民窟里度过日日夜夜，他堕落了，衣衫破旧了，看来他是喜欢这样过日子。他从来不向母亲要钱，他有自己的一个小庄园，那是从前属于斯塔夫罗金将军的一个小村庄，它毕竟能供给一点儿收益，听说他把它租给了一个萨克森的德国人。后来母亲央求他回来，于是亨利亲王来到了我们的城市。这时我才第一次看到他，在此之前还从未谋面。

他是非常英俊的青年，二十五岁左右。我承认，他使我大为惊讶。我原以为会遇见一个因淫荡而形容枯槁、酒气熏人的肮脏浪子。恰恰相反，他是我所见过的最温文尔雅的绅士，他的举止是熟谙最高雅的风度的上流人士才会有的。吃惊的不只是我一个人，全城的人都感到诧异，当然，他们都知道斯塔夫罗金先生的种种经历，你难以想象，其中的一些细节他们是从哪里了解到的，最令人惊讶的是这些细节竟有一半是真实的。我们所有的女士都为这位新来的客人而发了疯。她们分为截然不同的两方：一方崇敬他，另一方对他恨之入骨；但全都同样地发了疯。有的人特别着迷的是，他的内心也许隐藏着一个不祥的秘密，有的人却恰恰喜欢他是一个杀人凶手。同时还发现，他受过很好的教育；甚至确有几分真才实学。当然，要使我们这些人惊奇，并不需要有太多的知识；然而他还能就重要的时局问题发表见解，而且他的谈吐表现了出色的理智。说来也怪，我们大家几乎从第一天起就认定他是一个非常通情达理的人。他不大爱说话，文雅而不做作，异常谦逊，同时，他的勇敢和自信也为我们大家所不及。我们的那些纨绔子弟都怀着妒意看他，在他面前相形见绌。他的面貌也使我大为惊讶：他的头发很黑很黑，明亮的眼睛平静而清澈，脸色娇嫩而白皙，面颊上的红晕鲜艳而光洁，齿如珍珠，唇若涂丹，照说，该是画中才有的美男子，可是同时却又似乎令人望而生厌。人们说，他的脸仿佛一个面具，而他那非凡的体力也引起了不少议论。他算得是高个子。瓦尔瓦拉·彼特罗夫娜为他而自豪，却又总是感到惴惴不安。他在我们这里住了半年，萎靡、平静、心情阴郁；他出入社交界，而且一贯注意遵循本省的习俗，礼节周到。省长是他父系的亲戚，在省长家里他作为近亲而受到款待。可是几个月过去，野兽突然露出了利爪。

我顺便提一提，前任省长，我们亲切和善的伊万·奥西波维奇，有点儿娘娘腔，不过家世高贵，有上层关系，所以才能在我们这里尸位素餐那么多年。按他的慷慨好客来说，他本该是过去太平年代的首席贵族，而不是在我们这个多事之秋担任省长。市里常有人说，掌管省内事务的并不是他，而是瓦尔瓦拉·彼特罗夫娜。当然，这话说得很刻薄，完全是谎言。说真的，我们在流言蜚语上耗费的心机还少吗？ 其实近年来瓦尔瓦拉·彼特罗夫娜特意推辞了所有的高级任命，尽管整个社会非常爱戴她；她自愿恪守一些严格的限制，这些限制正是她自己为自己规定的。她放弃高级职务，突然搞起了经营，并且在两三年内使自己庄园的收入几乎达到了原先的水平。她还放弃了早先那些富有诗意的激情（彼得堡之行、想出版刊物等等）而开始聚敛钱财。甚至疏远了斯捷潘·特罗菲莫维奇，让他在另一幢房子里赁屋居住（他本人早就以种种借口向她提出这个要求了）。渐渐地，斯捷潘·特罗菲莫维奇把她叫作乏味的女人，甚至说得更滑稽："我那位乏味的朋友"。当然，他在开这样的玩笑时总是态度恭谨，而且要久久地等候适当的时机。

我们这些交往密切的人都明白（而斯捷潘·特罗菲莫维奇是最敏感的一个），现在儿子似乎是作为新的希望，甚至作为一种新的梦想而出现在她的面前。她对儿子的一片深情开始于他在彼得堡社交界受到欢迎的时候，从他被降为士兵的消息传来的那一刻起，这份深情更是特别强烈起来。同时，她却显然怕他，在他面前仿佛就是一个奴隶。可以看出，她怀有一种模糊的、神秘的恐惧，连她自己也说不清怕的是什么，多少次她暗暗地注视着尼古拉，一面在想象着、猜测着什么……这不，野兽突然伸出了利爪。

二

我们这位亲王突然有两三次无缘无故地对不同的人采取了不可容忍的粗鲁无礼的举动，主要是这种失礼闻所未闻，太不像话，绝对不是一般的失礼，而是极其恶劣的顽童行径，鬼才知道是为什么，完全是毫无道理的。我们俱乐部最受尊重的主任之一，彼得·帕夫洛维奇·加甘诺夫，一位老者，工作很有成绩，他有一个无可厚非的习惯，说起话来会热烈地加上一句："不，先生，牵着我的鼻子走可不行！"那就随他去吧。可是有一天在俱乐部里，他谈起一个激烈的话题时，又对聚在他周围的一群来宾（都不是无足轻重之辈）说了这个警句。尼古拉·弗谢沃洛多维奇独自站在一边，谁也没有招惹他，却走到彼得·帕夫洛维奇面前，出其不意地用两根手指紧紧捏住他的鼻子，竟拖着他在大厅里走了两三步。他对加甘诺夫先生不可能有任何恶感。可以设想，这纯粹是小学生的顽皮，不用说是绝对不能原谅的。不过后来人们说，他在那样做的瞬间几乎是若有所思，"似乎神志不清"；然而这是很久以后人们的回忆和想象。在气头上，大家只记得第二个瞬间，那时他想必已经明白了真相，不但没有觉得尴尬，相反，却幸灾乐祸地笑着，"毫无悔过之意"。在可怕至极的一片哗然声中，他被团团围住。尼古拉·弗谢沃洛多维奇转动着身子，看看四周，他谁也不搭理，只是好奇地瞅着那些惊呼的脸。最后，他又仿佛陷入沉思，至少人们是这样传说的；他皱眉蹙额，坚定地走到被侮辱的彼得·帕夫洛维奇面前，带着明显的懊丧神气，迅速地低声说道：

"您，当然啦，会原谅我的……我，真的，不知道怎么会突然要……荒唐……"

这样漫不经心的道歉，无异于又一次侮辱。人们叫嚷得更凶了。尼古拉·弗谢沃洛多维奇耸耸肩，走了。

这一切很荒唐，不消说也很恶劣，一眼就能看出，这是一起预谋的、蓄意的丑行，因而对我们整个社交界构成蓄意的、肆无忌惮的侮辱。这是大家一致的看法。首先，大家一致决定立即将斯塔夫罗金先生从俱乐部开除；然后以整个俱乐部的名义上书省长，请求他立即（在事情正式闹到法庭上去之前）"运用他所拥有的行政权力"，约束这个害群之马、京城的"恶棍"，"以保障本市上流社会的安宁，免遭有害的侵犯"。同时恶毒而又貌似天真地加了一句："也许，对斯塔夫罗金先生也是能找到适用的法律的。"这句话是特意为省长而写，奚落他袒护瓦尔瓦拉·彼特罗夫娜。人们幸灾乐祸地喋喋不休。当时省长碰巧不在市内；他到离城不远的地方为一个新寡的漂亮女人的婴儿施行洗礼，丈夫去世时她已怀有身孕；不过大家知道，他不久就会回来。在等待的时候，他们向可敬的受了委屈的彼得·帕夫洛维奇欢呼致意，与他拥抱、亲吻，全市的人络绎不绝地去拜访他。人们为了向他致敬，甚至打算预订宴席，只是由于他的坚决推辞方才作罢，——也许他们终于醒悟，这个人毕竟是被牵过鼻子的，大事张扬就不必了。

不过，这究竟是怎么发生的呢？怎么会发生呢？有一个情况值得注意：全市的人谁也没有把这一粗野的行为归因于精神失常。这就是说，大家都觉得，这个尼古拉·弗谢沃洛多维奇是干得出这种事的，即使是在神志清醒的时候。就我而言，至今也不知道该如何解释，尽管随即发生的事情似乎已经说明了一切，而且看来已经使大家尽释前嫌。我还要补充一点，四年以后，我曾小心翼翼地问到俱乐部里的这件往事，尼古拉·弗谢沃洛多维奇皱起眉头回答道："是的，当时我不很健康。"不过这是后话。

使我百思不得其解的，还有当时我们大家攻击这个"害群之马和京城的恶棍"时的那种普遍的憎恨。人们认定，那是企图一下子使整个社交界受辱的可耻的预谋。确实，他没有赢得任何人的好感，相反，激起了所有人的敌意，——可是为什么呢，请问？在这起事件之前，他从未与人争吵，也没有得罪过任何人，而是彬彬有礼，就像流行画上的翩翩少年，如果后者也会说话的话。我觉得人们是憎恨他的骄傲。甚至当初仰慕他的那些女士现在却比男人们更狂热地反对他。

瓦尔瓦拉·彼特罗夫娜万分吃惊。后来她向斯捷潘·特罗菲莫维奇承认，这一切早在她的意料之中，半年来每天都在预料会出事，而且就是"这样的事"——亲生母亲的这种表白是值得注意的。"开始啦！"她胆战心惊地想。在俱乐部里那个不幸的傍晚的翌日上午，她谨慎然而坚决地与儿子谈了话，这个可怜的女人尽管很坚决，却浑身哆嗦，面色苍白。她通宵未睡，甚至一大早就去同斯捷潘·特罗菲莫维奇商量，而且哭了起来，她是从来不在别人面前流泪的。她希望尼古拉至少对她说点儿什么，哪怕给个解释。对母亲一向恭敬有礼的尼古拉，双眉紧锁却很认真地听她说了一会儿；突然他站了起来，不赞一词，吻了吻母亲的手就走了。就在当天晚上，偏偏又发生了一起丑闻，尽管比第一次丑闻轻微得多，也更寻常一些，然而由于群情激昂，也就大大加剧了全市的一片责难声浪。

这一回是给我们的朋友利普京碰上了。他在尼古拉·弗谢沃洛多维奇与母亲谈话后立即前来，热诚邀请他光临他为庆祝妻子生日而举行的家庭晚会。瓦尔瓦拉·彼特罗夫娜早就忧心忡忡地注意到尼古拉·弗谢沃洛多维奇这种结交下等人的倾向，但是对于这一点不敢提出任何意见。在利普京之外，他已经结识了第三等级甚至更低下的一些人，——他就喜欢这样。他至今还没有去过利普京的家，尽管同他本人见过面。他看出利普京此时邀请他，是由于头一天在俱乐部里的闹剧，他作为本地的一个自由主义者，正为出了这场闹剧而喜出望外，真诚地认为，对俱乐部的那些主任就该这样，干得好。尼古拉·弗谢沃洛多维奇笑了，答应出席。

宾客盈门，他们虽然外表平常，却很活跃。爱面子、爱忌妒的利普京每年只有两次在家里宴请宾客，但是每当这时却毫不吝啬。最尊贵的客人斯捷潘·特罗菲莫维奇因病未到。茶端上来了，有丰盛的冷盘和伏特加；开了三桌牌局，年轻人在等待晚宴的时候，在钢琴伴奏下跳起舞来。尼古拉·弗谢沃洛多维奇邀请利普京夫人（一位非常美貌的女士，在他面前胆怯极了）跳了两圈，又在她身边坐下交谈起来，并且逗得她笑了。于是他发觉，她笑起来是那样美，突然，他竟在来宾众目睽睽之下，搂着她的腰，甜甜蜜蜜地在她的唇上一连亲吻了三次。可怜的女人惊得昏厥了过去。尼古拉·弗谢沃洛多维奇拿起礼帽，走到在大家一片惊慌中不知所措的丈夫面前，局促不安地看着他，低低地说了一声"您别生气"，就走了。利普京跟着他跑进前厅，亲自把毛皮大衣递给他，在楼梯口一再鞠躬送别。相对而言，这件事实质上算不了什么，可是第二天却偏偏添了一段相当有趣的插曲，它甚至为利普京赢得了些许敬意，他也就为了自身的好处而充分地利用了它。

上午十点光景，利普京的女仆阿加菲娅来到斯塔夫罗金夫人家里。她是个大胆泼辣、脸色红润的婆娘，三十岁左右，是奉命求见尼古拉·弗谢沃洛多维奇的，而且一定要"见到少爷他本人"。他头痛得厉害，但还是出来了。在她转达问候时，瓦尔瓦拉·彼特罗夫娜碰巧也在座。

"谢尔盖·瓦西利伊奇（即利普京），"阿加菲娅伶牙俐齿地说道，"首先吩咐我问候您，探望您身体可好，少爷，在昨天的事情之后您睡得怎样，现在觉得身体还好吗，在经过昨天那样的事情之后，先生？”

尼古拉·弗谢沃洛多维奇不禁一笑。

“替我问候并感谢你的主人，替我转告他，就说他是全城最聪明的人。”

“他曾吩咐我回答您的这句话，”阿加菲娅更利索地接过话头，“他说，这不用您提他也知道，并且祝愿您也一样聪明过人。”

“嗬！他怎么会预先就知道我要对你说的话呢？”

“他怎么会知道，我就不明白了，我出来的时候，已经穿过了一条小巷，却听见他追了上来，帽子也没戴，他说：‘阿加菲娅，如果他很沮丧，吩咐你：“告诉你的老爷，全城就数他最聪明”，你不要忘了马上回答说：“他自己很了解这一点，少爷，并且祝愿您也同样聪明，少爷”……’”

三

最后是与省长的一次谈话。和蔼可亲的伊万·奥西波维奇刚刚回来，刚刚听了俱乐部的激烈申诉。毫无疑问，必须采取措施，但是他却犹豫不决。这位慷慨好客的小老头儿仿佛也有点儿畏惧自己的年轻的亲戚。不过，他下决心说服他向俱乐部和受侮辱的人道歉，而且要采取令人满意的方式，必要时还要书面道歉；然后又婉转地劝他离开我们这里，比如为了增广见闻而前往意大利或国外的无论什么地方。在他这次出来接见尼古拉·弗谢沃洛多维奇的大厅里（过去这个青年作为亲戚是可以在府里随意走动的），文雅的阿廖沙·捷利亚特尼科夫在角落里的桌边拆阅公文，他是官员，同时也是省长家里的常客；隔壁房间，在紧靠大厅门口的窗户旁边，坐着临时来访的客人，一位健壮的上校，伊万·奥西波维奇的朋友和旧同事，他在阅读《呼声报》①，不言而喻，丝毫没有去注意大厅里的情况，甚至是背朝着大

_____
① 俄国自由派报纸，1863 年至 1884 年在彼得堡出版。

厅。伊万·奥西波维奇的话很婉转，声音近乎耳语，但总是有点儿词不达意。尼古拉看上去很不友好，绝不是亲戚的态度，他面色苍白，低头坐着，皱着眉头听，仿佛在强忍着剧烈的痛苦。

"您心地善良、高尚，尼古拉，"老头儿又顺便说道，"您有教养，出入上流社会，到这里以后也一直举止得体，使我们大家都敬重的您的母亲深感宽慰……可现在一切又这样不可捉摸，令人担心……我是您家的朋友，是真心爱护您的长辈，而且是您的亲戚，说您两句您是不该见怪的……告诉我，您怎么会有那么放纵的行为，把一切礼节和分寸都置之不顾？这种形同谵妄的行径是什么意思？"

尼古拉气愤地、不耐烦地听着。突然他的目光闪过一丝狡狯、嘲弄的神色。

"好吧，我来告诉您，"他阴沉地说道，然后向周围扫了一眼，就向伊万·奥西波维奇的耳边凑了过去。有礼貌的阿廖沙·捷利亚特尼科夫避开了，又向窗户走了两三步，而在看《呼声报》的上校咳嗽了一声。可怜的伊万·奥西波维奇信任地急忙把耳朵凑过去；他好奇极了。就在这时发生了一件绝对无法容忍，而从某个观点来看，又是意料之中的事情。老头儿突然觉得，尼古拉并不是向他透露什么有趣的秘密，而是猛地咬住他耳朵的上边，使劲地咬了下去。他发抖了，窒息了。

"尼古拉，开什么玩笑！"他下意识地呻吟道，声音都变了。

阿廖沙和上校还莫名其妙，况且他们也看不见，始终以为那两个人是在说悄悄话；可是老人绝望的神情使他们深感不安。他们面面相觑，不知该按约定扑上去救人呢，还是再等一等。尼古拉也许察觉了，就狠狠地又咬了一下。

"尼古拉，尼古拉！"受害者又呻吟起来，"唉……玩笑开过了，够啦……"

再过片刻，可怜的老人无疑会吓死；不过坏蛋发了善心，放开了耳朵。致命的恐惧持续了一分钟之久，随后老人就似乎发病了。但半小时以后尼古拉被捕，临时押往拘留所，关在单间牢房里，门口还专门设了岗哨。这是一个严厉的决定，可我们那位温和的长官如此怒不可遏，决定即使在瓦尔瓦拉·彼特罗夫娜面前也要亲自承担责任。所有的人都感到惊讶的是，这位夫人在盛怒之下前来要求省长立即作出解释时，竟被挡驾；于是她没有下马车就打道回府了，这使她自己也难以置信。

最后总算真相大白！午夜二时，一直非常安静甚至已经入睡的囚徒突然吵闹起来，疯狂地用拳头捶门，使出非凡的力气扳断了门上小窗子的一根铁条，砸碎了玻璃，割破了自己的双手。值勤的军官带着小分队和钥匙赶来，下令打开牢房，要扑上去把疯子捆起来，这时才发现他正患着极其严重的震颤性谵妄症；他被送回家里交给了他的母亲。这一来真相大白。三位医生都认为，三天之前病人可能已经恍恍惚惚，虽然看上去清醒、狡猾，可是已经丧失了健全的理性和自主能力，再说，这已为事实所证明。由此可见，最早猜想到实情的是利普京。和蔼敏感的伊万·奥西波维奇感到很尴尬；然而有趣的是，显然他当初也认为，尼古拉·弗谢沃洛多维奇即使在神志完全清醒的时候也会干出疯疯癫癫的事来。在俱乐部里，大家也感到羞愧，他们纳闷，怎么对昭然若揭的事竟视若无睹，放过了对种种怪事的唯一可能的解释。不消说，也有怀疑派，但不久也就不攻自破。

尼古拉卧床两个多月。从莫斯科请来了一位名医会诊；全城的人纷纷拜访瓦尔瓦拉·彼特罗夫娜。她不再计较。到了春天，尼古拉已经痊愈，而且毫无异议地接受了母亲提出的前往意大利的建议，于是她要求他向我们大家辞行，并且在必要时尽可能道歉。尼古拉欣然同意。俱乐部里的人都知道，他在彼得·帕夫洛维奇·加甘诺夫家里同他作了一番极其温文有礼的解释，使他十分满意。在各处辞行时，尼古拉神态很严肃，甚至有点儿忧郁。大家显然满怀同情地接待他，可是不知怎么都觉得很尴尬，而且对他即将去意大利感到高兴。伊万·奥西波维奇甚至潸然泪下，可是不知为什么，即使在最后话别时也没有同他拥抱。诚然，有些人还是相信，这个坏蛋不过是把大家嘲弄够了，至于生病不过是说说罢了。他也拜访了利普京。

"您说说，"他问道，"您怎么预先就猜到了我会谈起您的聪明，而且给阿加菲娅准备了答复呢？"

"是这么一回事，"利普京笑道，"我认为您也是一位聪明人，所以您的回答我能预料得到。"

"这毕竟是值得玩味的巧合。不过请问：这么说来，您在打发阿加菲娅来的时候，认为我是一个聪明人而不是疯子？"

"一个极聪明、极有理性的人，我不过假装相信您神志失常罢了……而您自己当即猜到了我的想法，并且通过阿加菲娅承认了我的机敏。"

"嗯，您还是错了；我当时真的……有病……"尼古拉·弗谢沃洛多维奇皱着眉头喃喃说道，"噢！"他叫道，"难道您真的以为，我在神志清醒的时候会去冒犯别人吗？我又何必那样呢？"

利普京弓着腰无言以对。尼古拉脸上变色，也许这不过是利普京的错觉。

"不管怎么说，您的思路很有趣，"尼古拉接着说道，"至于阿加菲娅，我当然明白，您是打发她来骂我的。"

"总不能要求跟您决斗吧，先生？"

"哦，想起来了！我好像听说过，您是不喜欢决斗的……"

"何必照搬法国的那一套呢！"利普京又躬起了身子。

"维护民族性？"

利普京更加躬起了身子。

"哎呀！我看见了什么啊！"尼古拉叫道，他突然发现在桌子上最显眼的地方放着一本孔西德朗①的著作，"您莫非是傅立叶主义者？恐怕就是！这难道不是译自法文，不同样是照搬法国的一套？"他笑道，用手指敲着书本。

"不，这不是译自法文！"利普京简直是悻悻然跳起来说道，

---

① 孔西德朗（1808—1893），法国空想社会主义者，傅立叶的弟子。他的著作试图证明，按照社会主义原则对社会逐步进行和平改造是必要的和可能的。

"这是译自全人类的语言，先生，而不仅仅是译自法文！是译自全人类的社会共和、社会和谐的语言，正是如此，先生！而不是单单译自法文！……"

"哼，见鬼，根本就没有这样的语言！"尼古拉还是笑着说。

有时甚至微不足道的小事也能使人异常震惊而且历久难忘。关于斯塔夫罗金先生，主要的要在以后细说；可是现在作为笑谈，我要指出，在他逗留于我们这个城市期间，在他所有的印象之中，最鲜明地铭刻在他的记忆中的却是这个省城小吏的猥琐甚至卑贱的德行，一个爱忌妒的小人，一个粗鲁的家庭暴君，残羹剩饭和蜡烛头都要锁起来的守财奴和高利贷者，同时却又是天知道什么未来"社会和谐"的狂热信徒，夜夜陶醉于未来法郎吉①的幻境，对法郎吉即将在俄罗斯和省内实现深信不疑。而这是在他攒钱买了"小屋"的地方，在他再婚并因而聚敛了一小笔钱财的地方，这里，也许方圆百里之内，包括他在内，连貌似"全人类社会共和与社会和谐"的未来成员的人也没有。

"天知道这些人是怎么回事！"尼古拉一想起这个冒出来的傅立叶主义者就感到纳闷。

四

我们的亲王旅行了三年多，城里的人几乎都把他忘了。我们却从斯捷潘·特罗菲莫维奇那里了解到，他跑遍了欧洲，还到过埃及，顺道访问了耶路撒冷；后来在某地混进了一个赴冰岛的科学考察队，而且确实去了一趟冰岛。还听说，他在一所德国大学听了一个冬天的课。他很少给母亲写信，半年甚至更久才写一封；然而瓦尔瓦拉·彼特罗夫娜不怒不怨。同儿子的这种关系既已形成，她也就逆来顺受，

---

① 意为具有共同目标的集体。19 世纪法国空想社会主义者傅立叶所臆想的共产主义社会的基本组织单位。

时刻思念着、盼望着自己的尼古拉。她不向任何人诉说思念之情，也不抱怨。甚至与斯捷潘·特罗菲莫维奇也显然疏远一点了。她暗自筹划，比以前似乎更吝啬了，更注意攒钱，还常常为斯捷潘·特罗菲莫维奇打牌输钱而生气。

今年四月她终于收到一封寄自巴黎的信，是她的童年女友普拉斯科维娅·伊万诺夫娜·德罗兹多娃将军夫人写来的。普拉斯科维娅·伊万诺夫娜（瓦尔瓦拉·彼特罗夫娜与她已有八年之久不曾见面，也没有书信往来）这次在来信中告诉她，尼古拉·弗谢沃洛多维奇和她一家过从甚密，而且同莉莎（她的独生女）成了朋友，还准备在夏天与她们同去瑞士，去韦尔涅-蒙特勒①，虽然他被目前逗留于巴黎的 K 伯爵（在彼得堡很有势力的人物）待如亲子，几乎就住在伯爵家里。信虽简短，却清楚地表明了意向，尽管除了上述事实之外并没有什么进一步的断语。瓦尔瓦拉·彼特罗夫娜没有多加考虑，迅速作出了决定，她收拾行装，带上养女达莎（沙托夫的妹妹），在四月中旬赶赴巴黎，然后到了瑞士。七月她独自回来了，把达莎留在德罗兹多娃家中；她带回来的消息说，德罗兹多娃母女答应于八月底来访。

德罗兹多夫一家也是本省地主，然而伊万·伊万诺维奇将军（瓦尔瓦拉·彼特罗夫娜过去的朋友，她丈夫的同事）的公职使他无暇探望自己的出色的庄园。将军于去年过世，郁郁寡欢的普拉斯科维娅·伊万诺夫娜就带着女儿出国了，顺便接受葡萄疗法，想在后半个夏季在韦尔涅-蒙特勒治疗。她打算回国以后在本省永久定居。她在市内有一所窗户都已经钉死，空关多年的大府第。这是一个殷富之家。普拉斯科维娅·伊万诺夫娜的结发丈夫是图申，她和贵族女子寄宿中学时代的女友瓦尔瓦拉·彼特罗夫娜一样，也是从前的包税商的女儿，出嫁时也有丰厚的嫁妆。退役骑兵上尉图申本人也很富有，而且才具不俗。他死后给七岁的独生女留下了大笔遗产。现在莉莎维塔·尼古拉耶夫娜已近二十二岁，可以有把握地说，她本人名下就有二十万卢

---

① 原文为德文。瑞士西部城镇，日内瓦湖畔上流社会最喜爱的疗养地。

布，还不算她母亲死后该归她所有的财产，她母亲再婚以后不曾生育。瓦尔瓦拉·彼特罗夫娜对自己的这趟旅行显然十分满意。在她看来，她与普拉斯科维娅·伊万诺夫娜的商谈有了满意的结果，而且回来以后把一切都告诉了斯捷潘·特罗菲莫维奇；甚至对他很热情，这在她是许久不曾有过的了。

"乌拉！"斯捷潘·特罗菲莫维奇叫道，还打了个榧子。

他欣喜若狂，尤其是因为他在与朋友分别期间一直极其沮丧。她出国前甚至没有向他好好道别，对"这个窝囊废"丝毫没有透露自己的计划，担心他或许会露了口风。那时她因为突然发现斯捷潘·特罗菲莫维奇打牌输了很多钱而生他的气。不过在瑞士时她就由衷地觉得，归国后要补偿一下被冷落的朋友，况且很久以来她就态度冷峻。迅速而神秘的分别使斯捷潘·特罗菲莫维奇的一颗畏怯的心感到震惊和痛苦，而且事有凑巧，其他的一些令他困惑的难题也接踵而至。他深感苦恼的是早已欠下一笔巨额债务，没有瓦尔瓦拉·彼特罗夫娜的支援无论如何也无法偿还。此外，我们善良软弱的伊万·奥西波维奇的省长任期到今年五月终于届满；他被撤换了，而且有些不愉快的遭际。其次，瓦尔瓦拉·彼特罗夫娜出国期间，恰逢我们的新任省长安德列·安东诺维奇·冯·列姆布克就任；与此同时，本省的几乎整个社交界立即对瓦尔瓦拉·彼特罗夫娜，因而也对斯捷潘·特罗菲莫维奇明显地改变了态度。至少他已经收集了某些尽管珍贵却令人不快的观察结果，看来他因此而在瓦尔瓦拉·彼特罗夫娜离开的情况下独自惶惶不可终日。他忐忑不安地料想，已经有人向新任省长告发他是危险人物。他确知，我们的某些女士打算中止对瓦尔瓦拉·彼特罗夫娜的拜访。关于未来的省长夫人（预料她初秋才能到达），人们不厌其烦地说，虽然据说她是一个骄傲的女人，然而却是真正的女贵族，不像"我们那个可怜的瓦尔瓦拉·彼特罗夫娜"。所有的人也不知从哪里耳熟能详，说新任省长的夫人和瓦尔瓦拉·彼特罗夫娜曾在上流社会见过几次面，后来彼此怀有敌意而断绝了来往，因此似乎一提到冯·列姆布克夫人就会刺痛瓦尔瓦拉·彼特罗夫娜。瓦尔瓦拉·彼特罗夫娜愉快而得意的模样，她在听说那些夫人的议论和社会上的风风雨雨时不屑一顾的平静，使惶恐不安的斯捷潘·特罗菲莫维奇重振了沮丧的心情而立刻高兴起来。于是他以一种特别欢快而讨好的幽默口吻详细描述新省长赴任的情景。

"您，十分尊敬的朋友，无疑了解，"他俏皮地说道，夸张地拉长音调，"俄国行政长官一般说来意味着什么，而新的行政长官又意味着什么，所谓新的就是新出笼的、新上任的……这些没完没了的俄语词儿！……可是您未必知道什么是命令狂，未必知道这究竟是什么玩意吧？"

"命令狂？不知道是什么。"

"这就是……您知道，在咱们这儿……总之，假如让一个最无足轻重的小人物去出售那些乱糟糟的火车票，那么在您去买票的时候，这个小人物立刻就自以为有权像朱庇特①一样高高在上，以便向您显摆自己的权力，'让你领教一下我的权威……'，这样就在他们身上发展为命令狂……总之，我就读到过，我们国外一座教堂的某个执事。——这可真有意思，——把一家体面的英国人，迷人的女士们，赶出了教堂，真的赶了出去……就在大斋节开始之前，——您是知道赞美诗和《约伯记》的②……唯一的借口是'外国人在俄国教堂里溜达不成体统，可以在规定的时间来……'，把人家气得晕了过去……这个执事就是命令狂发作，而且他终于显示了自己的权力……"

"说得简短些吧，要是可以的话，斯捷潘·特罗菲莫维奇。"

"冯·列姆布克先生目前在省内巡视。总之，这位安德列·安东诺维奇虽然是信仰东正教的德裔俄国人，而且还是——姑且这么说吧——一个出色的美男子，四十岁年纪……"

"您怎么说他是美男子呢？一双山羊眼。"

"对极了。我不过是姑且同意那些女士们的看法罢了……"

---

① 罗马神话中的主神。
② 《约伯记》是《圣经·旧约》中的一篇。

"让我们换个话题，斯捷潘·特罗菲莫维奇，求您啦！顺便问问，您系红领结很久了吗？"

"我……我只是今天才……"

"您散步吗？是否按照医生的嘱咐，每天步行六俄里？"

"不……不是每天。"

"我就知道嘛！我在瑞士时就有预感！"她愤愤地叫道，"现在您不是要步行六俄里，而是十俄里！您懒散得可怕，可怕，可怕啊！您不是上了年纪，而是衰老了……我刚才见到您时吃了一惊，尽管您系着红领结……这是多么奇怪的打扮啊！接着谈冯·列姆布克吧，如果确实有话可谈的话，不要没完没了，我求您；我倦了。"

"总之，我不过是要说，他也是四十岁发迹的行政官员，那种人四十岁以前碌碌无为，然后凭借裙带关系或通过某种同样恶劣的其他手段而突然飞黄腾达……就是说他现在已经发达了……我是想说，关于我，人们纷纷打小报告，说我腐蚀青年，是本省传播无神论的温床……他马上就查问起来了。"

"真的？"

"我甚至采取了对策。有人向他'报告'，说您'控制着本省'，您要知道，——他竟敢说，'这种情况不会再有了'。"

"是这么说的吗？"

"他说'这种情况不会再有了'，而且那么傲慢……八月底我们在这里将有幸见到省长夫人尤莉娅·米海洛夫娜，她直接从彼得堡来。"

"是从国外来。我们在国外见过面。"

"真的？"

"在巴黎和瑞士。她是德罗兹多夫家的亲戚。"

"亲戚？真是绝妙的巧合！据说她爱慕虚荣，似乎……有上层关系？"

"胡说，无足轻重的关系！四十五岁以前，一直是不名一文的老姑娘，现在急急忙忙地嫁给了她的冯·列姆布克，当然，目前她的全部目的就是加强他的地位。一对阴谋家。"

"听说他比他大两岁？"

"大五岁。在莫斯科，她的母亲在我家门槛上把裙子的下摆都磨破了；我丈夫弗谢沃洛德·尼古拉耶维奇还在世，她低声下气地请求参加我家的舞会。而这个尤莉娅往往通宵独自坐在角落里，没有舞伴，无精打采，我因为可怜她，两点多钟才给她拉了第一个舞伴。她已经二十五岁了，出门时还像个小丫头穿着短短的连衣裙。在家里接待她们实在有失体面。"

"那无精打采的模样仿佛就在我眼前。"

"我告诉您，我一到那里就碰到了阴谋。您刚才不是看了德罗兹多娃的信吗，再清楚不过了吧？我见到了什么？就是这个傻瓜德罗兹多娃，——她从来就是傻瓜一个，——突然疑问地看着我，那意思是您怎么来了？您想象得到，我多么惊讶！我一看，只见这位列姆布克太太在献殷勤，在她身边的就是那个表亲，德罗兹多夫老头的侄子，——全明白了！不消说，我立刻扭转了局面，普拉斯科维娅又站到了我一边，嘿，阴谋，阴谋啊！"

"然而您战胜了阴谋。啊，您是俾斯麦！"

"我不是俾斯麦，不过我能随时随地看穿虚伪和愚蠢，列姆布克太太是虚伪，而普拉斯科维娅就是愚蠢。我难得遇见更无精打采的女人，而且两条腿浮肿，而且心好。谁能比一个愚蠢的好心人更蠢呢？"

"凶恶的傻瓜，我的好朋友，凶恶的傻瓜更蠢呢。"斯捷潘·特罗菲莫维奇庄重地反驳道。

"也许您是对的，您还记得莉莎吧？"

"非常可爱的孩子！"

"现在已经不是孩子，是女人了，而且是有个性的女人。高尚，热情，我喜欢她，因为她从不迁就她那个轻信的傻瓜妈妈。就因为那个表亲，差一点出了事。"

"嘿，事实上他根本不是莉莎维塔·尼古拉耶夫的亲戚……他在打什么主意吗？"

"您知道，他是青年军官，沉默寡言，甚至很腼腆。我一向爱说公道话。我觉得，他本人是完全反对这起阴谋的，而且一无所求，只有列姆布克太太在耍诡计。他很尊重尼古拉。您要明白，事情完全取决于莉莎，我离开的时候她和尼古拉的关系极好，而且他亲自答应我，十一月一定回来。可见，只有列姆布克太太在搞阴谋，而普拉斯科维娅只是一个盲从的女人罢了。她突然对我说，我的怀疑全是想入非非；我当面告诉她，她是傻瓜。就是末日审判时我也这么说。要不是尼古拉请求我暂时离开，在揭穿这个虚伪的女人之前我是不会走的。她通过尼古拉巴结 K 伯爵，她想挑拨儿子和母亲的关系。可是莉莎站在我们一边，我和普拉斯科维娅也已经谈妥。您知道卡尔马津诺夫是她的亲戚吗？"

"什么？是冯·列姆布克夫人的亲戚？"

"是的，是远亲。"

"卡尔马津诺夫，那位短篇小说作家？"

"是的，作家，您为什么吃惊？当然，他自以为是个大人物。自负的家伙！她将同他一起来，目前在那里正围着他转。她准备在这里搞个什么活动，好像是什么文学聚会。他到这儿来逗留一个月，打算把这里的最后一个庄园卖掉。在瑞士时我差点儿碰见他，我可不愿与他见面。不过，我希望他会赏光打听我。从前他常给我写信，也常到我家里来走动。我真希望您穿得好一点，斯捷潘·特罗菲莫维奇；您一天比一天邋遢了……噢，您真让我难受！目前在读什么书啊？"

"我……我……"

"我明白。还是三朋四友，还是聚饮无度，俱乐部啦，牌局啦，还有无神论者的名声。我不喜欢这种名声，斯捷潘·特罗菲莫维奇。我可不愿别人把您叫作无神论者，现在尤其不愿。从前我也不愿，因为这一切不过是无聊的闲扯。我终究是不得不说啊。"

"可是，亲爱的……"

"听着，斯捷潘·特罗菲莫维奇，谈到学问我在您面前当然是不学无术之辈，但是我在到这儿来的路上关于您想了很多。我得出了一个结论。"

"什么结论？"

"我和您并不是世上最聪明的人，还有人比我们更聪明。"

"讲得又巧妙又确切。有人更聪明，这就是说有人也比我们更正确，所以我们是会犯错误的，不是吗？可是，我的好朋友，假如我错了，可我不是享有人类永恒的、至高无上的信仰自由的权利吗？只要我愿意，我就有权不做伪善者和宗教狂，而因此我自然会至死都遭到形形色色的正人君子的敌视。其次，由于人们遇到的修道士（意指伪善和宗教狂热）总是多于健全理性，而且由于我完全赞同这个看法……"

"什么，您说什么？"

"我说：由于人们遇到的修道士（意指伪善和宗教狂热）总是多于健全理性，而且由于我完全……"

"这想必不是您的话；想必是从哪儿搬来的吧？"

"这是帕斯卡①说的。"

"不出所料……这不是您说的话！为什么您自己从来不这样讲话呢，这样简洁而中肯，却总是拖泥带水？这比刚才关于命令狂的那番话好多了……"

"是啊，亲爱的……为什么？首先，大概是因为我毕竟不是帕斯卡，其次……其次，我们俄罗斯人用自己的语言什么也不会说……至少到目前为止还什么也不曾说过……"

"哼！这未必对。至少您可以把那些话抄下来，记住，您要知道，在谈话时……唉，斯捷潘·特罗菲莫维奇，我来是要同您严肃地、严肃地谈谈！"

"亲爱的，亲爱的朋友！"

---

① 帕斯卡（1623—1662），杰出的法国数学家、物理学家和哲学家，著有《致外省人书》，反对耶稣会教徒的伪善和道德卑下。

"现在所有这些列姆布克之流，卡尔马津诺夫之流……啊，天哪，您多么消沉了啊！您让我多么难受！……我但愿这些人都对您怀有敬意，因为他们连您的一个指头，一个小指头也不如，而您在怎样做人呢？他们将有怎样的观感？我能向他们介绍什么？您不是作为时代的见证人而傲然屹立，继续为人表率，而是混在一批小人当中，养成了不能容忍的坏习惯，您衰老了，您离不开酒和赌博，您只阅读保罗·德·科克的作品，而且什么也不写了，他们却都在写作啊，您把时间都浪费在空谈上。与您的形影不离的利普京那样的小人结交，这可以吗，能容许吗？"

"为什么要说他是**我的、形影不离的**呢？"斯捷潘·特罗菲莫维奇怯怯地抗辩道。

"他现在在哪里？"瓦尔瓦拉·彼特罗夫娜严厉而急躁地继续说道。

"他……他对您是无限尊敬的，他到 C — k 去接受母亲的遗产了。"

"他好像就知道拿钱。沙托夫怎样？还是老样子？"

"脾气不好，但心好。"

"您的沙托夫叫我受不了；又凶又自高自大！"

"达丽娅·帕夫洛夫娜身体好吗？"

"您是说达莎？怎么突然想起她来了？"瓦尔瓦拉·彼特罗夫娜好奇地看了看他。"她身体很好，我把她留在德罗兹多娃家里了……我在瑞士听人谈起过您的儿子，是坏话，不是好话。"

"哦，这是一件很荒唐的事。我一直在等您回来呢，我的好友，本来是要告诉您的……"

"得啦，斯捷潘·特罗菲莫维奇，让我安静吧；我累了。我们有时间谈个够，特别是谈坏消息。您一笑就溅唾沫星子，这已经是一种衰老的表现了！您现在笑起来样子多古怪啊……天哪，您养成了多少坏习惯！卡尔马津诺夫是不会到这儿来的！这里的人已经在看您的种种笑话啦……您现在表现得淋漓尽致了。好，够啦，够啦，我倦了！"

您还是饶了我吧！”

斯捷潘·特罗菲莫维奇“饶了”她，讪讪而去。

五

我们的朋友确实有了不少坏习惯，尤其是在最近。他显而易见地很快消沉了，而且真的变得很邋遢。酒喝得更多，更加好流泪，神经也更加脆弱了；对美变得过分敏感。他的脸有了一个奇怪的特点，就是能够变化得异乎寻常地快，比如说，极其庄重的表情能一变而为极其可笑甚至痴呆的表情。他受不了孤独，时时都渴望着有人使他快活起来。他总是需要有人给他讲一个什么谣言，一个省城里的笑话，而且要天天出新。如果长久没有人来，他就愁得在室内踱来踱去，走到窗前，若有所思地翕动着嘴唇，深深叹息，最后几至欷歔。他总有一种预感，害怕有什么意外，有什么不可避免的事要发生；变得易受惊吓；他开始十分重视梦中的情景。

这一天的整个白天和晚上他非常忧伤，派人来把我叫了去，他激动得很，久久地喋喋不休却语无伦次。瓦尔瓦拉·彼特罗夫娜早已知道，他对我是无话不谈的。我终于觉得，有什么特别的，也许连他自己也茫然的事让他心烦意乱。从前，我们单独相对而他对我发起牢骚来的时候，过一会儿几乎总是有一瓶酒出现，于是皆大欢喜。这一次却没有酒，看来他不止一次克制了自己叫人拿酒来的欲望。

“为什么她总要生气！”他时不时地抱怨道，像个孩子似的。“俄国所有有才华的、先进的人们过去是、现在是、将来也永远是赌徒和豪饮无度的酒徒……而我还根本不是那样的赌徒和酒徒啊……她责备我，为什么一个字也不写？奇怪的想法！……为什么我要躺倒？她说，您应当作为‘表率和责难’而站着。不过，咱俩说说，既然一个人的使命是作为‘责难’而站着，那么除了躺倒还能干什么呢，——这一点她懂吗？”

后来我总算明白了这一次苦苦纠缠他的那个主要的、特殊的烦恼。这天晚上他一次次走到镜子前面，久久伫立。他终于向我转过身来，怀着一种异样的绝望说道：

"我亲爱的，我是一个萎靡不振的人了！"

是的，在此之前，直到这一天为止，无论瓦尔瓦拉·彼特罗夫娜有什么"新观点"，有什么"思想变化"，他始终深信一点，即对她的那颗女性的心而言，他还是有魅力的，这就是说，不仅作为被流放者或著名学者，而且作为一个美男子。二十年来，这个使他得意而欣慰的信念根深蒂固，也许在他所有的信念当中，他最难割舍的就是这个信念了。这天晚上他是否料到，不久的将来他将经受多么重大的考验？

六

现在我就来讲讲这件有点儿令人发噱的事情，我的纪事从此才真正开始。

八月底德罗兹多娃母女也终于回来了。她们的到来略早于她们的亲戚——全城盼望已久的新任省长夫人，而且在社会上产生了值得注意的影响。不过所有那些有趣的故事以后再谈，目前我只想说，普拉斯科维娅·伊万诺夫娜给迫切期待着她的瓦尔瓦拉·彼特罗夫娜带来了一个极其费解的谜：尼古拉早在七月就与他们分手了，而且在莱茵河上遇见 K 伯爵以后，就与他及其一家去了彼得堡。（注意：伯爵的三个女儿都待字闺中。）

"莉莎维塔骄傲任性，什么也不肯说，"普拉斯科维娅最后这样说道，"但是我亲眼看到，她与尼古拉·弗谢沃洛多维奇发生了龃龉。我不知道缘由，不过我觉得，我的朋友瓦尔瓦拉·彼特罗夫娜，您有必要问问您的达丽娅·帕夫洛夫娜原因何在。在我看来，是莉莎受了委屈。我挺高兴，终于把您的宠儿带来当面交给了您：我如释重负。"

这番尖酸刻薄的话是以明显的恼怒口吻说出来的。看来这个"萎靡不振的女人"早就作好了准备，而且是预先就在欣赏它的效果。然而瓦尔瓦拉·彼特罗夫娜可不是伤感的装腔作势和含沙影射所能窘住的。她严厉地要求对方作出明确而令人满意的解释。普拉斯科维娅·伊万诺夫娜立即降低了声调，最后甚至失声痛哭，推心置腹地倾诉起来。这位爱生气却又多愁善感的太太，也和斯捷潘·特罗菲莫维奇一样，时刻需要真挚的友情，她对女儿莉莎维塔·尼古拉耶夫娜最主要的埋怨，就是"女儿不是她的知心朋友"。

可是她的所有解释和倾诉却只有一点是真实的，即莉莎和尼古拉确实有过小小的争执，而争执的性质如何，普拉斯科维娅·伊万诺夫娜却显然不甚了了。至于对达丽娅·帕夫洛夫娜的指责，她最后不仅完全抛开，还特别请求不要介意，因为她讲的是"气话"。总之，一切都显得模糊不清，甚至令人起疑。按她的说法，争执是由莉莎"任性而爱嘲弄"的脾气引起的；"而骄傲的尼古拉·弗谢沃洛多维奇尽管深陷情网，但忍受不了嘲弄，于是他也反唇相讥"。

"此后不久我们认识了一位年轻人，好像是您的那位'教授'的侄子，而且姓氏也相同……"

"是儿子，不是侄子。"瓦尔瓦拉·彼特罗夫娜纠正道。普拉斯科维娅·伊万诺夫娜以前也从来记不住斯捷潘·特罗菲莫维奇的姓氏，总是称呼他"教授"。

"哦，儿子就儿子吧，这更好，对我来说反正一样。一个平凡的年轻人，活跃而自由放任，可是没有什么出众之处。嗯，是莉莎自己不好，她让那个年轻人亲近自己，故意要引起尼古拉·弗谢沃洛多维奇的醋意。我并不太责怪她，这是女儿家的事，很平常，甚至挺有趣的。只是尼古拉·弗谢沃洛多维奇非但没有忌妒，反而自己与那个年轻人称兄道弟，对一切视若无睹，仿佛毫不在意。这可把莉莎气炸了。那个年轻人不久就走了（他急于到什么地方去），而莉莎一有机会就向尼古拉·弗谢沃洛多维奇找碴儿。她发觉他有时与达莎谈话，于是气得发狂，闹得我这个做母亲的也不得安宁。医生是不准我生气的，而他们所吹嘘的日内瓦湖让我腻味透了，它只是使我牙疼，得了严重的风湿病。甚至报刊上也说，日内瓦湖能引起牙疼；特性如此。

这时尼古拉·弗谢沃洛多维奇突然接到伯爵夫人的信，他立即撇下我们走了，一天就收拾好了行装。他俩友好地道别，莉莎送他的时候愉快而轻佻，笑声不断。可这都是装出来的。他一走，莉莎便若有所思，绝口不提他，也不让我提。我也奉劝您，亲爱的瓦尔瓦拉·彼特罗夫娜，对莉莎不要触及这个话题，否则只会把事情搞糟。您要是不说，她自己就会同您谈起来；那样您会了解得更多。我看他们会重新和好，只要尼古拉·弗谢沃洛多维奇如约来到这里而不要耽搁。"

"我马上给他写信。如果情况是这样，那不过是无聊的小别扭罢了；全都不值一提！而且我太了解达丽娅啦；不值一提。"

"我很抱歉，错怪了达申卡。他们只是一般地谈谈罢了，何况并不避人。可在当时，妈呀，这一切使我心烦意乱。我看到莉莎自己也已经对她像从前一样亲切了……"

瓦尔瓦拉·彼特罗夫娜当天就写了一封信给尼古拉，央求他哪怕比原定日期提前一个月回来也好。不过她觉得有些情况仍然是她所不清楚、不了解的。她想了一个晚上又一个通宵。在她看来，"普拉斯科维娅这个人"的意见太幼稚，太感情用事。"普拉斯科维娅一辈子都多愁善感，从中学时代起就是这样，"她想，"尼古拉可不会因为受到一个黄毛丫头的奚落就逃跑。如果真有过口角，一定另有原因。不过那个军官就在这里，他们把他也带来了，而且像亲戚一样留在家里住。何况说起达丽娅，她认错也未免太快了些。大概隐瞒着什么，不愿说出来……"

早晨瓦尔瓦拉·彼特罗夫娜有了一个计划，至少要彻底地解除一个疑团，这个计划妙就妙在出人意料。她在制定计划时，心里想的是什么呢？很难说，而且我也不想过早地议论计划所包含的种种矛盾。作为纪事作者，我只是准确地提供事实及其发生经过，如果显得匪夷所思，那并不是我的过错。可是我应当重申，这天早晨她对达莎是没有任何怀疑的，说实在的，她从来就不曾起过疑心；她对达莎太有信心了。她简直不能想象，她的尼古拉会迷恋她的……"达丽娅"。早晨达丽娅·帕夫洛夫娜在茶桌边斟茶时，瓦尔瓦拉·彼特罗夫娜盯着她看了好久，然后，也许从昨天起是第二十次了，深信不疑地自言自语道：

"完全是胡说！"

她只发觉，达莎好像面有倦容，比过去更沉默寡言，更无精打采。茶罢，两人照例坐下做针线活儿。瓦尔瓦拉·彼特罗夫娜吩咐她详细地说一说她的国外印象，主要是自然风光、居民、城市、风俗习惯，以及外国的艺术、工业，总之是她所注意到的一切。没有一个问题涉及德罗兹多夫一家以及她在德罗兹多夫家的生活。达莎挨着她坐在工作台边，帮助她刺绣，用平静、单调、有点儿虚弱的声音讲了有半个钟头。

"达丽娅，"瓦尔瓦拉·彼特罗夫娜突然打断了她的话头，"你没有什么特别的事要告诉我吗？"

"没有，没有呀。"达莎略一思索，抬起发亮的眼睛望着瓦尔瓦拉·彼特罗夫娜。

"内心里，心眼儿里没有？"

"没有。"达莎又说了一遍，声音很低，却带着忧郁而坚决的口气。

"我就知道嘛！你要知道，达丽娅，我是永远不会怀疑你的。现在你坐着听我说。过来，坐这把椅子，对着我坐，我想看着你的全身。就这样。听着，——想出嫁吗？"

达莎报以久久的凝视，一个疑问的却不大惊讶的目光。

"等一等，别说话。首先，年龄有差距，差距很大；不过你比谁都了解，这没有关系。你是理智的，在你的生活里不应该出差错。何况他仍然是一个漂亮的男人。总之，是你向来尊敬的斯捷潘·特罗菲莫维奇。怎样？"

达莎迷惑不解地看了看她，这次不但惊讶，而且明显地脸红了。

"等一等，别说话；别急！尽管根据我的遗嘱你会有钱，可是我一死，你就是有钱又能怎样？你会受骗而失去金钱，那就糟了。要是嫁给他，你就是名人的妻子。再说，如果我现在死了，——尽管我会使他的生活有保障，——他怎么办？我只好指望你。等一等，我没有讲完：他轻浮，优柔寡断，冷酷无情，自私，有一些坏习惯，可是你要看重他，首先就是因为有的人比他坏得多。我毕竟不想把你丢给一个坏蛋，你不会有什么想法吧？主要是因为我在要求你，所以你要看重他，"她突然气愤地停顿了一下，"你听见没有？老盯着我干吗？"

达莎一直默默地听着。

"等一等，再等一会儿。他懦弱——这对你反而好。简直懦弱得可怜；他不配得到女人的爱。但是他由于无依无靠而值得爱，你就因为他无依无靠而爱他吧。你明白我的意思吧？明白吗？"

达莎肯定地点点头。

"我就知道嘛，相信你不会不明白。他会爱你的，因为他应当爱你，应当；他应当敬重你！"不知为什么，瓦尔瓦拉·彼特罗夫娜特别气愤地尖叫起来，"不过，他会自愿地爱上你，我了解他。何况有我哩。别担心，我永远在这里。他会埋怨你，说你的坏话，碰到人就私下数落你，发牢骚，发不完的牢骚；他会给你写信，尽管你就在隔壁房间里，一天两封，可是没有你他还活不下去，这才是主要的。你要强迫他听话；要是做不到，你就是傻瓜。他会要上吊，会吓唬你——别信他的；不过是胡闹罢了！别信他的，不过，还是要留个心眼，说不定还真会上吊；这种人干得出来；他们上吊不是由于坚强，而是因为软弱；所以千万不要把他逼得走投无路，——这是夫妻生活中的首要准则。还要记住，他是一个诗人。听着，达丽娅：人生的最大幸福是自我牺牲。何况你会让我非常满意，而这是主要的。你别以为我在讲蠢话；我明白我说的是什么。我是利己主义者，你也做个利己主义者吧。我并不强迫你；一切由你决定，你怎么说，就怎么办。唉，你怎么光坐着，说说吧！"

"我无所谓，瓦尔瓦拉·彼特罗夫娜，既然不得不嫁人。"达莎坚决地说道。

"不得不？你这是什么意思？"瓦尔瓦拉·彼特罗夫娜严厉而专注地看了她一眼。

达莎一言不发，漫不经心地在绣架上刺绣。

"你虽然聪明，可是却在瞎说。不错，我现在一定要你嫁人，但并不是由于非如此不可，而只是因为我突然有了这个主意，而且只准嫁给斯捷潘·特罗菲莫维奇。要不是斯捷潘·特罗菲莫维奇，我也不会想起要你马上出嫁，尽管你已经二十岁了……嗯？"

"我随您的意，瓦尔瓦拉·彼特罗夫娜。"

"这么说，你同意了！等一等，别说话，不必急嘛，我还没有讲完呢。我在遗嘱里留给你一万五千卢布。我现在就把钱给你，在你结婚之后。你把其中的八千卢布交给他，换句话说，不是交给他而是交给我。他有八千卢布的债务；我来偿还，但必须让他知道是用你的钱偿还的。七千卢布你留在手里，千万不要再给他一个子儿。永远不要替他还债。只要你还一次，那就没完没了啦。不过我永远在这儿。你们每年从我这里支取一千二百卢布生活费，另外支取一千五百卢布以备急需，食宿在外，也由我负担，就和他现在一样。不过仆人要你们自己雇。年金我一次付清，直接交到你手里。不过你行行好，有时也要给他一点，要允许朋友们来走动，一周一次，多了就赶他们走。不过有我在这儿呢。我死后你们的生活费照付，直到他死，听清楚了，是直到**他**死，因为这是他的生活费，不是你的。现有的七千卢布，只要你自己不犯傻，就会原封不动地留在你那里，除了这笔钱我在遗嘱里再给你留下八千。此外你从我这里就再也得不到什么了，你得明白。嗯，你同意了，是吗？你还有什么要说的吗？"

"我已经说过了，瓦尔瓦拉·彼特罗夫娜。"

"记住，你可以完全自己做主，你要怎样就怎样。"

"不过请原谅，瓦尔瓦拉·彼特罗夫娜，难道斯捷潘·特罗菲莫维奇已经对你说过什么了吗？"

"没有，他什么也没有说过，现在他还不知道，可是……他马上就会说的！"

她立刻跳了起来，披上了自己的黑披肩。达莎又微微脸红了，她以疑问的目光追随着她的一举一动。瓦尔瓦拉·彼特罗夫娜突然满脸怒色地向她转过身来。

"你是傻瓜！"她像鹞鹰似的向她扑过去，"一个不知好歹的傻瓜！你在想什么？难道你以为我会让你丢脸，让你有什么不光彩吗！他会亲自跪着爬来向你求婚，他会高兴得要死，事情就是要这样办得妥妥帖帖！你知道吗，我是不会让你受委屈的！或许你以为，他是为了这八千卢布才娶你，而我是急着要把你卖出去？傻瓜，傻瓜，你们都是不知好歹的傻瓜！把伞给我！"

于是她急匆匆地踏上湿漉漉的砖铺人行道和木板小桥，去见斯捷潘·特罗菲莫维奇了。

七

确实，她是不会让"达丽娅"受委屈的，相反，此时此刻甚至以她的恩人自居。在披上披肩时，她发觉自己的养女正用惶恐不安、不信任的目光看着她，心头不禁燃起理所当然的义愤。从达丽娅的童年起，她就真心爱她。普拉斯科维娅·伊万诺夫娜说达丽娅·帕夫洛夫娜是她的宠儿，一点不错。瓦尔瓦拉·彼特罗夫娜早已认定"达丽娅的性格和哥哥（即她的哥哥伊万·沙托夫）不同"，娴静、谦和，很能舍己为人，对人忠诚，非常谦虚，通情达理，主要是有情有义。到目前为止，达莎大概从未辜负过她的期望。"她的一生不会有差错，"瓦尔瓦拉·彼特罗夫娜这样说过，那时小姑娘还只有十二岁，由于她生性狂热地执着于自己所醉心的每一个梦想，执着于自己的每一个新的筹划，每一个她觉得崇高的想法，所以当即决定把达莎当作自己的亲生女儿来培养，她毫不迟延地为她储存了一笔款子，并且聘请了一位家庭教师，克里格斯小姐，这位小姐在她们那里一直待到养女十六岁，可是不知为什么突然被辞退了。有些中学教师曾来应聘，其中有一个地道的法国人，他教达莎法语。他也突然被辞退了，简直是被赶走的。一个外地来的可怜女子，出身贵族的寡妇教她钢琴。但主要的老师还是斯捷潘·特罗菲莫维奇。说真的，第一个赏识达莎的就是他，他开始教这个文静的孩子时，瓦尔瓦拉·彼特罗夫娜还不曾考虑到她。我还要再说一遍：孩子们对他都非常依恋！莉莎维塔·尼古拉耶夫娜·图申娜从八岁到十一岁受教于他（自然，斯捷潘·特罗菲莫维奇教她是无偿的，而且无论如何也不会接受德罗兹多夫家的报酬）。可是他自己非常钟爱这个可爱的孩子，经常给她讲述一些关于宇宙、地球的构造，关于人类史的美妙动人的故事。关于原始氏族和原始人的讲课比阿拉伯神话还要引人入胜。陶醉于这些故事的莉莎，在自己家里滑稽地模仿斯捷潘·特罗菲莫维奇，笑料百出。这被他知道了，有一次他出其不意地跑去偷看。莉莎羞死了，扑进他的怀里放声大哭。斯捷潘·特罗菲莫维奇也泪流满面，却是由于喜不自胜。可是莉莎不久就走了，只剩下一个达莎了。那些中学教师开始教达莎以后，斯捷潘·特罗菲莫维奇不再教她，而且渐渐地把她置诸脑后。这样过了很久。一次，在她已经十七岁的时候，他猛然惊讶于她的娇美。这时他们正坐在瓦尔瓦拉·彼特罗夫娜的餐桌边。他与这位妙龄女郎攀谈起来，很满意她的应对，于是提议给她讲授重要的、内容广泛的俄罗斯文学史课程，瓦尔瓦拉·彼特罗夫娜表示赞赏，感谢他的绝妙的主意，达莎更是喜出望外。斯捷潘·特罗菲莫维奇开始精心备课，而且终于开课了。讲课从古代开始；第一讲是引人入胜的；瓦尔瓦拉·彼特罗夫娜也在座。斯捷潘·特罗菲莫维奇讲完了，临走时告诉学生，下一次要分析《伊戈尔远征记》，瓦尔瓦拉·彼特罗夫娜突然站了起来，宣布讲课到此为止。斯捷潘·特罗菲莫维奇怔住了，但隐忍着一言不发，达莎满脸泛起红潮；不过一个创意就此夭折。正好三年过去了，瓦尔瓦拉·彼特罗夫娜却出了眼下这个想入非非的馊主意。

　　可怜的斯捷潘·特罗菲莫维奇独自坐着，毫无预感。他满怀愁绪，早就在向窗口张望，看看是否有熟人来。可是谁也无意来访。外面飘着细雨，天气冷了；该生炉子了；他叹息了一声。突然，他眼前出现了惊人的景象：瓦尔瓦拉·彼特罗夫娜在这样的天气，在这个意外的时刻光临！而且是步行！他惊讶莫名，竟忘了换件衣服，就那样穿着家常的淡红色棉绒衣接待她。

"我的好朋友！……"他迎上去轻轻地叫了一声。

"就您一个人吗，我很高兴。我讨厌您的那些朋友！您总是抽得满屋子烟味；天哪，空气多糟！您还在喝茶，可是已经十一点多啦！又乱又脏，您却自得其乐！地上怎么有这么多碎纸？娜斯塔霞，娜斯塔霞！您的娜斯塔霞在干什么？打开，姑奶奶，把所有的窗子和门全给我打开。我们到客厅去；我找您有事。你一辈子就打扫这一次吧，姑奶奶！"

"老爷总是乱扔嘛，太太！"娜斯塔霞气鼓鼓地尖声抱怨道。

"那你就打扫，一天打扫十五次！您的客厅真差劲（这时他们进了客厅）。把门关紧点，她会偷听的。壁纸一定要换。我打发裱糊工带了样品来，您为什么不挑选？您坐下听我说。坐吧，快坐吧，请。您去哪儿？去哪儿？去哪儿！"

"我……就来，"斯捷潘·特罗菲莫维奇在隔壁房间里叫道，"这不是来了吗！"

"啊，您换了衣服！"她嘲弄地打量着他，（他在绒衣外面罩上了常礼服。）"这样确实更适合于……我们的话题。坐下吧，快坐下，请。"

她立即明确而恳切地向他说明了一切。暗示了他所急需的八千卢布。详细地谈到了嫁妆。斯捷潘·特罗菲莫维奇睁大了眼睛，微微颤抖。他句句话都听到了，却不明白。想说话，却语不成声。只知道，她既然说了，就得照办，抗议、拒绝都是白费劲，他是无可挽回地要为人夫了。

"可是，我的好朋友，在我这个年纪，第三次结婚……而且是同这样的一个孩子！"他终于说道，"她可是个孩子啊！"

"一个二十岁的孩子，谢天谢地！请别眼珠乱转，求求您，您不是在演戏。您聪明博学，可是对生活一窍不通，经常要有人照料。我死了您怎么办？而她就是您的好管家；她是温雅、坚强、明理的姑娘；而且还有我在这儿，不会马上就死嘛。她深居简出，是温柔的化身。我还在瑞士时就有了这个成人之美的想法。您是否明白呢，既然我亲口对您说，她是温柔的化身！"她突然狂叫道，"您这里很脏，她会收拾得干干净净，有条有理，处处纤尘不染……唉，难道您还梦想，我有这样可爱的姑娘还要俯首相求，数说种种好处，求您允婚吗！倒是您应当跪着求婚才是……啊，渺小的家伙，渺小、怯懦的家伙！"

"可是，我已经老了！"

"五十三岁算什么！五十岁不是末日，而是人生的一半。您是英俊的男人，您自己也知道。您也知道，她多么尊敬您。我一死她怎么办？嫁给您她就安心了，我也安心。您有影响，有名望，有一颗爱心；您会拿到生活费，这是我应尽的义务。也许，您是救了她，救了她啊！至少您会使她感到光彩。您将造就她的生活，培育她的感情，引导她的思想。眼下多少人由于思想误入歧途而毁了自己！到那时，您的著作也完成了，一下子就名声在外。"

"我恰好，"他嗫嚅道，已经被瓦尔瓦拉·彼特罗夫娜巧妙的恭维打动了，"我恰好准备坐下来写我的《西班牙历史故事》①……"

"您瞧，就这么巧。"

"可是……她呢？您对她说了吗？"

"您别担心她，也不必打听。当然，您应当亲自求她，央求她让您有荣幸娶她为妻，懂吗？但是别担心，有我呢。况且您是爱她的……"

斯捷潘·特罗菲莫维奇头晕了；墙壁在转圈子。这时有了一个令他骇然的想法，无论如何也摆脱不掉。

"十分尊敬的朋友！"他的声音突然颤抖了，"我……我永远无

---

① 这大概是使斯捷潘·特罗菲莫维奇与他的原型近似的细节之一。格拉诺夫斯基于1854 年在《祖国纪事》发表了《西班牙史诗》一文。

法想象，您会决定把我嫁给……另一个……女人！"

"您不是姑娘，斯捷潘·特罗菲莫维奇；只有姑娘才出嫁，而您是娶妻。"瓦尔瓦拉·彼特罗夫娜刻毒地狠声说道。

"是的，我说错了。不过……这没有关系。"他茫然若失地望着她。

"我看得出，这没有关系，"她轻蔑地说道，"天哪！他昏过去了！娜斯塔霞，娜斯塔霞！水！"

不过水已经用不着了。他醒了过来。瓦尔瓦拉·彼特罗夫娜拿起了自己的伞。

"我看，现在不必再谈了……"

"是的，是的，我不行了。"

"不过明天您就能恢复过来，好好想一想。现在要待在家里，如果有什么事，就是在夜里也要让我知道。别写信，写了我也不看。明天这个时候我再来，一个人来，听您最后的答复，希望您的答复能令人满意。拜托，家里不要有外人，不要有垃圾，这像什么样子啊？娜斯塔霞，娜斯塔霞！"

不言而喻，第二天他同意了，他也不得不同意。这里有一个特殊的情况……

八

我们所谓的斯捷潘·特罗菲莫维奇的庄园（按早先的计算大约有五十名农奴，它与斯克沃列什尼基庄园毗邻）并不是他的，而是为他的结发妻子所有，因而现在属于他们的儿子彼得·斯捷潘诺维奇·韦尔霍文斯基。斯捷潘·特罗菲莫维奇只是监护人，所以在小鸟羽毛丰满以后，就根据儿子的正式委托书管理庄园。这个协议对年轻人是有利的：他每年从父亲手里拿到一千卢布作为庄园的收入，而这个庄园在新制度下所能提供的还不到五百卢布（或许更少）。天知道这样的关系是怎样确定下来的。不过，这一千卢布都是由瓦尔瓦拉·彼特罗夫娜寄出，而斯捷潘·特罗菲莫维奇并不掏出一个子儿。相反，他把土地的收入都留在自己的口袋里，不仅如此，还彻底毁了这份地产：他把土地租给一个实业家，又瞒着瓦尔瓦拉·彼特罗夫娜把小树林——它的主要财产当作木材出售。这片小树林他早就在零星出售了。整个小树林至少值八千卢布，而他只得了五千。可是他在俱乐部里有时输钱太多，却又不敢向瓦尔瓦拉·彼特罗夫娜伸手要钱。终究她还是全都知道了，气得咬牙切齿。突然，儿子现在来了通知，说无论如何他要亲自来出售自己的产业，委托父亲毫不耽搁地着手张罗。显然，高尚无私的斯捷潘·特罗菲莫维奇感到愧对亲爱的孩子（最后一次见到他是在整整九年以前，在彼得堡，那时他在读大学）。最初整个庄园能值一万三四千卢布，现在未必有人会出到五千。毫无疑问，按照正式委托书的内容，斯捷潘·特罗菲莫维奇有全权出售树林并计入多年来按时汇出的一千卢布超值年收入，从而在结算时得到有力的保障。然而斯捷潘·特罗菲莫维奇是一个有崇高追求的高尚的人。他的心里闪过非常美妙的想法：等彼得鲁沙一到，立刻气度高贵地按最高①价格把钱放到桌面上，甚至是一万五千卢布，而毫不暗示历来汇出的款项，然后含泪把亲爱的儿子紧紧地、紧紧地搂到怀里，从而了结一切账目。他开始在瓦尔瓦拉·彼特罗夫娜面前婉转地、小心翼翼地展示这幅画面。他暗示，这样甚至会赋予他们的友谊……他们的"思想"以特殊的、高尚的色彩。这样会显得我们这一代为人父者，以至我们这一代的人多么高尚豁达，而不同于当代社会上轻浮的年轻人。他还说了很多很多，可是瓦尔瓦拉·彼特罗夫娜始终不赞一词。最后，她冷冰冰地向他宣布，愿意买下他们的土地，并且出最高价，即一万六七千卢布（买四份这样的产业也够了）。关于其余的与小树林一起飞掉的八千卢布，一字未提。

这件事发生在提亲前的一个月。他当时深感震惊，开始盘算起来。原来还有一线希望，也许儿子再也不会回来了，——这是说在旁

---

① 原文为拉丁文。

观者看来是如此。至于作为父亲的斯捷潘·特罗菲莫维奇，连抱有这种希望的念头也会愤怒地加以摒弃。不论怎么说，迄今为止，我们不断听到有关彼得鲁沙的莫名其妙的传闻。起先，大约六年前，他大学毕业后在彼得堡游荡，无所事事。突然我们听到一个消息，说他参加起草了一份秘密散发的传单，被牵连到一桩案子里去。后来，他突然到了国外，到了瑞士、日内瓦，——这恐怕是逃亡。

"我对此感到惊讶，"当时斯捷潘·特罗菲莫维奇很不好意思地向我开讲道，"彼得鲁沙是个大笨蛋！他善良、高尚、十分敏感，所以我那时在彼得堡把他和当代青年一比，感到很快慰，不过他终究是个可怜的人……您要知道，这一切都是由于不成熟，由于多愁善感！使他们受到吸引的不是现实主义，而是社会主义的感性的、理想的方面，可以说是社会主义的宗教色彩，它的诗意……当然，他们是拾人牙慧。不过，我呢，我怎么受得了！我在这里有那么多敌人，**在那边**更多，他们会归咎于父亲的影响……天哪！彼得鲁沙成了他们的口实！我们处于怎样的时代啊！"

可是彼得鲁沙很快就从瑞士寄来了他的准确地址，以便照常给他汇款。这么说来，他并不完全是流亡者。现在，在国外过了四年之后，突然又回到国内，并且声称不久就要回家了，可见并没有受到任何指控。不仅如此，而且似乎有人在同情他，庇护他。他目前是从俄国南方写信来，他在那里是由于接受了某个私人的然而重要的委托，在那里忙于某些事情。这一切都好极了，可是从哪里能弄到其余的七八千卢布，凑足一笔可观的款项，以支付庄园的最高价格呢？万一闹起来，高雅的画面变成法庭对质，那可怎么办？斯捷潘·特罗菲莫维奇有预感，多愁善感的彼得鲁沙在涉及自己利益的时候是决不会退让的。"这是为什么呢，我发觉，"那时斯捷潘·特罗菲莫维奇有一次曾对我低声说道，"所有那些狂热的社会主义者和共产主义者同时又都是令人难以置信的吝啬鬼、财迷、一毛不拔的私有者，甚至越是社会主义者，越激进，就越是一毛不拔的私有者……这是为什么呢？难道也是由于多情善感？"我不知道斯捷潘·特罗菲莫维奇的这番见解是不是真理；我只知道，彼得鲁沙了解了出售小树林等的某些情况，斯捷潘·特罗菲莫维奇也知道他了解。我还偶然看到彼得鲁沙写给父亲的信；他极少写信，一年一封甚至更少。只是在最近，为了说明他即将归来，才寄来了两封信，几乎是接连寄出的。他的信都很简短，语气冷冰冰的，信里只有指示。由于在彼得堡时父子之间就赶时髦以**你**相称，所以彼得鲁沙的信简直就像从前地主从首都写给奉命管理庄园的仆人的训示。现在突然从瓦尔瓦拉·彼特罗夫娜的建议中冒出了救命的八千卢布，而且她明确地暗示，再也不可能从别处冒出钱来了。不言而喻，斯捷潘·特罗菲莫维奇同意了。

在她走后，他立刻派人来叫我，一整天把别人都关在门外。当然，他哭了，话说得又多又动听，常走题儿，漫无边际，偶尔说一句俏皮话，挺得意，然后轻霍乱发作，——总之，一切都按部就班地上演。然后，取出他二十年前就已过世的德国小妇人的照片，凄凉地呼唤道："你能原谅我吗？"总的说来，他似乎迷迷糊糊。为了借酒浇愁，我们略饮了数杯。不过他很快就进入了甜甜的睡乡。第二天早晨，他熟练地系好领结，细心地穿好衣服，不时去照照镜子。他在手帕上洒了香水，不过只是略微洒上一点，这时从窗口一眼看见瓦尔瓦拉·彼特罗夫娜，就连忙取出另一条手帕，而把那条喷香的手帕掖到枕头底下。

"好极了！"瓦尔瓦拉·彼特罗夫娜听他说同意，便称赞道，"首先，这是一个高尚的决定，其次，您听从了理智的声音，而这是您在私人事务中很少做到的。不过，不必急，"她望着他那洁白的领结补充道，"您要暂时保持沉默，我也不说。不久是您的生日，我和她一起来。您要准备好晚茶，可是请不要备酒菜；不过我会亲自安排一切的。您去邀请朋友吧，——不过我们一起来决定邀请哪些人。如有必要，您提前一天与她商谈一下；而在您的晚会上我们并不公开宣布或让你们订婚，只是暗示一下，让大家知道，不举行任何仪式。大约两周以后就结婚，尽可能不要张扬……你俩甚至可以短期旅行，婚后立即动身，比如去莫斯科也行。也许我也和你们同去……主要是在此之前您不要声张。"

斯捷潘·特罗菲莫维奇吃了一惊。他想说明,他不能这样,必须与未婚妻商议一下,但瓦尔瓦拉·彼特罗夫娜突然气愤地冲他说道:

"这又何必呢?首先,这事或许根本就办不成……"

"怎么办不成!"未来的新郎嘟哝道,简直惊呆了。

"不怎么。我还要看一看……不过,一切都会按我说的进行,您别担心,我会亲自让她作好准备。您完全不必过问。一切该说该办的都无需您操心,您不必亲自去。有什么必要呢?能起什么作用?您不要出面,也不要写信。要不露声色,我求您。我也保持沉默。"

她根本不想作解释,显然心绪不佳地走了。斯捷潘·特罗菲莫维奇过分的热心似乎使她惊讶。唉,他根本不了解自己的处境,他还没有看清这个问题的某些其他方面。相反,他的腔调也变了,又得意又轻飘。他是得意忘形了。

"这让我感到高兴!"他站在我面前,摊开双手叫道,"您听见啦?她想搞得我最后不愿干了。要知道,我也会失去耐心而……不愿意!'您待着,不必亲自出面',可是说到底,为什么我非得结婚不可呢?就因为她有了一个可笑的臆想?然而我为人严正,很可能不愿屈从于一个乖僻妇人的无聊的异想天开!我负有责任,对我的儿子和……和我自己!我是在作出牺牲——这一点她懂吗?我同意,也许是因为生活使我厌倦了,对一切都无所谓。然而她可能会激怒我,那时我就不再无所谓了;我会愤而拒绝。而且这简直可笑啊……俱乐部里会怎样议论?利普京……会怎么说?'或许根本就办不成'——您听听!这真叫人忍无可忍!这简直……这是什么事嘛?——我是一个囚徒,一个巴登革①,一个被逼到墙旮旯的人!……"

同时,在所有这些怨气冲天的感慨中却流露着一种任性的自鸣得意,一种轻薄的玩世不恭。晚上我们又喝了酒。

---

① 转义是:替身。1846 年 5 月 25 日路易·拿破仑·波拿巴王子(未来的法国皇帝拿破仑三世)穿上泥水匠巴登革的衣服,从囚禁他的加姆要塞逃走。

第三章　别人的罪孽

一

　　大约过了一周，事情有了一点进展。

　　我顺便提一提，在这不幸的一周里我忍受了很多苦恼，几乎寸步不离地作为最亲密的心腹待在我的定了亲的可怜的朋友身边。压抑着他的主要是羞耻感，尽管在这一周里我们闭门谢客，一直单独相处；可是他甚至对我也羞于相见，而且越是对我推心置腹，就越是因此而对我有气。由于生性多疑，他猜想一切都已经闹得尽人皆知，满城风雨，他不仅在俱乐部，就连在自己的小圈子里也怕露面。即使不得不活动活动身体而外出散步，也是在暮色四合，伸手不见五指的时候。

　　一周过去了，他还不知道自己是不是未婚夫，不论他怎样费尽心机，却怎么也得不到确信。他和未婚妻还未见过面，甚至不知道她是不是自己的未婚妻；甚至不知道这件事究竟有几分可以当真！瓦尔瓦拉·彼特罗夫娜莫名其妙地拒不见面。他开始给她频频写信，她对最初的书信之一的答复是干脆请求他暂时停止一切联系，因为她太忙，而她本人因为也有很多重要的话要对他说，所以正在等待比目前空闲一些的时候以便详谈，**到时候**她自会请他相见。至于信，她表示将原封退回，因为这"不过是淘气而已"。这张便条我亲眼看过；是他拿给我看的。

　　不过，这种无礼的态度和捉摸不定的状况，比起他的主要心事都算不得什么。这桩心事使他非常苦恼，无法解脱，他因此而消瘦，而心灰意懒。这是他最羞于承认的事，甚至对我也决不愿谈起；相反，有时在我面前说假话，支支吾吾，像个小男孩；可是又天天派人来叫我，离开我两个小时也不行，需要我就像需要空气和水一样。

这样做多少有伤于我的自尊。不言而喻，我早已暗自猜到了他那个主要的秘密，对一切洞若观火。我当时深信，说破斯捷潘·特罗菲莫维奇的这一秘密，这一主要心事，是不会增加他的光彩的，因此年纪尚轻的我，对他庸俗的思绪和某些不雅的猜疑有点恼怒。我一时冲动（坦白说，我已经厌倦了做他的心腹），也许对他指责得过分了。我无情地力促他亲自向我坦白一切，尽管我也承认，有些事要坦白确实难于启齿。他也了解我，就是说他清楚地看出，我看透了他而且在生他的气，于是就因为我恼他、看透了他，所以他也恼我。也许我的气愤是浅薄而愚蠢的；但离群索居，单独相处，有时对真正的友情是非常有害的。从某种观点来看，他正确地看到了自己处境的某些方面，甚至相当委婉地说明了那些他认为无需掩饰的问题。

"啊，她过去何曾如此！"他有时会脱口而出地这样谈到瓦尔瓦拉·彼特罗夫娜，"过去我们在一起谈话的时候，她何曾如此啊……您要知道，那时她会侃侃而谈，您相信吗，那时她是有见解的，有独立的见解。现在全都变了。她说那一切都不过是陈词滥调！她忘了过去……现在她好像是一个管家，一个账房，冷酷无情，而且总是气呼呼的……"

"既然您同意了她的要求，为什么她还要生气呢？"我反问道。

他意味深长地看了看我。

"亲爱的朋友，倘若我不同意，她会大发雷霆，怒——不——可——遏！然而毕竟会比现在我同意了要好些。"

他对自己的这句俏皮话颇感满意，于是我们在那天晚上干了一瓶。不过这只是暂时的；第二天他比往常更加心情恶劣，郁郁寡欢。

不过我最恼他的是，他竟犹豫着没有对回国的德罗兹多娃母女作应有的拜访，以恢复交往，据说这也是她们的愿望，因为她们曾问起过他，他也天天想着要见面。他谈起莉莎维塔·尼古拉耶夫娜就眉飞色舞，我颇为不解。无疑，他忆起的是当初所钟爱的那个孩子；然而不知何故，他还觉得，他目前的一切痛苦都会在她身边立刻得到缓解，甚至他的种种疑虑也会立刻烟消云散。他觉得他将见到的莉莎维塔·尼古拉耶夫娜是一个非凡的人。尽管天天想去，却又始终未去。主要是我自己当时极想经人介绍与她结识，而我所能指望的只有斯捷潘·特罗菲莫维奇。我和她屡屡相逢给我留下了深刻的印象，当然，我们的相逢是在大街上，她骑马漫游，身着骑装，跨着骏马，陪伴她的是她的所谓亲戚，一个漂亮的军官，已故德罗兹多夫将军的侄子。我的痴迷转瞬即逝，后来我很快就意识到我的梦想是绝难成真的，——然而尽管只是瞬间的痴迷，却毕竟有过啊，因而可以想象，当初我有时多么怨恨我那位可怜的朋友，就因为他固执地闭门不出。

所有我们的人从一开始就得到正式通知，说斯捷潘·特罗菲莫维奇暂不见客，请求大家不要去打扰他。尽管我曾劝阻，他还是坚持要广泛通知。根据他的请求，我走访了所有的人，喋喋不休地说瓦尔瓦拉·彼特罗夫娜委托我们的"老头子"（我们相互之间都这样称呼斯捷潘·特罗菲莫维奇）处理急事，整理若干年来的信件，他闭门谢客，由我从旁协助，如此等等。只有利普京我未及走访，一直在拖延，——说实话，我是怕见他。我事先就知道，对我的话他一句也不会相信，一定认为其中有一个单单想瞒住他的秘密，我一走，他马上就会在城里到处打听消息，散布流言。我正在这样想的时候，却意外地在大街上与他劈面相逢。原来他已经从我刚刚通知到的人那里获悉一切。然而很奇怪，他非但没有好奇地问起斯捷潘·特罗菲莫维奇的情况，却相反，在我为不曾早去见他而想表示歉意的时候，他还打断我的话，立即谈起别的话题。确实，他有很多话可说；他非常兴奋，很高兴遇到我这个听众。他谈起城里的种种新闻，谈起省长夫人带来的"新议论"，俱乐部里已经形成的反对派，谈起人人都在大肆宣扬新思想，以及大家如何热中，等等，等等。他讲了有一刻钟，而且讲得很有趣，使我忍不住要听。尽管我讨厌他，然而我承认，他有吸引听众的本领，尤其是在他因故恼怒的时候。在我看来，此人是真正的、天生的密探。他能随时了解到城里的最新消息和全部隐情，主要是那些蝇营狗苟的事情，你不能不惊讶，他会兴趣盎然地关切那些有时与他毫无关系的是是非非。我总觉得，他的主要特点是忌妒。当晚我向斯捷潘·特罗菲莫维奇谈起我早晨与利普京的相遇和交谈，令我吃惊的是，他非常激动，向我提出了一个古怪的问题："利普京究竟知道不知道"。我向他说明，这么快就知道是不可能的，而且也没有谁会告诉他；可是斯捷潘·特罗菲莫维奇坚持己见。

"信不信由你，"最后他突然下了结论，"可我坚信，他对**我们**的处境不仅尽知底细，而且还知道得更多，其中有些情况，您和我都还不知道，也许永远不会知道，或者我们知道的时候，已经太晚，已经没有退路了！……"

我默然，这些话包含着很多暗示。在此后的五天里，关于利普京我们始终一字不提；我明白，斯捷潘·特罗菲莫维奇深悔对我透露了他的这种怀疑，说漏了嘴。

二

一天早晨，那是在斯捷潘·特罗菲莫维奇同意联姻以后的第七或第八天，十一点左右，我和往常一样向我那悲伤的朋友家里匆匆走去，路上有了一次奇遇。

我遇见了卡尔马津诺夫，利普京所称道的"伟大作家"。我从小就读过卡尔马津诺夫的作品。他的中短篇小说不仅在上一代甚至在我们这一代也享有盛名；我简直是醉心于那些作品；在青少年时代爱不释手。后来我对他的大作有点冷淡了；对他近来一直在写的带倾向性的中篇小说，我的喜爱远不及他最初的洋溢着质朴诗意的早期作品；而他的那些新作我简直一点也不感兴趣。

我不揣冒昧，要在如此微妙的问题上也来谈谈自己的意见。一般地说，我们所有那些眼高手低的才子先生们，生前往往几乎被奉为天才，一旦去世就仿佛突然间从人们的记忆中消失殆尽，不仅如此，有的甚至在生前，只要新的一代成长起来，取代了他们的创作所属的那一代，他们就会快得出奇地被所有的人所遗忘，所藐视。在我国，这种情况似乎是瞬息间发生的，就像舞台上更换布景一样。啊，普希金、果戈理、莫里哀、伏尔泰，所有这些有独创性的先驱者的情况是迥然不同的。其次，那些眼高手低的才子先生们一到晚年往往陷入文思枯竭的窘境，自己却懵然不觉。常有这样的情况，一个作家长期被认为具有非常深刻的思想，因而人们期待他对社会的发展发挥非凡的重大影响，结果却暴露了他的基本思想是如此浅薄、渺小，以致谁也不会为他那么快地文思枯竭而惋惜。然而白发苍然的老先生们却见不及此，因而气愤难平。正是在他们的文学生涯行将结束的时候，他们的虚荣心却让人触目惊心。天知道，他们以什么样的人物自居，——至少是自视为神。据说，卡尔马津诺夫把结交权贵和上流社会看得几乎比自己的灵魂还重。据说他会欢迎您，亲切相待，曲意逢迎，让您着迷于他的温厚，尤其是他若有求于您的话，或者您是事先经人举荐的。可是只要来了一位公爵，一位伯爵夫人，或者一位他所畏惧的人物，他就认为他的最神圣的职责就是极其轻慢地把您忘掉，好像您是一片木屑，一只苍蝇，而且就在您还未及离去的时候；他还真的认为这是极其高尚而优雅的风度。虽然他泰然自若，深谙良好的风范，可是据说他极爱虚荣，到了歇斯底里的程度，以致掩饰不住这位作家的应激反应，即使是在那些对文学不大感兴趣的社交场合。要是有人偶然由于态度冷淡而使他受窘，他就痛感屈辱而睚眦必报。

　　大约一年前我在刊物上读过他的一篇作品[①]，它极力追求质朴无华的诗意以及心理描写。他描述一艘轮船在英国海岸边遇难的情景，他是目击者，看到人们拯救遇险者，打捞死者。这篇作品冗长拖沓，通篇的唯一主旨就在于突出作者自己。字里行间所能读到的就是：“对我感兴趣吧，看看我在这样的时刻的表现吧。你们何必注意那

---

① 据考证，陀思妥耶夫斯基在下面转述这篇作品时，是以讽刺的笔调描述屠格涅夫在特写《处决特罗普曼》中所运用的叙述手法。

海，那风暴、岩礁、轮船的碎片呢？我已经用我有力的笔触为你们充分地描写了那一切。你们何必去看那个怀抱死婴的溺毙的妇人呢？还是看着我吧，看我怎样不忍目睹而掉过脸去。瞧，我背过身去了；我惊恐万状，不忍回顾；我眯起了眼睛——这么么有意思啊，不是吗？"我对斯捷潘·特罗菲莫维奇谈了我对卡尔马津诺夫的这篇作品的看法，他表示赞同。

不久前听说卡尔马津诺夫要来，我当然极想见到他，甚至与他结识，如果可能的话。我知道，这是可以通过斯捷潘·特罗菲莫维奇办到的；他们曾经是朋友。不料却在十字大街上与他不期而遇。我当即认出了他；三天前有人把他指给我看过，当时他正和省长夫人乘着一辆敞篷马车驶过。

这是一个矮矮的、拘礼的小老头儿，不过年纪不超过五十五岁，一张红润的小脸，圆筒礼帽下露出一绺绺浓密的白发，在洁净的、淡红色的小耳朵边拳曲着。他的洁净的小脸不怎么漂亮，薄薄的、宽宽的、显得狡黠的双唇，肉乎乎的鼻子，一双锐利而聪明的小眼睛。他的衣着有点破旧，披着一件斗篷，这样的斗篷是诸如瑞士或意大利北部的某些地方在这个季节所穿的。不过，至少他外衣上的小物件：领扣，衣领，纽扣，系在细细的黑丝绦上的长柄玳瑁眼镜，宝石戒指，都和讲究气派的人士一样。我相信，夏天他一定穿一侧缀有珠母纽扣的色调鲜明的小皮鞋。我们相遇时，他站在街角，仔细地张望着。他发觉我在好奇地看着他，就用甜甜的，但有点刺耳的嗓音问道：

"请问，抄近路去贝科夫街怎么走？"

"贝科夫街？就在这里，很近，"我异常激动地叫道，"顺着这条街一直走，到第二个路口向左拐。"

"非常感谢。"

这时候真糟糕透了：我似乎胆怯了，显得低声下气！他在一瞬间把一切都看在眼里，当然，他立即全都明白了，就是说他看出我已经知道他是谁，看出我从童年起就读过他的作品而且仰慕他，看出我胆怯而显得低声下气。他微微一笑，又一次点点头，就朝着我指的方向一直走去。我不知道，为什么我会转身跟在他身后；不知道为什么竟在他身边跑了有十步。他突然又站住了。

"您能不能告诉我，附近哪里有出租马车？"他又向我叫道。

讨厌的叫声；讨厌的嗓音！

"出租马车？离这里最近的出租马车……在大教堂那里，那里一定有，"于是我转身想跑去叫车。我猜想，他正等着我这样呢。当然，我马上清醒过来，站住了，但是我的动作他看得很清楚，正带着他那可恶的微笑瞅着我。这时发生了一件我永远不会忘记的事情。

他左手拿着的一个小钱包突然掉在地下。不过那不是钱包，好像是小匣子，或者更准确地说，是一个小公文包，或者不妨说是小手提包，就像女性常用的那种，不过我说不清那是什么，只知道我似乎扑了过去要把它捡起来。

我确信，我没有捡起它，但是我最初的动作却是明明白白的；我已经无法加以掩饰，脸红得像个傻子。老滑头马上捞到了他所能捞到的东西。

"别费心，我自己来。"他亲切地说道，那时他已经看出我是不会替他捡手提包了，于是自己拾了起来，仿佛是要抢先似的，又点点头，走了，让我做了一个大傻瓜。这和我亲去捡没有两样。有五分钟光景，我觉得自己蒙受了永难忘却的羞辱；可是，在走到斯捷潘·特罗菲莫维奇家附近的时候，我突然开怀大笑。我觉得这次见面太滑稽了，立刻决定告诉斯捷潘·特罗菲莫维奇，让他也乐一乐，甚至要把这出戏中的两个角色分别扮演给他看。

三

可是这次我惊奇地发现他形容大变。诚然，我一进去，他就急切地迎上来，开始听我讲话，只是心不在焉，起初显然不明白我在说什么。但我一提到卡尔马津诺夫的名字，他就怒不可遏：

"别说他，别说！"他几乎发疯似的叫道，"您瞧瞧这个，您读吧！读吧！"

他拉开抽屉，把三张小纸片扔在桌上，只见上面有潦草的铅笔字迹，都是瓦尔瓦拉·彼特罗夫娜写的。第一张字条是前天写的，第二张写于昨天，最后一张是今天送来的，就在一小时之前；内容空洞，说的都是卡尔马津诺夫，暴露了瓦尔瓦拉·彼特罗夫娜担心卡尔马津诺夫不来拜访她的那种庸人自扰、爱慕虚荣的不安心情。下面是写于前天的字条（或许是写于三天前，也可能是四天前）：

倘若他今天终于光临，关于我请一字莫提。不要有丝毫的暗示。不要谈起我，也不要涉及我。

瓦·斯

昨天的：

倘若他终于决定于今晨造访，我想，最有尊严的态度是拒不接待。我意如此，不知您意下如何。

瓦·斯

今天的，即最后一张：

我确信，您那里垃圾成堆，烟雾弥漫。我派玛丽娅和福穆什卡前来；他们将在半小时内收拾妥当。他们收拾时，别妨碍他们，在厨房里坐坐吧。送上布哈拉地毯一条和中国花瓶两只：这是我早想相赠的，此外还有我的一幅特尼尔①的画（供暂时一用）。花瓶可放在窗台上，特尼尔的画要挂在歌德肖像右上方，那里显眼些，上午总有亮光。若他终于露面，要彬彬有礼地接待，但竭力谈琐事，谈学问，而且要平淡处之，仿佛你们是昨天

---

① 特尼尔（1610—1690），佛拉芒（比利时两大民族之一）大写生画家。

才分手似的。关于我一字莫提。晚间我或许来探望您。

瓦·斯

　　又及：若他今天不来，就不会来了。

　　我读了以后很惊讶，他竟会为一些小事而大动肝火。我疑问地看了他一眼，突然发觉，在我看字条的时候，他已经把日常戴的白领带换上了一条红的。他的礼帽和手杖放在桌上。他脸色煞白，甚至手也在哆嗦。

　　"我才不管她激动不激动呢！"他声嘶力竭地吼道，这是对我的疑问的目光的回答。"我毫不在意！她有心情为卡尔马津诺夫激动，对我的信却不予答复！瞧，这是我的原封未动的信，是她昨天退回的，就在桌上，在书下面，在那本《笑面人》①下面。她为尼-古-连卡劳神与我何干！我不闻不问，我现在声明我是自由的。什么卡尔马津诺夫，什么列姆布克太太，都见鬼去吧！我把花瓶放到仆人的房间，把特尼尔的画收进了衣橱，我还要求她马上接见。您听见吗，我是要求！我也给她送去了这样的一张纸条，铅笔写的，不封口，是由娜斯塔霞送去的，我正等着回音呢。我要达丽娅·帕夫洛夫娜亲口对我说清楚，要当着老天爷说，至少要当着您的面。您当然不会不协助我，作为一位朋友和见证人。我不愿忍辱含羞，我不愿讲假话，我不愿有秘密，在这个问题上我不容许有秘密！让她们对我把一切讲清楚，坦白地，老老实实地，高尚地，那么……那么我也许会表现出惊世骇俗的宽容大度！……我卑鄙吗，阁下？"他突然这么问道，威严地望着我，仿佛就是我在鄙视他。

　　我要他喝点水；我还从未见过他如此失态。他在讲话的时候，不停地在屋角之间走来走去，可是他突然以一种很特别的姿态站在我面前：

　　"难道您以为，"他又以病态的傲慢讲了起来，同时从头到脚地

---

　　① 法国著名作家雨果的作品。

打量着我，"难道您能设想，我，斯捷潘·韦尔霍文斯基，在自己的内心找不到足够的道德力量拿起我的小箱子，——我的寒酸的小箱子！——扛上我瘦弱的肩头，跨出这扇大门而从此永远消失，如果荣誉感和伟大的自立原则要求这样做的话？斯捷潘·韦尔霍文斯基已经不是第一次以豁达大度回报专横了，尽管那是一个疯狂的女人的专横，即世界上所可能有的最羞辱人、最残酷的专横，而您此刻居然会失笑，我尊敬的阁下！啊，您不相信，我内心那么豁达，以至我可以在商贾之家当家庭教师而了此一生，或忍饥挨饿，倒毙于他人篱下！回答我，马上回答我：您信还是不信？"

可是我故意沉默。甚至故作迟疑，似乎不愿以否定的回答使他不快，却又不能违心地作出肯定的回答。在他的愤怒中，一个有关的情况确实伤害了我的感情，而且不是我个人的事，啊，不是。不过……我以后再作解释吧。

他的脸都白了。

"也许，您与我相处觉得无聊，格-夫（这是我的姓），因而希望……从此不再相见？"他以漠然的平静语调说道，这种语调往往是晴天霹雳的前奏。我吓得跳了起来；就在这时娜斯塔霞进来了，默默地把一张纸条递给斯捷潘·特罗菲莫维奇，上面有铅笔写的字迹。他看了看就朝我扔了过来。瓦尔瓦拉·彼特罗夫娜只在纸上写了寥寥数语："在家里待着。"

斯捷潘·特罗菲莫维奇默默地抓起礼帽和手杖，快步向室外走去；我机械地跟在后面。突然走廊里响起了话语声和急促的脚步声。他像遭到雷击似的站住了。

"是利普京，我完了！"他抓住我的手，低声说道。

就在这时利普京走了进来。

四

为什么利普京一来他就完了，我不知道，而且对这句话我也没有在意；我只归因于他的神经问题。但他的惊惧毕竟非同寻常，因而我决定注意观察。

利普京进门时的样子就说明，他这次不顾谢绝来访的声明而登门造访是有特殊的理由的。他带来了一位陌生的先生，大概是外地来的。他看到斯捷潘·特罗菲莫维奇愣在那里露出茫然的目光，立刻高声叫道：

"我带来了一位客人，而且是一位不平常的客人！斗胆打搅了您的清静。这是基里洛夫先生，杰出的建筑工程师。主要是他认识令郎——尊敬的彼得·斯捷潘诺维奇；他们过从甚密，先生；他还受到令郎的委托。刚到此地不久。"

"关于委托是您在无中生有，"客人断然说道，"完全不曾有过什么委托，而韦尔霍文斯基我确实认识。我是十天前在 X 省与他分手的。"

斯捷潘·特罗菲莫维奇机械地伸出了手并示意请大家就座；他看看我，看看利普京，突然醒悟过来似的，自己也连忙坐下，不过手里仍然拿着礼帽和手杖，还懵然不觉。

"哎呀，您正要出门！可是我听说，您累得病倒了。"

"是的，我有病，现在正想去散散步，我……"斯捷潘·特罗菲莫维奇住了嘴，连忙把礼帽和手杖丢在沙发上，——他的脸红了。

这时我匆匆地审视着那位客人。他年纪尚轻，二十七岁左右，衣着考究，是挺拔、清瘦的黑发男子，脸色苍白而略显晦暗，一双黑眼睛暗淡无光。他若有所思而心不在焉，说话断断续续，而且有点不合语法，在有必要说较长的句子时就会词序颠倒，乱了套。利普京把斯捷潘·特罗菲莫维奇异乎寻常的恐惧看得一清二楚，不禁扬扬得意。他坐在藤椅上，把椅子几乎拖到了房间正中，以便与宾主双方保持一样的距离；宾主面对面地坐在两张对置的沙发上。利普京的锐利的目光好奇地在角角落落梭巡着。

"我……很久未见到彼得鲁沙了……你们是在国外见过？"斯捷潘·特罗菲莫维奇对客人随口说道。

"在国内、国外都见过。"

"阿列克谢·尼雷奇本人刚从国外回来，离开有四年了，"利普京接口说道，"他出国是为了进修专业，这次回来，有望在铁路桥的建筑中谋得职位，目前在等答复。他通过彼得·斯捷潘诺维奇认识了德罗兹多夫一家，认识了莉莎维塔·尼古拉耶夫娜。"

工程师坐着，似乎无精打采，尴尬而不耐烦地倾听着。我觉得有什么事使他心里有气。

"他与尼古拉·弗谢沃洛多维奇也相识，先生。"

"您也认识尼古拉·弗谢沃洛多维奇？"斯捷潘·特罗菲莫维奇问道。

"也认识。"

"我……我已经好久未见到彼得鲁沙了……我愧为人父……确实如此；我……您是怎样离开他的？"

"就这么离开了……他本人就要来了。"基里洛夫先生又急忙敷衍道。他是真的生气了。

"就要来了！我终于……您瞧，我未见到彼得鲁沙太久了！"斯捷潘·特罗菲莫维奇说完这句话停顿了好久，"现在我盼望着我可怜的孩子，在他面前……啊，在他面前我有过错啊！就是说，我，其实我想说，当初在彼得堡离开他时，我……总之，我认为他无足轻重，有着诸如此类的想法。您知道，孩子神经质，很重感情，而且……胆子小。睡觉前他要跪下磕头，对着枕头画十字，祈求夜里不要死去……我记得的。而且他毫无美感，就是说毫无一种崇高的、至关重要的情操，未来思想的某种萌芽……他像个小糊涂蛋。不过，我自己似乎语无伦次了，请原谅，我……你们正赶上我……"

"您说他对着枕头画十字，这是真的？"工程师似乎特别好奇，突然问道。

"是呀，他画十字……"

"行了，我随便问问；您接着说吧。"

斯捷潘·特罗菲莫维奇疑问地看了看利普京。

"我很感谢您的光临，可是我承认我现在……心绪不佳……不过，请问您住在哪里？"

"博戈亚夫连街，菲利波夫公寓。"

"哦，就在沙托夫住的那里。"我脱口说道。

"对，就是那幢公寓，"利普京叫道，"不过沙托夫住在上面，住顶楼，他和列比亚德金大尉一起住在底层。他也认识沙托夫，而且认识沙托夫的夫人，在国外时与她有过亲密的交往。"

"什么！难道您对这位可怜的朋友的不幸的婚姻和这个女人有所了解？"斯捷潘·特罗菲莫维奇突然激动地叫道，"您是我遇到的第一位与她有私交的人；万一……"

"胡说八道！"工程师火冒三丈，不客气地说道，"利普京，您真是无事生非！我可没有见过沙托夫的妻子；只有一次远远地看到过，谈不上亲密的交往……沙托夫我是认识的。为什么您要讲些没影儿的事呢？"

他在沙发上急剧地转过身去，抓起了自己的礼帽，后来又把它放下，依旧坐着，一双冒火的黑眼睛挑衅似的逼视着斯捷潘·特罗菲莫维奇。我怎么也不明白，为什么他那样怒气冲冲。

"请原谅，"斯捷潘·特罗菲莫维奇庄重地说道，"我理解，这也许是一个极其微妙的问题……"

"什么微妙问题也没有，这简直可耻，我刚才并不是说您'胡说八道'，而是说利普京，怪他捏造，如果引起了您的误会，那么请原谅我吧。我认识沙托夫，而他的妻子我根本不认识……根本不认识！"

"我明白了，明白了，我之所以唠唠不休，只是因为我很爱我们这位可怜的朋友，我们这位好激动的朋友，而且历来关心他……在我看来，此人太急剧地改变了他原来也许太不成熟，却毕竟正确的思想。现在他竟如此大肆宣扬我们的神圣罗斯，以致我早已把他机体中的这种转折——我不愿用别的说法——归因于某种重大的家庭变故，即他的失败的婚姻。我透彻地研究了我可怜的俄罗斯，把自己的一生奉献给俄罗斯人民，我可以告诉您，他不了解俄罗斯人民，加之……"

"我也完全不了解俄罗斯人民，而且……根本没有时间去研究！"工程师又生硬地说道，又急剧地在沙发上转过身去。斯捷潘·特罗菲莫维奇说到一半就噎住了。

"他在研究，在研究，"利普京接口道，"他已经开始了研究工作，而且正在写一篇很有意思的论文，论述俄国自杀事件增多的缘故，并概述了社会上自杀现象加速扩散或受到抑制的原因，获得了惊人的成果。"

工程师气坏了。

"您根本无权这样说，"他愤怒地嘟哝道，"我根本没有（写）论文①。我不会（干）这种蠢事。我曾信赖地问过您，完全是无意中问起的；这根本不是什么论文；我不公开发表，您无权……"

利普京显然在自得其乐。

"抱歉，先生，也许我错了，不该把您的文学作品叫作论文。他只是在收集观察所得，对问题的实质，或者可以说是问题的伦理方面完全没有涉及，甚至对道德本身完全持否定态度，遵循为了善良的最终目的而摧毁一切的最新原则。他已经提出，为了在欧洲确立健全的理智，要付出一亿颗以上的头颅，这比最近一届和平代表大会②所要求的还多得多。在这个意义上说，阿列克谢·尼雷奇走得比任何人都远。"

工程师听着，面带轻蔑的、阴沉的微笑。大家沉默了约半分钟。

"这都是蠢话，利普京，"基里洛夫先生终于有点矜持地说道，

---

① 请注意，前面提到基里洛夫久居国外，说起俄语来"有点不合语法"，"语无伦次"。译者在括号中加词以便于理解。

② 指1867年在日内瓦举行的"和平与自由同盟"代表大会，与会者有加里波第、雨果、赫尔岑、巴枯宁等。1867年10月11日陀思妥耶夫斯基在致伊万诺娃的信中谈了自己的印象，想必是针对巴枯宁的一篇讲话，这篇讲话呼吁无情地摧毁一切旧社会制度，"……而主要的是火与剑，在把一切毁灭之后，在他们看来，和平才会到来。"

"如果我无意中对您谈了几点，而您接受了，那是您的事。可是您没有权利（说出来），因为我是从来不对任何人说的。我蔑视饶舌……如果有见解，那么我是很清楚的……而您的做法很无聊。我不去讨论那些已有定论的各点。我不能容忍讨论。我永远不愿讨论……"

"也许，您是对的。"斯捷潘·特罗菲莫维奇忍不住说道。

"我向您表示歉意，不过我在这里并不生谁的气，"客人热烈地急忙接着说道，"我有四年很少见到人……四年里我很少交谈，并且避免见客，为了我的目的，对目的无益嘛，四年。利普京知道了就笑我，我明白，并不在意。我不是小心眼儿，只是恼他说话太随便。至于我不同你们谈思想，"最后他突然说道，以坚定的目光扫视着大家，"那绝不是怕你们向政府告密；不是，在这方面请不要胡思乱想……"

听了这番话，大家一言不发，只是面面相觑。甚至利普京也不再嬉皮笑脸了。

"先生们，很遗憾，"斯捷潘·特罗菲莫维奇坚决地从沙发上站了起来，"可是我不舒服，心绪不佳。对不起。"

"哦，这是要我们走，"基里洛夫先生明白过来，抓起了帽子，"亏您提醒，要不我倒忘了。"

他站了起来，神情憨厚地伸着手向斯捷潘·特罗菲莫维奇走了过来。

"遗憾，您身体不好，我却来了。"

"希望您在我们这里一切顺利，"斯捷潘·特罗菲莫维奇答道，善意而从容地握着他的手。"我理解，既然如您所说，长期滞留国外，为了自己的目标而疏于交往，并且——淡忘了俄罗斯，那么自然，对我们这些土生土长的俄罗斯人就不免会投以诧异的目光，我们对您也同样如此。不过这会过去的。只是有一点我感到困惑：您想为我们建造桥梁，同时却又声称，您拥护摧毁一切的原则。他们是不会让您来造我们的桥梁的！"

"什么？您说什么……嘿，见鬼！"吃了一惊的基里洛夫叫道，突然又大笑起来，笑得极其畅快而开朗。此刻他的脸流露了十分稚气的神情，我觉得，这神情很适合于他。利普京为斯捷潘·特罗菲莫维奇的妙语而高兴得直搓双手。而我一直在暗自奇怪：为什么斯捷潘·特罗菲莫维奇那么怕利普京，为什么一听到他来了就大喊"我完了"。

五

我们都站在门口。在这样的时候，宾主总是殷殷话别，然后扬长分手。

"他今天闷闷不乐，都是由于，"利普京就在跨出房间的那一瞬间，突然仿佛不经意地说道，"都是由于不久前与列比亚德金大尉的争吵，是为了他妹妹。列比亚德金大尉天天鞭打他那个神经错乱的好妹妹，真正的哥萨克马鞭啊，先生，早晨打，晚上也打。所以阿列克谢·尼雷奇甚至搬进了那幢房子的侧屋，眼不见心不烦嘛。好吧，先生，再见。"

"妹妹？有病？鞭子？"斯捷潘·特罗菲莫维奇大叫道，就像他自己突然挨了一鞭子似的，"哪个妹妹？哪个列比亚德金？"

不久前的恐惧刹那间又出现了。

"列比亚德金？那是一位退伍大尉；从前他只是自称上尉……"

"嗨，我管他什么军衔！哪个妹妹？天哪……您说呀。列比亚德金？我们这里是有过一个列比亚德金的……"

"就是他，**我们的**那个列比亚德金，还记得吗，在维尔金斯基家里？"

"他不是因假钞案给抓起来了吗？"

"已经回来啦，快有三个星期了，情况很特别。"

"此人可是个恶棍啊！"

"我们这里就不会有恶棍？"利普京突然咧嘴大笑，一面仿佛在用那双贼溜溜的眼睛打量着斯捷潘·特罗菲莫维奇。

"嗨，我的天，我完全不是这个意思……不过，我完全同意您关于恶棍的这个看法，特别是您的看法。可是下文如何，下文呢？您的言外之意是什么？……您这样说一定是有用意的！"

"这些都是无足轻重的小事，先生……这个大尉，从种种迹象来看，当初并不是为了假钞而离开这里，唯一的目的是要找他的那个妹妹，她藏身于陌生的地方，躲着他；现在她被带回来了，就是这么回事。您好像很害怕，为什么呢，斯捷潘·特罗菲莫维奇？不过，我说的这些都是根据他酒后的闲聊，清醒的时候他自己也守口如瓶。此人爱动肝火，不妨说，爱好战斗美学，不过那是属于低级趣味的。而那个妹妹不但是疯子，而且还是瘸子。她似乎被谁勾引失身，于是多年来列比亚德金先生似乎因此而年年从勾引者那里得到金钱，以补偿高雅的冒犯，至少他在闲聊时是这么说的——在我看来，只是醉话，先生。不过是吹牛罢了。而且这样更庸俗。说他有钱，倒是千真万确；十来天之前连双袜子也没有，现在我亲眼看到，他手里有好几百呢。妹妹天天犯病，尖声喊叫，他就用马鞭让她'守规矩'。他说，要向妇女灌输谦恭。我真不懂，沙托夫怎么还能住在他们楼上，相安无事。阿列克谢·尼雷奇同他们只相处了三天，就受不了烦扰而住进了一间小小的侧屋，他们早在彼得堡的时候就已经认识了。"

"真的是这样？"斯捷潘·特罗菲莫维奇向工程师问道。

"您太饶舌了，利普京。"他气愤地嘟哝道。

"又是秘密、隐私！你们从哪里突然有了这么多秘密和隐私啊！"斯捷潘·特罗菲莫维奇忍不住叫道。

工程师皱起眉头，脸也红了，耸起肩膀想离开房间。

"阿列克谢·尼雷奇甚至夺过马鞭，把它折断扔到了窗外，先生，他们大吵了一场。"利普京补充道。

"为什么您要饶舌，利普京，真无聊，为什么？"阿列克谢·尼雷奇又立即转过身来说道。

"何必出于谦虚而掩盖自己高尚的内心活动嘛，我说的是您，而不是我。"

"多么无聊……而且毫无必要……列比亚德金很蠢又很无聊——

他于事无补甚至……十分有害。您何必把什么事都往外捅？我走了。"

"嗨，真遗憾！"利普京叫道，平静地笑着。"否则，斯捷潘·特罗菲莫维奇，我还有一个笑话要告诉您，先生。甚至我今天来就是要说给您听的，不过大概您自己也已经听说了。好，等下次吧，阿列克谢·尼雷奇急着要走……再见，先生。瓦尔瓦拉·彼特罗夫娜闹了个小笑话，前天她可把我逗乐了，她竟专门派人来找我，真滑稽。再见，先生。"

可是这时斯捷潘·特罗菲莫维奇揪住了他：他抓住他的肩头，猛地把他扭得转过身来，拖回了房间，把他按在椅子上。利普京甚至胆怯起来。

"怎么啦，先生？"他自己开了腔，坐在椅子上小心翼翼地望着斯捷潘·特罗菲莫维奇。"她突然把我叫去，'推心置腹'地问我，我本人的看法究竟如何：尼古拉·弗谢沃洛多维奇是神经错乱了，还是神志正常？这怎不令人吃惊呢？"

"您疯了！"斯捷潘·特罗菲莫维奇喃喃道，又似乎突然发了狂，"利普京，您非常清楚，您到这里来的目的就是要讲这一类下流话，甚至……还有更糟的！"

我立即想起他曾经猜测，利普京对我们的情况不仅知道得比我们还多，而且还知道我们永远不会知道的某些事。

"您怎么啦，斯捷潘·特罗菲莫维奇！"利普京喃喃说道，好像吓坏了，"您怎么啦……"

"住口，开始吧！我恳切地请求您，基里洛夫先生，您也回来，不要离开，请求您！坐吧。而您，利普京，开始吧，直截了当……丝毫不要支吾搪塞！"

"要是早知道这会让您如此震惊，我就绝不会提起了，先生……我还以为，瓦尔瓦拉·彼特罗夫娜本人已经向您告知了一切！"

"您才不这样以为呢！开始吧，开始，我对您说！"

"劳驾，您自己也请坐下吧，要不，我坐着，而您那么激动地在我面前……跑来跑去。不雅观啊，先生。"

斯捷潘·特罗菲莫维奇克制了自己，庄重地在圈椅上坐了下来。工程师愁眉不展地盯着地下。利普京乐不可支地望着他们。

"从哪里说起呢……真让我尴尬……"

六

"她前天突然派了一个仆人来见我说：请您明天十二点去一趟。您想得到吗？我放下工作，在昨天正午按响了她家的门铃。我被直接领进客厅，一会儿她来了；她让我坐，自己在我对面坐了下来。我坐在那里，简直不敢相信；您知道，她一向鄙视我！她直截了当地谈起了正题，这是她的一贯作风：'您记得，四年前尼古拉·弗谢沃洛多维奇因病有过一些古怪的举止，以致全城愕然，后来才真相大白。其中一次与您本人有关。尼古拉·弗谢沃洛多维奇病愈后，我曾请他前来见您。我也知道，他过去与您也有过几次交往。请直言相告，您当时……（这时她略微迟疑了一下），您当时觉得尼古拉·弗谢沃洛多维奇怎样……一般地说，您那时对他的看法如何……能给他怎样的评价……现在的评价又怎样？……'

"这时她完全语塞，停顿了足有一分钟，突然脸红了。我吓坏了。她又说起话来，不能说她的语调动人，那是与她不相称的，而是一种威严凝重的语调：

"'我希望，您能很好地、正确无误地理解我。我现在请您来，因为我认为您有洞察力，乖觉、敏锐，能够提出正确的观感（多么动听的恭维！）。您也明白，现在同您谈话的是一位母亲……尼古拉·弗谢沃洛多维奇在生活中有过某些不幸，而且屡遭波折。这就有可能影响他的精神状态。当然，我不是说神经错乱，这是绝不可能的！（说得坚定而自豪。）然而有可能发生某种奇怪的、特别的现象，思想上的某种转变，对某种特殊的观点的偏爱。（这都是她的原话，我很惊讶，斯捷潘·特罗菲莫维奇，瓦尔瓦拉·彼特罗夫娜能够多么准确地说明问题。聪明过人的太太！）至少，我自己发觉，他经常有某种程度的烦躁不安，倾向于某些特别的习气。可我是母亲啊，而您是旁观者，因而以您的聪明，您是能够提出比较客观的看法的。所以我求您（就是这么说的：求您）告诉我全部真情，不要弄虚作假，如果您同时还能向我担保，今后决不忘记我对您讲的都是心腹之言，那么您可以期望，以后我一有机会就会乐意酬谢您。'嘿，怎么样，先生！"

"您……您使我大为惊愕……"斯捷潘·特罗菲莫维奇嗫嚅道，"我不信……"

"不，请注意，请注意，"利普京抢着说，对斯捷潘·特罗菲莫维奇的话仿佛听而不闻，"一个高高在上的夫人向我这种人提出那样的问题，还不惜纡尊降贵，亲口请求我保守秘密，她该是如何惴惴不安啊。这是怎么了，先生？难道她听到了尼古拉·弗谢沃洛多维奇的什么意外的消息？"

"我不知道……任何消息……我有好几天未见到她了，但是……但是我要向您指出……"斯捷潘·特罗菲莫维奇喃喃说道，似乎勉强能理清思绪，"但是我要向您指出，利普京，既然是心腹之言，您现在却当着大家……"

"完全是心腹之言！天打雷劈，如果我……至于在这里……那又怎样呢，先生？难道我们是外人，就拿阿列克谢·尼雷奇来说吧？"

"我不同意这个看法；毫无疑问，我们这里的三个人一定会保守秘密，可我怕的是第四个人，是怕您，而且一点也不相信您！"

"您怎么这样说呢，先生？我比谁都更有利害关系啊，因为我可以得到永久的感谢！就因为这个缘故，此刻我正想指出一个非常奇怪的事实，不过与其简单地说它奇怪，还不如说是一个心理上的问题。昨晚，在瓦尔瓦拉·彼特罗夫娜一席谈话的影响下（您可以想象，当时给我留下了多么强烈的印象），我向阿列克谢·尼雷奇提出了一个婉转的问题，我说：'您以前在国外和彼得堡就认识尼古拉·弗谢沃洛多维奇；您对他的智慧和才能的看法如何？'他一如平时的习惯，回答得简洁扼要，说他头脑敏锐，见解合理。我说：'多年来您是否发觉，他思想有那么一点儿偏离，或者思想上有特别的变化，或者好像有点儿，可以说，神经错乱？'总之，我把瓦尔瓦拉·彼特罗夫娜本人提的问题重复了一遍。您想象一下吧：阿列克谢·尼雷奇突然陷入沉思，而且就像现在这样皱着眉头。他说：'是的，我有时觉得奇怪。'请注意，既然阿列克谢·尼雷奇都觉得奇怪，那么实际上会是怎么回事呢，啊？"

"这是真的？"斯捷潘·特罗菲莫维奇向阿列克谢·尼雷奇问道。

"我但愿不谈这件事，"阿列克谢·尼雷奇回答道，他突然抬起头来，两眼冒火："我要对您的权利提出异议，利普京。在这件事上您没有任何权利把我拉扯上。我并没有说出我的全部看法。我们虽然曾经在彼得堡相识，但那是很久以前了，现在虽然又见面了，可是我对尼古拉·斯塔夫罗金的了解很少。我请您别把我卷进去，而且……这一切很像是诽谤。"

利普京摊开双手，一副无辜受屈的样子。

"我是诽谤者！该不是密探吧？阿列克谢·尼雷奇，您是可以随意批评的，既然您完全置身事外。有一点您是不会相信的，斯捷潘·特罗菲莫维奇，看来，列比亚德金大尉简直蠢得像……真是不好意思说蠢得像什么；俄语中有这么一个表示程度的比喻；要知道，就是他也认为自己受到了尼古拉·弗谢沃洛多维奇的侮辱，尽管崇拜他的机智，他说：'此人使我震惊：他是一条聪明绝顶的蛇。'（他的原话）而我对他说（仍然处于昨天的那种影响之下，而且已经同阿列克谢·尼雷奇谈过了），'怎么样，大尉，从您的角度来看，您的聪明绝顶的蛇是不是神经错乱了？'您信吗，就像我偷偷地从后面突然抽了他一鞭子；他猛然跳起来，说道：'是的……是的，不过这不会影响……'影响什么，他没有说出来；后来他痛苦地沉思起来，苦苦思索，以致醉意全消。当时我们是坐在菲利波夫小酒店里，先生。大概过了半小时他突然在桌上捶了一拳，说道：'是呀，也许真的神经错乱了，不过这不会影响……'这次又没有说出影响什么。不言而喻，我对您只是说说谈话的大概内容，不过意思很清楚；不论问到谁，都会产生同样的想法，尽管过去谁也不曾想到过，他们说：'是啊，神经错乱；很聪明的一个人，可是也许神经错乱了。'"

斯捷潘·特罗菲莫维奇沉思地坐着，心事重重。

"列比亚德金怎么会知道？"

"这个问题您可否问问阿列克谢·尼雷奇。他刚才在这里骂我是密探。我是密探却——不知道，而阿列克谢·尼雷奇尽知底细，却一言不发，先生。"

"我一无所知，或者知道得很少，"工程师仍然那样气愤地回答道，"您把列比亚德金灌醉了盘问。您把我带到这里也是要盘问我，要我说出来。可见您是密探！"

"我还从未给他灌过酒呢，先生，而且他也不值这酒钱，包括他的全部秘密在内，对我来说这些秘密就是这样毫无价值，不知对您来说怎样。相反，这是他在大把花钱，而在十二天之前他曾来央求我给他十五戈比，是他请我喝香槟，不是我请他。不过您提醒了我，必要时我就为了盘问他而把他灌醉，先生，或许能打听到……你们所有的那些小隐私，先生。"利普京恶狠狠地反唇相讥。

斯捷潘·特罗菲莫维奇困惑地望着两个争吵不休的人。他俩都在自己揭穿自己，而且主要的是毫不相让。我不禁在想，利普京把这位阿列克谢·尼雷奇带来，目的就是要把他卷入一场有第三者介入的必需的谈话，这是他爱玩的花样。

"阿列克谢·尼雷奇很了解尼古拉·弗谢沃洛多维奇，"他气愤地接着说道，"可就是遮遮掩掩，先生。至于您问到的列比亚德金大尉，此人认识他比我们大家都早，是五六年前在彼得堡认识的，当时尼古拉·弗谢沃洛多维奇的生活还鲜为人知，如果可以这样说的话，那时他还不曾想到要光临此地。应当说，我们的亲王在彼得堡的交游中择友相当奇怪，好像就在那时他认识了阿列克谢·尼雷奇。"

"您要小心，利普京，我警告您，尼古拉·弗谢沃洛多维奇本人想不久就到这里来，他会保护自己的。"

"为什么警告我呢，先生？我最先公开说，他是极其聪慧精明的人，而且昨天我让瓦尔瓦拉·彼特罗夫娜在这方面完全放心。'至于他的性格，'我对她说，'我不敢保证。'列比亚德金昨天也是异口同声：'他的性格，'他说，'有毛病。'唉，斯捷潘·特罗菲莫维奇，您不妨大喊大叫，说什么诽谤啦，当密探啦，可是请注意，您自己却从我这儿刺探了一切，而且抱着那么浓厚的兴趣。瓦尔瓦拉·彼特罗夫娜昨天就一针见血地说：'您本人与此事有利害关系，所以我才对您说。'可不是吗，先生。我能有什么目的呢，既然他阁下使我本人在大庭广众之中受辱！看来，我有理由关切，而不仅仅为了诽谤。今天与您握手言欢，而明天，尽管您以礼相待，他却无缘无故在大庭广众之中打您的耳光，只要他想这么干。吃饱了撑的，先生！而对他来说，要紧的是女人：狂蜂浪蝶！像古代爱神一样长着小翅膀的地主都是拈花惹草的彼乔林①！斯捷潘·特罗菲莫维奇，您是单身汉，所以说起话来轻松，还为了那位先生骂我诽谤。您现在依然风度不减当年，要是您娶了一个又漂亮又年轻的老婆，也许您就要锁上大门，还要在家里层层设防，防备我们的亲王！的确，只要那位常挨鞭子的列比亚德金小姐不疯不瘸，那么我真的会认为，她就是我们这位将军好色的牺牲品，而列比亚德金本人所谓他的'家庭名誉'也就因为他而蒙羞。也许这不符合他的高雅的品味，不过对他来说也算不了什么。每个心肝宝贝都合用，只要碰在他的兴头上。您刚才说到诽谤，难道是我在张扬吗，全城已经传得沸沸扬扬，我不过听听，随声附和而已。随声附和没有被禁止吧，先生。"

"全城沸沸扬扬？说什么？"

"列比亚德金酒后在城里到处嚷嚷，嘿，这不等于整个广场都沸沸扬扬吗？我有什么错？我只是在朋友之间表示关切罢了，先生，因为我还是认为我现在是在朋友之间，先生，"他望望我们大家，一脸

---

① 莱蒙托夫长篇小说《当代英雄》的主人公。

的无辜。"这时发生了一件事，先生，请想想吧：这位少爷似乎在瑞士时就托一位姑娘带三百卢布给列比亚德金大尉，她是我有幸认识的一位极其高尚的姑娘，可以说是一位谦恭温雅的孤女。而列比亚德金在不久以后得到了确信，带来的不是三百，而是一千卢布！提供消息的是谁我就不说了，不过也是一位极其高尚的人，因而极其可靠……于是列比亚德金大喊大叫，说姑娘偷了他七百卢布，几乎要通过警方索还这笔钱，至少曾这样威胁过，闹得满城风雨……"

"您这么说是卑鄙的，真卑鄙！"阿列克谢·尼雷奇突然从椅子上跳了起来。

"可您本人就是那位极其高尚的人，是您代表尼古拉·弗谢沃洛多维奇向列比亚德金证实，带来的不是三百卢布，而是一千。这是大尉喝醉时亲自告诉我的。"

"这……这是不幸的误会。有人搞错了，结果……这是胡说八道，而您真卑鄙！……"

"我也但愿那是胡说八道，而且我听了觉得很难过，因为不管怎么说，一位极其高尚的姑娘卷入了七百卢布的纠纷，其次，她还受到指责，说她与尼古拉·弗谢沃洛多维奇显然关系暧昧。要知道，这位少爷可以满不在乎地玷辱一位极高尚的姑娘或使别人的妻子丧失名誉，就像当初在我家发生的那个意外事件一样。如果他碰到一位豁达大度的人，那么就会迫使他以其正直的名声去掩盖别人的罪孽。我就是这样容忍下来的，先生；我是在讲我自己，先生。"

"您小心吧，利普京！"斯捷潘·特罗菲莫维奇从圈椅上欠起身来说道，脸色煞白。

"您别信他的，别信！有人弄错了，而列比亚德金酒醉糊涂……"工程师叫道，激动得无法形容，"一切都会水落石出，可我受不了啦……我认为这是卑鄙下流……够了，够了！"

他奔出了房间。

"您怎么走啦？我也和您一起走！"利普京慌了，跳起来追赶阿列克谢·尼雷奇去了。

七

斯捷潘·特罗菲莫维奇站着沉思片刻，仿佛视而不见地看了看我，拿起礼帽、手杖，轻轻地走了。我又像刚才那样跟着他。在跨出门口时，他发觉我在身边，就说道：

"啊，您可以做个见证人……您目睹了事情的经过。您会陪我去的，是吗？"

"斯捷潘·特罗菲莫维奇，难道您又要去？您想想，会有什么结果呢？"

他露出了可怜的、惘然若失的微笑，那是含羞带愧、完全绝望，同时又仿佛异样亢奋的微笑，他略略止步，轻轻地对我说道：

"我不能同'别人的罪孽'结婚啊！"

我等的就是这句话。这句深藏内心、从不告人的话，在支吾、忸怩了整整一周之后终于说了出来。我已经忍无可忍：

"多么肮脏，多么……卑劣的想法，居然由您，斯捷潘·韦尔霍文斯基说了出来，居然会在您清醒的头脑、善良的心里出现，而且……早在利普京之前！"

他看看我，一言不发，继续走他的路。我不想落在后面。我要当着瓦尔瓦拉·彼特罗夫娜的面作证。我是会原谅他的，如果他仅仅由于他那妇人似的优柔寡断而相信利普京，然而现在很清楚，他自己早在利普京之前就主观臆测，现在利普京不过是使他肯定了自己的怀疑，火上浇油。从第一天起他就毫不犹豫地怀疑一位姑娘的清白，那时他还没有任何根据，连利普京的所谓根据也没有。他把瓦尔瓦拉·彼特罗夫娜的专横做法解释为她渴望尽快安排与一位受敬重的人联姻，以掩饰她亲爱的尼古拉的那些贵族的小小罪孽！我一定、一定要让他因此而受到惩罚。

"啊！伟大而仁慈的上帝！啊，谁来安慰我！"他又走了一百来步，突然站住，叫道。

"我们马上回去吧，我会向您说明一切！"我大叫道，使劲拉他回头。

"这是他！斯捷潘·特罗菲莫维奇，是您吗，是您吗？"一个嘹亮、欢快、朝气勃勃的声音，恰似一曲音乐在我们身边响起。

我们什么也不曾看见，一位女骑手，莉莎维塔·尼古拉耶夫娜，却突然出现在我们身边，带着她那位形影不离的随从。她勒住了马。

"来呀，快来！"她愉快地高声召唤着，"我有十二年未见他，却认出来了，而他……您不认识我了吗？"

斯捷潘·特罗菲莫维奇抓住她伸过来的手，恭敬地吻了吻。他祈祷似的望着她，竟一句话也说不出来。

"认出我了，他很高兴呢！马夫里基·尼古拉耶维奇，他见到我欣喜若狂！整整两周了，为什么您不来？姑姑说您病了，不能打扰您；可我知道，姑姑是在说谎。我总是在跺着脚骂您，不过我一定、一定要您先来看我们，所以不曾派人来请您。天哪，他一点也没有变！"她从马鞍上俯身端详着他，"一点未变，不可思议！啊，不，有了皱纹，眼角和脸上有很多细细的皱纹，白头发也有了，但眼睛还和当年一样！我变了吗？变了没有？您怎么老不说话呀？"

这时我想起有人说过，她十一岁被带往彼得堡时几乎病倒；她在病中曾哭着要斯捷潘·特罗菲莫维奇。

"您……我……"他讷讷地说道，快乐得语不成句，"我刚在喊：'谁来安慰我！'就响起了您的声音……我认为这是奇迹，我开始有信仰了。"

"信仰上帝？那在天上的那么伟大而仁慈的上帝？您瞧，您讲的课我全能背诵。马夫里基·尼古拉耶维奇，那时他使我多么虔诚地信仰那么伟大而仁慈的上帝！您是否还记得您讲的故事，说哥伦布发现了美洲，所有的人都大叫：'陆地，陆地！'保姆阿连娜·弗罗洛夫娜说，从那以后我就在夜里说梦话，睡梦中叫喊着：'陆地，陆地！'您是否记得曾对我讲过哈姆雷特王子的故事？您是否记得曾向我描述，可怜的移民怎样从欧洲被运往美洲？可是全都是假的，后来我知道了移民的详情，然而他的谎话说得多么动听啊，马夫里基·尼古拉耶维奇，几乎比真的更动人！为什么您要这样看着马夫里基·尼古拉耶维奇呢？他是世界上最好、最忠实的人，您一定要像爱我一样爱他！他对我言听计从。可是，亲爱的斯捷潘·特罗菲莫维奇，看来您又遭到不幸了，竟在大街上叫喊：谁来安慰您？遭到了不幸，是吗？是吗？"

"现在我感到幸福……"

"是姑姑欺负您？"她听也不听就接着说道，"那个改不了坏脾气的不讲道理而我们永远挚爱的姑姑！您记得吗，您曾在花园扑到我怀里，我就哭着安慰您，——您别在意马夫里基·尼古拉耶维奇；他对您的情况知道得一清二楚，早就知道了，您可以伏在他的肩头尽情哭泣，他也就会一直站在那里！……稍微抬起您的帽子，干脆取下来吧，把头伸过来，踮起脚尖，我现在要吻吻您的前额，就像当年分别前最后一次吻您那样。瞧，那位小姐在窗口愉快地望着我们呢……请靠近些，再近些。天哪，白头发好多啊！"

她在马鞍上弯下腰，吻了吻他的前额。

"好，现在到府上去！我知道您住在哪里。我即刻便到。我首先拜访您这位执拗的先生，然后把您拉到我家逗留一天。去吧，准备迎接我。"

她和男伴纵马而去。我们回到了家里。斯捷潘·特罗菲莫维奇在沙发上坐下，哭了。

"上帝！上帝！"他感叹道，"幸福的时刻终于降临！"

十分钟还不到，她就如约而至，她的马夫里基·尼古拉耶维奇随行。

"您与幸福同降！"他起身相迎。

"这是给您的鲜花；我刚才到谢瓦莉埃太太那里去了一趟，整个冬季她都有庆祝命名日的鲜花供应。这是马夫里基·尼古拉耶维奇，你们认识一下。我本来想买大蛋糕，可是马夫里基·尼古拉耶维奇硬说，那不合俄国的习俗。"

这位马夫里基·尼古拉耶维奇是炮兵大尉，大约三十三岁，是一位修长、英俊、具有无可挑剔的高贵仪表的绅士，庄重的容貌初看甚至觉得严峻，其实他非常温和善良，任何人几乎一经接触就会有这样的印象。不过他沉默寡言，态度冷漠，不热衷于交朋结友。后来这里有很多人说他不大聪明；这话不完全正确。

我就不去描述莉莎维塔·尼古拉耶夫娜的美貌了。全城都在盛传她的美，不过有的夫人和姑娘愤愤地表示异议。其中有些人已经在恨莉莎维塔·尼古拉耶夫娜了，首先，因为她骄傲：德罗兹多娃母女几乎还没有开始礼节性的拜访，这就得罪了人，不过这种耽搁确实是由于普拉斯科维娅·伊万诺夫娜身体欠安。其次，因为她是省长夫人的亲戚而恨她。第三，因为她天天骑马漫游。这里至今还不曾有过女骑手；莉莎维塔·尼古拉耶夫娜骑着马招摇过市而又不曾作礼节性拜访，她的出现自然就得罪了上流社会。不过大家已经知道，她骑马是遵从医嘱，于是大家又刻薄地议论她的病情。她真的有病。第一眼就能看出她那病态的、神经质的、经常的烦躁不安。唉！可怜的姑娘非常痛苦，其中原委后来才终于弄清楚了。此刻回首往事，我已经觉得，她并非我当年心目中的美女。或许根本不算漂亮。这位高高的、瘦瘦的，然而柔韧强健的姑娘，却有一张令人吃惊的不端正的脸庞。她眼睛的轮廓有点像卡尔梅克人，斜斜的；面无血色，颧骨凸出，面容黝黑、消瘦；然而在这张脸上却有一种令人心折的魅力！目光炯炯的黑眼睛不怒而威；她是"作为胜利者并为了胜利"而现身的。她显得骄傲，有时甚至桀骜不驯；我不知道，她是否如愿地成了温和善良的人；然而我知道，她极想强迫自己变得温和善良一些，并为此而苦恼不堪。当然，她的天性中有很多美好的追求和服膺真理的特征；但她似乎永远在一心一意地企求自己的高度，却不能如愿，老是陷于困惑、激动和不安之中。也许她向自己提出了过于严格的要求，却始终未能在自身中找到实现这些要求的力量。

她在沙发上坐下，打量着房间。

"为什么我在这样的时刻总是伤感，您能告诉我吗，博学的人？

我一生都在想，天知道我见到您会多么快乐，往事必定会一一忆起，可是现在似乎一点也不快乐，虽然我爱您……哎呀，天哪，他这里挂着我的画像！拿过来，这幅画像我记得，记得！"

十二岁的莉莎的这帧精美的袖珍水彩画像大约是九年前德罗兹多夫家从彼得堡寄给斯捷潘·特罗菲莫维奇的。从那时起它就一直挂在他家的墙上。

"我真是这样一个可爱的孩子？这真是我的脸？"

她拿着画像站起来照了照镜子。

"快拿走吧！"她交还画像，感叹道，"现在别挂，以后吧，我简直不愿看它。"她又在沙发上坐下。"一段生活过去了，另一段生活开始，然后它也过去了，第三段生活开始，就这样永无止境。所有这些阶段都仿佛是被剪刀剪开了。瞧，我这是老生常谈啊，然而包含着多少真理！"

她微微一笑，看了看我；她已经对我看了好几次了，但斯捷潘·特罗菲莫维奇在激动中竟忘了他曾答应为我作介绍。

"为什么您把我的画像挂在那些短剑下面？您怎么会有这么多短剑和马刀？"

不知为什么，他真的在墙上交叉挂着两把土耳其弯刀，其上是一把真正的切尔克斯军刀。她在问的时候径直朝我看了一眼，我本想回答她，却把话咽了回去。斯捷潘·特罗菲莫维奇终于想起来了，于是作了介绍。

"知道，知道，"她说，"我很高兴。妈妈也常听人说到您。您也认识一下马夫里基·尼古拉耶维奇吧，他是一个非常好的人。我对您已经有了一个可笑的印象：您是斯捷潘·特罗菲莫维奇的心腹吧？"

我脸红了。

"啊，请原谅，我用词不当；决不能说可笑，我是随口说的……（她羞红了脸。）不过，何必因为您为人极好而难为情呢？好，我们该走啦，马夫里基·尼古拉耶维奇！斯捷潘·特罗菲莫维奇，半小时后我在家等您。天哪，我们有多少话要说啊！现在我是您的心腹啦，要无所不谈，**无所不谈**，明白吗？"

斯捷潘·特罗菲莫维奇立刻大为惊慌。

"噢，马夫里基·尼古拉耶维奇全都知道，在他面前不必难为情！"

"他知道什么呀？"

"您这是怎么啦！"她惊讶地叫道，"哦，他们真的在瞒着大家！我还不信呢。达莎也被藏起来了。刚才姑姑不让我去见达莎，说她头痛。"

"可是……可是你们怎么知道的呢？"

"嗨，天哪，像大家一样呗。这有什么难的！"

"难道大家都知道了？……"

"那还用说？妈妈，对啦，起初是从我的保姆阿连娜·弗罗洛夫娜那里知道的；您的娜斯塔霞跑来告诉了她。您不是对娜斯塔霞说过吗？她说是您亲口告诉她的。"

"我……我说过一次……"斯捷潘·特罗菲莫维奇讷讷道，满脸通红。"不过……我只是暗示了一下……我当时那么激动，又在病中，何况……"

她大笑起来。

"何况心腹之人恰巧不在身边，而娜斯塔霞刚好碰上，——这就妥了！而她认识全城的长舌妇！好，不谈了，没有关系嘛；知道了又怎样，甚至更好。您快点来，我们吃午饭很早……啊，我忘了，"她重新坐下，"请问，沙托夫是什么人？"

"沙托夫？是达丽娅·帕夫洛夫娜的哥哥……"

"我知道是她哥哥，瞧您这个人，真是！"她不耐烦地打断他的话，"我想知道，他是什么人，有什么特点？"

"他是本地的幻想家。一个世界上最好、最爱冲动的人。"

"我也听说他有点怪。不过，不谈它。我听说他懂三种语言，包括英语，而且能从事著述。这样的话，我有很多工作可以让他做；我需要一名助手，而且越快越好；他愿干吗？有人向我推荐他……"

"啊，一定愿意，您是做了一件好事……"

"我并不是为了做好事，我自己需要助手。"

"我很了解沙托夫，"我说，"如果您愿意让我转告他，我马上就去一趟。"

"请转告他，让他明天中午十二点来。太好了！谢谢您。马夫里基·尼古拉耶维奇，可以走了吗？"

他们走了。我当然立即跑去见沙托夫。

"我的朋友！"斯捷潘·特罗菲莫维奇在台阶上赶上了我，"十点或十一点我回来的时候，您一定要在这里。啊，我非常、非常对不起您，也……对不起所有的人，所有的人。"

八

沙托夫不在家；两小时后我又去，他还是不在。最后，我在七点多钟去找他，准备不是面谈就是给他留一张便条；又没有碰到。房门锁着，他是独自生活，没有仆人。我不禁想，不妨到楼下去向列比亚德金打听一下沙托夫的去向；可是那里也锁着门，里面既无声响，也无灯光，就像是空屋。我在不久前听到的故事的影响下，怀着好奇心从列比亚德金家门口走过。最后我决定第二天早些过来。老实说，我对留条子不抱什么希望；沙托夫可能不当一回事，他为人是那么执拗、腼腆。我因为来访不遇而气得骂娘，已经要跨出大门时却突然碰见了基里洛夫先生；他正要进屋而且先认出了我。由于他主动问我，我就对他说了个大概，还告诉他我手里有一张便条。

"来吧，"他说，"我能办妥。"

我想起利普京曾说，他早上搬进了院子里的一座木料盖的偏屋。对他来说，这座偏屋是太宽敞了，有一个耳聋的老妇人和他合住，也是伺候他的。房东住在他的另一座新屋里，而且在另一条街上开着一家小酒馆，这个老妇人好像是他的亲戚，留下来照管老屋。偏屋里的几个房间都相当清洁，不过壁纸脏了。在我们进去的那一间，家具是杂凑的，格调很不统一，而且破旧不堪：两张绿呢面的牌桌，一只赤杨木的抽屉柜，一张从某个农家板棚或厨房搬来的大木桌，几把椅子和一张有栅状靠背和硬皮靠垫的长沙发。屋角有一幅古老的圣像，老妇人在我们来到以前已在圣像前点起了一盏长明灯，墙壁上挂着很大的两幅晦暗的油画像：一幅是已故皇帝尼古拉·帕夫洛维奇，看样子还是画于本世纪二十年代；另一幅画的是一位高级僧侣。

基里洛夫先生进去后点燃蜡烛，从放在角落里还不曾清理的箱子里取出信封、火漆和水晶印章。

"把您的便条封起来，开好信封。"

我说没有必要，他却坚持。我写好信封，拿起了帽子。

"我想您要喝点茶吧，"他说，"我买了茶叶。要吗？"

我没有拒绝。老妇人很快就把茶送了进来，那是一个盛着开水的大茶壶，一把泡了浓茶的小茶壶，两只绘有粗糙花纹的陶碗，白面包和满满一碟方糖。

"我爱喝茶，"他说，"在夜里；很多啊，走着，喝着；直到天亮。在国外夜里喝茶不方便。"

"您天亮才睡觉？"

"经常如此；很久了。我吃得少；老喝茶。利普京很会品茶，但没有耐心。"

我感到惊奇，他居然想攀谈；我决定利用这个机会。

"不久前有过一些不愉快的误会。"我说。

他双眉紧锁。

"无聊；扯淡。全是扯淡，因为列比亚德金醉了。我没有对利普京说什么，不过说明一些无足轻重的小事；因为那个家伙撒谎撒得太离谱了。利普京想入非非，把一点小事夸张得比天还大。昨天我相信了利普京。"

"今天相信我了？"我笑了起来。

"不久前您已经都知道了嘛。利普京或是意志薄弱，或是缺乏耐心，或是不怀好意，或是……忌妒。"

最后一句话让我吃了一惊。

"其实，您提出了那么多评语，碰巧有一个合适也不奇怪。"

"或许都合适。"

"是啊，确实如此。利普京真是一团糟。不久前他胡吹，说您想写一篇论文，是真的吗？"

"怎么是胡吹呢？"他又皱起了眉头，望着地下说道。

我向他道歉，说明我并不想打听什么。他脸红了。

"他说的是真话；我在写。不过这无所谓。"

我们沉默了片刻，突然他又像刚才那样稚气地笑笑。

"关于头颅，是他自己根据书里的话杜撰的，也是他自己先向我说起，他的理解很差劲，而我只是在探索人们不敢自杀的原因；如此而已。这也无所谓。"

"怎么不敢？自杀的人还少吗？"

"很少。"

"您真的这样想？"

他没有回答，若有所思地站起来，开始来回踱步。

"在您看来，是什么阻碍人们自杀呢？"我问道。

他心不在焉地望望我，仿佛要回想我们在谈什么。

"我……我还不大了解……两种偏见起着阻碍作用，两种东西；只有两种。一种东西很小，一种很大。可是那小的也是很大的。"

"小的是什么呢？"

"疼痛。"

"疼痛？它还那么重要吗……在这种情况之下？"

"最重要。有两种情况：有的人自杀是因为过于悲伤，或由于气恼，或者是疯子，或者是无所谓……他们是突然自杀。他们很少想到疼痛，而是突然自杀。有的人是出于理智的考虑，他们就想得多了。"

"难道还有理智地自杀的人吗？"

"很多。如果没有偏见，还更多；很多啊；所有的人。"

"居然是所有的人？"

他默然。

"难道就没有无痛死亡的方法？"

"请想想，"他站在我面前，"一块石头有一座大屋那么大；它悬在空中，而您在它下面；如果它掉在您身上，砸在头上，您会痛吗？"

"有房子那么大的石头？当然，很可怕。"

"我不谈是否可怕；会痛吗？"

"一座山那么大的石头，百万普特？当然，一点也不痛。"

"要是您真的待在下面，只要它悬在那里，您就会非常害怕会痛。任何一位学者，任何一位医生，所有、所有的人都会非常害怕。人人知道不会痛，却人人都非常害怕会痛。"

"嗯，那么第二个原因呢，那个大的？"

"来世。"

"您是说报应？"

"这无所谓。来世；就是来世。"

"难道没有根本不相信来世的无神论者？"

他又默不作声。

"也许您是根据自己的情况判断的吧？"

"任何人都只能根据自己的情况判断。"他红着脸说道，"只有把生死看得无所谓才有完全的自由。这是全部的目的所在。"

"目的？那么也许谁也不想活了。"

"对。"他断然说道。

"人害怕死亡，是因为爱生命，我是这样理解的，"我说，"这也是天性使然。"

"真糟糕，这完全是错觉！"他的眼睛炯炯有神，"生命是痛苦，生命是恐惧，因而人是不幸的。现在只有痛苦和恐惧。现在人爱生命，是因为他爱痛苦和恐惧。人们就是这样。生命现在以痛苦和恐惧为代价，全部错觉就在这里。现在人还不是那样的人。幸福而自豪的新人会出现的。谁把生死看得一样，谁就是新人。谁能战胜痛苦和恐惧，他自己就是上帝。而那位上帝就不再存在了。"

"这样说来，您认为那位上帝现在还是存在的喽？"

"他不存在，又存在。石头里没有疼痛，可是在对石头的恐惧中有疼痛。上帝是一种恐惧死亡的痛苦。谁战胜痛苦和恐惧，他自己就是上帝。那时就有新的生活，那时就有新的人，一切都是新的……那时历史将划分为两部分：从大猩猩到消灭上帝，再从消灭上帝到……"

"到大猩猩？"

"……到土地的变化和人的肉体变化。人成为上帝并发生肉体变化。宇宙会变化，行为会变化，还有思想以及一切情感。您怎么想，那时人会发生肉体变化吗？"

"如果生死都无所谓，那么人人都会自杀，也许这就是变化。"

"这无所谓。他们扼杀错觉。谁想获得根本的自由，谁就应当敢于自杀。谁敢于自杀，谁就识破了错觉的秘密。此外没有自由；这就是一切，此外一无所有。谁敢于自杀，他就是上帝。现在任何人都能做到使上帝不存在了，一切都不存在了。不过还从来没有人做到过。"

"自杀者有千百万。"

"但是目的不同，都是怀着恐惧而自杀，不是为了那个目的。不是为了扼杀恐惧。谁仅仅为了扼杀恐惧而自杀，他就立即成为上帝。"

"恐怕来不及了。"我说。

"这无所谓，"他带着安详的自豪，轻轻地几乎是藐视地回答道，"我感到遗憾，您好像在笑我。"过了半分钟他又说道。

"我觉得奇怪，不久前您那么爱生气，现在却这样平静，尽管您在热烈地谈话。"

"不久前？不久前的情况很可笑，"他微笑着答道，"我不爱谩骂，也从来不笑。"他伤感地补充道。

"是的，您的饮茶的长夜过得并不快乐。"我起身拿了帽子。

"您这么想？"他有点诧异地笑了，"为什么呢？不，我……

我不知道，"他突然发窘了，"不知道别人怎样，可我觉得，我不能像别人那样。任何人想着什么，随即会想起别的。我不能想别的，生平只想一件事。上帝折磨了我一生，"最后他突然非常激昂地说道。

"您可否告诉我，为什么您的俄语说得不大道地？难道在国外五年淡忘了？"

"讲得不道地吗？不知道。不，不是因为待在国外。我这样说了一辈子了……我无所谓。"

"还有一个比较微妙的问题：我完全相信您说的，您不爱与人交往，也很少与人谈话。为什么您现在和我谈兴很浓呢？"

"和您？不久前您好好地坐着，而且您……不过，无所谓……您很像我的哥哥，那么像，非常像，"他红着脸说道，"他去世七年了；哥哥，很像，那么像啊。"

"看来他对您的思维方式有很大影响。"

"不——，他很少说话；他什么也不说。您的便条我一定转交。"

他拿着灯送我到大门口，准备锁门。"显然，是个疯子。"我暗自断定。在门口又有了一次巧遇。

九

我刚刚跨过便门的高高的门槛，突然有一只强有力的手抓住了我的胸口。

"是谁？"一个声音吼道，"是朋友不是朋友？说！"

"是自己人，自己人！"利普京的细嗓门在一旁尖叫起来，"这是格-夫先生，受过优良教育，与上流社会有交往的年轻人。"

"我喜欢，既然与社会，优良的……就是说，极有教养……退伍大尉伊格纳特·列比亚德金，愿为和平和朋友效劳……如果他们忠实，如果他们忠实的话，杂种们！"

列比亚德金大尉身高约二俄尺十寸①，粗壮肥胖，鬈发，红脸膛，醉得厉害，摇摇晃晃地站在我面前，说话挺费劲。我过去曾在远处见到过他。

"哈，还有一个！"他又吼道。他看到了拿着灯还不曾离开的基里洛夫；他举起拳头，又放下了。

"我饶了您这个有学问的人！伊格纳特·列比亚德金——是最有教养的……

> 炽烈的爱情像一颗榴弹
> 爆炸在伊格纳特的胸膛。
> 失去双臂的人又哀哀痛哭，
> 塞瓦斯托波尔使他难忘。

虽然我没有到过塞瓦斯托波尔，而且也没有失去双臂，可是多押韵！"他那醉醺醺的嘴脸向我凑了过来。

"他没有时间了，没有时间，他要回家。"利普京劝阻道，"明天他会转告莉莎维塔·尼古拉耶夫娜的。"

"莉莎维塔！……"他又大叫起来，"站住，别走！还有一首：

> 星星在马背上飞舞，
> 在女骑手们的环舞中逍遥；
> 一位贵族之家的女儿
> 在马上向我微笑。

献给'星星女骑手'。

"这是一首赞歌啊！这是赞歌，如果你不是驴子！二流子才不懂！你站住！"他揪住了我的大衣，不过我使劲往门口挣扎，"你告

---

① 约等于 1.85 米。

诉她，我是荣誉骑士，而达莎……达莎我用两根手指就……一个女农奴，她不敢……"

这时他跌倒了，因为我挣脱了他的手，跑到了街上。利普京紧跟着我。

"阿列克谢·尼雷奇会扶他起来的。您知道吗，他刚才对我说了什么？"他气喘吁吁地唠叨着，"那些诗句您听见了？嘿，就是这些献给'星星女骑手'的诗句，他已经封入信封，明天就要寄给莉莎维塔·尼古拉耶夫娜了，而且签上了自己的全名。怎样啊！"

"我打赌，是您教唆他的。"

"您输了！"利普京哈哈大笑，"他恋爱了，像猫一样爱上了，您知道吗，这是从恨开始的。他起初恨极了莉莎维塔·尼古拉耶夫娜，就因为她常骑马，几乎在大街上公开骂她；还真的骂过！前天还骂了，那时她正骑马经过，幸而她没有听见，今天却突然有了这些诗！您知道他要冒险去求婚吗？真的，真的！"

"我对您感到惊奇，利普京，只要哪里有丑恶的事情发生，哪里就有您，到处都有您在指使。"我气冲冲地说道。

"不过您说得太过分了，格-夫先生；您是不是感到心悸，害怕有了情敌，啊？"

"什么——？"我停住了脚步，叫道。

"我可什么也不说了，这是给您的惩罚！而您是多么想听一听啊？有一件事，就是这个蠢货现在不是一名普通的大尉，而是本省的地主了，而且还是相当有钱有势的地主，因为尼古拉·弗谢沃洛多维奇在几天前把自己的整个庄园和两百名农奴卖给了他，我决不骗您！刚知道，但消息来源极为可靠。好，现在您自己去琢磨琢磨吧；我不再多说一句；再见，先生！"

十

斯捷潘·特罗菲莫维奇在心急如焚地等候我。他回来已有一个小时。我看他似乎醉了；至少在最初五分钟我以为他醉了。唉，对德罗兹多夫家的拜访把他弄得晕头转向。

"我的朋友，我完全乱了方寸……莉兹……对这位小天使我像从前一样爱她、敬她，正是像从前一样；可是我觉得，她俩等我的唯一目的是要向我打听，简直就是要挤出某些消息，然后请君自便吧……正是如此。"

"您怎么不害臊！"我忍不住叫道。

"我的朋友，我现在是孤孤单单的了。而且这很可笑。您想想，这一切在那里也充斥着秘密。她们那么急不可待地向我问东问西，还要打听彼得堡的一些秘密。她俩只是在这里才第一次获悉尼古拉四年前在这里的那些往事：'您在场，您看到的，他是疯子，是吗？'我不懂，怎么会有这样的想法。为什么普拉斯科维娅但愿尼古拉是个疯子？这个女人是但愿如此，但愿！这个莫里斯，或者说马夫里基·尼古拉耶维奇，毕竟是个很不错的小伙子，可是难道真是为了他的缘故，而当初还是她首先亲自从巴黎给这位可怜的朋友①写信的呢……不过，这位亲爱的朋友称之为普拉斯科维娅的这个女人，是个典型，是果戈理笔下昙花一现的柯罗博奇卡②，然而是坏心眼的柯罗博奇卡，好惹是生非的柯罗博奇卡，而且还是无限放大了的。"

"那就成了箱子了；您不是说放大了吗？"

"唔，说缩小了也一样，别打岔，我心里乱着呢。她们在那里完全吵翻了；除了莉兹；她还是叫：'姑姑，姑姑'，不过莉兹滑头，心里还藏着什么。秘密嘛。但是她同老太婆翻了脸。的确，这位可怜的姑姑霸道惯了……而这时又是省长夫人，又是上流社会的不敬，又是卡尔马津诺夫的'不敬'；这时又突然冒出了这个关于神经错乱的想法，这个利普京，这些我感到莫名其妙的种种情况，据说她用醋擦

---

① 指瓦尔瓦拉·彼特罗夫娜——译者。

② 果戈理长篇小说《死农奴》中一个贪婪而吝啬的女地主。"柯罗博奇卡"在俄文中意为"小匣子"。

了头，而这时又加上我和您以及我们的种种抱怨和那些信件……啊，我使她受了怎样的折磨，而且是在这样的时候！我是忘恩负义之徒！您想想看，我一回来就看到了她的来信；读吧，您读吧！啊，从我这方面来说，多么不高尚。"

他把刚刚收到的瓦尔瓦拉·彼特罗夫娜的信递给我。她似乎因为当天早晨写了"在家里待着"而很后悔。短柬是有礼貌的，但仍然是不容置辩的，仍然是寥寥数语。她请斯捷潘·特罗菲莫维奇在后天，即星期日，准时于十二点去见她，并建议带他的一位朋友同去（括弧里写着我的名字）。至于她那方面，她答应邀请达丽娅·帕夫洛夫娜的哥哥沙托夫。"您可以得到她的最后答复，满意了吗？您孜孜以求的不就是这个形式吗？"

"请注意最后关于形式的这句气话。可怜的女人，可怜的女人，我终身的朋友啊！我承认，命运的这一**突然**决定使我抑郁不欢……我承认，我曾一直抱着希望，而现在一切已成定局，我知道完了；这令人悲伤。啊，要是没有这个星期天，一切照旧该有多好：你们常来走动，而我总在这里……"

"不久前利普京的那些污蔑、诽谤把您弄糊涂了。"

"我的朋友，您此刻又触及了另一个痛处，用您这根朋友的手指。朋友的手指是无情的，有时还乱戳一气，请原谅，可是您信不信，我几乎忘记了所有那些事，那些污蔑之词，其实，我并没有忘记，而是我由于自己愚蠢，在莉兹身边时就只想做一个幸福的人，并且说服自己，说我是幸福的。但是现在……啊，现在我要谈谈那位宽厚、仁爱、默默忍受我的丑恶缺点的女性，——换句话说，尽管她并不十分耐心，然而我自己又是怎样的一个人呢，我的性格是如此浅薄、恶劣！要知道，我是一个任性的孩子，有孩子的全部利己主义，却没有孩子的天真无邪。二十年来她照料着我，像个保姆，这位可怜的姑姑，正像莉兹所亲切称呼的那样……突然，二十年后这个孩子要结婚了，吵着要娶妻，信是一封接着一封，而她头上还擦着醋呢……瞧，这下如愿以偿了，星期天就是有妻室的人了，可了不起……为什么要亲自一求再求，为什么我要写那些信呢？唔，我忘了：莉兹非常喜爱达丽娅·帕夫洛夫娜，至少她是这么说的；她说：这是天使，只是有点内向。'她俩都劝我同意，连普拉斯科维娅也……不过，普拉斯科维娅并没有劝。啊，这个小匣子里藏着多少怨毒！就是莉兹其实也没有劝我：'您何必结婚；您有做学问的乐趣就够了嘛。'随即哈哈大笑。我原谅她的笑，因为她自己也心乱如麻。不过，她们说，您没有一个女人不行。将来体弱多病，她能守护您，照料您……说实在的，这会儿与您坐在这里，我自己也一直在想，是上帝在我动荡的一生的晚年派她来的，她会守护，照料我……最后，家务也需要她。瞧我这儿多脏，您看看，乱七八糟，刚才吩咐收拾一下，书又扔在地上了。这个可怜的朋友总是因为我这里脏而生气……啊，现在再也听不到她的声音了！二十年！她好像也收到了匿名信，您想想，尼古拉似乎把庄园卖给了列比亚德金。这是个恶棍；而且说到底，列比亚德金是个什么人呢？莉兹听着，听着，她是多么专注啊！我原谅她的笑，我看到了她倾听时的那种脸色，而这个莫里斯……我真不愿处于他此刻的地位，毕竟是个很不错的小伙子，只是有点腼腆；不过，随他去吧……"

他默然无语；他倦了，精神恍惚，低头坐着，倦怠的目光瞪着地板。我利用这个间隙，讲了讲我访问菲利波夫公寓的情况，同时生硬而冷冰冰地表达了我的看法：列比亚德金的妹妹（我没有见过她）可能确曾成为尼古拉的某种牺牲品，按利普京的说法，那是在他生活中的一段神秘时期，而且很可能，列比亚德金由于某种原因而接受尼古拉的金钱，不过我所知道的就是这些。至于对达丽娅·帕夫洛夫娜的诽谤，完全是胡说，都是利普京这个坏蛋在捕风捉影，至少阿列克谢·尼雷奇热切地这么说，没有理由不相信他。斯捷潘·特罗菲莫维奇心不在焉地听了我的表白，好像与他无关。我顺便提到了我和基里洛夫的谈话，又补充说，基里洛夫可能是疯子。

"他不是疯子，这是一些思想简单的人，"他懒懒地，仿佛不乐意似的说道，"这些人想象中的自然界和人类社会不同于上帝所创造的以及现实中的自然界和人类社会。有人会和他们套近乎，但绝不是斯捷潘·韦尔霍文斯基。我在彼得堡时见过这种人，还有这位亲爱的朋友（那时我多么委屈了她啊！）我不曾害怕他们的谩骂，甚至也不曾害怕他们的赞扬。就是现在我也不怕，不过我们谈谈别的吧……我似乎干了一件可怕的事情；您想，我昨天居然寄了一封信给达丽娅·帕夫洛夫娜……我在痛骂自己！"

"信里写了什么？"

"啊，我的朋友，您要相信，这一切都做得那么高雅。我告诉她，大约早在五天前我曾写信给尼古拉，也是写得很高雅的。"

"现在我懂了！"我激动地叫道，"您有什么理由把他们这样相提并论？"

"可是，我亲爱的，您可别把我压垮了，别对我嚷嚷；事实上我已经被压得粉身碎骨了，就像……一只蟑螂，而且我还是认为，我所做的一切是那么高尚。请您设想一下，万一他们在那里真有过什么……在瑞士……或者开始有了那个意思。我应当先问问他们的心事嘛，以免……总之，以免妨碍他们的感情，像根木桩似的挡在他们当中……我完全是出于高尚的动机。"

"天哪，您的行为有多蠢！"我不禁叫道。

"蠢，蠢！"他简直是迫不及待地接口道，"您从未说过这么聪明的话，是蠢，可怎么办呢，一切已成定局。反正得结婚，哪怕是同'别人的罪孽'结婚，那又何必写什么信呢？不是吗？"

"您又说这种话了！"

"啊，现在您的叫嚷吓不倒我了，现在您面对的已经不是原来的那个斯捷潘·韦尔霍文斯基；他已经被埋葬，总之，一切已成定局。为什么您要叫嚷呢，就因为不是您要结婚，不是您不得不戴上绿帽子。这话又让您讨厌啦？我可怜的朋友，您不了解女人，而我只对女人有研究。'要想战胜整个世界，首先要战胜自己'，这是另一位像您一样的浪漫主义者所说的唯一的金玉良言，他就是沙托夫，我的大舅子。我很乐意借用他的这句话。好，我准备战胜自己，结婚，可是我赢得的不是整个世界，我能赢得什么呢？啊，我的朋友，婚姻是高傲灵魂的死亡，是自主精神的毁灭，婚姻生活会使我堕落，它剥夺献身于事业的精力和勇气，将来还会有孩子，也许那并不是我的孩子，其实肯定不是我的孩子；智者不怕面对真理……不久前利普京建议我要层层设防，防备尼古拉；他蠢，这个利普京。女人甚至能骗过上帝的眼睛。仁慈的上帝在创造女人的时候，当然知道他在冒什么风险，但是我相信，她甚至把上帝也搞糊涂了，迫使他把她造成这个样子……赋予她这些特征；否则谁愿意无缘无故地给自己找这些麻烦呢？我知道，娜斯塔霞也许会因为我离经叛道的自由思想而大动肝火，不过……总之，一切已成定局。"

如果他能抛开当时如此流行的廉价的、卖弄俏皮话的自由思想，他就不是他了，至少此刻他因为说了一句无聊的俏皮话而自鸣得意，然而为时不久。

"啊，为什么不能干脆没有这个后天，这个星期天呢！"他突然感叹道，但已是彻底地绝望了，"为什么这不是没有星期天的一周呢，——如果有奇迹的话，上帝何不从日历上轻而易举地哪怕抹掉一个星期天，从而向无神论者证明自己的威力并使一切都昭然若揭！啊，我多么爱她！二十年，漫长的二十年，她却从来不明白我的心意！"

"您说的倒是谁呢，我也不明白您的意思了！"我惊讶地问道。

"二十年！她没有一次领会到我的心意，啊，这是残酷的啊！难道她竟认为我是由于恐惧，由于贫困而娶妻？啊，耻辱！姑姑，姑姑，我是你的啊！……啊，但愿这位姑姑了解，她是我二十年来钟情的唯一女性！她应当了解，否则不行，否则就只能强迫我去举行所谓的婚礼！"

我第一次听到这样的表白，而且是如此激情似火的表白。不必讳言，我真想哈哈大笑。我错了。

"现在我只有他了，我唯一的希望！"他突然举起双手，轻轻一拍，仿佛有一个新的意念在心头一闪。"现在只有他，我可怜的孩子，能拯救我，啊，他怎么还不来呢！啊，我的儿子，我的彼得鲁沙……尽管我愧为人父，不如说是虎狼之辈，然而……让我独自待着吧，我的朋友，我要躺一会儿，好好想一想。我太倦了，太倦了，我想您也该睡了，您看，十二点了……”

第四章 跛 脚 女 人

一

沙托夫没有闹别扭，见到我的便条，就在中午去见莉莎维塔·尼古拉耶夫娜。我们几乎同时到达；我也是去作初次拜访。他们，即莉莎、妈妈和马夫里基·尼古拉耶维奇，都在大厅里，正在争吵。妈妈要莉莎在钢琴上为她弹奏某一首华尔兹舞曲，莉莎按她的要求演奏起来，她却硬说不是那一首。马夫里基·尼古拉耶维奇缺心眼，他袒护莉莎，坚持说正是那一首；老太婆气得大哭。她有病，甚至步履艰难。她的脚肿了，几天来光知道耍性子，遇事吹毛求疵，尽管她向来有点儿怕莉莎。我们一到，他们都很高兴。莉莎快乐得脸色绯红，向我说了声谢谢，当然是因为沙托夫的缘故。她迎向沙托夫，好奇地打量着他。

沙托夫在门边傻站着。她向他道谢，感谢他来访，把他领到了妈妈面前。

"这是沙托夫先生，我对您说过他，这是格-夫先生，我和斯捷潘·特罗菲莫维奇的好朋友。昨天马夫里基·尼古拉耶维奇也同他认识了。"

"谁是教授？"

"没有教授啊，妈妈。"

"不，有的，你自己说过，有一个教授要来；大概就是他。"她嫌恶地指了指沙托夫。

"我从未对您说过，有教授要来。格-夫先生在供职，沙托夫先生是过去的大学生。"

"大学生，教授，一样是大学里的嘛。你就知道争辩。瑞士的那个教授是大胡子。"

"妈妈总是把斯捷潘·特罗菲莫维奇的儿子称为教授。"莉莎说道，她把沙托夫领到大厅另一端的沙发旁。

"她脚肿的时候总是这样，您明白，她是病人。"她低声对沙托夫说道，仍然非常好奇地继续打量着他，特别是他那一绺竖立的头发。

"您是军人？"老太婆问我道，莉莎狠心地撇下了我们。

"不，夫人，我服务于……"

"格-夫先生是斯捷潘·特罗菲莫维奇的好朋友。"莉莎应声说道。

"您服务于斯捷潘·特罗菲莫维奇？他不也是教授吗？"

"哎呀，妈妈，您大概夜里做梦也会梦见教授。"莉莎气愤地叫道。

"不做梦的时候也常见到。你总是要同母亲顶嘴。四年前，尼古拉·弗谢沃洛多维奇来的时候，您在这里吗？"

我回答说在。

"那时有一个英国人和您在一起？"

"不，没有。"

莉莎笑了。

"哈，你看，根本不曾有过英国人，可见都是瞎扯。瓦尔瓦拉·彼特罗夫娜和斯捷潘·特罗菲莫维奇两个人都在撒谎。人人都在撒谎。"

"姑姑觉得尼古拉·弗谢沃洛多维奇与莎士比亚《亨利四世》中的亨利亲王很像，昨天斯捷潘·特罗菲莫维奇也这样讲，妈妈这才说没有英国人。"莉莎向我们解释道。

"既然没有亨利，也就是没有英国人。只有尼古拉·弗谢沃洛多维奇在胡闹。"

"我告诉您，妈妈是故意的，"莉莎觉得有必要向沙托夫解释一下，"她很熟悉莎士比亚的作品。我曾亲自给她朗读《奥赛罗》第一幕；可是她现在疾病缠身。妈妈，听见吗，敲十二点了，您该吃药了。"

"医生来了。"一名女仆出现在门口。

老太婆欠身召唤小狗："泽米尔卡，泽米尔卡，哪怕你跟我去一趟也好啊。"

丑陋衰老的小狗却不听使唤，钻进了莉莎坐着的沙发下面。

"不去？我还不要你呢。再见，先生，我不知道您的大名和父称。"他对我说。

"安东·拉夫连季耶维奇……"

"反正一样，我是一个耳朵进，一个耳朵出。别送我了，马夫里基·尼古拉耶维奇，我只叫了泽米尔卡。谢天谢地，我自己还能走路，明天还要去兜风呢。"

她气呼呼地走出了大厅。

"安东·拉夫连季耶维奇，您同马夫里基·尼古拉耶维奇谈谈吧，我肯定，你们增进了解以后，双方都会感到愉快。"莉莎说道，对马夫里基·尼古拉耶维奇亲切地笑笑，他因这一瞥而神采飞扬。我无奈只得同马夫里基·尼古拉耶维奇聊天。

二

莉莎维塔·尼古拉耶夫娜同沙托夫商谈的果真是写作方面的问题，我感到惊讶。不知为什么，我一直以为，她请他来是有别的事。我和马夫里基·尼古拉耶维奇看到他们并不瞒着我们，而且谈话的声音很响亮，就倾听起来；后来我们还被请去一起商量。原来莉莎维塔·尼古拉耶夫娜早就有意出版一本在她看来颇有裨益的书，但她毫无经验，需要一位撰稿人。她开始向沙托夫说明自己的计划，一丝不苟的态度简直使我大吃一惊。"想必是新派女子,"我想,"不愧曾游历瑞士。"沙托夫注意地听着,眼盯着地面。对于一位上流社会的悠闲小姐竟着手这样一件对她似乎并不适宜的工作,他倒毫不惊讶。

他所设想的是这样一种出版事业①。俄国出版大量中央和地方的报纸以及其他刊物,每天报道形形色色的事件。一年过去,报纸到处被堆到橱柜里,或者被扔掉、撕掉,被用来包装和遮盖东西。很多公布于众的事实发挥了影响并留在公众的记忆里,可是随着岁月的流逝,它们被淡忘了。以后有很多人想要查阅,然而在浩如烟海的纸堆中翻找,往往还不知道事件发生的日期、地点甚至年份,这真是谈何容易!可是,如果把一年中的所有这些事实按照一定的计划和一定的意图集结成一本书,附以标题、索引并按月份和日期编排,那么这样集结成一个整体的资料就能够描绘出整整一年里俄罗斯生活的全貌,尽管所披露的事实只是全部事实中极小的部分。

"总之,用几本厚书代替数量庞大的报刊。"沙托夫指出。

但莉莎维塔·尼古拉耶夫娜热烈地维护自己的构思。尽管她不善于表达自己的想法,难以说清楚,却肯定书应当是一本,而且不必很厚。不过,厚一些也不妨,但要眉目清楚,因为关键在于提供事实的计划和性质。当然不必全都搜集、重印。政府的命令、举措,地方性的指示、法规,虽然都十分重要,但拟议中的出版物可以一概不予收录。很多东西都可以舍弃,仅限于选择那些或多或少反映当前人民的个人道德风貌和俄罗斯人民的个性的事件。当然,一切都可以收入:逸闻趣事,火灾,捐献,善举和恶行,各种言论,甚至河水泛滥的消息,甚至政府的某些命令,但要在其中仅仅选择足以反映时代的东西;收入的材料都要包含一定的观点、启示、意图以及能够阐明整体和全局的思想。最后,这本书应当饶有趣味,甚至可供消遣性阅读,更不必说应当为查考所必需了!可以说,这将是一幅反映一年里俄罗

---

① 举例说,从陀思妥耶夫斯基的一篇札记《心愿》可以看出,收集并系统编排某些足以说明俄国生活特征的事实和事件,是他本人的夙愿。

斯的精神、道德面貌和内心生活的图画。"要让大家都来买，要让它成为案头必备的读物，"莉莎强调道，"我明白，一切取决于计划，所以我才求助于您。"她结束道。她情绪激昂，虽然她的解释不明晰、不充分，沙托夫还是明白了她的意思。

"这就是说，它是有倾向性的读物，按一定的倾向性挑选材料。"他喃喃说道，仍然没有抬起头来。

"决不，不要根据倾向性挑选，不需要任何倾向性，完全不偏不倚——这就是倾向性。"

"倾向性并不是什么坏事，"沙托夫微微动了一下，"只要有所选择，就无法避免倾向性。对事实的选择本身就指明了应当怎样理解它。您的主意不错。"

"那么可以编出这样的一本书吗？"莉莎非常高兴。

"要看一看，斟酌斟酌。工作量很大。一下子想不出什么。需要经验。即使到了出版的时候，还未必就能学会怎样出版它。或许要经过很多尝试；可是主意有了。是一个好主意。"

他终于抬起头来，简直高兴得目光闪闪，他是那样感兴趣。

"这是您自己想出来的吗？"他亲切地，还略显羞涩地问莉莎。

"想出来不难，计划才难呢，"莉莎笑道，"我懂得少，又不很聪明，我只追求自己看准了的东西……"

"您追求？"

"也许用词不当？"莉莎急忙问道。

"用这个词也行；我随便问问罢了。"

"在国外的时候我就觉得，我也能在某个方面成为有用的人。我自己有钱，白白地放着，为什么我不能也为公益事业做点工作呢？而且这个主意好像自然而然地突然出现了；我丝毫不曾有意去想它，对它的出现喜出望外；不过马上就发现，没有一位撰稿人是不行的，因为我自己无能为力。自然，撰稿人也是我的合作出版者。我俩合伙：您的计划和工作，我的创意和出版费用。书的成本能收回来吗？"

"如果我们能细心制订一个合适的计划，书会有销路的。"

"我要预先向您说明，我不在乎利润，但我很希望书能畅销，而且会为赚得利润而骄傲。"

　　"可我能起什么作用呢？"

　　"这不是请您当撰稿人吗……合伙干。您要制订一个计划。"

　　"您怎么知道我能制订计划？"

　　"有人对我谈起过您，我在这里也听说了……我知道您聪明过人……您致力于事业而且勤于思索；彼得·斯捷潘诺维奇·韦尔霍文斯基曾在瑞士对我谈到过，"她急忙补充道，"他是很聪明的人，不是吗？"

　　沙托夫倏地瞥了她一眼，不过马上又垂下了目光。

　　"尼古拉·弗谢沃洛多维奇也对我谈起过您，谈了很多……"

　　沙托夫突然脸红了起来。

　　"不过，先把报纸拿去吧，"她赶忙从椅子上拿起一捆准备好的报纸，"我试着标出可供选择的事实，作了分类，还编了号……您看吧。"

　　沙托夫接过了报纸。

　　"拿回家去看吧，您住在哪里？"

　　"博戈亚夫连街菲利波夫公寓。"

　　"我知道。听说，有一个大尉好像也住在那儿，是列比亚德金先生吧？"莉莎依旧匆忙地说道。

　　沙托夫拿着报纸准备走了，却当即愣在那儿，一言不发地坐了片刻，注视着地面。

　　"这些事您找别人去问吧，我一点儿也帮不上忙。"他终于说道，非常奇怪地压低了声音，几近耳语。

　　莉莎发怒了。

　　"您说的是什么事呀？马夫里基·尼古拉耶维奇！"她叫道，"请您把不久前的那封信拿来。"

　　我也跟着马夫里基·尼古拉耶维奇走到了桌旁。

　　"您瞧瞧，"她突然向我说道，非常激动地展开信纸。"您见过这种事吗？读一读吧；我要沙托夫先生也听听。"

我颇为诧异地读了如下的信件：

致白璧无瑕的少女图申娜

莉莎维塔·尼古拉耶夫娜小姐：

> 啊，她是多么可爱，
> 莉莎维塔·图申娜，
> 当她高踞鞍鞯与亲戚纵马驰骋，
> 一缕鬈发随风飘洒；
> 当她与母亲在教堂俯伏叩首，
> 肃穆的双颊泛起红晕！
> 于是我希冀着合法的鱼水之欢，
> 洒泪目送她偕母而去的背影。

不才为竞聘而作

小姐：

我深感遗憾，不曾在塞瓦斯托波尔失去一臂以博得荣耀，因为无缘亲蹈战地，在整个战役中我服务于发放粗劣的军粮，自觉汗颜。您是古代的女神，而我一介微末，深知有天壤之别。姑且将此信看作诗吧，只是诗而已，因为诗毕竟是扯淡，可以抒发在散文中被视为唐突的情怀。在显微镜下，一滴水里有无数纤毛虫，若其中之一在水滴里给太阳写诗，太阳会对纤毛虫发怒吗？即使是彼得堡上流社会的那个爱护大牲畜的协会①，它有理由怜惜狗和马，却无视朝生暮死的纤毛虫，对它不屑一顾，因为它长

---

① 1865年彼得堡成立了"俄国保护动物协会"。

不大。我也长不大。娶亲的念头未免可笑；然而不久我将拥有两百名死去的农奴，这是受赐予一个憎恨人类的人；请您鄙视那个人吧。我有很多话可说，不惜因文件而流放西伯利亚。不要漠视我的求婚。把纤毛虫的信看作诗吧。

列比亚德金大尉，
恭顺的朋友和有闲者

"这是醉鬼、坏蛋写的！"我愤怒地叫道，"我认识他！"

"这封信我是昨天收到的，"莉莎脸色绯红，匆忙向我们解释道，"我自己当即明白了，是一个蠢人写的，到现在还没有给妈妈看，以免使她的心情更坏。但如果他还不罢休，我就不知道该怎么办了。马夫里基·尼古拉耶维奇想去制止他。既然我把您视为合作者，"她对沙托夫说道，"而且您又住在那里，所以我就想详细地问问您，看他还会干出什么事来。"

"一个醉鬼、坏蛋。"他仿佛不大乐意地嘟哝道。

"怎么，他总是这么蠢吗？"

"咳，他一点也不蠢，只要不喝醉了。"

"我认识一位将军，他也写过这样的诗，一模一样。"我笑着说道。

"即使根据这封信来看，他也是有心计的。"沉默寡言的马夫里基·尼古拉耶维奇出人意料地插嘴道。

"听说他有个妹妹？"莉莎问道。

"是的，有一个。"

"听说他虐待妹妹，这是真的吗？"

沙托夫又看了莉莎一眼，皱起眉头，嘟哝了一句："与我何干！"就向门口走了过去。

"嗳，等一等，"莉莎惊慌地叫道，"您去哪儿？我们还有很多事要商谈呢……"

"有什么可说的？明天听我的信……"

"这可是最重要的问题，关于印刷厂！请相信我，我不是说着玩的，是真想办事，"她越来越急切地试图说服他，"如果我们决定出版，那么在哪里印刷呢？要知道这是最重要的问题，因为我们不会为此而专程去莫斯科，而在本地的印刷厂这样的出版物无法付印。我早已下决心创办自己的印刷厂，哪怕是用您的名义，我知道妈妈也会答应的，只要用的是您的名义……"

"您怎么知道我能主持印刷厂呢？"

"彼得·斯捷潘诺维奇在瑞士时就向我推荐过您，认为您能管理印刷厂，而且熟悉业务。甚至想亲自写一张便笺给您，可是我却忘了。"

据我现在回忆，沙托夫当时就脸上变色。他还站了几秒钟，突然离开了房间。

莉莎气坏了。

"他经常这样不辞而别吗？"她转身问我。

我正想耸耸肩膀，沙托夫却突然回来了，直接走到桌边，放下了他拿着的报纸：

"我不能当撰稿人，没有时间……"

"怎么啦？怎么啦？您好像生气了？"莉莎以痛心的、哀求的口吻问道。

她的声音似乎使他一震；他对她凝视了片刻，仿佛想看到她的内心。

"反正一样，"他喃喃低语道，"我不愿……"

他真的走了。莉莎大吃一惊，她的惊讶甚至显得有点过分；我这样觉得。

"好奇怪的人！"马夫里基·尼古拉耶维奇大声说道。

三

当然"奇怪"，可是其中有许多费解之处耐人寻味。我对出版书根本就不信；还有这封愚蠢的信，其中明白无误地提议要就"文件"去告密，对此他们全都讳莫如深，顾左右而言他；最后，这印刷厂，而沙托夫一听说印刷厂就遽然离去。这一切使我想到，这里在我来以前就有什么事发生过，而我毫无所知；因而我是多余的，根本就没有我的事。况且也该走了，初访不宜太久。我走到莉莎维塔·尼古拉耶夫娜面前，向她告辞。

她似乎已经忘记房间里有我这个人了，仍然在桌旁的原地站着，沉思默想，歪着脑袋一动不动地盯着地毯上的某一点。

"啊，是您，再见，"她以惯常的亲切语调轻轻说道，"代我问候斯捷潘·特罗菲莫维奇，请他快些到我这儿来一趟。马夫里基·尼古拉耶维奇，安东·拉夫连季耶维奇要走了。对不起，妈妈不能出来送您了……"

我出来了，甚至已经走完了楼梯，一名仆人突然在台阶上赶了上来：

"女主人请您务必回去……"

"是女主人还是莉莎维塔·尼古拉耶夫娜？"

"是小姐，先生。"

我见到莉莎已经不是在我们原先待着的大厅里，而是在紧邻的客厅。大厅里现在只有马夫里基·尼古拉耶维奇一个人，门紧闭着。

莉莎对我微微一笑，但脸色苍白，她站在房间当中，显得犹豫不决，内心正在斗争；但突然握住我的手，默默地把我迅速拉到窗前。

"我想立刻见到**她**，"她低声说道，注视着我，目光炽烈、坚毅、迫切而丝毫不容异议。"我应当亲眼见到**她**，请求您帮助我。"

她神情激昂而且——绝望。

"您想见谁，莉莎维塔·尼古拉耶夫娜？"我吃惊地问道。

"那个列比亚德金娜，那个跛子……她真的是跛子吗？"

我大吃一惊。

"我从未见过她，但我听说她是跛子，昨天还听人说起。"我殷勤地说道，也放低了声音。

"我一定要见到她。您能不能在今天就作好安排？"

我非常可怜她。

"这不可能，而且我一点也不明白怎样才能办到，"我开始劝她道，"我去找沙托夫……"

"如果您不能在明天作好安排，我就自己去见她，单独去，因为马夫里基·尼古拉耶维奇拒绝去。我只能寄希望于您了，再也无人可托；我那样同沙托夫谈话很蠢……我相信，您为人十分正直，而且也许是一位忠实于我的人，请务必安排一下。"

我但愿为她赴汤蹈火。

"这么办，"我略一思索，说道，"我亲自去并且今天一定、**一定**要见到她！我会设法见到她的，我向您保证；不过，请允许我向沙托夫交底。"

"告诉他，这是我的意思而且我不能再等了，但是我刚才并没有欺骗他。他走也许是由于为人很正派，觉得我似乎在欺骗他就不高兴了。我没有骗他；我确实要出版书，要创办印刷厂……"

"他为人正派，正派，"我热情地赞同道。

"不过，如果明天不能办妥，我就自己去，不论有什么后果，哪怕闹得人人皆知。"

"我明天到您这儿不可能早于三点。"我冷静了一点，说道。

"那么就在三点吧。看来昨天在斯捷潘·特罗菲莫维奇那里我没有看错，您是有几分忠实于我的吧？"她莞尔一笑，匆匆与我握手道别，然后赶着去见被撇下的马夫里基·尼古拉耶维奇。

我走了出来，因为自己的诺言而心情压抑，甚至不明白究竟发生了什么。我目睹一位女性陷于深深的绝望，不惜冒着名誉受损的危险几乎是对一个陌生人托以心腹。她在身处困境的此刻的温柔微笑，她暗示昨天已察觉我对她的感情，使我心痛如绞；但我同情她，同情她，——如此而已！我突然把她的秘密视为神圣，现在即使有人要把这些秘密告诉我，我似乎也会捂住耳朵，不愿听下去。我只是有某种预感……可是我全然不明白，我怎样才能作出某种适当的安排。不仅

如此，我直到此刻仍然不知道，究竟要安排什么。见面，不错，可是怎样见面呢？怎样才能使她们走到一起呢？只有指望沙托夫了，不过我预先就能知道，他是不会给予任何协助的。不过我还是赶忙去见他。

四

到了晚上七点多钟我才见到他在家。我感到奇怪，他家里居然有客，阿列克谢·尼雷奇，还有一位我不大熟识的先生，姓希加廖夫——维尔金斯基的内弟。

这位希加廖夫旅居本市大概已经有两个月了；我不知道他是从哪里来的；我只听说他在彼得堡的一本进步刊物上发表了一篇论文。维尔金斯基是偶然地在大街上介绍我们认识的。我生平不曾见过那样忧郁、愁闷、阴沉的脸色。他的神气仿佛在等着世界的毁灭，不是如预言所说世界将在何时毁灭，因为预言也可能不应验，而是十分肯定，比方就在后天上午十点二十五分整。不过我们当时几乎一句话也不曾交谈，只是默默地握握手，好像两个阴谋家似的。使我最为惊讶的是他那双大得异乎寻常的耳朵，那是一对又长又宽又厚的招风耳。他的举止笨拙、缓慢。如果说利普京幻想法郎吉终究会在本省实现，那么这一位则确知必将于某日某时实现。他给我留下的是不祥的印象；此刻在沙托夫家遇到他，我感到惊讶，尤其是因为沙托夫从来不是好客的人。

还在楼梯上时我就听到，他们在大声谈话，三个人都抢着讲，好像是在争论；可是我一到，大家都不说了。他们是站着争论的，此刻都突然坐了下去，于是我也只得坐下。足有三分钟没有打破尴尬的沉默。希加廖夫虽然认出了我，却假装不认识，大概不是出于敌意，而是下意识的。我同阿列克谢·尼雷奇微微躬身致意，但没有讲话，不知怎么也没有握手。最后，希加廖夫开始严厉、阴沉地瞪着我，极其天真地以为，我会突然站起来就走。沙托夫终于从椅子上欠起身来，于是大家都马上站了起来。他们出去了，彼此也没有道别，只有希加廖夫到门口时才对送行的沙托夫说道：

"记住，您有责任提出报告。"

"去您的报告，我对哪个鬼东西也没有责任。"沙托夫把他送走，挂上了门钩。

"一批小人！"他看了我一眼说道，仿佛奚落地一笑。

他面有怒容，我奇怪的是他竟先谈起话来。以前我来找他（不过我难得来），他往往愁眉苦脸地坐在屋角，气呼呼地答上几句，要过很久才会完全活跃起来，谈笑自若。可是每到分别的时候，他一定又皱起眉头让您走，就像驱逐一个冤家似的。

"昨天我曾在这位阿列克谢·尼雷奇家里喝茶，"我说，"他似乎很迷恋无神论。"

"俄国的无神论从来没有超过说说俏皮话的水平。"沙托夫嘟哝道；他插上一支新的蜡烛换下将要点完的蜡烛头。

"不，我觉得他不是说俏皮话的人；他连平平常常地讲话都不会，哪里会讲俏皮话。"

"都是纸人儿；完全是由于思想上的奴性。"沙托夫平静地说道，他在屋角的一把椅子上坐了下来，双手撑着膝盖。

"这里也有仇恨在起作用，"他沉默片刻后说道，"如果俄国一旦改革成功，即使也符合他们的主张，俄国一旦成为非常富裕而幸福的国家，那么他们这些人就会首先感到极其不幸。那时候他们就没有可以仇恨的人了，没有可以唾弃的人了，没有可以讥笑的对象了！他们有的只是对俄国的兽性的深仇大恨，那是渗入血肉之中的仇恨……在有形的笑后面并没有不为世人所见的眼泪！说起俄国，所谓无形的眼泪，是历来最大的谎言！"他几乎是狂怒地叫道。

"天知道您在说些什么！"我笑了起来。

"而您是'温和的自由派'，"沙托夫也微微一笑，"您知道，"他突然接着话茬说道，"我也许说了傻话，说什么'思想上的奴性'；大概您马上就会对我说：'你才是出身奴仆，我可不是奴仆。'"

"我根本没有这样想……您真是!"

"您不用道歉,我不在乎您怎么想。那时我不过出身奴仆,现在却自己也成了奴仆,和您是一样的。我们俄国的自由主义者首先就是一名奴仆,他只想着给谁去擦皮鞋。"

"什么皮鞋?讽喻什么呀?"

"哪有什么讽喻!我看到您在笑呢……斯捷潘·特罗菲莫维奇说得对,他说我躺在石头下面,被压惨了,但没有死,只有抽搐的分儿;他的这个比喻很好。"

"斯捷潘·特罗菲莫维奇说您非常推崇德国人,"我笑道,"我们毕竟从德国人那里捞到了一点儿好处嘛。"

"我们得到的是二十戈比,付出的是一百卢布。"

我们沉默了片刻。

"这是他在美国睡出来的。"

"谁?什么是睡出来的?"

"我在说基里洛夫呢。我和他在美国有四个月躺在木屋的地板上。"

"难道你们到过美国?"我惊讶地问,"您从来没有说过。"

"何必说呢,前年我们三个人花了仅有的一点钱搭乘移民船前往美利坚合众国,'以便体验美国工人的生活,从而通过**亲身**经历了解一个人置身于最艰苦的社会环境中的状况'。这就是我们到美国去的目的。"

"天哪!"我笑了起来,"你们还不如在农忙季节到本省的农村去'亲身体验'一番呢,却往美国跑!"

"我们在那里受雇于一个剥削者打工;他一共雇了我们六个俄国人,其中有大学生,甚至有离开自己庄园的地主,甚至还有军官,大家都抱着那个庄严的目的。于是我们干活,流汗,受苦,受累,最后我和基里洛夫走了,因为病了,坚持不下去了。老板在结账时还克扣我们,讲好是三十美元,他只给我八美元,给他十五美元;我们在那里还不止一次挨打。从此我和基里洛夫失业了，在一个小镇上并排着睡了四个月地板；各想各的心事。"

"老板真打你们吗，这是在美国？你们该骂他了吧？"

"才不呢。相反，我和基里洛夫断定，'我们俄国人在美国人面前是黄口小儿，必须生于美国或者至少与美国人共同生活多年，才能与他们平起平坐'。还有呢：人家拿着分文不值的东西要价一美元，我们非但毫无怨言，还兴高采烈地照付。我们赞美一切：招魂术，私刑，左轮手枪，流浪汉。有一次我们乘车，一个人把手伸进我的口袋，把我的发刷拿去梳起头来；我和基里洛夫只是彼此看了一眼，就认定这样做很好，我们很欣赏……"

"奇怪的是，这不仅为我们的人在思想上所接受，而且还化为行动。"我指出道。

"都是一些纸人儿。"沙托夫又说了一遍。

"不过，乘移民船飘洋过海，来到异国他乡，即使有'亲身体察'之类的目的，似乎确实需要一点儿坚强的气魄……您是怎样摆脱困境离开那里的呢？"

"我写了一封信到欧洲给一个人，他给我汇来了一百卢布。"

沙托夫在讲话的时候，始终照着老习惯，固执地看着地面，即使激动时也是这样。这时却蓦地抬起头来：

"想知道此人的姓名吗？"

"是谁呀？"

"尼古拉·斯塔夫罗金。"

他突然站起来，走到他的椴木写字台边，在上面摸索着什么。我们这里有一个语焉不详然而可靠的传闻，即他的妻子在巴黎曾一度与尼古拉·斯塔夫罗金姘居，那正好是在两年前，也就是沙托夫在美国的时候，——诚然，那已是他在日内瓦被妻子抛弃以后很久了。"既是这样，他此刻何必要提起姓名，还要加以渲染呢？"我不禁想道。

"我到现在还没有还他。"他突然又对我说道。他凝神看了看我，在屋角原地坐了下来，以完全不同的声音断断续续地问道：

"您来，当然是有事；什么事啊？"

我立刻原原本本地全盘托出，又说，虽然我此刻在不久前的冲动之后已经冷静下来，却更加懵懂了：我明白，对莉莎维塔·尼古拉耶夫娜来说，此事至关重要，我但愿能帮助她，然而糟糕的是，我不但不知道如何履行自己给她许下的诺言，我现在甚至不清楚，我究竟向她许诺了什么。然后我郑重其事地重申，她不愿也不曾想到要骗他，这里发生了一点儿误会，刚才他那样异乎寻常地说走就走，使她非常伤心。

他聚精会神地听着。

"也许是习惯使然，我刚才确实举止荒唐……唔，如果她不明白，为什么我要那样离开，那……对她倒是好事。"

他站起来，走到门边，把门拉开一点，听听楼梯上的动静。

"您想亲自见见这个女人吗？"

"求之不得，怎样才能见到她呢？"我高兴得跳了起来。

"就这么去呗，趁她现在一个人在家。他回来，如果发现我们去过，就会把她痛打一顿。我经常偷偷地去。刚才他又要动手打她的时候，我揍了他。"

"是吗？"

"正是；我抓住他的头发把他拖开了；他想打我，可是我把他吓唬住了，事情就此了结。我担心，他喝醉了回来，要是回想起来，她就会挨一顿揍。"

我们立刻下楼去了。

五

列比亚德金家的门只是虚掩着，未锁，我们推门进去了。他们的住处一共是两个肮脏的小间，墙壁熏得黢黑，醒龉的壁纸简直是一片片挂在那里。这里曾开过一家小酒店，经营了好几年，后来房东菲利波夫把它迁进了新屋。曾被酒店占用的其他房间目前都锁着，只有这两间归列比亚德金使用。家具是几条普通的长凳和几张木板桌，此外就是一把少了一个扶手的旧圈椅。另一间的角落里有一张床，铺着印花布被子，是列比亚德金娜小姐的，大尉本人过夜，总是往地板上一倒，常常是和衣而卧。遍地垃圾、污水，一片狼藉；一块又大又厚的湿透了的抹布放在外间的地板中央，就在那里的一汪污水里扔着一只破旧的皮鞋。显然，倒了油瓶无人扶；不生炉子，不做饭，连茶炊也没有，正像沙托夫讲过的那样。大尉和妹妹刚来时一贫如洗，正如利普京所说，起初确曾沿门乞讨；可是得了一笔飞来横财之后，他立即酗起酒来，以至酒醉糊涂，浑浑噩噩，也就顾不上家务了。

我亟欲一见的列比亚德金娜小姐在另一房间的角落里，她坐在长凳上，面前是一张厨房用的木板桌。我们把门推开时，她没有招呼我们，甚至没有离座，沙托夫说过，他家是门也不锁的，有一次通穿堂的门就那么通宵敞着。铁烛台上有一支细细的蜡烛，在暗淡的烛光下，我看见一位也许有三十岁上下的妇女，瘦削而有病容，穿着深色的印花布旧连衣裙，长长的脖子裸露着，稀疏的黑发在脑后挽起一个发髻，只有两岁婴儿的小拳头那么大。她很高兴地看了看我们；桌上除了烛台，她面前还放着一面乡村常见的小镜子，一副旧扑克牌，一本翻破了的歌本和一只德式小白面包，面包已经咬过了一两口。看得出来，列比亚德金娜小姐涂脂抹粉，还擦了口红。眉也描过，其实她的眉毛本来就是长长的，细细的，黑黑的。她的狭长的脑门上，尽管抹了粉，三条长长的皱纹还是清晰可见。我已经知道她是跛子，但是这一次她没有当着我们的面站起来，也没有走动。也许，在少女时代，这憔悴的面庞也曾秀色可餐；她那文静、温柔的灰眼睛现在依然动人；安静的，几乎是快乐的目光中闪动着某种梦幻和纯真。在我听说哥萨克马鞭和她哥哥的暴虐行径之后，她的微笑所流露的沉静、安详的愉悦使我大为惊讶。看到她那样身罹残疾的人，通常会有沉痛甚至恐惧的嫌弃之感，奇怪的是，对她我却一见之下就感到心情愉快，后来不禁满怀怜悯，然而决非嫌弃。

"她就这么坐着，真正是整天整天地孑然一身，也不走动，只是用扑克牌算命或照镜子，"沙托夫在门口指指她对我说道，"他连食物也不给她。住在厢房里的老太婆有时好心地带来一点吃的；怎能丢下她一个人与蜡烛作伴呢！"

我感到奇怪的是，沙托夫的话声很响亮，就好像屋里没有她这个人似的。

"你好，沙图什卡！"列比亚德金娜小姐表示欢迎。

"玛丽娅·季莫费耶夫娜，我给你带了一位客人来。"沙托夫说。

"唔，感谢贵客光临。我不知道你带了谁来，我好像不记得他了。"她从蜡烛后面注意地看了看我，又立即对沙托夫说道（此后在谈话过程中她始终不曾理会我，仿佛身边没有我这个人）。

"一个人在楼顶上的小房间里踱来踱去，觉得寂寞了，是吧？"她笑了起来，露出了两排整齐洁白的牙齿。

"是觉得寂寞，同时也想看看你。"

沙托夫把长椅往桌边移了移，坐了下来，让我也在他身边坐下。

"我总是很乐意谈谈，不过我总觉得你挺可笑，沙图什卡，你像个修士。你是什么时候梳的头？让我再给你梳梳吧，"她从口袋里摸出一把小梳子，"恐怕从我上次梳过以后，你就没有再梳了吧？"

"我连梳子也没有。"沙托夫笑了。

"真的？那我把自己的送给你，不是这一把，是另一把，不过别忘了提醒我。"

她一本正经地给他梳起头来，还在一侧留了一条发缝，她略微仰着身子，看看梳得好不好，然后又把梳子放进了口袋。

"你可知道，沙图什卡，"她摇摇头，"你这个人看来通情达理，可是你却觉得寂寞。我看着你们这些人很奇怪；我不懂怎么会寂寞。烦恼不是寂寞。我很快乐。"

"与哥哥在一起也快乐？"

"你是说列比亚德金吧？他是我的奴仆。他在不在这里，我毫不在意。我一招呼：'列比亚德金，送水来，列比亚德金，把皮鞋拿过来，'他就赶紧照办；有时看着他觉得滑稽，真是罪过。"

"是这样，一点不错，"沙托夫又毫无顾忌地对我高声说道，"她支使他就像支使仆人一样；我亲耳所闻，她叫道：'列比亚德金，端水来，'同时还哈哈大笑；只有一点不同，他不是赶紧去取水，而是因此揍她；但是她一点也不怕。她神经有病，几乎每天发作，这使她失去记忆，以致每次发作以后她就把刚刚发生的事情忘得一干二净，而且总是把时间搞错。您当然以为，她记得我们是怎样进来的；也许记得，可是她肯定已经把实际情况任意地篡改得面目全非，而且现在把我们当作别人，尽管她记得我是沙图什卡。我大声说话是没有关系的；只要不是同她说话，她马上就不再去听，马上就急不可待地默默幻想起来；真正是急不可待。她是非常耽于幻想的人；一坐就是八小时，一整天。瞧，这里放着面包，她也许从早晨起只咬过一口，明天才能吃完。现在她开始用扑克牌算命了……"

"算倒是在算，沙图什卡，可是有点儿不对头啊。"玛丽娅·季莫费耶夫娜蓦地接过了话茬，她听见了最后的那个词儿，同时她看也不看，伸左手去取面包（大概也是听我们讲到面包吧）。她终于拿起了面包，可是，拿了一会儿，又被重新开始的谈话所吸引，于是不知不觉地再把面包放回桌上，一口未吃。

"结果总是一样：道路，一个恶人，某人的阴谋诡计，坟墓，寄自某地的信，意外的消息，这一切我想都是扯淡，你看呢，沙图什卡？既然人撒谎，为什么扑克牌就不能撒谎呢？"突然她把牌和在一起，"这话我对普拉斯科维娅嬷嬷说过一次，她是一位值得尊敬的女子，常背着女修道院长嬷嬷到我的小房间来找我用扑克牌算命。来的也不止她一个。她们叹气，摇头，喊喊喳喳地议论，我就笑着说："您哪里还能收到信呢，普拉斯科维娅嬷嬷？已经有十二年不曾来过信了嘛。'她的女儿跟丈夫到土耳其去了，十二年杳无音信。就在第二天傍晚我在女修道院长嬷嬷那里坐着喝茶。在座的还有一位也是短期逗留的太太，一个大大的幻想家；有一位来自圣山的修士，在我看来，他是一个很可笑的人。你猜怎么着，沙图什卡，就是这个修士在那天早晨给普拉斯科维娅嬷嬷捎来了女儿从土耳其写来的信，嘿，这就是红方块杰克——意外的消息！我们喝着茶，而圣山的修士对院长嬷嬷说道：'尊敬的院长嬷嬷，上帝赐福于您的修道院，首先是因为您在修道院里保存着那么珍贵的宝贝啊。''什么宝贝？'院长嬷嬷问道，'就是圣女莉莎维塔嬷嬷嘛。'这位圣女莉莎维塔待在院子里一间嵌在墙壁中的斗室之内，它宽一俄丈高二俄尺，她在那里的铁栅栏后面坐了十七年，不分冬夏穿一件粗麻布衬衫，总是随便拿一根稻草或细细的树枝戳着自己的衬衫，戳着粗麻布，十七年来不言不语，也不梳洗。冬天塞给她一件小皮袄，每天一块面包皮和一杯水。朝圣的人们看着，长吁短叹，还施舍钱财。'这也算宝贝，'院长嬷嬷答道（她大为生气；她很不喜欢莉莎维塔），'莉莎维塔只是由于怨恨才坐在那里，只是由于固执，而且完全是装模作样。'这话我听了不乐意；那时我自己就想隐居修道。'在我看来，'我说，'上帝和大自然是一回事。'他们异口同声：'瞧你说的！'院长笑了，和那位太太说了几句悄悄话，就把我叫到身边，对我温存亲切，太太还送了我一个粉红色的蝴蝶结，要不要拿给你看看？修士当即开始对我布道，他讲得那么亲切、温和，大概还讲得极有灵性；我坐着听。'你懂了吗？'他问，'不，'我说，'什么也没有懂，让我安静安静吧。'从那时起，沙图什卡，他们就让我一个人安安静静的了。就是那一次，从教堂里出来的时候，一位住在我们那里忏悔、祈求神启的老年修女小声对我说道：'圣母是什么，你怎么看？''是一位伟大的母亲，'我答道，'是人类的希望。''是啊，'她说，'圣母这位伟大的母亲就是湿润的大地，人的伟大欢乐就在于此。一切尘世的烦恼，一切人间的泪水，对我们来说就是欢乐；一旦你的眼泪把脚下的土地浸湿有半俄尺深，那么你立即就会对一切都感到喜悦。于是你就再也不会有任何、任何痛苦，这就是，'她说，'神启。'这句话当时就印在我的心里了。从那时起，我每一次叩头祈祷都亲吻大地，又吻又哭。我就告诉你吧，沙图什卡，这时的泪丝毫不意味着不愉快，即使你没有任何痛苦，你还是仅仅因为快乐而泪流不止。眼泪会自己流下来，真的。有时我来到湖边岸上：一边是我们的修道院，另一边是我们那座尖尖的山岭，大家就叫它尖山。我走上山峰，面朝东方，我俯伏在地，哭呀哭，我不记得哭了多久，那时我什么也不记得，那时我什么也不知道。后来我站起来，转身向后，太阳下山了，它是那么硕大，那么富丽堂皇，赏心悦目，你爱看太阳吗，沙图什卡？你会觉得多么好啊，可是又满怀忧伤。我又转身朝着东方，而我们那座山峰的影子啊，在湖面上远远地奔去，恰似一支窄窄的，长长、长长的箭，比一俄里还长，一直到达湖心的小岛，恰好把那座岩石小岛从中分而为二，一俟分而为二，太阳也就完全落下去了，于是天地黯然。这时我也心情郁郁，这时记忆也倏地恢复了，我怕黑暗啊，沙图什卡。于是我越来越经常地哭起我的娇儿……"

"你有过孩子？"一直在仔细倾听的沙托夫用胳膊肘碰了碰我。

"当然，小小的婴儿，淡淡的粉红色，长着小不点儿的指甲，不过我发愁的是，我不记得是男孩还是女孩了。有时觉得是男孩，有时又仿佛是女孩。当初生下他的时候，我直接用细麻纱布和花边把他裹了起来，用淡红的丝带系了起来，撒上了鲜花，打扮停当了，为他做了祈祷，抱起这个未受洗礼的孩子就走了，我抱着他穿过树林，可是我怕树林，觉得好恐怖，最让我伤心哭泣的是，我生下了他，却不知道丈夫是谁啊。"

"也许，你有过丈夫吧？"沙托夫小心地问道。

"你这么说，沙图什卡，真让我好笑。也许丈夫倒是有过，可是有过又怎样呢，既然和没有一个样？瞧，这个谜不难猜，你就猜猜吧！"她含笑说道。

"孩子呢，你把他送到哪里去了？"

"送到池塘里啦。"她叹息道。

沙托夫又用胳膊肘碰碰我。

"你从来就不曾有过孩子，讲的都是梦话吧，啊？"

"你给我出了个难题了，沙图什卡，"她若有所思地回答道，对这个问题毫无惊讶的表示。"对这一点我无话可说啊，也许真的不曾有过吧；我看，只有你才这样好奇；要知道，我反正要为他哭泣，我总不是在梦里见到他的吧？"她的眼里大滴的泪珠闪着泪光，"沙图什卡，沙图什卡，你的老婆真的跑了吗？"她突然把两只手放在他的肩上，满怀忧伤地看看他。"你别生气，我自己也很难受啊。你可知道，沙图什卡，我做了一个梦，他又来了，引诱我，叫我：'猫咪，'他说，'我的猫咪，到我身边来吧！'猫咪这个称呼让我乐不可支：他爱我呢，我想。"

"也许他真的会来呢。"沙托夫喃喃低语道。

"不，沙托夫，这只是梦啊……他不会来的。你知道有一首歌曲：

> 我不要高高的绣阁，
> 就在这斗室独居，
> 我要祈求灵魂得救，
> 要为你而祈求上帝的保佑。

啊，沙图什卡，我亲爱的沙图什卡，为什么你从来不向我提什么问题呢？"

"你不肯说嘛，所以我也就不问了。"

"不说，不说，杀我的头也不说，"她应声说道，"用火烧我也不说。不论受过多少艰难困苦，我也绝口不提，别人是不会知道的！"

"你瞧瞧，可见人各有志。"沙托夫的话声更轻了，头也越发低了下去。

"你求我，也许我就说了，也许，我就说了！"她兴高采烈地反复说道，"为什么你不求我呢？求我吧，好好地求我，也许我就会对你说；要哀求我，沙图什卡，直到我自己愿意告诉你……沙图什卡，沙图什卡！"

但沙图什卡一言不发；大家沉默了有一分钟。眼泪沿着她敷粉的双颊缓缓地流下来；她坐着，已经忘记她的双手还搭在沙托夫的肩上，不过已经移开了视线。

"唉，我何必过问你的闲事，况且也不该过问，"沙托夫突然从长椅上站起身来，"您欠一欠身吧！"他生气地把我还坐着的长椅一抽，然后端起它放回了原处。

"他要来了，不能让他看出有人来过；我们该走了。"

"咳，你又在说我的仆人！"玛丽娅·季莫费耶夫娜忽然笑了，"你害怕！好吧，再见，好心的客人；你再等一会儿，听我说。不久前那个尼雷奇和房东菲利波夫到这里来过，房东是个大红胡子，那时我哥正向我猛扑过来。房东一把抓住他，猛地一拽，我哥嚷道：'不怪我，我这是代人受过啊！'你信吗，我们简直全都笑得前仰后合……"

"咳，季莫费耶夫娜，那不是红胡子，是我啊，是我抓住他的头发把他从你身边拖开了；房东是前天来找你吵架的，你弄错了。"

"慢，我还真是弄错了呢，也许真是你。咳，何必纠缠这些小事；对他来说，谁拖他还不是一样。"她笑了起来。

"走吧，"沙托夫突然拉拉我，"大门响了；被他撞见，她就要挨打。"

我们还没有踏上楼梯，大门口就响起了醉鬼的叫嚷，骂声不绝。沙托夫让我进了门，连忙关门上锁。

"您只得待一会儿了，要是您不想出事的话。听，他在嚎叫，像小猪仔一样，大概又在门槛上绊了一跤；每一次都摔得趴下。"

不过，还是免不了要出事。

六

沙托夫站在锁着的门边，倾听楼梯上的动静；突然他向后一闪。

"往这儿来了，我就知道嘛！"他愤激地低声道，"这一来恐怕要纠缠到半夜。"

只听有人用拳头在门上重重地擂了几下。

"沙托夫，沙托夫，开门！"大尉吼叫道，"沙托夫，朋友！……

> 我来向你致意，
> 来告诉你，太阳已经升起，
> 它那炽热的光芒
> 在……树梢上……抖颤。
> 来告诉你，我醒了，真棒，
> 完全醒了，原来在……树枝下面……

倒像在挨着树条的抽打，哈哈！

> 每只鸟儿……都想解渴。
> 来告诉你，我将痛快地喝，
> 喝……我不知喝的将是什么。

罢了，让这种愚蠢的好奇心见鬼去吧！沙托夫，你明白吗，活在世上有多么美好！"

"别理他。"沙托夫又低声说道。

"开门哪！你明白吗，比起人类的……争斗，有更崇高的东西；有高尚人士的吉日良辰……沙托夫，我是好心人；我饶恕你……沙托夫，让传单见鬼去吧，啊？"

一片沉默。

"你明白吗，蠢驴，我恋爱了，我买了一件燕尾服，你瞧情人燕尾服，十五卢布；大尉的爱情要遵守上流社会的礼仪嘛……开门！"他突然粗野地吼叫起来，又用两只拳头在门上狂擂。

"滚！"沙托夫突然也吼了起来。

"奴——才！你是农奴，你妹妹也是奴才命，婢女……一个女贼！"

"你把亲妹妹也卖了。"

"你胡说！我受了冤枉，其实我只要一解释就能……你知道她是谁吗？"

"是谁？"沙托夫突然好奇地走到门边。

"你能明白吗？"

"我会明白的，告诉我，是谁？"

"我是敢说的！我从来就敢当众把一切都说出来！……"

"哼，你未必敢。"沙托夫逗他，又向我点头示意，要我听着。

"我不敢？"

"我看你不敢。"

"我不敢？"

"那就说呀，要是你不怕老爷用树条子抽你的话……你是胆小鬼，还是个大尉呢！"

"我……我……她……她是……"大尉讷讷难言，声音激动得发颤。

"喂？"沙托夫把耳朵凑了过去。

沉寂了至少有半分钟。

"坏东西！"门外终于叫了一声，大尉迅速地往楼下溜走了，像茶炊一样喘着粗气，一路上发出跌跌撞撞的响动。

"不，他很狡猾，醉了也不露口风，"沙托夫从门边走开了。

"这究竟是怎么一回事？"我问道。

沙托夫摇了摇手，开了门，又去倾听楼梯上的动静；听了好久，甚至悄悄地往下走了几级。最后他回来了。

"什么也听不见，没有打人；看来他倒头就睡了。您该走啦。"

"听着，沙托夫，现在我目睹这一切该得出什么结论呢？"

"唉，悉听尊便！"他倦怠而厌烦地回答道，随即在写字台边坐了下去。

我走了。在我的脑海里一个不可思议的想法越发坚定起来。想起明天我就忧心忡忡……

七

这个"明天"就是将无可挽回地决定斯捷潘·特罗菲莫维奇命运的那个星期天，它是我的纪事中意义极为重大的日子之一。这是波诡云谲的一天，是旧事了结又生新隙，断然申说却更增纷扰的一天。读者已经知道，上午我必须陪我的朋友去见瓦尔瓦拉·彼特罗夫娜，这是她本人指派的，而午后三点我应当赶到莉莎维塔·尼古拉耶夫娜那里，向她说明情况并给予协助，可是我甚至不知道要说什么，不知道该怎样帮助她。不过实际结果竟是谁也料想不到的。总之，这是种种巧合令人骇然的一天。

开始是我和斯捷潘·特罗菲莫维奇按照瓦尔瓦拉·彼特罗夫娜的指定，于十二点准时造访未遇，她去做弥撒还没有回来。我可怜的朋友在当时的心情之下，不如说由于他那么心烦意乱，这个情况竟使他顿时惊恐万状；几乎是虚弱无力地瘫倒在客厅里的圈椅上。我递了一杯水给他；他虽然面色苍白，手在颤抖，却不失尊严地谢绝了。顺便说说，这一天他的衣着特别讲究：几乎可以在舞台上炫耀的绣花麻纱衬衣，洁白的领带，拿在手上的簇新的礼帽，色泽鲜艳的嫩黄色手套，甚至还稍许洒了些香水。我们刚刚坐下，侍仆就领着沙托夫进来了，显然，他也接到了正式邀请。斯捷潘·特罗菲莫维奇迎着他欠身伸手，沙托夫注意地向我俩看看，却转向屋角，在那里坐了下来，对我们头也不曾点一点。斯捷潘·特罗菲莫维奇又惶惑地朝我看看。

我们这样又坐了几分钟，默默无言。斯捷潘·特罗菲莫维奇突然向我很快地低声说着什么，可是我未听清；他自己也由于激动而没有说完就住嘴了。侍仆又进来了一次，把桌子整理了一下；老实说，是要察看我们的动静。沙托夫突然向他高声问道：

"阿列克谢·叶戈雷奇，请问，达丽娅·帕夫洛夫娜是与她一起去的吗？"

"瓦尔瓦拉·彼特罗夫娜是一个人去大教堂的，先生，达丽娅·帕夫洛夫娜在楼上自己的房间里，她不大舒服，先生。"阿列克谢·叶戈雷奇规规矩矩、恭恭敬敬地禀报道。

我可怜的朋友又心神不宁地匆匆瞥了我一眼，以致我终于掉头不再理他。突然大门外响起了轿式马车驶近的响声，屋内较远处的一阵骚动，说明女主人回来了。我们大家从圈椅上猛地欠起身来，却又出乎意料：只听传来了很多脚步声，这就是说，女主人并不是单独回来的，这就确实有点儿奇怪了，因为是她自己指定我们在这时相见的。最后，听见有人进来了，走得非常快，好像在跑，而瓦尔瓦拉·彼特罗夫娜是不可能这样走路的。突然，她飞快地冲了进来，气喘吁吁，神情异常激动。莉莎维塔·尼古拉耶夫娜稍稍落在后面，走路也慢得多，跟着进来了。与莉莎维塔·尼古拉耶夫娜挽手同行的竟然是——玛丽娅·季莫费耶夫娜·列比亚德金娜！这情景我即使在梦里见到，也是不会相信的。

为了说明这一完全出人意料的情况，必须从一小时前讲起，较详细地叙述一下瓦尔瓦拉·彼特罗夫娜在大教堂里的奇遇。

首先，几乎全城的人都来做日祷了，当然，指的是我们社会的上层。人们知道省长夫人要来，这是她莅临本市以后的首次。我要指出，这里已纷纷传说，她是有自由思想的"新派"女性。女士们还知道，她的衣饰将光彩夺目而又异常典雅，所以这一次我们的女士们都争奇斗艳，以优雅、华贵为特色。只有瓦尔瓦拉·彼特罗夫娜一如平时，朴素地穿一身黑衣，近四年来她的衣着一贯如此，从无变化。进了大教堂以后，她在自己常坐的地方落座，在第一排左首，这时一名穿制服的仆役在她面前放了一个供跪拜用的丝绒垫子，总之，一切如常。不过人们也发觉，这次在做礼拜时她自始至终都在异常热心地祈祷；后来人们回忆起所有细节以后，甚至说她当时满眼含泪。日祷终于结束了，我们的大祭司帕维尔神父开始庄严地布道。他的布道在我们这里很受欢迎，得到很高的评价；甚至有人劝他付印，他却一直犹豫不决。这一次的布道似乎特别长。

就在布道已经开始的时候，一位女士乘着旧式轻便出租马车来到了大教堂。在这种马车上，女士只能侧身而坐，还得抓住车夫的宽腰带，随着马车的颠簸，像风中的一茎野草摇摇晃晃。在我们这座城市里至今还有这样的驽马破车在行驶。因为大教堂的门口已停了很多轿式马车，还站着宪兵，这位女士只得停在大教堂的转角处，她跳下马车，向车夫递过去四个银戈比。

　　"怎么，瓦尼亚，嫌少！"她看到他的那副鬼脸，叫道，"我所有的钱全在这儿了。"她又可怜巴巴地说道。

　　"得，随您的便吧，上车时没有讲价，"车夫把手一挥，看看她，仿佛在想："欺负你这样的人罪过啊。"然后他把皮钱包塞到怀里，赶着马车走了，引起了站在附近的马车夫们一阵哄笑。嘲笑甚至惊讶也一直追随着那位女士，此刻她正向教堂门口走去，在马车和等着即将出来的老爷们的那些仆役之间磕磕碰碰地走着。这样一个女人突然出现在大街上的人群之中也确实使大家感到反常和意外。她瘦弱，微跛，涂着浓重的脂粉，裸露着长长的颈项，不戴头巾也不披斗篷，身上只有一条旧的黑色连衣裙，而那是寒冷有风的日子，尽管是晴朗的秋天，她光着头，脑后梳着一个小小的发髻，一枝假玫瑰花插在右侧发际，那是一种装饰玩具天使的假玫瑰花。昨天我坐在玛丽娅·季莫费耶夫娜房间里的时候，在屋角圣像下面就曾见到这样的一个戴着纸玫瑰花花冠的玩具天使。更有甚者，这位女士一路上虽然谦逊地垂下目光，同时却快乐而狡黠地微笑着。如果她再慢一步，可能就不让她进入教堂了……不过她赶紧溜了进去，一进入教堂，就缓缓地向前面挤过去。

　　虽然布道正进行到一半，挤满教堂的人群都在默默聆听，不过还是有些人好奇而诧异地瞟着进来的这个女人。她在教堂的木台上扑倒，垂下粉白的面庞，俯伏了很久，好像在哭；可是她重新抬起头来，欠身站起以后，不久就恢复常态，喜形于色了。她愉快地，显然怀着非常欣喜的心情扫视着人们的脸和教堂的墙壁；她对有些女士特别感兴趣地细细打量，甚至踮起脚来看，有一两次还笑了起来，发出奇怪的窃笑声。布道结束了，人们抬出了十字架。省长夫人第一个向十字架走去，可是还离开两步时她站住了，显然是要给瓦尔瓦拉·彼特罗夫娜让路，她正从自己那一边笔直地走了过来，仿佛对前面的人视而不见。省长夫人异乎寻常的谦让，无疑包含着明显的、从某一方面来看颇为巧妙的讽刺；大家都是这样看的，瓦尔瓦拉·彼特罗夫娜大概也有同感；但她依旧旁若无人，以凛然的自尊亲吻十字架，随即往门口走去。一名穿制服的仆役在她前面开道，不过人群本来就在纷纷让道了。可是在门口，在台阶上，拥挤不堪的人群一时堵住了去路。瓦尔瓦拉·彼特罗夫娜站住了，突然，一个与众不同的怪人，一个头上插着纸玫瑰花的妇女，从人群中挤了过来，跪倒在她面前。瓦尔瓦拉·彼特罗夫娜是很难被搞得惊慌失措的，尤其是在公众场合，她持重而严峻地望了望。

　　这里，我要赶快尽可能简短地说明一下，虽然瓦尔瓦拉·彼特罗夫娜近年来据说过分节俭，甚至有点儿吝啬，但有时却很慷慨，尤其是对慈善事业。她是首都一个慈善协会的会员，在不久前的荒年她曾给彼得堡募捐赈灾总会寄去了五百卢布，我们这里曾纷纷传说此事。此外，最近在任命新省长之前，她即将创立以资助本城、本省最贫困的母亲为宗旨的地方妇女委员会。这里的人们曾强烈谴责她爱慕虚荣；然而瓦尔瓦拉·彼特罗夫娜的有名的锐意进取的性格，再加上不屈不挠的作风几乎克服了种种障碍；委员会就要建立起来了，而最初的创意在这位创始人的兴致勃勃的心里日益发展；她已经梦想在莫斯科也建立这样的委员会，将它的活动逐步推广到全国各省。可是由于省长骤然易人，事情就停顿了下来；新的省长夫人据说已经在社交界发表了某些尖刻的、主要是中肯而实事求是的反对意见，认为该委员会的主旨似乎不切实际，当然这些意见都被夸张地传入了瓦尔瓦拉·彼特罗夫娜的耳里。人心难测，不过我认为，瓦尔瓦拉·彼特罗夫娜此刻站在大教堂门口的心情甚至有一丝快慰，因为她知道省长夫人以及跟在她后面的所有的人都即将经过，"让她看看，不论她有什么想法，不论她怎样讥讽我举办慈善事业是出于虚荣心，我都毫不在乎。

让你们大家都瞧瞧！"

"您怎么啦，亲爱的，您有什么要求？"瓦尔瓦拉·彼特罗夫娜仔细地瞅了瞅跪在面前有所请求的妇人。那个妇人极其腼腆、羞怯，然而几乎是肃然起敬地看着她，又蓦地一笑，依然是那奇怪的嘻嘻窃笑的声音。

"她是怎么了？她是谁？"瓦尔瓦拉·彼特罗夫娜以颐指气使的询问的目光扫视着周围的人们。大家都默不作声。

"您遭到不幸了吧？您需要帮助？"

"我需要……我来……""不幸的女人"以激动得断断续续的声音讷讷道，"我来只是要亲吻您的手……"于是又嘻嘻地笑。她带着孩子们有所要求而撒娇时的那种极稚气的目光，探身要拉瓦尔瓦拉·彼特罗夫娜的手，可是又仿佛受惊似的倏然缩回了双手。

"您为了吻我的手才来的吗？"瓦尔瓦拉·彼特罗夫娜同情地莞尔一笑，又马上从口袋里掏出珠母色钱包，从中取出一张十卢布的纸币，递给了陌生的女人。她收下了。瓦尔瓦拉·彼特罗夫娜很感兴趣，而且似乎并不认为这个陌生人是出身平民的求乞者。

"瞧，给了十个卢布呢。"人群中有人说道。

"请把您的手伸给我吧，""不幸的女人"喃喃说道，左手的手指紧紧地捏着在风中飘动的十卢布纸币的一角。瓦尔瓦拉·彼特罗夫娜不知为什么双眉微蹙，神情严肃甚至冷峻地伸出了一只手；那个女人怀着深深的敬意亲吻了它。她的感激的目光甚至闪动着狂喜的光彩。就在这时，省长夫人到了，一大群夫人小姐和高官显贵也蜂拥而至。省长夫人在拥挤的人群中不得不停留片刻；很多人都站住了。

"您在发抖，冷吗？"瓦尔瓦拉·彼特罗夫娜突然注意到了，于是把斗篷往后一抛，丢给仆人，从肩头取下她的黑色披肩（价格不菲），亲手给仍然跪着的求告者围在裸露的脖子上。

"起来吧，请起来！"于是她站了起来。

"您住在哪里？难道没有人知道她住在哪里吗？"瓦尔瓦拉·彼特罗夫娜又焦急地环顾四周。不过原来的那些人走了；在场的都是上流社会的熟人，他们正在观看这段插曲，有的流露出冷峻的惊讶，有的抱着调侃的好奇态度，同时全无恶意地想看一出小小的闹剧，有的甚至在暗暗地嘲笑。

"她好像是列比亚德金家的人，太太，"终于有一个好心人回答了瓦尔瓦拉·彼特罗夫娜的查问，他是受到很多人尊重的可敬的商人安德烈耶夫，戴着眼镜，长着花白的大胡子，身穿俄罗斯长袍，一顶圆筒礼帽此刻拿在他的手里，"他们住在博戈亚夫连街上的菲利波夫公寓。"

"列比亚德金？菲利波夫公寓？我好像听说过……谢谢，尼孔·谢苗内奇，不过这位列比亚德金是什么人呢？"

"他自称大尉，应当说不是一个循规蹈矩的人。这想必是他的妹妹。她现在大概是从监视下逃脱出来的。"尼孔·谢苗内奇压低嗓音说道，意味深长地看了看瓦尔瓦拉·彼特罗夫娜。

"您的意思我明白；谢谢，尼孔·谢苗内奇。亲爱的，您是列比亚德金娜女士吧？"

"不，我不是列比亚德金娜。"

"嗯，也许吧，您的哥哥是列比亚德金？"

"列比亚德金是我的哥哥。"

"这样吧，亲爱的，现在我的马车捎上您，然后再从我那儿送您回家；愿意和我一起走吗？"

"啊，愿意！"列比亚德金娜女士举起两手轻轻一拍。

"姑姑，是姑姑？您把我也带到府上去吧！"这是莉莎维塔·尼古拉耶夫娜的声音。我要提一提，莉莎维塔·尼古拉耶夫娜是与省长夫人一起来做弥撒的，普拉斯科维娅·伊万诺夫娜根据医嘱，那时乘马车兜风去了，为了散心还带走了马夫里基·尼古拉耶维奇。莉莎突然离开省长夫人，跑到瓦尔瓦拉·彼特罗夫娜身边。

"亲爱的，你知道我总是欢迎你的，不过你的母亲会怎么说呢？"瓦尔瓦拉·彼特罗夫娜凛然说道，可是突然发觉莉莎异常激动，不禁沉吟起来。

"姑姑，姑姑，我现在一定要跟着您走。"莉莎哀求道，一面亲吻着瓦尔瓦拉·彼特罗夫娜。

"您是怎么啦，莉兹！"省长夫人愕然说道。

"哦，请原谅，好人儿，亲爱的表姐，我要到姑姑家去，"莉莎飞快地回到讶然不悦的亲爱的表姐面前，吻了她两下。

"还要请您告诉妈妈，让她立刻到姑姑家来接我；妈妈一定、一定愿意去，不久前她亲自说过，我忘记告诉您了，"莉莎喋喋不休地说道，"对不起，别生气，尤莉娅……亲爱的表姐……姑姑，我可以走了！"

"姑姑，如果您不带我去，我就跟在您的马车后面边跑边嚷，"她简直是贴在耳边对瓦尔瓦拉·彼特罗夫娜快速而情急地低语道；还好没有人听到。瓦尔瓦拉·彼特罗夫娜甚至倒退了一步，以锐利的目光瞅了瞅那个疯姑娘。这一瞥决定了一切：她决定带莉莎去！

"这件事必须有个了结，"她脱口而出道，"好，我很高兴带你，莉莎，"她立即又大声说道，"当然，如果尤莉娅·米海洛夫娜同意让你走的话。"她以落落大方、坦荡自尊的态度转身面对省长夫人说道。

"啊，毫无疑问我不想剥夺她的快乐，况且我自己……"突然尤莉娅·米海洛夫娜非常亲切地喃喃低语道，"我自己……很了解，她的小肩膀上扛着一颗多么富于幻想而任性的小脑袋（尤莉娅·米海洛夫娜嫣然一笑）……"

"非常感谢。"瓦尔瓦拉·彼特罗夫娜谦恭、庄重地点头致意。

"使我特别高兴的是，"尤莉娅·米海洛夫娜几乎欣喜若狂地继续喃喃说道，甚至由于快乐、激动而满脸绯红。"莉莎不仅因为能待在您身边而感到愉快，而且她现在还满怀着那么美好，我可以说，那么崇高的感情……即恻隐之心……（她瞟了一眼"不幸的女人"）……而且……是在这教堂的台阶上……"

"您有这样的看法是您的光荣。"瓦尔瓦拉·彼特罗夫娜非常得体地赞许道。尤莉娅·米海洛夫娜迅速伸出手来，瓦尔瓦拉·彼特罗夫娜也十分乐意地伸出手指碰碰她的手。普遍的印象好极了，有些在场的人高兴得容光焕发，有几个人露出了阿谀逢迎的笑容。

总之，全城的人都陡然明白过来，迄今并不是尤莉娅·米海洛夫娜轻视瓦尔瓦拉·彼特罗夫娜，因而不曾登门造访，相反，是瓦尔瓦拉·彼特罗夫娜自己"对尤莉娅·米海洛夫娜敬而远之，要是她确信瓦尔瓦拉·彼特罗夫娜不会拒不相见，那么她也许早就踵门致意了。"瓦尔瓦拉·彼特罗夫娜声誉鹊起。

"上车吧，亲爱的。"瓦尔瓦拉·彼特罗夫娜向列比亚德金娜小姐指指驶近的轿式马车；"不幸的女人"欢天喜地向车门奔去，仆人在车门边等着搀扶她。

"怎么！您是跛子！"瓦尔瓦拉·彼特罗夫娜宛如受了惊吓似的叫道，脸色变得煞白。（大家都注意到了，却都茫然不解……）

马车出发了。瓦尔瓦拉·彼特罗夫娜的家离大教堂很近。莉莎后来对我说，在途中这三分钟里，列比亚德金娜一直歇斯底里地狂笑，而瓦尔瓦拉·彼特罗夫娜坐着，"仿佛陷入了催眠状态"，这是莉莎的原话。

第五章　聪明绝顶的蛇

一

瓦尔瓦拉·彼特罗夫娜摇了摇小铃，急步走到窗边在圈椅上坐下。

"坐这里，亲爱的，"她指指房间当中一张大圆桌旁边的一个座位，对玛丽娅·季莫费耶夫娜说道，"斯捷潘·特罗菲莫维奇，这是怎么回事？喏，喏，瞧瞧这个女人，这是怎么回事？"

"我……我……"斯捷潘·特罗菲莫维奇讷讷难言。

不过仆人进来了。

"一杯咖啡，马上要，越快越好！马车别卸。"

"不过，亲爱的、尊敬的朋友，您这样忐忑不安……"斯捷潘·特罗菲莫维奇低声叫道。

"啊！法语，讲法语！马上可以看出这是上流社会！"玛丽娅·季莫费耶夫娜双手一拍，兴高采烈地准备倾听法语谈话。瓦尔瓦拉·彼特罗夫娜几乎是恐惧地瞪着她。

大家都一言不发，等着看有什么结局。沙托夫没有抬头，而斯捷潘·特罗菲莫维奇惊慌失措，仿佛全是他的错；他的鬓角冒着汗。我看看莉莎（她坐在角落里，几乎就在沙托夫身边）。她的眼睛机警地在瓦尔瓦拉·彼特罗夫娜和跛女人之间瞟来瞟去；她撇着嘴笑，那是气恼的笑。瓦尔瓦拉·彼特罗夫娜看到了这笑容。而玛丽娅·季莫费耶夫娜此刻正心向神往：她毫不忸怩地欣然打量着瓦尔瓦拉·彼特罗夫娜的美丽客厅——家具，地毯，壁上的画，古风的彩绘天花板，屋角刻有耶稣受难像的青铜大十字架，瓷灯，画册，桌上的小摆设。

"原来你也在这里，沙图什卡！"她突然叫道，"你瞧，我早就看见你了，我想：这不是他！他怎么会到这里来！"于是愉快地大笑起来。

"您知道这个女人？"瓦尔瓦拉·彼特罗夫娜立即转身问他。

"知道，太太。"沙托夫含糊地低声答道，在椅子上动了动，不过依旧坐着。

"您知道些什么？请快些说说吧！"

"说什么呀……"他勉强地笑道，又顿了一下……"您自己看见了嘛。"

"我看见什么了？您就说点儿什么吧！"

"她住在我住的那幢公寓里……有个哥哥……是军官。"

"嗯？"

沙托夫又讷讷难言。

"不值得说……"他嘟哝道，于是坚决不再说下去了，因此而脸都涨红了。

"当然，不能指望您还能说什么！"瓦尔瓦拉·彼特罗夫娜气冲冲地打断了他的话。她现在很清楚，有什么事人人都知道了，而且都在担心，所以回避她的问题，想瞒着她。

仆人进来了，用小小的银托盘给她端来她要的一杯咖啡，不过立刻又按她的示意，送给了玛丽娅·季莫费耶夫娜。

"我亲爱的，刚才您受凉了，快喝，暖和暖和。"

"谢谢，"玛丽娅·季莫费耶夫娜接过杯子，突然又扑哧一笑，因为竟对仆人说了谢谢，可是一看到瓦尔瓦拉·彼特罗夫娜威严的目光，就怯怯地把杯子放在桌上。

"姑姑，您该不是生气了吧？"她以轻浮的玩笑口吻说道。

"什么——？"瓦尔瓦拉·彼特罗夫娜在圈椅里倏地挺直了身子。"我算您的哪门子姑姑？您这是什么意思？"

玛丽娅·季莫费耶夫娜没有料到她会那么勃然大怒，不由得全身抽搐似的微微颤抖起来，往椅背上一仰。

　　"我……我以为应当这样，"她睁大眼睛看着瓦尔瓦拉·彼特罗夫娜，"莉莎是这样叫您的。"

　　"哪里又有了个莉莎？"

　　"就是这位小姐呀。"玛丽娅·季莫费耶夫娜指了指。

　　"您已经叫她莉莎了吗？"

　　"刚才您自己就是这样称呼她的，"玛丽娅·季莫费耶夫娜稍稍鼓起了一点勇气，"我曾梦见同她一模一样的美貌姑娘。"她仿佛不经意地笑了笑。

　　瓦尔瓦拉·彼特罗夫娜明白了是怎么一回事，略略安下了心；甚至冲着她的最后一句话微微一笑。玛丽娅·季莫费耶夫娜见她笑了，就站起身来，跛着脚，怯怯地走到她面前。

　　"给，忘了还您，原谅我的失礼。"她突然从肩上取下了黑色披肩，那是不久前瓦尔瓦拉·彼特罗夫娜给她披上的。

　　"快把它再披上，永远留着吧。去坐下，喝您的咖啡，不用怕我，亲爱的，您放心。我开始理解您了。"

　　"亲爱的朋友……"斯捷潘·特罗菲莫维奇又大着胆子想说点什么。

　　"哎呀，斯捷潘·特罗菲莫维奇，没有您就够瞧的了，您就别来添乱了吧……请摇一摇您身边的小铃，那是通女仆房间的。"

　　接着是一阵沉默。她的目光怀疑而气愤地在我们大家的脸上扫过。她得宠的侍女阿加莎进来了。

　　"把我在日内瓦买的那条方格头巾拿来。达丽娅·帕夫洛夫娜在做什么？"

　　"小姐不大舒服，太太。"

　　"去请她来。告诉她，我请她务必要来，不大舒服也要来。"

　　这时，就像刚才一样，又从邻室传来了一阵不平常的脚步声和说话声，突然，气喘吁吁、"心灰意懒"的普拉斯科维娅·伊万诺夫娜出现在门口。马夫里基·尼古拉耶维奇搀扶着她。

"哦，天哪，总算到了；莉莎，疯丫头，你怎样对待你的母亲哪！"她尖叫道，如同所有那些软弱而又爱生气的娘们一样，她把郁积的怒气全都发泄在这一声尖叫里。

"瓦尔瓦拉·彼特罗夫娜，我的姑奶奶，我是来接女儿的！"

瓦尔瓦拉·彼特罗夫娜皱着眉头看了她一眼，略略欠身相迎，勉强忍住怒火，说道：

"你好，普拉斯科维娅·伊万诺夫娜，坐吧。我就知道你一定会来的。"

二

对于普拉斯科维娅·伊万诺夫娜来说，受到这样的接待一点儿也不意外。从幼年起，瓦尔瓦拉·彼特罗夫娜就一向以专横而且在友谊的表象下几乎是轻蔑的态度对待自己中学时代的女友。不过在目前这种场合，情况已经不同了。近来两家已彻底决裂，这一点我曾顺便提到过。开始决裂的原因对瓦尔瓦拉·彼特罗夫娜来说暂时还是难解之谜，因而更加令人气恼；不过主要是普拉斯科维娅·伊万诺夫娜已经在她面前表现出一种不平常的高傲态度。不言而喻，瓦尔瓦拉·彼特罗夫娜受到了伤害，而且她也听到了某些奇怪的传闻，含糊其词的流言使她异常恼怒。瓦尔瓦拉·彼特罗夫娜的性格耿直、高傲、坦率，甚至莽撞，如果可以这样说的话。她最不能容忍鬼鬼祟祟、含沙射影，总是宁可公开宣战。无论如何，两位女士已有五天不曾见面。最后一次是瓦尔瓦拉·彼特罗夫娜拜访对方的，她在离开"德罗兹多夫家那个女人"时又恼又窘。我可以准确无误地说，普拉斯科维娅·伊万诺夫娜此刻进来，一定天真地以为，瓦尔瓦拉·彼特罗夫娜会由于某种原因而在她面前心虚胆怯；这从她脸上的神情就可以看得出来。不过显然，瓦尔瓦拉·彼特罗夫娜只要稍微怀疑到有人不知为什么认为她屈居下风的话，那么极端狂妄的傲慢立刻就会鬼附体似的支配着她。至于普拉斯科维娅·彼特罗夫娜，她和许多长期逆来顺受的软弱的女人一样，一旦遇到有利于她的转机马上就会表现出异乎寻常的狂热的攻击性。诚然，她现在身体欠安，而她在病中总是更容易发火。还应当说的是，倘若这两位少女时代的朋友爆发了争吵，那么我们在客厅里的这些人并不能因为自己在场而使她们有所收敛；我们被看作自己人，几乎被视为下人。我当时就不无恐惧地意识到了这一点。斯捷潘·特罗菲莫维奇从瓦尔瓦拉·彼特罗夫娜来到以后就不曾坐下，一听到普拉斯科维娅·伊万诺夫娜的那声尖叫，不由得颓然落座，无可奈何地开始捕捉我的视线。沙托夫在椅子上猛地转动身子，甚至暗自叽咕着什么。我觉得，他是想站起来就走。莉莎微微欠身，又立即坐下，甚至没有对母亲的尖叫给予应有的注意，并不是由于"脾气执拗"，而显然是处于另一种强烈的印象的控制之下。她茫然地望着空中，几乎心不在焉，对玛丽娅·季莫费耶夫娜也不像原先那样注意了。

三

"啊，这儿！"普拉斯科维娅·伊万诺夫娜指指桌旁的圈椅，在马夫里基·尼古拉耶维奇的搀扶下沉重地坐了下去。"姑奶奶，要不是腿脚不方便，我是不会在您家里坐的！"她又上气不接下气地说道。

瓦尔瓦拉·彼特罗夫娜略微抬起头来，神情痛苦地以右手的手指揉着右面的太阳穴，看来是觉得那里很痛（跳痛）。

"为什么呢，普拉斯科维娅·伊万诺夫娜，为什么你不愿在我家里坐呢？你先夫在世的时候，对我一直怀有真诚的好感，我和你还是小姑娘的时候就在寄宿中学里一块儿玩布娃娃了。"

普拉斯科维娅·伊万诺夫娜双手乱摇起来。

"我就知道！您要是想责备我，总是从中学谈起，——这是您的花招。依我看，不过是能说会道罢了。我听不得您说什么中学。"

"看来你今天来，情绪实在太坏了；你的腿怎样了？瞧，给你端咖啡来啦，请赏光，喝吧，别生气啦。"

"瓦尔瓦拉·彼特罗夫娜，我的姑奶奶，您把我当孩子哄呢。我不喝咖啡，就不！"

于是她寻衅地朝端来咖啡的仆人一挥手。（不过别人也都不要咖啡，只有我和马夫里基·尼古拉耶奇例外。斯捷潘·特罗菲莫维奇想拿，却又把杯子放在桌子上。玛丽娅·季莫费耶夫娜虽然很想再来一杯，已经伸手要拿，可是她改变了主意，庄重地推辞了，显然她对自己的表现颇为满意。）

瓦尔瓦拉·彼特罗夫娜讥讽地一笑。

"你知道吗，我的朋友普拉斯科维娅·伊万诺夫娜，你大概又有了什么想象啦，是抱着这种想象到这里来的。你一生只在想象中过日子。刚才一提到中学你就大为恼火；可是你记得吗，你曾来到班级里硬说骠骑兵沙布雷金已经向你求婚，列菲布尔夫人当即揭穿了你的谎言。其实你并没有说谎，只是为了聊以自慰而纵情想象罢了。唔，说吧：现在你在想象什么？在你的想象中又有什么事让你不顺心吗？"

"您在女子寄宿中学里爱上了教神学的牧师，——既然您至今还幸灾乐祸，我就提醒您一下，哈，哈，哈！"

她尖酸刻薄地哈哈大笑，又剧烈地咳嗽起来。

"哦，你还没有忘记牧师的事……"瓦尔瓦拉·彼特罗夫娜憎恨地瞟了她一眼。

她的脸色发青。普拉斯科维娅·伊万诺夫娜突然正色道：

"姑奶奶，我现在顾不上说笑；为什么您要在全城众目睽睽之下把我女儿卷入了您的丑闻呢，我是为此而来的！"

"我的丑闻？"瓦尔瓦拉·彼特罗夫娜猛然威严地挺直了身子。

"妈妈，我也请求您务必不要过分。"莉莎·尼古拉耶夫娜突然说道。

"你说什么？"妈妈又想尖声大叫，不过一见女儿炯炯的目光，顿时泄了气。

"妈妈，您怎能说什么丑闻呢？"莉莎怒气勃发，"我是自己要来的，也得到了尤莉娅·米海洛夫娜的同意；我想了解这个不幸的女人的故事，为她做点好事。"

"'这个不幸的女人的故事'！"普拉斯科维娅·伊万诺夫娜狞笑着曼声说道，"你要不要卷入这样的'故事'呢？噢，姑奶奶！您的专横我们受够啦！"她发疯似的转向瓦尔瓦拉·彼特罗夫娜，"真也好，假也好，反正有人说，全城的人都受不了您的颐指气使啦，看来轮到您遭报应啦！"

瓦尔瓦拉·彼特罗夫娜挺直了身子坐着，像一支即将离弦的箭。她严厉地凝视着普拉斯科维娅·伊万诺夫娜有十秒钟左右。

"嗯，你感谢上帝吧，普拉斯科维娅，幸而在座的都是自己人，"她终于以不祥的平静口吻说道，"你说了很多不该说的话。"

"我嘛，姑奶奶，并不像某些人那样害怕上流社会的舆论；您虽然貌似高傲，却在舆论面前发抖。至于在座的都是自己人，对您来说，倒是比让外人听到要好一些。"

"这一周来你聪明些了，是吗？"

"显然，不是我一周来更聪明了，而是一周来真相大白了。"

"这一周你知道了什么真相呢？听着，普拉斯科维娅·伊万诺夫娜，你不要触怒我，立即给我讲清楚，我是好意求。你知道了什么真相，所谓真相大白是什么意思？"

"瞧瞧她吧，全部真相就坐在这儿！"普拉斯科维娅·伊万诺夫娜突然一指玛丽娅·季莫费耶夫娜，带着不顾死活的决心，但求一击制胜。玛丽娅·季莫费耶夫娜一直在愉快而好奇地看着她，一见这位气咻咻的女客人戳过来的手指，开心地笑了，并且在圈椅里高兴得乱动起来。

"天哪，她们全都疯了吧！"瓦尔瓦拉·彼特罗夫娜叫道，她脸色苍白地靠到椅背上。

她那样苍白，甚至引起了一阵惊慌。斯捷潘·特罗菲莫维奇第一个向她扑了过去；我也来到了她身边；连莉莎也站了起来，不过她仍然留在自己的圈椅旁；然而最受惊的是普拉斯科维娅·伊万诺夫娜本人：她惊叫一声，尽可能支起身子，几乎是带着哭腔号叫起来：

"姑奶奶，瓦尔瓦拉·彼特罗夫娜，原谅我这个坏心眼的傻女人吧！谁给她拿点水来呀！"

"别号啦，普拉斯科维娅·伊万诺夫娜，我求你；让开，先生们，劳驾；不要水！"瓦尔瓦拉·彼特罗夫娜翕动苍白的嘴唇刚强地说道，虽然声音不大。

"姑奶奶！"普拉斯科维娅·伊万诺夫娜略微安心了，又接着说道，"瓦尔瓦拉·彼特罗夫娜，我的朋友，虽然我有错，我出言不逊，可是这些匿名信实在把我气坏了，那些卑鄙小人不断用匿名信来骚扰我；他们该给您写嘛，既然讲的是您的事；而我，姑奶奶，是有女儿的啊！"

瓦尔瓦拉·彼特罗夫娜瞪大了眼睛，默默无语地看着她，惊讶地听着。此刻屋角的侧门无声地开了，达丽娅·帕夫洛夫娜出现在门口。她站着环顾四周，对我们的慌乱大为吃惊。她大概也没有立刻认出玛丽娅·季莫费耶夫娜，因为谁也没有向她说起过这个人。斯捷潘·特罗菲莫维奇最先注意到她，急剧地动了一下，脸涨红了，不知为何高声宣告："达丽娅·帕夫洛夫娜！"于是所有的视线一下子都集中到门口的她身上。

"什么，这就是您的达丽娅·帕夫洛夫娜！"玛丽娅·季莫费耶夫娜叫道，"唔，沙图什卡，你的小妹不像你啊！我哥怎么把这样迷人的小妞叫作农奴丫头达什卡呢！"

达丽娅·帕夫洛夫娜这时已经走到瓦尔瓦拉·彼特罗夫娜跟前；可是，她听到玛丽娅·季莫费耶夫娜的叫声吃了一惊，很快地转过身来，就那样站在自己的椅子旁，久久地、目不转睛地看着那个疯疯癫癫的女人。

"坐，达莎，"瓦尔瓦拉·彼特罗夫娜以惊人平静的语气说道，"靠近一点，好；你坐着也看得见这个女人的。你认识她？"

"我从未见过她，"达莎低声回答道，顿了一顿又立即说道，

"大概这是列比亚德金先生的有病的妹妹。"

"我的宝贝，我也是现在才第一次见到您，不过早就好奇地想同您结识了，因为我看到您的一举一动都很有教养，"玛丽娅·季莫费耶夫娜忘情地叫道，"至于我的仆人骂您，其实您这样有教养，这样可爱，怎么会拿他的钱呢？因为您可爱，可爱，可爱，这是我的看法！"她兴高采烈地结束道，在面前挥舞着一只小手。

"你明白她在说什么吗？"瓦尔瓦拉·彼特罗夫娜以傲然的态度问道。

"我全明白，太太……"

"听她说到钱了？"

"大概就是我答应转交的那笔钱。还是在瑞士的时候，尼古拉·弗谢沃洛多维奇请我把钱带给这位列比亚德金先生，她的哥哥。"

接着是一阵沉默。

"尼古拉·弗谢沃洛多维奇亲自请你转交？"

"他当时极想寄一笔钱给列比亚德金先生，总共是三百卢布。由于不知道他的住址，只知道他将要到这个城市来，所以就托我在列比亚德金先生到来时把钱转交给他。"

"什么钱……不见了？这个女人刚才说的是什么啊？"

"我可就不知道了，太太；我也耳闻，列比亚德金先生公开说，我没有把钱全部给他；可是我不明白这话是什么意思。总共三百卢布，我转寄给他的也是三百卢布。"

达丽娅几乎已心平气和。我发觉，很难有什么能使这位姑娘长时间地受到困扰、不知所措，——不论她内心的感受如何。此刻她从容不迫地作出了自己的全部回答，对每个问题都立即明确、平静、稳重地加以答复，最初由于意外而引起的激动已不留痕迹，没有丝毫的忸怩能说明她意识到自己有什么过错。在她说话的时候，瓦尔瓦拉·彼特罗夫娜目不转睛地看着她，随即考虑了一会儿。

"既然，"她终于果断地说，看来是说给旁观者听的，虽然她只看着达莎一个人，"既然尼古拉·弗谢沃洛多维奇甚至没有委托我来办这件事，而是求了你，他当然有这样做的理由。我不认为我有权追究理由何在，如果这些理由不便向我公开的话。不过，这件事有你介入，我就完全放心了，我相信理由是正当的，这一点你首先要明白，达丽娅。不过你知道吗，我的朋友，你虽然心地纯洁，却可能由于缺少阅历而犯授人以柄的错误；你已经犯了，因为你答应去同一个恶棍打交道。这个坏蛋所散布的流言蜚语，就证明你是做错了。不过我会详细了解他的情况，既然你的保护人是我，我就一定能够为你讨回公道。现在这一切都该有个了结了。”

“最好是在他来的时候，”玛丽娅·季莫费耶夫娜突然从圈椅里探出身子，接过话茬儿，“你们把他打发到下房去。让他与仆人们在长板箱上打纸牌，而我们坐在这里喝喝咖啡。给他送杯咖啡去还是可以的，不过我非常鄙视他。”

她意味深长地摇了摇头。

“这必须了结，”瓦尔瓦拉·彼特罗夫娜仔细地听完了玛丽娅·季莫费耶夫娜的话，又说了一遍，“请您摇铃，斯捷潘·特罗菲莫维奇。”

斯捷潘·特罗菲莫维奇摇了摇铃，突然异常激动地向前跨了一步。

“倘若……倘若我……”他狂热地喃喃道，面红耳赤，结结巴巴，“倘若我也听到了令人极其厌恶的故事，或者不如说是诽谤，那么……在极端的愤怒中……总之这是个不可救药的人，是逃犯之类……”

他住口了，话也没有说完；瓦尔瓦拉·彼特罗夫娜眯起眼睛把他从头到脚打量了一下。循规蹈矩的阿列克谢·叶戈罗维奇走了进来。

“备车，”瓦尔瓦拉·彼特罗夫娜吩咐道，“你嘛，阿列克谢·叶戈罗维奇，准备送列比亚德金娜女士回家，她自己会给你指路的。”

“列比亚德金先生本人已经在楼下等了她一会儿，太太，他请求务必为他通报一声，太太。”

"这是不能容忍的，瓦尔瓦拉·彼特罗夫娜，"一直不动声色的马夫里基·尼古拉耶维奇突然不安地发言了；"请允许我说，这种人是不可以进入社交界的，这……这……这人太岂有此理，瓦尔瓦拉·彼特罗夫娜。"

"等会儿再说。"瓦尔瓦拉·彼特罗夫娜对阿列克谢·叶戈罗维奇说道，于是他退了出去。

"这是个无赖，我甚至认为他是一名逃犯或诸如此类。"斯捷潘·彼特罗维奇又嘟哝道，又面红耳赤了，而且又突然打住。

"莉莎，该走了，"普拉斯科维娅·伊万诺夫娜厌恶地高声说道，起身离座。看来她在后悔了，刚才在惊慌之中竟自称傻女人。她在听达丽娅·帕夫洛夫娜讲话的时候，嘴唇上已经出现了傲慢的皱褶。然而最使我吃惊的还是莉莎维塔·尼古拉耶夫娜的神气，从达丽娅·帕夫洛夫娜进来以后，她的眼里就闪着太不加掩饰的憎恨和蔑视。

"稍等片刻，普拉斯科维娅·伊万诺夫娜，我求你啦，"瓦尔瓦拉·彼特罗夫娜挽留道，依旧非常平静，"请坐下吧，我想畅所欲言，而你却腿疼。这就对了，谢谢你。刚才我一时冲动，对你说了几句冒失的话，望你见谅。我做了蠢事，现在首先认错，因为我喜欢处事公正。当然，你也一时冲动，提到了写匿名信的事。任何匿名的诽谤都应受到蔑视，就因为无人对它负责。如果你不这样看，我就不敢恭维了。无论如何，我要是你就不会把这种乱七八糟的东西抖搂出来，我不会弄脏自己的手。你却把手弄脏了。既然你本人首先提起，那么我要告诉你，大约六天前我也收到了一个小丑的匿名信。那个恶棍在信中硬说尼古拉·弗谢沃洛多维奇疯了，还说我必须提防一个跛脚女人，她'在您的命运中将起异乎寻常的作用'，我记住了这句话。我想明白了，而且我知道尼古拉·弗谢沃洛多维奇有非常多的敌人，于是立即派人去找来了一个本地人，这是他的一个隐秘的敌人，在所有敌人中最卑鄙、最爱报复的一个，同他谈话以后，我马上对匿名信的卑鄙来源深信不疑。我可怜的普拉斯科维娅·伊万诺夫娜，如果你**由于我的缘故**也受到这种卑鄙信件的惊动，如你所说，受到'骚扰'，那么我因为无辜地成了此事的诱因，当然首先深感遗憾。我要对你作的解释，言尽于此。我遗憾地看到你太倦了，而且极为激动。何况我决定马上把这个形迹可疑的人**放进来**，对于他，马夫里基·尼古拉耶维奇有点儿用词不当，他说此人是不可**接待**的。莉莎尤其没有必要留在这里。到我跟前来，莉莎，我的朋友，让我再吻你一下。"

莉莎穿过房间，默默地站在瓦尔瓦拉·彼特罗夫娜面前。她吻吻莉莎，握着她的双手，把她稍稍推开一点，深情地看看她，然后给她画了十字，又吻了她一次。

"好吧，再见，莉莎（听起来，瓦尔瓦拉·彼特罗夫娜的声音几乎含着泪水），你要相信，莉莎，不论你的命运今后有何变化，我会始终爱你的……上帝保佑你。我永远感激神圣的上帝之手……"

她还想说点儿什么，然而忍住了，默不作声。莉莎向自己的座位走去，依然默默无言，若有所思，不过她突然站在妈妈面前。

"妈妈，我还不想走，我要暂时留在姑姑这儿。"她轻轻地说道，然而这低声细语却表露了坚似铁石的决心。

"我的天，你是怎么啦！"普拉斯科维娅·伊万诺夫娜大喊大叫，有气无力地两手一拍。可是莉莎没有理睬，甚至恍若未闻；她在原来的角落坐下，又望着空中出神。

瓦尔瓦拉·彼特罗夫娜的脸上闪过了胜利而骄傲的神色。

"马夫里基·尼古拉耶维奇，我对您有一个特别的请求，劳您的驾，下去看一看楼下的那个人，哪怕勉强可以把他**放进来**，就带他来吧。"

马夫里基·尼古拉耶维奇点头离去。片刻之后他把列比亚德金先生带了进来。

四

我似乎说过此君的外貌：四十岁左右的男子，高个子，鬈发，身体结实，赤红的脸膛，有点虚胖，皮肤松弛，头一动腮帮子就随之抖动，一双充血的小眼睛有时显得相当狡黠，蓄着唇髭和连鬓胡子，长着一个肉乎乎的喉结，样子挺惹人讨厌。然而最令人惊异的是，他此刻是穿着燕尾服和清洁的衬衣出现在大家面前。正如利普京所说，"有些人穿上清洁的衬衣反而不伦不类，先生"，有一次斯捷潘·特罗菲莫维奇戏谑地责备他邋遢，他就是这样反驳的。大尉还有一副黑手套，右手的一只还没有戴上，拿在手里，左手的一只绷得紧紧的，扣子也没有扣上，只遮住了肉乎乎的左爪子的一半，这只左爪子里抓着一顶崭新锃亮，大概还是初次亮相的圆筒礼帽。可见，他昨天对沙托夫叫嚷的"爱情的燕尾服"果真是有的。这些东西，即燕尾服和衬衣是（我后来得知）遵照利普京的指点，为了某些隐秘的目的而预先准备的。毫无疑问，他现在能乘着出租马车前来，也必定有人教唆，有人帮助他；在短短的三刻钟内，他独自一人是来不及琢磨、打扮，作好准备并下决心付诸行动的，即使假定大教堂台阶上的插曲当即就为他所获悉。他没有醉，但是像多日酗酒一朝醒来的人那样困顿、笨拙、晕乎乎的，似乎只要抓住他的肩膀晃他两晃，他马上又会醉倒。

他急匆匆地正要冲进客厅，却在门口被地毯绊了一下。玛丽娅·季莫费耶夫娜简直笑得上气不接下气。他粗野地瞪了她一眼，突然快步向瓦尔瓦拉·彼特罗夫娜走去。

"我这次来，太太……"他粗声大嗓地嚷嚷道。

"劳驾，先生，"瓦尔瓦拉·彼特罗夫娜挺直了腰板，"您在那里，在那把椅子上坐吧。您在那里说话我也听得见，而我在这里能把您看得更清楚。"

大尉站住了，呆呆地望着前面，不过他还是转身坐到了指定的地方，紧靠着门口。他的那副嘴脸显得非常缺乏自信，同时却又肆无忌惮，经常仿佛怒气冲冲。他胆怯极了，这是显而易见的，然而他的自尊心也在受着煎熬，可以料想，他由于自尊心受到刺激，尽管胆怯，却一遇机会就会悍然干出肆无忌惮的事来。他显然在为他那笨拙的身躯的一举一动感到担心。众所周知，这些先生们由于某种奇遇而在社交界露面时，最使他们苦恼的就是他们自己的一双手，他们时时刻刻都意识到，不能得体地把那双手安放到适当的去处。大尉拿着礼帽和手套坐在椅子上发愣，茫然的目光始终没有从瓦尔瓦拉·彼特罗夫娜严峻的脸上移开。也许他倒是想留心地看看四周，但暂时还不敢。玛丽娅·季莫费耶夫娜大概又觉得这家伙太滑稽，又一次哈哈大笑起来，他却凝然不动。瓦尔瓦拉·彼特罗夫娜冷酷地迫使他有整整一分钟之久处于这种状态，无情地默默审视着他。

"首先请您本人告诉我，您叫什么名字。"她从容而意味深长地说道。

"大尉列比亚德金，"大尉激昂地说道，"我这次来，太太……"他又微微一动。

"对不起！"瓦尔瓦拉·彼特罗夫娜又止住了他，"这个可怜的女人使我很感兴趣，她真是您的妹妹？"

"是的，太太，她从监护下偷偷跑了出来，因为她处于这样的状况①……"

他突然讪讪起来，脸涨得通红。

"您别想歪了，太太，"他窘极了，"亲哥哥决不会给她脸上抹黑……处于这样的状况，意思不是处于这样的状况……不是指有损名誉的那种状况……近来……"

他突然住口不言。

"先生！"瓦尔瓦拉·彼特罗夫娜抬起了头。

"就是处于这种状况！"他猝然说道，用手指在脑门当中一点。接着是片刻的沉默。

"她早就得了这病？"瓦尔瓦拉·彼特罗夫娜略微曼声说道。

"太太，我这次来是感谢您在教堂台阶上的俄国式兄弟般的慷慨大度……"

---

① "处于这样的状况"在俄语里还可以理解为"怀孕了"。作者利用一语双关使大尉语无伦次，窘态毕露。

"兄弟般的？"

"不，不是兄弟般的，我的意思只是说，我和她是兄妹，太太，请相信，太太，"他说得更加急促，又涨红了脸。"我并不是那样没有教养，尽管我也许在您的客厅里留下的最初印象不佳。太太，比起我们在这里所目睹的豪华，我和妹妹十分渺小。何况还有人对我们横加诽谤。然而在事关名誉的时候，列比亚德金是自傲的，所以……所以……我来致谢……这是钱，太太！"

这时他从衣袋里一把掏出钱匣子，猛然抽出一沓钞票，发抖的手指急急忙忙地数着。显然，他迫不及待地要表白什么，而且是非常必要的表白；可是，也许他自己也觉得，慌慌张张地点钱使他更露出一副蠢相，终于失去了最后的一点自制力：钞票就是点不清，手指也不听使唤，更使他窘态毕露的是，一张绿色纸币从钱匣里滑了出来，飘飘荡荡地落到了地毯上。

"二十卢布，太太，"他猛地跳起来，手里拿着一沓钞票，窘得满脸是汗，他瞟一眼落在地上的纸币，弯腰想拾起来，可是不知为什么害起臊来，把手一挥。

"给您的仆人吧，太太，谁捡起来给谁；让他记住列比亚德金娜吧！"

"我决不允许。"瓦尔瓦拉·彼特罗夫娜一惊，急忙说道。

"既然这样……"

他弯腰拾了起来，涨红了脸，又突然走到瓦尔瓦拉·彼特罗夫娜跟前，把点好的钱递给她。

"这是干什么？"这一下她可真吓了一跳，甚至在圈椅里往后一缩。马夫里基·尼古拉耶维奇、斯捷潘·特罗菲莫维奇和我都向前跨了一步。

"别慌，别慌，我不是疯子，我可不是疯子啊！"大尉不安地向四周的人们说道。

"不，先生，您疯了。"

"太太，这一切都不是您所想的那样！当然，我只是不足挂齿的一环……啊，太太，您府上富丽堂皇，而我的妹妹，娘家姓列比亚德金的玛丽娅·某氏只有寒酸的陋室，我们暂时就叫她玛丽娅·某氏吧，暂时，太太，这是**暂时**的，因为连上帝也不允许永远这样称呼她！太太，您给了她十卢布，她也拿了，因为这钱是**您**给的，太太！听着吧，太太！这位玛丽娅·某氏是不会接受世界上任何人的钱的，否则她的爷爷，那位当着叶尔莫洛夫①本人的面战死高加索的校官在棺材里就不能瞑目了，然而，太太，凡是您给的，她都会收下。不过她一手收下，另一只手就递给您二十卢布，作为给首都一个慈善委员会的捐款，您，太太，是该委员会的委员……因为您本人，太太，曾在《莫斯科新闻》上刊登启事，宣布你们在本城备有慈善协会的捐款簿，任何人都可以签名认捐……"

大尉的话又中断了；他的呼吸粗重，仿佛刚完成了一个艰巨的任务。关于慈善委员会所说的话，大概是预先准备好的，或许也是利普京的杰作。他的汗水更多了；两鬓渗出了大滴汗珠。瓦尔瓦拉·彼特罗夫娜目光锐利地审视着他。

"捐款簿，"她严厉地说道，"总是放在楼下，在门卫那儿，如果您想捐款，可以在那里签名认捐。所以现在我请您收起您的钱，不要拿着在半空中挥舞。好。还是请您归座。很遗憾，我看错了您的妹妹，我给她钱是为了济贫，原来她却那么富有。只有一点我不明白，为什么只有我的钱她才可以收受，而别人的就无论如何也不行呢。您那么强调这一点，所以我希望得到明明白白的解释。"

"太太，这是一个秘密，一个只能放在棺材里埋葬掉的秘密！"大尉回答道。

"究竟为什么？"瓦尔瓦拉·彼特罗夫娜问道，语气似乎不再那么坚决。

"太太，太太！……"

---

① 叶尔莫洛夫（1771—1861），1812 年俄国卫国战争的英雄，多年担任驻高加索的俄国部队的总司令。

他阴沉地住了口，望着地下，把右手贴在胸口。瓦尔瓦拉·彼特罗夫娜等待着，目不转睛地看着他。

"太太！"他突然吼道，"是否允许我向您提个问题，只有一个，然而按俄国人的方式，坦白、直率、真诚地提出来？"

"请吧。"

"您在一生中是否痛苦过？"

"您不过想说，您由于某个人的缘故而痛苦过或现在仍然很痛苦。"

"太太，太太！"他又猛地跳了起来，大概自己也没有意识到；他捶着自己的胸膛。"这里，这颗心里有那么多，那么多的积怨，等到末日审判时吐露出来，连上帝也会吃惊！"

"嗯，说得有声有色。"

"太太，我也许措辞激烈……"

"别担心，我自己知道，什么时候该制止您。"

"是否可以再向您提个问题呢，太太？"

"再提一个问题吧。"

"是否可以仅仅由于自己心灵高尚而去死？"

"不知道，没有想过这个问题。"

"不知道！没有想过这个问题！！"他悲怆、讥嘲地叫道，"既然如此，既然如此，那么

　　　　沉默吧，绝望的心！"①

这时他猛捶了一下自己的胸膛。

他又在室内走来走去了。这种人的特征就是，对自己的愿望毫无

---

① 试比较 H. 库科利尼克的诗《疑问》：
　　　平息吧，澎湃的激情，
　　　安眠吧，绝望的心……

克制的能力。相反，一旦有了什么愿望，就无法抑制地想表现出来，甚至不顾体统。这种人踏入陌生的社交圈子，开始时通常显得胆怯，只要稍微给他一点好脸色，他一下子就放肆起来。大尉已经急躁起来了，他走着，挥舞着双臂，不理睬别人的问题，他在谈着自己，口若悬河，以致舌头有时不听使唤，一句话未说完就跳到下一句。的确，他未必很清醒；莉莎维塔·尼古拉耶夫娜也坐在那里，他一次也不曾朝她看，然而有她在座似乎使他晕得厉害。不过这只是一种猜想而已。可见，瓦尔瓦拉·彼特罗夫娜忍住厌恶之感，决心把这样的人的话听完，一定是有原因的。普拉斯科维娅·伊万诺夫娜简直吓得发抖，诚然，她似乎对事态不明究竟。斯捷潘·特罗菲莫维奇也在哆嗦，然而恰恰相反，那是因为他总是倾向于过火的理解。马夫里基·尼古拉耶维奇站着，摆出大家的保护人的架势。莉莎脸色苍白，睁大眼睛目不转睛地看着粗野的大尉。沙托夫坐着的姿势依旧；不过最奇怪的是，玛丽娅·季莫费耶夫娜不但止住了笑声，而且满怀忧伤。她右肘支在桌上，忧伤的眼睛久久地凝视着夸夸其谈的哥哥。我觉得只有达丽娅·帕夫洛夫娜是平静的。

"全是荒谬的无稽之谈，"瓦尔瓦拉·彼特罗夫娜终于勃然大怒，"您没有回答我的问题：为什么？我迫切地等着您回答。"

"我没有回答'为什么？'。您等着回答'为什么？'。"大尉眨着眼重复道，"从创世的第一天起，'为什么'这个简单的词儿就充斥于整个宇宙，太太，整个大自然每时每刻都在向自己的创世主大叫：'为什么？'，七千年过去了，仍然没有得到回答。难道只有列比亚德金大尉必须回答问题吗，这公道吧，太太？"

"一派胡言，文不对题！"瓦尔瓦拉·彼特罗夫娜悻悻地说道，眼看要失去耐心了，"这是含沙射影；此外，您说话太浮夸，先生，我认为是放肆。"

"太太，"大尉置之不理，"我也许想自称为欧内斯特，然而不得不用粗俗的名字伊格纳特，这是为什么，您说呢？我想自称德·蒙巴尔公爵，然而我只是列比亚德金，这是'天鹅'的谐音，这又是为什么？我是诗人，太太，有诗人的情怀，本可以获得出版家的上千卢布的稿酬，然而不得不栖身于大脚盆，为什么，为什么？太太，在我看来，俄国不过是大自然的一个怪胎而已！”

“您就不能说得更具体一点吗？”

“我可以给您朗读一篇短小的作品《蟑螂》，太太！”

“什一么？”

“太太，我还没有神经错乱！我以后会神经错乱的，会的，我想，但是现在我还没有神经错乱！太太，我的一个朋友，一位极其高尚的人物，写了一篇克雷洛夫式的寓言，篇名《蟑螂》，我可以朗读一下吗？”

“您要朗读一篇克雷洛夫的寓言？”

“不，我要朗读的不是克雷洛夫的寓言，而是我的，我本人的寓言，我的作品！相信我吧，太太，不是自吹，我并不是那样毫无教养的浪子，以致不知道俄罗斯有一位伟大的寓言作家克雷洛夫，教育大臣曾在供儿童游乐的夏花园为他竖立纪念碑①。太太，您问：为什么？回答就在这篇寓言的结尾，那是一篇炽热的文字！”

“朗读您的寓言吧。”

　　　“有一只蟑螂曾活在世上，
　　　它从小就是蟑螂，
　　　后来落进了杯子里，
　　　厮咬的苍蝇挤得满满当当……”

“天哪，说的啥？”瓦尔瓦拉·彼特罗夫娜叫道。

“就是说在夏天，”大尉急了，拼命挥舞着双手，那是作者在朗

---

① 夏花园坐落在圣彼得堡。园中有彼得一世的夏宫，曾为举行大型舞会、宫廷庆祝活动的场所。克雷洛夫纪念碑是雕塑家彼·克洛特的作品，于1856年揭幕；建立纪念碑的经费是1845年开始向全国人民募集的。

读时受到干扰而不禁气急败坏。"夏天很多苍蝇爬进了杯子里，于是厮咬起来，这是傻瓜也明白的，别打岔，别打岔，您听下去，您听下去……（他不停地挥舞着双手。）

> 地方被蟑螂侵占，
> 苍蝇们怨声大起，
> 这只杯子实在太挤，
> 它们向朱庇特又哭又喊。
> 正当它们吵吵嚷嚷，
> 尼基福尔来到近旁，
> 他是一位老人，极其高尚……

我还没有写完，不过讲一讲也一样！"大尉喋喋不休，"尼基福尔拿起杯子，对叫嚷不理不睬，把这出闹剧，苍蝇和蟑螂，全泼进了浴盆，其实早该如此。可是请注意，请注意，太太，蟑螂没有抱怨！这就是对您的问题'为什么？'的回答！"他得意地叫道："'蟑螂没有抱怨！'至于尼基福尔，他就是大自然，"他急促地补充一句，自鸣得意地踱起步来。

瓦尔瓦拉·彼特罗夫娜怒不可遏。

"请问，尼古拉·弗谢沃洛多维奇似乎曾托人转交一笔钱，这笔钱似乎没有如数交付给您，而您竟敢指责我家有人染指，这是什么钱？"

"诽谤！"列比亚德金吼道，绝望地把右手一扬。

"不，不是诽谤。"

"太太，有些情况迫使我宁可家庭蒙羞，也不愿公开说出真相。列比亚德金是不会露出口风的，太太！"

他好像昏了头；他得意忘形；他觉得自己举足轻重，看来他一定有了什么幻觉。他已经渴望侮慢别人，想暗中使坏，显一显自己的影响力。

"请摇铃吧，斯捷潘·特罗菲莫维奇。"瓦尔瓦拉·彼特罗夫娜说道。

"列比亚德金很狡猾，太太！"他眨眨眼，一脸奸笑，"很狡猾，但他也有弱点，也有激情的突破口！这突破口就是丹尼斯·达维多夫①所赞美的骠骑兵形影不离的老友——酒瓶。在他坠入其中的时候，太太，他偶尔会寄出一封诗体信，出色极了，不过事后他但愿能以毕生的眼泪换回这封信，因为美感被破坏了。可是鸟儿飞了，抓不回来了！太太，列比亚德金就是坠入其中才会谈论一位高尚的姑娘，表现出一颗饱受屈辱的心灵的高尚愤怒，这就为他的诽谤者们所利用。不过列比亚德金很狡猾，太太！一条恶狼坐在他面前，给他频频斟酒，等着看结果，这是徒劳的：列比亚德金不会露口风，每一次酒瓶见底时所出现的并非恶狼所期待的，而是——列比亚德金的狡狯！不过够了，哦，够了！太太，您的华美的府第本来会属于一位最高尚的人物，但是蟑螂没有抱怨！请注意，务请注意，没有抱怨，请体会这种伟大的精神吧！"

这时楼下门房里的铃声响了，阿列克谢·叶戈雷奇几乎当即来到，斯捷潘·特罗菲莫维奇摇铃以后，他未能及时赶来。这个彬彬有礼的老仆人似乎非常激动。

"尼古拉·弗谢沃洛多维奇少爷马上就到，他正往这儿来，太太。"他见到瓦尔瓦拉·彼特罗夫娜询问的目光，赶忙说道。

我特别清楚地记得她在那一瞬间的神态：她起初脸也白了，可是倏地又目光炯炯。她在圈椅里挺直了身躯，似乎下了不寻常的决心。其实人人都感到惊讶。我们原以为，尼古拉·弗谢沃洛多维奇一个月以后才能到，他却完全出人意外地到了。这很奇怪，不只是因为出人意外，而恰恰在于正好在此刻到来这种宿命的巧合。连大尉也像根木

---

① 丹尼斯·达维多夫（1784—1839），俄国1812年卫国战争中的英雄，用游击战抗击拿破仑的发起者之一；诗人和战争文学作家。此处指他的所谓骠骑兵抒情诗，其中歌颂喜爱游乐、英勇无畏、时刻准备捍卫祖国的剽悍战士。

桩似的戳在房间当中，张着嘴蠢头蠢脑地望着门口。

这时从隔壁长方形大厅里传来了越走越近、匆忙而细碎的脚步声，有一个人仿佛连走带跑，蓦地冲进了客厅，——并不是尼古拉·弗谢沃洛多维奇，而是一个谁也不认识的年轻的陌生人。

<h1 style="text-align:center">五</h1>

请允许我暂停一下，姑且以寥寥数笔简略地勾画一下这位猝然出现的人物。

这是位二十七岁左右的年轻人，略高于中等身材，一头稀疏的、长长的淡黄色头发，一抹淡淡的胡须。衣着整洁，甚至时髦，但并不考究；初看似乎有点驼背，笨拙，其实一点也不驼而且举止利落。他好像是个怪人，可是后来我们大家都觉得他举止得体，言谈务实。

没有人会说他丑，但谁也不喜欢他的脸。他的后脑勺向后凸，而且两边仿佛受过挤压，以致他的脸看上去是尖的。他的前额高而窄，可脸盘不大；目光锐利，鼻子小而尖，嘴唇宽而薄。他似乎面有病容，然而这不过是错觉。他的双颊在颧骨旁有一道干巴的褶子，使他仿佛大病初愈。其实他十分健康、强壮，甚至从来没有生过病。

他的行动举止都很匆忙，但并非急于到什么地方去。似乎没有什么事能使他受窘；在任何情况下，在任何社交场合，他都我行我素。他自命不凡，自己却丝毫没有意识到。

他言谈匆遽，同时却很自信，对答如流。虽然似乎匆匆忙忙，其实他的思虑安详、明晰而肯定，这一点特别突出。他口齿清楚，词儿仿佛圆润、饱满的谷粒纷纷洒落，永远是精选出来为您效劳的。这在起初会使您高兴，后来却让人厌烦，其原因恰恰在于口齿太过清楚，在于那一连串小小的彩色玻璃珠似的永远备用的辞藻。您仿佛觉得，他的舌头想必形状特殊，异乎寻常地长而薄，色泽鲜红，有一个尖尖的、在不由自主地转动不已的舌尖儿。

就是这么一个年轻人此刻一阵风似的卷进了客厅，真的，我到现在仍然觉得，他还在隔壁大厅里就说起话来了，就那么边说边进了客厅。转眼之间他就到了瓦尔瓦拉·彼特罗夫娜面前。

"……您想想看，瓦尔瓦拉·彼特罗夫娜，"他仿佛在撒落小小的花玻璃珠儿，"我进来有一刻钟了，想在这里碰到他；一个半小时之前他已到达本城；我们曾在基里洛夫家碰头；半小时前他动身直接到这儿来，还吩咐我过一刻钟也来……"

"是谁呀？谁吩咐您来这里？"瓦尔瓦拉·彼特罗夫娜追问道。

"尼古拉·弗谢沃洛多维奇嘛！难道您真的现在才知道？可是至少他的行李早该到了，怎么会没有告诉您呢？这么说，我倒是第一个报信的了。不妨派人去找找他，不过他也许马上就到，看来恰好是在符合他的某些期望的时刻，也符合他的某些用意，至少这是我可以断定的。"这时他环视一下室内，特别注意地看看大尉。"啊，莉莎维塔·尼古拉耶夫娜，多么高兴，一回来就见到了您，很高兴能与您握手，"他飞快地赶了过去，因为莉莎嫣然一笑，已向他伸过手来。"据我看来，尊敬的普拉斯科维娅·伊万诺夫娜似乎也没有忘记自己的'教授'吧，而且并没有生他的气，不像在瑞士那样一见就发火。不过您回来后腿怎样了，普拉斯科维娅·伊万诺夫娜，在瑞士的会诊认为祖国的气候对您有益，这话可有道理？……什么，太太？湿敷？这一定很有效。可是我多么遗憾，瓦尔瓦拉·彼特罗夫娜（他又迅速转过身来），在国外时竟未能与您见面并亲自向您问安，而且我有很多话要对您说啊……我曾通知我的老爹，可是他积习难改，恐怕……"

"彼得鲁沙！"斯捷潘·特罗菲莫维奇刹那间从麻木中醒了过来，他举起双手轻轻一拍，向儿子扑去，"彼佳，我的孩子，我竟然没有认出你！"他把儿子紧紧搂在怀里，眼泪夺眶而出。

"好啦，别闹，别闹，不要做作，得了，得了吧，我求你。"彼得鲁沙急促地嘟哝道，想挣脱他的拥抱。

"我永远、永远有愧于你！"

"得了吧，这一点我们以后再谈。我就知道你会胡搅蛮缠，你还是冷静一点吧，我求你。"

"我们有十年不见了啊！"

"那就更没有理由儿女情长了……"

"我的孩子！"

"好，我信，我信，你是爱我的，把手放开吧。你在碍手碍脚啊……嘿，尼古拉·弗谢沃洛多维奇到啦，你就别闹了，求求你，真是！"

尼古拉·弗谢沃洛多维奇果真已在厅内；他是悄悄进来的，在门口停了片刻，以平静的目光扫视着众人。

和四年前我初次见到他时一样，此刻我一见之下还是那样感到惊讶。我丝毫没有忘记他；但是有些人的容貌，每次出现时似乎总是有某种您所不曾注意到的新的特点，哪怕您已见过他一百次。看来他还是当初的那个人，和四年前一样：依然那么优雅，那么高傲，那么庄重地走进来，和当年毫无二致，甚至几乎还是那么年轻。他那微微的笑意依然那么矜持而亲切，那么沾沾自喜；目光依然那么严峻，若有所思，仿佛心不在焉。总之，我们似乎昨天才刚刚分手。可是有一点使我惊讶：虽然从前他也被看作美男子，但那时他的脸确实"像一副面具"，正如社交界某些尖嘴薄舌的女士所说。然而现在，——现在，我一眼看上去就觉得，他是一位无可挑剔的真正的美男子，无论如何也不能再说他的脸像一副面具了。或许是因为他比过去略显苍白，而且也似乎消瘦了一些？或许现在有了某种新的想法在他的目光里闪动？

"尼古拉·弗谢沃洛多维奇！"瓦尔瓦拉·彼特罗夫娜身子一挺叫道，她没有离开座位，以命令的手势让他止步，"你先给我站住！"

在这个手势和叫声之后，随之而来的是她突然提出了一个可怕的问题，我根本没想到谁会提出这样一个问题，更别说是瓦尔瓦拉·彼特罗夫娜了。为了对如此可怕的问题作个说明，我提请读者想一想瓦尔瓦拉·彼特罗夫娜一生的性格，以及在某些非常时刻这种性格所具有的一往无前的特征。请读者还要想到，虽然她赋有异常坚强的精神，并且很有理智和务实的甚至事务性的分寸感，但是在她的一生中也不乏这样的时刻，她会突然整个儿地，完完全全地忘情于此时此刻而漫无节制，如果可以这样说的话。最后，请读者注意，此时对她来说，也许正是这样的一个时刻，突然她的生活的全部实质——全部过去，现在，也许还有未来的全部实质如同聚焦似的集中于目前的这一瞬间。我还要顺便提一提她所收到的匿名信，刚才她曾在盛怒中对普拉斯科维娅·伊万诺夫娜脱口而出谈到它，不过对信的内容似乎是避而不谈，而她之所以突然向儿子提出那么可怕的问题，其缘由也许正在于那封信的内容。

"尼古拉·弗谢沃洛多维奇，"她又叫了一声，语气坚决，斩钉截铁，包含着威严的挑战，"请您别动地方，马上说清楚：这个不幸的跛脚女人，——就是她，就在那里，您看看她吧！她……是您的合法妻子，是吗？"

我非常清楚地记得这一瞬间；他连眼皮也不曾眨一眨，凝视着母亲；他的脸上见不到一丝变化。然后他缓缓地露出一抹宽容大度的微笑，一语不发，轻轻地走到妈妈面前，毕恭毕敬地拿起她的手，放在唇边亲吻了一下。他对母亲一向有那么强烈而不可抗拒的影响，以致此刻她也没有勇气把手抽回。她只是看着他，迫不及待地期待着回答，她的神情表明，再有一刹那，她就忍受不了被蒙在鼓里的那种感受了。

但是他继续沉默着。他吻过了手，又一次环视大家，随即依然不慌不忙地一直向玛丽娅·季莫费耶夫娜走去。在某些时刻人们的表情是很难描述的。比方说，我记得，玛丽娅·季莫费耶夫娜吓得发愣，她起身相迎，仿佛哀求他似的将双手交叠在胸前；可是同时我又记得她喜悦的眼神，一种几乎扭曲了她的面容的疯狂的喜悦，——那是一般人很难经受得住的狂喜。也许是两者兼而有之，又惊又喜；不过记得我曾迅速赶到她身边（我当时几乎就站在一旁），因为我觉得她马上就要晕倒了。

"您不可以到这里来，"尼古拉·弗谢沃洛多维奇以亲切悦耳的声音对她说道，他的眼里闪着异样的温柔。他以极其恭敬的姿态站在她面前，一举一动流露着极真挚的敬意。可怜的女人急切地、气呼呼地对他喃喃低语：

"现在我……可以……在您面前跪下吗？"

"不，绝对不行。"他对她粲然一笑，以致她也快乐地笑了。他依旧以悦耳的声音，仿佛在哄孩子似的庄重地对她说道：

"您要想一想，您是姑娘家，我虽然是您最诚挚的朋友，但对您来说毕竟是外人，不是丈夫，不是父亲，不是未婚夫。把您的手伸给我，我们走吧；我送您上马车，如果您允许，我就亲自送您回家。"

她听着，若有所思地低着头。

"走吧。"她说，轻轻叹息一声，把手伸给他。

可是这时她发生了一件小小的倒霉事。大概是她在转身时不慎迈出了短一截的病腿，总之她侧身倒在圈椅里，要不是有圈椅，她就会重重地摔倒在地。他马上托住她，紧紧挎着她的手臂扶她站着，满怀同情、小心翼翼地领着她向门口走去。显然她因为跌倒而伤心，窘得面红耳赤，羞得无地自容。她默默地看着地上，一瘸一拐地跟随着他，几乎是吊在他的手臂上。他们就这样走了出去。我看到，不知什么缘故，莉莎在他们往外走的时候，曾从圈椅里猛地欠起身来，凝神目送着他们直至门口。然后又默默坐下，但是她的脸上掠过一阵抽搐，仿佛触到了一条毒蛇。

在尼古拉·弗谢沃洛多维奇和玛丽娅·季莫费耶夫娜的这个插曲展开的过程中，大家惊讶得哑口无言；一只苍蝇飞过也听得见；不过等他们一走，突然举座哗然。

六

不过大家的话不多，更多的是惊叹。现在我不大记得当时这一切是怎样顺序发生的，因为乱成了一锅粥。斯捷潘·特罗菲莫维奇用法语激动地高声说了什么，还举起双手轻轻一拍，可瓦尔瓦拉·彼特罗夫娜顾不上理他了。连马夫里基·尼古拉耶维奇也断断续续地、急速地嘟哝着什么。然而最冲动的是彼得·斯捷潘诺维奇；他狂热地向瓦尔瓦拉·彼特罗夫娜申述己见，猛打着手势，可我听了好久也听不明白。他又是对普拉斯科维娅解释，又是对莉莎维塔·尼古拉耶夫娜表白，仓促间还急躁地对父亲叫嚷了什么，总之，他在房间里乱转。瓦尔瓦拉·彼特罗夫娜满脸绯红，从座位上跳起来向普拉斯科维娅·伊万诺夫娜叫道："听见吗，你听见了吗，他刚才在这里对她说了什么？"可是对方已经无力回答了，只是挥一挥手叽咕了一句什么。这个可怜的女人有她自己的烦恼：她不时地朝莉莎转过头去，怀着莫名的恐惧看着她；可是要站起来就走，她连想也不敢想，只要女儿还坐着不动的话。这时大尉一定想悄悄开溜，这一点我注意到了。从尼古拉·弗谢沃洛多维奇露面的那一刻起，他显然大为惊慌；可是彼得·斯捷潘诺维奇抓住了他的手臂，不让他走。

"这是必要的，必要的。"他阿谀奉承，仍然力图说服瓦尔瓦拉·彼特罗夫娜。他站在她面前，她又坐在圈椅里了，我记得，她贪婪地听着他讲；他终于如愿，吸引了她的注意。

"这是必要的。您自己也看到，瓦尔瓦拉·彼特罗夫娜，这里有误会，看似奇怪，其实这件事明明白白，显而易见。我很懂得，谁也不曾授权给我来诉说原委，我这样强作解人，也许显得很可笑。不过，首先，尼古拉·弗谢沃洛多维奇本人并不认为这件事有什么意义，其次，毕竟有些情况，当事人是很难下决心亲自作出解释的，因而一定要有第三者出面，更便于澄清某些微妙的问题。请相信我，瓦尔瓦拉·彼特罗夫娜，尼古拉·弗谢沃洛多维奇没有立即回答您刚才的问题，彻底澄清这件区区小事，其实并无过错；我在彼得堡时就了解他了。况且这个不平常的故事倒是尼古拉·弗谢沃洛多维奇的光彩，如果必须用'光彩'这个含糊的字眼的话……"

"您是想说，您曾目击导致目前……这场误会的某些情况？"瓦尔瓦拉·彼特罗夫娜问道。

"我是目击者和参与者。"彼得·斯捷潘诺维奇连忙加以肯定。

"如果您向我保证，这样做无损于尼古拉·弗谢沃洛多维奇对我体贴入微的感情——他是不会向我隐瞒任——何事情的……如果您还确信，您这样做甚至会使他高兴……"

"他一定会高兴的，正因为如此，我才乐于效力。我相信，他会亲自请我这样做的。"

突然从天上掉下来的这位先生硬要来讲述别人的故事，这是颇为奇怪而且有悖常理的。然而他触及了瓦尔瓦拉·彼特罗夫娜最敏感的痛处，终于使她上钩。我那时还不十分了解此人的性格，对他的意图尤其茫然。

"请您说说吧。"瓦尔瓦拉·彼特罗夫娜矜持而审慎地说道，因为自己不惜屈尊相求而微感不快。

"事情很简单；实际上也许还算不上什么不平常的故事，"他又撒起了彩色玻璃珠儿，"不过，小说家由于闲得发慌是能炮制出一部长篇小说来的。一个很有趣的小故事，普拉斯科维娅·伊万诺夫娜，而且我相信，莉莎维塔·尼古拉耶夫娜会好奇地倾听，因为其中有很多方面即使不是妙不可言，也是新奇别致。大约五年前，在彼得堡，尼古拉·弗谢沃洛多维奇认识了这位先生，——瞧，就是这位张着大嘴站着，刚才想溜走的列比亚德金先生。对不起，瓦尔瓦拉·彼特罗夫娜，我要对他说几句。我劝您，前军粮部退役军需官先生（瞧，我把您牢记在心），最好还是不要急于一走了之。您在这里干的那些勾当，我和尼古拉·弗谢沃洛多维奇都一清二楚，别忘记，这些事您是要讲清楚的。再一次请您原谅，瓦尔瓦拉·彼特罗夫娜。那时尼古拉·弗谢沃洛多维奇把这位先生称为自己的福斯塔夫；大概（他突然解释起来），这是从前的一个典型，小丑，大家取笑他，他也让人取笑，只要给钱就行。尼古拉·弗谢沃洛多维奇那时在彼得堡可以说过的是玩世不恭的生活，我没有别的词语可以形容，因为这个人是不会颓废失望的，而那时他又不屑于干实事。我说的只是当时那个阶段，瓦尔瓦拉·彼特罗夫娜。这个列比亚德金有个妹妹，就是刚才坐在这里的那个女人。兄妹两人没有栖身之地，只能寄人篱下。他在商场的拱门下踯躅，必定穿着旧军服，拦住衣着比较整洁的行人乞讨，有了钱就拿去喝酒。妹妹就像天上的鸟儿一样自己找食吃。她在那里的贫民窟给人帮忙，穷得干伺候人的活儿。那里乱七八糟；我就不说贫民窟的生活状况了，那时尼古拉·弗谢沃洛多维奇由于怪癖也混迹其中。我说的只是那个时候，瓦尔瓦拉·彼特罗夫娜；至于'怪癖'，这是他自己的说法。他有很多事并不瞒我。有一个时期，列比亚德金娜小姐常常遇见尼古拉·弗谢沃洛多维奇，他的外貌使她着迷。可以说他是她的生活的肮脏背景上的一颗明珠。我不善于描述感情，所以就一笔带过；可是她马上遭到那些坏蛋们的嘲笑，她觉得很伤心。她在那里一向受人讥嘲，只是过去全然不曾觉察。她的脑子那时就不正常了，可是还不像现在这样。有理由认为，由于一位女善人的帮助，她曾在童年受过一些教育。尼古拉·弗谢沃洛多维奇对她从未在意，倒是常和官员们用油污的旧扑克玩朴烈费兰斯，赌四分之一戈比的输赢。可是有一次，她受到欺侮，他（不问情由）就抓住一位官员的领口，把他从二楼扔出了窗口。这里丝毫没有英雄救美的骑士情怀；一切都是在一片哄笑声中发生的，笑得最欢的就是尼古拉·弗谢沃洛多维奇本人，事情过去了，大家又言归于好，喝起潘趣酒来。可是那位受欺压的纯情女子本人对此却难以忘怀。当然，她的心灵受到了极大的震撼。再说一遍，我不善于描述感情，不过这里主要的只是梦幻。而尼古拉·弗谢沃洛多维奇仿佛故意地更加刺激了这种幻想：他不是开怀大笑，而是突然出人意料地对列比亚德金娜小姐恭敬有礼。当时在场的基里洛夫（他为人非常古怪，瓦尔瓦拉·彼特罗夫娜，而且善变；您也许会见到他，他目前就在本地），就是这个平时沉默寡言的基里洛夫，我记得，这时勃然大怒，指责尼古拉·弗谢沃洛多维奇对这位女士待若侯爵小姐，想使她愈陷愈深，不能自拔。应当说，尼古拉·弗谢沃洛多维奇对这位基里洛夫还是敬重的。您想怎么，他回答道：'基里洛夫先生，您以为我在戏弄她；打消这种想法吧，我是真的尊敬她，因为她比我们所有的人都好。'而且您要知道，他的语气是那么严肃。其实在这两三个月里，他除了**您好**和**再见**，实际上没有对她说过一句话。我当时在那里，清楚地记得，她终于认为，他是自己的亲如未婚夫的人，仅仅因为他有很多敌人和家庭的阻碍或诸如此类的难处，才不敢把她'劫走'。笑话可真不少！结果是，尼古拉·弗谢沃洛多维奇不得不在动身来此之前，为她安排了生活，似乎还提供了一笔相当可观的年金，至少是三百卢布，如果不是更多的话。总之，我们姑且认为，这一切在他这方面只是过早厌倦生活的人的任性、怪诞，甚至如基里洛夫所说，是饱食终日的人作的一个新试验。目的是要看一看，能把一个残疾的女疯子迷惑到何种程度。'您哪，'他说，'有意选了一个最卑微的人，一个永远挨打受辱的女残疾人，此外您还知道，此人由于自己对您的那份滑稽的恋情而神魂颠倒，于是您突然有意迷惑她，唯一的目的就是要看看，这样做会有什么结果！'说到底，一个人为什么要对一个疯女人的想入非非承担特殊的罪责呢，请注意，他对她恐怕总共没有讲过两句话！有些事，瓦尔瓦拉·彼特罗夫娜，不仅不可能明智地加以讨论，而且提起它们就已属不智。好吧，就算是怪癖吧，——除此之外实在说不出别的了；可是现在有人却借机大做文章……这里发生的情况，瓦尔瓦拉·彼特罗夫娜，我略知一二。"

讲述者突然打住话头，向列比亚德金转过身去，但瓦尔瓦拉·彼特罗夫娜制止了他；她正处于极度兴奋之中。

"您讲完了？"她问道。

"还没有；为了全面了解，如果您允许，我要向这位先生把某些情况追究清楚……您马上就能看到问题何在，瓦尔瓦拉·彼特罗夫娜。"

"行了，以后再说吧，我请您暂停片刻。啊，我让您讲一讲是太对了！"

"请注意，瓦尔瓦拉·彼特罗夫娜，"彼得·斯捷潘诺维奇精神一振，"刚才尼古拉·弗谢沃洛多维奇能向您解释这一切，回答您的问题，回答那个也许太绝对的问题吗？"

"啊，是的，太绝对了！"

"我说的不对吗，我说在某些情况下，第三者比当事人更便于澄清问题！"

"是的，是的……不过您有一点错了，而且我遗憾地看到，您还在继续错下去。"

"是吗？错在哪里？"

"您瞧……不过您坐下不好吗，彼得·斯捷潘诺维奇。"

"啊，遵命，我也累了，谢谢您。"

他连忙拖出一把圈椅放好，他恰恰置身于瓦尔瓦拉·彼特罗夫娜和坐在桌边的普拉斯科维娅·伊万诺夫娜之间，而且面对列比亚德金先生，他始终盯着这位先生毫不放松。

"您错在把这叫作'怪癖'……"

"啊，如果只是这一点……"

"不，不，不，您等一等。"瓦尔瓦拉·彼特罗夫娜制止道，看来她要满怀喜悦地高谈阔论。彼得·斯捷潘诺维奇一觉察到，立即全神贯注。

"不，那是某种高于怪癖的东西，请您相信，甚至是神圣的！他生性骄傲，早年受辱，终于'玩世不恭'，这一点您说得十分中肯，总之，他是亨利亲王，斯捷潘·特罗菲莫维奇当初曾作了这个绝妙的比喻，而且完全正确，如果他不是更像哈姆雷特的话，至少我是这样看的。"

"您说得完全正确。"斯捷潘·特罗菲莫维奇动情而有力地说道。

"谢谢您，斯捷潘·特罗菲莫维奇，我要特别感谢您，因为正是您历来相信尼古拉，相信他有高尚的心灵和使命。在我心情沮丧的时候，是您支撑着我的这种信心。"

"亲爱的，亲爱的……"斯捷潘·特罗菲莫维奇已经跨前一步，不过又停了下来，他认准了，插嘴是危险的。

"如果在尼古拉身边（瓦尔瓦拉·彼特罗夫娜的某些话语已经像

歌声一样悦耳）始终有一位温和的，有伟大的谦虚品格的霍拉旭，——这是您的又一个绝妙的用语，斯捷潘·特罗菲莫维奇，——那么他也许早就能摆脱那个毕生折磨他的可悲的、'突如其来的嘲讽的恶魔'了。（关于嘲讽的恶魔又是您说出了惊人之语，斯捷潘·特罗菲莫维奇。）可是尼古拉从来就既没有霍拉旭，也没有奥菲利娅。他只有母亲，然而一位母亲能做什么呢，何况还是在这种情况之下？您要知道，彼得·斯捷潘诺维奇，我现在已经非常理解，为什么像尼古拉这样的人能出入于您所说的那样肮脏的贫民窟。现在我能非常清楚地想象那种'玩世不恭'的生活（您这个成语用得太妙了！），对于反差的那种贪婪的追求，画面上那种阴暗的背景，在这样的背景上他就像一颗灿烂的明珠，这又是您的比喻啊，彼得·斯捷潘诺维奇。在那里他遇见了一位女残疾人，疯疯癫癫，备受欺凌，也许却有着高尚的心地！"

"嗯，就算是吧。"

"而您却竟然不明白，为什么他不像别人那样嘲笑她！唉，人哪！您不明白，为什么他要保护她不受欺凌，把她'敬若侯爵小姐'，彬彬有礼（这位基里洛夫想必有非凡的知人之能，不过他也并不理解尼古拉！）。也许灾难恰恰来自这种反差；如果那个不幸的女子处于另一种环境，她也许不会陷入这样如痴如狂的梦想。女人，女人才能理解这一点啊，彼得·斯捷潘诺维奇，多么可惜，您……我不是说可惜您不是女人，可是至少眼下您是无法理解的！"

"意思就是越糟越好，我理解，理解，瓦尔瓦拉·彼特罗夫娜。这好像宗教：一个人生活越糟，或者一个民族越灾难深重，越贫困，就越固执地梦想天堂的好报，再加上十万之众的司祭忙忙碌碌，煽动并利用这种梦想，那就……我理解您，瓦尔瓦拉·彼特罗夫娜，您放心吧。"

"也许不完全是这样，可是您说，难道尼古拉，为了使这个不幸的生物梦想破灭（为什么瓦尔瓦拉·彼特罗夫娜要使用'生物'这个词，我无法理解），难道他就应当自己也去嘲笑她，或者像某些官员那样对待她吗？尼古拉突然严正地回答基里洛夫道：'我不是戏弄她'，难道您能否认他当时那崇高的同情，全身心的高尚的震颤吗？那是崇高的、神圣的回答！"

"好极了。"斯捷潘·特罗菲莫维奇喃喃道。

"还要请您注意，他并不像您所想象的那样富有；富有的是我，而不是他，那时他几乎没有向我要过钱。"

"我明白，我全都明白，瓦尔瓦拉·彼特罗夫娜。"彼得·斯捷潘诺维奇已经有点儿耐不住地动了动。

"啊，那是我的性格啊！我在尼古拉身上看到了我自己。我看到了这种青春活力，这种潜在的、热烈的、如火如荼的激情……如果以后我和您更接近，彼得·斯捷潘诺维奇，那时您也许会理解，我由衷地希望我们会更接近，何况我那么感激您……"

"啊，请相信，这也是我的希望。"彼得·斯捷潘诺维奇结结巴巴地说道。

"那时您就会理解那种激情——出于盲目的高尚情怀而突然属意于一个在各方面都与自己并不般配的人，一个不能深刻理解您，一有机会就折磨您的人，却不顾一切地把这样的一个人看作自己的梦想，自己理想中的人物，对他寄予全部希望，一世爱他、景仰他，却全然不明白是为什么，——也许正因为他不配……啊，我这一辈子受了多少煎熬啊，彼得·斯捷潘诺维奇！"

斯捷潘·特罗菲莫维奇神情痛苦地开始捕捉我的视线，但我及时避开了。

"……就在不久以前——啊，我多么有愧于尼古拉！……您简直不会相信，他们从四面八方来折磨我，所有的人，所有的人，那些敌人、小人、朋友；也许朋友比敌人更甚。我收到第一封卑鄙的匿名信时，彼得·斯捷潘诺维奇，您不会相信，我竟然没有足够的勇气去蔑视所有那些恶意的诽谤……我永远、永远不能原谅自己的怯懦！"

"关于这里的那些匿名信，我已有所耳闻，"彼得·斯捷潘诺维奇陡然活跃起来，"我一定给您找到他们，您放心。"

"可是您无法想象，这里有过怎样的阴谋！他们甚至折磨我们可怜的普拉斯科维娅·伊万诺夫娜，有什么理由要把她也卷进来？我今天也许太对不起你了，我亲爱的普拉斯科维娅·伊万诺夫娜，"她非常感动，亲切而大度地说道，然而也流露了几分得意的嘲讽。

　　"得啦，姑奶奶，"对方不乐意地嘟哝道，"我觉得这一切该结束了；话说得也太多了吧……"于是她又怯生生地望望莉莎，莉莎却在看着彼得·斯捷潘诺维奇。

　　"而这个可怜的，这个不幸的人儿，这个疯癫的，丧失了一切，还保留着善良心地的姑娘，我现在准备把她当作亲生女儿来亲自抚养，"瓦尔瓦拉·彼特罗夫娜突然充满感情地叫道，"这是我要履行的神圣义务。从今天起她就受我的保护！"

　　"这简直太好了，夫人，就某一方面而言。"彼得·斯捷潘诺维奇兴奋极了，"对不起，我刚才没有说完。我正是想谈谈庇护问题。您难以想象，当初尼古拉·弗谢沃洛多维奇走了以后（我接着刚才的话来说，瓦尔瓦拉·彼特罗夫娜），这位先生，就是这位列比亚德金先生，马上就自以为有权支配指定给他妹妹的全部生活费，而且真的这么干了。我不太清楚，当初尼古拉·弗谢沃洛多维奇是怎样安排的，可是一年以后，他在国外得悉此事，于是不得不另作安排。详细情况我还是不了解，他会亲自说明的，不过我知道，他让这个有趣的女人住进一座偏僻的修道院，生活甚至很舒适，而且受到友好的照顾，——您明白吧？您猜，列比亚德金先生打了什么主意？起先他费尽心机要找到他的摇钱树，也就是他的妹妹被藏在哪里，不久前才终于如愿，他提出了有权带走她的某种证据，把她接出修道院，直接带到了这里。在这里他不供她饮食，打她，虐待她，最后还通过某种途径从尼古拉·弗谢沃洛多维奇那里得到了大笔金钱，于是马上酗酒无度，不但不心怀感激，却竟敢向尼古拉·弗谢沃洛多维奇挑衅，提出无理要求，威胁说，如果今后不把生活费直接交付给他，就法庭相见。于是尼古拉·弗谢沃洛多维奇自愿的馈赠被他视为当然，您能想得到吗？列比亚德金先生，我此刻在这里所说的一切是不是实情？"

在此之前默默地低头站着的大尉，向前猛跨了两步，满脸涨得通红。

"彼得·斯捷潘诺维奇，您对我真残酷。"他说，仿佛又骤然打断了话头。

"怎么说残酷呢，为什么，先生？不过对不起，残酷与否我们以后再说，现在我只要求您回答第一个问题：我所说的**一切**是不是实情？如果您认为不是，您可以立即声明。"

"我……您自己知道，彼得·斯捷潘诺维奇……"大尉嘟哝道，他说不下去而住了口。应当指出，彼得·斯捷潘诺维奇坐在圈椅里，跷着二郎腿，大尉却毕恭毕敬地站在他面前。

列比亚德金先生的犹豫似乎使彼得·斯捷潘诺维奇很不高兴；他的脸上恶狠狠地掠过一阵痉挛。

"您确实不想声明什么吗？"他意味深长地看了大尉一眼，"既然如此，请回答吧，大家等着呢。"

"您自己知道，彼得·斯捷潘诺维奇，我不能发表任何声明。"

"不，我不知道，我还是第一次听说；为什么您不能声明呢？"

大尉沉默着，低头看着地下。

"让我走吧，彼得·斯捷潘诺维奇。"他断然地说。

"行，但先要回答我的第一个问题：我所说的**全是**实情吗？"

"是实情，先生。"列比亚德金低沉地说道，抬起头来望着那个折磨他的人。他的鬓角甚至渗出了汗水。

"**全是**实情？"

"**全是**实情，先生。"

"您是否认为有什么要补充，要说明的？如果您觉得我们不对，那就指出来；您可以抗议，可以大声说出您的不满。"

"不，我没有什么意见。"

"不久前您威胁过尼古拉·弗谢沃洛多维奇吗？"

"这，这主要是酒在作怪，彼得·斯捷潘诺维奇。（他突然抬起头来。）彼得·斯捷潘诺维奇！如果家庭蒙羞，内心无端受辱因而在人前叫屈，这时，难道这时人也有罪吗？"他吼道，突然又像刚才那样按捺不住了。

"您现在清醒吗，列比亚德金先生？"彼得·斯捷潘诺维奇逼视着他。

"我……清醒。"

"家庭蒙羞，内心无端受辱，这是什么意思？"

"这不涉及任何人，我谁也不想得罪。我是讲自己……"大尉又败下阵来。

"我对您和您的行为所说的那些话好像很委屈了您？您火气很大，列比亚德金先生。不过对不起，我还丝毫没有谈到您的行为，您的行为的真相呢。我要谈谈您行为的真相。我要谈，这是很可能的，不过我还并没有开始谈**真相**呢。"

列比亚德金哆嗦了一下，惊恐地盯着彼得·斯捷潘诺维奇。

"彼得·斯捷潘诺维奇，我现在才开始醒过来！"

"嗯，是我让您醒过来的吧？"

"对，是您让我醒过来的，彼得·斯捷潘诺维奇，四年来我是睡在灾难的笼罩之下。现在我总可以走了吧，彼得·斯捷潘诺维奇？"

"现在可以了，只要瓦尔瓦拉·彼特罗夫娜本人不认为有必要……"

可是她双手直摇。

大尉鞠了一躬，向门口走了两步又突然停了下来，把一只手贴在胸口想说什么，他没有说，快步走了。可是在门口恰好碰上了尼古拉·弗谢沃洛多维奇；后者让到一边；大尉在他面前仿佛突然缩成一团，愣在当地，目不转睛地盯着他，好像兔子碰到了蟒蛇。尼古拉·弗谢沃洛多维奇等了片刻之后，轻轻推开他，进了客厅。

七

他愉快而平静。也许他刚才遇到了我们还不知道的什么美事；但似乎有什么使他特别感到满意。

"你能原谅我吗，尼古拉？"瓦尔瓦拉·彼特罗夫娜连忙起身相迎，迫不及待地说道。

尼古拉却纵声大笑起来。

"不出所料！"他温和而逗趣地叫道，"我看，你们全都知道了。我从这里出去以后，坐在马车里想：'至少该把事情讲讲清楚，怎能一走了之呢？'可是想起彼得·斯捷潘诺维奇还在这里，我的担心也就烟消云散了。"

他说着匆匆环视了一下。

"彼得·斯捷潘诺维奇给我们讲了很久以前一个奇人在彼得堡的故事，"瓦尔瓦拉·彼特罗夫娜兴奋地应声说道，"他是个任性的疯子，但始终怀有崇高的感情，始终骑士般地高尚……"

"骑士般地？你们竟讲到这一步了？"尼古拉笑道，"不过这一次我倒很感激彼得·斯捷潘诺维奇的急性子（这时他和彼得·斯捷潘诺维奇匆匆交换了一个眼色）。您应该知道，妈妈，彼得·斯捷潘诺维奇到处当和事佬；这是他的角色、毛病、癖好，从这一点来说我要把他特别推荐给您。我猜得到，他放连珠炮似的讲了些什么。他说起话来真像放连珠炮一般；他的脑袋是个档案室。请注意，他是现实主义者，不会说谎，对他来说真理重于利害……不言而喻，在某些特殊情况下利害重于真理，自当别论。（说到此处，他仍然在游目四顾）因此，您看得很清楚，妈妈，您无需请我原谅，要说其中有什么癫狂，当然首先是由我而起，可见，说到底我还是神经错乱，——应当保持我在此地的名声嘛……"

这时他亲切地拥抱了母亲。

"无论如何，这件事现在已经结束，也讲清楚了，因而不必再提。"他补了一句，他的声音流露了一种冷淡而坚决的语气。瓦尔瓦拉·彼特罗夫娜懂得这种语气；然而她的狂热情绪没有消失，甚至恰恰相反。

"我原以为你至少要在一个月以后才能到，尼古拉！"

"我当然会向您说明一切，妈妈，不过现在……"

他向普拉斯科维娅·伊万诺夫娜走去。

不过她只是略微向他偏过头来，尽管大约半小时前他的露面曾使她大为震惊。现在她有了新的烦恼：从大尉出去并在门口碰到尼古拉·弗谢沃洛多维奇那一刻起，莉莎就突然笑了起来，开始时笑声是轻轻的，断断续续的，可是笑声渐渐增强，越来越响亮而无所顾忌。她满面红潮。与刚才的黯然神伤成了非常鲜明的对照。在尼古拉·弗谢沃洛多维奇同瓦尔瓦拉·彼特罗夫娜谈话时，她有两次打手势招呼马夫里基·尼古拉耶维奇到跟前来，似乎要同他说什么悄悄话；可是只要他弯腰向她凑过去，她马上就哈哈大笑；可以认为，她笑的是可怜的马夫里基·尼古拉耶维奇。不过她显然在努力克制自己，而且一再用手帕捂住双唇。尼古拉·弗谢沃洛多维奇以极其纯真、憨厚的态度向她问了好。

"请您原谅我，"她匆匆答道，"您……您，当然，是见过马夫里基·尼古拉耶维奇的……天哪，您的个子真是高得出奇啊，马夫里基·尼古拉耶维奇！"

于是又笑。马夫里基·尼古拉耶维奇是高个子，但绝不是高得出奇。

"您……早到了？"她喃喃说道，又拘谨甚至忸怩起来，但目光灼灼。

"有两个多小时了，"尼古拉答道，凝目注视着她。我要指出，他非常稳重，彬彬有礼，然而剥去礼貌的外衣，就只剩下一副完全冷漠甚至倦怠的样子。

"您住哪里？"

"这里。"

瓦尔瓦拉·彼特罗夫娜也在观察莉莎，可是一个念头蓦地使她一惊。

"在这以前，尼古拉，你在哪里待了两个多小时？"她走了过去，"火车是十点到的。"

"我先带彼得·斯捷潘诺维奇去了基里洛夫那里。我是在马特韦耶沃（离这里三站）遇见彼得·斯捷潘诺维奇的，我们坐进了同一节车厢。"

　　"我一早就在马特韦耶沃等车，"彼得·斯捷潘诺维奇接口道，"我们后面几节车厢夜里脱轨，差一点把腿给压折了。"

　　"压断了腿！"莉莎叫道，"妈妈，妈妈，咱俩上星期曾想乘火车去一趟马特韦耶沃，也压断了腿才好呢！"

　　"天哪！"普拉斯科维娅·伊万诺夫娜画了十字。

　　"妈妈，妈妈，亲爱的妈，如果我真的断了两条腿，您也别怕；我是很可能出这种事的，您自己说的嘛，说我天天不要命地纵马飞驰。马夫里基·尼古拉耶维奇，您会牵引我这个跛脚女人吗？"她又哈哈大笑起来。"如果有这么一天，我只让您来牵引我，别人我都不要，您可以大胆地指望着。就假定我只断了一条腿吧……劳驾，您就说，您认为这是一种福气呢。"

　　"只剩一条腿算什么福气？"马夫里基·尼古拉耶维奇严肃地蹙起了眉头。

　　"那样您就能牵引我陪伴我了，只有您，别人我都不要！"

　　"那时也是您牵引着我啊，莉莎维塔·尼古拉耶夫娜。"马夫里基·尼古拉耶维奇更加严肃地喃喃道。

　　"天哪，他想说俏皮话呢！"莉莎叫道，几乎是吃了一惊，"马夫里基·尼古拉耶维奇，可不许您这么说话。不过您是多么自私啊！我确信，值得赞扬的是，您是在诋毁您自己；恰恰相反：您会从早到晚奉承我，说我少一条腿更有魅力！只有一点是无法挽回的——您的个子高得不像话，而我却因为少一条腿而非常矮小，您与我怎样挽臂同行呢，咱俩不般配啊！"

　　接着她病态地大笑起来。这些含沙射影的俏皮话都平淡无味，不过她显然无意于哗众取宠。

　　"歇斯底里！"彼得·斯捷潘诺维奇向我耳语道，"要快点拿水来。"

他说对了；片刻后大家都忙乱起来，水也拿来了。莉莎搂着妈妈，热烈地吻着她，伏在她的肩上哭泣，却又陡地仰身端详着她的脸色，哈哈大笑。最后，妈妈也抽泣起来。瓦尔瓦拉·彼特罗夫娜连忙把母女俩领到她的卧室里去，走进了刚才达丽娅·帕夫洛夫娜出来的那扇门。不过她们在那里待了没有多久，三四分钟吧，不会更多。

　　我现在在竭力回想在那个难忘的上午的这最后时刻的每个细节。记得，女士们离开后（达丽娅·帕夫洛夫娜例外，她没有动地方）只有我们留下时，尼古拉·弗谢沃洛多维奇来到了我们跟前，依次向每个人问好，只除了沙托夫，他依旧坐在那个角落里，把头埋得比刚才更低。彼得·斯捷潘诺维奇正要向尼古拉·弗谢沃洛多维奇谈起一个非常风趣的话题，他却向达丽娅·帕夫洛夫娜匆匆走去。但彼得·斯捷潘诺维奇好不容易拦住了他，把他拽到窗前，在那里很快地低声对他说着什么，从脸色和手势来看，显然事关重大。尼古拉·弗谢沃洛多维奇只是懒懒地、心不在焉地听着，露着无可奈何的微笑，最后甚至显得不耐烦了，似乎一直想脱身走开。他离开窗口正是在女士们回来的时候；瓦尔瓦拉·彼特罗夫娜让莉莎在原处坐下，说她们至少要再逗留十来分钟，休息休息，眼下受风对虚弱的神经未必有好处。她对莉莎悉心照料，还亲自在她身旁坐了下来。彼得·斯捷潘诺维奇立刻抽身赶到她们身边，开始了轻松愉快的交谈。就在这时，尼古拉·弗谢沃洛多维奇终于以从容的步态来到了达丽娅·帕夫洛夫娜面前；在他渐渐走近的时候，达莎当即微微摇晃起来，她满面含羞，双颊绯红，猛然欠起身来。

　　"似乎可以向您道贺了……或许还不到时候？"他说，脸上出现了一道异样的皱褶。

　　达莎回答了什么，但难以听清。

　　"请原谅我的莽撞，"他提高了声音，"但您知道吗，是特意通知我的。这您知道吗？"

　　"是的，我知道曾特意通知您。"

　　"不过我希望，我的道贺不会妨碍任何事情的进展，"他笑了，

"倘若斯捷潘·特罗菲莫维奇……"

"什么，道贺什么？"彼得·斯捷潘诺维奇突然跳了过来，"向您道贺什么呀，达丽娅·帕夫洛夫娜？嘿！就是那件事吧？您脸红了，我猜对了。真的，对于我们美丽端庄的少女能祝贺什么呢，又有什么祝贺最能使她们脸红呢？既然我猜对了，那么也接受我的祝贺吧，而且您打赌输了，记得吗，在瑞士您曾打赌说一辈子不嫁人……哎呀，说起瑞士——我这是怎么了？想想看，我有一半就是为此而来，却差点儿忘了！你告诉我，"他迅速转身对斯捷潘·特罗菲莫维奇说道，"你究竟什么时候去瑞士呀？"

"我……去瑞士？"斯捷潘·特罗菲莫维奇又惊又窘。

"怎么？难道你不去了？你不是也要结婚了吗……信里说的？"

"彼得！"斯捷潘·特罗菲莫维奇叫道。

"叫彼得干吗……你瞧，如果这件事你乐意，我就是赶来告诉你，我一点儿也不反对，因为你一定要我尽快表态嘛；倘若（他滔滔不绝）需要'挽救'你，如你在同一封信里的所说、所求，那么我也准备效力。他真的要结婚了吗，瓦尔瓦拉·彼特罗夫娜？"他迅速转向她问道。"但愿我并不是冒失；他自己在信里说全城都知道了，而且人人都向他道贺，以致他为了回避只能在夜间外出。这封信就在我口袋里。可是您信不信，瓦尔瓦拉·彼特罗夫娜，这封信我简直看不懂！你只要告诉我一点，斯捷潘·特罗菲莫维奇，要祝贺你还是要'挽救'你？您不会相信，在极其幸福的倾诉之后，紧接着就是绝望至极的哀鸣。首先，他请求我的饶恕；好吧，就算这是他们这种人的习性吧……可是不能不说的是：想想看吧，这个人一辈子只见过我两次，而且还是偶然见到的，现在在第三次结婚的前夕却突然觉得，结婚有悖于他为父的责任，千里驰书，恳求我不要生气，允许他再娶！请你别见怪，斯捷潘·特罗菲莫维奇，世风如此，我很豁达，并不责怪你，这也许倒是你的优点以及等等，可是话又说回来，主要的问题在于主要的一点我不明白。那里谈到什么'在瑞士的罪孽'。他说：我结婚是起因于罪孽或者说是由于别人的罪孽，或者如他在信中所说，——一句话，‘罪孽’。他说，‘姑娘是一颗璀璨的明珠’，当然啦，‘他不配’——这是他的原话；可是由于什么罪孽或隐情，他是‘被迫结婚并前往瑞士’的，所以‘放下一切，赶快来挽救我吧’。这是什么意思呢，您搞得清楚吗？不过……不过，我看脸色就明白了（他捏着信纸转来转去，带着天真的微笑瞅着大家的脸），像往常一样，我好像又闯祸了……由于我愚蠢的坦率，或者如尼古拉·弗谢沃洛多维奇所说，由于我的急性子。可我想，我们这里都是自己人嘛，换句话说都是你的自己人啊，斯捷潘·特罗菲莫维奇，都是你的自己人，而我其实倒是外人，而且我看出……我看出大家都知道某种情况，而那恰恰是我所不知道的。”

他继续在游目四顾。

“斯捷潘·特罗菲莫维奇就是这么写信告诉您，说他娶的是‘发生在瑞士的别人的罪孽’，而且要求您赶快来‘挽救他’，是这么说的吗？”瓦尔瓦拉·彼特罗夫娜突然走了过来，脸色蜡黄，形容扭曲，嘴唇发抖。

“哎呀，您要知道，夫人，倘若这里有什么我不大明白的，”彼得·斯捷潘诺维奇似乎很惊恐，语气更加急促。“那当然是他的错，是他这么写的。这是信。您知道吗，瓦尔瓦拉·彼特罗夫娜，他写起信来没完没了而且从不间断，近两三个月简直是一封接一封，我承认，我有时干脆没有看完。原谅我的愚蠢的坦白，斯捷潘·特罗菲莫维奇，不过请你承认，虽然信是寄给我的，但你主要是为后世而写的，所以你无所谓……得，得，别生气；我俩毕竟是一家人啊！可是这封信，瓦尔瓦拉·彼特罗夫娜，这封信我是看完了的。所谓‘罪孽’，‘别人的罪孽’，夫人，想必是某人自己有一点小小的罪过，我打赌那是无可厚非的，可是某人突然想借以掀起带有高尚色彩的惊人的事态——恰恰是为了这层高尚的色彩而兴风作浪。您瞧，某人在收支方面有点儿问题，这还是应当承认的嘛。您知道，某人有打牌的爱好……不过，这是废话，完全是废话，对不起，我太饶舌了，不过，瓦尔瓦拉·彼特罗夫娜，他真把我吓坏了，所以我确实在某种程度上准备来'挽救'他。而且我自己也觉得惭愧。怎么，难道我拿刀架在他的脖子上？我是铁石心肠的债主？他在信里提到了陪嫁……不过，你到底要不要结婚，斯捷潘·特罗菲莫维奇？我们喋喋不休，喋喋不休，却多半是为了炫耀口才……啊，瓦尔瓦拉·彼特罗夫娜，我相信，也许您此刻就在责备我，而且恰恰是责备我炫耀口才，夫人……"

"相反，恰恰相反，我看得出，您已经忍无可忍了，而且您这样做当然是有理由的。"瓦尔瓦拉·彼特罗夫娜愤慨地接口道。

她幸灾乐祸地听完了彼得·斯捷潘诺维奇"实事求是的"啰唆，这个人显然在扮演着一个角色（什么角色，我那时是不知道的，但显而易见他在扮演一个角色，而且扮演得太露骨了一点）。

"相反，"她继续说道，"我非常感激您直言不讳；没有您我还蒙在鼓里呢。二十年来我第一次睁开了眼睛。尼古拉·弗谢沃洛多维奇，您刚才说了，他也特意通知过您，莫非斯捷潘·特罗菲莫维奇给您也写了这样的信？"

"一封无可非议的信，而且……而且……是很高尚的信……"

"您吞吞吐吐，斟酌字眼——够啦！斯捷潘·特罗菲莫维奇，劳您的驾，"她突然目光灼灼地对他说道，"您请便吧，马上离开我们，今后不要再踏进我家一步。"

请读者想一想刚才的那阵"狂喜"吧，这种情绪此刻也还没有完全消失。斯捷潘·特罗菲莫维奇也确实不像话！不过当时使我万分惊讶的是，他以惊人的傲然态度不仅经受了彼得鲁沙的"揭发"而不想加以制止，而且经受了瓦尔瓦拉·彼特罗夫娜的"唾骂"。他这样的勇气是哪里来的呢？我只知道一点，使他一想起来无疑深感屈辱的是刚才与彼得鲁沙的最初相逢，确切地说，是刚才的拥抱。这是深切的、**真正的**痛苦，至少在他的心目中是这样。那时他还感到另一种痛苦，即他本人痛切地意识到，他行为卑鄙；后来他曾亲自向我坦然地承认了这一点。要知道**真正的**、确实的痛苦有时能使异常轻佻的人也变得稳重而坚强，尽管那只是短暂的；不仅如此，真正的痛苦有时甚至使蠢人变得聪明起来，当然，也是暂时的；这是痛苦的一个特点。既然如此，那么像斯捷潘·特罗菲莫维奇那样的人会怎样呢？一个大转变——当然也是暂时的。

他傲然地向瓦尔瓦拉·彼特罗夫娜鞠了一躬，一语不发（诚然，他已无话可说）。他本想就此离去，却忍不住来到了达丽娅·帕夫洛夫娜面前。她仿佛已预见及此，因为她立即惶恐地说起话来，似乎急于要抢在他的前面：

"看在上帝面上，斯捷潘·特罗菲莫维奇，请什么也别说，"她神情痛苦，急切地说道，连忙向他伸出手来，"请相信，我仍然那样尊敬您……仍然那样看重您……但愿您对我也怀有好感，斯捷潘·特罗菲莫维奇，我会非常、非常珍惜这一点……"

斯捷潘·特罗菲莫维奇向她深深地一鞠躬。

"你拿主意，达丽娅·帕夫洛夫娜，你知道，这件事完全是由你作主！过去、现在，始终如此。"瓦尔瓦拉·彼特罗夫娜有力地下了结论。

"嗨！现在我也全明白了！"彼得·斯捷潘诺维奇一拍脑门，"可是……可是这一来我被置于何地呢？达丽娅·帕夫洛夫娜，请原谅我吧！……你看你这下给我惹了什么麻烦，啊？"他对父亲说道。

"彼得，你本来可以用其他措辞同我谈话啊，不是吗，我的朋友？"斯捷潘·特罗菲莫维奇简直是喃喃低语道。

"请你别嚷，"彼得挥舞着双手，"你要相信，这都是衰老、有病的神经造成的，叫嚷毫无用处。你最好告诉我：我一开口，你就该料得到我要说什么，为什么你不及早关照我一声。"

斯捷潘·特罗菲莫维奇逼视着他道：

"彼得，你对这里所发生的一切那么了解，难道对这件事真的一无所知，一无所闻？"

"什——么？瞧这种人！原来不但是个老小孩，还是歹毒的小孩？瓦尔瓦拉·彼特罗夫娜，您听见他说什么了吗？"

一阵喧哗；但这时突然发生了一场谁也料想不到的风波。

八

　　首先要提一下，在最后的两三分钟里，莉莎维塔·尼古拉耶夫娜又被一种新的冲动所控制；她对妈妈和俯向她的马夫里基·尼古拉耶维奇迅速耳语着什么。她心神不宁，同时又显得很坚决。她终于从座位上站起，看来急着要走，并催促着妈妈，马夫里基·尼古拉耶维奇在扶她妈妈从圈椅上站起来。可是显然，他们不看到曲终人散是注定走不了的。

　　沙托夫坐在角落里（离莉莎维塔·尼古拉耶夫娜不远），无人注意，大概他自己也不明白，怎么会坐着没有走。这时蓦地从椅子上站起来，从容而坚定地穿过整个房间，向尼古拉·弗谢沃洛多维奇走去，直视着他的脸。后者远远地就注意到他过来了，莞尔而笑；可是等到沙托夫来到他紧跟前的时候，他的笑容消失了。

　　沙托夫一言不发地在他面前停了下来，逼视着他。这时大家突然注意到了这个情况，静了下来，最后一个是彼得·斯捷潘诺维奇；莉莎和妈妈在房间中央站住了；这样过了五秒钟左右；尼古拉·弗谢沃洛多维奇的脸色由悍然的讶异转为愤怒，他双眉深锁，突然……

　　突然，沙托夫挥起长长的粗壮的手臂，用尽全力朝他的面颊上打去。尼古拉·弗谢沃洛多维奇当即剧烈地晃了一晃。

　　沙托夫的这一击很特别，完全不像通常的打耳光（如果可以这样说的话），用的不是巴掌，而是捏紧的拳头，而他的拳头又大又沉，骨节突出，长着棕色的汗毛和色斑。如果打在鼻子上，就会把鼻子击碎。不过是打在面颊上，伤及左面的唇边和一排上牙，当即流出了血。

　　似乎曾响起一声短促的叫喊，也许那是瓦尔瓦拉·彼特罗夫娜——我记不清了，因为当下又陷于一片死寂。不过，这个场景仅仅持续了短短的十秒钟左右。

　　然而在这十秒钟内却发生了太多的激荡。

我要再提醒读者，尼古拉·弗谢沃洛多维奇是生来不知恐惧为何物的那种人。决斗时他能泰然自若地站在对手的枪口下，以近乎凶残的冷静瞄准并击毙对方。如果有人打了他的嘴巴，他不会要求决斗，而是立即把侮辱他的人当场击毙；他就是这样的人，而且他是完全清醒地杀人，绝不是因狂怒而失控。我甚至觉得，他从来不曾有过那种使人丧失理智、失去思考能力的激怒。即使有时他也会激起仇恨，但总是能保持充分的自制力，因而他明白非决斗时杀人，必定会被流放服苦役；尽管如此，他还是要杀死侮辱他的人，而且毫不犹豫。

　　近来我一直在研究尼古拉·弗谢沃洛多维奇，由于一些特殊的机缘，在我执笔的此刻，我了解了很多有关他的真实情况。也许我应当把他和往日的某些先生作一番比较，对于那些人我们的社会至今还保留着传奇般的回忆。例如人们传说，十二月党人卢某①毕生故意寻求冒险，陶醉于危险感，把危险感变成了他本性的一种需求；年轻时无缘无故就与人决斗；在西伯利亚会手执匕首向熊扑去，喜欢在西伯利亚的丛林里会见逃亡的苦役犯，这些人，顺便说说，比熊更危险。毫无疑问，这些传奇式人物能体验到，也许甚至强烈地体验到恐惧感，否则他们就会平静得多，也不会把恐惧感变成自己本性的一种需求。然而不言而喻，战胜自身的胆怯才是他们所向往的。不断地陶醉于胜利，觉得自己所向无敌，这才是他们为之神往的东西。这位卢某早在流放前就曾忍饥挨饿，靠繁重的劳动糊口，仅仅因为他无论如何也不愿屈从于富有的父亲的那些在他看来不合理的要求。可见他对斗争的理解是多方面的；并非只是在与熊遭遇或在决斗时才以坚毅、刚强的性格自诩。

　　可是从那时起毕竟过去很多年了，当代神经质的、疲乏的、具有双重性格的人们，甚至完全不会有那种率直、纯真的感觉了，而在美

---

① 指米·谢·卢宁（1787—1845），曾因参与十二月党人秘密社团被判处20年苦役。十二月党人斯维图诺夫在评论卢宁时曾写道："对他来说危险感是一种享受……在西伯利亚的流放地，卢宁常独自持枪或手执匕首到森林与狼搏斗，从早晨到深夜享受着与熊或逃亡的苦役犯凶险遭遇的危险感。"

好的旧时代，某些不安分的先生们曾竭力加以追求。尼古拉·弗谢沃洛多维奇也许会傲视卢某，甚至称之为永远好勇斗狠的胆小鬼，小公鸡，——诚然，他不会公开这么说。他会在决斗时枪杀对手，也会向熊扑击，如果有此必要的话，也会在森林里击退强徒，——他会干得像卢某一样出色而无畏，然而毫无快感，完全是不得已而为之，萎靡、懒散，甚至觉得厌烦。当然，在仇恨方面，他胜过卢某，甚至胜过莱蒙托夫。尼古拉·弗谢沃洛多维奇的仇恨一旦激起，也许比他们两人的总和还更强烈，然而他的仇恨是冷冷的，平静的，不妨说是**理智的**，因而是可能有的最凶恶、最可怕的仇恨。我再说一遍：那时和现在（在一切都已成为过去的时候）我始终认为他就是这样的人，一旦脸上挨揍或受到类似的极大侮辱，就会立即杀死自己的对手，把仇家毙于当场而不诉诸决斗。

　　不过，这一次的情况却异乎寻常而且令人不解。

　　他挨了一记耳光，那样丢人地被打得几乎半个身子侧向一边。他随即站直了身躯，而拳头打在脸上发出的可恶的、仿佛潮乎乎的声音还没有在房间里消失，他已经猛地抓住沙托夫的双肩；然而就在那一刹那，他迅即抽回双手，交叉地放在背后。他一言不发，看着沙托夫，脸色白得像纸。可是奇怪，他眼中的光芒好像在慢慢熄灭。过了十秒钟，他的目光变得冷冷的，甚至是平静的，我相信这并不是我的错觉。只是他脸色苍白。当然，我不了解此人的内心活动，我看到的是外表。我觉得，倘若有人，比方说，抓起一根烧得通红的铁条，攥在手里，以此来检测自己的意志力，然后在十秒钟内竭力战胜那难以忍受的疼痛，并且终于战胜了它，那么我觉得，这个人所经受的一切与尼古拉·弗谢沃洛多维奇在此刻这十秒钟内的体验是相仿佛的。

　　沙托夫首先垂下了目光，看来他是被迫垂下目光的。然后他缓缓转身离开房间，但已经不再是刚才逼近时的那种步态了。他走得很慢，不知怎么特别猥琐地拱着肩，低着头，仿佛自己和自己在议论着什么。他似乎在喃喃低语。他小心翼翼地走到了门边，没有磕绊着什么，也没有把什么东西撞倒，他把门只开了一条缝，以致他几乎是侧身挤过去的。他在往外挤的时候，后脑勺上竖起的一撮头发特别触目。

然后，在人人惊叫之前响起了一声可怕的叫喊。我看到莉莎维塔·尼古拉耶夫娜抓住妈妈的肩膀，又抓住马夫里基·尼古拉耶维奇的一只手，猛拽了两三次，要拉他们离开房间，却猝然大叫一声栽倒在地，晕了过去。此刻我仿佛还听得到她的后脑勺碰在地毯上的撞击声。

第二部

第一章　夜

一

八天过去了。在一切已成过去，而我开始撰写纪事的此刻，我们已经了解了事情的真相；但那时我们还一无所知，自然觉得许多事都很奇怪。至少我和斯捷潘·特罗菲莫维奇最初曾闭门不出，惶恐不安地从远处观望着。我还偶尔出去走走，像往常一样给他带来各种消息，否则他是受不了的。

不消说，城里流言四起，无非是议论耳光啦，莉莎维塔·尼古拉耶夫娜的晕倒啦，以及那个星期天所发生的其他事情。然而我们感到诧异的是：谁会这样迅速而准确地把这一切透露出去呢？对于当时在座的任何人来说，把事态张扬出去似乎都没有必要，也没有好处。仆人那时都不在场；只有列比亚德金有可能乱说一通，倒不是出于怨恨，因为他走时害怕极了（而对敌人的畏惧会化解对他的怨恨），而只能是由于嘴没遮拦。不过列比亚德金和妹妹第二天就影踪全无；他没有在菲利波夫公寓露面，不知去向，好像石沉大海。我本想向沙托夫打听一下玛丽娅·季莫费耶夫娜，可是他把自己反锁在家里，八天来似乎一直闭门不出，甚至放弃了在城里的工作。他不愿接待我。星期二我去找他，敲了敲门。没有反应，但是我有确实的根据相信他在家里，又在门上敲了一下。于是他好像是从床上跳了下来，大步流星地赶到门口，可着嗓门吼道："沙托夫不在家。"我只得走开。

我和斯捷潘·特罗菲莫维奇对自己的大胆猜测不无恐惧，却互相鼓励，终于拿定主意，有了一致的想法：我们断定，只有彼得·斯捷潘诺维奇可能是流言的根源，不过他本人不久后在同父亲交谈时声称，他遇到的人都已经得知此事，主要是在俱乐部里，而且省长夫人和她的丈夫已尽知底细。还有值得注意的是，就在第二天，星期一的傍晚，我遇见了利普京，他已经获悉一切，可见他无疑是最早了解到情况的人之一。

很多女士（而且是极其高贵的女士）好奇地打听"神秘的跛脚女人"——她们这样称呼玛丽娅·季莫费耶夫娜。有的甚至一定要与她见面结识，可见急忙将列比亚德金兄妹藏起来的先生们显然干得非常及时。然而最惹人注意的毕竟还是莉莎维塔·尼古拉耶夫娜的晕倒，"整个上流社会"都对此感兴趣，哪怕仅仅是由于它直接涉及作为莉莎维塔·尼古拉耶夫娜的亲戚和庇护者的尤莉娅·米海洛夫娜。什么闲话没有啊！两家都大门紧闭，这种神秘的气氛更助长了流言；人们说，莉莎维塔·尼古拉耶夫娜患了震颤性谵妄卧床不起；关于尼古拉·弗谢沃洛多维奇也是这么说，还捏造可恶的细节，说他被打落了一颗牙齿，患了龈脓肿而肿了半边脸。甚至窃窃私语，说我们这里也许会发生凶杀，说斯塔夫罗金绝不会容忍这种侮辱，一定会杀了沙托夫，但要秘密杀害，像科西嘉岛的亲族仇杀那样。对此人们津津乐道；不过上流社会的大多数年轻人都以蔑视和不屑一顾的冷漠听着这一切，当然这种冷漠是装出来的。总之，我们社交界对尼古拉·弗谢沃洛多维奇由来已久的敌视表现得很鲜明。甚至一些上年纪的人也对他横加指责，尽管自己也不知道在指责什么。人们私下传说，他破坏了莉莎维塔·尼古拉耶夫娜的贞操，两人在瑞士时有私情。当然，为人谨慎的都很克制，然而也都听得津津有味。还有其他议论，但不是普遍性的，而是私下的，稀有的，而且几乎从不外传，说得非常离奇，我提及这些流言只是要预先告诉一下读者，只是有鉴于我要讲述的以后发生的种种事件。是这样的：有的人蹙着眉头，也不知有何根据，竟说尼古拉·弗谢沃洛多维奇在我省有特殊的任务，说他在彼得堡通过 K 伯爵介入了某种上层关系，甚至也许是在履行公务，可以设想他是被委以某种使命的。一些上了年纪的很审慎的人听了这种流言不禁莞尔，明智地指出，一个陷入丑闻而且一来就鼻青脸肿的人不像是官员，这时就有人悄悄地向他们指出，他的工作不是公开的，可以说是秘密的，因此工作本身要求其执行者尽可能不像一个官员。这种说法产生了效果；我们这里大家都知道，中央历来对我省地方自治局的动向特别关注。再说一遍，这些流言只是偶尔出现，而且只要尼古拉·弗谢沃洛多维奇一露面便消失得无影无踪；但是我要指出，这些流言部分地来源于不久前从彼得堡回来的近卫军退役大尉阿尔捷米·帕夫洛维奇·加甘诺夫在俱乐部所说的含糊而恶毒的片言只语；此人是本省和县里的大地主，是在首都出入上流社会的人物，他的父亲就是已故帕维尔·帕夫洛维奇·加甘诺夫[①]——那位可敬的俱乐部主任，尼古拉·弗谢沃洛多维奇四年多以前就是同他发生了那次特别粗野而出人意料的冲突，我在这篇故事的开头曾经提到过。

　　大家立刻就知道了，尤莉娅·米海洛夫娜曾特意去拜访瓦尔瓦拉·彼特罗夫娜，却在门口听仆人说："夫人身体欠安，不能接待。"还知道尤莉娅·米海洛夫娜在她拜访的两天后曾派专人问候瓦尔瓦拉·彼特罗夫娜的健康。而且她开始到处"维护"瓦尔瓦拉·彼特罗夫娜，当然只能是广义上的维护，就是说尽力而为，不着边际。人们起初对星期日事件所作的一切性急慌忙的暗示她都听了，态度严峻而冷淡，于是以后在她面前就无人再提。这样一来，到处都肯定地认为，尤莉娅·米海洛夫娜不仅了解全部神秘的经过，还了解其中的隐情的细枝末节，而且她不是局外人，而是参与者。我要顺便指出，她在我们这里已渐渐具有她无疑孜孜以求的极大的影响，而且她已经觉得自己是人们"围绕"的核心了。社交界的一部分人士承认她有务实的聪明和手腕……不过这一点以后再说吧。她的庇护是彼得·斯捷潘诺维奇在社交界迅速获得成功的部分原因，他的成功使斯捷潘·特

---

① 此处恐系笔误。他首次出现时名叫彼得·帕夫洛维奇·加甘诺夫，见本书第 1 部第 2 章第 2 节。

罗菲莫维奇特别感到惊讶。

我和他也许是言过其实了。首先，彼得·斯捷潘诺维奇几乎转眼之间就结识了全城的人，就在他露面后的四天之内。他星期天到达，星期二我就看见他和阿尔捷米·帕夫洛维奇·加甘诺夫同乘一辆四轮马车，此人尽管颇有教养，却高傲、暴躁、自以为是，而且性格很难相处。在省长那里彼得·斯捷潘诺维奇也受到极好的接待，以至于立即成了密友，或者可以说成了一个得宠的年轻人；他几乎每天都在尤莉娅·米海洛夫娜家里用餐。他和她早在瑞士时就相识了，然而他在省长阁下的家里迅速博得青睐确实有难解之处。毕竟他曾被目为流亡革命者，还听说他在国外曾参与某些出版工作，出席过几届代表大会，也不知是真是假，"这一点甚至可以用报纸来证明，"阿廖沙·捷利亚特尼科夫遇见我时曾气愤地这样说，咳，他现在是退职的小官员了，过去在前任省长家里也是得宠的年轻人呢。然而事实就在眼前，一个过去的革命者回到亲爱的祖国，不仅没有遇到任何麻烦，好像还受到奖励；可见，以前的事也许都是无中生有。有一天利普京悄悄告诉我，根据传闻彼得·斯捷潘诺维奇曾在某地表示悔过，并且在检举了另外几个人以后获得宽恕，也许这样一来已经将功赎罪，他还答应以后继续为祖国效力。我把这些恶毒的话转告了斯捷潘·特罗菲莫维奇，虽然他几乎无法想象，还是深深地陷入沉思。后来才知道，彼得·斯捷潘诺维奇来时随身带着几封非常有用的介绍信，至少有一封是给省长夫人的，写信人是一位显要的彼得堡老太太，她的丈夫是彼得堡最显赫的老头子之一。这位老太太，尤莉娅·米海洛夫娜的教母，在信中提到，K伯爵经过尼古拉·弗谢沃洛多维奇的介绍，也很了解彼得·斯捷潘诺维奇，对他态度亲切，认为他是"一位优秀青年，虽然曾误入歧途"。尤莉娅·米海洛夫娜极为看重与"高层"少有的而且好不容易才得以维持的联系，当然很高兴收到一位显要的老太太的信；然而这里毕竟还有某种费解而且颇为奇特之处。她甚至使自己的丈夫与彼得·斯捷潘诺维奇保持几乎是不拘形迹的关系，以至冯·列姆布克先生屡有怨言……不过这一点也留待以后再说吧。我还要请读者留意，那位伟大的作家也很赏识彼得·斯捷潘诺维奇，而且立刻把他请到家里去。这样一个妄自尊大的人如此迫切的态度最刺痛斯捷潘·特罗菲莫维奇；我却暗自另有一番解释：卡尔马津诺夫先生邀请一位虚无主义者，当然是着眼于他同两个首都的进步青年的关系。这位伟大的作家对当代的革命青年怀有病态的敬畏，而且由于不了解情况，误以为俄国前途的关键就掌握在他们手中，因而低三下四地巴结他们。他之所以如此，主要是因为他们完全不把他放在眼里。

二

彼得·斯捷潘诺维奇去见了父亲两次，遗憾的是两次我都不在场。第一次去见他是星期三，已是他们最初相见后的第四天了，还是有事才来的。顺便说一下，他们关于庄园的结算竟悄然结束了。瓦尔瓦拉·彼特罗夫娜把一切都揽在自己身上，清偿了欠款，当然也得到了那一小块地，对于斯捷潘·特罗菲莫维奇，她只是通知他一切已经了结。瓦尔瓦拉·彼特罗夫娜全权委派她的侍仆阿列克谢·叶戈罗维奇送了一份文件给他签字，他默默地、异常庄重地照办不误。说起庄重，我要指出，这几天我几乎认不出原来的那个老头儿了。他的举止大异从前，令人惊讶地不爱说话，而且从星期天起就不曾给瓦尔瓦拉·彼特罗夫娜写过一封信，我简直觉得这是一个奇迹，主要的是他变得平静了。他执着于某个使他平静的最终的、异乎寻常的主意，这是很明显的。他认定了这个主意，坐在那里等待着什么。不过起初他病了，尤其是在星期一；患的是轻霍乱。他仍然时刻离不开信息；但只要我撇开事实，转向问题的实质，谈起一些揣测，他就马上向我双手乱摇，不让我说下去。但父子俩的两次见面毕竟对他有着切肤之痛，尽管并没有使他发生动摇。那两天在见面以后，他躺在沙发上，头上裹着浸了醋的手帕；但最主要的是他依然心平气和。

不过有时他并不向我摇手。有时我甚至觉得，他暗暗下定的决心仿佛正在消失，于是他开始同纷至沓来的有诱惑力的主意作斗争。这只是瞬息之间的事，然而我注意到了。我怀疑，他渴望走出孤独，再显身手，去挑战，去作最后一搏。

"亲爱的，我真想打败他们！"他脱口而出道，那是在星期四晚上，在与彼得·斯捷潘诺维奇第二次见面以后，当时他头上裹着毛巾，直挺挺地躺在沙发上。

在此之前他整天没有对我说过一句话。

"'儿子，亲爱的儿子。'之类，我同意，所有这些话都是废话，是厨娘的用语，随它去吧，现在我自己也看透了。当初我没有赡养他，把他一个吃奶的娃娃由柏林邮寄到 B 省，如此等等，我承认……他说：'你水也不给我喝一口，就把我邮寄出去，还在这里掠夺我。'但我向他叫道：倒霉的家伙，我一辈子都在关心你啊，尽管把你寄走了，他笑。不过我承认，承认……就算是把他邮寄了吧，"他梦呓般地结束道。

"其次，"过了五分钟他又说道，"我不理解屠格涅夫。他的巴扎罗夫是一个根本不存在的虚构人物；当初人们就曾首先否定他，把他说得一无是处。这个巴扎罗夫是诺兹德列夫①和拜伦的一种模糊的混合体，正是如此。让我们仔细地看看他们吧；他们在翻筋斗，高兴得尖声大叫，像小狗朝着太阳撒欢，他们成功了，他们是胜利者！这就是所谓的拜伦！……而且多么平庸的生活！多么易受刺激的厨娘似的虚荣心，多么庸俗渺小的欲望，只想让自己的名字轰动一时，而没有注意到自己的名字……啊，一幅讽刺画！我对他叫道：你得了吧，就凭你这样的人，想充当人们的救世主？他笑。他大笑，他笑得太过分了。他笑得很怪。他的母亲没有这样笑过。他老是笑。"

又是一阵沉默。

---

① 果戈理的小说《死农奴》中的一个地主。

"他们很狡猾；星期天他们是串通好的……"他贸然说道。

"啊，毫无疑问，"我叫道，留神起来，"这一切都是预谋的，却露出了破绽，表演得那么拙劣。"

"我要说的不是这个。您知道吗，那是在故意露出破绽，以便那些……需要知道的人能注意到。这一点您明白吗？"

"不，不明白。"

"那更好。不谈它啦。我今天脾气很坏。"

"为什么您要和他争论呢，斯捷潘·特罗菲莫维奇？"我责备道。

"我想说服他改变看法。当然，您笑吧。这位可怜的姑姑，她会听到一些好事的！啊，我的朋友，您信吗，刚才我感觉到我是爱国者！不过，我始终意识到自己是俄罗斯人……真正的俄罗斯人也只能是我和您这样的人。其中有盲目性和不明确的地方。"

"肯定有。"我答道。

"我的朋友，真话总是不大像是真的，您了解这一点吗？要使真话比较像是真的，必须掺进谎言。人们历来就是这么干的。也许这里有我们不理解的地方。您怎么看，这里，在这胜利的尖叫声中，有我们不理解的地方吗？我但愿有。但愿。"

我沉默了。他也沉默了很久。

"有人说是法国智慧……"他突然发热病似的嘟哝道，"这是谎言，这种情况历来如此。何必诋毁法国智慧呢？这里有的只是俄罗斯人的懒惰，是我们在产生思想方面丢人地低能，是我们在众多民族中的丑恶的寄生生活。他们简直全都是懒汉，而不是什么法国智慧！啊，为了人类的幸福，俄罗斯人作为有害的寄生虫应当被灭绝！这可根本、根本不是我们所追求的啊；我什么也不明白了。我再也不想理解什么了！我向他叫道：你明白吗，你明白吗，你们把断头台放在首位还那么欣喜若狂，仅仅是因为砍人的脑袋最容易，而要有思想却最难！你们是懒汉！你们的旗帜是一片破布，是无能的象征。这些大车，这些大车，或者如那里所说的'给人类运送面包的大车的辘辘声'，比西斯廷圣母像有益①，或者如他们在那里所说的……诸如此类的蠢话。'可是你明白吗，'我对他叫道，'你明白吗，人除了幸福恰恰也需要同样多的不幸！他笑，'他说，'你在大放厥词，一面在丝绒沙发上轻揉你的下体（他说得更下流）……'请注意，我们父子间习惯以你相称；两人和睦时，这样很好，可是试想，要是对骂起来呢？"

我们又沉默了片刻。

"亲爱的，"他突然迅速抬起身来，断然道，"您知道吗，这必定会有个结果的？"

"当然啦。"我说。

"您不明白。不说它了。不过……世界上的事往往不了了之，但这件事会有个结果的，一定，一定！"

他站了起来，非常激动地在房间里走来走去，然后又来到沙发旁，无力地倒在沙发上。

星期五上午彼得·斯捷潘诺维奇去了县里的什么地方，逗留到星期一。关于他这次外出，我是从利普京那儿知道的，那次在谈话中我还得知，列比亚德金兄妹就在河对岸的戈尔舍奇镇。"是我送他们去的，"利普京补充道，又撇下这个话题，突然告诉我，莉莎维塔·尼古拉耶夫娜要嫁给马夫里基·尼古拉耶维奇了，虽然没有正式宣布，但已经订过婚，事情定了。第二天我遇见莉莎维塔·尼古拉耶夫娜骑在马上，马夫里基·尼古拉耶维奇伴随着她，这是她病后第一次出游。她远远地对我瞪了一眼，笑了，很友好地点点头。我把这些都告诉了斯捷潘·特罗菲莫维奇；他只是对列比亚德金兄妹的消息还略微注意。

---

① 赫尔岑和佩切林在1853年的通信中曾就象征资本主义文明的铁路和"给人类运送面包的大车"展开争论。佩切林认为，资产阶级社会带来的是"物质文明对人的折磨"和精神生活的蜕化，能够拯救人类的是宗教，而不是科学。赫尔岑则认为，资产阶级社会所创造的科技和工业是推动社会发展的伟大动力，劳动人民受压迫的根源在于社会不平等和资产阶级所有制。

我已写了这八天来我们扑朔迷离的处境，当时我们还什么也不了解，现在要描写这篇纪事中的后来的种种事件了，可以说，已经对事态了然于胸，因为现在一切都已水落石出，真相大白。我正是要从那个星期天之后的第八天，即星期一的傍晚写起，因为"新的故事"就是从这一天的傍晚开始。

三

那是晚上七点，尼古拉·弗谢沃洛多维奇独坐书房——他早先就钟爱的屋子，房间很高，地毯铺地，摆设着比较厚实的古式家具。他坐在一角的沙发上，衣着仿佛是要出门，但似乎并不打算到哪里去。面前的桌子上有一盏带灯罩的台灯。大房间的四周和角落笼罩在阴影里。他的眼神若有所思而专注，不大平静；脸色疲惫，略显清瘦。他确实患了龈脓肿；但所谓打落了一颗牙齿却是言过其实。只是一颗牙齿有点摇动，现在已经复原；上唇的内侧也碰破了，但也已愈合。龈脓肿一周未愈，仅仅是由于患者不愿延请医生及时把脓疱切开，而是等它自破。别说医生，就是母亲他也难得让她进来，而且只能待上一会儿，一天一次，而且一定要在暮色四合、天色已暗而室内尚未掌灯的时候。彼得·斯捷潘诺维奇也得不到他的接待，不过，他在出城之前每天要来见瓦尔瓦拉·彼特罗夫娜两三次。星期一这一天，彼得·斯捷潘诺维奇在离开三天之后的早晨回来了，他在城里转了一圈，在尤莉娅·米海洛夫娜家里吃了午饭，终于在傍晚在焦急地等候他的瓦尔瓦拉·彼特罗夫娜面前出现了。禁令已经解除，尼古拉·弗谢沃洛多维奇可以接待。瓦尔瓦拉·彼特罗夫娜亲自把客人带到书房门口；她早就希望他俩能够见面，彼得·斯捷潘诺维奇也向她保证，离开尼古拉以后就来向她说明情况。她怯怯地敲了敲尼古拉·弗谢沃洛多维奇的门，听不到回答，于是大着胆子把门推开了两俄寸。

"尼古拉，我可以让彼得·斯捷潘诺维奇进来吗？"她轻轻地、谨慎地问道，竭力打量着坐在灯后的尼古拉·弗谢沃洛多维奇。

"可以，可以，当然可以！"彼得·斯捷潘诺维奇自己响亮而愉快地叫道，自己推门走了进去。

尼古拉·弗谢沃洛多维奇没有听见敲门声，只听见了妈妈的怯怯的问话，但未作回答。这时他面前放着刚才看完的一封信，这封信使他陷入了沉思。听到彼得·斯捷潘诺维奇突如其来的叫喊，他一震，连忙拿起手边的镇纸把信盖上，但有点徒劳，信笺的一角以及几乎整个信封还露在外面。

"我故意使劲叫嚷，让您好有个准备。"彼得·斯捷潘诺维奇以惊人的天真态度匆匆地低声说道，一面赶到桌边，马上盯着镇纸和信笺的那一角。

"当然，您已经无意中看到，我把刚刚接到的信往镇纸下面藏，不想让您见到。"尼古拉·弗谢沃洛多维奇平静地说道，没有离座。

"信？随您的便吧，您的信与我何干！"客人叫道，"不过……主要的是。"他又压低声音，扭头望着已经关上的门，朝那里点点头。

"她从来不偷听。"尼古拉·弗谢沃洛多维奇冷冷地说道。

"其实听了又何妨！"彼得·斯捷潘诺维奇立刻愉快地提高嗓音接口道，一面在圈椅上坐下。"我一点儿也不反对，就在刚才我还跑去和她单独谈了谈……嘿，总算见到了您！首先，您身体怎样？我看好极了，明天您也许会露面吧，啊？"

"也许。"

"您总算能让他们安心了，能让我安心了！"他带着滑稽而愉快的样子，狂热地打着手势，"但愿您知道，我不得不对他们费了多少口舌啊。不过，您是知道的。"他笑了。

"并不全知道。我只听母亲说，您很……活跃。"

"其实我只是闪烁其词，"彼得·斯捷潘诺维奇突然身子一纵，仿佛要抵御可怕的打击似的，"知道吗，我利用了沙托夫的妻子，就是说散布流言，说您和她在巴黎有染，当然，这就足以说明星期天那个事故的原因了……您不会生气吧？"

"我相信您是很卖力的。"

"唉，我刚才担心的就是这个。不过，'很卖力'是什么意思？这是责难啊。不过您总算直接表明看法了，我在往这儿来的时候最担心的就是您不愿直接表明看法。"

"我根本不想直接表明什么看法。"尼古拉·弗谢沃洛多维奇有点儿气愤地说道，但马上就冷冷地一笑。

"我说的不是那个；不是那个，您别误会，不是那个！"彼得·斯捷潘诺维奇双手直摇，连珠炮似的说道，又立即因主人气愤而高兴起来。"我不会拿**我们的**事来惹您生气，尤其是考虑到您目前的处境。我来只谈星期天的事情，而且只在最必要的限度内，因此不可以又涉及那个。我要开诚布公地作一些解释，需要这些解释的主要是我，而不是您，——这样说是考虑到您的自尊心，不过说的也都是实情。我来是要从此永远坦诚相待。"

"这么说来，您以前是不坦诚喽？"

"这一点您自己也知道。我曾多次耍花招……您笑了，您的笑使我很高兴，它是我详细解释的一个因由；我故意用'耍花招'这个夸口的词儿引您发笑，让您立刻又勃然大怒：我怎么胆敢认为自己可以耍花招呢，于是我得立刻作出解释。您看，您看，现在我多么坦率！好吧，先生，您愿意听一听吗？"

尽管客人显然想以蓄意的故作天真的粗鲁无礼、玩世不恭的话语来激怒主人，尼古拉·弗谢沃洛多维奇的脸色始终保持着轻蔑、平静甚至嘲讽，然而此刻终于流露了几分不安的好奇。

"听我说，"彼得·斯捷潘诺维奇更起劲了，"来的时候，就是说十天前动身到本城来的时候，我当然决心要扮演一个角色。按说最好是不要做作，保持本来面目，是不是？没有比本来面目更巧妙的了，因为谁也不会相信。说实话，我本想装个傻瓜，因为装傻比保持本来面目更容易；可是傻瓜毕竟是一种极端，而极端是令人生疑的，所以我最后决定以本来面目出现。那么，先生，什么是我的本来面目呢？绝妙的折中：不蠢也不聪明，相当平庸，而且像本地那些明智之士所说，是从月球上跳下来的，不知世事，是不是？"

"嗯，也许是吧。"尼古拉·弗谢沃洛多维奇微微一笑。

"啊，您同意，我很高兴；我早知道，这就是您本人对我的看法……放心，放心，我不会生气的，我这样形容自己，绝不是要您反过来夸奖我：'不，您并不平庸，不，您很聪明'……啊，您又笑了！……又给我说中了。您是不会说'您很聪明'的，也罢；我全都无所谓。就像老爸说的，不说它了，别恼我啰嗦。不过这正好是一个例子，我总是说得很多，就是话说得很多，而且匆匆忙忙，所以总是说不出个名堂来。为什么我话很多却说不出名堂呢？因为我不会说话。善于言谈的人言简意赅。可见我是平庸的，不是吗？不过既然我的平庸的才具是天生的，那么为什么我不能有意地利用它呢？于是我就利用它。诚然，在准备来的时候，起先我想沉默；然而沉默是高明的天才，因而于我不合，其次，沉默毕竟是危险的；好吧，我终于决定，最好是说话，但正是要平庸地说，说得很多，很多，很多，急于揭露，最终却总是颠三倒四，不能自圆其说，使听众离开您时不得要领，两手一摊，最好再啐一口。结果首先是，您使大家觉得您憨厚，使人腻烦，并且对您不了解——一箭三雕！请问，此后谁还会怀疑您有不可告人的意图呢？要是有人说我有秘密意图，人人都会生他的气。况且我有时还惹人笑话——而这是非常重要的。一个在国外印行过传单的聪明人，在这里却显得比他们自己更蠢，仅仅由于这一点，他们就会宽恕我的一切，不是吗？您笑了，可见您是赞赏的。"

不过，尼古拉·弗谢沃洛多维奇根本就没有笑，相反，他在皱着眉头听，有点儿不耐烦。

"啊？什么？您说'无所谓'？"彼得·斯捷潘诺维奇喋喋不休（尼古拉·弗谢沃洛多维奇其实什么也没有说）。"当然，当然；您要相信，我决不想以同伙关系来败坏您的名誉。知道吗，您今天太难缠了；我怀着坦诚而愉快的心情跑来见您，而您对我的每一句话都冷冷地掂量；我对您说了嘛，今天我对敏感的问题一字不提，而且会接受您可能提出的任何条件！"

尼古拉·弗谢沃洛多维奇固执地一言不发。

"啊？什么？您说什么？我明白，我明白，我似乎又说错话了；您没有提过条件，而且也不会提，我信，信，您就放心吧；我自己也知道，您不值得向我提什么条件，不是吗？我来替您回答吧，当然啦，是因为我平庸；平庸，平庸……您笑？啊？什么？"

"没什么，"尼古拉·弗谢沃洛多维奇终于微微一笑，"现在我想起来了，我确实说过您平庸，不过您当时不在场，可见是有人告诉您了……请您快点儿言归正传吧。"

"我就是在谈正事嘛，在讲星期天的事嘛！"彼得·斯捷潘诺维奇嘟哝道，"星期天我究竟是什么呢，您的看法如何？不多不少是一个性急的、不偏不倚的平庸之辈，而且我以最平庸的方式控制了谈话。但大家对我完全谅解，首先，因为我是从月球上来的，这一点现在大家似乎都已认定了；其次，因为我讲了一个动人的小故事，把你们全都救了，是不是，是不是？"

"就是说，您讲话的用意是留下疑点，显得我们有密谋和勾结，而实际上并没有密谋，我也从来不曾求您做过什么。"

"对，对！"彼得·斯捷潘诺维奇欣喜若狂地应声说道，"我那样做，就是要让您发觉这全部动机；我主要是为了您才装腔作势，因为我那时在观察您，想败坏您的名声。我主要是要了解您害怕到什么程度。"

"很想知道，为什么您现在这样坦率？"

"别动气，别动气，别瞪眼……不过您并没有瞪眼。您想知道我为什么这样坦率？就因为现在一切都变了，结束了，过去了，而且埋进了土里。我突然改变了对您的看法。旧的方式完全结束；我再也不会以过去的方式来败坏您的名声了，现在要走新的路。"

"改变了策略？"

"策略是没有的。现在一切都完全由您做主，就是说，**行**或**不行**悉听尊便。这就是我的新策略。关于**我们的**事业，除非您亲自吩咐，我一定守口如瓶。您笑？笑个够吧；我自己也在笑呢。但我现在是认

真的，认真的，认真的，尽管一个如此性急的人当然是平庸之辈，不
是吗？无所谓，就算平庸吧，可我是认真的，认真的。"

他的确说得很认真，语调完全不同，而且似乎特别激动，以致尼
古拉·弗谢沃洛多维奇好奇地看了看他。

"您说您改变了对我的看法？"他问道。

"就在您当着沙托夫的面把手放到背后的那一刻，我改变了对您
的看法，够啦，够啦，请不要再问了，现在我不会再多说一句了。"

他跳起来，双手直摇，仿佛在抗拒着问题；可是没有人提出什么
问题，因而避开也没有必要，于是他又在圈椅上坐下，稍稍平静了
一点。

"顺便说一说，"他立即絮叨起来，"这里有些人胡说您会杀了
他，而且打了赌，列姆布克甚至想动用警察，但被尤莉娅·米海洛夫
娜阻止了……够了，不谈它了，我只是告诉您一下。顺便再说一件
事：我当天就把列比亚德金兄妹送过了河，您是知道的；收到了我写
有他们住址的便条吗？"

"当时就收到了。"

"我这样做可不是由于'平庸'，而是出于诚意，乐于效劳。倘
若显得平庸，却也是出于至诚。"

"是的，还不错，也许这样做是必要的……"尼古拉·弗谢沃洛
多维奇若有所思地说道，"不过请您别再给我写纸条了。"

"没有法子，就写了一张。"

"利普京知道吗？"

"没有法子；不过利普京，您知道，他不敢……顺便说一下，应
当去见见我们的人了，就是说要去见见他们了，不能说**我们的人**，否
则您又要挑刺。您就放心吧，不是现在去，时间再定。现在下着雨
呐。我通知他们，他们集合以后，我们在晚上去。他们像窝里的雏
鸦，张着大嘴等着呢，急于知道我们给他们带来了什么样的礼物。都
性急得很。他们掏出了书本儿，准备辩论。维尔金斯基是人性论者，
利普京是傅立叶主义者，热中于警察活动；我告诉您，在这方面他是

可贵的人才，在其他方面却需要严格地加以监督；最后，长着大耳朵的那个人，只宣扬自己的一套。您知道吗，他们很生气，因为我对他们不大客气，而且给他们泼冷水，嘿嘿！不过一定得去一趟了。"

"您在那里说我是个头儿？"尼古拉·弗谢沃洛多维奇尽可能随便地问了一句，彼得·斯捷潘诺维奇迅速地瞟了他一眼。

"我要说一下，"他随即说道，仿佛没有听清问题，连忙岔开话头，"我总是每天两三次去见尊敬的瓦尔瓦拉·彼特罗夫娜，也不得不讲了很多。"

"猜想得到。"

"不，可别去猜想，我只是说您不会去杀人，还有其他一些应酬话。您想想：她第二天就知道我把玛丽娅·季莫费耶夫娜送过了河；这是您告诉他的吗？"

"没有的事。"

"我就知道不是您。除了您，还有谁呢？很想知道。"

"自然是利普京。"

"不，不是利普京，"彼得·斯捷潘诺维奇皱着眉头喃喃道，"我要了解一下是谁。可能是沙托夫……不过，这是无稽之谈，不说它了！不过，这很重要啊……顺便说说，我一直在想，您的妈妈会不会突然向我提出那个主要问题……啊，还有，起初她每天都愁眉不展，今天我一来就见她容光焕发。这是怎么回事啊？"

"这是因为我今天已向她保证，五天以后我去向莉莎维塔·尼古拉耶夫娜求婚。"尼古拉·弗谢沃洛多维奇突然出人意外地坦然说道。

"啊，这样……是啦，当然，"彼得·斯捷潘诺维奇嗫嚅道，仿佛犹豫不决，"关于订婚的传言你知道吗？不过那是确有其事啊。但您是对的，只要您召唤一声，她即使在婚礼上也会撇下新郎向您奔过来。我这样说，您不生我的气吧？"

"不，不生气。"

"我发觉今天要激怒您是太难了，我开始怕您啦。我极想知道，明天您怎样露面。大概您已经准备好了很多高招。我这样说，您不见怪吧？"

尼古拉·弗谢沃洛多维奇默然不答，这可彻底激怒了彼得·斯捷潘诺维奇。

"顺便问问，关于莉莎维塔·尼古拉耶夫娜，您对妈妈说的话是认真的吗？"他问。

尼古拉·弗谢沃洛多维奇冷冷地逼视了他一下。

"啊，我明白，是安慰安慰她，是啦。"

"要是认真的呢？"尼古拉·弗谢沃洛多维奇生硬地问道。

"好啊，恭喜您，就像在这种情况下常说的那样。这无损于事业（您看，我不说我们的事业，您不喜欢**我们的**这个词儿），而我……而我嘛，甘愿为您效劳，您知道。"

"您这样想？"

"我什么、什么也不想，"彼得·斯捷潘诺维奇慌忙笑着说，"因为我知道，您对于自己的事预先就深思熟虑，把一切都设想周到。我只是说，我是真心实意地为您效劳，随时随地，在任何情况下，简直是在任何情况下，这一点您明白吗？"

尼古拉·弗谢沃洛多维奇打了个哈欠。

"我惹您厌烦了。"彼得·斯捷潘诺维奇突然跳了起来，抓起崭新的圆筒礼帽，似乎就要走了，却还是逗留着，而且继续喋喋不休，尽管是站着，有时在房间里踱来踱去，说到兴奋处还用帽子拍着自己的膝盖。

"我还想谈谈列姆布克夫妇，让您高兴一下。"他愉快地叫道。

"别，等以后吧。尤莉娅·米海洛夫娜身体还好吗？"

"你们这是什么绅士派头，您对她的健康就像对一只灰猫的健康一样漠不关心，却要问候一番。我表示赞赏。她身体很好，对您敬重到迷信的程度，迷信得对您寄于巨大的期望。她不提星期天的事，相信您只要一露面就足以战胜一切。真的，在她的想象中，天知道您有多大的能耐。不过您现在是一位神秘的风流人物，超乎以往的任何时候，这是非常有利的形势。大家都极其殷切地等待着您。在我离开的时候，人们的情绪很热烈，目前更甚。顺便说一下，我要再一次感谢您的那封信。他们都畏惧 K 伯爵。您知道吗，他们似乎认为您是密探？我也随声附和，您不生气吧？"

"没有关系。"

"这没有关系；这在将来却是必要的。他们这里有自己的一套。我当然加以鼓励。为首的是尤莉娅·米海洛夫娜，还有加甘诺夫……您笑？要知道我是有分寸的：我胡吹，胡吹，突然却说一句聪明话，恰恰就在他们都在寻求它的时候。他们围上了我，我又开始胡吹。大家都拂袖而去，说：'这个人有才干，不过是从月球上跳下来的。'列姆布克要我任公职，以便施展抱负。您知道，我对他极端蔑视，简直是诋毁他，气得他干瞪眼。尤莉娅·米海洛夫娜鼓励我。唔，还有，加甘诺夫对您极为气愤。昨天在杜霍沃对我说起您，话难听极了。我立即对他说了全部实情，当然，其实并不是全部实情。我在杜霍沃的时候整天都在他家里。出色的庄园，漂亮的府第。"

"难道他目前还在杜霍沃？"尼古拉·弗谢沃洛多维奇猛地挺起身躯，几乎是跳了起来，急遽地向前一冲。

"不，我早上就是乘他的车来的，我们是一起回城的，"彼得·斯捷潘诺维奇说道，对尼古拉·弗谢沃洛多维奇一时的激动仿佛视而不见。"哎呀，我把书碰掉了，"他弯腰捡起那本装帧豪华的书，"《巴尔扎克的女人们》，还有插图，"他马上翻了翻，"没有读过。列姆布克也写小说呢。"

"是吗？"尼古拉·弗谢沃洛多维奇问道，似乎很感兴趣。

"用俄文写，当然是悄悄地。尤莉娅·米海洛夫娜知道，允许他写。一个笨伯；却很有派头；他们这是训练有素。那么典雅的体态，那么镇静自若！但愿我们也有这样的风度。"

"您赞美行政当局？"

"为什么不！这是俄国唯一十分自然的成就……不说了，不说了，"他猛地挺起了身子，"我不是说那个，敏感的问题一字不提。

不过告辞了，您的脸似乎发青。"

"我发寒热。"

"可信，那就躺下吧。顺便说说：县里有阉割派，一批怪人……不过以后再说。只是还有个小笑话：县里驻有一个步兵团。星期五晚上我和几个军官在 Б 酒馆喝酒。他们兴高采烈，叫叫嚷嚷。那里有我们的三个朋友，您明白吗？他们谈论着无神论，不言而喻，把上帝痛骂了一顿。顺便说说，沙托夫要人们相信，倘若俄国发生暴动，一定是无神论挑起的。这话也许是对的。有一个头发斑白的粗野的大尉坐着，坐着，一直沉默着，一句话也不说，突然站到屋子中间，嘿，那么粗声粗气，又仿佛是自言自语道：'如果没有上帝，我还算什么大尉呢？'他拿起军帽，双手一摊，走了。"

"他表达了一个相当完整的思想。"尼古拉·弗谢沃洛多维奇第三次打了个哈欠。

"是吗？我不曾懂得；是想请教您的。嗯，还想对您说的是：什皮古林的那家值得注意的工厂；如您所知，厂里有五百名工人，是霍乱的温床，十五年来没有打扫过，还克扣工人的工资；商人们都是百万富翁。告诉您，有些工人对共产国际是有认识的。怎么，您笑？您会亲眼看到的，只要给我一个极短、极短的期限！我曾请您等一等，现在我再一次请求，到那时……不过，对不起，我不说了，不说了，我不是说那个，别皱眉头。还是再见吧。我是怎么搞的？"他突然折了回来，"把最重要的事给忘了，刚才听说，我们的箱子从彼得堡运到了。"

"什么？"尼古拉·弗谢沃洛多维奇不解地看了看他。

"我是说您的箱子，您的东西，装着燕尾服、裤子、内衣的箱子；到了吗？是吗？"

"是的，不久前有人对我说起过。"

"啊，能不能马上就拿来嘛！……"

"去问阿列克谢。"

"那就明天吧，明天行吗？那里除了您的东西，还有我的一件上装、一件燕尾服和三条裤子，按您的建议，在沙默那里买的，记得吗？"

"我听说，您在这里装绅士派头？"尼古拉·弗谢沃洛多维奇笑道。"您想跟一位骑术教练学骑马，是吗？"

彼得·斯捷潘诺维奇露出了不自然的微笑。

"您要知道，"他立刻急匆匆地说，声音有点儿颤抖，断断续续，"您要知道，尼古拉·弗谢沃洛多维奇，我们永远不要再搞人身攻击啦，好吗？倘若您觉得很可笑，那么怎样轻视我都行，可是最好不要马上就进行人身攻击，好吗？"

"好，下不为例。"尼古拉·弗谢沃洛多维奇说道。彼得·斯捷潘诺维奇微微一笑，用帽子拍了一下膝盖，跨前一步，神色如常了。

"这里有些人甚至认为我是您追求莉莎维塔·尼古拉耶夫娜的情敌，我怎能不注意外表呢？"他笑了起来，"不过谁会向您告密呢？唔。正好八点；我走了；本来答应到瓦尔瓦拉·彼特罗夫娜那里弯一弯，可是去不成了，您睡吧，明天就有精神了。外面下雨，天又黑，不过我雇了出租马车，因为夜里街上不太平……啊，顺便告诉您，有一个叫费季卡的苦役犯在城里的这一带游荡，他是从西伯利亚逃亡的，您想不到吧，他就是我从前的仆人，十五年前爸爸把他押去当兵，得了一笔钱。很值得注意的家伙。"

"您……同他谈过话？"尼古拉·弗谢沃洛多维奇抬起了眼睛。

"谈过。他不回避我。是一个什么坏事都干的家伙，什么坏事都干，当然是为了钱，但他也有信念，就某种程度而言，当然。哦，对啦，顺便再说一点：关于莉莎维塔·尼古拉耶夫娜，如果您刚才的意图是认真的，那么我对您再说一遍，我也是什么坏事都干的家伙，在各方面都是，而且完全听您的吩咐……怎么，您要拿棍子？噢，不是拿棍子……您瞧，我还以为您要找棍子呢。"

尼古拉·弗谢沃洛多维奇没有找什么，也没有说什么，可是他不知为什么确实猛地欠起身来，脸上掠过了一阵奇怪的震颤。

"在加甘诺夫先生方面，如果您也有什么需要，"彼得·斯捷潘诺维奇贸然说道，还直接看着镇纸点头示意，"我当然能妥为安排，我深信您缺了我是不行的。"

他不等回答就立即走了出去，可是又从门外把头伸了进来。

"我这样说，是因为，"他匆忙地喊道，"就说沙托夫吧，他在星期天也同样无权逼近您，甘冒生命危险，不是吗？但愿您记住这一点。"

他又不等回答就消失了。

四

他离开时也许以为，尼古拉·弗谢沃洛多维奇独自留下后，会用拳头去捶墙壁，当然，如果可能，他很乐意偷偷地看看。可是他大错特错了，尼古拉·弗谢沃洛多维奇平静如常。他一动不动地在桌边站了约两分钟，看来在苦苦思索；可是不久他的唇间就挤出了一丝无精打采的冷笑。他在沙发上缓缓坐下，坐在角落里的原处，闭上眼睛，仿佛倦了。镇纸下的信依然露出一角，他也不去整理，虽然只是举手之劳。

他很快就入睡了。这些天来，瓦尔瓦拉·彼特罗夫娜忧心忡忡，心力交瘁；彼得·斯捷潘诺维奇答应去见她，却未赴约，等他一走，她就忍不住要冒险，亲自去探望尼古拉，尽管是在拒绝接待的时间之内。她一直在想：他终究会明确地对她说点儿什么吧？像刚才一样，她轻轻地敲了敲门，又没有听到应声，于是自己把门推开。她看到尼古拉竟纹丝不动地坐着，她的心怦怦直跳，轻轻地走近沙发。她似乎大吃一惊，他那么快就睡着了，竟然那么笔直地坐着睡觉，一动不动；连呼吸也难于觉察。他的脸苍白而冷峻，却仿佛凝然不动；双眉微蹙；他简直就像一具没有生命的蜡像。她在他身边站了约三分钟，几乎屏着呼吸，突然袭来一阵恐惧；她踮起脚尖走出了房间，在门口止步，朝他匆匆画了十字，悄悄地走了，平添了新的烦恼和忧愁。

他睡了很久，有一个多小时，始终是那样木然；脸上纹丝不动，全身上下见不着丝毫动静；依然那么冷峻地双眉微蹙。如果瓦尔瓦拉·彼特罗夫娜再多待三分钟，那么她一定受不住这种昏睡不动所引起的压抑感而把他叫醒。不过他自己突然睁开了眼睛，依旧凝然不动，又坐了约十分钟，仿佛固执而好奇地审视着屋角一个使他惊异的东西，虽然那里什么新奇或特别的东西也没有。

终于大挂钟轻柔而低沉地敲响了一下。他略微不安地转头望望钟盘，就在这时通走廊的后门打开了，侍仆阿列克谢·叶戈罗维奇走了进来。他一手拿着冬大衣、围巾和帽子，一手拿着银托盘，上面有一张便笺。

"九点半。"他低声说道，把拿来的衣帽放在屋角的椅子上，送上托盘里的便笺，那是一张明信片，上面有两行铅笔字。尼古拉·弗谢沃洛多维奇扫了一眼，也从桌上拿起铅笔，在便笺下方匆匆写了几个字，又放回托盘。

"我一走，立即转交，现在穿衣服。"他说，从沙发上站了起来。

他看到自己穿的是单薄的天鹅绒上衣，想了想，吩咐把呢子常礼服拿来，那是在晚间的礼节性访问时才穿的。他终于穿戴整齐，锁上瓦尔瓦拉·彼特罗夫娜进来的那扇门，拿起藏在镇纸下面的信，在阿列克谢·叶戈罗维奇的陪同下默默地步入走廊。从走廊来到屋后窄窄的石阶，拾级而下，到了直通花园的穿堂。穿堂的一角有备用的风灯和一把大伞。

"雨太大，这一带的街道上泥泞不堪。"阿列克谢·叶戈罗维奇报告道，最后一次试图婉转地劝阻少爷外出。但少爷撑开雨伞，默默地没入了暗如地窖的湿漉漉的古老花园。风声呼啸，摇曳着半裸的树梢，狭窄的沙石小径又湿又滑。阿列克谢·叶戈罗维奇就那样穿着燕尾服，光着头，用风灯照着面前三步左右的路。

"不会有人发觉吧？"尼古拉·弗谢沃洛多维奇突然问道。

"从窗口是看不见的，除非有意往这里看。"仆人从容地小声答道。

"妈妈睡了？"

"这些日子她总是九点就把门上了锁，现在她是不可能知道什么的。我要在几点钟等您回来呢？"他鼓起勇气提了个问题。

"一点，一点半吧，不迟于两点。"

"是，少爷。"

他们顺着蜿蜒的小径走遍了了如指掌的整个花园，来到砖砌的园墙边，在园墙的一角找到了通往一条狭窄而僻静的胡同的门，它几乎总是锁着，不过这时钥匙拿在阿列克谢·叶戈罗维奇的手里。

"门不会有响声吧？"尼古拉·弗谢沃洛多维奇又问道。

但阿列克谢·叶戈罗维奇禀告说，昨天还上过油，"今天也上了"。他已经全身湿透。他开了门，然后把钥匙递给尼古拉·弗谢沃洛多维奇。

"倘若您要走远路，那么我告诉您，要提防这里的坏人，特别是在偏僻的胡同里，河对岸情况最糟。"他忍不住又说道。他是一名老仆人，曾专门照料年幼的尼古拉·弗谢沃洛多维奇，常把他抱在怀里，为人严肃正派，爱听、爱读宗教方面的言谈书刊。

"别担心，阿列克谢·叶戈雷奇。"

"愿上帝保佑您，少爷，不过只在您行善的时候。"

"什么？"尼古拉·弗谢沃洛多维奇已踏进小胡同，又停住了。

阿列克谢·叶戈罗维奇坚定地把自己的祝愿重复了一遍；过去他是不敢当着主人的面以这样的措辞公然说出自己的想法的。

尼古拉·弗谢沃洛多维奇锁好门，把钥匙放进衣袋，顺着胡同走了，每一步都陷入三俄寸深的泥泞里。他终于踏上了马路，那是一条长长的阒无人迹的街道。他对这座城市了如指掌；不过博戈亚夫连街还远着呢。他终于来到黑乎乎的菲利波夫旧公寓，站在锁着的大门前，这时已十点多了。列比亚德金兄妹迁出以后，底层完全空着，窗户都钉死了，只有沙托夫的顶楼闪着灯光。没有门铃，他就敲着大门。一扇小窗打开了，沙托夫朝街上看了看；天色极暗；很难看清；沙托夫瞅了有一分钟之久。

"是您？"他蓦地问道。

"是我。"不速之客答道。

沙托夫把窗子砰地关上，下楼开了大门。尼古拉·弗谢沃洛多维奇跨过高高的门槛，一言不发地从一旁走了过去，直奔基里洛夫的侧屋。

五

这里门都敞开着，甚至没有掩上。穿堂和最近的两个房间黑灯瞎火，不过基里洛夫赁居，正在喝茶的最远的一间却闪着灯光，传出笑声和奇怪的频频叫嚷声。尼古拉·弗谢沃洛多维奇朝灯光走去，但没有进门，在门口站住了。桌上有茶。房间当中站着一个老太婆，房东的亲戚，穿一条裙子，赤脚穿着便鞋，上身是一件兔皮短袄。她抱着一个一周岁半的婴儿，孩子身上只有一件小衬衫，光着两条小腿，小脸蛋儿红艳艳的，刚从摇篮里抱起来。他想必刚哭过；眼睛底下还留有细细的泪珠儿。但这时却伸着小胳膊，拍着小手，咯咯笑着，像年幼的孩儿那样笑得打嗝。基里洛夫在他面前拍着一只挺大的红皮球；皮球弹到天花板上，又落下来，孩子叫道："球，球！"基里洛夫抓住球递给他，他就用笨拙的小手把球扔下，基里洛夫又跑去拾起来。后来球滚到了柜子底下。"球，球！"孩子叫道。基里洛夫扑在地板上，探着身子，竭力想用手够到柜子底下的球。尼古拉·弗谢沃洛多维奇走进了房间；孩子一见他，就扑在老太婆怀里，发出婴儿的那种响亮、悠长的哭声；老太婆立刻把他抱走了。

"斯塔夫罗金？"基里洛夫拿着球抬起身来说道，对这次意外的来访毫不惊讶，"喝茶吗？"

他已经站了起来。

"很想喝，有热茶的话，不妨来一杯，"尼古拉·弗谢沃洛多维奇说道，"我全身湿透了。"

"有热茶，甚至烫嘴，"基里洛夫高兴地说道，"您坐吧，身上脏没有关系；待会儿我用湿抹布把地板擦一擦。"

尼古拉·弗谢沃洛多维奇坐下，几乎一口气喝了斟得满满的一杯茶。

"还要吗？"基里洛夫问。

"谢谢，够了。"

一直没有坐下的基里洛夫立即坐在对面，问道：

"您怎么来了？"

"有事。先看看这封信吧，是加甘诺夫写的；记得吗，我在彼得堡曾对您说过。"

基里洛夫拿起信看了，把信放在桌上，望着他等下文。

"这个加甘诺夫，"尼古拉·弗谢沃洛多维奇开始解释，"如您所知，一个月以前我曾在彼得堡见到过，是生平第一次见面。我们在社交界碰到过两三次。他既不与我结识，也不同我交谈，却居然认为可以对我采取放肆的态度。我曾对您说过；但是有一点您是不知道的：他比我先离开彼得堡，临行前突然给我寄来了一封信，虽然与这封信不一样，不过也极端无礼，而且奇怪的是，信里绝口不提他写此信的理由。我也立即写了一封回信，十分坦率地说，他对我有气，也许是因为四年前在这里的俱乐部我和他父亲之间产生的芥蒂，我愿意向他赔礼道歉，因为我的行为不是出于故意，而且是在病中发生的。我请求他考虑接受我的道歉。他不予答复就走了；现在我在这里竟发觉他怒不可遏。有人告诉我，他当众发表对我的一些意见，完全是谩骂性的，而且提出惊人的责难。最后，今天来了这封信，这样的信也许从来没有人收到过，通篇谩骂，还有'你的挨揍的嘴脸'这种话。我来是希望您不反对做我决斗时的副手。"

"您说，没有人收到过这样的信，"基里洛夫指出，"在狂怒中这样写是可能的；不止一次有人写过。普希金就给黑克仑写过。好吧，我去。您说要怎么办？"

尼古拉·弗谢沃洛多维奇说明，他希望就在明天，而且一定要首先由他再次道歉，甚至答应写第二封道歉信，不过加甘诺夫也要答应不再写信了。已经收到的这封信就当是不曾有过。

"让步太多，他不会同意。"

"我来就是首先要知道，您是否同意把这些条件带过去？"

"行。随您的便。不过他不会同意。"

"我知道他不会同意。"

"他要的是决斗。您说吧，要怎样决斗？"

"问题就在于，明天我一定要把一切都结束。上午九点您到达他那里。他听了不同意，却让您和他的副手接头，假定是在十一点左右。您和他商妥，然后在一点或两点全体到场。请您尽力办到。武器当然是手枪，我特别请求您作好这样的安排：画定相距十步的界线；然后您让双方各自站在离己方界线十步的地方，按规定的信号迎面走近。双方都必须走到己方的界线那儿，但可以在此之前在行进中射击。我想，就是这些。"

"双方的界线相距十步太近了。"基里洛夫指出道。

"那就十二步，不能再多了，您知道，他要的是认真的决斗。您会装手枪子弹吗？"

"会。我有几支手枪；我担保是您不曾使用过的。他的副手也会提供他的手枪；这样就有两对，我们抓阄决定，用他的还是我们的，好吗？"

"好极了。"

"想看看手枪吗？"

"好吧。"

基里洛夫在屋角的一只箱子前蹲了下来，箱子从未整理过，只是需要什么拿什么。他从箱底取出一只衬着红丝绒的黄杨木匣子，从中抽出一对非常名贵的精致的手枪。

"火药、子弹、子弹壳，应有尽有。我还有一支左轮手枪；等一等。"

他又伸手从箱子里取出一个匣子，里面放着一支美国造六筒左轮手枪。

"您的枪支够多的，而且很名贵。"

"很名贵。非常名贵。"

基里洛夫几乎一贫如洗，却从未自觉其贫困，看来在显摆他的武器珍藏，无疑是付出高昂的代价才得来的。

"您的主意还没有变？"尼古拉·弗谢沃洛多维奇沉默片刻，小心地问道。

"没有变。"基里洛夫简捷地答道，他从对方的话音里马上猜到了问的是什么，于是从桌上收拾起枪支。

"什么时候？"尼古拉·弗谢沃洛多维奇又沉默了一会儿，更小心地问道。

这时基里洛夫已经把两个匣子放进箱子里，在原处坐了下来。

"这由不得我，您是知道的；取决于他们。"他嘟哝道，似乎这个问题使他有点儿为难，同时显然愿意回答其他的所有问题。他目不转睛地看着斯塔夫罗金，黑眼睛没有光泽，流露着平静然而友好、亲切的感情。

"当然，我理解自戕，"尼古拉·弗谢沃洛多维奇默默沉吟了三分钟之久，又开始说道，双眉微蹙，"有时我自己也想到过，这时总是会冒出一种新的想法：如果做了坏事，不如说，主要由于羞愧，譬如干了可耻的勾当，而且是十分卑劣而……可笑的勾当，以致人们会记住一千年，唾骂一千年，于是突然想到：'举枪对着太阳穴来一下子，一了百了。'那时还管什么旁人，他们就是唾骂一千年又有何妨，不是吗？"

"您认为这是新想法？"基里洛夫略一思忖，说道。

"我……并不认为……有一次我想起来，感觉到它是崭新的想法。"

"感觉到一种想法？"基里洛夫学说了一遍，"这很好。有很多想法是历来就有的，却突然似乎是新的。确实如此。我现在对很多想法仿佛是第一次意识到。"

"假定您住在月球上，"尼古拉·弗谢沃洛多维奇不听他的，插进来继续自己的思路，"假如您在那里干下了种种荒谬可笑的害人勾当……因此您确知，那里会嘲笑您，唾骂您的名字一千年，永远唾骂，直至月球毁灭。但现在您在这里，从这里望着月球，那么您在那里所做的一切与您何干呢，那里的人将唾骂您一千年又与您何干，对不对？"

"我不知道，"基里洛夫答道，"我没有到过月球。"他又补充道，毫无嘲讽的意思，只是说明事实。

"刚才那是谁的孩子？"

"老太婆的婆母来了；不，是儿媳妇……反正一样。三天了。她有病躺着，带着个孩子，夜里又哭又闹，饿的。妈妈在睡觉，老太婆带了孩子来，我拿球逗他。球是汉堡制造的。我在汉堡买的，为的是拍球锻炼腰背。是个小女孩。"

"您喜欢孩子？"

"喜欢。"基里洛夫愉快却又冷淡地答道。

"那么您也爱生活？"

"是的，也爱生活，怎么？"

"您决定开枪自杀啊。"

"那又怎么？为什么要相提并论呢？两者毫不相干。生命是存在的，而死亡根本不存在。"

"您信仰永恒的来世？"

"不，我不信仰永恒的来世，而是信仰永恒的此生。光阴荏苒，您到达一定的时刻，时间突然停止，随之而来的就是永恒。"

"您希望这一时刻来临？"

"是的。"

"在我们这个时代，这未必可能，"尼古拉·弗谢沃洛多维奇也毫无嘲讽意味，若有所思地缓缓说道，"在《启示录》里天使宣称，不会再有时间。"

"我知道。这是很正确的；又明了又确切。等到全人类都得到幸福，就不会再有时间了，因为不需要时间了。十分正确的思想。"

"时间被藏到哪里去了？"

"没有藏到任何地方去。时间不是物，而是观念。它将在头脑中消失。"

"哲学上的老生常谈，有史以来一脉相承的说法。"斯塔夫罗金似乎厌烦而惋惜地嘟哝道。

"一脉相承！有史以来一脉相承，不可能有别的说法！"基里洛夫应声说道，目光炯炯，仿佛这一思想几乎就包含着胜利。

"您似乎很幸福，基里洛夫？"

"是的，很幸福。"他答道，好像在说一句极其平常的话。

"可是您不久前还在抱怨，在生利普京的气。"

"嗯……我现在不怪他了。那时我还不知道我是幸福的。您见过树叶吗，从树上落下来的？"

"见过。"

"不久前我见到一片黄叶，略微泛绿，边缘有点儿腐烂了。它在风中飘落。十岁时，我在冬天故意闭上眼睛，想象着一片树叶，绿莹莹的，耀眼的，上面有叶脉，阳光灿烂。我睁开眼睛，简直不敢相信，因为太美好了，于是又闭上眼睛。"

"这是什么呀，寓言？"

"不……为什么？我说的不是寓言，而是树叶，只说树叶。树叶好。一切都好。"

"一切？"

"一切。一个人不幸，是因为他不知道自己是幸福的；只是这个缘故。这就是一切，一切！一旦知道了，立刻就成了幸福的人，立刻。这位婆母会死去，而小女孩将活下来——一切都好。我是突然发现的。"

"有人饿死，有人欺侮、奸污幼女——这好吗？"

"好。有人为孩子而砸烂他的脑袋，这样也好；有人不去砸烂他的脑袋，这样也好。一切都好，一切。凡是知道一切都好的人，都会感到好。如果他们知道他们感到好，那么他们就会感到好，如果他们还不知道他们感到好,那么他们就会感到不好。这就是全部思想,全部,再也没有别的了!"

"您什么时候才知道您那么幸福?"

"上星期二,不,星期三,因为已经是星期二午夜以后了。"

"根据什么知道的?"

"不记得了,是偶然的;我正在室内踱步……这无关紧要。我把钟弄停了,当时是两点三十七分。"

"以此象征时间应当停止?"

基里洛夫没有作声。

"他们不好,"他突然又说了起来,"因为他们不知道自己好。要是知道,就不会强奸幼女。他们应当知道自己好,那他们就会立刻变好,无一例外。"

"您是已经知道的,所以您是好的?"

"我是好的。"

"这一点我倒是同意。"斯塔夫罗金沉思地喃喃说道。

"谁教导人们懂得人人都好,他就缔造了和谐。"

"教导的人被钉在十字架上了。"

"他一定会来的,他的名字就是人神。"

"是神人吧?"

"人神,这是有区别的。"

"长明灯也是您点的吗?"

"是的,我点的。"

"有了坚定的信仰?"

"老太婆喜欢点长明灯……可是今天她没有时间。"基里洛夫嘟哝道。

"而您自己仍然不祈祷吗?"

"我崇敬一切。您瞧,一只蜘蛛在墙上爬,我望着,因为它在爬而感激它。"

他的眼睛又闪着光辉。他一直直视着斯塔夫罗金,目光坚定而果敢。斯塔夫罗金若有所思，阴郁而嫌恶地注视着他，然而目光中没有嘲笑。

"我打赌，等到我再来的时候，您一定已经信仰上帝了。"他说，一面起身拿他的帽子。

"为什么？"基里洛夫也欠起身来。

"如果您知道您信仰上帝，那么您就会信仰了；可是因为您还不知道您信仰上帝，所以您也就不信仰。"尼古拉·弗谢沃洛多维奇莞尔一笑。

"这可不一样，"基里洛夫思索了一番，"您歪曲了我的思想。上流社会的戏谑。想一想，您在我的生活中有何等意义啊，斯塔夫罗金。"

"再见，基里洛夫。"

"您夜里来吧；夜里什么时候？"

"您该不是把明天的事忘了？"

"咳，怎么会，放心，我不会睡过头的；九点。我要在什么时候醒就能按时醒过来。我躺下时说：七点，就在七点醒；十点，就在十点醒。"

"您的这个特点真棒。"尼古拉·弗谢沃洛多维奇望了望他苍白的面容。

"我去给您开大门。"

"不麻烦您了，沙托夫会给我开的。"

"噢，沙托夫。好，再见。"

六

沙托夫所住的空屋门廊未锁；但是走进穿堂，斯塔夫罗金却陷入一片漆黑，于是用手摸索通往顶楼的楼梯。突然上面门开了，漏出灯光；沙托夫没有出来，只是把门打开。尼古拉·弗谢沃洛多维奇来到他门口时，看见他在屋角的桌边站着等候。

"我有事，肯接待吗？"他在门口问。

"进来，请坐，"沙托夫答道，"把门关上，等一等，我自己来关。"

他锁上门，回到桌边，坐在尼古拉·弗谢沃洛多维奇对面。一周来他瘦了，目前似乎有热度。

"您把我折磨坏了，"他低着头轻轻说道，"您怎么不来？"

"您就那么肯定我一定会来？"

"是的，您等一等，我是说胡话……也许我现在还是在说胡话……您等一等。"

他欠身从三层书架的上面一层的边上拿下一件东西。那是一把左轮手枪。

"一天夜里我梦见您要来杀我，第二天一早就向无赖利亚姆申买了这把左轮手枪，花光了最后一分钱；我不愿束手待毙。后来我清醒过来了……我既无火药，也无子弹；于是就那么放在书架上。您等一等……"

他欠起身来想打开气窗。

"别扔，何必呢？"尼古拉·弗谢沃洛多维奇制止道，"它值钱啊，而且明天人们会说，沙托夫窗下乱扔着手枪。把它放好，对啦，坐。您说说，为什么您仿佛在向我忏悔，只因为您曾想到我会来杀您？现在我也不是来和解的，而是有要事相告。首先请说明，您打我不是因为我和您妻子的关系吧？"

"您自己知道，不是。"沙托夫又低下了头。

"也不是信了关于达丽娅·帕夫洛夫娜的荒唐的谣言？"

"不是，不是，当然不是！荒唐！妹妹一开始就对我说过了……"沙托夫厌烦而焦躁地说道，还轻轻地跺了一下脚。

"那么我是猜到了，您也猜到了，"斯塔夫罗金平静地继续说道，"您是对的：玛丽娅·季莫费耶夫娜是我的合法妻子，四年半以前我们在彼得堡结的婚。您是为了她而打我？"

沙托夫骇然，他听着，却哑口无言。

"我猜到了，简直不敢相信。"他终于嘟哝道，纳闷地望着斯塔夫罗金。

"就动手了？"

沙托夫面红耳赤，几乎语无伦次地小声嘟哝道：

"我是因为您的堕落……您的谎言。我不是要惩处您才走过来的；我向您走近的时候，并不知道我会动手……我动手是因为您在我的生活里曾经那么重要……我……"

"我明白，明白，您就少说几句吧。很遗憾，您在发烧；可我有要紧的事。"

"我等得您太久了，"沙托夫几乎全身打颤，而且从座位上欠起身来，"谈您的事吧，我也有话要说……先听您的……"

他坐下了。

"这件事和刚才说的无关，"尼古拉·弗谢沃洛多维奇说道，好奇地瞅瞅他，"由于某些情况，我不得不就在今天挑这个时候来警告您，他们也许会杀了您。"

沙托夫非常惊讶地看着他。

"我知道我可能有危险，"他从容地说道，"可是您，您怎么会知道呢？"

"因为我和您一样，也是他们一伙，和您一样，也是他们团体中的一员。"

"您……您是团体中的一员？"

"您的眼神告诉我，这是您无论如何也料想不到的，"尼古拉·弗谢沃洛多维奇淡淡地一笑，"可是等一等，这么说来，您已经知道他们要向您下手？"

"根本没有想到过。现在也不信，尽管您这么说了，不过……不过这些傻瓜谁又说得准！"他突然疯狂地叫道，一拳擂在桌子上。"我不怕他们！我同他们决裂了。那个家伙来了四次，说可能……不过，"他看了看斯塔夫罗金，"您究竟知道些什么？"

"您放心，我没有骗您，"斯塔夫罗金相当冷淡地接着说道，仿佛只是在履行义务而已。"您想考考我，看我知道了多少？我知道，约两年前您在国外加入了团体，那时它还没有改组，就在您去美国之前加入的，似乎在我们最后一次谈话之后您就立刻加入了，关于那次谈话您从美国写给我的信里曾谈了很多。顺便说一下，请原谅我没有也写信答复，而只限于……"

"寄钱来；等一下，"沙托夫制止道，急忙拉开桌子的抽屉，从一叠纸张下面抽出一张纸币，"拿去吧，您寄给我的一百卢布。没有您我就死在那里了。我会长期无钱还债的，要不是您母亲的话，这一百卢布是她在九个月前所赠，给我病后用于急需。不过请接着说吧……"

他气喘吁吁。

"您在美国改变了主意，回到瑞士后要退出。他们没有给您答复，却委托您在俄国这里从某人手里接管一台印刷机，直到他们来人接替。我不完全了解详情，但大体上似乎就是这样吧？您呢，接受了，希望或者说条件是，这是他们的最后一项要求，此后准许您完全退出。这一切不管是真是假，反正不是他们对我说的，而是我在完全偶然的情况下知道的。但是有一点您似乎至今也不了解：这些先生们根本不打算同您断绝关系。"

"这毫无道理！"沙托夫大叫，"我已经郑重声明，我与他们分道扬镳！这是我的权利，信仰自由和思想自由的权利……我决不容忍！没有什么力量能够……"

"嗨，别嚷了，"尼古拉·弗谢沃洛多维奇严肃地制止了他，"那个韦尔霍文斯基是这么个人，他可能正在偷听我们的谈话，或者派来了奸细，也许就在您的穿堂里。连醉鬼列比亚德金也几乎有责任监视您，而您或许也有责任监视他，不是吗？您最好告诉我，现在韦尔霍文斯基同意了您的理由没有？"

"他同意了；他说行，我有权……"

"嘿，那是他在骗您。我知道，基里洛夫并非他们一伙，却连他也曾汇报您的情况；他们有很多奸细，甚至有些人懵然不知是在为他们效力。他们一直在监视您，顺便说一句，彼得·韦尔霍文斯基来这里就是要彻底解决您的问题，而且有全权处置，即在方便的时候把您干掉，因为您知道得太多了，而且有可能告发。我要对您再说一遍，这是确实的；还要请允许我补充一句，不知为什么他们确信您是密探，即使还没有告发，以后也一定会告发。是这样吗？"

沙托夫听到对方以如此平静的口气提出这么一个问题，嘴都气歪了。

"如果我真是密探，又能向谁告发呢？"他悻悻然说道，并不直接回答。"不，别谈我了，让我见鬼去吧！"他叫道，突然紧紧抓住他原先的一个使他极为震惊的想法，从一切迹象来看，其震惊的程度比他面对危险的消息时还要强烈得不可比拟。"您，您，斯塔夫罗金，您怎么能卷入这种无耻、愚昧、下贱的荒唐行径呢！您是他们团体的一员！这就是尼古拉·斯塔夫罗金的丰功伟绩吗！"他几乎绝望地叫道。

他甚至两手轻轻一拍，仿佛没有什么能比这一发现更使他伤心、沮丧的了。

"对不起，"尼古拉·弗谢沃洛多维奇确实感到惊讶，"您似乎把我看作太阳，而与我相比，您把自己看作小虫。这一点我在您的美国来信中就发觉了。"

"您……您知道吗……嗨，最好别谈我的事；完全不谈！"沙托夫突然转换话题，"如果您能为自己辩解，那就辩解吧……要针对我的问题！"他热烈地又说了一遍。

"很愿意。您问我怎么上了贼船？我既然说了那么多，在这个问题上我是理当坦白一点的。您要知道，严格地说，我完全不属于这个团体，过去也一样，所以我比您更有权离开他们，因为我根本没有加入。相反，从一开始我就声明，我不是他们的同志，即使偶尔帮助他们，也是作为局外人。我多少参与了他们按新计划改组团体的工作，仅此而已。但是他们现在变卦了，暗自断定让我退出也是危险的，所以我似乎也被判了死刑。"

"噢，他们只知道死刑，总是发盖着大印的命令、文件，由三个半人签字。您竟相信他们真能办到！"

"您这话部分对，部分不对，"斯塔夫罗金依旧淡漠甚至无精打采地接着说道，"毫无疑问，在这种情况下总是有很多空想的成分：一小撮人夸大自己的能耐和作用。我看，他们也许就只有一个彼得·韦尔霍文斯基，而他太谦虚了，自认为只是该团体的一个代理人。不过，基本思想大体上并不比别人的更愚蠢。他们与共产国际有联系；在俄国网罗了一批爪牙，甚至制订了相当独特的活动方法……当然，不过是纸上谈兵。说到他们在这里的意图，要知道我们俄国组织的活动是阴险的，而且几乎总是出人意外，所以在我们这里确实什么事都有可能发生。请注意，韦尔霍文斯基是一个很顽强的人。"

"这个臭虫，无知的蠢人，对俄罗斯一窍不通！"沙托夫悻悻地叫道。

"您不大了解他。诚然，一般说来，他们都对俄罗斯缺乏了解，但比起我和您也许只略逊一筹；而且韦尔霍文斯基这个人有激情。"

"韦尔霍文斯基有激情？"

"是啊。有一天他会从小丑变为……半疯子。请想一想您本人的一句话吧：'您知道吗，一个人能变得多么强大？'请不要笑，他很可能扣动扳机。他们坚信我也是密探。由于不会办事，他们都热中于指责别人从事密探活动。"

"可您并不怕啊？"

"不……我是不很怕的……不过您的情况完全不同。我警告了您，要您还是防着点儿。我看，不必因为受到那些蠢人的威胁而生气；问题不在于他们；他们下过手的还不止您我这样的人。不过十一点一刻了，"他看看钟，站了起来，"我很想问您一个毫不相干的问题。"

"请吧！"沙托夫叫道，猛地从座位上跳起来。

"您怎么啦？"尼古拉·弗谢沃洛多维奇疑惑地望望他。

"问吧，提出您的问题，请吧，"沙托夫一再说道，激动得无法形容，"条件是我也要向您提个问题。我恳求您的允许……我忍不住了……提您的问题吧！"

斯塔夫罗金等了片刻，开始说道：

"我听说，您在这里对玛丽娅·季莫费耶夫娜有些影响，她喜欢见到您，听您说话。是不是？"

"是的……她肯听……"沙托夫有点儿忸怩。

"我想就在最近几天在本市公开宣布我和她的婚姻关系。"

"难道这可能吗？"沙托夫几乎是惊恐地喃喃道。

"您是什么意思啊？这样做毫无困难；证婚人都在这里。当初在彼得堡一切都办得完全合法，有条不紊，至今之所以没有人知道，只是因为仅有的两位证婚人基里洛夫和彼得·韦尔霍文斯基，以及列比亚德金本人（现在我有幸认他为亲戚了）当时曾保证不说出去。"

"我不是这个意思……您说得这么平静……不过您说下去吧！听着，您不是被迫结婚的吧，不是吧？"

"不是，谁也没有强迫我。"尼古拉·弗谢沃洛多维奇看着沙托夫那么激昂、急切，不禁一笑。

"她怎么会说到自己的孩子呢？"沙托夫情急中突兀地说道。

"她说到自己的孩子？嗨！我不知道，第一次听说。她没有孩子，也不可能有，玛丽娅·季莫费耶夫娜是处女。"

"哈！我就知道！您听着！"

"您是怎么啦，沙托夫？"

沙托夫双手捂着脸，转向一边，又突然紧紧抓住斯塔夫罗金的一个肩胛。

"您是否知道，至少您是否知道，"他叫道，"为什么您这样胡来，为什么现在又要下决心这样惩罚自己？"

"您的问题既聪明又尖刻，不过我也要让您大吃一惊：是的，我可以说是知道的，知道那时我为什么要结婚，现在又为什么下决心要如您所说，这样'惩罚'自己。"

"不谈它吧……以后再说，您等一会儿再说；现在我们来谈谈主要的事，主要的，我等了您两年啦。"

"是吗？"

"我等了您太久了，我不断地想着您，只有您能够……我还在美国的时候就给您写信谈到过这一点。"

"我清楚地记得您的那封长信。"

"长得不堪卒读？我同意，有六张信纸。别说话，别说话！告诉我，您能再给我十分钟吗，就是现在，此刻……我等了您太久了！"

"好吧，我给您半小时，可是不能再多了，如果您觉得行的话。"

"不过有个条件，"沙托夫愤懑地应声说道，"您要改变您的语气。听着，我要求这样，尽管我本当恳求您。……您明白吗，在本当恳求的时候，却说要求，这意味着什么？"

"我明白，这样一来，您就为了更崇高的目的而超越了一切常情，"尼古拉·弗谢沃洛多维奇淡淡地一笑，"我还难过地看到您在发热。"

"我求您尊重我，我要求！"沙托夫叫道，"不是尊重我个人，我个人不值一提，而是尊重我们的话题，为了它才值得花费时间谈上几句……我们这两个生物在无限的时空中相遇……在这个世界上是最后一次了。改掉您的腔调，用人的语气说话吧！在您的一生中哪怕就这一次用人的声音说话吧。我不是为了自己，而是为了您。您明白吗，您应当饶恕我给您脸上的一拳，即使仅仅是因为我给了您一个机会，让您在这种情况下认识到您那无限的力量……您又露出了您那上流社会玩世不恭的笑容。啊，您什么时候能理解我啊！打倒少爷习气！您要明白，这是我的要求，要求，否则我不想说了，无论如何也不说！"

他暴怒得仿佛在发谵语；尼古拉·弗谢沃洛多维奇眉头皱了起来，似乎比较慎重了。

"既然我愿意再待半小时，"他诚恳而严肃地说道，"尽管我的时间那么宝贵，那么您就可以相信，我至少是有兴趣听您讲的，而且……而且我相信，我一定能在您这儿听到很多新意。"

他在椅子上坐了下来。

"坐吧！"沙托夫叫道，不知怎么自己也突然坐下了。

"不过，请让我提醒您一下，"斯塔夫罗金又想了起来，"我提到玛丽娅·季莫费耶夫娜，本想向您提个请求，至少对她这是很重要的……"

"嗯？"沙托夫突然皱起眉头，一副茫然的神气，就像一个人正在说到紧要处突然被人打断了话头，因而虽然看着您，却还没有明白您的问题。

"可您没有让我把话讲完。"尼古拉·弗谢沃洛多维奇笑着说道。

"嗳，得啦，废话，以后再说！"沙托夫终于明白了对方的意向，厌烦地一挥手，于是直接转入了他的主要话题。

七

"您知道吗，"他几乎威严地开始说道，坐在椅子上身体略微前倾，目光炯炯，把右手食指竖在面前（自己却显然没有意识到），"您知道吗，今日环球唯有哪一个民族是'神意的载体'，将以新上帝之名革新世界、拯救世界，唯有谁被赐予创造新生活，创造新文化的契机……您知道吗，这是哪一个民族，其称呼是什么？"

"根据您的态度，我必须得出结论，而且还要尽快得出结论：这是俄罗斯民族……"

"您又在笑了，这种人哪！"沙托夫往前一冲。

"别激动，我请求您；相反，我所等候的大致上就是这样的话。"

"等候，大致上？而您本人并不熟悉这些话？"

"很熟悉；我能料定您此刻的用意何在：您所说的一切，甚至'神意的载体'的民族这个词语，都不过是我们两年多前在国外一次谈话的结论，那是在您前往美国的不久之前……至少我目前能想起来的就是这样。"

"这完全是您的话，而不是我的。是您本人的话，而不仅仅是我们谈话的结论而已。'我们的'谈话干脆就不曾有过，当时有一位庄严地高谈阔论的导师，还有一个起死回生的小学生。我是那个小学生，而您是导师。"

"可是回想起来，您恰恰是在听了我的话之后加入了那个团体，然后才去了美国。"

"是的，我在美国曾写信给您谈到过；全都谈到了。是的，我不能立刻割断与我血肉相连的东西，从幼年起我便依附于它，对它寄予我全部狂热的希望，倾洒了我全部仇恨的眼泪……改换上帝是困难的。那时我并不相信您的话，因为我不愿相信，终于最后一次陷入了这个藏垢纳污的阴沟……然而种子播下了，而且苗壮成长起来。真的，请您说真话，您没有看完我的那封信吧？也许干脆就没有看？"

"我看了三页，前面两页和最后一页，此外浏览了中间几页。而且一直打算……"

"嗨，无所谓，别说了，去它的！"沙托夫把手一挥，"既然您现在背弃了那时关于人民所说的话，当初又何必说呢？……这就是现在让我纳闷的问题。"

"当时我也并不是对您言不由衷；在说服您的时候，也许我所关注的，与其说是您，还不如说是我自己。"斯塔夫罗金令人费解地说道。

"不是言不由衷！在美国我在干草上躺了三个月，身边还有一个……倒霉蛋，听他说，就在您往我心里灌输上帝和祖国的时候，就在那时候，甚至也许就在那几天，您毒害了这个倒霉的狂热分子基里洛夫的心，在他心里培植谎言和诽谤，使他的心智濒于疯狂……您现在去看看他吧，他是您造就的……不过您已经见到过了。"

"首先，我要向您指出，基里洛夫本人就在刚才告诉我，他很幸福，很好。您推测那一切是同时发生的，可以说您的推测是对的；

嘿，这又能说明什么呢？再说一遍，我既没有欺骗您，也没有欺骗他。"

"您是无神论者吗？现在是无神论者？"

"不错。"

"那时呢？"

"那时也完全一样。"

"我在开始谈话时并不是请您尊重我本人；以您的聪明您是能理解的啊。"沙托夫悻悻地嘟哝道。

"我没有听到您的第一句话就站起来，没有停止交谈，没有一走了之，而是坐到现在，并且温和地回答您的问题和……叫喊，可见我还没有完全失去对您的尊重。"

沙托夫把手一挥，打断了他的话：

"您记得您的话吗，您说：'无神论者不可能是俄罗斯人，一旦成为无神论者，立刻就不再是俄罗斯人了'，记得吗？"

"是吗？"尼古拉·弗谢沃洛多维奇似乎在反问。

"您问我吗？您忘记了？而这是对您所洞察的俄罗斯精神最主要的特点之一的最准确无误的一个说明。您是不可能忘记的吧？我还要进一步提醒您，就在那时您说过：'不信仰东正教的不可能是俄罗斯人。'"

"我认为这是斯拉夫派的思想。"

"不，现在的斯拉夫派已放弃了这种思想。现在人变聪明了。不过您走得更远，您肯定，罗马天主教已不是基督教；您声称，罗马所宣扬的是第三次被魔鬼诱惑的基督①，您还声称，天主教既然向全世界宣告，基督没有人间王国便无法在地上立足，它就是在宣扬反基督，从而危害了整个西方世界。正是您曾指出，法国遭受磨难罪在天主教，因为法国摒弃了罗马的臭上帝，而新上帝还没有找到。这就是您那时所说的话！我是记得我们的谈话的。"

_____

① 指罗马天主教教会觊觎国家政权。

"如果我有信仰，那么毫无疑问，此刻我会把那些话再说一遍；在我像一个基督徒那样讲话的当时，并没有撒谎，"尼古拉·弗谢沃洛多维奇很严肃地说道。"但是我要告诉您，这样重提我过去的思想令我极感不快。您能不能就此打住？"

"如果有信仰？"沙托夫叫道，而对他的要求丝毫不予理会。"然而您对我说过，即使有人以数学般的精确向您证明，真理外在于基督，您也宁愿信仰基督，而不追随真理。您说过吗？说过吗？"

"不过请允许我也提个问题吧，"斯塔夫罗金提高了嗓门，"这种迫不及待的……恶意的考问是什么用意？"

"这种考问一去不复返了，永远不会再向您提起它了。"

"您一直强调，我们是在时空之外……"

"您住口！"沙托夫猝然叫道，"我又愚昧又笨拙，就让我的名字成为笑柄吧！您是否允许我在您面前重述您那时的全部主要思想呢……啊，寥寥十来行字，一个结论而已。"

"说吧，既然只是一个结论……"

斯塔夫罗金做了一个想看钟的动作，不过忍住了，没有看。

沙托夫又在椅子上微微俯着身子，甚至有一刹那又想竖起手指。

"还没有一个民族，"他开始道，宛如在逐字逐句地朗读，同时仍然威严地望着斯塔夫罗金，"还没有一个民族是建立在科学和理性的基础之上；这样的例子一次也不曾有过，转瞬即逝的不算，那只是一种荒谬的尝试。社会主义就其实质而言就应当是无神论，因为它开宗明义就宣布，社会主义是无神论的制度，并且以完全建立在科学和理性的基础之上为宗旨。有史以来，在各族人民的生活中理性和科学始终只起次要的和辅助的作用；今后也将如此，直至世界末日。使各民族得以形成和发展的是另一种力量，驾驭一切、主导一切的力量，然而这种力量的起源是不可知的，是无法解释的。这种力量不倦地希望达到终点，同时又否定终点。这是不断地、不倦地肯定自己的存在而否定死亡的力量。它是生命的精髓，如《圣经》所说是'生命水的泉源'，《启示录》警告说生命水的泉源是可能干涸的。它是美学原则，哲学家们这样说，它是伦理原则，提出这个同一论断的也是哲学家。它是'寻找上帝'（亦译'寻神'），这是我的最简单不过的说法。民族，处于任何时期的任何民族，其全部发展的目的只是寻找上帝，自己的上帝、一定要是本民族的上帝；并信仰他为唯一的真神。上帝是综合了整个民族从诞生直至消亡的全部特征的个体。所有民族或很多民族信奉一个共同的上帝，这种情形从来不曾有过，却总是每个民族都有一个独特的上帝。如果上帝开始成为共同的，那就是民族消亡的征兆。一旦上帝成为共同的，那么上帝和对上帝的信仰就与民族本身一起消亡。一个民族越强大，他们的上帝也越独特。从来不曾有过一个民族是没有宗教，即没有善恶观念的。每个民族都有自己的善恶观念和自己的善和恶。当很多民族的善恶观念开始趋同的时候，这些民族就要趋于灭绝，而且善恶的区别本身也就开始淡化而消失。理性从来没有能力给善恶下定义，甚至没有能力哪怕是大致上把善和恶加以区别；相反，总是可耻而又可怜地加以混淆；而科学则主张强制的解决办法。半科学尤其如此，它是人类最可怕的灾难，比瘟疫、饥荒和战争更坏，是本世纪之前所未曾有的。半科学是迄今还从未有过的暴君。一个拥有自己的祭司和奴隶的暴君，在他面前一切都以爱戴和此前不可思议的迷信顶礼膜拜，甚至科学本身也战战兢兢，可耻地委曲求全。这都是您本人的话，斯塔夫罗金，只有关于半科学的话除外；这些话是我说的，因为我本人只是半科学，所以特别恨它。至于您的思想甚至您的话语，我没有作任何改动，没有改动一个字。"

"我并不认为您没有改动，"斯塔夫罗金小心地指出，"您热情地加以接受，也热情地作了更改，而自己并未觉察。姑且只说一点吧，您把上帝降低为民族性的一个简单属性……"

他突然紧张而凝神地注意着沙托夫，与其说在倾听他的言谈，不如说在观察他本人。

"我把上帝降低为民族性的一个属性？"沙托夫大叫，"相反，我把民族上升为上帝。而且什么时候不是这样呢？民族是上帝的载体。任何民族只有在拥有自己的独特的上帝，并毫不调和地排斥世界上所有其他的上帝时，才是一个民族；这时这个民族坚信，必将以自己的上帝战胜所有其他的上帝并将他们逐出世界。有史以来，所有民族都具有这个信念，至少是所有伟大的民族，所有多少值得表彰的民族，所有站在人类最前列的民族。违反事实是不行的。犹太人活着就是要等待真正的上帝，于是他们给世界留下了真正的上帝。希腊人神化自然，并把自己的宗教，即哲学和艺术遗留给世界。罗马神化建立了国家的民族，于是给各族人民遗留了国家。法国在其全部漫长的历史过程中，只不过是罗马上帝观念的体现和发展，它之所以终于把自己的罗马上帝抛入深渊而一头栽进无神论，即他们目前所谓的社会主义，仅仅是因为无神论终究要比罗马天主教健全。一个伟大的民族如果不相信惟有他们（正是他们，而且惟有他们）才拥有真理，如果不相信只有他们才有能力、有使命以自己的真理使一切人复活、得救，那么这个民族就会立即变为人种学的材料，而不成其为伟大的民族。真正伟大的民族永远不屑于在人类生活中扮演次要角色，甚至不屑于扮演头等角色，而一定要扮演那独一无二的首要角色。要是丧失这种信念，那就不成其为民族了。然而真理只有一个，因此众多民族中只有一个民族能拥有真正的上帝，尽管其他民族也拥有各自的独特而伟大的上帝。唯一的'上帝的载体'是俄罗斯民族，而且……而且……难道，难道您把我看作一个大傻瓜吗，斯塔夫罗金，"他勃然大怒地吼道，"傻得分不清自己的话在此时此刻究竟是莫斯科所有斯拉夫派磨房里磨过的陈词滥调，还是崭新的见解，最卓越的见解，唯一可以导致更新和复活的见解，而……而您此时的笑与我何干！您完全、完全不理解我，一句话、一个字也不理解又与我何干！……啊，我这时多么蔑视您的高傲的笑容和目光啊！"

他从座位上跳了起来，嘴唇上甚至泛出了白沫。

"相反，沙托夫，相反，"斯塔夫罗金异常严肃而克制地说道，并没有起身离座，"相反，您的热烈的话语唤起了我心里的很多非常有感染力的回忆。我承认您的话表达了我自己两年前的情绪，现在我已经不会再像刚才那样，说您夸大了我那时的思想。我甚至觉得，那时的思想更精彩,更不可抗拒,我要第三次郑重相告,我很愿意承认您现在所说的一切,甚至每一句话,可是……"

"可是您需要一只兔子?"

"什么——?"

"这可是您的卑劣用语,"沙托夫幸灾乐祸地笑了起来,一边坐了下来,"'要熬兔肉汁,需要有一只兔子,要信仰上帝,需要有一个上帝',据说您在彼得堡时这样说过,就如诺兹德列夫想捉住兔子后腿时所说。"

"不,那家伙是吹牛,说他捉住了兔子。不过,请允许我也顺便向您问个问题,况且我觉得,现在我是完全有权问一问的。请告诉我:您的兔子捉住了吗,或者还在跑?"

"不准您用这种话来问我,换个问法,换个问法!"沙托夫突然全身颤抖起来。

"好吧,换个问法,"尼古拉·弗谢沃洛多维奇严峻地看了看他,"我只是想知道:您是否信仰上帝?"

"我信仰俄罗斯,我信仰它的东正教……我信仰圣体……我相信基督再临将发生在俄国……我信仰……"沙托夫狂怒地嘟囔起来。

"上帝呢?上帝呢?"

"我……我会信仰上帝的。"

斯塔夫罗金的脸纹丝不动。沙托夫情绪激昂,挑战地看着他,好像要用目光把他焚为灰烬。

"我并没有对您说,我完全不信仰上帝!"最后他叫道,"我只是要让您知道,我是一本不祥的、乏味的记事册,目前,目前别的什么也不是……但我的名字算得了什么!问题在于您,而不在于我……我是庸才,只能献出我的一腔热血,没有别的,同所有的庸才一样。其实我的热血又算得了什么!我在说您啊,我在这里等了您两年……我是为了您才在这半小时里出乖露丑。您,唯有您能举起这面旗帜!……"

他没有把话说完,仿佛陷入了绝望,把胳膊肘支在桌上,用双手托着头。

"我只是顺便向您提一桩怪事，"斯塔夫罗金突然插嘴道，"为什么大家偏偏要把什么旗帜硬塞给我呢？彼得·韦尔霍文斯基也深信我能够'举起他们的旗帜'，至少有人向我转告了他的话。他认定我能够为他们扮演斯坚卡·拉辛①的角色，'因为有非凡的犯罪本能'，——这也是他的话。"

"什么？"沙托夫问道，"'因为有非凡的犯罪本能'？"

"正是。"

"嗯。您是不是，"他愤愤地冷笑道，"是不是在彼得堡加入了兽性的秘密色情团体？是不是德·萨特侯爵②也可以拜您为师？您是不是引诱、奸淫过少女？您说，不准撒谎，"他叫道，几乎要发狂了。"尼古拉·斯塔夫罗金是不可能在打过他耳光的沙托夫面前撒谎的！全都说出来，如果是真的，我就立刻杀了您，就在此时此地！"

"我说过这种事情，可是欺侮孩子的不是我。"斯塔夫罗金说，不过是在久久沉默之后。他脸色白了，眼睛血红。

"但是您说过！"沙托夫凛然地接着说道，目光炯炯地盯着他。"您是不是讲过，您不知道在一桩兽性的淫行和任何丰功伟绩，即使是为人类牺牲性命之间，从美的角度来看有何区别？您是不是在这两种极端相反的行为中发现了相通的美，找到了同样的快感？"

"这是无法回答的……我不愿回答。"斯塔夫罗金嘟哝道，他很可以站起来一走了之，但他没有离座而去。

"我也不知道，为什么恶是丑的，而善是美的，但是我知道，为什么对这种区别的感觉在斯塔夫罗金之流的先生们那里已经磨灭了，消失了，"浑身颤抖的沙托夫还是不依不饶，"您知道吗，为什么您当初结了婚，可耻而下流地结了婚？就因为这种行为的可耻和荒谬达到了天才的程度！啊，您不是在边上徘徊，而是勇敢地一头栽了进

---

① 即斯捷潘·拉辛（1630—1671），17世纪俄国农民起义的领袖。
② 德·萨特侯爵（1740—1814），法国色情作家。

去。您结婚是由于渴求折磨，渴求良心的谴责，是由于精神上的淫欲。这是神经的病态的冲动……向健全理性挑战是太有诱惑力了！斯塔夫罗金和一个可怜、弱智、赤贫的跛女人！在您咬省长的耳朵时，您有性冲动吗？有吗？我的悠闲浪荡的小少爷，有吗？"

"您是心理学家，"斯塔夫罗金的脸色越来越苍白，"不过关于我结婚的原因您说的并不全对……可是谁能向您提供所有这些情况呢，"他勉强地笑笑，"莫非是基里洛夫？可是他不曾参与啊……"

"您的脸白了？"

"您究竟要干什么？"尼古拉终于提高了嗓门，"我坐在这里被您敲打了半个小时，至少您可以有礼貌地让我离开……既然您这样对我实际上并没有任何明智的目的。"

"明智的目的？"

"当然。至少您有义务向我挑明您的目的。我一直在等着您这样做，然而我发现的只是疯狂的敌意。请您为我打开大门。"

他从椅子上站起来。沙托夫狂怒地从后面扑了过去。

"您亲吻土地，哭着请求宽恕吧！"他抓住他的一个肩膀叫道。

"可我没有杀您……在那天早晨……而是把双手缩到背后……"斯塔夫罗金垂下眼睛，几乎痛楚地说。

"说下去，说下去！您来警告我有危险，您让我畅所欲言，明天您要当众宣布您的婚姻关系！……难道我从您的脸色看不出有一个严峻的新想法正在困扰着您吗……斯塔夫罗金，为什么我注定要永远相信您呢？难道我能这样和别人说话吗？我是识羞的，但是我不怕出乖露丑，因为我是在与斯塔夫罗金谈话。我不怕我的触动会使伟大的思想显得可笑，因为斯塔夫罗金在听我说……难道在您走后我不会亲吻您的足印？我无法把您从我的心里抹掉，尼古拉·弗谢沃洛多维奇！"

"遗憾，我不能爱您，沙托夫。"尼古拉·弗谢沃洛多维奇冷冷地说道。

"我知道您不能，知道您说的是真话。听着，我可以挽回一切：

我给您一只兔子！"

斯塔夫罗金沉默着。

"您是无神论者，因为您是少爷，最后的少爷。您已经善恶不辨，因为您不再了解自己的人民。新的一代起来了，他们直接来自人民之中，而我们对这一代完全不了解，无论是您，是韦尔霍文斯基父子，还是我，因为我也属于特权阶层，我是府上的农奴仆人帕什卡的儿子……听着，通过劳动去得到上帝吧；全部实质就在于此，否则您就会像可恶的霉斑一样消失；去劳动吧。"

"通过劳动得到上帝？什么劳动？"

"农夫的劳动。去吧，放弃您的财富……啊！您在笑，您担心结果会是装腔作势？"

斯塔夫罗金并没有笑。

"您认为可以通过劳动得到上帝，确切地说是通过农夫的劳动？"他略一思忖反问道，仿佛真的遇到了一个严肃的、值得深思的新问题。"顺便说说，"他突然转入新的话题，"您刚才提醒了我；您知道吗，我并不富有，所以没有什么可以放弃？我甚至几乎没有能力保障玛丽娅·季莫费耶夫娜将来的生活……还有：我来这里原是想请您往后也不要丢下玛丽娅·季莫费耶夫娜不管，如果您办得到的话，因为只有您对她可怜的心智能有点儿影响……我说这些是以防万一。"

"行，行，您是说玛丽娅·季莫费耶夫娜，"沙托夫一只手挥动着，一只手拿着蜡烛，"行，当然，这是以后的事……听我说，您去见见季洪吧。"

"见谁？"

"季洪。季洪曾是大主教，因病退职，住在本市市区，就在叶菲米耶夫的博戈罗茨克修道院。"

"这是怎么回事？"

"没什么。远近都常有人去见他。您去吧；何妨去一趟呢？何妨去一趟？"

"我第一次听说而且……还从未见过这一类人。谢谢您，我会去的。"

"这里走，"沙托夫照着楼梯，"您走吧。"他开了临街的便门。

"我不会再来您这儿了，沙托夫。"斯塔夫罗金轻轻说道，跨出了便门。

天很黑，雨仍旧在下。

第二章 夜 （续）

一

他走完了整整一条博戈亚夫连街；最后走上了下坡道，双脚踏着泥泞，这时他眼前蓦地展现了一片烟雾空濛的辽阔空间——那是一条大河。华屋变成了茅舍，大街消失于无数杂乱的陋巷。尼古拉·弗谢沃洛多维奇在那些篱笆旁边趑趄了很久，他一直不离开河岸，但有把握地觅路前行，甚至不大去注意路。他的思绪完全被别的事所盘踞，当他突然从冥想中醒来，发现自己差不多已到了那座长长的、湿漉漉的浮桥中央时，不禁愕然四顾。周围阒无人迹，因此他觉得很奇怪，几乎就在他肘边竟蓦地响起了有礼貌而亲昵还相当悦耳的话声，这声音带有抑扬顿挫的讨好的韵味，这韵味是我们那些过于文明的小市民或商铺里头发拳曲的年轻店员所惯于卖弄的。

"好心的先生，可以在您的伞下避避雨吗？"

果然有个人的影子钻到了，或者说作势要钻到他的雨伞底下。这个流浪汉和他并肩走着，像大兵们所说差不多"保持一肘的距离"。尼古拉·弗谢沃洛多维奇放慢脚步，微微弯腰，在夜色里尽可能打量他，他个子不高，像个好酒贪杯的小市侩；衣着单薄而寒碜；鬈发乱蓬蓬的头上顶着淋湿的呢帽，帽檐有一半已经脱开了。看来这是一个结实有力的黑发男子，身体干瘦，面色黝黑；大眼睛，一定是黑色的，灼灼有光，微微泛黄；这是在黑暗中也猜想得到的。大约四十岁左右，没有醉。

"你认识我？"尼古拉·弗谢沃洛多维奇问道。

"斯塔夫罗金先生，尼古拉·弗谢沃洛多维奇；上上星期天，火车刚靠站就有人把您指给我看了。而且我是久仰了。"

"听彼得·斯捷潘诺维奇说的？你……你是费季卡·卡托尔日内①？"

"教名是费奥多尔·费奥多罗维奇；我的亲娘至今还在这一带，是个虔诚的老太太，日日夜夜为我向上帝祈祷，以免把晚年的光阴白白浪费在炕上。"

"你是逃亡的苦役犯？"

"我改变了命运。我交出了书籍、钟和教堂事务，因为被判了苦役，先生，不得不等很久才能服刑期满。"

"在这里做什么？"

"一天加一宿，就混过了一昼夜。上星期我的叔叔也因伪币案死于这里的监狱，于是我为悼念他而设葬后宴时，向狗扔了二十来块石头，目前我只干了这件事。此外，彼得·斯捷潘诺维奇答应给我搞一张通行全国的护照，大概是商人护照，所以我也在等他的恩典。他说：'因为我爸爸在英国俱乐部打牌把你输给了别人，而我认为这种不人道的行为是错误的。'先生，您能赏给我三个卢布，喝杯茶暖暖身子吗？"

"这么说来，你是在这儿守候我；我不喜欢这样。是谁吩咐你这么干的？"

"要说吩咐，谁也不曾吩咐过，先生，只是我了解您乐善好施，那是人所皆知的。我的收入，您也知道，或者是一束干草，或者是肋骨上挨一叉子。星期五我饱餐了一顿馅饼，就像海鸥喝足了泡沫一样，从那时起一天未吃，第二天还得忍着，第三天又未吃。河里的水有的是，我在肚子里养了鲫鱼……那么您就不能慷慨布施吗；正好有一个相好的就在附近等着我，不过没有卢布我可不敢去见她。"

---

① 卡托尔日内，意为服苦役的人。

"彼得·斯捷潘诺维奇替我答应过你什么呢？"

"他并没有答应什么，先生，只是口头上说说，先生，说我如果时来运转，或许能为阁下效劳，但没有明确地说是什么事，所以彼得·斯捷潘诺维奇大概是在考验我的哥萨克的耐心，而且一点儿也不信任我。"

"为什么？"

"彼得·斯捷潘诺维奇是星相家，天上的星宿他全知道，可他也得挨批评。我站在您面前，先生，就是站在正直的人面前，因为我对您已是久仰了。彼得·斯捷潘诺维奇是一种人，而您，先生，也许是另一种人。他如果说某人是瘰子，那么除了瘰子他对那个人就一无所知了。倘若说某人是笨蛋，那么除了笨蛋那个人就什么也不是了。而我在星期二和星期三也许是笨蛋，而在星期四却比他聪明。现在他知道我急需一本护照，因为在俄国没有证件是行不通的，于是他就认为他制住了我。我告诉您，先生，彼得·斯捷潘诺维奇活得很轻松，因为他自以为是地把一个人想象成某种人，便按照自己的想象与这个人相处。此外，他吝啬极了。在他看来，没有他的参与，我是不敢麻烦您的，而我在您面前，先生，就是在正直的人面前，——我在这座桥上等候阁下已是第四夜了，我想，没有他我也能悄悄地找到自己的路，我觉得与其向树皮鞋低头，还不如向皮鞋鞠躬。"

"是谁告诉你，我会在夜里过桥？"

"这一点我得承认，是偶尔听说的，主要是由于列比亚德金大尉太蠢，因为他怎么也藏不住话……阁下得付给我大约三个卢布，为了这三天三夜的苦等。至于衣服湿透，我就自认倒霉，不提了。"

"我朝左，你朝右；桥走完了。听着，费奥多尔，我喜欢把话说得明明白白：我一个子儿也不给你，今后你不要在桥上或在任何地方见我，我不需要你，以后也不会需要，你要是不听，我就把你捆起来送警察局。走吧！"

"哎呀，至少为了我陪伴您赏点儿吧，陪您愉快地走了一段路嘛，先生。"

"滚！"

"不过这里的路您认识吗，先生？这儿的那些小胡同啊……我可以给您带路，因为这座城市就像被魔鬼塞在篮子里，弄得支离破碎。"

"哼，我把你捆起来！"尼古拉·弗谢沃洛多维奇威吓地转过身来。

"也许您会考虑一下的，先生；要欺侮一个孤儿还不容易吗。"

"不，看来你很自信！"

"先生，我是相信您，而不是对自己有信心。"

"我说过了，我根本不需要你！"

"可我需要您啊，先生，这是真的，先生，我在您回来的路上等您吧，就这样吧。"

"老实告诉你，我要是再碰到你就把你捆起来。"

"那我就给您准备一根腰带，先生。一路平安，先生，您总算肯让一个孤儿在您的伞下遮风避雨，这一点就让我一辈子感激不尽了。"

他落在后面了。尼古拉·弗谢沃洛多维奇一路上满腹狐疑。这个从天上掉下来的家伙深信自己是他少不了的，而且恬不知耻地急于表白了这一点。一般说来，人们对他是不会有所顾忌的。不过也有可能，这个流浪汉并不完全是在撒谎，确实是他自己在要求效劳，恰恰是背着彼得·斯捷潘诺维奇；这是最值得注意的。

二

尼古拉·弗谢沃洛多维奇来到的那座房子，在两排篱笆之间的偏僻小巷里，篱笆里面是一溜菜园，简直就是在城市的边缘。那是一座孤零零的小木屋，刚刚建成，还没有镶上薄板。一扇小窗户的护窗板故意开着，窗台上放着一支蜡烛，——它显然是给深夜来访的客人引路的。尼古拉·弗谢沃洛多维奇在三十步开外就看见一个高个子站在台阶上的身影，大概那是一家之主焦急地出来朝路上看看。他的话声也听到了，那是焦急而又似乎胆怯的声音：

"是您，先生？是您吗，先生？"

"是我。"尼古拉·弗谢沃洛多维奇一直走到台阶跟前，才一面收伞，一面答道。

"您终于来了，先生！"列比亚德金大尉——那是他——匆匆忙乱起来，"请把伞给我；湿透了，先生；我把伞张开放在墙角的地板上，请进，请进。"

穿堂通往点着两支蜡烛的小房间的门大开着。

"如果不是您说一定来，我真不信您会光临。"

"十二点三刻。"尼古拉·弗谢沃洛多维奇看看表，一面走进房间。

"这么大的雨，又那么远……我没有表，从窗口看出去只看得见菜园，以致……情况不明……不过，说实在的，我不是在抱怨，哪敢呢，只是由于一周来折磨人的焦急，只想终究……有个了结。"

"怎样了结？"

"听从命运的安排，尼古拉·弗谢沃洛多维奇。请坐。"

他弯腰指指沙发前面小桌旁的一个座位。

尼古拉·弗谢沃洛多维奇环顾四周；房间小小的，矮矮的；只有最必需的家具，木头打的几把椅子和一张沙发，也都是新做的，没有蒙上面子，也没有靠垫，两张椴木小桌子，一张放在沙发边，一张放在屋角，铺着桌布，摆满了东西，上面蒙着清洁的餐巾。而且整个房间看来一尘不染。列比亚德金大尉已经有八天没有酗酒；他的脸好像浮肿了，有点儿发黄，眼神不安、好奇，显然心里没底，可以很明显地看出，他自己还不知道，可以用什么态度谈话，采取什么态度才最为有利。

"您看，先生，"他指指周围，"我的生活像佐西马①。清醒、孤

---

① 大概指的是 15 世纪俄国的苦行僧和持戒教徒佐西马，他是索洛韦茨基修道院的创始人。

寂、清贫——古代骑士的誓愿。"

"您认为古代骑士许过这种愿吗？"

"也许我错了？唉，我没有文化！我把一切都搞砸了！您信吗，尼古拉·弗谢沃洛多维奇，我在这里才第一次清醒了，戒除了可耻的嗜好——滴酒不沾！我有了一个窝，六天来我感受到良心的安宁。墙壁散发着树脂的清香，使我仿佛置身于大自然。而过去我算个什么，是怎样一种状况呢？

> 夜里我像风，没有宿处，
> 白天，疲于奔波，①——

这是诗人的天才表达！不过……您全湿了……喝点茶好吗？"

"别费心。"

"七点多钟茶炊就开了，可是……火熄了……像宇宙万物一样。就是太阳，据说也会熄灭……不过，如果需要，我来安排。阿加菲娅还没有睡。"

"告诉我，玛丽娅·季莫费耶夫娜……"

"她在，她在，"列比亚德金立即说道，"要进去看看吗？"他指着通另一个房间的虚掩着的门。

"她没有睡吧？"

"没有，没有，怎么会呢？相反，从傍晚起就在等着啦，刚才一知道您到了，马上就打扮了起来。"他戏谑地撇嘴一笑，却又马上忍住了。

"她情况怎样？"尼古拉·弗谢沃洛多维奇蹙眉问道。

"情况？您是知道的（他惋惜地耸耸肩），现在……现在她坐在那里用扑克牌算命……"

————————————

① 列比亚德金引用的这两行诗出自彼·维亚泽姆斯基的诗《悼画家奥尔洛夫斯基》，但引用得不完全准确。

"好吧，以后再说；先要同您把事情了结。"

尼古拉·弗谢沃洛多维奇在椅子上坐了下来。

大尉不敢坐在沙发上，马上挪近一把椅子，在战栗的期待中弯腰倾听。

"您屋角那里桌布蒙着的是什么？"尼古拉·弗谢沃洛多维奇突然注意到了。

"这个吗，先生？"列比亚德金也转过身来，"承蒙您的慷慨，可以说是庆贺乔迁，也考虑到您远道而来，难免疲劳，"他动情地嘻嘻一笑，随即起身，踮着脚尖，恭而敬之地轻轻揭下屋角小桌上的桌布，露出了预备下的菜肴：火腿，小牛肉，沙丁鱼，干酪，淡绿色的调味品小长颈瓶，瓶颈长长的一瓶波尔多酒；一切都安排得整洁、得体，甚至可以说雅致。

"这是您张罗的？"

"是的，先生。昨天就忙开了，尽力而为吧，为了招待您……玛丽娅·季莫费耶夫娜，您知道，对家务是漠不关心的。主要的是，您慷慨大度，一切都是您的，因为您才是这里的主人，而不是我，而我，可以说只是作为您的管事，因为毕竟，毕竟，尼古拉·弗谢沃洛多维奇，毕竟我在精神上是独立的！您不要剥夺我这最后的所有吧！"他动情地结束道。

"哼！……您还是再坐下吧。"

"谢——谢，我感激，我是独立的！（他坐下）啊，我心里有多少话要说啊，简直不知道怎样才能等到您的光临！现在您来决定我……和那个不幸的女人的命运吧，然后……我要像过去，像当年那样向您倾诉一切，就像四年前那样！那时您曾俯听下情，阅读我的诗行……尽管当时人们把我称作您的莎士比亚笔下的福斯塔夫，然而您在我的命运中具有多么重要的意义啊！……我现在满怀恐惧，惟有等待您给我带来忠告和光明。彼得·斯捷潘诺维奇对我的所作所为是可怕的！"

尼古拉·弗谢沃洛多维奇好奇地倾听着，仔细地端详着他。显然，列比亚德金大尉虽然已停止酗酒，却还远没有达到精神上的和谐。在那些多年酗酒的酒鬼身上，到头来会永远留下不协调的、神志不清的特点，似乎有点儿病态和疯狂，尽管必要时他们可以说能比别人毫不逊色地吹牛、耍滑、欺诈。

"我发现，大尉，这四年多来您丝毫未变，"尼古拉·弗谢沃洛多维奇说道，语气仿佛温和了一些。"真的，看来人生的后半辈子往往完全保留着前半生所养成的种种习惯。"

"高明！您看破了人生之谜！"大尉叫道，一半是惺惺作态，一半也确实是出于由衷的高兴，因为他非常爱好漂亮的辞藻。"您所说的话，尼古拉·弗谢沃洛多维奇，我特别记住了其中的一句，那还是您在彼得堡说的：'要成为真正伟大的人物，就要甚至不为健全理性所动。'您听听，先生！"

"傻瓜也是这样。"

"不错，先生，就算是这样吧，然而您生平妙语如珠，可他们呢？不论是利普京还是彼得·斯捷潘诺维奇，这样的话他们说得出吗！啊，彼得·斯捷潘诺维奇对我是多么残酷无情！……"

"不过，大尉，您的行为又怎样呢？"

"我酒醉糊涂，而且树敌无数！可是现在，一切，一切都过去了，我现在像蛇一样，正在蜕皮而获得新生。尼古拉·弗谢沃洛多维奇，您知道吗，我还写遗嘱呢，而且已经写好了。"

"有意思。您留下什么呢，留给谁？"

"留给祖国，留给人类，留给大学生们。尼古拉·弗谢沃洛多维奇，我在报纸上看到了一个美国人的生平事迹，他把自己的巨额财产遗赠工厂和精密科学，把骨骼献给那里的一所学院的大学生，留下皮制鼓，为的是人们可以用这面鼓日夜敲击美国国歌的鼓点。唉，比起北美合众国的奔放的思想，我们不过是侏儒；俄罗斯是大自然的奇葩，而不是智慧的奇葩。要是我把自己的皮譬如说遗赠给我有幸开始军旅生涯的阿克莫林步兵团制鼓，以便每天在全团面前敲击俄国国歌的鼓点，就会被视为自由主义而遭到禁止……因而我只能想到大学生。我要把骨骼遗赠学院，不过有一个条件，一个条件，就是要在额骨上永远贴一个标签，写着：'忏悔的自由主义者。'就是这样，先生！"

大尉说得激昂慷慨，当然，他相信美国人的那篇遗嘱是美好的，但他又是个大滑头，很想逗尼古拉·弗谢沃洛多维奇发笑，在此人面前他曾长期充当小丑。可是他连笑容也没有，相反，有点儿怀疑地问道：

"这么说来，您是想在生前公布您的遗嘱，从而获得奖赏？"

"就算是吧，尼古拉·弗谢沃洛多维奇，就算是吧？"列比亚德金小心翼翼地瞅了他一眼。"我的遭遇有多惨啊！连诗也不写了，当初我的诗句还引得您开怀大笑呢，尼古拉·弗谢沃洛多维奇，记得吗，在喝酒的时候？然而我搁笔了。只写了一首诗，就像果戈理写了他的《最后的故事》①，记得吗，他还向俄罗斯宣告，这是他从内心'唱'出来的。我也一样，我唱完了，够了。"

"一首什么诗？"

"《倘若她断了一条腿》！"

"什么——？"

这恰是大尉所期待的。他对自己的诗作很看重，而且评价极高，可是由于他那狡猾的双重性格，他也因为尼古拉·弗谢沃洛多维奇过去总是对他的小诗开怀大笑，有时笑得捧腹而沾沾自喜。这样就一箭双雕，既满足了诗人的自负，又起到了逗乐的作用；不过现在还有第三个目的，一个特别的、相当微妙的目的：大尉提起这首诗，是想在某一点上为自己辩解，不知为什么这一点是他最为担心也是他最感愧疚的。

"《倘若她断了一条腿》是指倘若她骑马出了事。是一种臆想，尼古拉·弗谢沃洛多维奇，一种梦呓，然而是诗人的梦呓。有一天我

---

① 果戈理在《与友人书简选》（一、遗言）中提到"内心自然流露"的《诀别的故事》，但该书在他生前"不能问世"。看来这部作品终于没有写成。

在路上遇见她骑着马，大吃一惊，于是提出了一个实际问题：'那怎么办？'就是说倘若出了事怎么办。事情明摆着，所有的追求者都会望而却步，所有的未婚青年都会避之唯恐不及，你自由了，哭鼻子吧，惟有一位诗人怀着一颗破碎的心，忠贞不渝。尼古拉·弗谢沃洛多维奇，甚至一只虱子也会钟情，而且法律也并不加以禁止。可是信和诗都使这位小姐大为恼怒。据说，连您也非常生气，是吗，先生；这是叫我伤心的，我甚至不愿相信。其实我只是在心里想想，能伤害到谁呢？而且我以人格起誓，当时利普京说：'寄出去吧，寄出去吧，任何人都有通信自由'，我这才寄了出去。"

"您好像曾向她求婚？"

"仇人，仇人，仇人的造谣！"

"把诗读给我听。"尼古拉·弗谢沃洛多维奇冷峻地打断了他。

"梦吧，首先这只是梦吧。"

不过他挺直身子，伸出一只手臂，朗诵起来：

> 美貌姑娘一肢残，
> 风姿绰约倍堪怜，
> 钟情男子情切切，
> 而今倍感意缠绵。

"得，够啦。"尼古拉·弗谢沃洛多维奇把手一挥。

"我怀念彼得堡，"列比亚德金连忙改变话题，仿佛从来不曾有过什么诗，"梦想新的生活……恩人！我能指望您资助旅费吗？一周来我盼望您，像盼望阳光一样。"

"嘿，不行，对不起，我几乎不剩什么钱了，而且为什么我要给您钱呢？"

尼古拉·弗谢沃洛多维奇似乎突然生起气来。他冷漠而简要地历数了大尉的罪状：酗酒，造谣，挥霍给玛丽娅·季莫费耶夫娜的钱，把她从修道院带走，扬言要揭穿秘密的无礼信件，对达丽娅·帕夫洛夫娜的行径，等等，等等。大尉微微晃动着身子，打着手势，一再想反驳，但尼古拉·弗谢沃洛多维奇每次都断然制止了他。

"请问，"最后他指出，"您在信里老是说什么'家庭蒙羞'。您的妹妹与斯塔夫罗金合法联姻，这对您来说何羞之有？"

"然而这是密室中的婚姻，尼古拉·弗谢沃洛多维奇，密室中的；一个不幸的秘密。我收受您的钱财，要是突然有人问：这是为什么？我却受到约束而不能回答，这就有损于我的妹妹，有损于家庭的尊严。"

大尉提高了调门，他爱好这个话题，寄予极大的奢望。唉，他却没有预感到他要倒霉了。尼古拉·弗谢沃洛多维奇仿佛在谈极平常的家务事，平静而明确地告诉他，最近，也许就在明后天，他要使自己的婚姻状况广为人知，"既向警方也向社交界"宣布，因而家庭尊严问题便自然消失，津贴问题也随之结束。大尉目瞪口呆；他甚至听不明白；还得向他解释一番才行。

"可是她……神志不清哪？"

"我会作出某种安排的。"

"可是……您的母亲会怎么说？"

"那就随她怎么说吧。"

"可是您要把尊夫人领到府上去的吧？"

"也许是吧。不过，这并不是您的事，与您毫无关系。"

"怎么毫无关系！"大尉叫道，"我怎么办呢？"

"当然，您是不能踏入我家的门的。"

"我是您的亲戚啊。"

"这样的亲戚谁也不稀罕。那我为什么还要给您钱呢，您想想？"

"尼古拉·弗谢沃洛多维奇，尼古拉·弗谢沃洛多维奇，这不可能，也许您还会考虑一下，您不会那么狠心……上流社会怎么想，怎么说呢？"

"我就怕您所谓的上流社会。当初酒酣耳热，为了拿酒打赌，我一时高兴就娶了令妹，现在我要公开宣布这件事了……如果我乐意这样做呢？"

他说这些话时似乎特别恼火，以致列比亚德金骇然，不得不信。

"可是我呢，我可怎么办，关键是还有我呢！……您也许在开玩笑吧，尼古拉·弗谢沃洛多维奇？"

"不，我不是开玩笑。"

"随您的便，尼古拉·弗谢沃洛多维奇，可我不信……到时候我要起诉。"

"您真蠢，大尉。"

"就算是吧，然而我别无选择！"大尉方寸已乱，"过去由于她在地区有工作，我们毕竟有个住处，现在您要是把我抛开不管，我可如何是好？"

"您是要到彼得堡另谋发展的。顺便问问，听说您想去告密，希望在揭发所有的其他人以后得到赦免，这是真的？"

大尉瞠目结舌。

"听我说，大尉，"斯塔夫罗金突然向桌子弯下腰，非常严肃地说道。在此之前他说话有点儿模棱两可，所以惯于扮演小丑角色的列比亚德金终究不免将信将疑，他的主子真的生气了，还是在开玩笑，是真的有把婚事公开的荒唐想法，还是不过在打趣而已？现在尼古拉·弗谢沃洛多维奇异常冷峻的神色那样不容置疑，竟使大尉的背上掠过一丝寒战。"听着，并且要说实话，列比亚德金：您真的告过密，还是还没有？实际上已经干了什么没有？是否曾糊里糊涂地寄出什么信件？"

"没有，先生，我还什么也未干……也不曾想过。"大尉呆呆地踌躇着。

"哼，不曾想过，您是在撒谎。您要求去彼得堡就是要干这件事。如果没有写过信，那么在这里是否向什么人露过口风？您要说实话，我是有所耳闻的。"

"我在醉后向利普京说起过。利普京背信弃义。我曾对他敞开心扉。"可怜的大尉低声说道。

"谈心可以，但不要当傻瓜。您有什么想法，要藏在心里；如今聪明人都守口如瓶，而不随便乱说。"

"尼古拉·弗谢沃洛多维奇！"大尉发抖了，"您本人并没有参加什么吧，我可不是针对您的……"

"您当然不敢告发自己的摇钱树。"

"尼古拉·弗谢沃洛多维奇，随您说吧，随您说吧！……"绝望中，大尉匆匆哭诉着自己四年来的遭遇。这是一个傻瓜的愚蠢透顶的故事，他在酗酒作乐时卷入了不该卷入的事情，直到最后一刻也对其中的利害几乎毫无所知。他说，早在彼得堡的时候，"一开始就很入迷，只是因为讲交情，作为一个忠实可靠的大学生而介入，尽管并不是大学生"，什么也不了解，"清清白白的一个人"，竟在楼梯上撒各种传单，把几十张一叠的传单放在人家的门口、门铃旁，当作报纸塞进信箱，把传单带进剧院，往别人的帽子里塞，往口袋里放。后来就常领到了钱，"因为经济状况，我的经济状况多么糟啊，先生！"他在遍及两省的各个县里撒过"各种乌七八糟的传单"。"噢，尼古拉·弗谢沃洛多维奇，"他感叹道，"最让我气愤的是，这完全是违法犯罪的行径！有时传单上突然白纸黑字地要求大家带着草叉出门，并且记住，早晨出门还是穷汉的人，晚上就会成为富翁回家，您想想看，先生！我简直战战兢兢，却还是去撒。有时又突然有五六行文字，无缘无故地向全俄国发出号召：'迅即关闭教堂，消灭上帝，废除婚姻，取消继承权，拿起刀子'，尽是这些，天知道还会怎样。就因为这张有五行字的传单，我差点儿倒大霉，军官们在团部里把我揍了一顿，不过上帝保佑，把我给放了。后来我在去年差点儿被抓，因为我向科罗瓦耶夫转交了在法国印制的面值五十卢布的一批假钞；不过感谢上帝，科罗瓦耶夫恰巧在那时醉醺醺地掉在池塘里淹死了，我才未被揭穿。在这里我曾在维尔金斯基家里宣布共妻自由。六月又在某县撒传单。据说他们还会强迫我干……彼得·斯捷潘诺维奇突然通知我，说我应当服从；他早就在威胁我了。星期天他是怎样对我的啊！尼古拉·弗谢沃洛多维奇，我是奴才，是虫豸，而不是神，我和杰尔查文的区别就在于此①。可是经济状况，我的经济状况多糟啊！"

尼古拉·弗谢沃洛多维奇始终好奇地听着。

"很多情况我并不了解，"他说，"不言而喻，您什么事都有可能发生……听着，"他想了想说道，"如果您愿意，可以告诉他们，嗯，您当然知道该告诉谁，就说利普京撒了谎，您是要以告密来吓唬吓唬我，因为您认为我也不干净，这样就能从我这里索取更多的钱……您明白吗？"

"尼古拉·弗谢沃洛多维奇，亲爱的，难道我真面临着那样的危险？我一直等着您来，就是要向您请教。"

尼古拉·弗谢沃洛多维奇笑了笑。

"当然，即使我给您旅费，他们也不会放您去彼得堡……不过该到玛丽娅·季莫费耶夫娜那里去了。"他站了起来。

"尼古拉·弗谢沃洛多维奇，对玛丽娅·季莫费耶夫娜究竟怎么办呢？"

"就像我说过的那样办。"

"难道这也是真话？"

"您还不信？"

"难道您就这样把我扔下，好像丢掉一只破鞋？"

"看看再说吧，"尼古拉·弗谢沃洛多维奇笑道，"好啦，让我去吧。"

"请问，我要不要在台阶上站一会儿……以免无意中听到什么……两个房间都那么一点大。"

"不错，您就站到台阶上去吧。把伞拿去。"

"伞，是您的……我也配吗，先生？"大尉花言巧语。

---

① 杰尔查文在颂诗《神》（1784年）中写道："我是沙皇，——我是奴才，我是虫豸，——我是神！……"

"伞人人配用。"

"您一下子就阐明了最低限度①的人权……"

不过他已是在机械地喃喃低语；那些消息太令人沮丧了，把他弄得晕头转向。可是他一走上台阶，撑起雨伞，在他那轻浮狡诈的头脑里几乎立即就浮起了常有的自鸣得意的想法，认为别人在故弄玄虚，对他撒谎，既然如此，那么他就无所畏惧了，而是别人在忌惮他。

"既然别人在撒谎，在故弄玄虚，那么问题的实质究竟何在呢？"他心里嘀咕着。他觉得宣布婚事是荒唐的："诚然，这样一个怪人什么事都干得出；他活着就是跟别人作对。然而要是他在星期天当众受辱之后真的感到忌惮，而且还是前所未有地忌惮呢？于是赶来说要亲自宣布，怕的是我会说出来。嗨，不要看错了啊，列比亚德金！如果他要公开此事，又何必鬼鬼祟祟地深夜来这里呢？如果说他害怕，那么就是现在害怕，就是目前，就是在这几天……哎，不要退缩啊，列比亚德金！……"

"他拿彼得·斯捷潘诺维奇来吓唬我。哎哟，问题严重，哎哟，问题严重，不，这很严重啊！我还鬼使神差对利普京说漏了嘴。天知道这些鬼东西在打什么主意，我从来捉摸不透。他们又像五年前那样行动起来了。真的，我能向谁告密呢？'您是否曾糊里糊涂地给谁写过信？'嗯。这就是说，信是可以写的，比如装作一时糊涂？他不是在给我出主意吧？'您去彼得堡就是要干这件事。'这个混蛋，我只是在梦中想到过，他却连我的梦也猜到了！他仿佛在怂恿我去。这里有两种可能，非此即彼，要么还是他害怕，因为他闯了祸，要么……要么他什么也不怕，只是怂恿我去告发他们所有的人！噢，可怕，列比亚德金，噢，可别看错了啊！……"

他想得那么出神，连偷听也忘了。不过要偷听也很难；门很厚实，而且是单扇的，而他们的话声很轻；只有一些含糊的声音传出来。大尉甚至啐了一口，又走到台阶上，若有所思地轻轻吹着口哨。

---

① 原文为拉丁文。

三

　　玛丽娅·季莫费耶夫娜的房间比大尉所住的那间大一倍，陈设着同样粗糙的家具；不过长沙发前面的桌子铺着色彩鲜艳的漂亮桌布；桌上亮着一盏灯；地板全部铺上了美丽的地毯；一条长长的绿色帷幔从一端拉到另一端，把床隔开，此外，桌旁放着一把大沙发椅，不过玛丽娅·季莫费耶夫娜没有坐在那里。就像在从前的住宅里一样，在房间的一角供着圣像，圣像前点着长明灯，桌上仍旧乱放着那些少不了的东西：一副扑克牌，一面小镜子，一本歌集，还有一个奶油鸡蛋面包。此外还有两本带彩色插图的小书，一本是供少儿阅读的通俗游记节选，一本是供应新年枞树晚会和贵族女子中学的劝谕性轻松故事集，大都是骑士故事。还有一本收有形形色色照片的影集。当然，玛丽娅·季莫费耶夫娜正如大尉所说，在等着客人；可是当尼古拉·弗谢沃洛多维奇进来见她时，她睡着了，靠着绒绣垫子半躺在长沙发上。客人悄无声息地随手把门掩上，站在原地端详着睡梦中的这个女人。

　　大尉说她打扮了一番，这是在扯谎。她就像星期天在瓦尔瓦拉·彼特罗夫娜家里一样，依然穿一条黑色连衣裙。她的头发依然在脑后挽一个小小的发髻；依然裸露着枯瘦的长脖子。瓦尔瓦拉·彼特罗夫娜所赠送的黑色披巾细心折叠了放在长沙发上。她照旧俗气地涂脂抹粉。尼古拉·弗谢沃洛多维奇站了还不到一分钟，她蓦地醒了，宛如感觉到了他俯视自己的目光，她睁开眼睛，迅速挺直了身子。可是客人也似乎有了奇怪的变化：他仍旧站在门边的原处；以凝神的锐利的目光，默默地、固执地注视着她的脸。也许这目光过于冷峻，也许它流露了厌恶之情，甚至是对她的惊惧幸灾乐祸的神气，如果这不是玛丽娅·季莫费耶夫娜在睡眼惺忪中的幻觉的话；可是在片刻的等待之后，女人的脸上突然流露出无比的恐怖，她举起颤抖的双手，突然哭了，恰似一个受惊的婴儿；再有一会儿，她就会大喊大叫。不过客人惊觉了；他的脸色立即起了变化，他走到桌边，露出和蔼可亲的微笑。

"对不起，您还没有睡醒，我猛不防吓着您了，玛丽娅·季莫费耶夫娜。"他说道，一面把手伸了过去。

亲切的话语起了作用，恐惧消失了，不过她仍然胆怯地望着，显然在竭力摆脱某种困惑。她也怯怯地伸出手来。终于她的唇间闪过一丝羞怯的笑意。

"您好，公爵。"她低声说道，有点儿奇怪地瞅着他。

"大概做了噩梦吧？"他继续说道，越来越和蔼可亲地微笑着。

"您怎么知道我做了**这个**梦呢？……"

突然她又颤抖起来，身子往后一闪，把一只手伸在面前，仿佛遮挡着什么，又要哭了。

"冷静一点，得啦，怕什么呢，难道您没有认出我？"尼古拉·弗谢沃洛多维奇劝说道，可这次劝了很久也不见效；她一言不发地看着他，仍然怀着痛苦的困惑，可怜的头脑里萦回着苦恼的思虑，仍然在竭力想琢磨明白。她时而垂下目光，时而迅速地扫他一眼。最后，她并不是平静下来，而是似乎有了决断。

"坐，请在我身旁坐下，让我待会儿能把您看看清楚，"她语气坚决，有了某种明确的意图。"现在您放心，我是不会朝您看的，我望着地下。您也不要看我，除非我请您望着我。坐下嘛。"她甚至不耐烦地说道。

显然她愈来愈被一种新的感觉所支配。

尼古拉·弗谢沃洛多维奇坐了下来，等着；接着是久久的沉默。

"哼！我觉得这一切都很奇怪，"她突然几乎是厌烦地喃喃说道，"当然，我是做了个噩梦；可是为什么我梦见的您就恰恰是这个样子呢？"

"嗨，别谈梦啦。"他不耐烦地说道，转身向着她，不理睬她的禁令，也许他的眼里又闪过了刚才的那种表情。他看出，她几次想，而且强烈地想看他一眼，但是她强忍住了，依然望着地下。

"听着，公爵，"她突然提高了声音，"听着，公爵……"

"为什么您要掉过脸去，为什么您不看着我，为什么要装模作样呢？"他忍不住叫道。

可是她仿佛不曾听到。

"听着，公爵，"她第三次坚决地叫道，一脸的不悦和焦躁。"正如您在马车上对我所说，婚事将要公开，我当时就吃了一惊，知道秘密就要被揭穿了。现在我却不知道如何是好；我一直在想，而且看得很清楚，我什么也不行。梳妆打扮我会，招待客人嘛，也行吧，请客人喝杯茶算啥难事，特别是有仆人的话。可是说到底旁人会怎么看呢。我那时，星期天上午，在那座房子里看到了很多事情。那位漂亮的小姐一直望着我，特别是在您进来的时候。那时进来的不是您吗，啊？她的母亲简直是社交界的一个可笑的老太婆。我的列比亚德金也出了丑；我为了不笑出来，一直看着天花板，那彩绘真好。**他的**母亲可以当女修道院长；我怕她，尽管她送我一块黑披巾。那时他们大概都在从意料不到的方面议论我；我并不生气，当时我只是坐着想：我怎能做这些人的亲戚呢？当然，一位伯爵夫人所需要的只是精神素质，因为她有很多仆人操持家务，她还多少要会撒娇卖俏，以便接待外国旅游者。然而在那个星期天他们还是以绝望的眼光看着我。只有达莎是个天使。我很担心他们冒失地议论我会使**他**难受。"

"别担心，别惊慌。"尼古拉·弗谢沃洛多维奇嫌恶地撇了撇嘴。

"不过，这对我来说算不了什么，即使他有点儿为我感到羞耻，因为其中怜悯总是多于羞耻，当然，这就他这个人而言。他知道嘛，倒是我该怜悯他们，而不是他们怜悯我。"

"看来他们让您很生气，玛丽娅·季莫费耶夫娜？"

"谁，我？不，"她纯朴地笑笑，"一点也不生气。那时我看看你们，你们都在生气，都在争吵；相聚在一起，开心地笑笑也不会，财富那么多，快乐却那么少，真叫我厌恶。不过我现在谁也不可怜，只可怜我自己。"

"我听说，没有我，您和哥哥的生活很苦？"

"这是谁对您说的？胡说八道；现在才苦得多；现在尽做噩梦，而我做噩梦是因为您来了。请问，您为什么要来？您说吧。"

"您想不想再进修道院？"

"哼，我就预感到，又要劝我进修道院了。我才不稀罕你们的修道院呢！为什么我要去，现在我能带什么去呢？现在我孑然一身！要第三次开始生活是太晚了。"

"您似乎很生气，是不是怕我不爱您了？"

"我根本没有把您放在心上。我倒是怕我会对某人变心呢。"

她鄙夷地一笑。

"我大概对**他**有什么很大的过错，"她突然自言自语似的说道，"只是不知道错在哪里，这是我永久的心病。始终如此，始终如此啊，这五年来我日夜担心，我对他有什么过错。我祈祷，祈祷时总是想着我对他所犯的天大过失。终于明白了，那是真的。"

"究竟明白了什么呀？"

"我只担心，**他**那方面是不是有了变化，"她继续说道，对他的问题不予理睬，甚至根本没有听见。"然而他不可能和这些卑鄙小人混在一起啊。伯爵夫人恨不得吃了我，尽管让我坐她的马车。全都在搞阴谋——难道他也有份？难道他也背叛我？（她的下巴颏和嘴唇在颤抖。）您听着：您读到过格里什卡·奥特列比也夫①吗，那个曾在七座大教堂里受诅咒的家伙？"

尼古拉·弗谢沃洛多维奇默然无语。

"不过，现在我要转身看着您，"她仿佛突然拿定了主意，"您也转身看着我，不过要专注一些。我想最后证实一下。"

"我早就在看着您了。"

---

① 即格里戈里·奥特列比也夫（卒于 1606 年），俄国丘多夫修道院的逃亡教士，冒充伊凡四世之子德米特里王子，于 1605 至 1606 年篡夺王位，史称伪德米特里一世。

"嗯，"玛丽娅·季莫费耶夫娜说道，努力端详着，"您胖多了……"

她还想说什么，可是刚才的恐惧突然又第三次使她霎时变脸失色，她又向后一闪，伸手挡在面前。

"您这是怎么啦？"尼古拉·弗谢沃洛多维奇发狂似的叫道。

不过恐惧转瞬即逝；她的脸上浮起一种怪异的微笑，充满怀疑和敌意。

"公爵，我请您站起来，再走进来。"她蓦地以坚决而执着的语气说道。

"什么走进来？您要我往哪里走？"

"五年来我一直在想象**他**怎样走进来。现在您站起来，到门外去，到那个房间里去。我坐在这儿，仿佛并不等待什么，手里拿着一本书，而您却在五年的漂泊之后突然走了进来。我想看看那是什么情形。"

尼古拉·弗谢沃洛多维奇暗自把牙咬得咯咯作响，含糊地咕哝着什么。

"够啦，"他一拍桌子说道，"玛丽娅·季莫费耶夫娜，请您听我说。请您聚精会神地听，如果您办得到的话。您并没有完全疯啊！"他焦躁地脱口叫道！"明天我就宣布我们的婚事。您永远不会住进豪华的府第，别妄想了。愿意和我生活一辈子吗，不过是在很远的地方？那是在瑞士的群山里，那里有一个地方……您放心，我永远不会抛弃您，也不会把您送进疯人院。我有钱，可以无忧无虑地过日子。您会有一个女仆；什么事都不要您做。您可以祈祷，可以随意走动，爱干什么就干什么。我不会伤害您。我也一辈子不离开我的那个地方。只要您愿意，我可以一辈子不与您说话，只要您愿意，您可以每晚向我讲您的故事，就像当初在彼得堡的小房间里那样。我会读书给您听，如果您爱听的话。可是要这样过一辈子，在一个地方，而这个地方是很偏僻的。愿意吗？有决心吗？您不会懊悔，不会用眼泪和诅咒来折磨我吧？"

她非常好奇地倾听着，默默地想了好久。

"我觉得这一切都不可思议，"最后她轻蔑地讥讽道，"我大概要在山区这样过四十年。"她大笑起来。

"不行吗，就过上四十年。"尼古拉·弗谢沃洛多维奇脸色阴沉下来。

"哼。我是不会去的。"

"跟我去也不愿？"

"您算老几，我要跟您去？要同他在山窝里一连待上四十年，——瞧他这巴结劲儿。真的，如今竟有这么有耐心的人！不，不可能，雄鹰不可能变成猫头鹰。我的公爵可不是这样的人！"她骄傲而得意地昂起头来。

他仿佛突然明白了。

"为什么您称呼我公爵……您把我当作谁了？"他急切地问道。

"什么？难道您不是公爵？"

"从来不是。"

"您亲自，亲自直认不讳，您并不是公爵！"

"我说过了，从来不是。"

"天哪！"她举起双手轻轻一拍，"我认为**他的**敌人什么坏事都干得出，却从未料到竟敢这样胆大妄为！他还活着吗？"她狂怒地叫道，一面向尼古拉·弗谢沃洛多维奇逼近，"你杀了他没有，说！"

"你把我当作谁了？"他从座位上跳了起来，脸都气歪了；但是现在已经很难吓住她了，她得意扬扬：

"谁知道你是谁，是从哪里冒出来的！只有我的心，我的心五年来一直预感到你们的全部阴谋！我坐在这里觉得诧异：是哪个瞎了眼的猫头鹰闯了进来？不，亲爱的，你是个蹩脚的演员，连列比亚德金也不如。替我向伯爵夫人请安，告诉她，让她派个比你干净点儿的人来。说吧，是她雇了你？你是在她家厨房里打杂的吧？你们的全部骗局我一目了然，我看透了你们所有的人！"

他紧紧抓住她的一只上臂；她冲着他哈哈大笑：

"你倒是很像他呢，也许是他的亲戚吧，——这些人真狡猾！不过我的那位是一头雄鹰，一位公爵，而你是一只小枭，一个小商贩。我的那位就是对上帝也是高兴就信仰，不爱理就不理，而你却被沙图什卡（我的可爱的、嫡亲的人儿！）扇了个耳光，这是我的列比亚德金说的。你那时怎么胆怯了，您为什么进去呢？当时是谁让你害怕了？我跌倒时你来扶我，我一见你那下贱的嘴脸，就像有一条蛆虫钻进了我心里，我想：这不是**他**，不是**他**！我的雄鹰决不会在名门小姐面前为我感到害羞！啊，天哪！五年来我唯一的幸福是憧憬我的雄鹰在高山上栖息、翱翔、仰望太阳……说吧，冒牌货，赚了很多吧？是为了赚大钱才答应干的吧？我是一个子儿也不会给你的。哈——哈——哈，哈——哈——哈！……"

"噢，白痴！"尼古拉·弗谢沃洛多维奇咬牙切齿地骂道，仍然紧紧地抓住她的胳膊。

"滚，冒牌货！"她命令地叫道，"我是我公爵的妻子，不怕你的刀！"

"刀！"

"是的，刀！你口袋里揣着刀。你以为我睡着了，可我看见了，你刚才进来时摸刀子来着！"

"你在说什么呀，不幸的女人，你做了什么噩梦啊！"他狂叫道，使劲把她搡开，以致她的双肩和头在长沙发上撞得很痛。他拔腿就走；她却立即跳起来，在他身后一瘸一拐，连跑带颠地追了上来，列比亚德金吓坏了，在台阶上狠命拦住了她，她却又是尖叫又是狂笑，冲着黑洞洞的夜色喊了一嗓子：

"格里什卡·奥特——列——比也夫，天——杀——的！"

四

"刀，刀！"他怒冲冲地反复说着，大踏步踩着泥泞和水洼，不辨道路。诚然，有时他极想大声狂笑；但不知为什么，他忍住了而没有笑出声来。他只是在桥上才冷静下来，恰好是在费季卡刚才迎到他的地方；就是这个费季卡此刻也在这里等着他，一见到他就取下帽子，高兴地咧着嘴笑，而且马上就快活地伶牙俐齿神聊起来。起初尼古拉·弗谢沃洛多维奇毫不停步地从旁走了过去，有一会儿甚至根本不听这个又跟在后面纠缠的流浪汉。他突然吃惊地想到，他完全忘记了这个人，正是在他不断自言自语地重复着"刀，刀"的时候忘记了他。他一把抓住流浪汉的衣领，怀着满腔积怒，使劲把他摔倒在桥上。一刹那间流浪汉曾想搏斗，但是几乎立刻就意识到，在这个对手面前，而且还是出其不意的突然袭击面前，他就像一根稻草，于是他静默下来，甚至丝毫不加抵抗。他跪着，被按向地面，双肘拧在背后，这个狡猾的流浪汉静静地等候着结局，似乎压根儿不信有什么危险。

他没有错。尼古拉·弗谢沃洛多维奇已经想用左手取下御寒的围巾，捆住自己的俘虏的双手；但不知为什么，突然松开手，把他一推。流浪汉倏地纵身而起，转过身来，只见一柄皮匠用的阔刃短刀在他手中一闪。

"把刀收起来，马上收起来！"尼古拉·弗谢沃洛多维奇做了一个不耐烦的手势**命令**道，于是刀像出现时那样忽地不见了。

尼古拉·弗谢沃洛多维奇又默默地走自己的路，头也不回；可是执拗的无赖仍然跟着他，不错，现在他不再神聊，甚至恭敬地保持着一步的距离。两人这样过了桥，走到岸上，这次是向左拐，又是一条长而僻静的小胡同，由这条小胡同去市中心，比刚才走的博戈亚夫连街要近。

"听说你前几天在县里偷了教堂，是真的？"尼古拉·弗谢沃洛多维奇突然问道。

"其实我起先是进去祈祷的，先生。"流浪汉庄重而恭敬地回答道，仿佛什么事也没有发生过；甚至不止是庄重，几乎是自负。刚才那种"朋友"的亲昵态度已无影无踪。看来是一位严肃、干练的人物，虽然无端受辱，却不计前嫌。

"可是上帝把我领到那里去以后，"他继续说道，"我想，嗨，这是上天的恩赐啊！这件事之所以发生是因为我孤苦无依，因为我们的命运没有救济是根本不行的。不过请相信上帝吧，先生，我做了亏本生意，上帝惩罚了我的罪孽：一只香炉，一个圣饼盒，还有助祭的一条搭腰，总共只卖了十二个卢布。圣徒尼古拉的头饰带，纯银的，白给了，他们说那是锌铜合金。"

"你杀了看守？"

"其实我是和那个看守合伙干的，可后来，我们大清早在小河边为了谁背袋子而起了内讧。我作了孽，让他安息了。"

"你再去杀人吧；再去偷吧。"

"彼得·斯捷潘诺维奇与您是不谋而合，他也劝我那么干呢，先生，因为谈起救济，他是一个非常吝啬而冷酷的人，先生。此外，他对用泥土创造了我们的创世主毫无信仰，先生，他说一切直至最后一头野兽都是大自然的安排，这还不算，他简直不明白，我们这种人的遭遇没有慈善救济是万万不行的，先生。要是解释给他听，他就像山羊望着水一样瞪着眼，真叫人觉得惊讶。嘿，您信吗，先生，您刚才屈尊访问的列比亚德金大尉，您来之前他还住在菲利波夫公寓，有时竟通宵门户大开，自己喝醉了睡得像死人一样，钱却从他所有口袋里往下掉，撒在地板上。这是我碰巧亲眼所见，因为按我们的进项来说，缺了救济那是万万不行的，先生……"

"亲眼所见？你在夜里去过？"

"也许去过吧，不过没有人知道。"

"为什么没有杀了他？"

"我盘算了一下，没有轻举妄动，先生。因为我既然确实知道随时可以拿到一百五十卢布，那又何必出此下策，何况只要耐心等一等，就能拿到整整一千五百卢布呢？因为大尉列比亚德金（我亲耳所闻，先生）喝醉了总是满心指望着您，先生，这里没有一家小饭馆，甚至最下等的小酒店，他不曾醉醺醺地大肆张扬。这种情况我听到很多人说起，于是我也把自己的全部希望寄托在大人身上了。先生，我对您就像对父亲或亲兄长一样讲话，因为彼得·斯捷潘诺维奇或者其他任何人决不会通过我的口了解到这些情况。那么大人，赏三个卢布行么，先生？这样一来，我就可以放开手脚，打听到真实可靠的内情了，因为我们没有救济是绝对不行的，先生。"

尼古拉·弗谢沃洛多维奇哈哈大笑，从衣袋里掏出了钱包，其中约有五十卢布的零票，他从一沓钞票中抽出一张扔给他，然后是第二张，第三张，第四张。费季卡急忙去接，东跑西颠，钞票纷纷往泥泞里飘落，费季卡一面扑捉，一面叫着："嗬，嗬！"最后，尼古拉·弗谢沃洛多维奇把一整叠钞票全掷到了他身上，仍然哈哈大笑，沿着小胡同而去，这一回只有他独自一人了。流浪汉留下来寻找被风吹散和落入水洼里的钞票，跪在泥泞里爬来爬去，整整一个小时还能听见他在黑暗中断断续续的喊声："嗬，嗬！"

第三章 决 斗

一

　　翌日，午后二时，预定的决斗如期举行。阿尔捷米·帕夫洛维奇·加甘诺夫无论如何要决斗的那种不可遏止的欲望促使事情迅速定了下来。他因为不理解自己对手的行为而盛怒如狂。一个月来他侮辱对方而没有遭到反击，而且始终未能激怒他。他需要尼古拉·弗谢沃洛多维奇本人向他挑战，因为他自己没有提出挑战的直接口实。至于他内心的隐秘动机，即仅仅为四年前家族受辱而对斯塔夫罗金过分怀恨，不知为什么，他却羞于承认。而且他本人也觉得，这个借口岂有此理，尤其是考虑到尼古拉·弗谢沃洛多维奇已两次谦恭地道歉。他暗自认定，对方是无耻的懦夫；他简直无法理解，此人怎么能忍受沙托夫的那一记耳光；因此他才终于决定发出那封措辞异常粗鲁无礼的信，这封信终于促使尼古拉·弗谢沃洛多维奇本人提出决斗。他在昨天发出这封信以后就急巴巴地等待着对方的挑战，忐忑不安地估计着挑战的可能性，时而抱着希望，时而感到绝望。为了有备无患，他在当晚就为自己约好了副手，就是马夫里基·尼古拉耶维奇·德罗兹多夫，这是他的朋友、同学，也是他特别敬重的人。在这种情况下，次日上午九时受人之托而来的基里洛夫发现事情已无可挽回。尼古拉·弗谢沃洛多维奇的所有道歉和闻所未闻的让步，对方都不假思索地立即激烈地加以拒绝。头一天才了解到事情经过的马夫里基·尼古拉耶维奇对这些闻所未闻的提议惊讶得目瞪口呆，当即想坚决要求和解，可是他发觉阿尔捷米·帕夫洛维奇已经猜到他的意图而急得几乎坐在椅子上颤抖起来，只得沉默，一言不发。如果他不是对老同学有言在先，就会立即一走了之；他留下来的唯一希望是在事情最终结束时能提供某种帮助。基里洛夫转达了挑战的意图；斯塔夫罗金所提出的一切决斗条件，简直是立即被毫无异议地接受。只有一点补充，然而是十分残酷的补充，即：如果双方的第一次射击没有引起任何严重后果，则再次决斗；如果第二次也没有什么结果，就第三次决斗。基里洛夫皱起眉头，对第三次表示异议，然而商榷无效，他同意了，不过条件是"三次可以，四次无论如何不行"。对方作了让步。于是午后二时在布雷科夫会合了，准确地说是在市郊的一片小树林里，它的一边是斯克沃列什尼基，另一边是什皮古林家族的一个工厂。昨天的雨完全停了，但天气潮湿，有风。低低的片片阴云在寒冷的天空飞掠；树木的枝叶发出阵阵喧闹，树干吱吱作响；那是一个很阴郁的早晨。

加甘诺夫和马夫里基·尼古拉耶维奇乘着华丽的敞篷马车到达决斗地点，驾车的是阿尔捷米·帕夫洛维奇；他们身边有一名仆人。尼古拉·弗谢沃洛多维奇和基里洛夫也几乎同时到达，不过他们不是乘马车，而是骑马，还有一名仆人骑马跟随。从未骑过马的基里洛夫挺直身子勇敢地跨在马鞍上，右臂夹着装手枪的沉甸甸的匣子，他不放心把它交给仆人；左手笨拙地不断拉扯着缰绳，使那匹马晃着脑袋，眼看想直立起来，不过这一点儿也没有吓倒骑手。多疑、动不动就觉得受辱的加甘诺夫认为，对方骑马来是对他的又一次侮辱，他的想法是，可见敌人对胜利是太自信了，居然不考虑可能需要马车运走伤者。他跨出敞篷马车，气得脸色蜡黄，觉得自己的双手在发抖，并把这一点告诉了马夫里基·尼古拉耶维奇。尼古拉·弗谢沃洛多维奇向他点头致意，他掉头不理。两位副手抓阄的结果是使用基里洛夫的手枪。界线划定了，两个对手分开站好，车马仆人都退到三百步开外。手枪顶上子弹，交给了敌对双方。

遗憾，故事要快些讲，因而没有时间细加描述了；但根本不作交代也不行。马夫里基·尼古拉耶维奇忧心忡忡。基里洛夫却十分平静而淡漠，他一丝不苟地履行自己承担的职责，但不慌不忙，而对迫在眉睫的不幸结局几乎无动于衷。尼古拉·弗谢沃洛多维奇比平时苍白，衣着相当单薄，穿着大衣，戴一顶白色绒帽。他似乎很疲倦，偶尔皱皱眉头，丝毫不想掩饰自己不快的心情。不过，此时此刻的阿尔捷米·帕夫洛维奇最值得注意，所以不能不对他特别讲上几句。

二

我们一直没有机会提一提他的外貌。此人身材高大，皮肤白皙，正如老百姓所说，保养得很好，几乎是个胖子，长着稀疏的淡黄色头发，三十三岁左右，甚至可以说容貌俊美。他是退伍上校，如果他在军中升为将军，那么身膺将军官阶的他会更加威严，而且很可能成为一员英勇善战的优秀的将军。

为了描述他的特点，不能不提到，四年前尼古拉·斯塔夫罗金在俱乐部使他父亲受辱以后，家族蒙羞的感觉长期来苦苦折磨着他，这是他退伍的一个主要原因。他真心实意地认为继续任军职是不光彩的，而且暗自深信他玷污了部队和战友的荣誉，尽管他们谁也不知道这件事情。不错，他早先也想过总有一天要退伍，那是早在他父亲受辱之前很久，而且另有原因，可是一直犹豫不决。不论说起来多么奇怪，然而他要退伍的最初原因，或者不如说诱因，居然是二月十九日的解放农奴宣言。阿尔捷米·帕夫洛维奇是本省地主中的首富，即使在二月宣言之后所遭受的损失也并不太大，而且他能够认识到这一措施的人道精神，也差不多能理解改革的经济利益，可是从宣言公布之时起，却突然觉得受到了切身的侮辱。这是无意识的，仿佛是一种感觉，然而正因为它是不自觉的，所以越发强烈。不过在他父亲去世之前，他没有下决心采取任何决定性的行动；而在彼得堡他因为"高尚的"思想方式而开始在很多优秀人物之间享有盛誉，他也热心地与他们保持着联系。这是一个耽于沉思、深居简出的人。他还有一个特点：他属于那种古怪的，但在俄国仍然幸存的贵族，他们异乎寻常地珍视自己悠久、纯洁的贵族血统，并且把它看得过分认真。与此同时他很不喜欢俄国的历史，认为俄国的全部风俗习惯都有几分野蛮。早在少年时代，他有幸在其中开始并完成学业的专门招收贵族和富家子弟的军校就使某些诗意的想象在他心里扎了根：他喜欢城堡，中世纪的生活及其全部歌剧特点，骑士精神；他因为莫斯科王国时期沙皇可以对俄国大贵族施加体罚而羞愧得几乎泪下，对比使他汗颜。这个持重而非常严肃的人通晓自己的军职，出色地履行自己的职务，却拥有一颗幻想家的心。人们说，他是有能力在集会中讲话的，而且很有口才，然而三十三年来他始终不表示意见。甚至在他近来所周旋的彼得堡的那个重要圈子里，他的举止也非常傲慢。与从国外归来的尼古拉·弗谢沃洛多维奇在彼得堡相逢，几乎使他发狂。此刻他站在决斗场上极度不安。他老是觉得，这场决斗还是会因故取消，任何一点拖延都使他恐慌。他的脸上流露了痛苦的表情，因为基里洛夫没有发出交锋的信号，反而说起话来，诚然，这只是表面文章，他本人也直言不讳：

"我不过是做做表面文章；现在手枪拿在你们手里，该发号令了，再问最后一次：是否愿意和解？作为副手，我尽到责任啦。"

马夫里基·尼古拉耶维奇虽然一直沉默，但从昨天起他就为自己的退让和姑息而暗暗自责。这时仿佛有意为难似的，突然响应基里洛夫，也说道：

"我完全赞同基里洛夫先生的意见……所谓决斗场上不可和解，这种想法是一种只对法国人有用的偏见……而且我简直不明白侮辱何在，不论您怎么看，我早就想说了……因为人家一再道歉了嘛，不是吗？"

他满脸通红。他难得讲那么多话，而且那么激动。

"我再次重申，我愿意采取一切可能的方式表示歉意。"尼古拉·弗谢沃洛多维奇急急地应声说道。

"难道可以这样吗？"加甘诺夫朝马夫里基·尼古拉耶维奇狂叫道，气愤地跺着脚，"您向这个人讲清楚，如果您是副手而不是我的仇敌的话，马夫里基·尼古拉耶维奇（他用手枪朝尼古拉·弗谢沃洛多维奇一指），这种退让只是变本加厉的侮辱！他不愿与我一般见识！……他不认为在决斗场上与我和解是耻辱！这是把我看作什么人了，在您看来……您还是我的副手呢！您只是在惹我生气，让我无法命中。"他又跺着脚，唾沫横飞。

"商谈结束。请听我号令！"基里洛夫大声叫道，"一！二！三！"

"三"字一出口，两人就迎面逼近。加甘诺夫立刻举起手枪，在跨出第五或第六步时扣动了扳机。他略停了停，在确信没有命中以后，迅速走到界线跟前。尼古拉·弗谢沃洛多维奇也举着手枪走了过来，但不知怎么举得很高，而且几乎没有瞄准就开了枪。然后他拿出手帕，把右手的小指包了起来。这时大家才看到，阿尔捷米·帕夫洛维奇并没有完全打偏，不过子弹仅仅在指关节的皮肉上擦过，没有伤及骨头；是微不足道的擦伤。基里洛夫立即宣布，如果双方不满意这样的结果，决斗继续进行。

"我宣布，"加甘诺夫嘶声说道（他已经喉干舌燥），又转向马夫里基·尼古拉耶维奇，"此人（他又朝斯塔夫罗金一指）故意对空射击……他是蓄意如此……这又是侮辱！他想使决斗无法进行！"

"我有权想怎样射击就怎样射击，只要不违反规则，"尼古拉·弗谢沃洛多维奇强硬地声明道。

"不，他没有这个权利！对他说，说呀！"加甘诺夫叫道。

"我完全同意尼古拉·弗谢沃洛多维奇的意见，"基里洛夫大声宣告。

"为什么他要饶恕我？"加甘诺夫暴跳如雷，谁的话也不听，"我藐视他的饶恕……我瞧不起……我……"

"我保证，我绝对无意侮辱您，"尼古拉·弗谢沃洛多维奇不耐烦地说道，"我向空中开枪，是因为我不愿再杀害任何人了，无论是您还是别人，与您个人无关。诚然，我并不认为自己受到了侮辱，这却惹您生气，我感到遗憾。但是我决不允许任何人干涉我的权利。"

"既然他这么害怕流血，那么问问他，为什么要向我挑战？"加甘诺夫高声喊叫道，仍然是冲着马夫里基·尼古拉耶维奇说话。

"不向您挑战行吗？"基里洛夫干预道，"您什么话也听不进去，怎样才能摆脱您的纠缠啊！"

"我只指出一点，"马夫里基·尼古拉耶维奇说道，他紧张而沉痛地掂量着这件事，"如果有一方预先声明要向空中射击，那么决斗确实是无法继续的……由于微妙而……明显的原因……"

"我根本没有说每一次都要向空中射击！"斯塔夫罗金叫道，他完全失去耐心了。"你们根本不知道，我在想什么，以及我待会儿会怎样开枪……我不以任何方式阻碍决斗。"

"既然如此，决斗可以继续下去。"马夫里基·尼古拉耶维奇对加甘诺夫说道。

"先生们，各就各位！"基里洛夫发出了号令。

他们又迎面走近，加甘诺夫又没有命中，斯塔夫罗金又向上开枪。关于这两次往上面射击，是可以争议的：尼古拉·弗谢沃洛多维奇可以干脆说，他是认真射击的，如果他本人不承认有意打偏的话。他并没有举枪对着天空或一棵树，毕竟好像在瞄准对手，尽管瞄准点比他的帽子要高一俄尺。第二次甚至瞄得更低，更像那么回事；但是要加甘诺夫改变看法是不可能的。

"又是这样！"他咬牙切齿，"反正一样！我受到挑战，就要行使自己的权利。我要开第三枪……无论如何。"

"您完全有权这样做，"基里洛夫斩钉截铁地说道，马夫里基·尼古拉耶维奇一言不发。对手们第三次分站两边，号令也发出了；这一次加甘诺夫一直走到界线跟前，从那里开始瞄准，相距仅十二步。他的手抖得太厉害，很难准确无误地射击。斯塔夫罗金拿着手枪站着，枪口朝下，一动不动地等对手开枪。

"太久了，瞄准的时间太久了！"基里洛夫着急地叫道，"开枪呀！开——枪！"不过枪声已经响了，这一次尼古拉·弗谢沃洛多维奇的白色绒帽被打飞了。这一枪打得很准，帽子被击穿，弹孔很低，再低四分之一俄寸，那就全完了。基里洛夫拾起帽子，递给尼古拉·弗谢沃洛多维奇。

"开枪吧，不要让对手久等！"马夫里基·尼古拉耶维奇非常激动地叫道，因为他看斯塔夫罗金似乎忘了开枪，只顾与基里洛夫检查帽子。斯塔夫罗金一震，他看看加甘诺夫，就转身朝旁边的灌木丛开了一枪，这一次他已毫不顾及礼貌了。决斗结束。加甘诺夫呆若木鸡。马夫里基·尼古拉耶维奇走到他跟前说着什么，他却似乎茫然不解。基里洛夫临走时，摘帽向马夫里基·尼古拉耶维奇点了点头；可是斯塔夫罗金却忘记了一向的殷勤多礼；他朝灌木丛开枪以后，甚至没有回头朝决斗地点看一眼，把手枪往基里洛夫手上一塞，就向马匹匆匆走去。他面有愠色，默然不语。基里洛夫也一言不发。他们跨上马背，疾驰而去。

三

"您怎么不说话？"已经离家不远了，他忍不住向基里洛夫叫道。

"您要我说什么？"他反问道，险些儿从人立而起的马背上滑了下来。

斯塔夫罗金克制住了自己。

"我无意侮辱这个……傻瓜，却又侮辱了他。"他轻轻地说道。

"不错，您又侮辱了他，"基里洛夫断然说道，"再说他也不是傻瓜。"

"不过，我已经做了我所能做的一切。"

"并非如此。"

"还有什么是我应当做的呢？"

"不向他挑战。"

"再忍受一记耳光？"

"是的，耳光也得忍受。"

"我什么都不明白了！"斯塔夫罗金气恼地说道，"为什么人们并不期望于别人的，却期望我能做到？为什么我要忍别人之所不能忍，而且要承担别人承受不了的重负？"

"我觉得，重负是您自找的。"

"我自找的？"

"是的。"

"这一点……您看出来了？"

"是的。"

"这一点那么显而易见？"

"是的。"

片刻的沉默。斯塔夫罗金面带愁容，他简直大为惊讶。

"我不朝他开枪，是因为不愿杀人，如此而已，请您相信我，"他匆忙而不安地说道，仿佛在辩解。

"您不该侮辱他。"

"究竟该怎么办呢？"

"应当把他击毙。"

"我没有打死他，您感到遗憾？"

"我不是遗憾。我觉得您实际上是想打死他的。您不了解自己要的是什么。"

"要的是重负。"斯塔夫罗金笑了。

"您不愿流血，为什么要让他有机会杀您呢？"

"如果我不向他挑战，他会不通过决斗就那么杀了我。"

"这不是您考虑的问题。也许他不会。"

"仅仅把我毒打一顿？"

"这不是您考虑的问题。背着您的重负吧。否则就没有值得赞美的功绩啦。"

"什么功绩，我才不在乎呢！"

"我认为您在追求它。"基里洛夫极其冷静地下结论道。

他们骑马进了院子。

"到我那里坐坐？"尼古拉·弗谢沃洛多维奇邀请道。

"不，我到家啦，再见吧。"他跳下马背，把匣子夹在腋下。

"至少您是不会生我的气吧？"斯塔夫罗金把手伸了过去。

"哪里！"基里洛夫走回来同他握手，"如果说我的负担轻是天性使然，那么您的负担沉重些或许也是天性如此。不必太觉羞愧，只是稍有不妥而已。"

"我知道自己渺小，不过我也不想硬充强者。"

"您就别充啦；您并非强者。有空过来喝茶。"

尼古拉·弗谢沃洛多维奇满面羞惭地进了家门。

四

他立即从阿列克谢·叶戈罗维奇那里获悉，瓦尔瓦拉·彼特罗夫娜对于尼古拉·弗谢沃洛多维奇的出游——病后八天的首次骑马出游感到很满意，她吩咐套车，独自出去"像往日一样呼吸呼吸新鲜空气，因为八天来已经忘记呼吸新鲜空气是什么感觉了"。

"一个人去的还是带着达丽娅·帕夫洛夫娜？"尼古拉·弗谢沃洛多维奇迅速问道，打断了老人的话；听说达丽娅·帕夫洛夫娜"因身体不适没有同去，现在在自己的房间里"，他的眉头紧紧地皱了起来。

"听着，老头子，"他说，仿佛突然拿定了主意，"今天你要整天看着她，如果发觉她要到我这里来，你要马上阻止她，并且转告她，至少这几天我是不能接待她的……就说我请她务必见谅……时候一到，我会亲自请她来，听见了吗？"

"我会说的，少爷。"阿列克谢·叶戈罗维奇垂下眼睛说道，话声带着忧郁。

"不过一定要等到你看明白了，她本人是在往我这里来。"

"不必操心，我不会误事的。直到现在，来访都要通过我；他们总是求我给予方便。"

"我知道。不过要等到她本人朝这里来。给我送茶来，能快就快点儿。"

老人一出去，那扇门几乎马上又开了，达丽娅·帕夫洛夫娜出现在门口。她的目光是平静的，可是面色苍白。

"您从哪里来的？"斯塔夫罗金叫道。

"我刚才就站在这儿，等他出去才进来见您。我听见了您对他的吩咐，他出去时我躲在右边的墙角后面，他没有看见我。"

"我早就想与您中断来往了，达莎……暂时的……在目前这个时期。昨夜我不能接待您，尽管您给我写了便条。我本想写信告诉您，可我不会写啊。"他懊丧地补充道，还似乎带着厌烦的情绪。

"我自己也想过，必须中断来往。瓦尔瓦拉·彼特罗夫娜很怀疑我们的关系。"

"让她去怀疑吧。"

"不要让她担心嘛。那么等有了结局时再见？"

"您还一定要等个结局？"

"是的，我有信心。"

"世界上的事都是永无终结的。"

"这里会有个结局。那时您召唤我吧，我一定来。现在再见吧。"

"会有个怎样的结局呢？"尼古拉·弗谢沃洛多维奇微微一笑。

"您没有受伤，也……没有让别人流血吧？"她问道，没有答复关于结局的问题。

"情形很荒唐；我没有杀人，您放心吧。不过您今天就能听到人人都在谈论的详情了。我有点不舒服。"

"我就走。今天不会宣布你们的婚事吧？"她又犹豫地问道。

"今天不会；明天不会；后天嘛，我不知道，也许我们都死了，那更好。您还是走吧，走吧。"

"您不会毁了另一个……疯狂的女人吧？"

"我不会毁了疯狂的女人，不管是那个，还是另一个，可是看来我会毁了一个聪明的女人；我那样卑鄙下流，达莎，也许真会如您所说，召唤您'走上绝路'，而您尽管聪明，却一定会来。为什么您要毁了您自己呢？"

"我知道，终究只有我一个人会留在您身边……我等着这一天。"

"要是我终于不召唤您，避开您呢？"

"这是不可能的，您会召唤我的。"

"这是很轻视我啊。"

"您知道，不只是轻视。"

"那么毕竟有轻视的意思？"

"我表达不当。上帝作证，我但愿您永远不需要我。"

"两句话异曲同工。我也希望不要毁了您。"

"您永远不可能以任何方式毁了我，这一点您比谁都清楚，"达丽娅·帕夫洛夫娜迅速而坚定地说道，"如果不跟您走，那么我就去当护士，当看护，去护理病人，或者去当书贩子，推销福音书。我这样决定了。我不可能做任何人的妻子；我也不能在眼下这样的家庭生活下去。那不是我所要的……您全都知道。"

"不，我从来不能了解到您要的是什么；我觉得您对我感兴趣，就像某些上年纪的看护，不知为什么对某一个病人比对别的病人更关心一些，或者不如说，就像某些爱在葬礼上凑热闹的虔诚的老太婆，更喜欢那些比较中看一点的尸体。为什么您这么古怪地看着我？"

"您有病吧？"她同情地问道，似乎特别仔细地端详着他。"天哪！这个人也想撇下我！"

"听着，达莎，我现在常做梦。一个小鬼昨天在桥上向我建议杀掉列比亚德金和玛丽娅·季莫菲耶夫娜，从而了结我的合法婚姻，要不留痕迹。要求我付三个卢布定金，但是明确暗示，事情干完了，报酬不能少于一千五百卢布。瞧，多么会算计的鬼！一个会计！哈哈！"

"不过您确信这是梦吗？"

"噢，不，这完全不是梦！那就是费季卡·卡托尔日内，一个从苦役中逃出来的匪徒。不过问题不在这里；您猜猜，我是怎么做的？我把钱包里的钱都给了他，所以他现在完全相信，我是给他付了定金！……"

"您在夜里遇到他，于是他向您提了这个建议？难道您没有看出，您完全陷入了他们的罗网！"

"随他们的便。喂，您有一个问题呢，我从您的眼睛里看出来了，"他带着恶意的、气愤的微笑补充道。

达莎吃了一惊。

"我根本没有问题，也根本没有什么怀疑，您最好住口！"她惊慌地叫道，好像在回避那个问题。

"这就是说，您相信我不会同意费季卡的肮脏勾当？"

"天哪！"她双手一拍，"为什么您要这样折磨我？"

"得，请原谅我的愚蠢的玩笑，也许我是学了他们的坏榜样了。知道吗，从昨夜起我就好想笑，想一直笑下去，不间断地、长久地、使劲地笑。我好像吃了笑药……听！母亲来了；我听得出她的马车在台阶前停下的声音。"

达莎抓住了他的一只手。

"愿上帝保佑您摆脱您的恶魔……召唤我吧，快点儿召唤我吧！"

"唉，什么我的恶魔！那不过是一个患了感冒的瘦小、龌龊、憔悴的小鬼罢了，是一个倒霉蛋。可您，达莎，又有什么话不敢说吧？"

她带着痛苦和责备的神情瞥了他一眼，随即转身朝门口走去。

"您听我说！"他在后面叫道，恶意地咧嘴而笑，"如果……姑且这么说吧，一句话，**如果**……明白吗，嗯，如果我真的去干了那个勾当，然后再来向您召唤，那么您在我干了这个勾当之后还会来吗？"

她掩面而去，没有回头也没有回答。

"在这个勾当之后她也一定会来的！"他想了想低声说道，于是脸上掠过了不屑的、鄙夷的神气："看护！哼！……不过，这也许正是我所需要的啊。"

第四章　大家都在期待

一

迅速传扬开来的决斗经过在我们整个社交界所引起的反响，有一个特别值得注意的特点，那就是所有的人都众口一词地急忙声称自己无条件地支持尼古拉·弗谢沃洛多维奇。他的很多宿敌断然宣布自己是他的朋友。社会舆论发生如此意外的转变，主要原因是，某位迄今没有发表意见的重要人物公开讲了几句非常中肯的话，这几句话转瞬间赋予事件以新的意义，引起了我们绝大多数人的异乎寻常的关注。情况是这样的：恰巧在事件发生后的第二天，全城的人都在我省首席贵族夫人家里聚会，庆祝她的命名日。尤莉娅·米海洛夫娜也在座，更准确地说，她是首要嘉宾，秀色可餐、满面春风的莉莎维塔·尼古拉耶夫娜与她一同出席，这在那时却引起了我们很多女士的特别的猜疑。顺便说说，她与马夫里基·尼古拉耶维奇订婚已经毋庸置疑。对于一位已经退役然而高傲的将军（下面还要谈到他）的戏谑的问题，莉莎维塔·尼古拉耶夫娜在那天晚上曾亲自坦率地回答说，她已是未婚妻了。结果怎样呢？对于这次订婚我们的女士们竟谁也不愿相信。大家仍然固执地猜想有过风流韵事，在瑞士发生过某种不幸的家庭隐私，而且不知为什么还一定要把尤莉娅·米海洛夫娜牵扯进来。很难说，为什么这些流言，甚至可以说是臆想，竟能经久不衰，又为什么非要如此这般地把尤莉娅·米海洛夫娜拉扯进去不可。她一进来，所有的人都向她投去满怀期待的奇怪的目光。应当指出，由于事出不久，也由于某些有关的情况，人们在这次晚会上谈起来还是悄悄地，比较谨慎。何况对当局的处置还一无所知。就目前所知，两名决斗者都没有遇到麻烦。譬如大家都知道，阿尔捷米·帕夫洛维奇一大早就动身到他在杜霍沃的府第去了，没有受到任何阻挠。自然，这时大家渴望有个人带头公开谈论，从而为公众的急切心情打开宣泄的闸门。人们指望的正是前面提到的那位将军，而且果如所愿。

这位将军是我们俱乐部里最趾高气扬的成员之一，一个不很富有，然而思想标新立异的地主，爱好以过时的方式追逐小姐们，同时，特爱在大庭广众之间摆出将军的威势，专门对人们还在谨慎地窃窃私议的话题高谈阔论。似乎可以说，这是他在我们社交界所扮演的一个特殊的角色。这时他把音调拉得特别长，而且媚声媚气。这种习惯大概是向在国外旅游的俄罗斯人学来的，或者是向早先富有而在农村改革以后最穷愁潦倒的俄国地主学来的。斯捷潘·特罗菲莫维奇有一次甚至说过，一个地主破产后越穷，就越媚声媚气地阿谀逢迎，拖长声调。不过他自己也是媚声媚气地拖长声调，可他没有发觉自己的这个德行。

将军以权威人士的口吻开始讲话了。他和阿尔捷米·帕夫洛维奇似乎是远亲，不过彼此不和甚至曾诉诸法庭，此外，他本人曾两次决斗，一次还因此而流放到高加索当兵。有人提到瓦尔瓦拉·彼特罗夫娜，她在"病后"第二天就开始驱车出游；其实不是说她本人，而是谈论她套车的四匹灰色骏马，那都是斯塔夫罗金家的养马场里的。将军突然说，他今天曾遇见"小斯塔夫罗金"骑着马……大家立即鸦雀无声。将军吧嗒吧嗒嘴，突然庄重地发表了看法，一面用手指转动着御赐的金质鼻烟壶：

"遗憾，几年前我不在这里……我当时在卡尔斯巴德①……嗯。我对这个年轻人很感兴趣，那时我曾听到与他有关的种种流言。嗯。怎么，他疯了，真的吗？当时有人这样说过。我突然听说，他在这里

_____

① 即卡罗维发利。

受到一个大学生的侮辱，当着几位表姐妹的面；他还钻到了桌子底下去。可昨天斯捷潘·维索茨基告诉我，斯塔夫罗金跟这个……加甘诺夫决斗过了。仅仅是为了把自己的脑袋彬彬有礼地送给一个暴怒如狂的人去击穿；唯一的目的是摆脱他的纠缠。嗯。这符合二十年代近卫军的风尚。他在这里和谁有来往啊？"

将军住了口，仿佛在等候回答。宣泄公众急迫心情的闸门打开了。

"这还不简单？"突然尤莉娅·米海洛夫娜提高声音说道，她是因为人人都仿佛听到号令似的突然把视线转向她而感到气愤。"斯塔夫罗金与加甘诺夫决斗却不去理会大学生，这有什么可奇怪的？他不能向自己过去的农奴挑战，同他决斗啊！"

高明！一个简单而明确的卓见，然而迄今却没有人想到过。这些话引起了非同寻常的结果。一切丑闻和飞短流长，一切劣迹和荒诞不经都刹那间退居次要地位了；另一种含义被推到了前列。一个新人出现了，他曾被所有的人所误解，一个具备几乎十全十美的严谨观念的人物。他虽然受到一个大学生，即一个已经不是农奴而且受了教育的人的致命的侮辱，却对这种侮辱不予理会，因为侮辱者曾是他的农奴。社会上掀起了叫骂和诽谤；浅薄的社会以鄙视的态度对待挨了耳光的人；他轻视社会舆论，因为这个社会还没有成熟到具有真知灼见，却妄作解人。

"而我和您，伊万·亚历山德罗维奇，那时却坐在这里高谈正确的观念呢，先生。"俱乐部的一个小老头儿以自己揭短的高尚情操对另一个小老头儿说道。

"是呀，彼得·米海洛维奇，是呀，先生，"另一位心悦诚服地附和道，"看你还议论年轻人吧。"

"现在不是在谈论年轻人啊，伊万·亚历山德罗维奇，"一个适逢其会的第三者指出道，"现在的话题不是年轻人；他是一颗灿烂的明星，而不是某一个一般的青年；要这样来看才对。"

"我们就需要这样的人；人才太少了。"

这里关键在于，这位"新人"不仅是"道地的贵族"，而且是全省最富有的地主，因而不可能不是一个有影响的活动家。不过我先前也曾顺便谈到过我们那些地主的情绪。

他们甚至群情激昂：

"他不但不向大学生挑战，还把双手背在身后，请特别注意这一点，阁下。"一个人指出。

"而且也没有把他送上新法庭，先生。"另一个作了补充。

"尽管新法庭①会因为对贵族的**人身**侮辱而把十五卢布的罚金判给他，先生，嘻嘻！"

"不，我要告诉你们新法庭的一个秘密，"第三个人狂热地说道，"如果有人偷窃或诈骗，被人赃俱获，那就赶快抓紧时间跑回家里去把母亲杀了。他所做的一切马上就会宣告无罪，妇女们还会在台上挥舞麻纱手帕呢；这是无可争辩的实情！"

"实情，实情！"

免不了也要谈谈趣闻。人们想起了尼古拉·弗谢沃洛多维奇和 K 伯爵的交往。大家都知道 K 伯爵对新近各项改革所抱有的苛刻而闭塞的见解。他的杰出的活动也是众所周知的，最近才略有收敛。突然大家都确信，尼古拉·弗谢沃洛多维奇与 K 伯爵的一个女儿订了婚，尽管没有任何可靠的证据足以证实这个传闻。至于美妙的瑞士奇遇和莉莎维塔·尼古拉耶夫娜，连妇女们也不再提起了。顺便讲一讲，这时德罗兹多娃母女刚好——拜访了在此之前未及拜访的亲友。大家已经毫不怀疑地认为莉莎维塔·尼古拉耶夫娜是一个极平常的姑娘，由于神经有病才"举止异常"。至于她在尼古拉·弗谢沃洛多维奇到来的那天晕倒，只简单地解释为大学生的乖戾行为使她受了惊吓。甚至对过去曾竭力渲染其荒诞色彩的某些事情，现在也努力说得平淡无奇；而跛女人已经被人们彻底遗忘了；简直羞于想起她。"就是有一百个跛女人又怎样，——谁不曾年轻过！"人们注意到尼古

---

① 指 1864 年俄国司法改革后的司法机关。

拉·弗谢沃洛多维奇对母亲的尊重，列举他的种种美德，善意地谈到他在德国大学留学四年所获得的渊博的学识。阿尔捷米·帕夫洛维奇的行为被认定是不合情理的："自家人不认得自家人"；而尤莉娅·米海洛夫娜过人的洞察力得到了大家的公认。

这样一来，当尼古拉·弗谢沃洛多维奇本人终于露面时，人人都真诚而严肃地欢迎他，每一双望着他的眼睛都流露着无比迫切的期待。尼古拉·弗谢沃洛多维奇立即表现出极严谨的沉默，不言而喻，这就比说上三箩筐话还更能使大家悦服。总之，他诸事如意，成了风靡一时的人物。一个人一旦在我省社交界露了面，再要躲起来可就办不到了。尼古拉·弗谢沃洛多维奇开始像从前一样，细致入微地遵循本地风习。人们并不认为他心情愉快："这个人历经坎坷，与别人不同；他有心事。"连他的骄傲，以及四年前人们所深恶痛绝的他的冷若冰霜的态度，现在也受到了人们的尊重和喜爱。

最得意的是瓦尔瓦拉·彼特罗夫娜。我说不准，她是否因为对莉莎维塔·尼古拉耶夫娜所抱的幻想破灭而很觉遗憾。当然，家族的自尊在这里也起了作用。有一点很奇怪：瓦尔瓦拉·彼特罗夫娜忽然万分相信，尼古拉确实是"选中"了K伯爵的千金，然而最奇怪的是，她是信了传闻，这些传闻正如吹进了别人的耳朵一样，也吹进了她的耳朵；她却不敢亲自去直接问问尼古拉·弗谢沃洛多维奇。不过，有两三次她忍不住了，曾暗地里喜悦地责怪他对她不够坦白；尼古拉·弗谢沃洛多维奇笑笑，还是不置可否。沉默被理解为默认。说来奇怪，在这种情况下，她却从来没有忘记那个跛女人。关于她的思虑是压在她心头的一块石头，是一场噩梦，奇奇怪怪的梦境和臆测困扰着她，而这一切是和关于K伯爵的千金的幻想同时并存的。不过这在以后再谈。不言而喻，社交界又对瓦尔瓦拉·彼特罗夫娜殷勤备至，尊敬异常，不过她很少受用这种敬意，深居简出。

不过，她对省长夫人作了一次隆重的访问。不言而喻，对前面引述的尤莉娅·米海洛夫娜在首席贵族夫人的晚会上所发表的高明言论最叹服、心折的莫过于她了，这些话大大减轻了她心头的愁闷，一下子消除了在那个不幸的星期日以后使她备受折磨的很多隐痛。"我错看了这个女人！"她郑重地说道，并且以她所特有的冲动坦率地向尤莉娅·米海洛夫娜宣布，她是来登门**道谢**的。尤莉娅·米海洛夫娜很得意，但是不动声色。这时她已经开始强烈地感到自身的价值了，甚至可能有点儿太过。譬如，在交谈时她竟然声称，对斯捷潘·特罗菲莫维奇的学问、事业从未听说过。

"当然，对小韦尔霍文斯基我是接纳而且关心的。他很莽撞，但是他还年轻；何况很有知识。然而他毕竟不是什么退休的前批评家。"

瓦尔瓦拉·彼特罗夫娜急忙指出，斯捷潘·特罗菲莫维奇从来没有当过批评家，根本没有，而是在她家里生活了一辈子。他早期的事迹就很出名，"那是举世皆知的"，近来又以西班牙史方面的著作而享誉全球；他也想写一写德国大学的现状，似乎还想就德累斯顿的圣母像问题写点儿什么。总之，谈起斯捷潘·特罗菲莫维奇，瓦尔瓦拉·彼特罗夫娜是不愿向尤莉娅·米海洛夫娜让步的。

"德累斯顿的圣母像？就是西斯廷的吧？亲爱的瓦尔瓦拉·彼特罗夫娜，我在这幅画前面坐了两个小时，结果扫兴而归。我一点儿也理解不了，因而大为惊讶。卡尔马津诺夫也说难以理解。现在无论是俄国人还是英国人，都一无所获。这种盛名都是那些老朽吹捧起来的啊。"

"这意味着新的时尚吧？"

"我是想，我们的青年也不该受到忽视。有人嚷嚷，说他们是共产主义者，可在我看来，应当宽容他们，珍惜他们。我现在什么都读，各种报纸、公社论著、自然科学，来者不拒，因为终究有必要知道，您是生活在哪里，在同什么人打交道。不能一辈子都在肤浅的空想中过日子嘛。我得出结论要奉行这样的准则，即关心青年，从而使他们悬崖勒马。请相信我，瓦尔瓦拉·彼特罗夫娜，只有我们，我们的社会能够发挥有益的影响，而且正是我们的关怀能使他们不致堕入深渊，而那些老朽的狭隘偏执正是把他们推向深渊的罪魁祸首。不过我很高兴能通过您了解斯捷潘·特罗菲莫维奇。您使我有了一个主意：也许他能在我们的文学朗诵会上发挥作用。您知道吗，我要安排一整天的娱乐活动，接受捐款，资助我省贫困的家庭女教师。她们分布在俄国各地；我们一个县就有六名；此外，有两个女电报员，有两个在学院求学，其余的也想学习，可是没有钱。俄国妇女的命运是悲惨的，瓦尔瓦拉·彼特罗夫娜！现在这成了大学的研究课题，甚至国务委员会还召开了会议。在我们这个奇怪的俄国是可以为所欲为的。所以我们还是只能通过全社会的关心和热情的直接参与才能把这项伟大的共同事业纳入正轨。天哪，高尚的人可不多啊！当然，有是有的，然而他们是分散的。我们要是团结起来就会更有力量。总之，我要首先举行文学晨会，然后是便餐，然后休息，当天晚上举行舞会。我们本想以活画①作为晚会的开场，可是费用似乎太高，所以改为向观众表演一两场化装卡德里尔舞，戴着面具，穿着反映某些文学流派的有特色的服装。这个滑稽的主意是卡尔马津诺夫提出来的；他对我很有帮助。知道吗，他要在我们这里朗诵自己的还不为人知的最后的作品。他从此搁笔，不再写作了；这最后的一篇文章是他向大众告别之作。一篇美妙的小作品，标题是《谢谢》。标题是法文，不过他认为这样更风趣，甚至更含蓄。我有同感，而且就是我提的建议。我想，斯捷潘·特罗菲莫维奇也可以朗读，最好短一点……学术性不要太强。彼得·斯捷潘诺维奇和另一个人好像也要朗诵点儿什么。彼得·斯捷潘诺维奇会来见您的，告知节目安排；要不还是让我亲自把节目单给您送去吧。"

"您让我也签名认捐吧。我去转告斯捷潘·特罗菲莫维奇，并亲自请他出席。"

瓦尔瓦拉·彼特罗夫娜回家了，她完全被迷住了；她全力维护尤莉娅·米海洛夫娜，不知为什么对斯捷潘·特罗菲莫维奇反而大发雷霆；而他，可怜的家伙，坐在家里什么也不知道啊。

---

① "活画"：演员穿着剧中人服装，摆出姿态，表演戏剧场景；无声无动作。

"我爱上她了，我不明白，我怎么会对这个女人有那么大的误解。"他对尼古拉·弗谢沃洛多维奇和傍晚来访的彼得·斯捷潘诺维奇说道。

"不过您与老头子也要言归于好，"彼得·斯捷潘诺维奇说道，"他很沮丧。您把他永久地放逐到下房里去了。昨天他遇到您的马车，鞠躬致意，而您掉头不理。知道吗，我们要推荐他；我有些指望他干的事，他还会有用处的。"

"噢，他要朗诵作品。"

"我不光指这一件事。今天我本来就想亲自到他那里去一趟。那就通知他吧？"

"可以。不过我不知道您要怎样进行，"她犹豫地说道，"我原想亲自和他谈谈，并且想指定谈话的日期和地点。"她紧皱着眉头。

"嗨，指定日期就不必了。我转告一声就是。"

"行，就由您转告。不过您要补充一点，就说我一定会给他指定一个日期。务必要说。"

彼得·斯捷潘诺维奇笑着走了。据我回忆，他在这个时期似乎总是特别恼怒，甚至几乎对所有的人都有不耐烦的表现。奇怪的是，大家似乎都原谅他。大体上形成了一种看法：对待他应当有所不同。我要指出，他对尼古拉·弗谢沃洛多维奇的决斗非常恼火。这件事来得太突兀；他听人讲起的时候，竟气得脸色铁青。这也许是他的自尊心被刺痛了，他是第二天才知道的，那时已无人不知。

"要知道您是无权同人决斗的。"他对斯塔夫罗金低声说道，那已是第五天了，他们是在俱乐部偶然相遇。值得注意的是，在这五天里他们竟没有在任何地方见过面，尽管彼得·斯捷潘诺维奇差不多每天都到瓦尔瓦拉·彼特罗夫娜那里去。

尼古拉·弗谢沃洛多维奇一言不发，心不在焉地瞟了他一眼，仿佛不明白他在讲什么，不停步地走了过去。他当时正穿过俱乐部大厅，到小吃部去。

"您还去见了沙托夫……您想把玛丽娅·季莫费耶夫娜的事公

开。"他跟在后面跑着，竟忘乎所以地把手按在他的肩上。

尼古拉·弗谢沃洛多维奇猛地抖开他的手，迅速向他转过身来，凛然地皱起眉头。彼得·斯捷潘诺维奇看了看他，露出一个古怪的、久久的微笑。这一切只是刹那间的事。尼古拉·弗谢沃洛多维奇继续走了过去。

二

他离开瓦尔瓦拉·彼特罗夫娜就立即赶去见老头子了，他如此匆忙仅仅是出于愤怒，要为曾经受到的侮辱进行报复，而我在此之前对那次侮辱一无所知。情况是这样的，就在上星期四，在他们最后一次见面时，斯捷潘·特罗菲莫维奇本人挑起了争论，最后还拿起棍子把彼得·斯捷潘诺维奇赶了出去。那时他对我隐瞒了实情；可现在彼得·斯捷潘诺维奇跑了进来，带着惯常的、那样不加掩饰的倨傲的讪笑，令人讨厌的好奇的目光在角角落落梭巡，斯捷潘·特罗菲莫维奇一见他进来立即给了我一个暗示，叫我不要离开房间。这样一来他们的真正关系就在我面前暴露无遗了，因为这一次他们从头至尾的谈话我都听到了。

斯捷潘·特罗菲莫维奇挺直身子平静地躺在沙发床上。从上星期四以后他瘦了，脸色黄黄的。彼得·斯捷潘诺维奇以极其亲昵的态度坐到他身旁，放肆地盘着腿，在沙发床上占了那么大一块地方，显然对父亲是不够尊重的。斯捷潘·特罗菲莫维奇默不作声，自尊地让了让。

桌上有一本打开的书。那是长篇小说《怎么办？》[1]。唉，我应当承认，我的朋友有一种奇怪的苦闷心情：他幻想他应该从孤独中走出来，进行一次最后的战斗，这种幻想在他那被诱惑的想象中越来越

---

[1] 按照陀思妥耶夫斯基的构思，斯捷潘·特罗菲莫维奇对《怎么办？》的见解显然应该是反映自由派对车尔尼雪夫斯基这部长篇小说的态度。

占据上风。我猜想得到，他找来这部长篇小说加以**研究**，唯一的目的是要在与"大喊大叫的家伙们"不可避免地发生冲突时，能预先根据他们奉为"教义问答"①的这本书熟悉他们的手法和论据，并且在经过这样的一番准备之后，在**她的心目**中驳倒他们所有的人。噢，这本书把他折磨得好惨！他有时绝望地把书抛下，从座位上跳起来，狂怒地在室内大步流星地走来走去。

"我同意，作者的基本思想是正确的，"他激昂地对我说道，"可是这就更糟！这是与我们完全相同的思想，正是我们的思想啊；是我们，是我们最先播种、培育、造就了它，——却让他们这些人来发表有新意的见解，剽窃我们的成果！可是，天哪，这一切是怎样被丑化，被曲解，被糟蹋了啊！"他用手指敲着书，感慨地叫道。"我们是要得出这样的结论吗？谁还能在这里认出当初的原始思想呢？"

"你在学习吗？"彼得·斯捷潘诺维奇从桌上拿起书，看了书名，讪笑道，"早该如此啦。你要的话，我给你带更好的书来。"

斯捷潘·特罗菲莫维奇又保持着自尊的沉默。我坐在屋角的沙发上。

彼得·斯捷潘诺维奇很快地说明了自己的来意。当然，斯捷潘·特罗菲莫维奇夸张地大为震惊，他恐慌而又非常气愤地听着。

"这个尤莉娅·米海洛夫娜居然指望我到她家去朗诵！"

"其实她并不那样需要你。相反，她是要取悦于你，从而巴结瓦尔瓦拉·彼特罗夫娜。不过你当然是不敢拒绝的。而且我想，你自己也很想露一手，"他笑道，"你们这些老家伙全都极端自负。可是你听着，不要太令人乏味了。你准备朗诵什么，西班牙历史，是吗？你提前三天交给我看看，要不你会让听众打瞌睡的。"

这种喋喋不休、十分露骨的粗鲁揶揄显然是蓄意的。他装出一副样子，似乎同斯捷潘·特罗菲莫维奇谈话就不能用比较文雅的语言和概念。斯捷潘·特罗菲莫维奇对这种侮辱硬是视若无睹。但是所谈的

---

① 《怎么办？》确实是 19 世纪 60 至 70 年代俄国进步人士最喜爱的书。

事情对他发生了越来越强烈的影响。

"这是她亲自，**亲自吩咐通过**……您来转告我的吗？"他脸色苍白地问道。

"你知道吗，说得更准确些，她是要给你指定一个日期和地点彼此作一番解释；这是你们儿女情长的残余。二十年来你同她卖弄风情，使她养成了极可笑的作风。不过别担心，现在完全不是那么回事了；她本人时常说，如今她才'看透了'。我对她直言不讳，你们的友情不过是互泼污水而已。她对我讲了好多啊，老兄；呸，你一直干着这种奴仆的差使。我甚至为你脸红。"

"我干着奴仆的差使？"斯捷潘·特罗菲莫维奇忍无可忍了。

"更糟，你是寄人篱下，也就是甘心当奴才。懒得工作，可是对钱你们倒是有胃口，这一切她现在也明白啦；至少她把你说得很不堪。咳，老兄，我看了你给她的信不禁哈哈大笑；可羞，可恶。要知道你们是多么堕落啊，多么堕落！仰给于人的生活总是使人堕落——你就是一个明显的例子！"

"她给你看了我的信！"

"所有的信。其实，当然，怎会全看呢？嘿，你写了多少张纸啊，我想有那么两千多封吧……知道吗，老头子，我想，在一个短暂的时期内，她很可能是愿意嫁给你的吧？你愚蠢透顶地错过了机会！我这样说当然是为你着想，那毕竟比眼前好，眼前差点儿像个逗乐的小丑，被迫与'别人的罪孽'结婚，为了钱嘛。"

"为了钱！她，她说是为了钱！"斯捷潘·特罗菲莫维奇痛心地呼喊道。

"那还用说吗？你怎么了，我是在为你辩护啊。要知道这是你唯一的辩护方法。连她也明白，你需要钱，任何人都需要钱嘛，从这一点来看，你大概是对的。我简单明了地向她证明，你们是互利的关系：她是资本家，而你是在她身边卖弄风情的小丑。不过她并不为金钱生气，尽管你把她当母羊一样挤她的奶。她气的只是二十年来她一直信任你，而你却那么高雅地蒙骗她，使她长期来一直说着谎话。她永远不会意识到是她自己在说谎，可是这只会使你加倍倒霉。我不明白，你怎么就想不到，总有一天你要付出代价。要知道你是有点儿小聪明的。昨天我劝她把你送进养老院，别担心，是一个相当不错的养老院，你不会受委屈；看来她一定会这么办。记得你写的最后一封信吗，三个星期前寄往 X 省给我的？"

"难道你给她看了？"斯捷潘·特罗菲莫维奇惊得跳了起来。

"那还用说吗！这是我做的第一件事。就在这封信里你告诉我她利用你，忌妒你的才华，也就是在这里谈到了'别人的罪孽'。噢，老兄，顺便说说，你也太自负了！我忍不住哈哈大笑。一般说来，你的信都乏味透顶；你的文体太蹩脚。我往往看也不看，有一封现在还放在我那里没有拆开；明天我退还给你。然而这一封，你最后的这封信，——那是尽善尽美！我那个笑啊，笑啊！"

"混蛋，混蛋！"斯捷潘·特罗菲莫维奇吼道。

"呸，鬼东西，同你简直无法谈话。喂，你又生气啦，像上星期四那样？"

斯捷潘·特罗菲莫维奇凛然地挺直了身躯。

"你怎么敢用这种语言同我讲话？"

"什么语言啊？简单明了的语言？"

"你干脆告诉我，混蛋，你究竟是不是我的儿子？"

"这你比我清楚啊。当然，在这方面凡是做父亲的都宁可睁只眼闭只眼……"

"住口，住口！"斯捷潘·特罗菲莫维奇全身颤抖起来。

"瞧，你又是叫喊又是骂人，就像上星期四那样，当时你想举起棍子打我，而我正在寻找文件。出于好奇，我在箱子里翻了一个晚上。的确，没有任何确凿的证据，是你能聊以自慰。这不过是我母亲给那个波兰人的一张便笺。但从它的性质来看……"

"再说一个字，你就要挨耳光。"

"瞧这种人！"彼得·斯捷潘诺维奇突然对我说道，"您知道吗，从上星期四以来我们一直是这样。我很高兴，今天至少有您在这里，请判断一下谁是谁非吧。首先讲事实；他指责我这样谈论母亲，可是促使我这样谈的不就是他吗？在彼得堡，在我还是一名中学生的时候，不是他一夜把我叫醒两次，像个婆娘似的搂着我哭哭啼啼吗，您想，他每天夜里对我讲了些什么呢？就是这些关于我母亲的猥亵的笑话！我最先就是听他说的。"

"噢，我当时的话是有崇高含义的！噢，你没有理解我。你什么、什么也没有理解。"

"不过你的话比我的话更下流，确实更下流，你得承认。你知道吗，我倒是无所谓。我是从你的角度来说的。从我的角度看，你放心，我并不责怪母亲；是你也好，是那个波兰人也好，我无所谓。你们在柏林闹出那么愚蠢的事情来，不是我的错。而且你们哪里干得出什么聪明事来呢。瞧，在这一切之后，你们岂不是惹人笑话！我是不是你的儿子，对你来说还不是一样？您听我说，"他又转向我说道，"他一辈子没有为我花过一个子儿，在我十六岁之前他根本不认识我，后来他在这里掠夺我的财产，现在他却大喊大叫，说他为我操了一辈子心，在我面前像个戏子似的惺惺作态。得了吧，我可不是瓦尔瓦拉·彼特罗夫娜！"

他站起来拿了帽子。

"从此我以我的名义诅咒你！"斯捷潘·特罗菲莫维奇把一只手伸在他的头顶上，脸色白得像死人。

"唉，一个人会愚蠢到什么地步！"彼得·斯捷潘诺维奇简直感到惊讶，"好吧，再见，老头子，我再也不到你这儿来了。文章早些交来，别忘了，如果你办得到，就尽量少说些荒诞无稽的话，要的是事实，事实，还是事实，主要是要短些。再见。"

三

不过，这里也有一些其他因素起了作用。彼得·斯捷潘诺维奇对他父亲确实怀有某种企图。在我看来，他是想使老头子陷于绝望，从而促使他公开出丑——在某种程度上。这是他为了以后要说到的将来的其他目的所需要的。类似的各种盘算和计划他有很多,当然,几乎都是想入非非。除了斯捷潘·特罗菲莫维奇,在他心目中还有一个垫脚石。一般地说,他有不少垫脚石,以后自明;然而对这一个他特别寄予希望,那就是冯·列姆布克先生本人。

　　安德列·安东诺维奇·冯·列姆布克属于一个得天独厚的民族,据统计这个民族在俄国有几十万人,也许他们自己也不知道这个民族的全体在俄国形成了一个有严密组织的同盟。当然,这个同盟不是预先筹划的,也不是杜撰的,它独自存在于整个民族之内,没有文字记载,没有条约,只是作为某种有道德约束的群体,这个民族的全体成员必须互相支持,不论何时何地,也不论在何种情况之下。安德列·安东诺维奇有幸就学于俄国的这样一所高等学校,充斥其中的青年都出身于有上层关系或富裕的家庭。该校学生毕业后几乎马上就被安插到政府的某一部门,担任相当重要的职务。安德列·安东诺维奇有一个叔叔是上校工程师,另一个叔叔是面包师;但他挤进了高校,并且遇到了很多这样的同胞。他是一个生性愉快的同学;在学习上很迟钝,但是大家都喜欢他。到了高年级,很多青年,其中大多数是俄罗斯人,学会了议论当代的重大问题,而且踌躇满志,只等一旦跨出校门,就要解决一切问题,这时安德列·安东诺维奇却还在孩子气地顽皮胡闹。他惹得人人发笑,不过只是出一些蹩脚的洋相,或做出猥亵的举动而已,然而这成了他生活的旨趣。有时老师在课堂上向他提问,他却怪里怪气地擤鼻涕,把同学和老师都逗笑了;有时在学生宿舍里猥亵地搔首弄姿,博得大家的掌声;有时他单用自己的鼻子演奏(还相当精彩)《魔鬼兄弟》[1]的序曲。他还故意弄得很邋遢,不知为什么觉得这样挺风趣。最后一年他开始写写俄文诗。他懂自己的本民族语,但是不大顾及语法,这个民族在俄国的很多人都是这样。对诗歌的这种爱好使他结识了一位郁郁不乐而且似乎受到过某种打击的同

---

① 《魔鬼兄弟》(1830)是法国作曲家奥柏(1782—1871)所写的喜歌剧。

学，他是一位穷将军的儿子，俄罗斯人，在学校里被视为未来的伟大作家。这位同学像保护人一样对待他。可是却发生了这样的情况：在跨出校门以后，一晃三年过去，这位为了俄罗斯文学而放弃官场生涯的郁郁不得志的同学，穿着一双破旧的皮鞋，冻得牙齿打战，深秋还穿着夏装，意外地在阿尼奇科夫桥边遇到了他当初的被保护人"列姆布卡"——这是在学校时大家对他的称呼。不料一下子竟没有认出他来，惊讶得站住了。立在面前的是一位衣着考究得无可挑剔的青年，淡棕色连鬓胡子是精心修饰过的，戴着夹鼻眼镜，脚蹬漆皮靴，手上戴的是一副新颖别致的手套，穿着"沙尔梅尔"宽松大衣，腋下夹着公文包。列姆布克对同学很热情，把地址告诉了他，邀请他随便哪一天晚上一聚。原来他已经不是列姆布卡，而是冯·列姆布克了。不过，这位同学还是到他家去了，也许仅仅是出于气愤。在不大美观，已经远远谈不上堂皇，却铺着红呢地毯的楼梯上，看门人迎上来盘问他。楼上传来了响亮的铃声。来访者原以为会见到一派富贵气象，却发现他的"列姆布卡"住在一间小小的昏暗而破旧的耳房里，一幅巨大的深绿色帷幔把小房间一隔为二，室内摆放的虽然都是沙发之类的深绿色软家具，但已破旧不堪，又窄又高的窗户上挂着深绿色窗帘。冯·列姆布克是寄住在远房亲戚，一位庇护他的将军家里。他对客人殷勤接待，神态严肃，彬彬有礼。他们谈谈文学，然而限于适当的范围。系着白领结的男仆送上淡淡的茶和小小的圆饼干。同学没好气地要一杯德国矿泉水。矿泉水是端来了，不过有点儿耽搁，这时列姆布克似乎很尴尬，一再呼唤、命令。不过，他又主动请问客人，要不要吃点儿点心，看来他很满意，因为对方谢绝了，并且终于告辞。其实列姆布克是刚刚踏上仕途，在一位虽为同族却十分倨傲的将军门下，过着寄人篱下的生活。

那时他正爱恋着将军的第五个女儿，似乎也博得了对方的青睐。可是到时候阿玛莉娅还是嫁给了一个年老的德国工厂主，老将军的老相识。安德列·安东诺维奇并没有太伤心，而是用纸粘成一座剧院。大幕升起，演员们出场，比划着手势；包厢里坐着观众，乐队在机械的操纵下拉着小提琴，乐队指挥在挥动着指挥棒，池座里骑士和军官们在鼓掌。这一切都是纸做的，一切都是冯·列姆布克亲自设计和制作的；他为此花了半年的工夫。将军特意举办了家庭晚会，展示了剧院，出席的有将军的所有五个女儿，新婚的阿玛莉娅的那位工厂主以及很多太太小姐和她们的德国朋友，大家仔细地观赏赞美着剧院；然后举行了舞会。列姆布克十分满意并且很快就不再伤感了。

岁月流逝，他终于飞黄腾达。他一直身居要职，他的上司始终是一些同族人，终于以他的年龄而论荣膺显要的官职。他早就想成亲，而且早就在细心物色对象。他瞒着上司给一家刊物的编辑部投寄了一部中篇小说，但未被刊用。然而他粘成了整整一列火车，又完成了一个绝妙的作品：拎着皮箱和旅行袋，带着孩子和小狗的旅客们纷纷走出车站或进入车厢。列车员和服务员往来奔走，铃声响了，发出了信号，于是列车启动。为这个巧妙的玩意儿他花了整整一年的时间。可是他终究该结婚了。他的交游相当广泛，大体上都是在德国人的圈子里；不过他也周旋于俄罗斯人之间，当然，那都是他的上级。最后，他在年满三十八岁时还得到了一份遗产。他的当面包师的叔叔死了，遗嘱指定给他留下一万三千卢布。冯·列姆布克虽然在官场上气派不凡，却生性俭朴。他会非常满足于某种独立自主的公职，拥有一份由他支配的官俸或诸如此类的美差，也就一生无求了。然而这时他所期待的某一位米娜或埃内斯蒂娜并未出现，却突然邂逅了尤莉娅·米海洛夫娜。他当即官升一级。俭朴而循规蹈矩的冯·列姆布克觉得他也足以自负了。

按旧法计算，尤莉娅·米海洛夫娜拥有两百农奴，此外，她还带来了强有力的靠山。从另一方面来看，冯·列姆布克是一位美男子，而她已经年过四十。好在随着他越来越以新郎自居，也就渐渐真的爱上了她。在结婚的那天上午他给她献上了一首诗。她很喜欢这一切，甚至包括他的诗，四十岁可不是儿戏啊。他很快就获得了某种头衔和勋章，然后又受命来我省任职。

在准备就任的时候，尤莉娅·米海洛夫娜对夫君着力教导了一番。在她看来,他并不缺乏才能,善于进入角色并表现自己,善于以深思的神态倾听和沉默,善于摆出某些体面的派头,甚至可以发表讲话,甚至有一些片断的、零星的思想,具有不可或缺的时髦的自由主义风采。然而还是使她感到揪心的是,他似乎不大敏感,而且在长期来不断追逐功名之后,显然有了需要安宁的感觉。她很想把自己的虚荣心灌输给他,不料他却开始用纸糊一座新教教堂:一位牧师出来布道,教徒们把手交叉在胸前虔诚地聆听着,一位女士在用手帕抹眼泪,一个小老头儿在擤鼻涕,最后,一架小型管风琴奏响了乐曲,那是不惜重金在瑞士定制并订购的。尤莉娅·米海洛夫娜知道了这件事不禁骇然,立即没收了他的全部作品,锁进自己的箱子里;作为补偿,她允许他写长篇小说,但只准悄悄地写。从这时起,她干脆把希望只寄托在自己身上了。不幸的是,她太轻浮,不大有分寸。命运使她当老姑娘实在当得太久了。现在她那虚荣心重而且受过若干刺激的脑袋里闪过一个又一个主意。她怀有种种构想,毅然决然地想独揽全省大权,制订了行动方针。冯·列姆布克甚至有点儿害怕了。然而凭着他在官场上的乖巧圆滑,不久就悟到,为省长职务而担心大可不必。最初的两三个月甚至过得称心如意。然而这时彼得·斯捷潘诺维奇出现了,于是怪事层出不穷。

问题在于,小韦尔霍文斯基从一开始就显然对安德列·安东诺维奇毫无敬意,而且攫取了凌驾于他的某些奇怪的权力,而一向如此看重夫君影响的尤莉娅·米海洛夫娜却视而不见;至少是不予重视。这个年轻人成了她的宠儿,在她家吃、喝,而且可以说就睡在她家里。冯·列姆布克开始维护自己的尊严了,当众称呼他"年轻人",以保护人的姿态拍拍他的肩膀,然而这一切对他不起作用:彼得·斯捷潘诺维奇似乎总是当面嘲弄他,即使看来是在严肃地谈话也罢,而且当众对他出语唐突。有一天他回到家里,发现这个年轻人不请自来,睡在他书房里的沙发上。对方解释道,他来访不遇,"顺便睡了一觉"。冯·列姆布克感到气恼,又向夫人抱怨起来;她对他的气愤嘲笑了一番,挖苦道,显然他自己不善于自处;"这个孩子"至少对她从来不敢放肆，况且"他天真纯洁，尽管举止出格"。冯·列姆布克绷起了脸。那一次她终于使他们言归于好。彼得·斯捷潘诺维奇并没有请求原谅，而是以一个粗鲁的玩笑敷衍过去，这种玩笑在其他场合很可能被认为是新的侮辱，然而这一次却被看作悔过。安德列·安东诺维奇的弱点在于一开始就做错了，不该对他说起自己的长篇小说。他以为这是一位高雅热情的年轻人，而且他早就渴望有一位听众，在相识初期的一天晚上就给他朗读了两章。对方听着，毫不掩饰他的厌烦，失礼地打着哈欠，一次也没有赞扬，可是临走前他要手稿，说是要在闲暇时考虑自己的看法，安德列·安东诺维奇也就交给了他。他从此就没有归还手稿，尽管每天都来，问起时他只是笑笑；最后他宣称，当晚就在大街上把手稿弄丢了。尤莉娅·米海洛夫娜听说以后，对夫君大发雷霆。

"你是不是把糊教堂的事也告诉他了？"她几乎骇然地慌忙问道。

冯·列姆布克显然陷入了深思，而深思对他有害而且是医生所禁止的。除了省里发生了下面将要谈到的许多麻烦以外，现在还有一个特殊的难题，受创的是心而不只是领导者的自负。当初结婚，安德列·安东诺维奇无论如何也想不到将来会发生家庭的龃龉和冲突。在梦想米娜和埃内斯蒂娜的时候，他所想象的是一生平安。他觉得再也忍受不了家庭的惊雷。尤莉娅·米海洛夫娜终于同他恳谈了一番。

"你不能为此而生气，"她说，"哪怕就因为你的明智三倍于他，而你的社会地位更比他高得不可比拟。这个孩子身上还有过去自由思想习气的很多残余，在我看来，不过是淘气而已；但操之过急不行，要慢慢来。要珍惜我们的青年；我是用怀柔来施加影响，使他们悬崖勒马。"

"可是他太不像话，"冯·列姆布克抢白道，"我无法容忍，他在大庭广众之间，当着我的面说，政府故意怂恿老百姓酗酒，把他们变成畜生，从而防止人民造反。想想我的身份，竟不得不当众听他这么说。"

讲到这里，冯·列姆布克想起了不久前自己与彼得·斯捷潘诺维奇的一次谈话。他抱着一种天真单纯的目的，想用迁就的态度消除他的对立情绪，给他看了自己私下收集的各种传单，有俄国的也有国外的，这是他从一八五九年起细心搜罗的，不是出于爱好，而是由于有益的求知欲。彼得·斯捷潘诺维奇看穿了他的目的，粗鲁地说，有些传单一行文字所具有的含义，比起某些办公厅的全部文牍有过之而无不及，"您的办公厅大概也不例外"。

列姆布克气得脸都歪了。

"不过在我们这儿还言之过早，过早啊。"他几乎用央求的口气说道，一面指着那些传单。

"不，不早；瞧，您害怕了，可见不早。"

"可是，譬如这里，在煽动捣毁教堂呢。"

"为什么不？您嘛，是聪明人，当然并不信仰宗教，心里清楚得很，您需要宗教，是要把人民变成一群畜生。真理比谎言正当。"

"同意，同意，我完全同意您的见解，可是在我们这儿还言之过早，过早……"冯·列姆布克皱起了眉头。

"这么说来您还算什么政府官员呢，既然您赞同捣毁教堂，赞同举起棍棒打上彼得堡，而认为全部区别仅仅在于时间的早晚？"

列姆布克对自己如此笨拙地落入圈套，极感沮丧。

"并非如此，并非如此，"他冲动起来，自尊心受到了刺激，"您还年轻，主要是您还不了解我们的目的，所以有了误解。您瞧，最亲爱的彼得·斯捷潘诺维奇，您把我们称为政府官员？好。称为独立的官员？好。然而请问，我们是怎样发挥作用的呢？在我们的肩上负有责任，结果是我们和你们一样，也在为共同的事业服务。我们只是维护你们在破坏的东西，维护那些没有我们便将分崩离析的东西。我们不是你们的敌人，绝不是，我们对你们说：前进吧，追求进步吧，甚至说去破坏吧，就是说去破坏一切旧的应当加以改造的东西；不过，我们在需要的时候，将把你们约束在必要的范围内，从而使你们不至于一意孤行，因为没有我们你们只会使俄国陷于动荡，有损于国家的良好形象，而我们的任务恰恰在于关心它的良好形象。您要深刻理解，我们和你们是彼此相互需要的。英国的辉格党和托利党①也是彼此相互需要。好吧，我们是托利党，而你们是辉格党，这就是我的看法。"

安德列·安东诺维奇不觉慷慨陈词。从彼得堡时代起他就爱好聪明的、自由主义的言论，而此刻好在无人偷听。彼得·斯捷潘诺维奇保持沉默，神态不知为何异常严肃。这就更加挑逗起演说家的勃勃兴致。

"您知道吗，我是'一省之长'，"他继续说下去，在书房里往来踱步，"知道吗，我由于职责太多而无法履行任何一项职责，另一方面，我可以同样坦诚相告，我在这里无事可做。其中的奥妙在于一切都取决于政府的观点。假定政府哪怕要建立共和国，出于政治考虑或者为了安抚不满情绪；另一方面，假定政府与此同时又强化省长权力，那么，我们各省省长就能把共和国吃掉；说什么共和国，任什么也能吃掉；至少我觉得我是随时待命的……总之，假定政府向我发出通电，要求发挥疯狂的积极性，我就会表现出疯狂的积极性。我在这里曾理直气壮地说过：'亲爱的先生们，为了使省府的一切机构步调一致，政绩卓著，有一条是必不可少的，即：强化省长权力。'要明白，所有这些机构，不论是地方自治机关还是司法机关，可以说，都必须过双重生活，就是说，这些机关应当有（我承认，这是必要的），而另一方面，又应当没有。一切视政府的观点而定。一旦认为需要这些机构，那么它们在我这里就立即出现。时过境迁，在我这里就谁也找不到它们。我就是这样理解疯狂的积极性的，如不强化省长权力，这也就无从谈起了。我和您现在是私下谈谈。知道吗，我已经向彼得堡提出，省府门前必须专门派一名卫兵。我在等待批复。"

"您需要两名，"彼得·斯捷潘诺维奇说。

"为什么要两名呢？"冯·列姆布克在他面前停了下来。

---

① 18 至 19 世纪英国的两个主要政党——自由党和保守党。

“一名也许少了吧，不足以让大家尊重您啊。您必定要有两名才行。”

安德列·安东诺维奇气歪了脸。

“您……天知道您有多么放肆啊，彼得·斯捷潘诺维奇。您利用我的善意出言奚落，扮演正直的粗人的角色……”

“随您怎么说吧，”彼得·斯捷潘诺维奇喃喃道，“你们毕竟是在为我们铺路，在为我们的成功作准备。”

“究竟‘我们’是谁，成功是指什么？”冯·列姆布克惊讶地瞪着他，但是没有得到回答。

尤莉娅·米海洛夫娜听了关于这次谈话的叙述，大为不满。

“可我不能，”冯·列姆布克辩解道，“拿官长的派头对待你的宠儿啊，何况是私下交谈……我可能出言不慎……那是出于好心。”

“太好过头啦。我不知道你曾收集传单，请给我看看吧。”

“不过……不过他硬要了去，看一天就还。”

“你又给了他！”尤莉娅·米海洛夫娜冒火了，“这么不知分寸！”

“我马上派人去拿回来。”

“他不会给的。”

“我要求他给！”冯·列姆布克火了，甚至从座位上跳了起来。“他是什么人，要这样忌惮他，我又是什么人，竟然什么也不敢做？”

“坐下，冷静一点，”尤莉娅·米海洛夫娜制止了他，“我来回答你的第一个问题：有人向我特别推荐了他，他有才能，他的谈吐有时非常聪明得体。卡尔马津诺夫一再说，他几乎到处都有关系，而且对首都的青年非常有影响。如果我能通过他把他们吸引过来，团结在我的周围，那么我就能使他们免遭毁灭，给他们的上进心指示一条新路。他一心一意忠诚于我，言听计从。”

“可是在对他们怀柔期间，他们会……鬼知道会捅出什么娄子来。当然，这是个主意……”冯·列姆布克含糊其词地辩解道，“可是……可是我听说，在某某县出现了一些传单。"

"可这还是夏天的传闻，传单啦，伪钞啦，又怎样呢，至今可一张也没有见到哇。是谁告诉您的？"

"我是听冯·布柳姆说的。"

"嘿，原来是这个冯·布柳姆，饶了我吧，今后不许再提他！"

尤莉娅·米海洛夫娜勃然大怒，甚至一时说不出话来，冯·布柳姆是省长办公室的一名官员，她特别恨他。这在以后再说。

"请不要为韦尔霍文斯基发愁吧，"她在谈话的最后断言，"如果他参加过什么非法活动，那么他同你以及其他人就不会这样谈话了。好空谈的人并不可怕，我甚至要说，万一出什么事，我就会通过他而首先得到消息。他对我有一种狂热、狂热的忠诚。"

在叙述日后的种种事件之前，我要在这里指出，倘若不是尤莉娅·米海洛夫娜自视过高，虚荣心太重，那些不足挂齿的歹徒在我们这里所引起的风波，也许就不致发生了。她在很多方面是难辞其咎的！

第五章 盛会之前

一

　　尤莉娅·米海洛夫娜为募捐资助本省家庭女教师而筹备的盛会，几经定期而又推迟。围着她团团转的有彼得·斯捷潘诺维奇，专门跑腿的小官吏利亚姆申，此人过去时常拜访斯捷潘·特罗菲莫维奇，由于弹钢琴而在省长家里骤然得宠；在某种程度上利普京也算一个，他已被尤莉娅·米海洛夫娜聘为未来的独立省报的编辑；还有几位夫人小姐甚至卡尔马津诺夫，后者虽然不是团团转，但曾得意扬扬地公开宣布，等到文学卡德利尔舞开始，他会给大家一个意外的惊喜。全省社会各界的杰出人士纷纷认捐、馈赠，为数甚众，不过极不入流者只要携款光临，也来者不拒。尤莉娅·米海洛夫娜发觉，有时甚至应当不分阶层，一视同仁，"否则谁来开导他们呢？"成立了不公开的亲友委员会，会上决定，此次盛会将面向大众。过多的认捐是扩大开支的诱惑；他们希望创造某种美轮美奂的场面，这就是一再延期的原因。他们对晚上的舞会在哪里举行还一直举棋不定，是在首席贵族夫人为了这一天而准备让出的巨宅呢，还是在瓦尔瓦拉·彼特罗夫娜的斯克沃列什尼基庄园？庄园远了点儿，可是很多委员坚持说，那里"更无拘无束"。瓦尔瓦拉·彼特罗夫娜本人满心希望能安排在她那里。很难说，为什么这个高傲的女人几乎在巴结尤莉娅·米海洛夫娜。她看来是乐于见到，省长夫人在尼古拉·弗谢沃洛多维奇面前态度近乎谦卑，对他的殷勤礼遇超过对别的任何人。我再说一遍：彼得·斯捷潘诺维奇总是经常窃窃私语，继续在省长家里渲染早就放出的风声，说尼古拉·弗谢沃洛多维奇此人在极秘密的团体里有极秘密的联系，而且想必在这里负有某种使命。

当时人们的情绪很奇怪。尤其是妇女们表现了一种轻佻作风，而且不能说是有节制的。一些肆无忌惮的想法仿佛在随风扩散。出现了某种纵情欢乐的轻松气氛，我并不认为那总是令人愉快的。思想有点儿出格成了时尚。后来，在一切结束以后，人们纷纷指责尤莉娅·米海洛夫娜、她的小圈子以及她的影响；可是未必一切都是尤莉娅·米海洛夫娜搞起来的。恰恰相反，开始时很多人争先恐后地称赞新来的省长夫人，说她善于团结大家，说人们忽然变得更快活了。甚至发生过几起丝毫不能归咎于尤莉娅·米海洛夫娜的丑剧，可当时大家一味哄然大笑，乐不可支，并无一人出面制止。不错，为数不少的一伙人曾袖手旁观，对当时的事态抱有不同看法；但就是这些人当时也并无怨言，甚至面带笑容。

我记得，那时似乎自然而然地形成了一个人数相当多的小团体，它的中心也许真的就在尤莉娅·米海洛夫娜的客厅。在这个聚集在她身边的亲密的小团体里，当然是在年轻人之间，种种淘气的行为——有时确实是肆无忌惮——被默许，甚至习以为常。其中还有几位很可爱的女子。青年们举行野餐、晚会，有时成群结队地乘着马车，骑着马，在市内闲逛。他们追求奇遇，甚至自己故意添枝加叶地编造离奇的情节，仅仅为了制造趣闻笑料。他们把我们的城市当作一座愚人城①。他们被称为一伙恶作剧者，因为他们是很少顾忌的。例如有这样的一件事，本地一位中尉的妻子，是一个还非常年轻的黑发女子，不过由于在夫家饮食不周而身体瘦弱，在一次晚会上她轻率地坐下打牌赌大输赢，想赢钱给自己买件短斗篷，不料反而输了十五卢布。她怕丈夫，又无钱付赌债，于是鼓起刚才的那份勇气，决定当即在晚会上向本市市长的儿子偷偷借钱。那是个由于放荡成性而未老先衰的恶

---

① 俄国讽刺作家萨尔蒂科夫-谢德林（1826—1889）在其作品《一个城市的历史》中所描写的城市。

少。他不但拒绝了，还跑去告诉她的丈夫，哈哈大笑。确实只靠一点薪俸过着穷日子的中尉，把夫人带回家痛打了一顿，尽管她又哭又喊，跪地求饶。这个令人愤慨的故事只是在市里到处引起讪笑而已，虽然可怜的中尉妻子不属于尤莉娅·米海洛夫娜圈子里的人，但那群"马上游伴"中的一位太太是乖戾而活跃的角色，她似乎认识中尉的妻子，竟驱车前去，擅自把她接到了自己家里做客。我们的那帮浪荡子弟立即抓住她不放，对她温存备至，慷慨馈赠，一连挽留了四天，不放还她的丈夫。她住在这位活跃的太太家里，成天乘着马车同她和那一帮寻欢作乐的主儿在城里游荡，参加各种娱乐活动和舞会。他们老是唆使她拖丈夫上法庭，挑起纠纷。保证大家一定支持她，出庭作证。丈夫忍气吞声，不敢抗争。可怜的女人终于明白她倒了大霉，吓得要死，在第四天的黄昏逃离自己的保护人，回到了自己的中尉身边。夫妻间情况如何，外人不知就里；但是中尉赁居的那座低矮的小木屋，有两扇百叶窗两个星期没有打开。尤莉娅·米海洛夫娜得悉一切以后，对浪荡子们发了一通脾气，对那位活跃的太太的行为大为不满，尽管在把中尉妻子抢来的当天这位太太就给她引见过。不过，这件事很快就被遗忘了。

还有一回，一名小官吏，看上去是一位受尊敬的当家人。一个来自外县的青年，也是小官吏，娶了他的女儿，年方十七岁的少女，城里著名的小美人。可人们忽然得知，新婚之夜年轻的新郎对小美人非常粗暴，因为自己的尊严受玷污而报复她。利亚姆申几乎是事态的目击者，他因为在婚礼上喝醉了，留宿在主人家里，一大早他就走访大家散布这个好笑的新闻。转眼间聚集了十来个人，人人骑在马上，有的是骑租来的哥萨克马，例如彼得·斯捷潘诺维奇和利普京，后者尽管两鬓如霜，可我们那些轻狂子弟的所有惹是生非的行径几乎都少不了他。结婚翌日，新人不论有什么意外，都一定要进行礼俗的拜访，当新婚夫妇乘坐双套轻便马车出现在街头时，那一帮骑着马的年轻人全都快活地笑着围了上去，并且整个上午在城里尾随不舍。诚然，他们不进屋，而是骑在马上等在大门外；并且也没有对新郎新娘横加凌辱，然而毕竟令人难堪。全城议论纷纷。当然，全都哈哈大笑。可是冯·列姆布克当即勃然大怒，而且又与尤莉娅·米海洛夫娜上演了一出闹剧。她也非常生气，打定主意不让浪荡子们登门。可是第二天她就原谅了所有的人，就因为彼得·斯捷潘诺维奇的一番规劝和卡尔马津诺夫的几句话。后者认为这个"玩笑"相当风趣。

"这是本地的风俗。"他说，"至少颇有特色而且是……敢作敢为；您看看吧，人人都在笑，就只有您在动肝火。"

但有些淘气是不可容忍的，带有某种色彩。

城里来了个出售福音书的女书商，是一个值得尊重的妇女，虽说是出身于小市民。人们开始议论她，因为首都报纸对书商刚刚有过引人注意的评论。又是那个滑头利亚姆申，在一个无所事事、等候教职的师范学校毕业生的协助下，假装买书，偷偷地把一大沓下流的外国色情照片塞进了她的书袋。后来知道，照片是一个道貌岸然的小老头特意为了这件缺德事而提供的。此公我不愿提名道姓，他胸前挂着荣耀的勋章，用他自己的话来说，爱好"健康的笑和愉快的戏谑"。可怜的女人在市场上取出圣书时，照片也洒落一地。响起了一阵哄笑声和一片不满的嘀咕；群众拥上来了，人们开始谩骂，倘若不是警察及时赶到，拳打脚踢就在所难免。女书商被关进了拘留所。马夫里基·尼古拉耶维奇了解了这次丑行的内情后极为愤慨。由于他的出力周旋，女书商才在晚上获释，被押送出城。这时尤莉娅·米海洛夫娜坚决要赶走利亚姆申。可是就在当晚，我们的那些人结伙而来，把此人带到她面前说，他想出了一个在钢琴上演奏的新奇的玩意儿，并说服她姑且听一听。这玩意儿倒真逗，用了一个可笑的标题：《普法战争》[①]。它以《马赛

① 《普法战争》：《马赛曲》和德国市侩歌曲《我亲爱的奥古斯丁》之间的别致的竞争反映了 1870 至 1871 年普法战争由起初法国统治阶层希望胜利到后来法国投降的转折。资产阶级共和主义者朱尔·法弗尔于帝国倾覆后任所谓"国防政府"外交部长，他起初声称，决不放弃法国的"寸土"和法国要塞的"一砖一石"，但在后来与俾斯麦举行和谈时被迫屈从德意志关于割地赔款的要求。另一方面，《马赛曲》和《我亲爱的奥古斯丁》的竞争和后者的胜利大概体现了陀思妥耶夫斯基的如下思想：1789 年法国革命的理想在 19 世纪资本主义丑恶现实的条件下被歪曲和庸俗化了。

曲》雄浑的旋律开始：

　　　　让敌人的鲜血灌溉我们的田野！

　　其中响彻了高傲的挑战和对未来胜利的陶醉。然而，随着国歌精彩变奏的节拍，在侧面、在下面、在角落里的某处，但很近很近，蓦地飘起《我亲爱的奥古斯丁》①的可恶的音响。《马赛曲》没有注意它，《马赛曲》正飘飘然陶醉于自己的伟大；但《奥古斯丁》在渐渐加强，《奥古斯丁》越来越放肆，而且不知怎么，《奥古斯丁》的节拍竟蓦地开始与《马赛曲》的节拍同步。后者似乎开始动怒；它终于注意到《奥古斯丁》了，它想抛下它，赶开它，像挥去一只讨厌的渺小的苍蝇。然而《我亲爱的奥古斯丁》紧随不舍；它愉快而自信；它欢乐而嚣张；而《马赛曲》仿佛突然变蠢了：它不再掩饰它的恼怒和难堪；那是举手向天愤怒的号泣，那是眼泪和誓言：

　　　　决不放弃我们的寸土，我们要塞的一砖一石！

　　但它已经不得不合着《我亲爱的奥古斯丁》的节拍歌唱。它的声音稀里糊涂地融入了《奥古斯丁》，它俯首顺从，黯然消隐。只是偶尔稍纵即逝地又响起"让敌人的鲜血……"，却又立即万分委屈地转入那支可恶的华尔兹。它完全屈服了：这是朱尔·法弗尔扑在俾斯麦胸前号啕并献出一切、一切……但这时《奥古斯丁》也已经暴躁起来：响起了嘶哑的声音，感觉得到饮过量啤酒的气息，还有那种顾盼自雄，索要亿万金钱以及精美的雪茄、香槟和人质的狂妄；《奥古斯丁》转为狂啸……普法战争结束了。大家鼓掌，尤莉娅·米海洛夫娜莞尔而笑，说道："怎么能把他赶走呢？"和平实现了。这个坏蛋确实不乏才气。有一天斯捷潘·特罗菲莫维奇对我说过，最高的艺术

────────────

　　① 原文为德文。

天才可以又是最可怕的恶棍，而且两者并行不悖。后来有个传闻，说这支乐曲是利亚姆申剽窃一位才华横溢而谦逊的年轻人的，这是他结识的一个过路人，此人终于湮没无闻。这个坏蛋曾在斯捷潘·特罗菲莫维奇身边周旋了数年，在晚会上应邀扮演形形色色的犹太人，表演聋妇的自白或妇女的分娩，现在在尤莉娅·米海洛夫娜家里，有时附带地也以"四十年代的自由主义者"为题，把斯捷潘·特罗菲莫维奇本人漫画化，惹人发笑。人人笑得前俯后仰，结果根本不可能赶他走了，因为他已成为大家离不开的人。而且他卑躬屈膝地巴结彼得·斯捷潘诺维奇，而后者此时对尤莉娅·米海洛夫娜已经有了奇特的巨大影响……

我本来不会专门谈到这个坏蛋，他也不配为他枉费笔墨；可是这时发生了一件令人愤慨的事情，人们言之凿凿，说他也曾参与其事，而我在自己的纪事中对这件事无论如何也不能避而不谈。

一天早晨，关于一起可恶的招致众怒的渎神行为的消息传遍了全城。在我们的大市场的入口处附近有一座破败的圣母教堂，它是这座古城的出色古迹。在院墙的大门旁，自古以来就有巨幅圣母像嵌在栅栏后面的墙壁上。就是这幅画像某夜遭到洗劫，神龛的玻璃被打碎，栅栏被拆毁，神冠和金属衣衫上的几颗宝石和珍珠被盗，是否十分贵重我不知道。但主要的是，除了盗窃，还无谓地作耍，亵渎神明：在打碎的圣像玻璃后面，据说早晨发现了一只活的老鼠。现在，四个月过去，人们已经确知，犯罪者是苦役犯费季卡，但不知何故，人们补充说利亚姆申也参与了。当初谁也不曾提到利亚姆申，而且从未怀疑过他，而现在人人都肯定地说，那时是他把老鼠放进去的。记得，我们的官长们都有点儿不知所措。人们从早上起就麇集犯罪现场。人群久久不散，虽说人数并不太多，可毕竟有一百来人。有的来了，有的走了。走近的人画着十字，吻着圣像；人们开始布施，于是出现了一只教堂用的盘子，旁边站着一位修士，直到午后三点，官长才想到，可以命令人群不要驻足围观，在祈祷、亲吻圣像、施舍之后马上离开。这一不幸事件给冯·列姆布克留下了极其阴暗的印象。有人告诉我，尤莉娅·米海洛夫娜后来说过，从这个不祥的早晨起她就在自己的丈夫身上觉察到一种奇怪的沮丧心情，此后直到两个月前因病离开本市，他的这种心情始终未变，而且现在似乎还在瑞士困扰着他，他是在本省短暂的官场生涯之后在那里休养。

记得我那时也在午后十二点多来到广场；人群静默着，神色庄重而阴沉。一个肥胖的脸色蜡黄的商人坐着轻便马车驶近，他从车厢里出来，一躬到地，吻了圣像，布施了一个卢布，唉声叹气地上了马车，又走了。又有一辆四轮马车载着我们的两位女士和伴随她们的两个浪荡子驶来。年轻人（其中一个已经不很年轻了）也走出车厢，朝圣像挤过去，很不客气地推开众人。两人都不摘帽，一个还把夹鼻眼镜架到鼻子上。人群怨声四起，虽然声音低沉，但态度冷峻。戴夹鼻眼镜的小伙子从钞票塞得鼓鼓的钱包里取出一枚铜戈比，掷到盘子里；两人高声谈笑着转身走向四轮马车。这时，莉莎维塔·尼古拉耶夫娜在马夫里基·尼古拉耶维奇的陪伴下，突然飞马而至。她跳下马，把缰绳撂给自己的同伴，他奉命仍留在马上。她走近圣像恰在那个铜戈比被扔下的时候。她的双颊涌起了愤怒的红晕；她摘下圆帽、手套，在圣像前跪下，直接跪在污秽的人行道上，虔诚地叩首三次。然后取出钱包，但因为钱包里只有几枚十戈比的银币，又马上取下自己的一对钻石耳环，放在盘子里。

"可以吗？可以吗？用来装饰圣像？"她激动地问修士道。

"可以，"他答道，"随缘布施吧。"

人群静默着，不加褒贬；莉莎维塔·尼古拉耶夫娜穿着弄脏了的衣衫，上马疾驰而去。

二

在刚才描述的情景的两天之后，我遇见她在为数众多的人群之中。他们乘着三辆四轮马车出游，一些人骑着马追随左右。她向我招招手，把马车停下，恳切地要求我同行。在马车里为我找了个座位，于是她笑着把我介绍给她的同伴，几位花枝招展的女士，又向我说明，大家是要作一次非常有趣的出游。她哈哈大笑，那份喜悦似乎有点儿过分。近来她快乐得近乎淘气。确实，这是一个不平常的举动：他们要过河去商人谢沃斯季扬诺夫家里，在他家的侧屋，谢苗·雅科夫列维奇①，我们的圣徒和先知，已经住了将近十年，安宁、富足、养尊处优。他不仅在我们这里有名，而且声名播于周围各省甚至京城。拜见他的人络绎不绝，尤其是短期逗留的过客。他们前来鞠躬致敬，布施财物，求赐谶语。布施有时价值不菲，如果谢苗·雅科夫列维奇本人不当即加以处置，便被虔诚地送往教堂，主要是送往我们的圣母修道院；为此修道院专门派一名修士经常守候在谢苗·雅科夫列维奇身边。大家都期待着大大地乐一乐。这伙人谁也不曾见过谢苗·雅科夫列维奇。只有利亚姆申从前到过他这里，现在他说，当时那个人吩咐拿扫帚把他赶走，而且亲手向他背后扔了两个煮熟的大土豆。我注意到骑马的人当中也有彼得·斯捷潘诺维奇，又是租了一匹哥萨克马，他的骑术很蹩脚，还有尼古拉·弗谢沃洛多维奇，也骑着马。这一位有时并不回避大家的娱乐活动，而且在这些场合神情总是愉快而得体，不过依旧寡言少语。这一队人马下桥时经过城里的一家旅馆，有人突然告诉大家，刚才在旅馆客房内发现了一名开枪自杀的旅客，正等着警察呢。马上就有人提议去看看自杀者。大家表示赞成，因为我们的女士们还从未见过自杀的人。我记得，一位女士当即公开说，"一切都乏味透了，有乐子干吗不找，只要开心就行。"只有不多的几个人留在台阶旁等候；其他人一拥而入走进了肮脏的走廊，我惊讶地看到，莉莎维塔·尼古拉耶夫娜也在其中。自杀者的房间开着，当然，没有人敢不让我们进去。这是个年纪轻轻的少年，十九岁光景，不会再大了，看来很俊，浅黄色的浓发，端正的椭圆脸，洁白漂亮的前额。他已经僵硬，白白的小脸仿佛是大理石雕成的。桌上放

---

① 陀思妥耶夫斯基通过谢苗·雅科夫列维奇的形象对莫斯科的疯疯癫癫的"预言家"伊万·雅科夫列维奇·科列沙（1780—1861）作了别出心裁的描绘。

着一张便笺，是他的亲笔，说明他的死与任何人无涉，他之所以开枪自杀是因为"挥霍"了四百卢布。便笺上写的就是"挥霍"这个词儿。寥寥四行字就有三个语法错误。当时特别为他哀叹的，看来是他隔壁的旅客，一个胖胖的地主，因事住在另一间客房。据他说，少年原来是受家庭，受寡居的母亲和姐妹们、姑姑们之托，从他们的村庄来到城市，要在住在城里的一位女亲戚的指点下，为出嫁的姐姐购置各种嫁妆，并运回家里。她们把几十年来积攒的这四百卢布托付给他，一面担心地唉声叹气，絮絮不休地叮咛、祈祷，不断画着十字。少年在此之前一向稳重可靠。三天前进城后，他没有去见那位亲戚，而是住进旅馆，径直去了俱乐部，希望在某一间里屋找到一个设赌坐庄的旅客，或至少找到一个牌局。但那晚没有牌局，也没有设赌坐庄的人。回到客房时已近午夜，他要了香槟酒、哈瓦那雪茄和有六七道菜的晚餐。可是香槟酒使他醉了，雪茄使他呕吐，以致端进去的食物动也未动，他睡下了，几乎不省人事。第二天醒来，脸色鲜艳得像苹果一样，他当即去了河那边小镇上的一个茨冈人宿营地，这个地方是他昨天在俱乐部听人说起的，一去两天没有回旅馆。昨天下午五点他终于大醉而归，立刻躺下，直睡到晚上十点。醒后要了一个肉饼、一瓶法国葡萄酒以及葡萄、纸张、墨水和账单。谁也没有发觉他有什么异样，他平静，温和，亲切。也许他是在午夜就自杀了，不过奇怪的是谁也不曾听到枪声，直到今天午后一点才发觉有异，门敲不开，只得破门而入。葡萄酒空了半瓶，葡萄也剩下约一半。子弹是用三筒小左轮直接击中心脏。流血很少；手枪从手里掉在地毯上。青年自己半躺在屋角的沙发上。死亡大概是刹那间的事；脸上毫无临终受痛苦的迹象；他神色安详，几乎是幸福的，仿佛人还活着。我们的那些人全都极其好奇地仔细看着。一般说来，别人遭到的不幸，永远有某种使旁观者感到悦目的东西，——甚至不论您是谁。女士们静悄悄地看，男伴们则卖弄自己的机灵，兴高采烈。一个人指出，这是最佳结局，这孩子可想不出更好的主意了；另一个下结论道，虽说为时短暂，但他痛快地活了一回。第三个冲口说道，为什么我们这里常有人投缳自尽，开枪自杀呢，仿佛齐根倒下，仿佛人人都没了立足之地？大家冷漠地看了看这个爱发议论的角色。不过，以扮演小丑角色为荣的利亚姆申，从碟子上扯下了一嘟噜葡萄，另一个也嬉笑着学他的样，第三个人还伸手去拿葡萄酒。不过在场的警察局长制止了他，并请求"清场"。因为大家已经看够了，所以都毫无异议地走出了房间，尽管利亚姆申不知为了何事曾凑到警察局长身边。普遍的欢快和笑语喧哗在余下的一半路程中倍加热闹。

他们是午后一点整到了谢苗·雅科夫列维奇那里。商人的巨宅大门敞开，也允许进入侧屋。当下就得悉，谢苗·雅科夫列维奇正在用餐，但仍然接待。我们全体一拥而入。圣徒接待和用餐的房间很宽敞，有三扇窗，一道高可及腰的木栅从一面墙到另一面墙把房间横着平分为二。一般的来访者停留在木栅外，而那些幸运儿，按照圣徒的指示，可以通过木栅上的小门进入他的那半间，于是他若愿意就让来访者在沙发和几把旧的皮圈椅上落座；他本人始终坐在破旧的伏尔泰式安乐椅上。他是相当魁梧、有点儿浮肿的黄脸汉子，五十五岁上下，淡黄色的头发稀稀拉拉，谢顶，不留胡须，右颊肿胀，嘴似乎略歪，左边鼻翼旁长着一颗大疣子，细细的小眼睛，神情安详、庄重，睡眼惺忪。衣着是德国式的，一件黑色常礼服，没有背心和领带。常礼服下面露出一件厚厚的然而洁白的衬衫；腿似乎有病，穿一双便鞋。我听说他当过官，现在还有官衔。他刚喝了清淡的鱼汤，正在吃第二道菜——蘸盐的带皮土豆。此外他从来不吃别的；只是茶喝得很多，他喜欢喝茶。有三名仆人在他身边当差，是那位商人所雇用的；其中一个穿着燕尾服，另一个像管伙食的，第三个像教堂打杂的。还有一个少年，大约十六岁，很活泼。除了仆人，在场的还有一位带着募款箱的可敬的白发修士，略显太胖。一张桌子上有一个极大的俄式茶炊，水在沸腾，托盘上差不多有两打茶杯。对面的另一张桌子上放着捐赠品：几俄磅白糖和几个大糖块，两磅茶叶，一双绣花便鞋，一方薄绸头巾，一块呢料，一匹粗麻布，等等。布施的钱几乎都放进了修士的募款箱。房间里人很多，光是来访者就有一打，其中的两个坐在木栅的内侧，在谢苗·雅科夫列维奇近旁；那是一个白发老人，虔诚的朝圣者，"平民"，还有一个外地来的矮小干瘦的小修士，庄重地垂目而坐。其他来访者都站在木栅外侧，也大多是平民，只有一个来自县城的胖胖的商人，他留着大胡子，穿着俄罗斯服装，但人们知道他是拥有十万家产的财主；还有一个贫穷的中年女贵族和一个地主。人人都在等待着自己的运气，不敢主动开口。有四个人跪在地下，但最引人注意的是那个地主，四十五岁左右的胖子，紧靠木栅跪着，比所有的人都更显眼，怀着景仰的心情期待着谢苗·雅科夫列维奇善意的目光或话语。他跪了近一个小时，而那一位却不予理睬。

我们的女士们挤在木栅边，快活而讥诮地窃窃私议。跪着的和所有其他来访者都被挤到后面或被遮挡着，只有那个地主顽强地留在显眼处，甚至用双手抓住木栅。愉快、急切而好奇的目光都一齐朝着谢苗·雅科夫列维奇，那些带柄眼镜、夹鼻眼镜甚至双筒望远镜也是这样；至少利亚姆申是举着双筒望远镜在看。谢苗·雅科夫列维奇的一双小眼睛安详而懒懒地扫视了大家一眼。

"这些迷人的目光！迷人的目光！"他总算用沙哑的男低音微微叹道。

我们的那伙人都笑了，说："迷人的目光是什么意思？"但谢苗·雅科夫列维奇却沉默着，继续吃他的土豆。最后他用餐巾抹了抹嘴，有人给他递上了茶。

他通常不是独自喝茶，还斟茶给来访者们，但远不是人人有份，通常是他亲自指点要降福于其中的哪些人。这种决定总是因出人意料而让人惊讶。他有时撇开富翁和高官而吩咐斟给一个农夫或某一个衰迈的老太婆；另一回又撇开穷人，斟给某个大腹便便的富商。斟茶也有区别，有的茶里加糖，有的得到喝茶时含在嘴里的糖块，有的根本不给糖。这一回走运的是外地来的小修士和年老的朝圣者，前者得到一杯加糖的茶，后者只有茶，没有糖。不知为什么，没有人端茶给来自修道院带着募款箱的胖修士，尽管在此之前他每天都能得到自己的一份。

"谢苗·雅科夫列维奇，对我说点儿什么吧，我早就想与您结识啦，"一个与我们同乘一辆四轮马车的花枝招展的妇人眯着眼，娇声娇气地含笑说道，就是她不久前曾说，有乐子干吗不找，只要开心就行。谢苗·雅科夫列维奇甚至不瞟她。跪着的那个地主大声长叹，仿佛一个大皮囊被拎起来又放了下去。

"糖茶！"谢苗·雅科夫列维奇蓦地指着那个家财十万的富商；富商移步向前，站在地主身旁。

"再给他糖！"斟好一杯茶以后，谢苗·雅科夫列维奇命令道；于是又放了一份糖。"再给，再给他！"又第三次拿了过去，最后还有了第四次。商人乖乖地开始喝他的糖浆。

"上帝啊！"人们轻呼，画着十字。那个地主又大声长叹。

"神父！谢苗·雅科夫列维奇！"突然响起了一个穷寡妇的悲苦的声音，那声音尖利得叫人难以想象。她被我们的人挤得紧贴着墙壁。"整整一个小时，亲人哪，我在期待着上天的帮助。你对我说话啊，评判一下我这个孤苦的女人吧。"

"去问问她。"谢苗·雅科夫列维奇向那个打杂的仆人指示道。打杂的走到了木栅跟前。

"上次谢苗·雅科夫列维奇吩咐您做的事做了吗？"他从容地低声向寡妇问道。

"做了什么啊，谢苗·雅科夫列维奇，有他们在就做不成啊！"寡妇尖叫道，"这些吸血鬼把我告到区里了，还威胁说要告到参政院；这是对亲生母亲哪！……"

"给她……"谢苗·雅科夫列维奇指着大糖块。那个少年奔过去，抓起来捧到寡妇面前。

"啊，神父，你大慈大悲。我哪里要得了这么多呢？"寡妇尖叫起来。

"再给，再给！"谢苗·雅科夫列维奇给予嘉奖。

又捧来了一个大糖块。"再给，再给，"圣徒吩咐道；送来了第三块，然后又是第四块。寡妇周围放的全是糖。修道院的修士叹了一口气：按常例，这一切今天是很可能送到修道院里去的。

"我哪里吃得了这么多啊？"寡妇压低嗓音叹息道，"我要作呕的！……该不是什么神启吧，神父？"

"一点不错，是神启。"人群中有人说道。

"再给她一磅，再给一磅！"谢苗·雅科夫列维奇还不停止。

桌上还剩下整整一个大糖块，但谢苗·雅科夫列维奇指示给一磅，于是给了寡妇一磅。

"上帝，上帝啊！"众人叹息，画着十字。"显然是神启啊。"

"让您的心感到充满善意和慈悲的甘甜吧，然后再来控诉您的亲生儿女，您的亲骨肉吧，想来这就是这个象征的含义了，"修道院派来的，身边堆满茶叶的胖修士低声然而自满地说道，他在一阵虚荣心的驱使下自作解人。

"你说什么呀，神父，"寡妇突然气呼呼地说道，"韦尔希申家失火时，他们用套马索把我往火里拖。他们把死猫锁在我的匣子里，什么坏事都干得出来呀……"

"赶出去，赶出去！"谢苗·雅科夫列维奇突然挥着双手。

打杂的和少年冲过木栅。打杂的架起寡妇一只胳膊，她乖乖地拖着步子往门口走去，一面回头望着送给她的那些糖块，少年正搬着它们跟在后面。

"拿掉一块，拿掉！"谢苗·雅科夫列维奇对留在身边的管事命令道。那人随后追了出去，一会儿三个仆人都回来了，带回了一个已经送给寡妇而此刻又从寡妇那儿取回的大糖块；不过，她带走了三块。

"谢苗·雅科夫列维奇，"有人站在门边，从众人身后问道，"我梦见一只鸟，是寒鸦，它从水里飞出来又飞进了火里。这个梦是什么意思？"

"天要大冷了。"谢苗·雅科夫列维奇说。

"谢苗·雅科夫列维奇，为什么您不回答我的话，我早就对您感兴趣了。"我们的那位女士又开腔了。

"问问他！"谢苗·雅科夫列维奇不理睬她，突然指着跪在地上的地主吩咐道。

奉命询问的来自修道院的修士稳重地走到地主跟前。

"犯了什么过失吗？不是吩咐过您，哪些事不可以干吗？"

"不准打架，不准任意动手。"地主嘎哑地答道。

"做到了吗？"修士问。

"我做不到，我控制不住自己。"

"赶出去，赶出去！用扫帚，扫帚！"谢苗·雅科夫列维奇挥动着双手。那个地主不等实行惩罚，跳起来就蹿出了房间。

"他把一枚金币留在地下了。"修士说道，一面拾起那枚五卢布的金币。

"就给他！"谢苗·雅科夫列维奇用手指向富商一戳，那位家产十万的财主不敢不拿，就收了下来。

"黄金追随黄金。"修道院的修士忍不住说道。

"给这个人糖茶。"谢苗·雅科夫列维奇蓦地指着马夫里基·尼古拉耶维奇。仆人斟了茶，却错误地端给了戴夹鼻眼镜的花花公子。

"给高个子，高个子。"谢苗·雅科夫列维奇纠正道。

马夫里基·尼古拉耶维奇接过杯子，军人似的微微鞠躬，随即喝了起来。我不知为什么，同来的一伙竟全都笑得前俯后仰。

"马夫里基·尼古拉耶维奇！"莉莎忽然对他说道，"刚才跪着的那位先生走了，您就在他跪过的地方跪下吧。"

马夫里基·尼古拉耶维奇莫名其妙地望望她。

"我请求您嘛，您会使我非常高兴的。听我说，马夫里基·尼古拉耶维奇，"她倏地用坚决、执着、热烈的口气急急说道，"一定要您跪嘛，我一定要看见您跪。要是您不跪，就别来见我。我一定要您跪，一定要嘛！……"

我不知道，她这样做居心何在；但她坚决要求，不依不饶，仿佛是一阵病态的发作。正如我们在下面将要看到的，马夫里基·尼古拉耶维奇把近来尤其常见的她的这种乖戾任性的冲动解释为对他的一种盲目的恨的爆发，并不是出于恶意，——相反，她敬他、爱他、尊重他，这一点他本人也知道，——而是出于她有时无法控制的一种特殊的、下意识的恨。

他默默地把茶杯递给站在他身后的老太婆，打开木栅的小门，不经邀请就跨进了谢苗·雅科夫列维奇的那半间，并在众目睽睽之下跪倒在房间中央。我想，莉莎当众对他的粗鲁、嘲弄的态度，使他那敏感、单纯的心灵受到了极大的震撼。也许他以为，她看见他由于她的坚持而丢人现眼会自感羞惭。当然，除了他，谁也不会毅然决然地用这种天真、出格的方式去矫正一个女人。他跪着，神色镇静而庄重，顽长、笨拙、可笑。但是我们的人都没有笑；这个出人意外的举动产生了异乎寻常的效果。大家都望着莉莎。

"橄榄油，橄榄油！"谢苗·雅科夫列维奇喃喃道。

莉莎突然面色苍白，大叫一声，又哎哟一声冲进了木栅。这时出现了一个短暂的、歇斯底里的场面：她双手拽着马夫里基·尼古拉耶维奇的一个胳膊肘，竭力要拉他起来。

"起来，起来！"她发疯似的叫道，"马上站起来，马上！您怎么能下跪啊！"

马夫里基·尼古拉耶维奇欠身起来。她双手紧握他的两条上臂，凝神注视着他的面庞。目光中流露着恐惧。

"迷人的目光，迷人的目光！"谢苗·雅科夫列维奇又说了一遍。

她终于把马夫里基·尼古拉耶维奇拖回到木栅外；我们这一群里起了一阵骚动。曾与我们同乘一辆四轮马车的那位女士，大概是想岔开大家的注意，依旧带着扭扭捏捏的微笑，第三次向谢苗·雅科夫列维奇响亮而尖声尖气地问道：

"怎么呢，谢苗·雅科夫列维奇，难道不对我也'宣讲'点儿什么吗？我对您可抱着莫大的希望啊。"

"×你的，×你的！……"谢苗·雅科夫列维奇突然转向她，说了一个不堪入耳的字眼。他的话说得声色俱厉而且骇人地清晰。我们的女士们一阵尖叫,没命地飞身逃走,男伴们哄然狂笑起来。我们对谢苗·雅科夫列维奇的走访就此结束。

不过人们说,这时又发生了一件令人捉摸不透的事情,而且我承认,我之所以不厌其烦地讲述此次出游,主要的就是着眼于这件事。

据说,大家一窝蜂地往外奔跑时,由马夫里基·尼古拉耶维奇搀扶着的莉莎,在门口猝然与尼古拉·弗谢沃洛多维奇相遇。应当说,自从星期天早晨她晕倒以后,他俩虽然不止一次见面,但从未彼此走近,也从未交谈过一言半语。我看到他们在门口遇上了:我觉得,他俩曾在一刹那间止步,似乎互相怪怪地瞟了一眼。可是我在人群里只能看个大概。倒是别人说,而且言之凿凿,莉莎抬头望了望尼古拉·弗谢沃洛多维奇,很快地扬起手来,手真的举到了他的脸旁,要不是他及时闪开,想必就挨了一下子。也许她是不喜欢他脸上的表情或他的那种讪笑,尤其是在她与马夫里基·尼古拉耶维奇经过了那段插曲之后的此刻。说实在的,我本人什么也没有看见,可人人都说看见了,不过在一片混乱之中那情形是不可能人人都看得见的,有的人看到倒是可能的。不过我当时并不相信。但我记得,尼古拉·弗谢沃洛多维奇在归途中脸色始终有点儿苍白。

三

几乎同时而且就在那同一天,斯捷潘·特罗菲莫维奇与瓦尔瓦拉·彼特罗夫娜终于见面,这次见面早在她的考虑之中,而且她早已传话给她的这位过去的朋友了,但不知何故,一直拖延至今。他们是在斯克沃列什尼基相见的。瓦尔瓦拉·彼特罗夫娜来到她在市郊的府邸,忙得不可开交,因为头一天才最后决定,未来的盛会将在首席贵族夫人的家里举行。但反应敏捷的瓦尔瓦拉·彼特罗夫娜当即想到,在这次盛会之后,谁也不会妨碍她另外举办一次她自己的盛会,就在斯克沃列什尼基,再一次邀集全市宾朋。那样一来,人人都能亲眼看到,谁的府第更美,哪里更善于接待来宾,哪里举办的舞会更富于审美情趣。总之她让人认不出她了。看来她仿佛再世为人，一位高不可攀的"崇高女性"（斯捷潘·特罗菲莫维奇用语）一变而为平凡的狂妄任性的世俗妇人。不过这可能只是一种错觉。

来到空荡荡的府第以后，她在忠心耿耿的年迈的阿列克谢·叶戈罗维奇和见过世面的装饰专家福穆什卡的陪同下在各个房间走动。他们开始商量和考虑：什么家具要从市里的家中搬来；还需要哪些物品和绘画；把它们布置在哪里；怎样安排暖房和鲜花最合适；哪里要设置幔帐；哪里要有小吃部，要一个还是两个？等等，等等。就在这忙得不可开交的时候，她猛然想起派轿式马车去把斯捷潘·特罗菲莫维奇接了来。

他早已得到消息而且有了准备，正天天期待着这样突如其来的邀请。在车上落座时画了十字；他的命运要决定了。他在大厅里遇见了自己的朋友，她坐在壁龛里的小沙发上，面前是大理石的小桌子，手里拿着铅笔和纸：福穆什卡在用尺子测量楼座和窗户的高度，瓦尔瓦拉·彼特罗夫娜则亲自记录数字并在页边作附注。她没有放下手中的工作，只是朝斯捷潘·特罗菲莫维奇这边点了点头，在他喃喃地表示问候以后，她匆匆伸出手来，向他示意自己身旁的座位，望也不望他一下。

"我'忍着心里的苦涩'，坐着等了五分钟，"后来他这样告诉我。"我见到的已不再是二十年来我所认识的那个女人了。我确信不疑，一切都完了，这信念给了我甚至使她也为之愕然的力量。我起誓，她在这最后的时刻是为我的刚毅而惊讶。"

瓦尔瓦拉·彼特罗夫娜突然把铅笔放在小桌上，迅速地向斯捷潘·特罗菲莫维奇转过身来。

"斯捷潘·特罗菲莫维奇，我们必须谈谈正事。我深信，您已经准备好了您的那套华丽的辞藻和种种夸张的空话，但开门见山不是更好吗？"

他不由得哆嗦了一下。她太急于定调了，接下去会怎样呢？

"您等一等，别吭声，让我说完，然后您再说，不过说实话，我不知道，您能怎样回复我呢？"她连珠炮似的继续说道。"我认为，付给您一千二百卢布养老金，是我在您有生之年的神圣义务；何必说什么神圣义务，就说是契约吧，这实在得多，不是吗？如果您愿意，我们立字为据。如果我死了，还另有安排。此外，从现在起我给您一套住房、仆役和全部生活费，把这些折成钱，是一千五百卢布，不是吗？我再额外提供三百卢布，总计是整三千。够您一年的花销吧？似乎不算少了吧？有急用，我还可以追加。这样，您收下钱，把我的人打发回来，此后您独自生活，您愿意在哪里生活都行，在彼得堡，在莫斯科，在国外或者在此地，只是不能再留在我的家里了。您听见了吗？"

"不久前也是这样坚决，也是这样急切地向我传达了另一种要求，而且出于同一张嘴，"斯捷潘·特罗菲莫维奇忧伤地缓缓说道，字字清晰。"我顺从了，因而……跳起了哥萨克舞来讨您的欢心。是的，作这样的比喻是可以的。好像在自己的坟墓上跳舞的顿河小哥萨克。现在……"

"闭嘴吧，斯捷潘·特罗菲莫维奇。您太饶舌了。您不是跳舞，相反，您来见我时系着新领结，穿着新内衣，戴着手套，涂了发蜡，洒了香水。真的，您本人是很想结婚的；这在您的脸上表露无遗呢，而且表情实在极其不雅。我没有当即奉告，仅仅是出于礼貌。可见您是抱着希望的，是希望结婚的，尽管您在私下讲了我和您的未婚妻那样不堪入耳的话。现在事过境迁了。何必还说您坟墓上的什么顿河哥萨克呢？相反，不要去死，还是活下去吧；尽可能长寿，我会很高兴的。"

"在养老院过日子？"

"养老院？有三千卢布的收入是不会进养老院的。哦，我想起来了，"她笑道，"真的，彼得·斯捷潘诺维奇有一次开玩笑时说到过养老院。可不，这是一个特别的养老院，值得考虑。它是专为极受尊重的人们办的，那里有几位上校，现在还有一位将军想去呢。倘若您带着您的钱进去，就能得到安宁、舒适和服务人员。您可以在那里研究学问，而且随时能找人打牌……"

"不说它了。"

"不说它了？"瓦尔瓦拉·彼特罗夫娜觉得扫兴，"既然如此，那就无话可说了；已经告诉过您，我们从此各过各的。"

"无话可说了？二十年就是这个结局？我们在作最后的诀别？"

"您太多愁善感啦，斯捷潘·特罗菲莫维奇。现在这是一点儿也不时髦了。他们说话粗鲁，但是干脆。您总惦着我们的二十年！不过是双方维护自尊的二十年，如此而已。您给我的每一封信都不是写给我的，而是为了留传后世。您是修辞大师，不是朋友，而友谊不过虚有其名而已，实质上是互相泼脏水……"

"天哪，多少他人的牙慧！全是背熟了的课文！他们已经把自己的外衣披在您身上啦！您也感到快乐了，您也沐浴着阳光了；亲爱的，您把自由出卖给他们，换来的是多么可怜的好处啊！"

"我不是学舌的鹦鹉，"瓦尔瓦拉·彼特罗夫娜悻悻地说道，"请相信，我心里积下了很多自己的话，一吐为快。二十年来您为我做了什么呢？您甚至排斥我为您订购的书籍，要是没有装订工人，书页都不会裁开。最初几年我曾请求您给予指导，您给我读的是什么？除了卡普菲格①还是卡普菲格。您甚至忌妒我的进步，还耍了一些手段。其实大家都在嘲笑您。老实说，我历来只把您看作一个批评家；您是文学批评家，别的什么都不是。在去彼得堡的途中我告诉您，我有意出版刊物并为之献出我的一生，您马上讥诮地瞟瞟我，而且突然高傲得令人震惊。"

"不是那样，不是……我们那时是担心遭到迫害……"

"就是那么回事，而在彼得堡您决不会担心受到迫害。记得吗，后来在二月里，消息传开了，您突然战战兢兢地跑来见我，要求我立即以书信的形式给您出具证明，证明拟议中的刊物与您毫无瓜葛，青年们来访的是我，而不是您，您不过是一名家庭教师，住在我家里是

---

① 卡普菲格（1802—1872），法国著名作家，写过一系列贯穿着君主制思想的肤浅而没有学术价值的历史著作。

因为您的薪水还没有付清，不是这样吗？这情形您记得吧？您毕生都与众不同啊，斯捷潘·特罗菲莫维奇。"

"这不过是片刻的胆怯罢了，在单独相对的片刻，"他哀叹道，"可是难道，难道因为这些细枝末节就要把一切都加以摧毁？难道在如此漫长的岁月里我们之间已经没有什么可以保全下来了？"

"您真会算计啊；您总想迫使我觉得对您还有亏欠。您从国外回来时，在我面前高视阔步，不容置喙，而我亲自去了国外，然后与您谈起对圣母像的印象时，您傲然地看着自己的领结暗笑，仿佛我不可能有您那样的感受。"

"不是那样吧，想必不是那样……我忘了。"

"不，就是那么回事，况且您也没有什么足以对我夸耀的，因为那都是无稽之谈，不过是您的虚构而已。如今再也没有人赞赏圣母像了，谁也不会为此而浪费时间，除了积习难改的老顽固。这一点已经得到了证实。"

"居然得到了证实？"

"它百无一用。这个杯子有用，因为可以往里倒水；这支铅笔有用，因为可以写字，而那个女人的脸比所有其他天然的脸都差劲。您试试画一只苹果，然后在旁边放上一个真的苹果，——您要哪一个？想必您是不会拿错的。①瞧，您的全部理论一旦被自由探讨的光辉所照耀，会导致什么结论。"

"好，好。"

"您在含讥带讽地讪笑。而您，譬如，是怎样对我高谈施舍的呢？然而由于施舍而感到的快乐是傲慢的、不道德的快乐，是富人安享自己的财富和权力的快乐，是通过把自己的地位和赤贫者的地位相对比而感到的快乐。施舍既使施者腐化，也使受者腐化，这且不说，施舍是不能达到目的的，因为它只能加剧贫困。不愿工作的懒汉麇集

---

① 作者通过瓦尔瓦拉·彼特罗夫娜之口，以漫画化的形式讽刺车尔尼雪夫斯基在其著作《艺术对现实的审美关系》中的下述论点："艺术创作逊于现实中的美"。

于施舍者周围，就像赌徒围着赌桌一样希望得到好处。而扔给他们的可怜的几个铜板，还不足需要的百分之一。您生平布施了多少呢？八个十戈比的小银币，不会更多了，您回忆一下吧。您好好想一想，最后一次施舍是在什么时候；两年前，也许还是四年前。您大声疾呼，只是在碍事。施舍在当今社会应当通过法律予以禁止。而在新制度下根本就不会再有穷人。"

"噢，滔滔不绝地拾人牙慧！这么说，已经考虑到新制度了？不幸的女人，愿上帝保佑您吧！"

"是的，考虑到了，斯捷潘·特罗菲莫维奇；您曾千方百计向我隐瞒一切新思想，而现在这些思想已尽人皆知了，您之所以隐瞒，仅仅是出于忌妒，是为了保持支配我的权威。现在连这个尤莉娅也比我超前了百里之遥。但现在我也擦亮了眼睛。我是尽力维护您的，斯捷潘·特罗菲莫维奇；简直人人都在责难您啊。"

"够啦！"他离座而起，"够啦！我还能希望您怎样呢，难道还能希望您悔过？"

"再坐一会儿，斯捷潘·特罗菲莫维奇，我还有话要问您。您得到邀请，要在文艺晨会上朗诵；这是通过我安排的。告诉我，您要朗诵的是什么？"

"就是关于那位众后之后，那位人类的典范西斯廷圣母，在您看来她还不值一个杯子或一支铅笔。"

"这么说，您不是选择历史？"瓦尔瓦拉·彼特罗夫娜很难受也很吃惊。"不过大家不爱听哪。您怎么念念不忘这位圣母呢！唉，何苦让大家打瞌睡嘛？请相信，斯捷潘·特罗菲莫维奇，我完全是为您着想。如果您选定的是西班牙历史上的某个短小然而引人入胜的中世纪宫廷掌故，或者不如说一段趣闻，再由您自己补充一些奇闻轶事和俏皮话，那就大不相同了。那里有美轮美奂的宫廷，那里有那么不平凡的妇女，有蹊跷的下毒谋杀。卡尔马津诺夫说，倘若在西班牙的历史上也找不出什么有趣的东西来朗诵，那就奇了。"

"卡尔马津诺夫，这个文思枯竭的蠢人来为我找题目！"

"卡尔马津诺夫，这位几乎有治国之才的名人！您太出言不逊了，斯捷潘·特罗菲莫维奇。"

"您的卡尔马津诺夫——是一个文思枯竭，年老暴躁的婆娘！亲爱的，亲爱的，您早就对他这样俯首帖耳了吗，噢，天哪！"

"我现在还是讨厌他的妄自尊大，但对他的智慧我要平心而论。再说一遍，我是全力维护您的，只要我力所能及。为什么一定要显得又可笑又枯燥乏味呢？反之，您作为上一个世纪的一位代表人物，带着庄重的微笑走上舞台，以您的机智俏皮讲两三个趣闻，您有时是很善于讲的，就像那样去讲吧。即使您是一位老者，即使您的时代已经过去，而且即使您落后于他们；但是您微笑着在前言中承认这一点，于是大家都看到，您是一位亲切、善良、机智的遗老……一言以蔽之，虽然是一位老派人物，却这样进步，对自己此前所信奉的某些观念的悖谬能给予应有的评价。噢，您让我高兴一下吧，我请求您。"

"亲爱的，够啦！别求我，我办不到。我要朗诵的是以圣母为题，然而我将掀起一场风暴，这场风暴要么把他们所有的人都压垮，要么单单毁了我！"

"看来是单单毁了您，斯捷潘·特罗菲莫维奇。"

"这就是我的命运。我要讲述那个下流的奴才，那个堕落的臭走狗，他第一个拿着剪子爬上楼梯，把这位伟大典范的圣容毁了，为了平等、忌妒和……消化。让我的诅咒惊雷般地隆隆响起吧，那时，那时……"

"进疯人院？"

"也许。然而不论情况如何，失败也罢，胜利也罢，在那一天的晚上我要拿上我的袋子，我的讨饭袋子，留下我所有的物品，所有您的赠予，所有的养老金和关于未来种种福利的诺言而徒步出走，以家庭教师的身份在某个商人的家庭了此残生，或因饥饿而倒毙于某处的篱笆下。我说完了。命运已定！①"

---

① 原文为拉丁文。

他又欠身离座。

"我深信，"瓦尔瓦拉·彼特罗夫娜站了起来，双目炯炯，"多少年来深信，您活着就是要在最后使我和我的家庭遭到诽谤，蒙受耻辱！您所谓在商人家庭当教师或倒毙在篱笆下是什么意思？刻薄、诋毁，再没有别的了！"

"您历来轻视我；但最后我要像一位忠实于自己心爱的女人的骑士，因为对我而言您的意见总是重于一切。从此刻起，我不再接受任何东西，我的敬爱是无私的。"

"这有多蠢哪！"

"您从来没有尊重过我。我可能有无数弱点。是的，我靠您吃饭；我用虚无主义的语言说话；可是靠人吃饭从来不是我的行为的最高准则。它是那样自然而然地发生了，我不知道是怎么搞的……我总是以为，在我们之间有比饮食更崇高的东西，——我从来，从来不是卑鄙的无赖！总之，我走了，要把错误纠正过来！我走上我的末路了，已是晚秋天气，雾在田野弥漫，白发似的冰霜覆盖着我前面的路，呼啸的风在哀号，坟墓已经临近……然而我走了，我走了，踏上新的途程：

> 满怀纯洁的爱，
> 耽于甜蜜的梦想……①

噢，永别了，我的梦想！二十年！命运已定！"

他突然泣下如雨，满面泪痕；他拿起自己的帽子。

"拉丁语我一句也不懂，"瓦尔瓦拉·彼特罗夫娜说道，一面竭力自持。

谁知道呢，也许她当时也想哭，然而气愤和任性再次占了上风。

"我只知道一点，这不过是淘气。您从来不能把您那些充满了利

---

① 引自普希金的诗《世上有个穷骑士》（1829）。

己主义的威胁付诸行动。您哪里也不会去，不会去投奔任何商人家庭，而是领着养老金，每逢星期二把您的那些不三不四的朋友邀来相聚，在我的照料下安度余生。再见，斯捷潘·特罗菲莫维奇。"

"命运已定！"他向她深深鞠了一躬，激动得半死不活地回到了家里。

第六章　彼得·斯捷潘诺维奇的奔波

一

举行盛会的日期已最后确定，而冯·列姆布克却越来越若有所思，郁郁不乐。他心里充满了奇怪的不祥预感，这使尤莉娅·米海洛夫娜深感不安。诚然，不是万事如意。软弱的前任省长留下了并非有条不紊的行政机构；目前眼看霍乱即将流行；有些地方发现了严重的兽疫；整个夏天城乡火灾肆虐，老百姓越来越盛传有人纵火而怨声载道。抢劫的案发率较前增加了一倍。不过，所有这一切当然稀松平常，如果不是还有其他更为重要的原因扰乱了一向福星高照的安德列·安东诺维奇的安宁的话。

使尤莉娅·米海洛夫娜最为惊讶的是他越发沉默了，而且怪的是越来越深藏不露。按说他有什么可隐瞒的呢？真的，他很少反对她的意见，而且在大多数情况下言听计从。例如，由于她的坚持，曾为加强省长权力而采取了两三项非常冒失而且几乎违法的措施。为了同样的目的还屡次发生姑息养奸的不幸事件；例如，那些应当受审和流放西伯利亚的人，仅仅由于她的坚决要求而被呈报上级请求给予嘉奖。对某些控诉和查询经常作出不予受理的决定。这一切都是后来才查明的。列姆布克不仅全都签字照办，而且对于在履行自身职责方面夫人干政的程度问题，甚至没有掂量掂量。可是常常为了"鸡毛蒜皮的小事"而突然炝蹶子，使尤莉娅·米海洛夫娜感到诧异。其实他日复一日地俯首帖耳，自然感到有必要偶尔短暂地反叛一下来使自己得到补偿。遗憾，目光如炬的尤莉娅·米海洛夫娜却未能理解品格高尚的人的这一高尚的隐衷。唉！她顾不上这些了，·因而发生了很多误解。

有些事我就不讲了，况且我也讲不好。讨论政务上的失误也不是我的事，因此我也就避而不谈。在动笔写纪事时，我给自己提出的是其他任务。此外，很多情况派来我省的调查人员将予以澄清，只要稍稍假以时日就行了。不过有些说明终究是无法回避的。

还是让我接着讲尤莉娅·米海洛夫娜吧。这个可怜的女人（我很为她惋惜）本来可以得到她所醉心和迷恋的一切（荣誉及其他）而无需采取她在下车伊始就着手的那些激烈而有悖常理的行动。可是也许由于过分耽于幻想，或由于在豆蔻年华长期抑郁、失意，随着命运的转折，她陡然觉得自己似乎负有十分特殊的使命，几乎就是"头上闪着光环"的登基女皇，而灾难恰恰就在于这光环；因为它毕竟不是发髻，可以伏在任何一个女人的头上。然而这个真理最难让女人信服；相反，谁愿投其所好，谁就能达到目的，而投其所好者趋之若鹜。可怜她一下子成了各种势力的玩物，却还自以为是有独立见解的女性。她在省里短期当权时，许多奸诈之徒利用她的天真，靠她大发不义之财。于是借独立见解之名而出笼的是一个大杂烩！她既欣赏大规模土地占有制，也欣赏贵族，既欣赏加强省长权力，也欣赏民主因素，既欣赏新制度和新秩序，也欣赏自由思想和形形色色的社会观点，既欣赏贵族沙龙的严峻风格，也欣赏她身边青年们的粗野放肆。她梦想**造福于人**，调和不可调和的东西，更准确地说，是梦想把一切人和一切事都统一于对她个人的热爱和崇敬。她也有她所宠爱的人；比方彼得·斯捷潘诺维奇就以极其粗俗的阿谀逢迎赢得了她的欢心。但她喜欢他还另有原因，这个原因奇怪极了，而且最能说明这个可怜的女人的特点：她一直希望他会向她揭发一个叛国大阴谋！无论多么难以想象，但情况就是这样。不知何故，她觉得省内一定隐匿着一个叛国阴谋。彼得·斯捷潘诺维奇有时默然不语，有时又隐约其词，从而加深了她的这个怪想法。她却认为，他与俄国革命有千丝万缕的联系，然而同时对她又忠诚得近乎崇拜。阴谋的败露，彼得堡的嘉奖，未来的飞黄腾达，为了使青年悬崖勒马而对他们采取"怀柔"态度——在她那想入非非的脑袋里这一切都和睦共处，相安无事。要知道，她真的拯救了，真的制服了彼得·斯捷潘诺维奇嘛（不知为什么，她对此确信不疑），她一定也能拯救别人。他们谁也不会，谁也不会遭到不幸，她将拯救他们所有的人；她要对他们分别对待；她要把他们的不同情况呈报上去；她将秉公行事，也许历史和俄国所有的自由思想都会传颂她的美名；而阴谋终究要被揭露。万事大吉。

　　但毕竟有一个期望，但愿安德列·安东诺维奇哪怕在这盛会临近的时候心情能开朗一点。一定要使他快乐起来，无忧无虑。为了这个目的，她把彼得·斯捷潘诺维奇派了去，希望以他所了解的某种消愁解闷的方法去缓解他的沮丧情绪，甚或直接把某些信息告诉他，那可以说是第一手材料啊。她对他的精明满怀希望。彼得·斯捷潘诺维奇已经很久没有到过冯·列姆布克先生的办公室了。他飞奔而去，恰好那时病人的情绪特别低落。

二

　　出现了一个错综复杂的难题，冯·列姆布克先生无论如何也解决不了。县里（就是彼得·斯捷潘诺维奇不久前曾前往赴宴的那个县）有一个少尉受到顶头上司的口头申斥。他是在全连面前受到申斥的。少尉还很年轻，从彼得堡来此不久，平时沉默寡言，郁郁不欢，神情傲慢，其实是个脸蛋红红的小胖子。他受不了申斥，有点儿发狂似的低着头猛地向长官扑去，还出人意外地尖声大叫，使全连大吃一惊；他打了长官并且猛咬他的肩膀；好不容易才把他拉开。毫无疑问他是疯了，至少他近来表现得极其乖戾反常。例如，他曾把房东的两幅圣像从自己寓所里扔了出去，而且用斧子把其中一幅劈得粉碎；在自己的房间里，他把福格特、摩莱萧特、比希纳①的著作分别放在三个读经台似的架子上，还在每个读经台前点着教堂用的蜡烛。在他那里所发现的大量图书说明他博览群书。他如果有五万法郎，也许就会乘船去马克萨斯群岛，就像赫尔岑先生在其著作中那样轻松而幽默地讲到的那个"见习军官"②。他被捕后，在他的口袋和寓所里搜到了一大沓最无法无天的传单。

传单本身倒无足轻重，依我看完全不用操心。我们见到的还少吗。何况这也不是新的传单：正如后来人们所说，不久前在 X 省所撒的就完全一样，而一个半月前去过该县和邻省的利普京还一再说，他那时就在那里见到过完全相同的传单了。但是使安德列·安东诺维奇吃惊的主要是，恰恰就在这时什皮古林工厂的厂长把两三包传单送到了警察局，它们与少尉的完全一样，是夜里偷偷扔在厂里的。纸包还没有拆开，没有哪个工人看过这些传单。事情干得挺笨，但安德列·安东诺维奇苦苦思索起来。他觉得问题复杂得叫人恼火。

在什皮古林家族的这个工厂里刚刚发生了所谓"什皮古林事件"，我们这里曾议论纷纷，首都各报也作了各种不同的报道。大约三周前厂里有一名工人因患亚洲霍乱而死；后来又有几个人病倒。城里人人自危，因为霍乱正从邻省蔓延过来。我要指出，为了迎接这个不速之客，我们这里采取了尽可能完善的卫生措施。然而交游广阔的百万富翁什皮古林氏的工厂却不知怎么被忽略了。突然众口一词地嚷起来，说这家工厂就是疾病蔓延的根源和温床，厂里，尤其是在工人住处，肮脏不堪而且由来已久，即使根本没有霍乱，那里也会滋生出

---

① 德国博物学家福格特（1817—1895），荷兰生理学家摩莱萧特（1822—1893），德国生理学家比希纳（1824—1899）都是19世纪所谓庸俗唯物主义最著名的代表人物。

② 赫尔岑在《往事与随想》中讲到一位"见习军官模样的年轻人"于1858年到伦敦来见他，说自己带着三万法郎即将前往马克萨斯群岛，要在那里按照社会主义原则建立移民区。此人是萨拉托夫的地主帕维尔·亚历山德罗维奇·巴赫梅捷夫，他去了新西兰（而不是如《往事与随想》所说前往马克萨斯群岛），从此音信杳然。

霍乱来。不言而喻，当即采取了措施，而且安德列·安东诺维奇力主从速落实。工厂清扫了三个星期，但不知何故，什皮古林家却把厂关了。什皮古林兄弟一个久居彼得堡，另一个在当局下达清扫工厂的命令以后去了莫斯科。厂长着手辞退工人，却厚颜无耻地欺蒙诈骗，现在这已经昭然若揭了。工人们开始抱怨，要求公平合理地结算工资，他们愚蠢地跑到警察局去申诉，不过没有大叫大嚷，也并不那么激动。就在这当口，厂长送交的传单摆到了安德列·安东诺维奇的面前。

彼得·斯捷潘诺维奇作为好友和亲信不经通报就闯进了书房，何况他还身负尤莉娅·米海洛夫娜托付的使命。冯·列姆布克一见他来就怫然皱眉，冷冷地在桌旁站了下来。在此之前他在书房里踱来踱去，同自己办公厅的官员布柳姆单独谈论着什么，此人是个脸色阴沉、举止非常笨拙的德国人，是他当初从彼得堡带来的，尽管尤莉娅·米海洛夫娜曾极力反对。那名官员在彼得·斯捷潘诺维奇进来时退到了门口，但没有出去。彼得·斯捷潘诺维奇甚至觉得，他似乎同自己的长官交换了一个意味深长的眼色。

"哈，我可抓住您了，深藏不露的省长大人！"彼得·斯捷潘诺维奇笑着叫道，用手掌压着一张放在桌上的传单，"这是您的又一个收藏品吗，啊？"

安德列·安东诺维奇勃然大怒。他的脸上似乎突然抽搐了一下。

"离开这里，马上离开！"他叫道，愤怒得发抖，"不许您……先生……"

"您怎么这样？您好像在生气？"

"请允许我向您指出，阁下，从今往后我决不想再容忍您的失礼，请您记住了……"

"嘿，见鬼，他还当真了！"

"给我闭嘴，闭嘴！"他在地毯上跺着脚，"不许您……"

天知道会闹到什么地步。唉，撇开一切不谈，这里还有一个内情，别说彼得·斯捷潘诺维奇，甚至尤莉娅·米海洛夫娜也懵然不知。可怜的安德列·安东诺维奇心烦意乱，近来竟暗暗忌妒自己的夫人和彼得·斯捷潘诺维奇的关系。孤独时，尤其是在夜间，他不免黯然神伤。

"而我认为，既然一个人一连两天，直至深更半夜把自己的小说单独读给您听，并征求您的意见，那么至少他自己是不拘礼俗的……尤莉娅·米海洛夫娜对我就亲密无间；现在要怎样来理解您呢？"彼得·斯捷潘诺维奇甚至带点儿傲气说道。"顺便把您的长篇小说还给您。"他把它放在桌上，那是一本又大又沉卷成一卷的笔记本，严严实实地用蓝纸裹着。

列姆布克面红语塞。

"您在哪里找到的？"他小心地问道，心头涌起一阵无法掩饰的喜悦，不过他还是竭力掩饰着。

"您想想看，它就那么卷着滚到抽屉柜后面去了。我大概是进门后随手把它向柜子上一扔。前天才被擦地板的人发现，这可是您给我的差使啊！"

列姆布克庄重地垂下了眼睛。

"托您的福，我一连两宿未睡。前天就找到了，可我留着，一直在看，白天没有空，只好在夜里看。噢，先生，我不满意，见解与我不合嘛。管它呢，真是，我从来不是批评家，可是老兄，尽管我不满意，却放不下了！第四和第五章这……这……这……鬼知道是怎么回事！您的幽默层出不穷，我那个笑啊。哎呀，您多么善于引人发笑，而自己却不动声色！第九、第十章，那里都是描写爱情的，与我无干；但写得生动感人，我读了伊格列涅夫的信几乎泪下，不过这封信是太微妙啦……您要知道，这是一封多愁善感的信，与此同时您似乎想以它虚假的一面示人，是不是这样？我猜中了没有？嘿，看了结尾简直想揍您一顿。您在提倡什么呢？仍然像从前一样在推崇家庭幸福、子孙繁衍、发财致富，然后开始安享清福，当守财奴，得了吧！您会让读者着迷的，因为连我也爱不释手嘛，可这就更糟。读者仍旧愚昧，聪明人应当使他们觉醒，而您……不过不谈了，再见。下次别再生气了；我来是有两句要紧的话要对您说；可您没有好脸色……"

这时安德列·安东诺维奇拿起小说锁进了橡木书柜，同时还给布柳姆递了个眼色，示意他回避。他挂着脸沮丧地走了。

"我不是没有好脸色，只是……老遇到不顺心的事，"他皱眉蹙额地喃喃说道，不过已无怒气，一面在桌边就座，"请坐，把您的两句话说出来吧。好久不见了，彼得·斯捷潘诺维奇，不过以后不要再拿您的这种派头乱闯啦……有时有公务那就……"

"我的派头是一贯的……"

"我知道，先生，而且我相信您不是有意的，可有时你正好有麻烦啊……坐吧。"

彼得·斯捷潘诺维奇大大咧咧地往沙发上一坐，马上盘起了腿。

三

"您究竟有什么麻烦；难道就是这些玩意儿？"他把头朝着那张传单一摆，"这样的传单我给您拿来，要多少有多少，我早在 X 省就见识过啦。"

"就是您住在那里的时候？"

"可不，当然不是在我离开以后喽。它还有个小花饰，上端画了一柄斧子。对不起（他拿起了那张传单）；是的，这儿也有斧子；就是它，一点不错。"

"是呀，斧子。您瞧，斧子。"

"怎么，您见了斧子害怕？"

"我不是说斧子，先生……也不是害怕，先生，然而这件事……事情是这样的，这里有情况啊。"

"什么情况？是从厂里拿来的？嘻嘻。知道吗，在你们这个厂里，工人不久就要自己写传单了。"

"怎么会呢？"冯·列姆布克严肃地盯着他。

"肯定。您却袖手旁观。您太软弱了，安德列·安东诺维奇；写写小说。这里必须按老法子办才行。"

"什么叫按老法子办，这是什么建议？工厂已经清扫了；我一下命令，就进行了清扫。"

"可工人在造反。用鞭子挨个儿抽他们，事情就结了。"

"造反？这是瞎说；我一下命令，他们就进行了清扫。"

"唉，安德列·安东诺维奇，您是一个软弱的人！"

"我，首先，并不那么软弱，其次……"冯·列姆布克又觉得被刺伤了。他与这个年轻人谈话是勉强的，是出于好奇，想知道他能否说出什么新情况。

"哎呀，又是一个老相识！"彼得·斯捷潘诺维奇插话道，他盯着压在镇纸下面的另一张纸，也像是传单，显然是在国外印刷的，不过是诗体，"嗯，这份传单我能背下来：《志士》！让我们来看看；可不，正是《志士》。我在国外时就知道它了。哪里找到的？"

"您说在国外见到过？"冯·列姆布克一震。

"可不是，四个月甚至五个月之前。"

"您在国外见到的真多啊。"冯·列姆布克含蓄地看看他。彼得·斯捷潘诺维奇置若罔闻，展开那张纸，把诗朗读了一遍：

志　　士[①]

> 他出身于微贱，
> 他成长于民间，
> 然而迫于沙皇的报复，
> 权贵的狠毒忌妒，
> 他注定要历尽艰苦，

[①] 《志士》是陀思妥耶夫斯基对奥加廖夫的《大学生》一诗的讽刺性仿作。奥加廖夫曾根据巴枯宁的建议，把他的这首诗献给"青年朋友涅恰耶夫"。这首讽刺性仿作《志士》竟意外地被革命者用来进行反政府宣传，曾大量翻印，作为革命传单供人传阅。

饱经磨难、酷刑、精神折磨，
于是他走向民间，传播
博爱、平等、自由。

为了发动起义，
他逃出沙皇的单人囚室，
逃离皮鞭、狼犬、刽子手，
匆匆流亡异域。
为挣脱严酷的命运，
准备暴动的人民，
从斯摩棱斯克到塔什干，
正焦急地等待着这位大学生。

人人把他企盼，
为了一往直前
把权贵彻底打倒，
把沙皇制度推翻，
把庄园化为公产，
还要让教会、婚姻、家庭
——旧世界的凶顽
从此遗臭万年！

"大概是从那个军官家里搜到的吧，啊？"彼得·斯捷潘诺维奇
问道。

"您居然也认识那个军官？"

"当然。我在那里有两天同他一起饮酒作乐。他太需要酒醉糊
涂了。"

"他也许并不糊涂。"

"就因为他咬了人？"

"然而请问，如果您在国外曾见到这首诗，后来竟然又在这里的军官家里……"

"怎么呢？很蹊跷！您，安德列·安东诺维奇，是在考查我？您要明白，先生，"他突然异常高傲地说，"关于我在国外的见闻，我归国后已向有关人士作了说明，而且我的说明被认为是令人满意的，否则贵市就不会有幸见到我的踪迹了。我认为，在这方面我的事已经结束了，没有必要再向任何人汇报。我的事之所以结束，并不是因为我当了告密者，而是因为我那时是身不由己。给尤莉娅·米海洛夫娜写信的那些人，由于了解情况，都在信中说我是光明磊落的人……嗯，还是让这一切见鬼去吧，我来见您是有要事相告，好在您已经把您的那个扫烟囱的打发走了。对我来说，这件事很重要，安德列·安东诺维奇；我对您有一个异乎寻常的请求。"

"请求？嗯，那就请说吧，我洗耳恭听，而且坦白地说，我感到好奇。总之我要说，您让我很惊讶，彼得·斯捷潘诺维奇。"

冯·列姆布克有点儿激动。彼得·斯捷潘诺维奇跷起了二郎腿。

"在彼得堡，"他开始说道，"我坦白了很多事，不过对有些事，或者像这样的事（他用手指点了点《志士》），我是三缄其口的，首先，因为不值得谈，其次，我只是在被问到时才作交代。在这方面我不喜欢主动往前走；我认为卑鄙小人和确实为形势所迫的正派人的区别正在于此……嗯，总之，该谈谈更重要的事了。是这样，先生，现在……现在这些傻瓜还……嗨，到了眼前这个时候，情形已经败露，已经被您所掌握，而且我明白，已经逃不过您的眼睛了——因为您有眼光而且事前不露声色，而这些傻瓜却在继续活动，我……我……是呀，我，总之，来请求您挽救一个人，他也是傻瓜，也许还是一个发了疯的傻瓜，为了他还年轻，屡遭不幸，也为了您的仁爱为怀……您的仁爱总不能只表现在您虚构的小说里吧！"他猝然语含讥刺，焦躁地打断了自己的话头。

总之，他看来直率，然而笨拙，缺乏机变，是出于强烈的人道感情，也许还由于无谓的自尊心，主要的是他目光短浅，冯·列姆布克以其过人的敏锐立即看出来了，而且早已对他有这样的看法，尤其是在一周来独处书房的时候，尤其是在夜间，因为他莫名其妙地受到尤莉娅·米海洛夫娜垂青而悻悻痛骂的时候。

"您究竟在为谁求情呢，而且您这样说究竟是什么意思？"他凛然地询问道，竭力掩饰自己的好奇。

"这……这……真见鬼……要知道我信任您可不是我的错啊！我错了吗，我认为您是一个极其高尚的人，而且主要的是有胆识……就是说您能洞悉一切……真见鬼……"

可怜，他显然无法自制。

"而且您要明白，"他接着说道，"要明白，我一提他的姓名就是把他出卖给您啊；是出卖，不是吗？不是吗？"

"可是您犹豫着不说出来，我又怎能猜想得到呢？"

"不出所料，您总是以您的这种逻辑叫人无可奈何，见鬼……唉，见鬼……这个'志士'，这个'大学生'就是沙托夫……您瞧，我终于全说出来了！"

"沙托夫？怎么会是沙托夫呢？"

"沙托夫，他就是这里提到的那个'大学生'。他住在此地；过去是农奴，嗨，就是打人耳光的那个。"

"我知道，知道！"列姆布克眯起了眼睛，"可是请问，他究竟有什么罪过，最主要的是，您求我做些什么呢？"

"求您挽救他呀，明白吗！要知道我早在八年前就认识他了，我是他的朋友，也许过去是吧，"彼得·斯捷潘诺维奇有点儿失控了。"唉，我没有必要向您汇报从前的生活。"他挥了挥手，"这一切都无足轻重，总共才三个半人，和国外的人加起来还不足十个，主要是我把希望寄托于您的仁慈，您的智慧。您是能理解的，而且能洞悉事情的真相，不是什么天知道的大事，不过是一个疯子的糊涂幻想而已……由于不幸，请注意，是由于他长期不幸的遭遇，而不是有什么鬼知道的颠覆国家的阴谋！……"

他说得气喘吁吁。

"嗯。我明白了，他的罪行在于写了有斧头标记的传单，"列姆布克几乎是傲然地下了结论，"不过请问，倘若只是他一个人，怎能既在这里又在其他省份，甚至在 X 省散发传单呢，而且……最主要的是，他是从哪里拿到传单的呢？"

"我对您说过了嘛，看来他们总共有五个人，就算有十个吧，我怎么知道？"

"您不知道？"

"我怎么会知道呢？活见鬼！"

"您不是知道，沙托夫是同谋犯吗？"

"唉！"彼得·斯捷潘诺维奇挥挥手，仿佛受不了提问者的咄咄逼人的精明，"好吧，您听着，我把全部实情都告诉您：关于传单我一无所知，就是说完全不了解，见鬼，您懂得一无所知是什么意思吧？……当然啦，那个少尉，还有某个人，还有这里的某个人……嗯，说不定也有沙托夫，还有别的什么人吧，就是这样，一小撮宵小之辈……不过我是为沙托夫而来求您的，因为这首诗是他的，是他亲笔所写，而且是通过他在国外印刷的；这一点我是知道的，至于传单我就一无所知了。"

"既然诗是他的，那么传单大概也是他的。不过，您有什么根据怀疑到沙托夫先生呢？"

彼得·斯捷潘诺维奇仿佛被逼得不耐烦了，从衣袋里掏出皮夹子，抽出了一张便条。

"这就是根据！"他叫道，把便条扔在桌上。列姆布克把便条展开；原来便条写于大约半年以前，是从这里寄往国外某处，只有寥寥数语：

> "我在这里不能印刷《志士》，而且什么也干不了；请在国外印刷。
>
> 伊·沙托夫"

列姆布克凝神注视着彼得·斯捷潘诺维奇。瓦尔瓦拉·彼特罗夫娜说得对，他的眼神有点儿像山羊，尤其是在某些时候。

"情况就是这样，"彼得·斯捷潘诺维奇往前一冲，"就是说，半年前他在这里抄写了这首诗，但不能在这里印刷，比方说在某个秘密印刷所，——于是要求在国外付印……这似乎很清楚了吧？"

"对，先生，很清楚，然而他是向谁提出了这个要求的呢？这一点还不清楚吧？"列姆布克指出道，一副极其狡黠的讥诮的神态。

"向基里洛夫嘛，真是；便条是写到国外给基里洛夫的……难道您不知道？真叫人气愤，您也许只是在我面前故弄玄虚，其实早就了解到这首诗了，而且全部情况了然于胸！它怎么会出现在您的桌子上呢？自己跑来的！您为什么要折磨我呢，既然您都知道了？"

他拿手帕猛然抹去额上的汗。

"我嘛，也许是了解某些情况的……"列姆布克巧妙地避开话题，"不过，这个基里洛夫是什么人？"

"就是外地来的那个工程师，给斯塔夫罗金当决斗副手的，一个神经病，疯子；您的那个少尉也许真的只是发酒疯，而这个家伙完全是个疯子，——完全是，我敢担保。唉，安德列·安东诺维奇，要是政府知道他们都是些什么人，就不会动真格的了。会把他们一个不剩地赶得远远的；这种人我在瑞士和几次代表大会上见得多啦。"

"这里的运动是由那里指挥的吗？"

"谁指挥？三个人加半个。要知道，看着他们真叫人厌烦。这里又有什么运动？传单吗？何况搜罗的都是些什么人哪，发酒疯的少尉之流和两三个大学生！您是聪明人，请教一个问题：为什么不罗致比较重要的人物，为什么都是大学生和二十二岁的浑小子？想必有一百万条狗在搜索，总共找到了多少？七个人。我说过了，叫人厌烦。"

列姆布克在留神听着，不过他的表情在说："夸夸其谈是搪塞不过去的。"

"对不起，您瞧，您刚才硬说便条是寄往国外的；可是这上面没有地址啊；您怎么知道便条是寄给基里洛夫先生的，还有，又怎么知道是寄往国外的呢，而且……而且……它确实是出自沙托夫先生的手笔吗？"

"您马上把沙托夫的笔迹拿来核对一下嘛。您的办公室里一定找得到他的手迹。至于基里洛夫，那是基里洛夫本人当时就拿给我看的嘛。"

"这么说来，您是亲眼所见……"

"是呀，这么说来我当然是亲眼所见。在国外的时候人家给我看的东西还少吗。至于这首诗，似乎是已故赫尔岑写给沙托夫的，当时后者还浪迹国外，写诗的目的是纪念他们的相逢，并表示称道、赞许，唉，见鬼……而沙托夫就向青年们散布，说什么这是赫尔岑本人对他的评价。"

"原来如此，"列姆布克终于恍然大悟，"我还正在想呢：写传单我明白，可写诗干吗？"

"您怎么会不明白。鬼知道为什么我要对您乱说一通！听我说，您把沙托夫交给我，其余的那些人我一概不管，包括基里洛夫在内，他目前躲在菲利波夫公寓，深居简出，沙托夫也在那里。他们对我没有好感，因为我回来了……可是您要答应我不要动沙托夫，我就把其余的所有人放在一个碟子里端给您。我会为您效劳的，安德列·安东诺维奇！我认为这可怜的一小撮有九至十个人。我亲自来监视他们，把这当作自己的事来办，先生。我们已经知道了三个人：沙托夫、基里洛夫和那个少尉。对其他人我还只是在**四处窥探**……不过我并不完全近视。这就像在 X 省一样；那里捕获了散传单的两名大学生，一名中学生，两个二十岁的贵族青年，一名教师和一名退役少校，六十岁左右，酒醉糊涂，这就齐了，请相信吧，就这些人；简直令人惊讶，就这么几个人。不过我需要有六天的时间。我已经算过，要有六天，不能提前。倘若您要见分晓，在六天之内不要去动他们，我就给您把他们一网打尽；要是您提前动手，他们就会作鸟兽散。但是请把沙托夫给我。我同情沙托夫……最好友好而秘密地邀请他，请他到书房来也行，考察他一下，在他面前摊牌……想必他会俯伏在您的脚下，痛哭流涕。此人神经质，遭遇不幸；他的妻子与斯塔夫罗金有染。您要是温和而亲切地对待他，他便会向您坦陈一切，不过要给我六天的时间……而主要的、主要的是不要向尤莉娅·米海洛夫娜走漏风声。这是机密。您能保守机密吗？"

"怎么？"列姆布克瞪圆了眼睛，"难道您对尤莉娅·米海洛夫娜丝毫没有……透露？"

"对她？得了吧！唉，安德列·安东诺维奇！您要明白，先生：我十分珍惜她的友谊，对她深怀敬意……如此而已……但我是不会失算的。我决不违抗她的意志，因为您知道，与她对抗是危险的。我也许对她透露过一言半语，因为她喜欢这样，但要我对她像此刻对您这样披露姓名或什么内情，嗨，老兄！要知道，为什么我现在要来找您谈呢？因为您毕竟是一位男子汉，为人慎重，拥有长期积累的可靠的处事经验。您见多识广。我想，您根据彼得堡的事例，对这类活动的每一步早就谙熟于胸了。比方说，要是我对她提及这两个人的姓名，她便会鼓噪得无人不知……她想因此而一举震惊彼得堡嘛。不，先生，她太冲动，这是不行的，先生。"

"是的，她有点儿爱唠叨，"安德列·安东诺维奇喃喃道，不无得意之感，同时又大为不满，这个不学无术之辈似乎竟胆敢对尤莉娅·米海洛夫娜有所訾议。彼得·斯捷潘诺维奇则仿佛觉得，这还不够，须要再加把劲儿，再捧一捧他，彻底征服这个"列姆布克"。

"恰恰是有点儿爱唠叨，"他随声附和，"即使她也许是一位天才的、有文学修养的女性，然而她会打草惊蛇。她六个小时也等不及，别说六天了。唉，安德列·安东诺维奇，可不要同妇女约定六日之期啊！您毕竟承认我还是有点经验的，至少在这些问题上；我是了解某些情况的，而且您自己也知道，我有可能了解某些情况。我向您要求六日之期，不是为了消遣，而是为了正事啊。"

"我听说……"列姆布克觉得自己的想法难以启齿，"我听说，您回国后曾向有关部门表示……悔过之类？"

"哦,那就别去管它了。"

"当然,我并不想过问……可是我总觉得,您在此之前所说的话是完全不同的,例如,您谈到过基督教信仰,社会机构,还有政府……"

"那又怎样。我现在还是那样讲,不过不该把这些想法付诸行动,像那些蠢人一样,问题在这里。否则在肩膀上咬一口有什么意思呢?您自己也曾赞同我的看法,只是说为时尚早。"

"我表示赞同并说为时尚早,其实并不是那个意思。"

"您的每句话都带钩子啊,嘻嘻!谨言慎行!"彼得·斯捷潘诺维奇突然愉快地说道,"听我说吧,亲爱的老爷子,我有必要同您结识,所以才那样讲话。我不只是对您如此,我同很多人都是这样结识的。也许,我是要摸透您的性格。"

"为什么您要摸透我的性格呢?"

"嘿,我怎么知道为什么(他又大笑起来)。您要明白,亲爱的尊敬的安德列·安东诺维奇,您很机灵,然而**有一点**您还没有悟到,想必也不可能悟到,您明白吗?也许您明白?我在回国后虽然向有关部门作过交代,可我实在不懂,为什么有某种信念的人就不能为了自己的真实信念而采取行动……不过**在那里**谁也不曾指示我调查您的性格,而且我也还没有接到**从那里**发出的任何这种指示。您想想看:我本来不必首先向您透露那两个人的姓名,而是直接到**那里**去,就是说到我当初作交代的地方去;假如我是谋求金钱或别的什么好处,那么我当然就失算了,因为现在他们会感谢您,而不是感谢我。我完全是为了沙托夫,"彼得·斯捷潘诺维奇气度高贵地补充道,"仅仅为了沙托夫,因为我顾念往日的友情……哦,好吧,在您提笔给**那里**写呈文的时候,不妨夸我几句,如果您愿意的话……我不反对,嘻嘻!不过,再见,坐得太久啦,也不该说了那么多废话!"他不无快意地补充道,从沙发上站了起来。

"我倒是很高兴,问题可以说解决了,"冯·列姆布克也站了起来,神情亲切,看来是被最后一席话所打动。"我满怀谢忱接受您的效力，请相信，我一定竭尽全力，使您的热忱不致埋没……"

"六天，主要的是六日之期，在这几天内您不要有所举动，言尽于此！"

"行。"

"不言而喻，我不会束缚您的手脚，何况也不敢。您不可能不进行监视；不过不要过早地打草惊蛇，这就是我对您的智慧和经验的希望所在。想必您有许多警犬，以及形形色色的密探吧，嘻嘻！"彼得·斯捷潘诺维奇快活而冒失地（作为一个年轻人）脱口说道。

"也不尽然，"列姆布克愉快地规避道，"这是年轻人的先入之见，以为有许多……不过顺便再说一句：既然这个基里洛夫做过斯塔夫罗金的决斗副手，那么斯塔夫罗金先生在这种情况下……"

"斯塔夫罗金怎么啦？"

"就是说，倘若他们是那种朋友呢？"

"噢，不，不，不！您可误会了，尽管您机灵过人。您甚至使我也感到惊讶。我原以为您在这方面是有所了解的……嗯，斯塔夫罗金截然不同，确实截然不同……您是得到信息的。"

"当真？那怎么可能呢？"列姆布克怀疑地说道，"尤莉娅·米海洛夫娜告诉我，根据她从彼得堡得到的消息，此人可以说是负有某种使命的……"

"我一无所知，一无所知，绝对是毫不知情。再见，您是得到信息的！"彼得·斯捷潘诺维奇显然立即在规避。

他向门口疾步而去。

"且慢，彼得·斯捷潘诺维奇，且慢，"列姆布克叫道，"还有一件小事，我不会耽搁您太久。"

他从抽屉里取出一个信封。

"看看这份材料吧，先生，同样性质的，我以此向您证明，我对您是无限信任的。看吧，先生，您意下如何？"

信封里有信——一封寄给列姆布克的奇怪的匿名信。彼得·斯捷潘诺维奇极其愤怒地读了如下信件：

大人：

　　您身居高位可以当此称谓。兹揭露一起企图加害几位将军并危害祖国的阴谋；因为这是阴谋将直接导致的结果。多年来本人曾经常散发传单，也不信上帝。目前叛乱正在酝酿之中，而传单数以千计，若当局不及早予以收缴，则每份传单将煽动起上百名狂热追随的民众，因为所许诺的奖赏是丰厚的，而民众愚昧，加以伏特加作祟。民众若尊重为首者，则祸延彼此，若对双方均心怀恐惧，则屈招其未犯之罪，因为在下的情况正是如此。若欲获得密报，以拯救祖国以及教会与圣像，则可以报效者惟我一人而已。但必须第三厅[1]立即发电报明令赦我一人之罪，余者罪责自负。每晚七时请于门房窗口点蜡烛为号。我见到后，自当信而不疑，并前来亲吻伸自首都的慈悲之手，然而必须为我提供生活费，否则我将何以为生？您决不会后悔，因为您将福星高照。必须悄悄行事，否则在下必有性命之忧。

　　冒死奉闻。

悔过的自由思想者匿名不具[2]叩上

冯·列姆布克说明，信是昨天投进门房里的，当时那里没有人。

"那您是怎么想的？"彼得·斯捷潘诺维奇几乎是粗鲁地问道。

"我认为这是意在挖苦的匿名谤书。"

"想必正是如此。要骗过您是不可能的。"

"主要是我觉得写得那么蠢。"

"您在这里还收到过什么谤书吗？"

"收到过两封，都是匿名的。"

"那当然，他们是不会署名的。文体不同？笔迹不同？"

---

① 隶属俄国御前办公厅（1826—1880），是政治监视与侦察机关。领导镇压农民和革命运动。
② 原文为意大利文。

"文体不同，笔迹也不同。"

"也是插科打诨，像这封一样？"

"是的，插科打诨，而且您知道吗……内容很恶劣。"

"噢，既然有过，那么现在大概也是那么回事。"

"主要是写得很蠢。那些人都很有教养，所以不大可能写得这么蠢。"

"是呀，是呀。"

"不过，要是实际上真的有人想来告密，那怎么办？"

"不可思议，"彼得·斯捷潘诺维奇冷冷地说道，"第三厅的电报和生活费是什么意思呢？显而易见是谤书。"

"对，对。"列姆布克颓然道。

"这样吧，把信放在我这里。我一定给您把人查出来。要比查到那些人更快。"

"拿去吧。"冯·列姆布克同意了，不过有点儿犹豫。

"您拿给什么人看过吗？"

"没有，怎么会呢，谁也没有看到过。"

"怎么，尤莉娅·米海洛夫娜也没有？"

"噢，上帝保佑，看在上帝分上，您可不要自己拿给她看啊！"列姆布克惊慌地叫道，"她会大为震惊……而且对我火冒三丈。"

"是呀，您第一个倒霉，她要说，既然有人给您写这种信，那就是您咎由自取。我们是了解女人家的逻辑的。好，再见吧。也许只要三天我就能把这个写信的人交给您。要紧的是我们之间的约定！"

四

彼得·斯捷潘诺维奇这个人也许并不笨，但苦役犯费季卡谈到他时说得对，他"自己杜撰一个人，然后就和杜撰中的这个人相处"。他离开了冯·列姆布克，完全相信，至少在六天之内对方会按兵不动，而这个期限是他所极其需要的。然而这个想法是错的，全部原因就在于他从最初起就给自己杜撰了一个安德列·安东诺维奇，始终认为他是一个彻头彻尾的草包。

正像每一个苦于多疑的人一样，安德列·安东诺维奇在最初摆脱懵然无知的状况时，往往欣然色喜，非常轻信，而无视新出现的某些烦人的复杂情况。至少旧的疑虑烟消云散了。况且他近日来疲惫不堪，觉得自己心力交瘁而又孤立无助，内心不禁渴望得到安宁。可是，唉，他又心神不宁了。久居彼得堡使他的心灵中留下了不可磨灭的印象。他对"新一代人"公开的甚至秘密的经历都相当了解，因为他为人好奇，而且还收集传单，但他从来不能理解其中的微言大义。此刻他如堕五里雾中：他的全部本能都预感到，彼得·斯捷潘诺维奇的话里有某种荒谬的、完全不合时宜的东西，——"不过鬼知道在这'新一代人'之中会发生什么事，鬼知道在他们那里事态如何！"他怅然若失地思忖道。

这当儿布柳姆却故意作对似的又把头伸到了他身边。彼得·斯捷潘诺维奇在这里的时候，他始终在不远处等着。这个布柳姆还是安德列·安东诺维奇的远亲，但他毕生小心而胆怯地隐瞒着这层亲戚关系。我请求读者原谅，在这里我要对这个微不足道的人物略微说几句。布柳姆是那种奇怪的"倒霉的"德国人——并不是因为毫无才能，实在是莫明所以。"倒霉的"德国人并非无稽之谈，而是真有，甚至在俄国就有，而且自成一种类型。安德列·安东诺维奇一生都对他抱有极令人感动的同情，不论在哪里，他都尽力随着自己职务的升迁，把他提拔到隶属于自己的小职位上来；然而他到处都不走运。不是被裁减，就是上司换了人，有一回还差点儿同别人一起被押上了法庭。他办事认真，但似乎太阴沉，那是毫无必要的，而且对自己不利；棕红色头发，高个子，驼背，忧郁，甚至多愁善感，尽管地位低下，却执着、倔强得像一头公牛，不过总是倔强得不是时候。他和妻子以及众多儿女多年来对安德列·安东诺维奇感恩戴德。除了安德列·安东诺维奇，从来没有人喜欢过他。尤莉娅·米海洛夫娜一见就把他看作废物，只是拗不过脾气固执的丈夫。这是他们夫妻间的第一次争吵，而且是发生在婚后不久，就在蜜月的最初几天，当时布柳姆突然出现在她面前，在此之前他一直小心翼翼地避着她，守着自己和她有亲戚关系的恼人的秘密。安德列·安东诺维奇双手合十，苦苦哀求，动情地讲述着布柳姆的全部经历，以及他俩自幼的友谊，但尤莉娅·米海洛夫娜认为自己蒙受了永远洗刷不掉的耻辱，甚至还使出了昏厥的把戏。冯·列姆布克寸步不让，表示无论如何决不抛弃布柳姆，也决不疏远他，以致她反而吃了一惊，不得不容忍布柳姆。不过他决定，只要可能就比以前更小心地隐瞒亲戚关系，并且连布柳姆的名字和父名也要改，因为不知为什么他也叫安德列·安东诺维奇。在我们这里，布柳姆没有同任何人结识，除了一名德国药剂师，没有拜访过任何人，习惯地过着俭朴而与世无争的生活。他早已知道安德列·安东诺维奇有舞文弄墨的小毛病。他往往自告奋勇，听他在私下里给他一个人朗读小说，像一段木橛似的一坐六个小时；他浑身冒汗，使出吃奶的劲儿，忍着不打瞌睡，还硬挤出一脸笑容；回家以后，和干瘦的长腿老婆一起，对恩人偏爱俄罗斯文学的倒霉弱点叹息不已。

安德列·安东诺维奇为难地瞟了已经进来的布柳姆一眼。

"布柳姆，我请你让我一个人待着。"他急忙说道，显然不想重提刚才被彼得·斯捷潘诺维奇的造访所打断的话题。

"不过这件事可以安排得极为得体，完全不会走漏风声；您握有全权嘛。"布柳姆态度恭敬然而固执地坚持着什么，他躬着背，迈着碎步越来越近地凑到安德列·安东诺维奇跟前。

"布柳姆，你对我这样忠诚，这样殷勤备至，我一见你就吓得魂儿出窍呢。"

"您总爱说俏皮话，说过了就心满意足地安然入睡，可这是会坏您的事的。"

"布柳姆，我现在确信，并不是那么回事，完全不是那么回事。"

"是不是因为听了您自己也在怀疑的那个伪善、行为不轨的年轻人的话？他花言巧语地奉承您有文学才华，就把您给迷住了。"

"布柳姆，你什么也不会明白；你的计划是荒唐的，我对你说吧。我们将一无所获，却会引起可怕的叫骂，然后是嘲笑，然后还有尤莉娅·米海洛夫娜……"

"我们肯定能找到我们要找的东西，"布柳姆坚定地向他跨进一步，把一只手按在胸口，"我们突然搜查，清早就行动，对当事人遵守一切必要的礼貌以及各项法律规定。利亚姆申和捷利亚特尼科夫两个青年言之凿凿，说我们一定能找到如愿的东西。他们曾多次在那里做客。没有人对韦尔霍文斯基先生真正抱有好感。将军夫人斯塔夫罗金娜显然已不再袒护他，任何正直的人——如果在这座糟糕的城市里有这种人的话——都深信，那里从来就是无神论和社会学说的发源地。他那里保存着所有的禁书，雷列耶夫①的《沉思》，赫尔岑的全部著作……我有一份大致的目录备查……"

"噢，天哪，这些书谁都有；你想得多么简单，我可怜的布柳姆！"

"还有大量传单，"布柳姆继续说道，对他的意见充耳不闻。"我们终究会找到本地这批传单的来龙去脉。我觉得这个小韦尔霍文斯基大大可疑。"

"你把父子俩混为一谈啦。他们父子不和；儿子公开嘲笑那个做父亲的。"

"这不过是做戏罢了。"

"布柳姆，你是誓死要折磨我吧！你想想，他毕竟是这里的名人。他是教授，知名人士，他会大声疾呼，于是立即满城风雨，我们只能装聋作哑……再想想，尤莉娅·米海洛夫娜会怎样！"

布柳姆还是听而不闻，继续勇往直前。

"他不过是一名副教授，只是副教授而已，退休后他的级别仅仅相当于八等文官，"他拍拍自己的胸脯，"他没有勋章或奖章，因阴

---

① 雷列耶夫（1795—1826），俄国诗人。

谋反对政府的嫌疑而被革职。他曾被秘密监视，无疑，至今依然如此。鉴于当前所暴露的骚动，您无疑是责无旁贷的。而您反而放过立功的机会，姑息真正的罪犯。"

"尤莉娅·米海洛夫娜！你快走，布柳姆！"冯·列姆布克蓦地叫道，他听见了妻子在隔壁房间里的声音。

布柳姆一震，但是没有让步。

"等一等嘛，等一等。"他一面向前逼近，一面更加紧紧地把双手按在胸前。

"快走——！"安德列·安东诺维奇恨得咬牙切齿，"随你怎么搞……以后……噢，我的天！"

门帘掀了起来，尤莉娅·米海洛夫娜到了。她一见布柳姆就凛然地站住了，傲慢而不悦地扫了他一眼，仿佛此人在这里出现就是对她的侮辱。布柳姆默默地向她恭恭敬敬地深深一躬，于是就那么恭敬地弯着腰，踮着脚尖，两条手臂微微张开，向门口走去。

因为他把安德列·安东诺维奇最后的歇斯底里的叫声确实理解为毫不含糊地准其所请，采取行动呢，还是在这种情况下为了恩人的直接利益而蓄意曲解呢，他是太相信事情会圆满结束了，——然而我们将在下面看到，由于首长和属员的这次谈话，发生了一件完全出乎意料的事，它惹得众人嘲笑，传得沸沸扬扬，使尤莉娅·米海洛夫娜怒气冲天，这一切搞得安德列·安东诺维奇完全蒙头转向，使他在最紧急的时候陷入了举棋不定的极其可悲的境地。

五

对彼得·斯捷潘诺维奇来说，这是忙碌的一天。他离开冯·列姆布克后就连忙朝博戈亚夫连街跑去，可是在贝科夫街上经过卡尔马津诺夫所居住的那幢房屋时，他突然止步，微微一笑，就走了进去。仆人告诉他："正等着您呢，先生，"他听了觉得很有趣，因为他根本没有说过自己要来。

不过这位大作家确实在等他，甚至昨天、前天就在等了。大前天他把自己的手稿《谢谢》（这是他要在尤莉娅·米海洛夫娜的盛大节日文艺晨会上朗读的）交到他手中，而且是出于一番盛情，他深信，让他提前了解这篇伟大的作品，一定能使他的自尊心得到慰藉和满足。彼得·斯捷潘诺维奇早就注意到，这位徒务虚名，飞扬跋扈，普通人高攀不上的先生，这位"几乎有治国之才的名士"，简直是在巴结他，甚至迫不及待。我觉得这个年轻人终于醒悟到，此人即使不是把他看作全俄秘密革命活动的首领，至少也认为他是最了解俄国革命机密的人物之一，并且对青年具有无可争议的影响。彼得·斯捷潘诺维奇对这个"俄国最聪明的人"的思想倾向很感兴趣，但由于某些原因，至今没有深谈。

　　我们的大作家是寄居在姐姐——一个女地主和宫廷高级侍从之妻——的家里；夫妇二人对这位名噪一时的亲戚十分景仰，可是他此次光临，两人恰巧都在莫斯科而引以为憾，于是有幸接待他的是一个老太婆，宫廷高级侍从的远房穷亲戚，她住在这里，很久以来就在操持全部家务。自从卡尔马津诺夫先生光临，全家人人都踮着脚尖走路。老太婆差不多天天向莫斯科说明，他睡得怎样，吃了什么，有一天还发电报通知，说他在省长家赴宴后，曾不得不服下一汤匙药水。她难得鼓起勇气走进他的房间，尽管他对她很有礼貌，不过很冷淡，而且只在有某种需要时才同她说话。彼得·斯捷潘诺维奇进来时，他正在用早餐，一个肉饼和半杯红葡萄酒。彼得·斯捷潘诺维奇以前也来过几次，而且总是碰到他在吃早晨的这顿肉饼，他也就当着客人的面把肉饼吃完，但一次也没有款待过客人。在肉饼之后又端来了一小杯咖啡。上菜的男仆身穿燕尾服、脚登行走无声的软靴，还戴着手套。

　　"啊——！"卡尔马津诺夫从沙发上欠起身来，一面用餐巾揩着嘴，喜形于色地迎上来亲吻——这是俄罗斯人的典型习惯，如果他是名人的话。可是根据过去的经验，彼得·斯捷潘诺维奇知道，他虽是迎上来亲吻，其实只是把面颊凑过来，于是他这次也如法炮制；两人的面颊挨上了。卡尔马津诺夫装作没有注意到这一点，他在沙发上坐下，愉快地向彼得·斯捷潘诺维奇指指自己对面的圈椅，后者也就懒洋洋地在圈椅里落座。

"您还没有……您要用早餐吗？"主人问道，这次是破例，但不言而喻，那神气显然在暗示应当婉谢。彼得·斯捷潘诺维奇马上表示要。主人的脸蒙上了悻悻然诧异的阴影，不过只是一闪而逝；他急剧地打铃召来了仆人，他虽然教养有素，也忍不住厌烦地提高了嗓门，吩咐再送一份早餐来。

"您要什么，肉饼还是咖啡？"他又问了一遍。

"两样都要，请吩咐再来一点葡萄酒，我饿啦，"彼得·斯捷潘诺维奇回答道，平静而注意地打量着主人的衣着。卡尔马津诺夫先生穿一件家常短棉袄，有点儿像女式短上衣，缀着珠母纽扣，但太短了，一点也不适合他那肥硕的肚子和圆鼓鼓的大腿根；不过审美情趣各有不同嘛。他膝上盖着一条方格毛毯，直拖到地板上，尽管室内很暖和。

"您有病？"彼得·斯捷潘诺维奇问道。

"不，没有，不过我担心在这样的气候里会生病，"作家用他那刺耳的声音答道，不过亲切地把每句话都说得抑扬顿挫，像老爷们那样悦耳地卷着舌尖儿，"我昨天就在等您了。"

"怎么会呢？我没有说过要来呀。"

"是的，可我的手稿在您那里。您……看过了吗？"

"手稿？什么手稿？"

卡尔马津诺夫大吃一惊。

"哎呀，您把它带来了没有？"他猛然惊慌起来，甚至停止了咀嚼，神色惶恐地望着彼得·斯捷潘诺维奇。

"噢，您说的是《您好》吧，是吗……"

"是《谢谢》。"

"就算是吧，我完全忘了，没有看，抽不出时间。真的，我不知道，口袋里没有……大概在我的桌子上吧。您放心，能找到。"

"不，我还是马上派个人到您那儿去。它也许会弄丢了，而且也可能有人会偷。"

"嗨，谁稀罕！您为什么这样担心呢，尤莉娅·米海洛夫娜说，您总是备有几个副本，一个副本放在国外由公证人保管，另一个放在彼得堡，还有一个放在莫斯科，然后似乎还把手稿送交银行保存。"

"可是莫斯科也可能被焚毁，我的手稿也就同归于尽了。不，我还是马上派人去拿。"

"慢，找到啦！"彼得·斯捷潘诺维奇从裤子的后兜里取出了一沓信笺，"揉皱了一点。您想想看，当时我在您这儿拿了它以后，就一直同手帕一起放在裤子的后兜里；给忘了。"

卡尔马津诺夫一把抢过手稿，爱惜地看了看，数了数页数，然后郑重地放在身旁的另一张小桌子上，不过是放在他随时都能看得到的地方。

"您似乎书读得不多吧？"他忍不住嘟哝道。

"是的，不太多。"

"俄罗斯小说没有读过什么吗？"

"俄罗斯小说？让我想一想，我读过一点……《在途中》……也许是《启程》吧……或者是《在十字路口》，我不记得了。很早以前读的，有五年了，没有时间看书。"

接着是片刻的沉默。

"我一来就告诉他们，您是一个非常聪明的人，现在这里的人似乎都为您神魂颠倒。"

"谢谢您。"彼得·斯捷潘诺维奇平静地说道。

早餐送上来了。彼得·斯捷潘诺维奇馋涎欲滴地拿起肉饼，霎时吃完，又喝完了酒和咖啡。

"这个粗人，"卡尔马津诺夫乜斜着眼睛沉思地打量着他，一面吃着最后一小块肉饼，喝着最后一小口红葡萄酒，"这个粗人刚才想必听懂了我话中带刺……至于手稿他当然饶有兴趣地看过了，只是有意说谎罢了。不过他也可能并没有说谎，而是真蠢。我喜欢有点儿傻气的天才人物。莫非他真的是他们当中的一个天才，不过，去他的吧。"

他从沙发上站起来，开始在室内踱来踱去，这是他每次早餐后进行的保健活动。

"很快就要走了吗？"彼得·斯捷潘诺维奇坐在圈椅里，点上一支烟问道。

"我其实是来出售庄园的，现在我听管家的。"

"您到这里来，似乎是因为那里战后会有传染病流行吧？"

"不——，不完全是这个缘故，"卡尔马津诺夫先生接着说道，用的是一种温厚的抑扬顿挫的语调，每当从一个屋角转身向另一个屋角走去的时候，他都要神气地抖一抖右腿，不过只是微微地抖动一下。"确实，"他不无挖苦地一笑，"我想尽可能活得长久一些。在俄国贵族老爷身上有某种衰老得非常快的东西，在各方面都是如此。我要尽可能迟些衰老，所以我从此要移居国外；那里气候更好，建筑物是砖石结构，一切都更坚固。欧洲将安然无恙，够我活一辈子了，我想。您看呢？"

"我哪里知道。"

"嗯。如果说在那里巴比伦终将倒塌，而且破败不堪（在这一点上我和您的意见完全一致，不过我想，在我这一辈子可以无虑），那么相对而言，在我们俄国连可以崩溃的东西也没有。在我们这里不是砖头掉下来，而是一切将化为一摊稀泥。在这个世界上，神圣罗斯是最缺乏抗衡能力的。平民百姓还能依靠俄国的上帝而勉强支持；不过根据最新资料，俄国的上帝也很不可靠，甚至只是勉强经受住了农奴制改革的冲击，至少曾剧烈地摇晃了一下。而现在却要面对铁路，面对你们……对俄国的上帝我是完全不信的。"

"对欧洲的上帝信吗？"

"我什么上帝也不信。有人向俄国青年诽谤我。我历来同情俄国青年的每一次运动。有人把这里的传单拿给我看。他们看到传单不知所措，因为使他们恐惧的是这种形式，不过人人都深信传单是有威力的，尽管并没有意识到这一点。大家早就人人自危，也早就知道，没有任何东西可以依靠。我深信这种秘密宣传必将获得成功，因为目前在整个世界，任何事都能通行无阻的地方主要的就是俄国。我十分清楚，为什么有钱的俄国人纷纷拥往国外，而且一年比一年多。这只是一种本能。一艘船要沉了，老鼠最先逃离。神圣罗斯是一个没有生气的、贫穷而危险的国度，它的上层是一批虚有其表爱慕虚荣的乞丐，国内为数众多的人居住在鸡腿支撑的茅屋里。这个国家欢迎任何一种出路，只要有人把这个出路解释清楚。只有政府还想抗拒，它在黑暗中挥舞大棒，却打在自己人身上。一切都是命中注定的，无可救药。俄国就其现状而言是没有前途的。我成了德国人，并且深感荣幸。"

"不不，您刚才谈到传单；请说下去，您对传单有什么看法？"

"人人都怕传单，可见它们是有力量的。它们公开揭露谎言，并且证明，我们无可抓挠，无可依靠。当人人都沉默的时候，传单在大声疾呼。它最足以骄人之处（且不谈形式）是那种闻所未闻的直面现实的勇气。这种直面现实的能力，只有俄国的这一代人才有。不，在欧洲，人们还不能如此勇敢，那里是坚如磐石的王国，那里还有所依靠。根据我的见闻和判断，俄国革命思想的全部本质就在于贬低荣誉。我很高兴，这一点是那么勇敢而无所顾忌地表现了出来。不，在欧洲人们还不能理解这一点，而在我国人们恰恰热中于此。对俄国人来说，荣誉只是多余的负担。而且它在俄国人的全部历史上历来就是负担。公然宣扬'蒙受耻辱的权利'最能吸引俄国人。我是老一辈的人，坦白说，我还是赞美荣誉的，然而只是习惯使然。我只喜欢旧形式，就算是由于缺乏勇气吧；怎么也得度过余生嘛。"

他说到这里突然打住了。

他想："哎呀，我只顾说呀说，他却一直在默默地察言观色。他此来的目的，是要我向他提出一个直率的问题。那我这就来提。"

"尤莉娅·米海洛夫娜要我引诱您透露，您在后天的舞会前准备给大家一个什么意外？"彼得·斯捷潘诺维奇突然问道。

"是的，这确实是一个意外，我确实要让大家感到惊讶……"卡尔马津诺夫端起了架子，"不过我不告诉您秘密何在。"

彼得·斯捷潘诺维奇也就不再说了。

"这里有一个沙托夫，"这位伟大的作家打听道，"您想想看，我居然还没有见到过他。"

"一个大好人。怎么？"

"随便说说，他在那里有所议论。打斯塔夫罗金耳光的就是他吧？"

"是他。"

"您认为斯塔夫罗金怎样？"

"我不了解；一个好色之徒。"

卡尔马津诺夫憎恨斯塔夫罗金，因为此人向来不把他放在眼里。

"这个好色之徒，"他嘿嘿笑道，"如果传单的宣传一旦在我们这里实现，大概他第一个就会被吊到树上。"

"或许更早。"彼得·斯捷潘诺维奇立刻说道。

"那是活该。"卡尔马津诺夫收起笑容，似乎过分严肃地附和道。

"您曾经这样说过一回，您知道吗，我把您的话转告了他。"

"怎么，真的转告了他？"卡尔马津诺夫又大笑起来。

"他说，倘若他该吊在树上，那么用鞭子抽您一顿就行了，但不是做做样子，而是要狠狠地抽，就像鞭打乡下佬那样。"

彼得·斯捷潘诺维奇拿起帽子，起身离座。卡尔马津诺夫伸出双手送别。

"请问，"他突然以甜蜜的声音和一种特别的音调小声说道，依然握着他的双手不放，"如果……图谋注定要实现，那么可能在什么时候呢？"

"我哪里知道。"彼得·斯捷潘诺维奇粗声粗气地回答道。两人彼此凝视着对方的眼睛。

"约莫在什么时候？大概在什么时候？"卡尔马津诺夫更谄媚地小声说道。

"您来得及卖掉庄园，也来得及离开。"彼得·斯捷潘诺维奇更粗鲁地嘟哝道。两人更加凝神注视着对方。

片刻的沉默。

"明年五月初开始，到圣母节全部结束。"彼得·斯捷潘诺维奇蓦地说道。

"由衷地感谢您。"卡尔马津诺夫以感动的声音说道，紧紧地握了握他的手。

"老鼠，你是来得及从船上逃走的！"彼得·斯捷潘诺维奇在走上街道时想道，"哼，既然这位'几乎有治国之才的名人'那么信赖地探问日期，那么恭敬地感谢我给他的信息，那么我们就没有理由怀疑自己了。（他不禁一笑）嗯。这个人确实不蠢，而且……不过是一只要逃亡的老鼠罢了；这种老鼠是不会告密的！"

他向博戈亚夫连街的菲利波夫公寓疾步而去。

六

彼得·斯捷潘诺维奇首先去见基里洛夫。他通常独自在家，这一次他正在室内做体操，具体地说，是两腿分开，两手举在头顶上以一种特别的方式绕着圈子。地板上有一个皮球。桌上放着还没有收走的早茶，茶已经凉了。彼得·斯捷潘诺维奇在门口站了一会儿。

"哎呀，您挺关心自己的健康，"他愉快地高声说道，一面走进房间，"哎呀，多好的皮球，嗬，弹性真足；也是为了做体操用的？"

基里洛夫穿上了常礼服。

"对，也是为了健康，"他冷冷地嘟哝道，"坐。"

"我一会儿就走。不过，我还是坐下吧。健康是要注意，但我来是要向您提一提我们的协议。'就某个方面说，'我们的期限近了，先生，"他忸怩地说道。

"什么协议？"

"怎么什么协议？"彼得·斯捷潘诺维奇慌张起来，甚至大吃一惊。

"那不是协议，也不是责任，我没有接受任何约束，您误解了。"

"听我说，您这是怎么回事啊？"彼得·斯捷潘诺维奇可真跳了起来。

"我有我自己的意志。"

"什么意志？"

"原来的。"

"该怎样理解？是不是说，您的主意依旧不变？"

"是这个意思。不过没有协议，也不曾有过，我没有接受任何约束。过去和现在有的只是我的意志。"

基里洛夫坚定而厌烦地作了说明。

"我同意，同意，说是意志也行，只是您的意志不变，"彼得·斯捷潘诺维奇带着满意的神情坐了下来，"您是因为说法不同而生气。您近来不知为什么特爱生气；所以我尽量不来看您。不过，我完全相信，您是不会背叛的。"

"我很不喜欢您；然而您完全可以放心。尽管我认为谈不上什么背叛不背叛。"

"不过您要知道，"彼得·斯捷潘诺维奇又惊慌起来，"我们得重新谈谈清楚，以免发生误会。办事要求准确，而您太让我不知所措了。可以谈谈吗？"

"谈吧。"基里洛夫望着墙角生硬地说道。

"您早就决定舍弃自己的生命……我这样说没有错吧？没有什么不妥吧？"

"我至今仍然是这个主意。"

"好极了。同时请注意，没有任何人曾强迫您这样做。"

"那还用说；您的话多蠢。"

"好吧，好吧；我这话太蠢。毫无疑问，要强迫别人这么干是很蠢的；我说下去：您在团体改组前曾经是团体的一员，就在那时您曾向团体的一位成员坦白过。"

"我不是坦白，只是说过。"

"好吧。作这样的'坦白'是可笑的，这又不是什么忏悔。您只是说过，好极了。"

"不，不好，因为您说话太含混。我没有义务要向您汇报，而且我的想法您是无法理解的。我要舍弃自己的生命，是因为我有这个想法，因为我不愿恐惧死亡，因为……因为在这方面您用不着了解……您怎么？要茶？茶凉了。我给您另外拿个杯子来。"

彼得·斯捷潘诺维奇的确抓起了茶壶，在找空杯子。基里洛夫从柜子里拿来了一个干净的杯子。

"刚才我在卡尔马津诺夫那里吃了早饭，"客人说道，"后来听他说话，出了汗，往这儿跑的时候又出了汗，渴得要命。"

"喝吧。喝凉茶好。"

基里洛夫又在椅子上坐下，又盯着屋角。

"团体有过一个想法，"他以同样的语气继续说道，"就是我要是自杀，对团体会有好处，如果你们在这里闯下什么祸，当局要搜查罪犯，那么我马上开枪自杀，并留下遗书，说一切都是我干的，这样你们就有一年不会受到怀疑。"

"有几天也好啊；一天也是很宝贵的。"

"好。为此他们对我说，如果我愿意的话，就等一等。我说，我愿意等团体把日期通知我，因为对我来说早一点迟一点无所谓。"

"好的，不过请记住，您曾经承担义务，在您要写遗书的时候，必须与我共同起草，而且在来到俄国以后，您要接受我的……嗯，总之，要接受我的安排，不言而喻，只是在这件事上，而在其他一切方面，您当然是自由的。"彼得·斯捷潘诺维奇几乎是亲切地补充道。

"我没有承担义务，而是表示同意，因为我无所谓。"

"好极了，好极了，我丝毫不想伤害您的自尊心，可是……"

"这不是自尊心问题。"

"可是请记住，当初曾给您张罗了一百二十泰勒①作为旅费，所以您是拿了钱的。"

"根本没有，"基里洛夫火了，"钱与此无关。谁也不会为这样的事拿钱。"

"有的时候会拿的。"

"您胡说。我从彼得堡写信声明过了，并且在彼得堡曾付给您一百二十泰勒，亲手交给您的……钱想必已寄到那里去了，除非您把钱扣了下来。"

"好，好，我毫无异议，钱是寄去了。主要的是，您还是原来的主意。"

"丝毫未变。一旦你们来告诉我'是时候了'，我就立即行动。怎么，快了吗？"

"剩下的日子不很多了……可是请记住，遗书我们要一起起草，就在当天夜里。"

"就是在白天也行。您说过，我要对传单承担责任？"

"还有别的。"

"我不会把一切都承担下来。"

"对什么事您不肯承担责任呢？"彼得·斯捷潘诺维奇又惊慌起来。

"对我不愿承担责任的事；够啦。我不想再谈它了。"

彼得·斯捷潘诺维奇克制住自己，换了个话题。

"我谈谈别的吧，"他预先说明道，"您今晚到我们那里去吗？今天是维尔金斯基的命名日，大家就以此为借口在那里聚会。"

"不想去。"

"劳驾去一趟吧。需要您去。必须以人数和一张这样的脸去鼓舞人心……您的脸……嘿，总而言之，您有一张听天由命的脸。"

"您这样认为？"基里洛夫笑了，"好，我去；可不是因为这张

---

① 泰勒，当时的德国银币，合3马克。

脸。什么时候？”

"噢，早点儿吧，六点半。您知道吗，您可以进去，坐下，不和任何人交谈，不管那里有多少人。不过您要知道，别忘了带上铅笔和纸。"

"为什么？”

"反正您无所谓嘛；这是我的一个特殊的要求。您只是坐在那里，和谁也不说话，听着别人的发言，偶尔似乎作作笔记；您就乱画画也行。”

"真是瞎扯，为什么？”

"您无所谓嘛；您一直在说您是无所谓的。”

"不，为什么？”

"是这样，团体的一名成员被委派为视察员，他在莫斯科耽搁住了，可我向某些人宣布过，视察员可能要来；所以他们会认为您就是视察员，而您在这里已经有三个星期了，这就会使他们更加惊讶。”

"故弄玄虚。你们哪里会有什么视察员在莫斯科。”

"就算没有吧，去他的，这与您何干，又怎么会使您为难呢？您本人就是团体的成员嘛。”

"您对他们就说我是视察员吧；我会坐在那里一言不发，可我不想带铅笔和纸。”

"这又是为什么？”

"我不愿带。”

彼得·斯捷潘诺维奇气极，脸都发青了，但他又一次克制住自己，站起来拿起了帽子。

"**那个人**在您这儿？"他突然悄悄地问道。

"在我这儿。”

"好。我很快就把他带走，别担心。”

"我不担心。他只是在这里过夜。老太婆在医院里，儿媳妇死了；这两天只有我一个人。我让他看了看围墙，那里有一块木板能拿下来；他从那里钻出去，没有人能看见。”

"我很快就来接他。"

"他说，他有很多过夜的地方。"

"说谎，正在搜捕他，这里暂时还不会被发现。难道您和他谈过话？"

"是的，通宵达旦。他对您破口大骂。夜里我给他读《启示录》，喝喝茶。他听得很专心；简直太专心啦，通宵达旦。"

"唉，见鬼，您会使他改信基督教的。"

"他本来就是基督徒。别担心，他会动刀子的。您要他杀谁？"

"不，我不是要他杀人；他另有任务……沙托夫认识费季卡吗？"

"我和沙托夫什么也没有谈过，也不见面。"

"他生气了，是吗？"

"不，我们都没有生气，只是避而不见。我们在美国相聚太久了。"

"我马上到他那里去。"

"随您的便。"

"我和斯塔夫罗金也许从他那里再来看您，大约在十点钟。"

"来吧。"

"我和他有要事商谈……喂，把您的球送给我；您还要它干吗？我也是用来锻炼身体。我可以付钱给您。"

"拿去吧。"

彼得·斯捷潘诺维奇把球放进了裤子的后兜里。

"我不会向您提供任何反对斯塔夫罗金的口实，"基里洛夫送他出门时跟在后面嘟哝道。对方惊奇地瞟了他一眼，但没有答话。

基里洛夫的最后一句话使彼得·斯捷潘诺维奇非常困惑；他还没有来得及领会其中的含义，不过在沙托夫家的楼梯上他就努力把不满的神色换上了一副亲切的表情。沙托夫在家，略感不适。他在床上和衣而卧。

"真不走运！"彼得·斯捷潘诺维奇在门口叫道，"病倒了？"

他那亲切的面容陡然消失；他的眼睛闪着怒火。

"没有，"沙托夫猛然欠起身来，"好好的，就是有点儿头痛……"

他甚至惊慌失措，这位客人突然出现简直使他大吃一惊。

"我正是为那件事来的，这个时候可不该生病，"彼得·斯捷潘诺维奇说得很快，似乎很有权威，"请允许我坐下（他坐下），您还是坐在您的床上吧，好。今天我们的人以维尔金斯基过生日为借口，在他家聚会；不过绝不会有破绽，采取了措施。我和尼古拉·斯塔夫罗金同去。我了解您目前的思想情况，本来不想把您拖去……我的意思是免得您在那里不好受，倒不是说我们认为您会告密。然而结果是您必须去。您在那里见到的某些人，将与我们一起最后决定，您将以什么方式退出团体，以及把您那里的东西移交给谁。我们要干得很隐蔽；我要把您领到某个角落；人多，没有必要让人人都知道。老实说，我不得不为您费尽口舌；不过现在他们似乎也同意了，当然，要您交出印刷机和全部文件。然后一切听便。"

沙托夫皱起眉头悻悻地听着。刚才的那种神经质的恐慌已经烟消云散。

"我认为我没有任何义务要向鬼知道的什么家伙作交代，"他断然说道，"谁也无权让我自由或不让我自由。"

"并不完全如此。有很多工作曾委托您做。您无权就这么断绝关系。而且您从来没有明确表态，以至他们捉摸不定。"

"我一来到这里，就写信明确声明过了。"

"不，不明确，"彼得·斯捷潘诺维奇泰然自若地争辩道，"比方说，我把《志士》寄来给您，要求您在此地印刷，印好了保存在您这里直到来人索取。另外还有两份传单。您把它们退了回来，附了一封模棱两可、不作任何解释的信。"

"我曾断然地拒绝印刷。"

"不错，但不是断然。您写的是：'我不能'，但没有说明是什么原因。'我不能'并不意味着'我不愿'。可以认为，您之所以不能，仅仅是由于物质上的原因。他们正是这样理解的，因而认为您还是愿意与团体继续保持联系的，于是很可能再委托您办什么事，从而使自己受到指摘。他们在这里说，您就是想设骗局，目的是在获取重要信息后告密。我拼命为您辩护，并出示您那两行字的复信，作为对您有利的文件。但现在重读一遍，我自己也不得不承认，这两行字的意思不明确，会使人产生错觉。"

"您还那么细心地保存了这封信？"

"保存在我这里没有关系；现在它就在我身边。"

"我才不在乎呢，见鬼！……"沙托夫狂怒地叫道，"就让你们的那些蠢货认为我告了密吧，与我何干！我倒想看看，你们能把我怎么样？"

"会把您登记在册，革命胜利后把您吊死。"

"就是在你们夺取最高政权并征服了俄国的时候？"

"您不要笑。我重申，我是维护您的。无论如何，我今天来还是要奉劝几句。何必为了虚妄的傲气而徒费口舌呢？友好分手岂不更好？反正您得交出机器、铅字和旧文件，我们要谈的就是这些。"

"我去，"沙托夫嘟哝道，低头沉思。彼得·斯捷潘诺维奇从自己的座位上斜睨着他。

"斯塔夫罗金去吗？"沙托夫突然抬起头来问道。

"一定去。"

"嘿嘿！"

两人又沉默了片刻。沙托夫厌烦而气愤地冷笑了一声。

"我不愿在这里印刷的您的那篇卑劣的《志士》印出来了吗？"

"印出来了。"

"对中学生们说，是赫尔岑本人给您在纪念册上写的？"

"是赫尔岑本人。"

两人又沉默了两三分钟。沙托夫终于从床上站了起来。

"出去，我不愿和您坐在一起。"

"我走，"彼得·斯捷潘诺维奇居然似乎很愉快地说道，一面缓缓地站起身来，"只讲一句话：基里洛夫似乎是独自一人住在这侧屋里，没有女仆？"

"独自一人。走吧，我不能和您共处一室。"

"哼，现在你可真行哪！"彼得·斯捷潘诺维奇走到街上，愉快地思忖着，"晚上你也会很出色，我眼下恰恰需要你这样，不可能指望更好的啦，不可能指望更好的啦！俄罗斯的上帝亲自在帮忙！"

七

看来这一天他四处奔波，颇为忙碌，也许还颇有成效——这在他那洋洋自得的脸色上表现了出来，那时是傍晚六时正，他来见尼古拉·弗谢沃洛多维奇。不过他未能马上受到接待；马夫里基·尼古拉耶维奇刚才和尼古拉·弗谢沃洛多维奇反锁在书房里。这个消息立即使他担心起来。他在书房门边坐下，等着客人出来。听得见谈话声，却听不清说什么。这次拜访的时间不长；不久响起了争吵声，传出非常激烈、响亮的说话声，随即门开了，马夫里基·尼古拉耶维奇走了出来，脸色惨白。他没有注意到彼得·斯捷潘诺维奇，迅速走了过去。彼得·斯捷潘诺维奇立即跑进了书房。

对两位"情敌"的这次非常短暂的会晤，我不能不详加叙述，在当时的情况下，这次会晤似乎是不可能的，然而它还是发生了。

情况是这样：尼古拉·弗谢沃洛多维奇午餐后在书房的沙发床上假寐，这时阿列克谢·叶戈罗维奇前来通报有一位不速之客来访。一听见通报的名字，他当即跳了起来，简直不愿相信。可是不久他的双唇闪过了笑意，这傲然的胜利的微笑同时又流露着一种茫然困惑的惊讶。进来的马夫里基·尼古拉耶维奇对这种微笑的表情似乎大为惊异，至少他在房间当中踟蹰地止步，似乎在犹豫：是向前走呢，还是掉头而去？主人立即换了一副面孔，以郑重的、感到不解的神气迎上一步。对方没有握他伸过来的手，尴尬地拖过一把椅子，也不等邀请，就在主人之先一言不发地坐了下来。尼古拉·弗谢沃洛多维奇坐在斜对面的沙发床上，注视着马夫里基·尼古拉耶维奇，在默默地等待。

"如果您办得到，就娶了莉莎维塔·尼古拉耶夫娜吧，"马夫里基·尼古拉耶维奇突然赏光说道，最有趣的是，从他的语调无论如何也听不出，这是什么：是请求、推荐、让与还是命令。

尼古拉·弗谢沃洛多维奇仍然沉默着；可是客人显然已经把来这里要说的话都说了，正瞪着眼睛等答复。

"如果我没有弄错的话（其实那是确凿无疑的），莉莎维塔·尼古拉耶夫娜是与您订了婚的。"斯塔夫罗金终于说道。

"是订了婚。"马夫里基·尼古拉耶维奇坚定而明确地证实道。

"你们……有了口角？……对不起，马夫里基·尼古拉耶维奇。"

"没有，她'爱恋并且尊敬'我，这是她的话。她的话比什么都珍贵。"

"这是无可怀疑的。"

"可是您要知道，如果她站在教堂里举行结婚仪式，而您呼唤她一声，那么她就会抛下我和所有的人，而跟着您走。"

"在举行结婚仪式的时候？"

"在举行结婚仪式以后也一样。"

"您想错了吧？"

"不。在她对您的持续不断的憎恨，真切而又极其强烈的憎恨下面，每时每刻都闪耀着爱情和……疯狂……极其真挚而又无限的爱情和——疯狂！恰恰相反，在她对我所感到的那份同样真挚的爱情后面，却每时每刻都闪耀着憎恨，——一种极大的憎恨！从前我是无论如何也无法想象这种种……变化的。"

"可是我觉得奇怪，您怎么能来安排莉莎维塔·尼古拉耶夫娜的婚事呢？您有这样做的权利吗？或者是她委托您全权处理？"

马夫里基·尼古拉耶维奇皱起眉头，把头低了一会儿。

"这只是您随便说说的空话罢了，"他蓦地说道，"是您报复性的自鸣得意的空话，我相信，您是了解我的言外之意的，莫非这里有渺小的虚荣心在作祟？您还意犹未足？难道必须细说，不留余地。行，我就说个透，既然您一定要我蒙受屈辱：我没有那个权利，全权委托是不可能的；莉莎维塔·尼古拉耶夫娜毫不知情，而是她的未婚夫丧失了最后的理性，只配送进疯人院，他居然亲自来向您报告这一切。普天之下只有您能使她成为一个幸福的女人，同时只有我会使她不幸。您争夺她，追求她，可我不明白，为什么您不娶她。倘若是在国外有过情人间的龃龉，而为了言归于好，必须牺牲我的话，那么您就牺牲我吧。她太不幸，这使我无法忍受。我的话不是准许，不是指令，因而无伤于您的自尊心。如果您要取代我在结婚仪式上的位置，您就能做到而无需我的什么准许，当然，我是不必疯疯癫癫地前来见您的。何况我们的婚礼在我采取了眼下这一步骤之后已绝无可能。我再领她走向圣坛岂不是太混蛋了？此刻我在这里的所作所为，以及把她托付给您——也许是托付给她的最势不两立的敌人——的这种做法在我看来是那么卑劣下流，不言而喻，是我永远无法忍受的。"

"您要在我们举行婚礼时开枪自杀？"

"不，要晚得多。何必让我的血玷污她的结婚礼服呢。也许我根本不会自杀，无论是现在还是以后。"

"您这样说大概是想安慰我？"

"安慰您？多一次血花飞溅对您来说算得了什么？"

他脸色苍白，目光闪闪。接着是片刻的沉默。

"请原谅我向您提了这样一些问题，"斯塔夫罗金又开始说道，"有些问题我是无权向您提出的，不过有一个问题我似乎完全有权提一提：请告诉我，什么情况使您断定我对莉莎维塔·尼古拉耶夫娜有感情？我指的是那样一种感情，您由于对它深信不疑才前来……贸然提亲。"

"怎么？"马夫里基·尼古拉耶维奇甚至微微一震，"难道您没有追求过？您现在不追求她也不想追求她？"

"一般地说，我对某个女人的感情，我不能向第三者说，除了那个女人本人以外我不会告诉任何人。对不起，这是生就的怪脾气。然而在其他方面我都据实以告：我已婚，所以我不能再娶妻或'追求'女性了。"

马夫里基·尼古拉耶维奇惊得向椅背上一靠，眼睛定定地朝着斯塔夫罗金的脸看了许久。

"您要明白，这是我无论如何没有想到的，"他嘟哝道，"那天早晨您说过您没有结婚……我也就相信您未婚……"

他脸色惨白；突然他在桌上猛击一拳。

"如果您在作了这番表白之后还不放弃莉莎维塔·尼古拉耶夫娜，并且亲手造成她的不幸，我就拿棍子打死您，就像打死篱笆墙边的一条狗！"

他跳起来，从房间里快步走了出去。跑进来的彼得·斯捷潘诺维奇发现少主人正处于令人极感意外的情绪之中。

"哦，原来是您！"斯塔夫罗金纵声大笑；他似乎只是冲着彼得·斯捷潘诺维奇而笑，因为后者怀着那么急切的好奇心冲了进来。

"您在门外偷听了？等一等，您是来做什么的？我曾答应过您……噢！想起来了：去见'我们的人'！走吧，我很高兴，此刻您再也想不出比这更合适的事了。"

他抓起帽子，两人当即走出了屋子。

"您还没有见到'我们的人'就先嘲笑了？"彼得·斯捷潘诺维奇愉快地逢迎道，他有时竭力与自己的同伴并肩走在狭窄的砖砌人行道上，有时又离开人行道，在泥泞中走，因为他的同伴完全没有注意到他而一个人走在人行道正中，因而霸占了全部人行道。

"我毫无嘲笑的意思，"斯塔夫罗金愉快地高声回答道，"相反，我相信你们那里都是一些稳当可靠的人。"

"正如您说过的那样，是一些'愁眉苦脸的笨蛋'。"

"有的愁眉苦脸的笨蛋最可乐。"

"哦，您在说马夫里基·尼古拉耶维奇！我相信，他刚才来是要把未婚妻让给您，是吧？是我绕着弯子嗾使他这么干的，您可以想象得到。要是他不肯让，我们就自己把她夺过来，啊？"

彼得·斯捷潘诺维奇当然了解，讲这种怪话是在冒险，然而一旦他自己冲动起来，那么他宁可冒任何风险，也不愿不明真相。尼古拉·弗谢沃洛多维奇只是笑。

"您还是打算帮助我吗？"他问道。

"只要您招呼一声。不过您要知道，有一条最佳途径。"

"您的途径我知道。"

"不见得，这暂时还是秘密。只是要记住，这个秘密是要花钱的。"

"要花多少钱我也知道。"斯塔夫罗金暗自嘟哝道，不过忍住了，没有再说话。

"多少？您说什么？"彼得·斯捷潘诺维奇猛地一哆嗦。

"我说：带着您的秘密见鬼去吧！最好告诉我，你们那里有谁？我知道，我们是去祝贺命名日，可是究竟有谁在那里呢？"

"噢，各色人等。连基里洛夫也去。"

"都是各小组的成员吗？"

"见鬼，您真性急！这里连一个小组也还没有。"

"那你们是怎样散发了那么多传单的？"

"我们现在要去的地方，总共只有四名小组成员。其余的人在等待，他们起劲地相互秘密监视，并向我播弄是非。人都很可靠。这都是材料，必须把它们组织起来，然后离开。不过，章程是您亲笔起草的，用不着向您解释。"

"怎么，很困难，是吗，进行得怎样？出了岔子？"

"进行得怎样？再顺利不过了。您会觉得好笑：最重要的是——封官许愿，很起作用。没有什么比封官许愿更有影响力了。我故意想出一些官衔和职位，我这里有秘书、秘密侦察员、财务主任、主席、收发员以及他们的同事，这些名目很受欢迎，他们非常乐于接受。然后是另一种力量，不用说，那就是多情善感。要知道，社会主义在我们这里的传播，主要就是靠动之以情。可糟糕的是，有咬人的少尉之流，说不定什么时候就会碰上一个。还有一些彻头彻尾的痞子，这些人嘛，算得是好人，有时很有用，不过要在他们身上花很多时间，要不懈地加以监督。最后，最主要的力量却是把一切都结合在一起的水泥，——这就是耻于有自己的主见。这可真是一种力量！要是谁在工作，要是这种'招人喜欢的人'在办事，谁的脑子里也不会有任何主见！他们认为有主见是可耻的。"

"既然如此，您还有什么可操心的？"

"要是有人干脆躺着，心不在焉地瞅着大家，这种人怎么能不加以利用呢！您似乎并不真的相信我们会成功？唉，相信还是相信的，可是要有愿望才行。是的，正是有了这些人，我们才有可能成功。我告诉您，这种人会为我赴汤蹈火，只要对他吆喝一声，说他还缺乏对抗传统思想的精神。傻瓜们抱怨我吹嘘有中央委员会和'无数分支机构'。您本人就这样责备过我，其实我何曾吹嘘，中央委员会——就是我和您嘛，分支机构要多少就会有多少。"

"全是这样的一批败类！"

"是材料。这些人也是能派上用场的。"

"您对我还是抱着希望？"

"您是头，您是力量；我只是从旁协助您，当个秘书。您知道吗，我们将坐上一条船，槭木的桨，丝绸作帆，船尾坐着一位美丽的姑娘，可爱的莉莎维塔·尼古拉耶夫娜……或者，见鬼，像他们在一首歌曲里所唱的……"

"卡住了！"斯塔夫罗金哈哈大笑起来，"还是我给您说一段开场白吧。您刚才扳着指头计算，小组是由哪些力量构成的。说的都是官职和多情善感，这些都是很有黏性的糨糊，可是有一招更好：您去怂恿四名组员干掉一个人，借口是他告密，于是您就可以通过一次流血使所有的人都俯首帖耳。他们就成了您的奴隶，再也不敢反叛或要求您解释自己的所作所为了。哈哈哈！"

"你呀，你要为这些话给我付出代价的，"彼得·斯捷潘诺维奇暗自想道，"甚至就在今晚。你可太放肆啦。"

彼得·斯捷潘诺维奇就是这样想的，或差不多是这样。不过他们离维尔金斯基家已经很近了。

"当然，您在那里说我是来自国外的会员，与共产国际有联系，是视察员？"斯塔夫罗金忽然问道。

"不，不是视察员；视察员不是您；但您是来自国外的团体创办人，掌握着极重要的机密，——这才是您的角色。当然，您要讲话吧？"

"您这是从何说起？"

"现在您应该讲话。"

斯塔夫罗金一惊，甚至在大街上站住了，离路灯不远。彼得·斯捷潘诺维奇勇敢而平静地迎着他的目光。斯塔夫罗金啐了一口，又往前走。

"您讲话吗？"他突然问彼得·斯捷潘诺维奇。

"不，我要听您讲。"

"见您的鬼！您倒使我有了个主意！"

"什么主意？"彼得·斯捷潘诺维奇连忙问道。

"我就依您，在那里讲一讲。可是以后我要揍您，知道吗，要好好地揍您一顿。"

"顺便说说，不久前我对卡尔马津诺夫说，您曾谈到该抽他一顿鞭子，而且不是装装样子，要狠抽。"

"这话我可没有说过，哈哈！"

"没有关系。即使（我说的）不是真话……①"

"谢谢啦，衷心感谢。"

"知道吗，卡尔马津诺夫还说：实质上我们的学说是贬低荣誉，公开主张蒙受耻辱的权利最容易吸引俄国人跟自己走。"

"说得太好了！金玉良言！"斯塔夫罗金叫道，"一语中的！蒙受耻辱的权利——这一来人人都会投奔我们，一个不剩！听我说，韦尔霍文斯基，您不是最高警察当局派来的吧，啊？"

---

① 原文为意大利文。

"谁要是心里有这样的问题，是不会说出来的。"

"我明白，可我们是自己人嘛。"

"不，我目前还不是最高警察当局的人。够啦，我们到了。伪装一下您的面部表情，斯塔夫罗金；我去见他们的时候，总是这样。阴沉一点就行，别的什么也不需要；挺简单的。"

第七章　在我们的人那里

一

　　维尔金斯基住在自己家里，准确地说，是住在妻子家，在蚂蚁街。房子是木头的，平房，没有旁的住户。以主人过生日为借口聚集了大约十五位客人；不过这次家庭晚会完全不像本地平常的命名日晚会。维尔金斯基夫妇在共同生活之初就双双认定，在命名日邀集宾朋是愚蠢透顶，何况"没有什么值得高兴的"。几年来他们似乎已完全与社会隔绝。他是有才能的人而且绝不是一个"穷汉"，可不知为什么大家都觉得他是怪人，喜欢孤独，而且谈吐"高傲"。维尔金斯基夫人以助产士为职业，仅此一点就使她处于社会等级的最底层；甚至低于牧师的妻子，尽管丈夫还拥有军官的头衔。在她身上完全看不到与她的身份相称的谦卑。自从她极其愚蠢而且不可原谅地公然与一个骗子，列比亚德金大尉姘识以后，连最宽容的妇女也分明蔑视她而不予理睬。但对维尔金斯基夫人来说却好像是正中下怀。奇怪的是，即使那些最正派的妇女在自己怀孕时，也尽可能求助于阿琳娜·普罗霍罗夫娜（即维尔金斯卡娅），而不请本城的其他三个助产士。甚至县城里也会派人来请她去为地主的夫人接生——大家对她的知识、运气和关键时刻的灵巧就是那样信任。结果是她只肯到巨富之家行医；她爱财如命。在充分意识到自己的影响以后，她终于毫不约束自己的脾气。也许，她还故意在最显贵的人家行医时惊吓神经脆弱的产妇：以骇人听闻的轻慢态度不顾礼节，或者干脆嘲笑"一切神圣的东西"，而且恰恰是在"神圣的东西"或许最有可能起作用的时刻。有一位军医罗赞诺夫，也是产科医生，他明确地证实，有一次产妇在剧痛时尖叫，呼唤着万能的上帝，阿琳娜·普罗霍罗夫娜恰恰就是以"一次枪击似的"突发的亵渎使产妇受惊而极快地顺利分娩。尽管她是虚无主义者，然而在需要时阿琳娜·普罗霍罗夫娜不但决不忽略上流社会的习俗，而且也决不忽略任何陈腐的陋习，只要对她有利。例如，她决不放过她接生的婴儿的洗礼，而且出席时穿着带拽地后襟的绿色丝绸连衣裙，还把发髻梳成一绺绺发卷，而在任何其他时候她都邋里邋遢还沾沾自喜。尽管在举行洗礼的时候，她总是一副"搔首弄姿的样子"，以至使教士们受窘，但在仪式结束后她一定亲自送上香槟酒，谁要是拿了酒杯而不想给小费，那就试试看吧。

　　这次到维尔金斯基家做客的人（几乎全是男人）都有一种不期而遇的神气。没有小吃，也没有扑克牌。糊着很陈旧的蓝色壁纸的大客厅正中，有两张桌子并在一起，铺着一块不大干净的大桌布，上面放着两个茶炊，水已经开了。桌子的一端是放着二十五只茶杯的大托盘和一篮普通的法国白面包，面包切成很多小块，就像贵族男、女寄宿中学里供应学生的那样。斟茶的是一个三十岁的老姑娘，她是女主人的姐姐，没有眉毛，淡黄色的头发，是沉默寡言、刻薄然而有新观点的女人，维尔金斯基本人在家庭生活中很怕她。室内共有三位妇女：女主人本人，她的没有眉毛的姐姐和维尔金斯基的亲妹妹，少女维尔金斯卡娅[①]，她恰巧刚从彼得堡来。阿琳娜·普罗霍罗夫娜是年约二十七岁的体态匀称的高高的妇人，容貌很不错，有点儿衣衫不整，穿一条毛料的浅绿色家常连衣裙，她坐着，毫不拘束地扫视着来宾，仿佛急于要用她的目光宣告："瞧，我是无所畏惧的"。刚到的少女维尔金斯卡娅容貌也不错，她是大学生，虚无主义者，胖墩墩的像个圆

_____

① 少女维尔金斯卡娅的原型是杰缅季耶娃-特卡乔娃。杰缅季耶娃因印刷并散发传单《告公众书》，企图激起社会对 1869 年学生运动参加者的广泛同情而于 1871 年受审。

球，通红的脸蛋，矮矮的身材，她坐在阿琳娜·普罗霍罗夫娜身旁，可以说还穿着旅行服装，手里握着一卷文件，忽闪忽闪的眼睛焦急地打量着客人们。这天晚上维尔金斯基本人有点不舒服，不过还是出来坐在茶桌边的圈椅里。客人们也都坐着，那样规规矩矩地坐在桌子周围的椅子上，看上去像是要开会。显然，大家都在等候什么，他们在期待中虽然高声谈着话，但似乎都是不着边际的话题。斯塔夫罗金和韦尔霍文斯基一到，马上鸦雀无声。

不过我为了说清楚而要冒昧作点儿解释。

我想，所有与会的先生们确实都愉快地抱着希望，想听到一些特别有意义的言论，而且是预先得到通知才来的。他们是这座古老城市里最鲜明的红色自由主义的精华，是维尔金斯基为本次"会议"细心遴选的。我还要指出，其中的某些人（不过为数寥寥）过去从未访问过他。当然，大多数客人并不十分清楚，为什么要通知他们与会。的确，他们当时都以为彼得·斯捷潘诺维奇是从国外来的拥有全权的特使，这个想法似乎马上就扎了根，而且自然使他们感到欣慰。可是在这一伙以庆祝命名日为借口而在此聚会的公民之中，已经有几个人得到了明确的委派。彼得·斯捷潘诺维奇在我们这里成功地拼凑了一个"五人小组"，类似他已经在莫斯科以及——现在已经查明——在那个县的军官中所建立的。据说，他在 X 省也有一个。现在这五位被选中的人和大家一起坐在桌旁，很巧妙地装出一副极普通的人的样子，所以谁也不能把他们辨认出来。他们是，——现在这已不是秘密，——首先，利普京，其次，维尔金斯基本人，长耳朵希加廖夫——维尔金斯基的妻弟，利亚姆申，还有个什么托尔卡琴科，这是个怪人，年纪已有四十上下，以对民间主要是对骗子和盗贼的大量研究而闻名，他故意出入小酒馆（不过并不仅仅是为了进行民间研究），并且在我们面前炫耀他的粗俗的服装，擦了油的皮靴，眯起眼睛的狡黠表情和花哨的俚语。从前利亚姆申曾有一两次带他去参加斯捷潘·特罗菲莫维奇的晚会，但他在那里没有产生什么特别的影响。他时而在城里露面，主要是在暂时失业的时候，他是在铁路上工作的。所有这五位活动家组成了自己的第一个团伙，他们有一个热诚的信念，即他们的小组仅仅是遍布俄国的成千上万个同样的五人小组之一，这些小组全都服从于一个庞大的秘密中央机构，而后者又与欧洲的世界革命有机地联系着。然而遗憾，我应当坦白地说，他们之间的分歧那时就已经开始暴露出来了。情况是这样，他们虽然从春天起就在等待着托尔卡琴科和从外地来的希加廖夫先后向他们提起的彼得·斯捷潘诺维奇，期待他带来非同小可的奇迹，并且一听到他的号召就毫无异议地立即加入了小组，然而五人小组刚刚成立，他们似乎马上就感到抱屈，我以为原因恰恰在于他们觉得自己答应得太快了。显然，他们加入是出于一种天真的羞耻感，唯恐以后有人说他们不敢加入；可是彼得·斯捷潘诺维奇毕竟应当珍视他们的这一崇高的功绩，至少要对他们讲一讲最主要的非常事件作为奖励。可是韦尔霍文斯基丝毫不想满足他们合理的好奇心，一句多余的话也不说；对他们总是态度严厉甚至漫不经心。这显然引起了愤慨，组员希加廖夫已经在鼓动其余的人"要求解释"，当然，不是此刻在维尔金斯基家提出这个要求，因为有那么多局外人在座。

关于局外人我也有一个想法，即第一个五人小组的上述组员很可能怀疑，这天晚上在维尔金斯基的客人中还有他们所不知道的其他小组的成员，而且这些小组也是那个韦尔霍文斯基在城里建立的，属于那同一个秘密组织；结果是所有与会者都彼此猜疑，彼此之间摆出形形色色的姿态，这就使整个聚会有一种让人捉摸不定的氛围，甚至有点儿浪漫色彩。不过这里也有一些丝毫不被怀疑的人。例如，一位现役少校，维尔金斯基的近亲，就是一个无害的人，他没有受到邀请，却自动前来祝寿，所以无论如何不能不予接待。不过寿翁还是放心的，因为少校"决不会告密"；此人尽管那么愚蠢，生平却就喜欢出入于有极端自由派的地方；他并不是同情者，但很爱听他们的言论。不仅如此，他甚至还遭到嫌疑。情况是这样，他在青年时代经手过整捆整捆的《钟声》①和传单，尽管他连翻一下也不敢，但认为拒绝散

---

① 赫尔岑和奥加廖夫于 1857 年合办的最早的俄国革命报纸。

发简直是卑鄙——甚至直到今天还有这样的一些俄国人。其余的客人或者是高尚的自尊心被压抑得火气很大的一类，或者是洋溢着崇高的激情，血气方刚的一类。那是两三个教师，其中一个是瘸子，在中学任教，已经有四十五岁左右，很刻毒而且显然爱虚荣，还有两三名军官。一个是很年轻的炮兵军官，前几天才从一所军校来到这里，是一个沉默寡言的孩子，还没有来得及与人结交，现在陡然出现在维尔金斯基家，手里拿一支铅笔，几乎不参加谈话，只是不停地在自己的笔记本里记着什么。人人都看见了，但不知为什么全都假装没有注意到。还有一个在这里闲荡的师范学校学生，就是他和利亚姆申把淫秽照片塞进女书商的口袋，这个粗壮的小伙子举止随便，却又流露着猜忌的神气，时时挂着洞察一切的微笑，与此同时，神色安详，为自身的完美而扬扬自得。我不知为什么，本市市长的儿子也在座，就是那个因放纵无度而早衰的恶少，我在讲述那个娇小的中士妻子的故事时已经提到过他。在这一天的整个晚上他都一言不发。最后，还有一个中学生，脾气很急躁，头发乱蓬蓬的大约十八岁的少年，他带着自己的尊严受到侮慢的年轻人的阴沉脸色坐着，显然因为自己只有十八岁而苦恼。这个小不点儿已经是中学毕业班里所形成的一个独立的阴谋家团伙的头儿，这是后来才查明的，引起了普遍的惊讶。我没有提到沙托夫：这时他位于桌子靠里面的一角，他把自己的椅子拖到比一排座位略前的位置，眼望着地下，阴沉地沉默着，茶和面包他都不要，而且始终没有放下手中的便帽，似乎想以此表示，他来不是做客，而是办正事，什么时候想走，会站起来就走。基里洛夫离他不远，也保持沉默，不过没有看着地下，相反，他的凝定而没有光泽的眼睛逼视着每一个说话的人，他谛听一切而没有表现丝毫的激动或惊讶。那些过去从未见过他的客人若有所思地悄悄打量着他。不知道维尔金斯基夫人自己是否对五人小组的存在有所了解？我认为她全都了解，是听丈夫说的。女大学生当然什么事也不曾参与，但她有自己的心事，她打算只停留一两天，然后踏上遥远、遥远的征途，走遍有大学的所有城镇，去"关心贫困大学生的疾苦，鼓动他们起来抗争"。她带着几百份石印的呼吁书，看来那是她本人起草的。奇怪的是，中学生一见之下就痛恨她，几乎到了不共戴天的程度，尽管他是生平第一次见到她，而她对他也是初见。少校是她的亲舅舅，他们阔别十年而在今天重逢。斯塔夫罗金和韦尔霍文斯基进来的时候，她满脸通红，因为她刚才为了维护自己对妇女问题的见解，同舅舅唇枪舌剑地大吵了一通。

二

韦尔霍文斯基漫不经心地在桌子上首的一把椅子上就座，几乎没有和任何人打招呼。流露着厌烦甚至傲慢的神气。斯塔夫罗金彬彬有礼地向人们点头致意，但是，尽管大家都在等候他们，却仿佛听到号令似的，都佯装对他们几乎不予注意。斯塔夫罗金一坐下，女主人就严肃地问道：

"斯塔夫罗金，您要茶吗？"

"要，"他答道。

"给斯塔夫罗金斟茶，"她向斟茶的老姑娘吩咐道，"您要吗？"（这是问韦尔霍文斯基。）

"当然要，这还要问客人吗？还要鲜奶油，您待客的茶总是糟透了；家里还在过命名日呢。"

"怎么，您也承认命名日？"女大学生突然笑道，"我们刚才还在谈这个问题。"

"过时啦。"中学生在桌子的另一端嘟哝道。

"什么过时了？忘掉偏见，即使是无害的偏见，这并不过时，相反，至今还是新课题，这是大家的耻辱，"女大学生立即回敬，猛地从椅子上探出身子。"何况无害的偏见是没有的，"她激烈地补充道。

"我只是想说明，"中学生非常激动，"尽管偏见，当然，是旧事物，应当消灭，可是说到命名日，人人都知道是愚蠢的观念，因而再为它浪费宝贵的时间是太过时了，全世界已经为它浪费了那么多宝贵的时间，所以可以把自己的聪明才智用于更切合需要的方面……"

"您的话拖泥带水，不明白您在说什么。"女大学生叫道。

"我觉得，任何人都和别人一样有发言权，因而我和其他任何人一样，如果想发表意见，那么……"

"谁也不想剥夺您的发言权，"女主人暴躁地打断了他的话头，"只是请您不要啰里啰唆，因为谁也听不明白。"

"不过请允许我指出，您不尊重我；如果说我未能讲完我的想法，不是因为我没有思想，不如说是由于思想太丰富……"中学生几乎绝望地嘀咕道，语无伦次。

"不会说话，您就住嘴。"女大学生厉声说道。

"我只是想说明，"他叫道，羞得满面通红，也不敢向周围张望。"您只是急于卖弄聪明，因为斯塔夫罗金先生来了，——可不是！"

中学生甚至从椅子上跳了起来。

"您的思想肮脏、不道德，说明您太没有教养。请不要再跟我说话。"女大学生连珠炮似的说道。

"斯塔夫罗金，"女主人开始说道，"刚才在您来之前，有人在这里高谈家庭的权利，——就是这位军官（她朝自己的亲戚，现役少校点点头）。当然，我不会拿这种早已被摒弃的陈词滥调来打扰您。不过，现在的偏见中所想象的家庭的权利和义务是从何而来的呢？就是这个问题。您的意见如何？"

"什么从何而来？"斯塔夫罗金反问道。

"比如说，我们知道，关于神的偏见是因为雷电而产生的，"女大学生又猛地往前一冲，眼睛刷地注视着斯塔夫罗金，"人所共知，原始人害怕雷电，就把冥冥中的敌人神化，觉得自己在他面前是那么软弱。然而关于家庭的偏见是从哪里产生的呢？家庭本身是从何而来的呢？"

"这可不完全一样……"女主人想加以制止。

"我认为要回答这样的问题，说起来颇为不雅，"斯塔夫罗金回答道。

"怎么会呢？"女大学生朝前一凑。

可是在那伙教师中响起了嬉笑声，另一端的利亚姆申和中学生也随即嬉笑起来，然后她的亲戚，那位少校也嘶哑地嘿嘿而笑。

"您该去写轻松喜剧。"女主人对斯塔夫罗金说道。

"你们这样太不光彩啦，我不知怎样说你们才好。"女大学生大为愤慨，决绝地说道。

"你不要跳出来！"少校贸然说道，"你是一位小姐，应当温文尔雅，可你就像坐在一根锥子上。"

"免开尊口，不许用您的下流比喻同我说话，我根本不想知道您是什么亲戚。"

"可我是你的舅舅；你还在吃奶的时候我就抱过你！"

"不管您抱过谁，与我何干。我没有请您抱我，所以，不知自重的军官先生，那是您自己乐意。请让我告诉您，除非是以一般公民的身份说话，不许您对我说**你**，我决不容许。"

"瞧，他们都是这样的！"少校在桌子上捶了一拳，对坐在对面的斯塔夫罗金说道，"不，先生，请原谅，我喜欢自由主义和现代思潮，爱听聪明的谈话，但我要预先说明，我指的是男人的谈话。可是妇女，可是这些招摇过市的女娃儿，——不，先生，她们的话让我头痛！你不要乱动！"他向女大学生叫道，她时时想从椅子上站起来，"不，我也有话要说，我受到了侮辱，小姐。"

"您只是在妨碍别人，自己又说不出什么名堂。"女主人悻悻地嘀咕道。

"不，我要说，"少校焦躁起来，对斯塔夫罗金说道，"斯塔夫罗金先生，我指望您这位新来乍到的人，虽然我未能有幸与您结识。没有男人，她们就会像苍蝇一样完蛋，——这就是我的意见。她们的全部妇女问题毫无新意。请您相信，这全部妇女问题都是男人为她们想出来的，这是男人犯傻，搬起石头砸自己的脚，——谢天谢地，我没有结婚！没有一点创新，先生，一个简单的花纹图案她们也想不出来；花纹都是男人替她们想出来的！您瞧，先生，我抱过她，她十岁时我与她跳过玛祖卡舞，今天她来了，我自然迎上去与她拥抱，而她从第二句话开始就对我宣告没有上帝。哪怕是从第三句而不是第二句开始也好啊，她就那么急不可待！好吧，假定聪明人都不信仰上帝，可那是因为他们聪明，而你，我说，小胖子，对上帝懂些什么呢？要知道都是男生教你的，倘若他教你点长明灯，你也会去点。"

"您尽扯谎，您是很恶毒的人，刚才我曾有根有据地说明您的错误，"女大学生轻蔑地回答道，仿佛不屑于同这种人多作辩白。"我刚才对您说的是，我们大家都是按照教义问答受教育的：'如果你尊敬父亲和祖先，就能长寿并享有财富'，这是十诫里的。如果上帝认为有必要为爱而给予奖赏，那么您的上帝就是不道德的。我刚才向您论证时就是这样说的，而且不是从第二句话开始，而是在您要伸张自己的信仰自由时才讲起来的。至于您生性迟钝，到现在还不能理解，那能怪谁呢。您觉得受到冒犯就恼怒——这就是您这一代人的全部谜底。"

"傻妞！"

"而您是傻瓜。"

"你骂吧！"

"不过请原谅，卡皮通·马克西莫维奇，您亲口对我说过，您是不信上帝的。"利普京从桌子的另一端小声反驳道。

"我说过又怎样，我是另一回事！我也许是信的，只是不完全信。我尽管不完全信，但毕竟不会说，该把上帝枪毙。我还在当骠骑兵时就冥想过上帝问题。所有的诗歌都惯于说，骠骑兵酗酒作乐；是这样，先生，酒我可能也喝，但您信不信，我会在深夜只穿着袜子跳下床，对圣像画十字，祈求上帝赐予信仰，因为我那时就不能平静：上帝有还是没有？我就是那样惶惶不安！当然，早晨又寻欢作乐，信仰仿佛又消失了，而且我老是发觉，白天信仰总是淡薄一些。"

"您有扑克牌吗？"韦尔霍文斯基大张着嘴打了个哈欠，向女主人问道。

"对您的问题，我非常、非常同情！"女大学生往前一冲，她听了少校的话愤怒得满面绯红。

"听这种蠢话是白白浪费宝贵的时间。"女主人断然说道，极为不满地望了望丈夫。

女大学生正色说道：

"我想向会议通报大学生的苦难和抗议，由于时间都浪费于不道德的谈话……"

"无所谓道德或不道德！"女大学生一开口，中学生马上就受不了。

"这一点我知道，中学生先生，在别人教导您懂得这一点以前我就早已知道了。"

"而我断定，"对方勃然大怒，"您，一个来自彼得堡的娃娃是要教训我们大家，而您所说的我们本来就知道。关于被您背错了的戒条'要孝敬父母'以及它不合道德，这在俄国从别林斯基时代起就无人不知。"

"这还有完没完？"维尔金斯基夫人对丈夫断然说道，作为女主人，她为这种无聊的谈话而脸红，特别是她已经注意到新邀请的客人有几个在讪笑甚至显得困惑不解。

"诸位，"维尔金斯基突然提高了嗓门，"如果谁有更切题的话要说，或者有什么事情要宣布，就请开始吧，别浪费时间了。"

"斗胆提个问题，"瘸腿教师温和地说道，他始终一言未发，正襟危坐，"我很想知道，此刻我们是在这里举行什么会议，还是做客的凡夫俗子在聚会而已？我主要是为了合乎章法才问的，以免心中没底。"

这个"狡狯"的问题产生了影响；大家面面相觑，似乎都在等着别人来回答，突然，像听到号令似的，人人都把目光转向了韦尔霍文斯基和斯塔夫罗金。

"我只提议就问题进行表决：'我们是在举行会议，或者不是？'"维尔金斯基夫人说道。

"我完全附议，"利普京响应道，"尽管这个提议不大明确。"

"我也附议，还有我，"人们纷纷表态。

"我也觉得，这样确实更合乎规矩，"维尔金斯基下了结论。

"好吧，表决！"女主人宣布道，"利亚姆申，请您去弹钢琴；表决时您在那里也可以表态。"

"又来啦！"利亚姆申叫道，"我弹够了。"

"我坚决请求您，坐下弹吧；您不想对事业作贡献吗？"

"相信我吧，阿琳娜·普罗霍罗夫娜，没有人在偷听。只是您在瞎想。况且窗户很高，就是有人偷听，又怎能听得清楚。"

"我们自己也听不明白，是怎么一回事，"有人嘟哝道。

"我对您说，防范总是必要的。万一有特务，"她向韦尔霍文斯基解释道，"那就让他们在街上听到我们是在庆祝命名日，演奏音乐。"

"唉，见鬼！"利亚姆申骂道，他在钢琴前面坐下，开始胡乱地弹奏华尔兹，几乎是用拳头任意敲击着琴键。

"凡是希望举行会议的人，请举起右手。"维尔金斯基夫人提议道。

有的人举起了手，有的没有举。还有一些人举起了手又放下。放下了又举起。

"呸，见鬼！我都闹糊涂了。"一个军官叫道。

"我也不明白。"又有一个人叫道。

"不，我明白，"第三个叫道，"**赞成**就举手。"

"**赞成**什么嘛？"

"赞成开会。"

"不，不是开会。"

"我是主张开会的，"中学生向维尔金斯基夫人叫道。

"那您为什么不举手？"

"我一直在看着您，您没举手，我也就没有举。"

"真蠢，我是提建议的，所以才没有举手。诸位，我提议重新来过：谁愿开会，请坐着别举手，谁不愿开会，请举起右手。"

"谁不愿？"中学生又问了一遍。

"您故意捣乱是不是？"维尔金斯基夫人气冲冲地叫道。

"不，太太，得问问，谁愿或谁不愿，因为这是必须搞清楚的吧？"有两三个声音响起。

"不愿的人**不愿**。"

"好吧，可是该怎么办呢，举手还是不举，要是**不愿**的话？"那个军官叫道。

"咳，我们还没有民主的习惯呢！"少校指出道。

"利亚姆申先生，对不起，您敲得那么响，谁也听不清。"瘸腿教师说。

"说真的，阿琳娜·普罗霍罗夫娜，没有人偷听，"利亚姆申跳了起来，"我不愿意弹！我是到府上做客的，不是来乱弹一气！"

"诸位，"维尔金斯基提议道，"请大家口头回答：我们是开会还是不开？"

"开会，开会！"叫声四起。

"既然这样，就不用表决了，行啦。你们满意吗，诸位，还要不要表决？"

"不必，不必，都明白啦！"

"也许有人不愿开会？"

"不，不，我们都愿意。"

"可开的是什么会？"有一个声音叫道。没有人回答。

"该选一位主席。"四面八方叫道。

"就选主人，当然是选他！"

"诸位，既然这样，"被选为主席的维尔金斯基开始说道，"那么我就提出我刚才提过的最初的建议：如果谁有更切题的话要说，或者有什么事情要宣布，就开始吧，别浪费时间。"

一片沉寂。大家的目光又转向斯塔夫罗金和韦尔霍文斯基。

"韦尔霍文斯基，您没有什么事要宣布吗？"女主人直接问道。

"什么事也没有，"他坐在椅子上打着哈欠，伸伸懒腰，"不过我想要一杯白兰地。"

"斯塔夫罗金，您要吗？"

"谢谢，我不喝酒。"

"我是说，您要不要讲话，不是说白兰地。"

"讲话，讲什么？不，我不想讲。"

"会给您拿白兰地来的。"她回答了韦尔霍文斯基。

女大学生站了起来，她已经有好几次跃跃欲试。

"我来是要通报关于不幸的大学生们的疾苦以及唤醒他们到处起来抗议的问题……"

她的话突然中断；桌子的另一端也有人要发言，于是所有的目光都转向了他。长耳希加廖夫神情抑郁、阴沉，缓缓地从座位上站起身来，心情惆怅地将一册写得密密麻麻的厚厚的本子放到桌上。他既不坐下也不说话。很多人惶惑地望着那本子，可是利普京、维尔金斯基和瘸腿教师不知为什么似乎感到很满意。

"我请求发言。"希加廖夫阴沉然而坚定地说道。

"可以。"维尔金斯基表示允许。

发言者坐下，默然半晌，以傲慢的语气说道：

"诸位……"

"给，白兰地！"刚才为大家斟茶的女眷拿了白兰地来，厌恶而藐视地喝道，她把白兰地和夹在手指间的一个酒杯放在韦尔霍文斯基面前，既没有托盘也没有碟子。

被打断话头的发言人庄重地停顿了下来。

"没有关系，说下去吧，我不听。"韦尔霍文斯基叫道，一面往杯子里倒酒。

"诸位，我请求你们注意，并且正如你们即将看到的那样，还要请求你们在至关重要的问题上给予协助，为此我应当说几句开场白。"

"阿琳娜·普罗霍罗夫娜,您有剪子吗?"彼得·斯捷潘诺维奇忽然问道。

"您要剪子干吗?"她睁大了眼睛望着他。

"忘了剪指甲,三天前就想剪了。"他低声说道,悠闲地望着自己又长又脏的指甲。

阿琳娜·普罗霍罗夫娜火冒三丈,但少女维尔金斯卡娅却不知为什么似乎挺高兴。

"我刚才好像看到,剪子就在窗台上,"她从桌旁站起来,走了过去,找到了剪子,立即拿了来。彼得·斯捷潘诺维奇看也不看她,接过剪子就摆弄起来。阿琳娜·普罗霍罗夫娜明白了,这是一个故意的姿态,于是因为自己易怒而感到羞愧。会众默默地面面相觑。瘸腿教师又憎恨又忌妒地审视着韦尔霍文斯基。希加廖夫继续说了下去:

"我致力于研究将取代目前制度的未来社会的社会制度问题,终于确信,从古代起直至当前的一八七……年,所有社会体系的创立者都是幻想家、童话家,都是自相矛盾的蠢人,他们对自然科学以及那个叫作人的奇怪动物全然无知。柏拉图、卢梭、傅立叶的学说,铝柱①,这一切也许对麻雀有用,而无益于人类社会。可是考虑到未来的社会形式恰恰为当前所必需,因为现在我们终于准备采取行动而不再沉溺于冥思苦索了,所以我在此提出我本人的世界体系。这就是!"他敲了一下笔记本。"我想尽可能概括地向会议阐述拙作的内容;然而我明白还需要增加大量的口头说明,所以全部阐述至少要十个晚上,每晚讲本书的一章。(笑声。)此外,我预先声明,我的体系尚未完成。(笑声又起。)我在自己的资料里迷失了方向,而且我的结论与我作为出发点的原始思想直接矛盾。我的出发点是无限自由,而结论却是无限专制。不过我要补充一点,除了我对社会公式的解决方案是不可能有任何其他方案的。"

---

① 暗示车尔尼雪夫斯基《怎么办?》中对未来社会主义社会的描述。在薇拉·巴甫洛夫娜的"第四个梦"里提到的那些水晶宫里有用铝铸造的柱子。

笑声一阵高似一阵，不过笑的多半是年轻人以及可以说较少了解内情的人。女主人、利普京和瘸腿教师面现愠色。

"如果您本人对自己的体系也不能自圆其说，而且陷于绝望，我们这些人又能怎么办呢？"一个军官谨慎地指出道。

"您是对的，现役军官先生，"希加廖夫猛地转向他说道，"特别是因为您用了'绝望'这个字眼。是的，我渐渐地陷于绝望；尽管如此，拙作所阐述的一切是无可替代的，其他出路是没有的；谁也想不出别的什么了。因此我急于不失时机地请在座诸位以十个晚上的时间听完拙作以后，发表自己的意见。倘若诸位不想听我说，那就及早散会，——男人们去忙自己的公务，女人们回到厨房里去，因为否决拙作以后，他们是找不到其他出路的。别无出路！错过这个时机只能自受其害，因为以后必然还要回到这一点来。"

会场上起了一阵骚动："他是疯了还是怎么？"

"这就是说，全部问题在于希加廖夫的绝望，"利亚姆申下了结论，"而实质是，他该不该绝望？"

"希加廖夫近乎绝望，这是他个人的问题。"中学生表明了看法。

"我提议表决，希加廖夫的绝望与共同事业有多大关系，同时表决，他的话是否值得听一听？"军官愉快地拿定了主意。

"问题不在这里，先生，"瘸子终于介入了。他说话总是带点儿似乎嘲讽的微笑，所以很可能叫人难以判断，他是说真的还是在开玩笑。"诸位，问题不在这里。希加廖夫先生十分严肃地献身于自己的使命，而且太谦虚。他的大作我是了解的。他建议把人类分为两个不平等的部分，作为彻底解决问题的办法。十分之一的人口享有个人自由以及对其余十分之九人口的无限权力。十分之九的人应当失去个性，仿佛变为一群动物，在无限服从的状态下通过一系列蜕变而达到原始的无罪，那仿佛就是原初的乐园了，尽管他们是要劳动的。为了剥夺十分之九的人类的意志，并通过对一代又一代的再教育而把他们改造成畜群，作者提出的措施非常卓越，是以自然科学资料为依据的，而且非常合乎逻辑。可以不赞同他的某些结论，然而对作者的智慧和学识是无可怀疑的。遗憾，要求花十个晚上完全为环境所不许，否则我们就能听到很多引人入胜的言论了。"

"难道您是说真的？"维尔金斯基夫人向瘸子问道，甚至有点儿惶惶不安。"这个人不知怎样安置人们，居然要使其中的十分之九变为奴隶？我早就在怀疑他了。"

"怎么，您这是在说您的小兄弟？"瘸子问道。

"一脉相承？您是不是在嘲笑我？"

"此外，为贵族劳动而且像听命于神一样服从他们，这是下贱！"女大学生激烈地指出道。

"这不是下贱，而是我提出的乐园，人间乐园，其他乐园在地球上是不可能有的。"希加廖夫庄严地下结论道。

"如果是这样的乐园，"利亚姆申叫道，"我宁可接收那十分之九的人口，要是无法安置他们，就把他们炸得灰飞烟灭，只留下一小撮有教养的人，让他们过上文明的生活。"

"只有小丑才会这样说话！"女大学生勃然大怒。

"他是小丑，可是有用。"维尔金斯基夫人对她悄声说道。

"也许这是解决问题的最佳方案！"希加廖夫热烈地对利亚姆申说道，"当然，您简直不了解，您居然提出了多么深刻的见解，快乐的先生。可是您的想法几乎无法实行，因此只能满足于人间乐园，既然人们已经这样称呼它。"

"哎呀，十足的胡说！"韦尔霍文斯基似乎是脱口而出。不过他眼也不抬，极其淡漠地继续修剪他的指甲。

"为什么是胡说，先生？"瘸子马上搭腔，仿佛就等着他一开口就缠住不放。"究竟为什么是胡说？希加廖夫先生在某种程度上狂热地爱着人类；可是请记住，傅立叶，尤其是卡贝，甚至蒲鲁东①本人都曾提出很多极端专制、极端荒诞的解决方案。也许，希加廖夫先生

---

① 蒲鲁东（1809—1865），法国经济学家和社会学家，无政府主义的创始人之一。

对问题的解决甚至远比他们清醒。请你们相信，读了他的这部著作，几乎不能不同意他的某些观点。他也许比所有的人都更接近于现实主义，而他的人间乐园几乎就是人类因失去它而叹息的那个真正的乐园，如果它确实存在过的话。"

"嘿，我就知道我会碰钉子。"韦尔霍文斯基又嘟哝道。

"对不起，先生，"瘸子的火气越来越大，"关于未来社会体制的交谈和议论，可以说是所有现代有思想的人的迫切需要。赫尔岑一生为此殚精竭虑。我确知，别林斯基曾与朋友们整晚整晚地相聚讨论并试图预先解决未来社会体制的种种问题，甚至最微末的问题，可以说连厨房里的细枝末节也不放过。"

"有些人简直为之神魂颠倒。"少校突然指出道。

"毕竟可以谈出点儿结果嘛，胜过像专制君主一样默然无语。"利普京低声嘟哝道，仿佛终于鼓起勇气开始抨击。

"我不是说希加廖夫胡扯，"韦尔霍文斯基懒洋洋地说道，"要知道，诸位，"他略微抬起眼来，"在我看来，所有那些书本，傅立叶、卡贝之流的学说，所有那些'劳动权'、希加廖夫主义，全都像小说，可以写上十万册，高雅地消磨时间。我明白，你们在这小城里感到无聊，所以就扑向字纸堆。"

"请原谅，先生，"瘸子在椅子上痉挛起来，"我们是外省人，这当然惹人怜悯，不过我们知道，世界上还没有任何新事物，是我们因为忽略了它而该痛哭流涕的。现在有人把国外炮制的形形色色的传单塞给我们，建议联合起来建立团体，唯一的目的就是毁灭一切，其借口是世界已无可救药，而砍掉一亿颗脑袋，减轻自己的负担，就可以更有把握地跳过水沟了。这无疑是一个绝妙的主意，不过它像您刚才所如此轻蔑的'希加廖夫主义'一样不切合实际。"

"好吧，我可不是来讨论的。"韦尔霍文斯基的这句话有一个重大的失误，他似乎丝毫没有察觉自己的失言，把蜡烛向面前移移，让光线亮一点。

"遗憾，先生，很遗憾，您不是来讨论的，而且很遗憾，现在您那么忙于修饰。"

"我修饰碍您什么事了？"

"砍掉一亿颗脑袋，同靠宣传改造世界一样是很难做到的。也许更难，尤其是在俄国，"利普京又冒险说道。

"现在希望就寄托于俄国呢。"军官说道。

"我们也听说，人们抱有这种希望，"瘸子搭腔道。"我们知道神秘的迹象①预兆我们美好的祖国是最能履行伟大使命的国家。不过有一点，先生，在靠宣传逐渐解决的情况下，我个人总算有点儿好处，至少可以愉快地耍耍嘴皮，上司还能因为我为社会事业效劳而赏个一官半职。而在第二种情况下，要以一亿颗人头作代价求得迅速解决，说实话，能得到什么嘉奖呢？你去鼓吹，说不定被割掉舌头。"

"准会割掉您的舌头。"韦尔霍文斯基说道。

"您瞧，先生。可是，在最顺利的情况下，要完成这场屠杀也不会少于五十年，就说三十年吧，因为人不是绵羊，想必不会任人宰割的，——那么，收拾家当，越过平静的海洋移居宁静的岛屿，在那里无忧无虑地闭上眼睛，岂不更好？请相信，先生，"他用手指意味深长地敲了一下桌子，"您的那种宣传只能引起大迁移，不会有任何其他结果，先生！"

他说罢显然自鸣得意。他是省里一个能言善辩的人物。利普京幸灾乐祸地阴笑，韦尔金斯基有点儿心情抑郁地听着，其余的人都聚精会神地注视着这场争论，尤其是妇女和军官们。大家都明白，一亿颗脑袋的代理人被逼入了困境，于是静候下文。

"不过，您倒是能说会道，"韦尔霍文斯基更加漠然地懒懒说道，甚至似乎没精打采。"移居海外是个好主意。可是，尽管您预见到种种显而易见的不利之处，共同事业的战士还是会日益增多，所以缺了您也行。这里，老兄，新信仰正在取代旧信仰，所以才会涌现那么多战士，而这是规模宏大的事业。您就移居海外吧！知道吗，我劝

---

① 原文为拉丁文。

您去德累斯顿，而不要到宁静的岛屿上去。首先，那是一座从未发生过瘟疫的城市，您既然为人精明，想必是怕死的；其次，离俄国很近，可以更快地从可爱的祖国收到汇款；第三，它有所谓的艺术珍品，而您当过语文教师，似乎是爱美的；嗯，它还有自己的一个袖珍瑞士——这有益于诗兴，所以您想必会写写诗。总之，别有洞天！"

起了一阵骚动；尤其是军官们都活跃起来。再过片刻，大家就会同时说起话来。然而瘸子气冲冲地上钩了：

"不，先生，我们或许并不会脱离共同事业！这一点是该明白的，先生……"

"怎么会这样呢，难道您会加入五人小组吗，如果我向您提出这个建议的话？"韦尔霍文斯基蓦地贸然说道，并且把剪子放到了桌上。

人人都似乎一震。这个神秘人物过于仓促地暴露了自己。甚至直接谈起了"五人小组"。

"谁都觉得自己是正直的人，决不会背离共同事业。"瘸子把嘴一撇道。"但是……"

"不，先生，这里的问题不在于**但是，**"韦尔霍文斯基威严而急躁地打断了他的话，"我宣布，诸位，我需要的是正面回答。我十分明白，我来到这里并且亲自把你们召集在一起，就有责任向你们作出解释（又是一个意外的暴露），可是在我摸清你们的思想情况之前，我是不能作任何解释的。不必再议论了——因为我们已经空谈了三十年，总不能再那样空谈三十年吧，——我只问你们，何去何从：采取缓慢的办法，即炮制一部部社会小说，纸上谈兵地预先决定人类千百年的命运，而在此期间就要落进你们嘴里的肥肉却会因为你们丧失了时机而被专制制度坐享美味；还是着手迅速解决，不择手段，只要使人类终于能放开手脚自由地、独立自主地安排自己的社会生活，而且是实际如此，不是纸上谈兵？有人叫嚷：'一亿颗人头'，这也许还只是个比喻，可是那有什么可怕呢，既然在我们慢条斯理地埋头于纸上空想的情况下，专制制度在一百年间就会吞掉不止一亿而是五亿颗人头。还有一点请注意，一个绝症患者，不论在纸上给他开什么药方也无济于事，相反，如果拖延了时间，他会腐烂而使我们受到传染，将现在还可以指望的新鲜力量摧毁殆尽，结果是我们全都完蛋。我完全同意，自由主义地高谈阔论是非常快意的，而行动却有点儿扎手……嗯，不过我不会说话；我来这里是有消息要通知大家，因此我不是请求尊敬的在座诸君表决，而是直截了当地声明，你们是喜欢乌龟似的在泥潭爬行，还是飞越沼泽？"

"我完全赞成飞速前进！"中学生狂喜地叫道。

"我也是。"利亚姆申响应道。

"当然，对这一选择是无可怀疑的。"一个军官喃喃道，接着是另一名军官，随后又有一个人都这么说。最重要的是，人人都大吃一惊，韦尔霍文斯基是带着"通知"来的，而且亲自表示马上要告诉大家。

"诸位，我看到几乎全体都作出了符合传单精神的决定。"他扫视着会场说道。

"全体，全体。"会场上响起了大多数人的声音。

"说实话，我更倾向于人道的决定，"少校说道，"不过既然是全体，那我也同大家保持一致。"

"这么说来，您也没有异议？"韦尔霍文斯基转向瘸子问道。

"我并不是……"他有点儿脸红，"不过我现在即使同大家一致，也仅仅是为了不违背……"

"瞧，你们都是这种人！愿意争论半年，自由主义地高谈阔论，结果却是同大家保持一致！诸位，还是考虑一下吧，你们真的都愿意吗？"（愿意干什么？——一个含糊然而极为诱人的问题。）

"当然，全都愿意……"一片赞同声。不过，人们却面面相觑。

"也许以后会抱屈吧，觉得赞同得太快了？你们差不多总是这样。"

人们激动起来了，原因各有不同，但非常激动。瘸子向韦尔霍文斯基发起了攻击。

"不过请允许我向您指出，对这种问题的回答是有条件的。如果说我们已经表了态，那么请注意，以如此奇怪的方式提出的问题毕竟……"

"什么奇怪的方式？"

"一种不适当的方式，这种问题是不能这样来提出的。"

"请教教我吧。您明白吗，我就知道您会第一个起来抱屈。"

"您逼我们作出响应，表示愿意立即采取行动，可是您有什么权力这样做呢？您有提出这种问题的授权吗？"

"这个问题您该早点儿提的！为什么您却表了态呢？赞同之后又反悔。"

"在我看来，您那样轻率地公开提出您的那个主要问题，使我认为，您既没有得到授权，也不拥有任何权力，只不过是出于您个人的好奇罢了。"

"您指的是什么，是什么？"韦尔霍文斯基叫道，似乎很惊慌的样子。

"我是说，接受人会不管怎样要个别进行，而不是在二十个陌生人的众目睽睽之下！"瘸子不假思索地说道。他畅所欲言，但已非常恼火。韦尔霍文斯基迅速地转向大家，巧妙地装出一副惊慌失措的样子。

"诸位，我有义务向大家声明，这一切全是废话，我们谈得太出格了。我还不曾接受任何人入会，因而谁都无权说我接受过会员，我们只是谈谈看法罢了。是不是？但不论怎样，反正您使我很不安，"他又转身对瘸子说道。"我根本没有想到，这里对这样无可厚非的话题也要单独交谈。或许您是怕告密？难道现在会有告密者混在我们当中？"

群情激昂；议论纷纷。

"诸位，倘若果真如此，"韦尔霍文斯基说了下去，"那么我最是难辞其咎，因此我建议对一个问题作出回答，自然，如果你们愿意回答的话。悉听尊便。"

"什么问题？什么问题？"响起了一片喧哗声。

"是这样一个问题，对它的回答将清楚地表明，我们该留在一起干，还是默默地拿起帽子各自东西。"

"问题，问题？"

"如果我们每个人都知道了一起即将发生的政治谋杀案，那么他是明知其全部后果而去告密呢，还是留在家里静观其变？这里可能有不同的观点。对问题的回答将明确地告诉我们该解散还是留在一起，而这远不是指今天这个晚上而言。请允许我首先请您回答，"他对瘸子说道。

"为什么首先找我？"

"因为一切都是由您引起的。请吧，不要避而不答，耍滑是没有用的。不过，您看着办吧，悉听尊便。"

"对不起，这种问题甚至是侮辱性的。"

"不行，不能说得更明确一点嘛。"

"我从来没有当过秘密警察，先生。"他更轻蔑地撇着嘴道。

"拜托，更明确些吧，别耽误时间。"

瘸子气得话也不想说了。他一言不发，恶狠狠地从眼镜后面逼视着那个折磨他的人。

"是或不？告密还是不告密？"韦尔霍文斯基叫道。

"当然，我**不**告密！"瘸子加倍地使劲叫道。

"谁也不会告密，当然不会告密，"可以听到很多人在说。

"请问少校先生，您告密还是不告密？"韦尔霍文斯基接着说道。"同时请注意，我是特意向您提出这个问题的。"

"不告密，先生。"

"嗯，如果您知道有人想谋财害命，而受害人只是一个普通人，那么您检举揭发吗？"

"那当然，先生，不过这是民事案件，不同于政治上的告密。我可没有当过秘密警察，先生。"

"这里谁也不曾当过，"人们又纷纷说道，"问题是多余的。大家的回答都一样。这里没有告密者！"

"这位先生为什么站了起来？"女大学生叫道。

"这是沙托夫。您站起来干吗，沙托夫？"女主人叫道。

的确，沙托夫站了起来；他手里拿着帽子，望着韦尔霍文斯基。他似乎有话要对他讲，却犹豫不决。他脸色苍白而愤懑，但他忍住了，一言不发，默默向外面走去。

"沙托夫，这对您是没有好处的！"韦尔霍文斯基在他后面神秘地嚷道。

"然而对你有好处，你这个特务、无赖！"沙托夫站在门口向他叫道，随即走了出去。

又是一阵喧哗和叹息声。

"瞧，考察吧！"一个声音叫道。

"考察起了作用！"另一个声音叫道。

"这时起作用太晚了吧？"第三个声音指出道。

"是谁邀请他的？""是谁让他进来的？""他是谁？""沙托夫是什么人？""他会不会告密？"问题纷至沓来。

"他要是密探，就会伪装下去，可他却拂袖而去。"有人指出道。

"瞧，斯塔夫罗金也站起来了，斯塔夫罗金也不曾回答问题。"女大学生叫道。

斯塔夫罗金确实站了起来，而在桌子的另一端，基里洛夫也与他同时离座。

"请原谅，斯塔夫罗金先生，"女主人对他厉声说道，"我们都在这里回答了问题，而您就这么不声不响地走了？"

"我认为没有必要回答只与你们有关的问题，"斯塔夫罗金嘟哝道。

"可我们暴露了自己，而您却没有，"好几个人叫了起来。

"你们暴露自己，与我何干？"斯塔夫罗金笑了，但目光炯炯。

"什么何干？什么何干？"人们惊叫道。好多人从椅子上跳了起来。

"等一等，诸位，等一等，"瘸子嚷道，"要知道，韦尔霍文斯基先生也没有回答问题，他只是提出了问题。"

这句话产生了惊人的影响。大家都面面相觑。斯塔夫罗金冲着瘸子纵声大笑，随即走了出去，跟在他后面的是基里洛夫。韦尔霍文斯基紧跟在他们后面追到了穿堂。

"您怎么对我来这一手？"他低声抱怨道，他抓住斯塔夫罗金的一只手，拼命地紧握了一下。对方默默地抽回了手。

"您马上到基里洛夫那里去，我就来……我需要您去，需要！"

"可我没有这个需要。"斯塔夫罗金断然拒绝。

"斯塔夫罗金会去的，"基里洛夫最后说道，"斯塔夫罗金，您有必要去。到了那里您就明白了。"

他们走了出去。

第八章　伊　凡　王　子

　　他们走了。彼得·斯捷潘诺维奇想赶快去"开会"，把混乱平息下来，但大概他认为不值得费劲，于是丢下一切，两分钟以后他已经在飞快地赶路，追着离去的那两个人。赶路时他想起可以从一条小巷抄近路去菲利波夫公寓；他蹚着齐膝深的泥泞，穿过小巷，果真在斯塔夫罗金和基里洛夫进大门的时候刚巧赶到。

　　"您已经到了？"基里洛夫看见了他，"很好。进去吧。"

　　"您怎么说是一个人住在这里？"斯塔夫罗金走过穿堂时问道，他看见放在一边的大茶炊已经要开了。

　　"您马上就能看到我是和谁住在一起，"基里洛夫咕哝道，"请进。"

　　一进门，韦尔霍文斯基就从衣袋里掏出刚才从列姆布克手中拿来的那封匿名信，放在斯塔夫罗金面前。三人都坐了下来。斯塔夫罗金默默地把信看了一遍。

　　"嗯？"他问。

　　"这个恶棍会说到做到的，"韦尔霍文斯基说明道，"既然他是在您的掌握之中，您要教教他，该怎样行事。请相信，他也许明天就会去见列姆布克。"

　　"那就让他去好了。"

　　"那怎么行？何况这是可以避免的。"

　　"您错了，他并不听命于我。况且我也无所谓；他对我毫无威胁，只威胁到您。"

　　"也威胁到您。"

"不见得。"

"但有人可能不会放过您，难道您不明白？听我说，斯塔夫罗金，这都是说空话。莫非您是舍不得花钱？"

"还要花钱？"

"一定得花，两千，最低限度①一千五。明天甚至今天您把钱给我，到明天傍晚，我就替您把他打发到彼得堡去，这正是他求之不得的。要把玛丽娅·季莫费耶夫娜带走也行——这一点请记住。"

他心里似乎有什么不着边际的想法，说话很不谨慎，未经斟酌的话脱口而出。斯塔夫罗金惊奇地注视着他。

"我没有必要把玛丽娅·季莫费耶夫娜打发走。"

"也许还舍不得？"彼得·斯捷潘诺维奇嘲弄地一笑。

"也许是舍不得。"

"一句话，给钱还是不给钱？"他暴躁而且似乎盛气凌人地向斯塔夫罗金喝道。后者严肃地打量了他一下。

"不给。"

"唉，斯塔夫罗金！您是知道了什么，或者已经采取了什么措施！您在自鸣得意！"

他的脸扭歪了，嘴角抽搐了一下，而且突然纵声大笑，那是一种毫不相干的没有意义的笑声。

"您的父亲把出售庄园的钱给了您，"尼古拉·弗谢沃洛多维奇平静地指出道。"我的妈妈替斯捷潘·特罗菲莫维奇给您付了六千或八千。您就拿自己的钱付这一千五吧。而且我不愿替别人花钱，我已经花得够多的了，为此而感到可惜……"他说到这里自己也笑了。

"咳，您倒开起玩笑来了……"

斯塔夫罗金从椅子上站了起来，韦尔霍文斯基也一跃而起，下意识地背对着门，仿佛要堵住出口。尼古拉·弗谢沃洛多维奇已经抬起手来，想把他从门口推开往外走，可是突然又站住了。

---

① 原文为拉丁文。

"我决不把沙托夫交给您。"他说。彼得·斯捷潘诺维奇一震，两人彼此对望着。

"不久前我对您说过，您为什么需要沙托夫流血，"斯塔夫罗金目光炯炯地说道，"您想用他的血作为黏合剂来团结您的那些团伙。刚才您把沙托夫赶走很高明，您非常清楚，他决不会说：'我不告密'，而对您说假话他认为是卑鄙。可我呢，为什么您现在又打起了我的主意？我一回国您就开始纠缠我了。迄今对我所作的解释都是一派胡言。同时您怂恿我给列比亚德金一千五百卢布，从而为费季卡提供一个杀掉他的机会。我知道，您有一个想法，以为我想把妻子也一起干掉。您当然认为，一旦陷我于罪，您就有了支配我的权力了，是这样吧？为什么您要支配我呢？您要拿我派什么用场？您看仔细了，我像不像是您的傀儡，还是别来烦我吧。"

"费季卡本人来见过您？"韦尔霍文斯基气急败坏地问道。

"不错，他来过；他的要价也是一千五……瞧，他亲自来证实了，他就站在这儿……"斯塔夫罗金把手一伸。

彼得·斯捷潘诺维奇迅速转过身来。在门口，在黑暗中，显出了一个新的身影——费季卡，他穿一件短皮袄，但未戴棉帽，像在家里一样。他笑嘻嘻地站着，露出一口整齐雪白的牙齿。他的一双微微泛黄的黑眼睛在房间里小心翼翼地梭巡着，打量着两位老爷，有点儿摸不着头脑；看来是基里洛夫刚才把他领来的，于是他向基里洛夫投去疑问的目光；他站在门口，但是不想跨进房间。

"您把他藏在这里，大概是要让他听见我们的交易，甚至看见钱拿在手里，是这样吧？"斯塔夫罗金问道，可不等回答就向屋外走去。韦尔霍文斯基发疯似的在大门口赶上了他。

"站住！别走！"他叫道，伸手抓住他的臂肘。斯塔夫罗金把手一挣，但没有挣脱。他不禁狂怒，用左手一把抓住他的头发，使尽全力把他撂倒在地，出了大门。但他还没有走到三十步，又被他赶上了。

"让我们和解吧，和解吧。"他急切地低声说道。

尼古拉·弗谢沃洛多维奇耸了耸肩，但没有停下脚步，也没有回头。

"听我说，明天我就把莉莎维塔·尼古拉耶夫娜带来，好不好？您为什么不回答呢？告诉我，您要怎样，我一定办到。听我说：我把沙托夫交给您，好吗？"

"这么说，你们真的决定杀了他？"尼古拉·弗谢沃洛多维奇叫道。

"为什么您要留下沙托夫呢？为什么？"这个状似疯癫的人喘息着急促地接着说道，时不时地抢步上前抓着斯塔夫罗金的臂肘，也许这是无意识的。"听我说：我把他交给您，让我们和解吧。您的要价真高啊，可是……让我们和解吧！"

斯塔夫罗金终于看了看他，不禁大吃一惊。那眼神，那声音也不同于平常，不同于在室内时；他见到的几乎是另一副面孔。语调变了：韦尔霍文斯基是在恳求，在央告。这是一个即将被剥夺或已经被剥夺了最宝贵的东西而尚未冷静下来的人。

"您这是怎么了？"斯塔夫罗金叫道。他没有回答，但追随着他，还是用恳求然而倔强的目光望着他。

"让我们和解吧！"他又一次低语道，"听我说，我和费季卡一样，靴子里掖着刀子，但我要与您和解。"

"您究竟为什么要找上我呢，见鬼！"斯塔夫罗金极其气愤而又惊讶地叫道，"其中有什么秘密？我成了您的护身符不成？"

"听着，我们要搞暴动，"他几乎呓语般地小声迅速说道，"您不相信我们能掀起暴动？我们要搞一场真正的暴动，闹它个天翻地覆。卡尔马津诺夫说得对，没有任何东西可以依靠。卡尔马津诺夫很聪明。全俄国总共只有十个这样的小团体，而我已经不愁会被抓到。"

"全是这样的一伙傻瓜。"斯塔夫罗金不禁脱口说道。

"哦，装糊涂点儿吧，斯塔夫罗金，您还是装糊涂点儿吧！您知道吗，您并不那么聪明，以至可以向您提出这样的希望：您害怕，您没有信心，宏大的规模让您感到恐惧。再说，他们为什么是傻瓜？他们并不那么傻；现在人人都晕头转向。现在有主见的人太少了。维尔金斯基是个极纯洁的人，比我们这些人纯洁十倍；不过，不谈他吧。利普京是个骗子，但我知道他有一个污点。没有一个骗子是没有污点的。只有利亚姆申毫无污点，然而他在我的掌握之中。再有几个这样的小团体，我就能到处弄到护照和钱，这也就不错了吧？只要这样也就不错了吧？还有了隐蔽地点，让他们搜查吧。一个小团体被破获，还有另一个小团体可以安身。我们要搞暴乱……难道您不信，只要有我们两个人就足够了？"

"去找希加廖夫吧，别打搅我……"

"希加廖夫是个天才！您知道吗，他是傅立叶式的天才；但比傅立叶勇敢，比傅立叶坚强；我会关心他的。他阐明了'平等'！"

斯塔夫罗金又瞟了他一眼，心想："这个人发了热病，是在说胡话；他碰到了了什么特别的事儿。"两个人都不停步地走着。

"他写得很好，"韦尔霍文斯基继续说道，"他主张搞特务活动，他主张团体中的每个成员都彼此监视，而且必须告密。每个人归所有的人管，所有的人归每个人管。所有的人都是奴隶，作为奴隶人人平等。诽谤和凶杀是极端的情况，而主要的是平等。首要的任务是要降低教育、科学、才智的水平。只有天赋卓绝才能达到科学和才智的高水平，不需要卓绝的天赋！天赋卓绝的人总是攫取权力并成为暴君。天赋卓绝的人不可能不是暴君，而且历来导致腐化胜过为善；要把他们放逐或处死。割掉西塞罗①的舌头，挖掉哥白尼的眼睛，把莎士比亚乱石砸死，——这就是希加廖夫主义！奴隶应当是平等的：没有专制还既不曾有过自由，也不曾有过平等，而在畜群中应当是有平等的，这就是希加廖夫主义！哈哈哈，您觉得是奇谈怪论？我拥护希加廖夫主义！"

斯塔夫罗金使劲加快脚步，想赶快回家。他想："如果说这个人

---

① 西塞罗（前106—前43），古罗马政治家、雄辩家和哲学家。

醉了，那么他是在哪里喝醉的呢？难道是白兰地？"

"听我说，斯塔夫罗金：把山峰削得一般平，这是一个好主意，并不可笑。我赞赏希加廖夫！不要教育，摒弃科学！即使没有科学，物资也够用一千年，但必须有服从。世界上只缺一样东西，那就是服从。渴望受教育，这已经是一种贵族式的渴望，一涉及家庭或爱情，就已经是一种占有欲。我们要灭绝欲望：我们纵容酗酒、造谣、告密；我们纵容闻所未闻的腐败；我们把一切天才扼杀在摇篮里。实行同样的标准，完全平等。'我们学会了一门手艺，而且我们为人正直，此外别无所求'——这就是不久前英国工人作出的答复。只有必需的东西才是必需的——这是今后寰球的箴言。但内讧还是需要的，这一点我们身为统治者要考虑。奴隶应当有统治者。完全的服从，完全的无个性，但每隔三十年希加廖夫要挑起一次内讧，于是所有的人突然彼此厮咬起来，但要有一定的限度，唯一的目的是避免烦闷。烦闷是贵族的情绪；希加廖夫主义不容许有欲望。欲望和苦恼是我们的事，而对奴隶来说只有希加廖夫主义。"

"您把自己排除在外？"斯塔夫罗金又脱口而出道。

"也把您排除在外。知道吗，我曾想把世界交给教皇。让他徒步跣足出见芸芸众生：'瞧，我被弄到了什么地步！'于是群起追随，甚至军队。教皇高高在上，我们环绕左右，而在我们之下是希加廖夫主义。只要共产国际与教皇商妥就行；会有这一天的。那个老头子会立即同意。何况他也没有别的出路，您就记住我的话吧，哈哈哈，荒唐吗？您说，是荒唐不是？"

"够了。"斯塔夫罗金气愤地咕哝道。

"够了！听我说，我抛弃了教皇！希加廖夫主义见鬼去吧！教皇见鬼去吧！我们要的是解决当前大众关注的紧迫问题，而不是希加廖夫主义，因为希加廖夫主义是一种精巧的活儿。它是理想，是属于未来的。希加廖夫是精雕细刻的首饰匠，而且像所有的仁人君子一样蠢。我们需要的是干粗活，而希加廖夫却轻视粗活。听我说：西方有教皇，而我们这里，我们这里有您！"

"滚开，醉汉！"斯塔夫罗金嘟哝了一声并加快了脚步。

"斯塔夫罗金，您是美男子！"彼得·斯捷潘诺维奇几乎着迷似的叫道，"知道吗，您是美男子啊！您最可贵之处就是您有时对这一点并不在意。噢，我研究过您！我时常从一旁，从某个角落观察您！您是否知道，您甚至有一种直率和天真？还有，还有！您想必还因为这种直率而苦恼，而且是由衷地感到苦恼。我爱美。我是虚无主义者，但我爱美。难道虚无主义者就不爱美了？他们只有偶像不爱。嘿，可我爱偶像。您就是我的偶像！您谁也不得罪，大家却都恨您；您平易近人，大家却都怕您，这很好。谁也不会走到您跟前拍拍您的肩膀。您是令人生畏的贵族。而一个贵族一旦献身于民主，他就令人倾倒了！您毫不在乎牺牲生命，不论是自己的还是别人的生命。您正是适合需要的人物。我嘛，我恰恰需要您这样的人。除了您，我不知道还有别人。您是统帅，是太阳，而我是您的卑微的虫豸……"

他突然吻了吻他的手。斯塔夫罗金的脊梁掠过了一阵寒颤，惊恐地抽回了手。他们站住了。

"疯子！"斯塔夫罗金咕哝道。

"也许，我是在说胡话，也许，我是在说胡话！"他接过话茬急巴巴地说道，"可是我想出了第一步。希加廖夫永远想不出第一步。希加廖夫这样的人有的是！但在俄国只有一个人，只有一个人提出了第一步，并且知道怎样把它付诸实行。这个人就是我。您看着我干什么？我需要您，需要您，没有您我等于零。没有您我是苍蝇，是酒瓶里的空想，是没有美洲大陆的哥伦布。"

斯塔夫罗金站着，逼视着他的那双疯狂的眼睛。

"听我说，我们首先要掀起暴乱，"韦尔霍文斯基非常急迫地说道，时不时地抓住斯塔夫罗金左手的衣袖。"我已经对您说过了：我们要深入民间。您知道吗？我们现在就很强大。我们的人不只是那些杀人放火、弹无虚发或咬人的家伙。这些人只会碍事。我认为没有纪律是不行的。要知道我是个滑头，而不是社会主义者，哈哈！听着，我把以下所有的人都计算进来了：一个老师与孩子们一起嘲笑他们的上帝和他们的摇篮，这个教师已经是我们的人了。一个律师为受过教育的凶手辩护，就因为他比自己的受害者更有教养，为了弄钱而不得不杀人，这个律师已经是我们的人了。为了体验感受而杀害农夫的学生们，是我们的人。宣布罪犯无罪的陪审员，无一例外都是我们的人。在法庭上因为自己缺乏自由思想而颤栗的检察官，是我们的，我们的。行政官员们，文学家们，啊，我们的人很多，多极了，即使他们自己并不知道！另一方面，学生和蠢人们的服从已达到极点；教师们气炸了肺；到处是过度膨胀的虚荣心，骇人听闻的野兽般的贪欲……您知道吗，知道吗，我们只用一些现成的观念就能俘虏多少人啊？我出国时，利特雷①关于犯罪是疯狂的论点还甚嚣尘上；现在我回来了，犯罪已不再是疯狂，而恰恰是健全的理性，几乎就是天职，至少也是一种高尚的抗议。'一个有教养的凶手怎么会不去杀人呢，既然他需要钱！'不过这只是初见成效。俄国的上帝已经在'廉价烧酒'面前败下阵来。人民醉了，母亲们醉了，孩子们醉了，教堂空了，而法庭上响彻着这样的话语：'处你鞭刑二百，或者罚你拖一桶酒来'。啊，让这一代人成长起来吧！遗憾的是没有时间等待了，否则还可以让他们醉得更厉害一些！咳，多遗憾，没有无产者！不过会有的，会有的，正在朝这方面发展……"

"同样遗憾的是，我们更愚蠢了。"斯塔夫罗金嘟哝道，又依原路走了下去。

"听我说，我亲眼所见，一个大约六岁的孩子领着醉醺醺的母亲回家，母亲却用脏话骂他。您以为我喜欢这种现象吗？一旦她落到我们手上，我们也许就能治好她……如果必要，我们把她驱逐到沙漠里去待四十年……但一代或两代人的堕落目前还是必要的；下流无耻、骇人听闻的堕落，把人变成卑劣、怯懦、残忍、自私的丑类——这恰恰是眼下所需要的！此外还要流'一点鲜血'，让他们渐渐习惯起来。您笑什么？我并没有自相矛盾。我只是同慈善家和希加廖夫主义

---

① 利特雷（1801－1881），法国哲学家和语文学家。

唱反调，而没有自相矛盾。我是个滑头，而不是社会主义者。哈哈哈！只可惜时间太少了。我答应卡尔马津诺夫五月起事，到圣母节结束。快吗？哈哈！知道吗，斯塔夫罗金，我要对您说：俄国人民至今还缺乏犬儒主义，尽管他们用脏话骂人。知道吗，这些农奴制下的奴隶们比卡尔马津诺夫更自尊？他们挨鞭子，可还是捍卫自己的上帝，卡尔马津诺夫却并不。"

"喂，韦尔霍文斯基，我是第一次听您发议论，听了只觉得惊异，"尼古拉·弗谢沃洛多维奇说道，"这么说来，您确实不是社会主义者，而是一个政治……野心家？"

"是个滑头，滑头。您想了解我究竟是什么人吗？我马上就要告诉您我是什么人了，正要说到呢。我并非无缘无故吻了一下您的手啊。然而必须让人民也确信，我们了解我们要的是什么，而那些人只会'挥舞大棒打自己人'。哎，有时间就好了！糟糕的就是没时间。我们主张大肆破坏……为什么，为什么，这想法依然如此令人神往！不过得活动活动筋骨了。我们要放一把大火……我们要传播一个神话……这对每一个蹩脚的'小团体'都会有用。我就在这些小团体里为您物色志愿者，他们会奉命枪杀任何人，还引以为荣，感激不尽。嘿，暴乱这就开始了，先生！这将是世界上前所未有的地动山摇……罗斯将是一片愁云惨雾，大地为古老的神祇而哭泣……好，先生，这时我们就抬出……抬出谁？"

"谁？"

"伊凡王子。"

"谁——？"

"伊凡王子；就是您，您！"

斯塔夫罗金想了一会儿。

"冒名称王？"他突然问道，深感诧异地望着那个狂人。"嗬！总算亮出您的计划了。"

"我们就说他'隐藏着'，"韦尔霍文斯基悄声说道，仿佛是情人的低语，他真的好像醉了。"您知道'他隐藏着'这句话是什么意思吧？不过他会露面的，会的。我们要传播一个比阉割派的神话更好的神话。他在某地，但谁也不曾见到他。啊，可以编出一个多美妙的神话啊！而主要的是有了一个新的权威。这种权威正是人们所需要的，人们因为没有它而在哭泣。社会主义有什么呢，它摧毁了旧的权威，却没有树立起新的权威。而现在有了权威，而且还是闻所未闻的伟大权威！要知道我们只是利用一下杠杆把地球举起来。一切便全起来了！"

"这么说您真的指望我来着？"斯塔夫罗金狞笑道。

"您笑什么，而且笑得那么狰狞？别吓我啊。我现在像个孩子，这么一笑就能把我吓死。听着，我不让您在任何人面前现身，不论是谁：这样做是必要的。他活着，但谁也没有见到他，他隐藏着。可您知道吗，现身也是可以的，比方在十万人中让一个人有缘拜见。于是'见到他啦，见到他啦'的呼声便传遍大地。人们就曾见到，而且是'亲眼'见到伊凡·菲利波维奇——上帝耶和华乘马车当众升天而去。而您不是伊凡·菲利波维奇；您是高傲得像上帝，自己一无所求，头上有一圈受难的光环的'隐藏着的'美男子。主要的是散布神话！您会征服他们的，一个目光就足以征服他们。这个人体现着新的真理并'隐藏着'。这时我们要搞两三起所罗门式的判决。有这些小团体、五人小组呢——不需要报纸！一万起申诉中只要有一起得到圆满解决，人们就会纷纷提出申诉。每一个乡里的每一个庄稼汉都会知道，说某地有一个树窟窿，是指定投入诉状的地方。于是大地发出轰鸣：'新的正义的法典出现了'，于是大海澎湃，旧制度的板棚颓然倒塌，于是我们就要考虑怎样建起坚固的大厦。这是破天荒第一次！将由**我们**来建设，我们，只有我们！"

"狂妄！"斯塔夫罗金说道。

"为什么，为什么您不愿干呢？害怕？可我找上您，就是因为您天不怕地不怕。不理智，是吗？可我目前还是没有发现新大陆的哥伦布；难道在发现新大陆之前的哥伦布是理智的吗？"

斯塔夫罗金默然不语。这时他们已经走到大门口，站在那里。

"听着，"韦尔霍文斯基向他附耳说道，"我不要您的钱；明天我就把玛丽娅·季莫费耶夫娜的事解决了……不要钱，而且明天我就把莉莎给您送来。您要得到莉莎吗，就在明天？"

　　斯塔夫罗金不禁莞尔：他这是怎么啦，真的疯了？这时门廊上的门打开了。

　　"斯塔夫罗金，我们的新大陆？"韦尔霍文斯基终于又一次抓住他的手。

　　"为什么？"尼古拉·弗谢沃洛多维奇严肃而冷峻地说道。

　　"您不想干，我就知道嘛！"他在一阵狂怒中叫道，"您在说谎，您这个卑劣、好色、娇生惯养的小少爷，您的话我不信，您像狼一样贪得无厌！……您要明白，您现在的要价是太高了，而我却少不了您！像您这样的人世界上没有了！我一回国就想到了您的角色；是在观察您的时候想到的。我要是没有躲在角落里暗中观察您，就什么想法也不会有了！……"

　　斯塔夫罗金置之不理，向楼上走去。

　　"斯塔夫罗金！"韦尔霍文斯基在他后面叫道，"我给您一天的时间……两天吧……三天；超过三天可不行，我等您的回话！"

第九章① 在季洪那里

一

尼古拉·弗谢沃洛多维奇一夜未睡，在沙发上坐了一个通宵，时常把呆滞的目光投向衣橱角落里的某一点。他整夜亮着灯。清晨约七时他坐在那里睡着了，阿列克谢·叶戈罗维奇按照一成不变的老习惯，在九点半钟准时端着早晨的咖啡进来，把他惊醒了，他睁开眼睛，看来面有愠色，奇怪他竟然睡了那么久，因而已经太晚了。他赶快喝了咖啡，赶快穿好衣服，匆匆地走出家门。阿列克谢·叶戈罗维奇小心翼翼地问："您没有什么吩咐吗？"他没有搭理。他沿着街道走了，眼望着地面，深深地陷入沉思，只是在偶尔抬起头来的瞬间，会突然流露出某种强烈不安的心情。在离家还不远的一个十字路口，一群路过的约有五十来人的庄稼汉在他面前横穿而过；他们稳重地走着，几乎没有人说话，秩序井然。他只得在一家小铺子旁略等片刻，只听有人说：他们都是"施皮古林家族的工人"。他稍微留心地看了看他们。在将近十点半的时候，他终于来到我们的叶菲米耶夫救世主修道院的门口，它位于市郊的河边。他似乎这时才忆起他所牵挂和操心的事儿，便停下脚步，连忙摸摸侧袋里的什么东西，随即微微一笑。他走进围墙，向他碰到的第一个高级神职人员的仆人打听：要见到在修道院过退休生活的季洪大主教该怎么走。仆人向他鞠躬，立即在前面领路。在修道院的一栋长长的二层楼房的一端，在小台阶附近，一位偶然相遇的肥胖的白发修士急忙不容分说地把他从仆人身边拉了过去，领着他走进狭长的走廊，他也一直在鞠躬（不过因为太胖，不能深度鞠躬，只是急剧地频频颔首），还不断地请他光临，尽管尼古拉·弗谢沃洛多维奇本来就在他身后跟着走。这位修士提了一些问题，还谈起大司祭神父②，由于得不到回答，态度越发恭敬了。斯塔夫罗金发觉，这里有些人是认识他的，不过，他记得，他只是在童年来过这里。在到达走廊尽头一扇门的门前时，修士用一只仿佛握有权力的手推开了门，亲昵地询问急忙赶来的大主教的听差，可否进去，甚至不等回答就用力一推，把门完全打开了，并躬身让过"贵宾"；在客人表示感谢后便迅速消失，好像逃离似的。尼古拉·弗谢沃洛多维奇走进一个不大的房间，几乎就在同时，在相邻房间的门口出现了一位清瘦的高个子男人，年约五十五岁，身穿朴素的家常仄袖长衫，看样子好像有病，面带淡淡的笑意，有一种奇怪的、仿佛腼腆似的眼神。这就是尼古拉·弗谢沃洛多维奇第一次听沙托夫谈起的季洪，从那时起他本人也顺便收集了一些有关季洪的资料。

资料是纷繁多样而又互相矛盾的，不过也有共同之处，即喜欢季洪和不喜欢季洪（这样的人是有的）的人，不知怎么全都对他闭口不谈——不喜欢他的人想必是不屑置评，而他的追随者，甚至那些热烈的崇拜者却出于谦卑，似乎想隐瞒什么，譬如他的某种弱点，也许就是他的装疯卖傻吧。尼古拉·弗谢沃洛多维奇了解到，他住在修道院里大约有六年了，慕名而来的既有黎民百姓，也有声名显赫的人物，甚至在遥远的彼得堡也有热情的仰慕者，主要是女性仰慕者。可是也听到，我们"俱乐部"一位气宇轩昂的老头子，而且还是十分虔诚的老头子，却有这样的评语："这个季洪几乎就是疯子，无疑，他还好酒贪杯"。

---

① 这是作者生前未发表的一章，《俄罗斯通报》编辑卡特科夫因斯塔夫罗金的一个情节（奸污幼女等）而不愿将排版付印，但作者曾向很多人朗读过这一章。现据以译出的原文是保存在普希金之家的副本，其原文曾依据保存在莫斯科中央档案馆的杂志校样予以修订补充。
② 这是修道院院长的尊号。

我要赶紧声明，这最后一点纯属无稽之谈，只是腿部患有久治不愈的风湿病和时而发作的神经性痉挛。尼古拉·弗谢沃洛多维奇还了解到，由于性格软弱，或是"由于不可原谅的、与他的身份不相称的漫不经心"，过着退休生活的大主教即使在修道院也未能博得特殊的尊敬。据说，大司祭神父对自己修道院院长的职务是雷厉风行、一丝不苟的，此外还以学识渊博著称，对他甚至抱有某种敌意，责备他（不是当面，而是在背地里）生活不检点，几乎是斥之为异端。修道院的修士们对这位有病的圣者即使不是很怠慢，也可以说是太随便。作为季洪居室的两个房间，其陈设也显得颇为奇怪。在皮面已经磨破的老式橡木家具旁边，放着三四件雅致的工艺品：豪华的安乐椅、精工制作的大写字桌、雕刻精美的书橱、几张小桌子、几个橱柜，想必全都是馈赠品。有一条贵重的布哈拉地毯，在它旁边的却是几张草席。有几幅神话时期的"世俗"题材的版画，就在这里的一个墙角有一个很大的神龛，里面有几幅闪耀着金银色光彩的圣像，其中一幅远古时期的圣像下面安放着圣骨。据说，图书室里的书也是五花八门，互相对立的，与伟大圣徒和基督教苦行修士的著作并列的是戏剧作品和小说，"也许还有更不堪入目的呢"。

　　最初在彼此寒暄的时候，不知怎么，双方都显然有些尴尬，仓促应对甚至口齿不清，随即季洪把客人带进自己的书房，似乎仍然局促不安地让他在书桌前面的沙发上就座，自己在旁边的藤椅上坐了下来。这时令人吃惊的是，尼古拉·弗谢沃洛多维奇完全不知所措了。看来他好像下决心要全力以赴地做好某种紧急而毋庸置疑的事情，然而对他来说，这又几乎是不可能做到的。有一会儿他在书房里四处张望，却似乎视而不见；他若有所思，也许并不知道在想些什么。寂静使他警觉了，他突然觉得，季洪好像羞怯地垂下眼睛，脸上浮现无谓的笑意。这在顷刻间就激起了他的厌恶和反感；他想站起来就走，在他看来，季洪分明是醉醺醺的。但季洪蓦地抬起眼睛，用那样坚定而充满智慧的目光看了看他，同时他的神情是那么出乎意料而又神秘莫测，使他不禁为之一震，这时他才有了完全不同的看法：季洪已经知道他为何而来，预先就得到了通知（虽然全世界也没有人能知道他此来的原因），他之所以不首先挑明，是给他留情面，怕有损他的自尊。

"您认识我？"他突然急躁地问，"我进来的时候，自我介绍过吗？对不起，我太漫不经心了……"

"您不曾自我介绍，不过，大约四年前，我有幸在修道院这里见到过您……那是一次偶遇。"季洪讲得从容而平静，语气柔和，吐字准确而清晰。

"四年前我没有到过这里的修道院，"尼古拉·弗谢沃洛多维奇用一种不必要的生硬口气反驳道，"我只是在幼年来过，那时这里还根本没有您呢。"

"也许是您忘了吧？"季洪谨慎地说，并不坚持自己的看法。

"不，我没有忘；要是这样的事我也记不得，那就太可笑了，"不知怎么，斯塔夫罗金却有些过分地固执己见，"您也许只是听说过我，便形成了某种印象，因而误以为您见到过我。"季洪没有吭声。这时尼古拉·弗谢沃洛多维奇发觉，他的脸上有时会掠过一阵神经性的痉挛，这是不久前患有神经衰弱的迹象。

"我刚看出，您今天不大舒服，"他说，"看来我还是走吧，以免打扰。"

他甚至欠起身来了。

"是的，我今天和昨天都觉得两条腿痛得厉害，夜里睡眠也不足……"

季洪住口不说了。他的客人意外地陷入了神思恍惚之中。冷场持续了相当久，足有两分钟。

"您在观察我？"他突然惊慌而怀疑地问道。

"我看着您，回忆起您母亲的面容。外貌并不相似，却有很多内在的、精神上的相似之处。"

"没有任何相似之处，尤其是在精神上。甚至全然没有任何相似之处！"尼古拉·弗谢沃洛多维奇惊慌起来，十分肯定地说，自己也不知道这是为什么。"您这样说……是出于对我的处境的同情。"他蓦地贸然说道，"哦！我母亲到您这儿来过？"

"来过。"

"我不知道。从未听她说起。常来吗？"

"几乎每个月都来；甚至不止一次。"

"从来、从来没听说过。没听说过。（这一事实似乎使他极其担心）。当然，您听她说过我是个疯子？"他又贸然说道。

"不，没有提到疯子。不过这种看法我也听到过，是听别人说的。"

"可见您的记性真好，这样的琐事也记得。打耳光的事听说了吗？"

"听到一点。"

"那就是全都听到了。您有很多时间听别人闲聊啊。决斗也听说了？"

"也听说了。"

"这是个不需要报纸的地方啊。沙托夫向您谈到过我吗？"

"没有。不过我是认识沙托夫先生的，可是很久没有见到他了。"

"嗯。您那里是一张什么地图？哦，最近一次战争的军事地图。您要它干吗？"

"我要按地图核查文字记述。描写是引人入胜的。"

"给我看看；是的，描述很不错。不过对您来说，这可是很奇怪的读物啊。"

他把书移到自己面前，向它瞟了一眼。这是一本大部头著作，是有关最近一次战争形势的天才记述，不过与其说是在军事方面，不如说是在纯文学方面。他把书摆弄一下，突然不耐烦地丢在一边。

"我真不知道，为什么要到这里来。"他厌烦地说，直视着季洪的眼睛，仿佛在等候他的回答。

"您好像也不大舒服吧？"

"也许吧。"

可是他却突然谈起了他自己，不过他的话很简短而且断断续续，因而有些话难以理解，他说他会产生一种幻觉，尤其是在夜晚，有时看见或感觉到自己身边有一个心怀愤恨的人，一个爱嘲笑而"有理性"的人，"她有不同的面貌和不同的性格，却完全是那同一个人，而我老是在生她的气……"

这些坦白说出的话离奇而不合逻辑，果真像出自疯子之口。可是尼古拉·弗谢沃洛多维奇却说得那么出奇地坦率，这是他从未有过的，又说得十分朴实，这也完全不是他的风格，仿佛他身上原来的那个人突然而意外地完全消失了。他丝毫不羞于流露在谈到这个幽灵时所感到的恐惧。但是这一切都是转瞬即逝的，其消失和出现同样地突兀。

"这都是胡说，"他突然醒悟过来，尴尬而恼怒地迅速说道，"我要去看医生了。"

"您一定得去。"季洪肯定地说。

"您说得这么肯定……您见过像我一样有这种幻觉的人吗？"

"见过，但很少。我生平只记得一个这样的人，那是一名经历了丧妻之痛的军官，对他来说，妻子是谁也代替不了的人生伴侣。还有一个人我只是听说。后来这两个人都曾在国外就医……您的这种情况早就有了吗？"

"将近一年了，不过这都是胡说。我应该去看医生。这都是胡说嘛，可怕的胡说。这是有不同外貌的我自己而已，别无其他。由于我现在补充了这么……一句话，您大概在想，我仍然在怀疑，不相信这是我而不是鬼？"

季洪怀疑地看了看他。

"那么……您确实看见她了？"他问，就是说，他想排除任何怀疑，那无非就是虚幻的、病态的错觉，"您是否真的看见了某个人的形象？"

"奇怪，既然我已经对您说过，我看见了，您还要这样问，"斯塔夫罗金恼怒地说道，"当然，我看见了，就像现在看见您一样……而有时我看见了却不相信我看见了，尽管我的确看见了……而有时我不知道，那究竟是谁，是她还是我……这都是胡说。而您难道就怎么也不能假定，那实际上就是鬼吗！"他加了一句，笑了笑，又十分急剧地转为嘲笑的口吻，"这岂不更符合您的职业？"

"更可能是一种病态，尽管……"

"尽管什么？"

"鬼无疑是存在的，可是对鬼的解释也许很不相同。"

"您又立即垂下了眼睛，"斯塔夫罗金带着恼怒的嘲笑应声说道，"因为您为我感到羞愧，我相信有鬼，却假装不相信，狡猾地向您这样提出问题：鬼实际上有还是没有？"

季洪不置可否地微微一笑。

"那么您要知道，我一点也不觉得羞愧，为了满足您的愿望，恕我冒昧，我要严肃而毫无顾忌地告诉您：我是相信有鬼的，相信人死后他的鬼魂还在，这是合乎教义的，并非讽喻，因而我无需探听任何人的见解，我要对您说的就是这些。"

他神经质地、不自然地笑了起来。季洪好奇地望着他，不过目光好像有些畏缩，尽管很柔和。

"您信仰上帝吗？"尼古拉·弗谢沃洛多维奇不假思索地突然问道。

"信仰。"

"据说，要是信仰上帝的人命令山岳移动，那么它就会移动……不过请原谅我胡说八道。可我还是想知道：您能不能移山呢？"

"上帝吩咐我移山，我就能移山。"季洪冷静地低声说道。

"嗯，反正一样，还是上帝自己在移山。不，您呢，您能吗，作为对您信仰上帝的嘉奖？"

"我也许不能。"

"'也许'。这也不坏啊。嘻嘻！不过您还是有些怀疑吧？"

"我怀疑，因为我的信仰不彻底。"

"什么？**您**的信仰也不彻底？可我哪里想得到啊，在看着您的时候？"他突然有些惊讶地打量着他，这惊讶已是完全坦诚的了，与提出前几个问题时的嘲笑口吻显得很不协调。

"是的……也许吧，我有信仰，却并不彻底。"季洪回答道。

"可您毕竟相信，您可以凭借上帝的帮助移山啊，要知道，这就很不错了，至少您希望拥有信仰。而且您是按照山的本意来理解的。这一点还是很重要的。一个很好的原则。我注意到，我们列维特宗族的先进人物强烈地倾向于路德宗，很愿意用自然原因来解释奇迹。这毕竟比另一位大主教的 trés peu（太差——法语）略胜一筹，他滥用职权来维护自己的正确性。当然，您也是基督徒吧？"斯塔夫罗金讲得很快，喋喋不休，时而严肃，时而嘲讽，也许自己也不知道，进行这样的谈话，询问、不安、好奇的目的何在。

"主啊，我面对你的十字架是问心无愧的。"季洪用一种热情洋溢的低语声说道，头垂得更低了。

"有可能相信有鬼而不信仰上帝吗？"斯塔夫罗金笑道。

"啊，很可能，这是常有的现象。"季洪抬起头来，也微微一笑。

"我相信，您认为这种情况毕竟比完全没有信仰更值得尊敬……"斯塔夫罗金放声大笑。

"相反，彻底的无神论比世俗的冷漠更值得尊敬。"季洪似乎愉快而率直地回答道，同时却小心而不安地观察着自己的客人。

"噢，您是这样想的，您太令人惊讶了。"

"彻底的无神论者，无论如何，毕竟是站在到达彻底信仰前的最高一级台阶（不管能否跨越这个台阶），而冷漠的人没有任何信仰，只有愚蠢的恐惧，而且也只是偶尔会有，如果他很敏感的话。"

"嗯。您读过《启示录》吗？"

"读过。"

"您是否记得：'你要写信给老底嘉教会的使者'？……"

"记得。"

"您的书在哪里？"不知怎么，斯塔夫罗金奇怪地着急起来，显得很激动，一边望着桌上找书，"我很想读给您听……有俄译本吗？"

"我知道那一段，记住了。"季洪说。

"您能背诵？那就背吧！……"他迅速地垂下眼睛，两手撑在膝上，迫不及待地准备倾听。季洪开始逐句背诵："'你要写信给老底嘉教会的使者，说："那为阿门的，为诚信真实见证的，在上帝创造万物之上为元首的，说：我知道你的行为，你也不冷也不热；我巴不得你或冷或热。你既如温水，也不冷也不热，所以我必从我口中把你吐出去。"你说："我是富足，已经发了财，一样都不缺。却不知道你是那困苦、可怜、贫穷、瞎眼、赤身的。"'"①

"够了，"斯塔夫罗金打断了他的话，"知道吗，我是很爱您的。"

"我也很爱您。"季洪轻声回应道。

斯塔夫罗金沉默了，又突然陷入不久前的沉思。这仿佛是内心情绪的突发性的表现，已经是第三次了。而且在他对季洪说"我爱您"的时候，也几乎是一种突发性的表现，至少是出乎他自己意料之外的。过了一分多钟。

"你不要生气啊。"季洪低声道，用手指轻轻地碰了碰他的臂肘，好像有些胆怯似的。他哆嗦了一下，愤怒地皱起了眉头。

"您怎么知道，我会勃然大怒？"他很快地说道。季洪想说点什么，对方却在莫名的惊慌中打断了他的话头。

"您怎么就能恰恰估计到，我一定会大为恼火呢？不错，我很恼火，您是对的，而且恰恰是因为我对您说了'我爱您'。您是对的，可您是尖刻的犬儒主义者，把人性想得很卑劣。也许不会恼火吧，倘若是别人，而不是我的话……不过问题涉及的不是别人，而是我啊。

---

① 见《圣经·新约·启示录》，第 3 章第 14 — 17 节。

您毕竟是一个怪人和疯修士^①……"

他越来越恼怒了，奇怪的是，他还毫不犹豫地说出了这样的一番话来：

"您听着，我不喜欢密探和心理学家，至少是那些想窥探我内心的人。我不让任何人闯入我的心扉，我谁也不需要，我自己应付得了。也许您以为我怕您吧，"他提高了嗓门，挑战地昂起头来，"也许您现在确信，我到这里来是要向您说出一个'可怕的'秘密，于是您就以您所能有的隐修士的那种强烈的好奇心等着我说出来？那么您要知道，我对您什么都不会说，不会吐露任何秘密，因为没有您我也完全能够应付……甚至什么秘密也没有，它只是存在于您的想象之中。"

季洪坚定地看了看他，说：

"使您震惊的是，比起那只是温的，耶稣更喜欢冷的，"他说，"您不愿**只是**温的。我预感到，一个强烈的、也许是可怕的心愿在支配着您。我恳求您，不要折磨自己了，把一切都说出来吧。"

"您想必知道了我的来意？"

"我……猜想到了。"季洪垂下眼睛低声说道。

尼古拉·弗谢沃洛多维奇的脸色有些发白，他的双手在轻微地颤抖。他有几秒钟一动不动，默然无语，好像要痛下决心。他终于从自己常礼服的侧袋里取出几页印刷品，放在桌上。

"这是预定要广为散发的几页纸，"他断断续续地说道，"哪怕只有一个人读到，那么您要知道，我就不再隐瞒，而是要让所有的人都能读到。这样决定了。我对您……对您一无所求。因为我已决定了一切。您就读吧……您读的时候，什么也别说，读完以后再畅所欲言……"

"读吗？"季洪犹豫地问道。

"读吧；我很平静。"

---

① 指状似疯癫而有预言能力的修士。

"不行，没有眼镜我看不清，字体纤细，是国外的印刷品。"

"给，眼镜。"斯塔夫罗金把桌上的眼镜递给他，随即仰靠在沙发上。季洪没有看他，只顾埋头阅读。

二

的确是国外的印刷品，三页印刷和装订好的小开本普通信纸。大概是在国外一家俄文印刷厂秘密印刷的，乍一看这几页纸很像是一份传单。标题是：《斯塔夫罗金的自白》。

我把这份文件逐字逐句地收入我的记述。我只容许自己纠正正字法的错误，这种错误相当多，甚至使我有些吃惊，因为作者毕竟是一位有教养而且博览群书（当然是相对而言）的人。在遣词造句方面我没有作任何改动，尽管有不妥之处。显然，作者毕竟不是以文字见长的文学家。

我还要冒昧地指出一点，虽然言之尚早。

在我看来，这份文件是病态的作品，是控制了这位先生的鬼魅所作。仿佛一个人因为剧烈的病痛而在床上辗转反侧，想找到一个睡姿，哪怕能使自己的痛苦得到暂时的缓解。甚至也不是要缓解痛苦，而是只想能在片刻之间以一种痛苦代替原来的痛苦。这时当然已顾不上睡姿是否优美或合理了。这份文件的主旨是一种可怕的、由衷的渴望，渴望受到严惩，渴望十字架①，渴望受到全民的惩罚。然而这毕竟是一个不信仰十字架②的人对十字架的渴望，"而这一点恰恰构成了核心内容。"——正如斯捷潘·特罗菲莫维奇所说，不过，这句话是他有一次在一个不同的场合说的。

与此同时，从另一方面来看，整个文件是肆无忌惮而情绪激昂的宣泄，尽管写作的初衷并非如此。作者声称他"不能"不写，是"被

---

① 这里十字架用于其转义：受难。基督教徒把十字架看作受难的象征。
② 不信仰十字架，意为没有宗教信仰。

迫的"，这是很可能的：如果可能他宁可绕过这杯苦酒，然而他看来的确是不能不写，于是他只求抓住适当的时机开始新的肆无忌惮的行径。是的，病人在床上辗转反侧，但愿以一种痛苦代替另一种痛苦，而与社会作斗争在他看来就是最舒服的睡姿，于是他向社会发起了挑战。

的确，这一文件的存在本身就使人预感到，它是对社会的一次新的突然而出言不逊的挑战。这时只是要尽快找到挑战的某个对手……

谁知道呢，这一切，即预定要公布的这几页文字，也不是别的，正是咬住省长耳朵的另一种形式吧。为什么在许多情况已经得到解释的现在，我还会这样想呢——这是我无法理解的。我既不想引述证据，也完全不能肯定，这份文件是不真实的，即纯属虚构和臆造。想必要在介于两者之间的某处探索真相……不过我已经太超前了；不如诉诸文件本身吧。季洪所读的内容如下：

斯塔夫罗金的自白

我，尼古拉·斯塔夫罗金，退伍军官，一八六×年住在彼得堡。沉溺于淫乱的生活，却并不感到快乐。有一个时期我有三处住房。我居住其中一处的几个房间，吃包伙，有一名女仆，当时玛丽娅·列比亚德金娜也住在那里，她如今是我的合法妻子。我的另外两处住房是我为了幽会而按月租赁的：一处用来接待一位对我有情的夫人，另一处接待她的侍女——我有时很忙，想着法儿安排她俩，让夫人和侍女能在我这里相遇。我知道她俩的脾气，等着看这出荒唐的闹剧，得到一点乐趣。

为了逐步准备这次相会，我要更经常地去戈罗霍夫街一幢大楼里的住房，因为侍女常到这里来。我在这里只有一个房间，在四楼，是向俄国的小市民夫妇租用的。他们自己住在相邻的一个小些的房间，隔开两个房间的门竟然总是开着，这正合我的心意。丈夫身穿长襟外衣，留着大胡子，在一个办事处上班，早出晚归。妻子四十岁左右，剪剪缝缝，以旧翻新，也时常带着缝好的衣服走出大楼做生意。我独自和他们的女儿留在家里，她看上去还完全是个孩子。她名叫马特廖莎。母亲爱她，却时常打她，还总是习惯性地像泼妇一样对她大喊大叫。这个女孩为我干女仆的活儿，在屏风后面收拾房间。我要声明，我忘记大楼是几号了。现在，经查询，我知道大楼已拆除，在原来两三栋楼房的地基上耸立着一座高大的新楼房。房东的姓氏我也忘了，也许当时就不知道。记得，女房东名叫斯捷潘妮达，不记得她丈夫叫什么了。她到哪里去了，我完全不知道。我认为，要是开始寻找，尽可能在彼得堡警察局进行查询，是能找到踪迹的。那间住房在院子的一隅。一切都发生在六月。大楼是淡蓝色的。

有一天，我的削笔刀从桌上掉了下来，我完全不需要它，就让它扔在那里。我对女房东说了，怎么也没有想到，她抽了女儿一顿鞭子。不过她刚才因为遗失了一块破布而大声呵斥女儿，怀疑是她偷去做布娃娃了，还揪她的头发。后来这块破布在桌布下面找到了，女孩对平白无故地挨打，一句埋怨的话也不愿说，只是默默地看着。她是故意不说话的，我注意到了这一点，也记住了，因为我是第一次看清了女孩的容貌，而在此之前，这张脸只是模糊地闪过。她是浅色头发，有些雀斑的女孩，她的容貌很平常，却有太多的稚气和文静，非常文静。女儿不发一句怨言却惹得母亲很不高兴，而这时恰巧碰到了削笔刀的事儿。妇人大发雷霆，因为第一次打她是毫无道理的，她从扫帚上扯下一把枝条，当着我的面把小女孩抽得伤痕累累，尽管她已有十二岁了。马特廖莎挨了枝条的抽打没有哭叫，当然是因为有我在场，但不知怎么她每挨一次抽打都奇怪地抽泣着，后来又伤心地抽泣了整整一个钟头。在这次体罚结束之后，我突然在床上的被子里发现了削笔刀，便默默地把它放在背心的口袋里，可我走出大楼，把它扔在远离大楼的街道上，为的是谁也不会知道。我当即感到，我的行为很卑鄙，同时又有一种快感，因为我突然体验到了一种强烈的感觉；于是它引起了我的注意。在这里我要指出，时常有各种丑恶的情绪控制着我，甚至达到失去理智或不如说非常固执的程度，但决不会陷入忘乎所以的境地。在我内心激情似火的时候，我也完全能战胜它，甚至在炽热的顶点加以制止，不过我很少会制止。同时我要声明，我既不想以环境，也不想以什么病态来为自己在犯罪行为中没有责任感作辩解。

后来我等了两天。女孩哭了一阵子，变得更加寡言少语；我相信，她对我是没有恶感的，尽管当着我的面那样受责罚有点儿害羞。不过，她是个乖孩子，即使在害羞的时候，也只是怪自己不好。我指出这一点，因为这在故事里是很重要的……然后我在那套主要的住宅里度过了三天。有很多人栖身于大楼里的各个散发着食物的恶劣气味的房间，都是一些没有职位或职位低微的官吏们、出诊的医生们，以及经常在我身边逢迎讨好的各种波兰人。我一切都记得。在这嘈杂的生活里我是孤独的，是内心的孤独，我在这里整天被一大群"伙伴"围绕着，他们都非常忠诚于我，为了钱袋几乎把我奉若神明。我想，我们是干了很多坏事的，其他居民甚至在提防我们了，就是说，他们很有礼貌，尽管我们的胡作非为有时是不可容忍的。我要再说一遍，我那时甚至有一个想法，宁愿被流放西伯利亚。我是那么寂寞，简直想上吊，我没有上吊，因为我还抱有某种希望，我生平就是这样。记得，那时我曾努力研习神学，而且认真思考。这使我得到了一些消遣，可是后来更寂寞了。我的公民感情就是在四个角落里放好炸药，一下子炸毁一切，只要值得这么干。不过我毫无恶意，因为我只是寂寞而已，别无其他。我根本不是社会主义者。我认为这是一种病态。杜勃罗留波夫医生没有工作，一家人在我们这里的几个房间里濒于绝境，有一天我戏问：有没有什么药水能唤起公民的激情？他回答说："这种药水好像没有，而唤起犯罪激情的药水倒是能找到。"似乎对自己的这句俏皮话颇为得意，尽管他穷得要命，与忍饥挨饿的怀孕的妻子和两个年幼的女儿守在一起。不过，人要是不能过分地自鸣得意，那就谁也不想活了。

又过了三天，我回到戈罗霍夫街。女房东正准备带着小包裹出去；当然，她丈夫不在家；家里只有我和马特廖莎。面对着院子的几扇窗户都开着。大楼里总是住着一些工匠，整天都从各个楼层传来小锤子的敲击声和歌声。我们已经待了近一个小时。马特廖莎坐在自己小屋里的小凳子上，背对着我，在慢条斯理地做着针线活儿。最后，她突然低声唱起歌来，声音很低；她有时会这样。我拿出怀表一看，两点整。我的心跳加剧。我站起来，向她走过去。她家的窗台上放着很多天竺葵，太阳明朗地照耀着。我在她身边的地板上轻轻地坐下。她浑身一震，起初大吃一惊，跳了起来。我握起她的手亲吻一下，又把她按在小凳子上，望着她的眼睛。我吻她的手的举动，突然把她逗得孩子气地笑了，不过这只是一瞬间的事儿。因为她又一次急剧地跳起身来，已经惊吓得脸上掠过一阵痉挛。她用一双吓人的凝然不动的眼睛望着我，嘴唇翕动着要哭了，不过并没有大声喊叫。我又吻了吻她的手，把她抱在自己的膝上。这时她全身往后猛然一挣，好像羞得微微一笑，不过那是不自然的笑。她突然羞得满脸通红。我一直在对她悄声说着什么、笑着。最后，竟然发生了我永远无法忘记、使我深感惊讶的怪事：女孩搂着我的脖子，忽然主动地狂吻起来。她的脸上流露了陶醉的神情。我几乎是愤怒地站了起来——这样一个小不点儿的表现使我很不高兴，由于我突然感到的怜惜……

这一页就要完了，一个句子突然中断。

这时所发生的情况不能不提一提。文件一共有五页，一页在季洪手里，他刚读完，最后一句中断，四页还留在斯塔夫罗金的手里①。看到季洪询问的目光，他早已在等候着了，便立刻把下文递给他。

---

① 这与本章第 2 节开头所说的情况不符，原文如此。

"不过这里也有遗漏吧？"季洪仔细地看着问道。

"哦！这已是第三页了，我要的是第二页啊。"

"不错，是第三页，可是那一页……那第二页还在接受新闻检查，"斯塔夫罗金迅速地回答道，不好意思地笑着。他坐在沙发的一角，始终凝然不动而又忐忑不安地注视着阅读中的季洪。"以后您会拿到的，到时候……再给您，"他补充了一句，做了一个唐突的亲昵的手势。他在笑，可是看着他只让人觉得可怜。

"现在嘛，第二页也好，第三页也好，反正都一样了……"季洪说。

"什么都一样了？为什么？"斯塔夫罗金突然剧烈地把身子往前一冲说道。"完全不一样。啊！您现在是按修士的想法，首先猜疑到最肮脏下流的行径了。修士真是最优秀的刑事侦查员哪！"

季洪默默地端详着他。

"您放心吧。小姑娘真荒唐，她理解错了，这可不能怪我……什么也没有发生。什么事都不曾有过。"

"那就感谢上帝了。"季洪画着十字说。

"这一切不是三言两语就能解释清楚的……这……这不过是心理上的误会罢了……"

他突然脸红了。厌恶、寂寞、绝望的心情在他的脸上显露无遗。两人好久没有说话，也没有向对方看一眼，有一分多钟。

"这样吧，您还是读下去，"他说，下意识地用手指擦去额角上的冷汗。"不过……您最好别看我……我觉得现在是一场噩梦……嗯……您可别激怒我啊，"他低声加了一句。

季洪迅速移开视线，抓起第三页，不停顿地继续看下去，直到看完为止。在斯塔夫罗金又递给他的三页中没有再出现中断的地方。

不过第三页也是从后半句开始的。我逐句抄录如下：

　　这是真正感到恐惧的时刻，虽然恐惧感还不是很强烈。那天上午我很愉快，对所有的人都非常和善，那一大帮人对我是满意的。不过我撇下他们，到戈罗霍夫街去了。我在楼下的门厅里就遇见了她。她正从小店回来，是被派去买菊苣的，她一看见我，便惊慌失措地往楼上飞奔而去。那甚至不是惊慌，而是隐忍内心的、令人发呆的恐怖。我进去的时候，母亲已经打了她一巴掌，因为她"不要命地跑"，这就掩饰了她受惊吓的真正原因。于是暂时地相安无事。她躲了起来，我在那里的时候她始终没有出来。我逗留了近一个小时便离开了。

可是傍晚我又感到恐惧了，已是无比强烈的恐惧。对我来说，主要的是我意识到我害怕了。噢，我不知道还有什么比这更荒唐而可恶的了！我从来不会感到恐惧，生平除了这个事件之外，无论以前还是以后，从来不知道恐惧为何物。可是这一次我害怕了，简直怕得发抖。我强烈地意识到了这一点而深感屈辱。如果可以的话，我会自杀；可我觉得自己连死也不配。不过，我并非因此而没有自杀，而是由于恐惧。人会因为恐惧而自杀，却也会因为恐惧而苟且偷生：他不敢自杀了，于是这件事也就不可能发生。此外，晚上我在自己的房间里是那么憎恨她，以致下决心杀了她。为此我在黎明时分就向戈罗霍夫街跑去。一路上想像着怎样杀她，怎样挖苦她。我主要是在回忆她的笑容时憎恨她：我心里蔑视她，非常厌恶她，就因为她曾抱着某种幻想扑上来搂住我的脖子。可我在小喷水池上突然感到头晕目眩。此外还觉得有了新的想法，一个可怕的想法，可怕的是我意识到它了。我回家躺下，浑身打寒颤，但是我在极度的恐惧之中，甚至不再憎恨小女孩了。我已经不想杀她了，而这就是我在小喷水池上所意识到的新想法。那时我生平第一次感到，恐惧达到极其强烈的程度，就会完全驱散怨恨，甚至驱散向仇家进行报复的意念。

我是在将近中午的时候醒的，不过觉得身体好些了，对昨天的感触之强烈甚至感到惊讶。我因为曾想杀人而羞愧。不过心情很沮丧，尽管非常厌恶，还是不得不到戈罗霍夫街去。记得我在那一刻很想和谁吵架，而且想认真地吵一架。可是来到戈罗霍夫街以后，我突然发现尼娜·萨韦利耶夫娜在我的房间里，她就是那个侍女，已经等了我一个小时。我根本不爱这个姑娘，所以她主动到这里来不免有些担心，怕我因为她不请自来而大发脾气。她每一次来都是这样。可我突然对她的来访非常高兴，这使她大喜过望。她相当漂亮，不过很谦和，而且具有小市民阶层所看重的那种气派，所以我的女房东早就向我夸她了。我碰见她俩在喝咖啡，女房东因为相谈甚欢而非常满意。我看见马特廖莎在另一个房间的角落里；她站在那里一动不动，皱着眉头、神情呆滞地望着母亲和女客人。我进去以后，她没有像上次那样躲起来，也没有跑开；这使我牢记在心，并且有些惊讶。

一看就觉得她瘦多了，而且在发烧。我对尼娜很亲热，所以她离开时十分快活。我俩是一同出去的，我两天没有回戈罗霍夫街。我厌倦了，虽然很寂寞。

我终于决定断然了结一切，最好是离开彼得堡：事情到了这种地步！可是我去退房的时候，却看到女房东惊慌而忧伤：马特廖莎已病了三天，每天夜里都说胡话。当然，我马上就问，她说些什么。（我们是在我的房间里低声交谈。）她低声告诉我，她的话"可怕极了"："竟然说'我杀了上帝'"。我建议用我的钱请医生，可是她不同意："上帝保佑，就这样也行，她并非老是躺着，刚才还到小店去了一趟。"我决定要和马特廖莎单独见面，女房东无意中说，五点前要到彼得堡的一户人家去干活，我就决定晚上再回来。

不过，我完全不知道为什么要回来，想干什么。我在小酒店吃了午饭，准时在五点一刻回来了。我总是用自己的钥匙开门进去。除了马特廖莎没有别人。她在屏风后面的小房间里，躺在母亲的床上。我看见她向外面望了望，不过假装没看见。窗户都开着。天气很暖和，甚至有些热。我来回走了一会儿，在沙发上坐下。直至最后一分钟的情况我全都记得。我不和马特廖莎攀谈，让她着急，这使我深感满意，我不知道为什么要这样。我等了整整一个小时，突然她自己从屏风后面跳了出来。当她跳起来的时候，我听见她的双脚砰的一声落在地板上，然后是相当急促的脚步声，于是她站在我房间的门槛上了。我是那么卑劣，居然因为她首先出来见我而感到得意。噢，这一切是多么卑劣，而我又是多么可鄙啊！她站在那里默默地看着。这些天来，我从那时起一次也没有在更近些的地方见到她，她的确瘦多了。她面色憔悴，想必头上还有热度。一双眼睛变大了，呆滞地瞅着我，带有迟钝的好奇心，起初我觉得是这样。我坐在那里看着，一动也不动。这时我突然又感到憎恨了。不过我很快就发觉，马特廖莎一点也不怕我，也许她是处于谵妄状态吧。但也并不是谵妄。她突然向我频频点头，就像幼稚而缺乏风度的人那样，频频点头表示强烈的谴责，又突然向我举起自己的小拳头开始威胁我。这个举动在最初的瞬间使我觉得好笑，但随后就使我无法忍受了，突然在恐惧中站起身来，挪动了一下脚步。她的脸色是那么绝望，这样的绝望是不可能在这么小的孩子身上看到的。她还在向我威胁地挥动着自己的小拳头，并频频点头表示谴责。我由于胆怯，小心翼翼地几乎是用耳语亲切地说起话来，可我立刻就看出，她是不会明白的，我就更是大吃一惊了。但她突然像那时一样急剧地用双手捂着脸，向旁边走了几步，站在窗口，背对着我。我也转身在窗边坐了下来。我怎么也不明白，我为什么不当即离开，却留在那里等待。大概我真的在等待着什么。我也许会略坐片刻，然后站起来杀了她，在绝望中无论如何要了结一切。

不久我又听到了她匆忙的脚步声，她出门走上木头走廊，从那里就可以沿着楼梯下去；我急忙走过去，还来得及窥探她怎样走进储藏室，它像一个鸡舍，与另一个处所并排着。我刚才在窗边坐下的时候，心里又闪过一个不祥的猜想，我到现在也不明白，为什么它会那么突然地首先出现在我的心里，而不是别的；可见是注定的啊。不言而喻，闪过的想法还是不足信的，"然而"……我一切都记得非常清楚，我的心在剧烈地跳动。

片刻后我又看了看表，尽可能准确地记住时间，当时我为什么要记住准确的时间呢，我不知道，一般地说，那时我想记住一切；因而现在我一切都记得，仿佛此刻就在眼前。暮色四合……一只苍蝇在我头顶上嗡嗡地飞，老是落在我的脸上。我捉住了它，用手指捏着放到窗外去了。下面有一辆大车很响亮地驶进了院子。一个成衣匠在院子一隅的窗口很响亮地唱歌（而且早就在唱了）。他在做活计，我能看到他。我想，既然在我走进院子大门上楼梯的时候，谁也没有碰见我，那么现在，当我待会儿下楼的时候，自然也不要让人碰见，于是我小心翼翼地把我的椅子从窗边挪开，坐在居民看不见我的地方。噢，这是多么卑劣啊！我拿起一本书，又扔下了，开始看着老鹳草草叶上的一只红色的小蜘蛛，竟看得出神。直至最后的瞬间，我全都记得。

我突然掏出表来。她出去后已过了二十分钟。不过我决定再等一刻钟。我为自己规定了这个时间。我也想到，她该不是回来了吧，也许是我没有听见吧；但这是不可能的：周围是死一般的寂静，我能听见每一只苍蝇的嗡嗡声。突然我又心跳加速。我掏出表来，还缺三分钟；可我还是坐着等了三分钟，尽管心跳得隐隐作痛。这时我站起来戴上帽子，扣上大衣的纽扣，又在房间里四处张望，是否留下了我来过的什么痕迹？我把椅子挪近窗户，原样放在那里。最后我开了门，用我的钥匙把门轻轻地锁上，到小储藏室去了。储藏室关着，但没有上锁，我也知道储藏室是不上锁的，不过我不想把门打开，而是踮着脚从上面的一条缝隙往里面看。就在我踮起脚的瞬间，我回忆起坐在窗边看红蜘蛛并且看得出了神，就在这时我在考虑，怎样踮起脚让眼睛够得到这条缝隙。我在这里补充这个细节，是一定要证明，我是何等清楚地运用着我的智力，可见我不是疯子，可以对一切承担责任。我从缝隙往里看了很久，因为那里很暗，但不是太暗，我终于看清了需要看的一切……

那时我决定，我可以离开，从楼梯上下去了。我没有碰见任何人，因而谁也不能指认我了。大约过了三个小时，我们所有的人都脱掉常礼服，在房间里喝茶，玩一副旧的扑克牌。列比亚德金在朗读诗歌。大家讲了很多故事，偏偏都讲得很不错，很好笑，不像平时那样荒唐。当时基里洛夫也在场。谁也没有喝酒，尽管有一瓶朗姆酒放在那里，不过列比亚德金会喝上几口。普罗霍尔·马洛夫说："尼古拉·弗谢沃洛多维奇满意而不郁闷的时候，我们大家也就很愉快，讲话也合情合理。"我当时就记住了这句话，可见我是愉快而满意的，不是郁郁寡欢，讲话也合情合理。可是我记得，我当时就完全明白，我因为得到解脱而快乐，是一个卑鄙下流的懦夫，从此永远不再是高尚的人了，永远，无论生前还是死后。还有一点：我应了犹太人的一句俗语："自己丑恶，却不露形迹。"因为我虽然暗自承认我是卑鄙小人，却不以为耻，而且并不是很难受。当我坐着喝茶，同他们闲聊的时候，我生平第一次暗自下了严格的断语：我不知道善恶也没有善恶之感，不仅丧失了这种感觉，而且认为不存在所谓的善恶（这使我感到高兴），只是一种成见而已，我可以摆脱一切成见而自由，而我一旦得到这种自由，我就完了。这是第一次以断语的形式所认识到的，当时我正在和他们吹牛说笑，不知道在笑些什么。然而我一切都记得。众所周知的一些旧思想往往会突然被误认为新思想，有时甚至在五十岁之后还是如此。

可是我一直在等待着什么。果然出事了：大约已是十一点钟，管院子的人的小女孩从戈罗霍夫街女房东那里跑来，通知我马特廖莎上吊死了。我跟着小姑娘去了，我看出女房东自己也不知道，为什么要派人来找我。当然，她在呼天抢地，在这种场合她们都是这样。在场的有一些闲人和警察。我站了一会儿就走了。

几乎老是没有人来打扰我，不过有人提出一些该问的问题。我说小姑娘有病，时常说胡话，所以我曾提议由我付钱请医生，此外我什么也没有招认。还向我问到铅笔刀；我说女房东抽了她一顿鞭子，不过这没有什么关系。谁也不知道，我在晚上去过。事情就这么了结了。

我有整整一个星期没到那里去，后来是为了退房才去的。女房东还经常哭泣，不过已经像从前一样在忙于整理碎布片和缝纫。"这是我因为您的削笔刀使她受了委屈，"她对我说，并没有很责怪的意思，似乎在等着看我怎么说。我结清了账目，借口是今后我不能再留在这样的房子里接待尼娜·萨韦利耶夫娜了。分手时她又再次称赞尼娜·萨韦利耶夫娜。我在临走时额外给了她五个卢布。

主要的是我在生活中寂寞得精神恍惚。戈罗霍夫街的事情在危险过去以后，我会完全忘掉，正如忘掉了当时的一切，不过我有时还会恼怒地回忆起各种情况。我一有机会就向别人发泄我的怒气。就是在这个时期，我会无缘无故地突然想要摧毁我的生活，还一定要做得令人厌恶。大约一年前我就想过要饮弹自尽；现在有了较好的办法。

有一天我看着跛脚的玛丽娅·季莫费耶夫娜·列比亚德金娜，她有时在角落里干些活儿，那时她还没有疯癫，但简直是一个狂热的白痴，异想天开地暗恋着我（这是我们那些人发现的），我突然决定娶她为妻。斯塔夫罗金和这样一个不值一提的人结婚的想法触动了我的神经。不可能想出比这更不成体统的事情了。但这是在那些日子里，这是发生在那些日子里啊，因而是可以理解的。不过，无论如何，我结婚不仅仅是因为"在酒宴之后拿酒打赌"。这是在那些日子里，在那些日子里我还不知道会怎样呢——这才是主要的。证婚人是基里洛夫和当时恰好在彼得堡的彼得·韦尔霍文斯基，还有列比亚德金自己和普罗霍尔·马洛夫（他现在已经过世了）。此外就从来没有人知道，而他们都保证不说。我总觉得这种沉默似乎很卑鄙，但至今没有人打破沉默，尽管我有意公开宣布；现在我就顺便宣布了。

结婚后我就回到省城我母亲的家里。我回去是为了散散心。

我在我们省城给人留下了神经错乱的观念，这个观念甚至到现在还没根除，对我无疑是有害的，这一点我会在下面加以说明。现在我是为了这几页而简略地提一提。后来我出国了，在国外度过了四年。

我到过东方国家，在希腊圣山坚持八小时的晚祈祷，到过埃及，曾在瑞士居住，甚至到过冰岛，在格丁根修完整整一年的课程。最后一年我和巴黎的一个著名的俄罗斯家庭以及瑞士的两位俄罗斯姑娘过从甚密。大约两年前在法兰克福的时候，我走过一家照相馆，在出售的照片当中看到一张女孩的照片，她穿着漂亮的童装，但很像马特廖莎。我当即买了这张照片，回到旅馆就放在壁炉上。它就这样放在那里，差不多有一个星期没人动过，我一次也不曾看它，而在离开法兰克福的时候我忘了带。

我记述这次经历，就是要证明，我是多么会控制自己的回忆，对往事无动于衷。我可以一下子放弃大量回忆，于是那些回忆便顺从地全部消失，只要我愿意，每一次都是这样。我总是觉得，回忆往事很乏味，因而我与众不同，是从不怀旧的，尤其是因为往事正如我所有的一切，都同样地令我憎恶。至于马特廖莎，我甚至把她的照片遗忘在壁炉上。

大约一年前的春天，在穿过德国的时候，我错过了站点，本该从这一站转往我的旅途，却误入另一条支线。我在下一站被赶下车；是午后两点多钟，天气晴朗。这是德国的一个小镇。我问了去旅馆的路。只能等候了。下一班火车在夜里十一点钟到达。对这次意外我甚至感到满意，因为我不急于到任何地方去。旅馆很差，又小。不过它是在一片碧绿的树木和草地之中，还有一些花坛环绕四周。给了我一个狭小的房间。我美美地吃了一顿，由于坐了一夜火车，午饭后我大约在下午四时便酣然入睡了。

我做了一个完全意想不到的梦，因为我从未见过这样的情景。而且我所有的梦总是很荒唐或者很可怕。德累斯顿的美术馆有一幅克劳德·洛兰①的画，根据目录好像是《阿喀斯和伽拉忒亚》，我却老是称之为"黄金时代"，②自己也不知道为什么。我以前也见到过这幅画，现在，三天前我乘车路过时又一次看到了。还曾特意去了一趟，就是要看它，我也许是为了它才顺路来到德累斯顿吧。我梦见的就是这幅画，可又不是画，倒像是如烟往事。不过我不知道我梦见的究竟是什么。就像画上一样——是希腊群岛的一角，而时间仿佛也要退回到三千年之前，轻柔的蓝色海浪，岛屿和礁石，繁花似锦的海岸，远方是一幅神话般的全景，诱人的夕阳——这是语言所难以描述的。这里是欧洲人记忆中的摇篮，有关的思绪仿佛使我的心灵充满了亲情般的爱。这里曾是人间乐园，诸神从天而降，与人类结亲，这里产生了最初的神话场景。在这里生活着非常出色的人们！他们幸福而纯洁无瑕地起居生息，丛林里响彻他们愉快的歌声，绰绰有余的充沛精力投入了爱情和质朴的欢乐，于是我感觉到了这一点，仿佛与此同时还领悟到了他们所不了解也料想不到的自己未来三千年的全部伟大的生活，这些思绪使我的心为之颤抖。哦，我多么高兴我的心在颤抖啊，我终于深爱着他们！太阳把光芒洒遍这些岛屿和大海，为自己出色的孩子们而欣喜，噢，奇异的梦，崇高的迷误啊！曾经有过的一切梦想中最不可思议的梦想，但全人类曾为之付出自己毕生的力量，不惜为之牺牲一切，为之而消瘦、受难、日益憔悴，人类的先知死在十字架上或惨遭杀害，没有这个梦想各族人民就不想活了，——甚至死不瞑目。而所有这些感觉仿佛都是我在这个梦里所体验到的；再说一遍，我全然不知我梦见了什么，我梦到的只是感觉而已；礁石、大海和夕阳斜照，这一切仿佛是我醒来睁开眼睛才看到的，我的双眼满是泪水，这的确是

---

① 克劳德·洛兰（1600—1682），长期旅居意大利的法国画家。
② 阿喀斯和伽拉忒亚是希腊神话中人物，据陀思妥耶夫斯基对这幅画的阐释，他们
最后一次会面的幸福和爱情象征着人类头一天和末日的"黄金时代"。

我生平第一次满眼含泪。我记得那泪水，记得我满怀喜悦之情，也并不因为流泪而羞惭。我还不曾有过的幸福感渗透我的内心，甚至使我的心隐隐作痛。已是晚上；一缕灿烂的夕阳斜晖透过窗台上鲜花的绿叶，涌入我小房间的窗口，洒遍我的全身。我赶紧又闭上眼睛，仿佛渴望回到已经消逝的梦境。可是我在那灿烂的阳光中，似乎突然看到一个小圆点。一切就是这样并由此而开始了。这个小圆点突然变了样子，于是我突然清楚地看见了一个小小的红蜘蛛。我立刻回忆起在老鹳草的草叶上的它，那时，夕阳斜晖也是这样流泻着。好像有什么东西猛地刺了我一下，我欠起身来坐在床上。当时的一切就是这样发生的。

我看见面前（啊，这不是真的！但愿，但愿这是真的看见了，——哪怕是一次，哪怕从那时起只是看见一次啊，又哪怕是片刻、哪怕只是在刹那间能看到有血有肉的活生生的她，我就可以对她说话了！），我看见了消瘦的马特廖莎和她那激动不安的眼神，完全就像当初她站在我的门槛上，并向我举起自己的小拳头频频点头的时候一样。从来没有什么能使我如此痛苦！一个无助而性格尚未定型的、在威胁我（她能用什么来威胁我呢？她能拿我怎样，噢，天哪！），却当然只是在责怪自己有过错的孩子的可怜的绝望！我还从未碰到过任何类似的情况。我一直坐到天黑，一动不动，也忘记了时间。我但愿现在就能自我剖析，十分准确地说明我这时究竟是怎么了。这就是所谓良心的煎熬或悔恨？我不知道，而且至今也不敢这么说。而我无法忍受的只是这个形象，而且恰恰是站在门槛上、恰恰是在那个瞬间，不早也不晚，举着威胁我的小拳头，我无法忍受的仅仅是她当时的这个样子，仅仅是当时的一瞬间，仅仅是这样的点头。这个姿态，即她对我的威胁，已经不再使我觉得好笑，而是感到恐怖。我绝望了，绝望得精神失常，我宁愿让自己的肉体遭到百般摧残，只要没有当时的这个姿态。使我绝望的不是罪行，不是她，不是她的死，只是那个瞬间使我无法忍受，怎么也忍受不了，因为从那时起，那个瞬间每天都出现在我的眼前，于是我完全明白了，这是我命中注定的。这才是我从那时起所无法忍受的，以前也无法忍受，只是自己没有意识到罢了，从那时起它就几乎每天都出现在我的眼前，它不是自动出现的，而是我自己召唤它的，可是我不能不召唤它，尽管我与它无法相处，但愿有一天我能真的看见她，哪怕是她的幽灵呢！——我但愿她再亲眼看一看我，像当初那样，用激动不安的大眼睛朝我的眼睛看一下，她就能看出……永远不可能实现的荒唐的幻想！

为什么我生平的回忆没有一个会激起任何类似的心绪呢？要知道，有很多回忆也许在人类的法庭面前要更恶劣得多。它们只能在我心里激起憎恨，而且那也是现在的境遇所引起的。过去我会冷漠地忘记，把大量的回忆丢开，而获得虚假的平静。在那以后，这一年我几乎整年都在到处漂泊，努力排遣内心的郁闷。我知道，只要我愿意，我现在也能把马特廖莎丢开。我完全可以像从前一样支配自己的意志。但问题在于，我从来不愿这样做，我现在不愿，今后也一样。这种情况会持续下去，直至我陷于疯狂。

在瑞士过了两个月之后，也许作为一种相反的极端和动物的求生斗争，我感到了情欲的发作，其冲动之狂热，不下于早期所曾经有过的。就是说，我感到了再次犯罪的强烈诱惑，犯了重婚罪（因为我已婚）；不过我听从另一位姑娘的劝告逃避了，我几乎向她坦陈了一切，甚至承认，我根本不爱我所热恋的那个女子，而且我从来不会爱上谁，有的只是欲望，没有别的。何况这新的罪行丝毫也不能使我摆脱马特廖莎。

于是我决定将这几页付印，带三百份回俄罗斯。等到适当的时机就寄给警察局和地方当局，同时寄给各报编辑部要求发表，也寄给我在彼得堡和俄罗斯的很多熟人。同样，译文也会在国外出现。即使这没有意义，我还是要发表（就是这几页）。我知道，我在法律上也许不会有麻烦，至少不会有大麻烦：只有我的自白，没有原告；此外没有任何证据，或证据非常少。最后，有一种根深蒂固的看法，认为我神志失常，想必为我奔走的亲友会利用这一点，压下对我有危险的任何刑事诉讼。我顺便提及这一点，是要证明，我的神志完全正常，是了解我的处境的。不过，有些人会为了我而留在这里，他们会了解一切并关注着我，而我也关注着他们。我希望，大家都来关注我。这能否缓解我的困境呢，我不知道。这是我所能采取的最后一个步骤。

再说一遍：要是在彼得堡警察局认真查找，也许能查到一些蛛丝马迹。小市民房东夫妇可能还在彼得堡。他们当然能记起那栋大楼，大楼是浅蓝色的。我哪里也不去，要在我母亲的斯克沃列什尼基庄园住上一阵子（一年或两年）。若是传唤我，我随叫随到。

尼古拉·斯塔夫罗金

三

阅读持续了近一个小时。季洪读得很慢，有些地方也许还重读了一遍。从第二页被没收而暂停之后，斯塔夫罗金就一直沉默而凝然不动地坐在沙发的一角，紧靠在沙发上，看来在等着。季洪摘下眼镜，略等片刻，终于迟疑地看了看斯塔夫罗金。后者浑身一震，全身猛然往前一冲。

"我忘了提醒您，"斯塔夫罗金迅速而生硬地说道，"您说什么都是白费；我决不放弃初衷，您就别费心来劝阻我了。我要发表。"

他脸上一红，不说了。

"刚才，就在我阅读之前，您并没有忘记提醒我。"在季洪的口气里可以听得出气愤的意味。显然，"文件"给他留下了强烈的印象。他的基督徒感情被刺伤了，而他并不总是能克制自己。我要指出，以便及时说出来，难怪他名声在外，是一个"不能适当地与人们相处"的人，修士们就是这样说他的。尽管他有虔诚的基督教信仰，他的语气却流露出明显的愤怒。

"反正一样，"斯塔夫罗金不理会任何变化，生硬地继续说道，"不论您的异议多么有力，我也不改初衷。请注意，有一句话合适还是不合适，随你怎么看——我绝不强求您赶快提出异议并恳求我同意。"他冷然一笑，结束道。

"我向您提出异议，特别是恳求您改变初衷，这是不可能的。您的思想是崇高的思想，基督徒的思想不可能有更充分的表达。有了您所设想的自我惩罚的非凡功德，就不可能有更进一步的忏悔了，如果……"

"如果？"

"如果这真的是忏悔而又真的是基督徒的思想。"

"奥妙，"斯塔夫罗金若有所思而心不在焉地叽咕道，他站起来在房间里踱步，却完全是无意识的。

"您好像故意要表现得粗鲁一些，而并非您的内心所愿。"季洪越来越畅所欲言了。

"'表现'？我没有'表现'，尤其没有假装'粗鲁一些'，'粗鲁一些'是什么意思？"他又脸红了，立刻又因为脸红而生自己的气。"我知道，这是一个渺小、下贱而讨厌的事实，"他用头向那几页纸一摆说，"不过，让它的卑贱本身有助于加剧……"

他突然住口，似乎羞于说下去，认为急于解释是有损自尊的，同时显然很痛苦，迫于某种必要性（尽管这是无意识的）而不得不留下来，而留下来的目的恰恰是要作出解释。值得注意的是，他一字不提刚才对扣留第二页的解释，在接下去的全部谈话中都不再提及，甚至双方似乎都把原来的解释忘记了。这时他站在书桌旁，顺手拿起带有耶稣受难像的小象牙十字架，用手指旋转着，突然把它折为两段。他清醒过来，很惊讶，困惑地望望季洪，突然，他的上唇颤抖起来，仿佛是由于懊丧，又仿佛在高傲地挑战。

"我原以为您会对我说些切合实际的话，我是为此而来的，"他低声说道，似乎在竭力克制自己，把十字架的断片往桌上一扔。

季洪很快地垂下眼睛。

"这份文件直接出自受到致命伤害的内心的需要，——我的理解对吗？"他固执地、几乎是语调激昂地说道，"是的，这是忏悔，也是您所无法抗拒的对忏悔的自然需要。被您糟蹋的女孩的痛苦使您痛不欲生：可见您还是有希望的，而且踏上了闻所未闻的伟大道路：在全世界面前以您所应得的耻辱来惩罚自己。您诉诸整个教会的裁判，却并不信任教会；我的理解对吗？可是您似乎预先就在憎恨和蔑视所有那些将读到这里的记述的人们，并向他们挑战……"

"我？挑战？"

"您不耻于认罪，为什么耻于忏悔呢？"

"我？耻于？"

"您觉得羞耻和害怕。"

"害怕？"斯塔夫罗金惶惑地冷然一笑，上唇仿佛又哆嗦了一下。

"您说让他们关注我吧；好，可您自己是怎样关注他们的呢？您已经在等待着他们的憎恨，要报之以更强烈的憎恨。您记述中的某些地方加强了表述的力度；您似乎在欣赏自己的心情，并抓住每一个细节，只是要使读者对这种麻木和无耻感到震惊，而您的内心也许并非麻木而无耻。另一方面，丑恶的情欲和游手好闲的习惯却真的使您变得麻木而迟钝了。

"迟钝不是罪过。"斯塔夫罗金冷然一笑，脸色却苍白了。

"有时是罪过，"季洪坚定而激烈地接着说道，"门槛上的幻影使您受到致命的伤害，饱受折磨，您在这份文件中却似乎没有看到，您的主要罪行究竟何在，是什么使您在面对人们的裁判时更感到羞耻：是您麻木地施暴，还是此后所表现的怯懦？您甚至在一个地方似乎急于向您的读者表白，对您来说，少女威胁的手势已经不再是'可笑'的了，而是致命的，可是难道那个手势真的曾在某个瞬间使您感到'好笑'？是呀，是这样，我可以作证。"

季洪住口了。他好像一个不想克制自己的人在说话。

"说吧，说吧，"斯塔夫罗金催促道，"您很生气，还……骂人；我喜欢修士这样。不过我要问的是：我们在此（他的头一摆，示意那几页纸）之后的交谈已有十分钟了，尽管您在骂人，可我没有看到您有任何特别厌恶或蔑视的表情……您似乎并不嫌弃，就像是在与我平等交谈。"

他在说最后这句话时，把嗓音压得很低，而"平等交谈"似乎完全是在无意中脱口而出，使他自己也感到意外。季洪机警地看了看他。

"我对您感到惊讶，"他沉默片刻后说，"因为您的话并不虚伪，我看得出，而且是在这种情况下讲的……我自己对您是有过错的。要知道，刚才我对您既失礼也嫌弃，而您因为渴望自我惩罚，甚至没有发觉这一点，尽管发觉我不耐烦而称之为骂人；您自己却认为，理应受到无可比拟的更大的蔑视，您说我与您'平等交谈'，虽然是无意中说出的，却讲得好极了。我一点也不瞒您：我觉得非常可怕，伟大然而无所事事的力量被故意地消耗于卑劣的行径。显然，难怪都没有成为外国人。有一种惩罚在到处追踪着脱离故土的人们，那就是寂寞和无所事事的特性，即使很想有所作为也是枉然。但基督徒认为，在任何一种环境都要有责任感。上帝没有少给您智慧，您自己想想吧；如果您能聪明地提出一个问题：'我对自己的行为是否负有责任？'那就意味着一定是负有责任的。'诱惑不可能不来到世界，但诱惑因谁而来，谁就会遭到不幸'。不过，至于您的……过失本身，很多人都有同样的缺点，却与自己的良心相安无事，甚至认为这是青春期难免的过失。一些行将就木的老者也有这样的缺点，还抱着找乐子和玩弄的态度。世界充斥着这种可怕的现象。您至少意识到了其中的全部严重性，达到这种程度是很罕有的。"

"您看了这几页以后，该不是对我有了敬意吧？"斯塔夫罗金强颜一笑，"您……您，尊敬的季洪神父啊，我听别人说，您是不能当导师的，"他补充道，更加勉强而不合时宜地微笑着，"这里有人在狠狠地批评您呢。据说，只要罪人有点儿真诚而顺从的表现，您立刻就大喜过望，开始认错，变得谦卑了，在罪人面前奉承讨好……"

"关于这一点，我不想直接回答，不过我不善于与人相处，这当然是事实。我总觉得这是我的一个大缺点，"季洪叹息着说，他的话是那么淳朴，斯塔夫罗金不禁面带微笑看了看他。"至于这个，"他瞟一眼那几页纸，接着说，"不言而喻，比您对那个少女的行为更重大、更可怕的罪行是没有也不可能有的。"

"我们不要用尺子来衡量吧，"斯塔夫罗金沉默片刻，有些气愤地说，"也许我并不像这里所写的那样痛苦，而我也许真的说了很多诽谤自己的话，"他突然出人意料地这样说道。

季洪默然无语。斯塔夫罗金若有所思地低下头在房间里踱来踱去。

"那位姑娘，"季洪突然问道，"您与她断绝了在瑞士开始的同居关系，她此刻在……哪里？"

"在这里。"

又是沉默。

"我也许对您说了很多诽谤自己的话，"斯塔夫罗金突然固执地重复道，"而我自己还没有意识到……不过，我用粗鲁的自白向他们挑战，那又怎样，您不是已经看出这是挑战了吗？就该这样。这是他们应得的。"

"就是说，您憎恨他们会比得到他们的怜悯好受些？"

"您说得对；我没有直言不讳的习惯，但既然……与您……谈起来了……那么您要知道，我蔑视他们所有的人，就像、完全就像蔑视我自己一样，一样，如果不是更蔑视的话；我对他们的蔑视是无止境的。没有一个人能当我的审判官……我写下这些胡言乱语（他以头示意那几页纸），是为了显得厚颜无耻而想出来的……也许只是胡诌一气，在狂热的时候夸大其词……"他恼怒地中断谈话，脸又红了，像不久前说了违心的话那样。他向桌子转过身去，背对着季洪，又把十字架的一块断片抓在手里。

"请回答我的一个问题，但要真诚，只对我一个人说，或者像在深夜对自己说一样，"季洪深情地说道，"要是有人因此（他指了指那几页纸）而宽恕您，而且不是您所尊敬或害怕的人，而是您永远不会知道的一个陌生人，他是暗自看了您的可怕的自白，那么这个设想会使您好受些还是觉得无所谓呢？这样吧，要是您的自尊心使您难以回答，那就不要说出来，只是暗自想一想吧。"

"我会好受些，"斯塔夫罗金低声回答道，"倘若您宽恕我，我就好受多了。"他迅速地几乎耳语般补充了一句，但仍然没有从桌前转过身来！

"您也要宽恕我。"

"为什么？"斯塔夫罗金转过身来了，"您对我做了什么？啊，对了，这是你们修士的一句箴言。可恶的自谦。要知道，你们所有的这些古老的修士箴言并不优雅。不过，您真的以为这些箴言很优雅吗？"他懊丧地哼了一声，"我不知道，我为什么要待在这里？"他突然环顾四周加了一句，"对了，我弄坏了您的……这东西大概值二十五卢布吧？"

"您别放在心上。"季洪说。

"也许是五十卢布？我怎么能不放在心上呢？为什么我弄坏您的东西，却要您为我承担损失？收下吧，这是给您的五十卢布，"他掏出钱来放在桌上，"要是您自己不愿收，那就为穷人、为教会收下……"他越来越懊丧了，"您听着，我要把全部实情都告诉您：我希望您宽恕我，与您一起还有第二个、第三个人，即使所有的人，所有的人都必定会憎恨我！"他的双眼闪着怒火。

"而对您的普遍的同情您就不能温顺地承受？"

"我不能。我不要普遍的同情，何况也不可能有普遍的同情，这是不切实际的问题。您听着，我不愿再等了，一定要公布……您不要来劝我了……我不能等了，不能……"他发狂似的补充道。

"我为您感到害怕。"季洪几乎是胆怯地说道。

"怕我无法忍受？受不了他们的憎恨？"

"不只是憎恨。"

"那还有什么？"

"他们的……嘲笑，"季洪的这句话似乎勉强而小声地脱口而出。可怜他克制不住自己，涉及了他知道最好闭口不谈的话题。

斯塔夫罗金犹豫了；脸上流露出不安的表情。

"对这一点我有预感。可见您在看了我的'文件'后，觉得我这个人很好笑。您别担心，别不好意思。这是在我意料之中的。"

季洪似乎真的不好意思了，于是赶快开始解释，当然，这就更坏事了。

"这样的功德需要在精神生活中保持心情的安详，甚至在痛苦的时候也需要清醒……如今哪里也没有精神生活的安详，到处在进行剧烈的争论。人们就像在巴比伦的语言纷争①时代一样，不能相互了解……"

"这一切都很乏味，我都知道，人们说了一千遍啦……"斯塔夫罗金打断了他的话。

"要知道，您也不可能达到目的，"季洪直接提出了自己的看法，"您在法律上几乎无懈可击，人们首先就会以嘲讽的口吻向您指出这一点。会引起误解。谁能理解忏悔的真正原因呢？可他们又不愿特意去了解一下，因为他们害怕这样的功德，以惊恐不安的心情来看待它，因而心怀憎恨并进行报复，因为世人喜欢自己的卑污，不愿让它被这样的功德所震撼；因此他们才宁可引为笑柄，因为他们最有可能用嘲笑来糟蹋人。"

"请说得明确些，全都说出来吧。"斯塔夫罗金催促道。

"他们起初当然表示惊骇，但多半是虚伪而非真情流露，为的是保持体面。我说的不是心地纯洁的人们：那些人是暗自惊骇并自省，不过他们是不引人注目的，因为会保持沉默。其余的人，世俗之辈，

---

① 源自《圣经》故事。古巴比伦人要在巴比伦建一座通天塔，以失败告终，因为上帝变乱了人们的语言，使他们不能相互了解。

怕的只是他们的个人利益直接受到威胁。正是这种人在最初的误解和虚伪的惊骇之后，很快便开始嘲笑了。还对精神错乱感到好奇，因为人们认为您精神错乱，不过并不是完全丧失理智的疯子，恰好可以对自己的行为负责，因而加以嘲笑是可以允许的。您能忍受得了吗？您的心里岂不充满敌意，毫无疑问，随之而来的便是您的诅咒和毁灭……这正是我所担心的啊！"

"不过您……您自己呀……我感到惊讶，您把人想得多么坏，多么可恶啊，"斯塔夫罗金带点儿愤恨的样子说道。

"请相信，我更多地是根据对自己的判断而说的，较少涉及别人。"季洪大声叫道。

"难道您的心里对我也多少有点儿幸灾乐祸？"

"谁知道呢，也可能有。也可能有啊！"

"够了。请指出来吧，在我的手稿里究竟什么是可笑的？我自己也知道；可我要您具体地指出来。话要讲得下流无耻一些，因为您是大犬儒主义者①……你们神职人员都是可怕的犬儒主义者；您甚至不知道，您是多么蔑视人们哪！……请您务必坦诚相告。我还要说，您是一位可怕的怪人。"

"对世人来说，甚至这伟大忏悔的意图本身就包含着某种可笑的、似乎虚假的成分……更不必说这种犹豫而又含糊的表达形式了，仿佛是由于经受不住恐惧的弱点……哦，您可别以为，您不能获得胜利！"他突然醒悟过来，几乎大喜若狂地叫道，"甚至这种表达形式也能获胜（他指了指那几页纸），要是您能真诚地接受打耳光和吐唾沫的话……要是您能经受得住啊！其结果往往是，最屈辱的受难化为伟大的荣耀和极其伟大的力量，只要这温顺的功德是真诚的。然而您有吗，您有温顺的功德吗？会有吗？哦，您需要的不是挑战，而是无

---

① 犬儒主义是古希腊的一个哲学学派，犬儒主义者宣扬人独立于其环境，名利是身外之物，藐视人类文化，主张回归人类的原始状态，鼓吹并实践清苦简陋的生活。在俄语中"犬儒主义者"的转义是恬不知耻的人。

比的温顺和谦卑！您需要的不是蔑视自己的审判者，而是由衷地信赖他们，正如信赖伟大的教会一样，那么您就能战胜他们，并以榜样使他们倾向于自己，于是您将感受到爱的暖流……哦，要是您能经受得住啊！"

"请您指出，在您看来，这几页中最可笑的是什么？"

"为什么，为什么要纠缠这个问题呢？您的这种病态为的是什么呀！"季洪摇着头，忧伤地叫道。

"随它去吧，就是要您指出可笑的地方……"

"致命的是不诚实。"季洪垂下眼睛，小声说道。

"不诚实？什么不诚实？"

"犯罪行为不诚实。罪行其实都是不诚实的。不管什么罪行，越是血腥、越是可怖，可以说，便越是生动形象、富于感染力；但有些罪行其实质就是卑鄙、无耻，不能以恐惧作为任何无罪声辩的理由……"季洪没有把话说完。

"就是说，您认为我的形象很可笑，我亲吻小女孩的手，又……后来又胆怯了，于是……于是就发生了其余的那些事……我明白。我很明白您的意思。您认为我经受不住？"

季洪默然不语。斯塔夫罗金面色苍白，似乎脸也扭歪了。

"现在我懂了，为什么您会问起瑞士的那位小姐，目前在不在这里？"他低声说道，仿佛在自言自语。

"您还没有作好准备，还不够坚强。"季洪补充道。

"您听我说：我要自己宽恕自己，这就是我的主要目的，全部目的！"斯塔夫罗金突然说，眼神阴沉而又那么兴奋。"这就是我对您的全部忏悔，全部实情，其余的一切都是谎言。我知道，只有那时幻影才会消失。这就是为什么我在寻求无穷的苦难，主动地寻求……您不要吓唬我，否则我会在恼怒中毁灭。"他补充道，这一切又仿佛是他在无意中脱口而出。季洪对这些话似乎感到十分意外，惊讶得从座位上欠起身来。

"如果您相信，您能自己宽恕自己，并通过自己的受难来争取自我宽恕，那么您已经是完全有信仰的人了！"他热情洋溢地叫道，"您怎么能说，您不信仰上帝呢？"

斯塔夫罗金没有回答。

"上帝会宽恕您没有信仰，因为您其实是尊崇圣灵的，尽管并不了解他。"

"我是得不到宽恕的，"斯塔夫罗金阴沉地说道，"你们的经书说了，要是侮辱'这小子里的一个'①，那就没有也不可能有比这更大的罪了。瞧，就在这本书里！"

他指了指福音书。

"因此我要告诉您一个喜讯，"季洪感动地说，"基督也会宽恕您，要是您能做到自己宽恕自己的话……噢，不，不，您别信，我说错了：即使您不能容忍和宽恕自己，他也会因为您的意图和巨大的痛苦而宽恕您……因为人类的语言中没有什么言辞、什么思想能表明耶稣的**一切道路**和一切理由，'直至他的道路明白地向我们显露出来。谁能看得透他呢，他是深不可测的，谁能了解**一切**呢，一切是无限的！"

他的嘴角像刚才那样抽搐起来，不易觉察的痉挛又掠过他的面庞。这样坚持片刻后，他还是忍不住迅速地垂下了眼睛。

斯塔夫罗金从沙发上拿起自己的帽子。

"我以后还会再来，"他说，显得很疲乏，"我与您……我非常珍惜与您交谈的机会，以及您的品德……和关爱。请相信，我能理解，为什么有些人会那么敬爱您。请您为我向他祈祷吧，您是那么喜欢向他祈祷啊……"

"咦，您这就要走了？"季洪也迅速地欠起身来，仿佛完全没有料到这么快就会分手。"可我……"他似乎不知所措了，"我本想向

---

① 见《圣经·新约·马太福音》第18章第4、10节。耶稣说："……凡自己谦卑像这小孩子的，他在天国里就是最大的。"又说："你们要小心，不可轻看这小子里的一个。"——译者注

您提出我的一个请求，可是……我不知道该怎么说……现在怕是……"

"啊，有话请讲。"斯塔夫罗金立刻坐下，手里还拿着帽子。季洪看了看这帽子、这姿态，这个神情激动、有些精神失常的人突然摆出了上流人士的姿态，只给他五分钟谈话的时间，于是更加窘态毕露。

"我的全部请求只是，您……须知您已经意识到了，尼古拉·弗谢沃洛多维奇（您的名字和父称好像是这样的吧？），假如您公布这几页文字，就会危及您的命运……例如在前途方面，以及……在其他各个方面。"

"前途？"尼古拉·弗谢沃洛多维奇不快地皱起了眉头。

"何必要受到危害呢？按说，如此固执究竟是为什么？"季洪几乎是在恳求了，显然觉得自己很笨拙，不再多说了。尼古拉·弗谢沃洛多维奇的脸上反映了内心的痛苦感受。

"我曾请求您，现在还要请求您：您所有的话都是多余的……而且总的说来，我们的一切表白都已经令人无法忍受了。"

他意味深长地在座位上转过身去。

"您没有明白我的意思，听我把话说完，别生气。您是了解我的看法的：如果您的功德是出于谦逊，那就是基督徒最伟大的功德，要是您经受得住的话。即使经受不住，上帝也会考虑到您在初期的牺牲。一切都会考虑到，没有一句话，没有一个内心活动，没有一个未定型的意念会被忽略。不过对这样的功德，我现在要向您推荐另一种非常伟大的功德来代替它，虽然它的伟大已是无可置疑的……"尼古拉·弗谢沃洛多维奇没有吭声。

"受难和自我牺牲的心愿在支配着您；您还要战胜您的一个心愿，即放弃这几页和您的意图，那时您必将战胜一切。斥责自己的全部傲气和您的那个鬼吧！您将成为最后的胜利者，获得自由……"

他双目炯炯有神，祈求般地把双手交叠在自己的胸前。

"您对这一切是多么言过其实啊，您的评价又是多么……不过请您相信，我是懂得珍惜的……"尼古拉·弗谢沃洛多维奇礼貌而又似乎厌烦地说，"我发觉，您很想为我设置一个陷阱，——无疑是抱着极其高尚的目的，出于善意和仁爱的心愿。——您就是要我变得谨慎一些，不要玩花招，不要这几页纸，还是结婚吧，作为本地俱乐部的一员而终其一生，每逢节日到你们的修道院里来；是吗？而您，作为心理学家和犬儒主义者，也许已经预感到，结局无疑就是这样，问题仅仅在于此刻要礼貌性地求得我的同意，因为这正是我本人求之不得的，就等着有人来求我呢，是吗？我敢打赌，您还考虑到了我的母亲和她的安宁……"

他陡地冷然一笑。

"不，不是这样的宗教惩罚，我准备的是另一种！"季洪热情地继续说道，一点也不理会斯塔夫罗金的嘲笑和指摘。"我认识一位长老，他不在这里，但也离此不远，是一位隐居的苦行修士，他那卓越的基督教智慧，是我和您所无法理解的。他会听从我的请求。我要把您的情况全都告诉他。您允许吗？您到他那里去服劳役赎罪，在他的指导下干上五年、七年，以后您自己看需要几年。您要许愿，以如此巨大的牺牲赎取您所渴望的一切、甚至您所意料不到的一切，因为现在您简直想不到会有什么样的收获！"

斯塔夫罗金肃然倾听。他那苍白的双颊甚至泛起了红晕。

"您建议我进那个修道院当修士？"他问。

"您不必住在修道院，不必落发，您只是一名秘密的、不公开的见习修士，这样您就完全可以在上流社会生活……"

"够了，季洪神父。"斯塔夫罗金厌烦地打断了他的话，从椅子上站了起来。季洪也站了起来。

"您怎么了？"斯塔夫罗金忽然叫道，几乎是惊慌地审视着季洪。季洪站在他面前，双手手掌朝前交叠在胸前，一阵病态的痉挛，仿佛由于极度的惊恐，瞬间掠过他的面庞。

"您怎么了？怎么了？"斯塔夫罗金不住声地问，向他扑了过去，想去搀扶他，觉得他要跌倒了。

"我看到……我清楚地看到，"季洪以穿透人心的声音惊叫道，他的面色流露了极度的忧伤，"您，可怜的沉沦的年轻人哪，您从未像此刻一样，离开新的、极其严重的罪行这么近哪！"

"您放心，"显然在为他担心的斯塔夫罗金连忙安慰他，"我也许还要放一放再说……您是对的……这几页我就不发表了……您放心。"

"不，不是在发表之后，而是在发表的前一天，也许在采取这一伟大步骤之前的一个小时，你就会投入新的罪行，作为摆脱困境的办法，而您犯罪的唯一目的就在于**逃避**发表这几页文字，尽管你现在坚持要发表。"

斯塔夫罗金甚至愤怒得发抖了、也几乎是惊吓得发抖。

"该死的心理学家！"他突然粗暴地中断了谈话，头也不回地离开了修士的居室。

第三部

第一章　斯捷潘·特罗菲莫维奇被抄家

这时发生了一件令我讶异而使斯捷潘·特罗菲莫维奇大为震惊的蹊跷事儿。早晨八点他的娜斯塔霞跑来告诉我，说老爷被"抄家"了。起初我莫名其妙：只是向她打听到，来"抄家"的是官员，他们没收了一批文件，一个士兵把文件打包"装在一辆独轮手推车上运走了"。这个消息真荒唐。我立即匆匆赶到斯捷潘·特罗菲莫维奇那里。

我看到他的情绪很怪：心情沮丧而且十分激动，与此同时却又无疑有得意之色。房间中央桌上茶炊沸腾着，还放着满满的一杯茶，不过这杯茶没有人碰过而且也没有人注意它了。斯捷潘·特罗菲莫维奇在桌边徘徊，又不知不觉地踱往房间的角角落落。他穿着家常的红绒衣，但一见到我就赶忙穿上了坎肩和常礼服，过去有某位亲友碰到他穿着这件绒衣时，他可从来不曾这样。他马上急切地一把抓住我的手。

"到底出事了，朋友！（他深深叹息了一声。）亲爱的，我只把您请了来，别人都还一无所知。要叫娜斯塔霞把门锁上，不让任何人进来，当然，除了**她**……您明白吗？"

他不安地看着我，仿佛在等我回答。我当然急忙问起事态如何，他前言不搭后语，断断续续，还有一些不必要的唠叨，可我总算了解到，早晨七点"突然"来了一位省府官员……

"对不起，他的名字我忘了。他不是本地人，不过他似乎是列姆布克带来的人，他脸上有一种呆板的、德国人的神气。他叫罗森塔尔。"

"是布柳姆吧？"

"是布柳姆。他就是叫这个名字。您认识他？他的神情呆板而且很自负，却又很冷峻，难以接近，傲慢。他是警方人物，是奉命行事的，这方面我还是有些了解的。我还在睡觉，您想想看，他要求让他'瞧瞧'我的书籍和手稿，是的，我记得，他用的是这个词儿。他没有逮捕我，只拿走了书籍……他与我保持着一段距离，在向我说明来意时，他的样子似乎，我……简言之，他似乎以为我会马上扑过去狠狠地揍他。这些下等人全都是这副德性，只要是在同上等人打交道的时候。自然，我立即全都明白了。已经二十年了，我一直在准备着面对这种局面。我向他打开了所有的箱子，交出了所有的钥匙；我是亲手递给他的，把一切都交给了他。我保持着镇静而自尊的态度。他拿走的书有国外出版的赫尔岑著作，装订好的一期《钟声》，我的一部叙事诗的四个抄本，就是这些，还有文件、书信以及我的一些史论、政论、评论的草稿。他们把这些全都拿走了。娜斯塔霞说，是一名士兵用独轮手推车运走的，上面盖着布蒙子；对，就是，布蒙子。"

这太荒唐了。谁能明白这是怎么一回事呢？我又向他提了一大堆问题：布柳姆是一个人来的吗，还有没有别人？他代表谁？凭什么权力？他怎敢这么干？他是怎样解释的？

"他是一个人来的，只有他一个，不过，还有一个人在前厅，是的，我记得，此外……不过，那里似乎还有一个人，而在穿堂里站着一名卫兵。要问问娜斯塔霞；她对这些情况更清楚。您要知道，我太激动了。他说呀，说呀……说了一大堆；不过，他很少说话，都是我在不停地说……我讲述了我的生平，当然啦，只是讲这个方面……我太激动了，可是相信我吧，我保持了自尊的态度。不过，我担心，我似乎哭了。手推车是他们向隔壁小铺老板借来的。"

"啊，天哪，怎么会发生这种事！看在上帝分上，您说得明白些吧，斯捷潘·特罗菲莫维奇，您讲的这一切简直是一场梦魇啊！"

"亲爱的，我自己也好像在梦里……知道吗，他曾提到捷利亚特尼科夫的名字，于是我觉得就是这个家伙躲在穿堂里。哦，想起来了，他向我推荐了检察官，似乎就是德米特里·米特里奇……这个人，顺便说说，打叶拉拉什还欠我十五卢布的赌债。总而言之，我没有完全听明白。可我比他们更狡猾，我干吗要找德米特里·米特里奇。我好像曾央求他私了，我苦苦相求，恐怕简直大大地有失身份，您猜怎么着？他终于同意了。哦，想起来了，是他自己要求私了的，说私了好，因为他只是来瞧瞧，丝毫没有别的，没有别的，丝毫没有……而且如果查不到什么，那就不会有事。结果我们一切了结，和和气气，我感到十分满意。

"得了吧，他是向您提出在这种情况下应有的某种程序和保障，而您本人却加以拒绝！"我友好而气愤地叫道。

"不，还是这样好，无需保障。何必要闹出丑闻呢？暂时和和气气……您知道，在我们这个城市，要是捅给了……我的敌人们……其次，干吗要这个检察官呢，我们这个猪猡检察官曾两次对我无礼，而且去年在那位迷人而亲切的娜塔莉娅·帕夫洛夫娜家里曾挨了一顿狠揍……当时他躲在她的小客厅里。其次，我的朋友，别反驳我吧，不要让我不知所措，求您啦，因为最叫人难受的莫过于在一个人倒了霉的时候，马上就有一百个朋友来指点他有多么愚蠢。坐呀，请用茶，说实话，我很累了……我是不是该躺下，用醋敷头，您看呢？"

"可不，"我叫道，"甚至还得用冰。您心绪不佳。面色苍白，手在发抖。躺下吧，休息一会儿，别急着说。我可以坐在旁边等一等。"

他犹豫着，可我还是让他躺下了。娜斯塔霞送来了一小碗醋，我把毛巾浸湿敷在他头上。然后，娜斯塔霞站到椅子上，伸手点燃了圣像前的长明灯。我看了很惊讶；而且长明灯从来就不曾有过，现在却突然出现了。

"刚才那些人一走，我就作了这个布置，"斯捷潘·特罗菲莫维奇咕哝道，狡黠地瞟了我一眼。"如果你的房间里有这些东西，那么有人来逮捕你的时候，就会留下深刻的印象，他们一定会汇报上去，说看到了……"

娜斯塔霞点了长明灯，站在门口，右手托着腮，神情凄惨地瞅着他。

　　"找个借口把她支走，"他从沙发上向我点点头，"我受不了这种俄国式的怜悯，而且这使我厌烦。"

　　不过她自己走了。我注意到他老是向门口张望，倾听着前厅的动静。

　　"您瞧，必须有所准备，"他意味深长地看看我，"每时每刻……来了，带走了，嘿，一个人就失踪了！"

　　"天哪！谁来？谁把您带走？"

　　"您要明白，我亲爱的，我在他临走时直接问过他：现在会怎样处置我呢？"

　　"您还不如问他，要把您流放到哪里去！"我仍然那样气愤地叫道。

　　"我问的就是这个意思，可他什么也不回答就走了。您要明白：至于床单、衣服，特别是冬衣，他们想起来会吩咐带上的——那倒好，要不就会让我穿一件士兵的军大衣出发。不过我把三十五卢布（他突然压低声音，向娜斯塔霞走出去的门口张望着）悄悄塞进了背心口袋里的一个破洞，就在这儿，您摸摸……我想他们是不会把背心脱下来的，为了装装样子我在钱包里留下了七个卢布，就说：'全在这里啦。'您要知道，这儿有一些零钱和找回的铜币放在桌上，所以他们想不到我会把钱藏了起来，以为全在这里了。天晓得今天将在何处过夜啊。"

　　我听了这些疯话垂下了头。显然，按他所说的情形，不可能是逮捕，也不可能是搜查，当然，这是他想岔了。确实，在最近颁布的现行法律之前，这一切都是发生过的。同样确实的是，官方曾向他提议（按他本人的说法）更合乎规定的法律程序，而他却**狡猾**过人，加以拒绝……当然，以前，简直就在不久之前，省长在万不得已的情况下可以……但这里能有什么万不得已的情况呢？这就是使我百思不得其解的地方。

"想必这里收到了彼得堡的电报。"斯捷潘·特罗菲莫维奇突然说道。

"电报！关于您？就因为赫尔岑的著作和您的那首叙事诗，您疯了，在这种情况下有什么理由逮捕您呢？"

我简直大为恼火。他做出一副怪相，看来是生气了，倒不是因为我大声叫嚷，而是因为我认为没有逮捕他的理由。

"在我们这个时代，谁能知道他会因何被捕呢？"他神秘地叽咕道，我心里闪过了一个怪诞的、极其荒唐的想法。

"斯捷潘·特罗菲莫维奇，我是您的朋友，一个真正的朋友，请告诉我吧，我是决不会出卖您的：您是不是某个秘密团体的成员？"

令我惊奇的是，他居然不能肯定他是否加入了某个秘密团体。

"那要看怎么看了，您要明白……"

"什么'怎么看'？"

"既然你全心全意追求进步和……那么谁能说得准呢？你以为自己并没有加入，可实际上却加入了。"

"这怎么可能呢，这里的问题是：加入了还是没有加入？"

"这起因于彼得堡，当时我和她想创办一个刊物。根源就在这里。那时我们溜了，他们也把我们忘了，现在却又想了起来。亲爱的，亲爱的，难道您不明白！"他哀叹道，"在我们这个国家，把人抓起来塞进马车，就终身发配到西伯利亚，或者把你忘在囚室里……"

这时他突然痛哭流涕，泪如雨下。他用红绸手帕捂着眼睛哀哀哭泣，抽抽搭搭，哭了五分钟之久。我不寒而栗。这个人，二十年来始终向我们发布预言，是我们的传道者、导师、德高望重的长者，是我们的库科利尼克①，那么崇高而庄严地凌驾于我们大家之上，我们由衷地崇拜他并引以为荣，而此刻他竟哭呀，哭呀，仿佛淘了气的幼童

---

① 库科利尼克（1809—1868），俄国作家，写有很多维护宗教和专制的剧本、小说和诗歌。

在等着老师派人拿树条来抽他。我好可怜他。显然，他相信他会被人"塞进马车"，就像相信我坐在他旁边一样，并且等着马车就在这个早晨，就在此刻马上就到，而这一切仅仅是因为赫尔岑的著作和他的什么叙事诗！对日常现实这样全然无知既令人感慨又有点儿可恶。

他终于止住哭声，从沙发上站起来，又在房间里踱起步来，一面继续与我交谈，但时而看看窗外，倾听前厅的动静。我们的谈话是不连贯的。我的一切宽慰都像豆子碰在墙上。他不大听得进去，然而又迫切地需要我去安慰他，不停地讲宽慰的话。我看出他这时离不开我，决不会放我走。我留下了，陪他坐了两个多小时。谈话时他想起布柳姆拿走了在他这里发现的两张传单。

"传单！"我不明就里，大吃一惊，"难道您……"

"嗨，有人偷偷地给我塞了十张，"他恼怒地回答道（他同我谈话，时而恼怒而高傲，时而如怨如诉，低声下气），"不过我已经处理了八张，布柳姆只拿到两张……"

突然他气得面红耳赤。

"您把我与那些小人相提并论！难道您认为，我会与这帮无赖为伍，与栽赃的丑类，与我的儿子彼得·斯捷潘诺维奇为伍，与那些鼓吹卑鄙勾当的家伙！啊，天哪！"

"得，该不是把您错当成别的什么人了吧……不过，废话，不可能啊！"我指出道。

"知道吗，"他突然脱口而出，"有时我觉得，我会在那里闹出什么丑闻。啊，别走，别把我一个人丢下！我的生命之路今天走到头了，我感觉得到。我，知道吗，我，也许，会在那里扑到谁身上咬他一口，就像那个少尉……"

他用怪怪的眼神瞧了瞧我，那是恐惧而又似乎想使别人也感到恐惧的眼神。随着时间流逝而"马车"并未出现，他确实越来越因为什么人和事而懊丧，甚至恼怒。突然，有事从厨房走进前厅的娜斯塔霞碰倒了衣架。斯捷潘·特罗菲莫维奇哆嗦起来，面如死灰地僵立原地；可是事情弄清楚以后，他几乎是对娜斯塔霞厉声尖叫，双脚直蹦地把她赶回了厨房。过了片刻，他绝望地看着我说道：

"我完啦！亲爱的，"他突然坐到我身边，可怜巴巴地凝视着我的眼睛，"亲爱的，我不怕西伯利亚，向您起誓，啊，我向您起誓（甚至双目含泪），我怕的是别的……"

我看他的神气已经料到，他终于要告诉我一件非同寻常的事情了。就是说，这件事是他至今一直忍着不愿说的。

"我怕的是蒙受耻辱。"他神秘地低声说道。

"什么耻辱？恰恰相反！相信我吧，斯捷潘·特罗菲莫维奇，这一切今天就会得到澄清，而且结局是有利于您的……"

"您那么相信，我会得到宽恕？"

"什么'宽恕'！从何说起嘛！您干了什么啦？我告诉您吧，您什么也没有干过！"

"您这是什么意思；我的一生都是……亲爱的……他们会把老底都翻出来的……要是他们找不到什么把柄，那就**更糟**，"突然他出人意外地补了一句。

"怎么会更糟呢？"

"更糟。"

"我不明白。"

"我的朋友，我的朋友，大不了是去西伯利亚，去阿尔汉格尔斯克，被剥夺政治权利——玩完就玩完吧！可是……我害怕另一件事（又是低声细语、神色恐慌、神秘兮兮）。"

"究竟怕什么呢？"

"挨鞭子。"他说，惶恐不安地望着我。

"谁鞭打您？在哪里？为什么？"我叫道，我大吃一惊，怕他是疯了。

"在哪里，嘿，就在……鞭打人的地方。"

"究竟在哪里鞭打人呢？"

"哎，亲爱的，"他几乎凑到我耳边低语道，"您脚下的地板突然裂开，您半截身子掉了下去……这尽人皆知啊。"

"鬼话！"我恍然大悟地叫道，"陈腐的鬼话，难道您到现在还相信？"我不禁哈哈大笑。

"鬼话！这些鬼话总不是空穴来风吧；挨了鞭子的人是不会说的。这情景在我的想象中出现了一万次啦！"

"可您，为什么您会挨鞭子呢？您不是什么也不曾干过吗？"

"更糟，一旦发现我什么也不曾干过，就会抽我一顿鞭子。"

"而且您确信，然后就把您押往彼得堡！"

"我的朋友啊，我已经说过，我什么也不在乎，我的生命之路走到头了。从她在斯克沃列什尼基与我诀别的那一刻起，我就不吝惜生命了……然而耻辱，耻辱呢，她要是知道了，她会怎么说？"

他绝望地抬眼看了看我，这个可怜的人脸涨得通红。我也低下了眼睛。

"她什么也不会知道，因为您什么事也不会有。我仿佛是第一次与您谈话呢，斯捷潘·特罗菲莫维奇，这个早晨您让我多么惊讶啊。"

"我的朋友，我并不是害怕。就算他们宽恕我，就算他们再把我送回来，而且不加任何惩处，我也完了。她会怀疑我一辈子啊……而我，我，一位诗人，思想家，一个二十二年来被她奉若神明的人！"

"她不会那样的。"

"会的，"他十分肯定地低语道，"我和她在彼得堡曾几次谈到这一点，那是大斋日，在动身离开之前，当时我俩都担惊受怕……她会怀疑我一辈子啊……怎样才能使她释然呢？说起来令人难以置信。而且在这小城里又有谁会相信，这不像是真实的啊……何况女人们……她该高兴了。她会很伤心，作为真正的朋友，她会由衷地感到很伤心，但暗地里会高兴……我使她永远有了对付我的武器。啊，我的一生完啦！与她美满幸福地相处了二十年……可现在！"

他双手捂住了脸。

"斯捷潘·特罗菲莫维奇，您是不是马上把所发生的事通知瓦尔瓦拉·彼特罗夫娜？"我提议道。

"上帝保佑！"他哆嗦了一下，从座位上跳了起来，"决不，永远不，既然她在斯克沃列什尼基与我诀别时说了那番话，永——远——不！"

他两眼闪着光芒。

我想，我们又坐了一个小时或更多，一直等待着什么，——他有了那样的想法嘛。他重新躺下，还闭上眼睛，躺了有二十分钟，一言不发，我甚至以为他睡着了或在沉思。突然他猛地抬起身来，从头上扯下毛巾，从沙发上跳起来冲到镜子跟前，用颤抖的双手打了领结，声若雷鸣地呼唤娜斯塔霞，吩咐她把大衣、新礼帽和手杖递过去。

"我忍无可忍了，"他声嘶力竭地说道，"不行，不行！我亲自去。"

"去哪儿？"我也跳了起来。

"去见列姆布克。亲爱的，我应当去，必须去。我责无旁贷。我是公民，是人，不是木头，我有权利，我要行使自己的权利，二十年来我没有行使我的权利，毕生都不能容忍地忽视了它，但现在我要求维护它。他应当对我说明一切，一切。他是接到了电报。他无权折磨我，要么逮捕我，逮捕我，逮捕我吧！"

他有点儿凄厉地叫道，还跺着脚。

"我赞成，"我故意尽可能平静地说道，尽管很为他担心。"确实，这比闷坐在这里要好，不过我不赞成您带着这种情绪；您看看，您像什么样子，怎么能到那里去呢。同列姆布克打交道必须保持尊严和镇静。真的，您现在会冲上去咬谁一口。"

"我自己送上门去。我要直入虎口……"

"我也跟您去。"

"这正是我所期待于您的，我接受您的牺牲，一个真正的朋友的牺牲，然而到门前为止，只到门前：您不应当，没有理由再因为同我的交往而败坏自己的名声了。啊，相信我吧，我会保持镇静的！我意识到我此刻要多么崇高有多么崇高……"

"也许我还同您进屋去呢，"我打断了他的话，"昨天他们那个愚蠢的委员会让维索茨基通知我，说他们想到了我，邀请我参加明天的盛会，充当干事，或者叫作……是六个年轻人之一，都负责照料杯盘，伺候女宾，引导来宾入座，左肩披一条红白两色的绦带。我本想拒绝，可现在我为什么不能进屋去呢，借口就是要同尤莉娅·米海洛夫娜本人谈一谈……这样我就能与您一起进去了。"

他一面听着一面点头，但似乎什么也没有听明白。我们当时是站在门口。

"亲爱的，"他向屋角的长明灯伸着手说道，"亲爱的，我从来不信这些，不过……随它去吧，随它去！（他在胸前画了十字。）走吧！"

我们走到台阶上时，我想："嗯，这样要好些，一路上新鲜空气对他有好处，我们会平静下来，于是回家，安然就寝……"

但我这是一厢情愿。半路上偏偏发生了一个意外，它使斯捷潘特罗菲莫维奇更加震惊而且终于决定了他的动向……说实话，我不曾料到我们的这位朋友在那天早晨所表现的那份机灵劲儿。可怜的朋友，亲密的朋友！

第二章　海盗。不祥的早晨

一

　　我们在路上碰上了令人惊讶的奇遇。不过得从头说起。在我和斯捷潘·特罗菲莫维奇出门之前的一个小时，有一群人在城里走过，很多人都曾好奇地注意到。他们是什皮古林工厂的工人，大约有七十人，也许更多。他们神态庄重，几乎默然无语，秩序井然。后来听说，这七十人是该厂近九百名工人推选出来去见省长的，他们请求省长主持公道，因为老板不在，该厂经理在关闭工厂，解雇工人时公然克扣全体工人的工资——这一事实现在已无可置疑。有些人至今反对推选的说法，认定以七十人之众不可能是推举出来的，这群人不过是受害最深，因而只是来为自己申诉，所以后来大肆喧嚷的所谓全厂总"暴动"完全是无中生有。还有一些人狂热地宣称，这七十人不是一般的暴动者，而完全是有政治图谋的暴动分子，就是说，他们既是最狂暴的，又加之受到了暗中散发的传单的鼓动。总之，他们是否受到什么人的影响和唆使，至今无从确知。我个人的看法是，暗中散发的传单工人根本就没有看过，即使看了，也不会明白其中的片言只字，哪怕就因为传单的起草者虽然行文毫不隐讳，却写得极其含混，令人费解。但是，既然工人们确实陷入困境，而他们投诉的警方又不愿受理他们的冤屈，那么他们最自然不过的想法岂不就是成群结队地去见"大人本人"，如果可以，甚至头顶诉状，循规蹈矩地列队于他的门前，只等他一露面，就把他视若神明，全体跪地喊冤？依我之见，这

里既不需要暴动，甚至也不需要有代表，因为这是历史上自古有之的一种老办法；俄国老百姓历来喜欢与"大人本人"对话，其实仅仅是乐于此道，甚至不在乎这种对话会有什么结果。

因此我完全相信，尽管彼得·斯捷潘诺维奇，利普京，也许还有别的什么人，甚至还可能有费季卡，事先曾在工人中窜来窜去（因为确有相当可靠的证据可以证实这一情况），并且与他们谈过话，但大概只同两三个，最多五个人谈过，仅仅是进行试探，而且我深信谈话是毫无效果的。至于暴动，那么工人们对他们的宣传即使有所领会，也必定立即不再听下去，觉得那是愚蠢而完全不合时宜的。费季卡情况不同，他似乎比彼得·斯捷潘诺维奇幸运些。此后过了三天，城里发生了一场大火，现已查明，确有两名原来的工人曾与费季卡一起参与纵火，后来，又过了一个月，在县城里又有三名原来的工人因纵火抢劫而被捕。但如果说费季卡真的趁机诱使他们投入了直接行动，那也只有这五个人，因为并未听说其他工人有过类似活动。

无论如何，工人们终于成群涌到了省长官邸前的广场，循规蹈矩、默默无言地列成队伍。然后就张着大嘴呆望着门廊，开始等待。我听说，他们一站好就摘下了帽子，那可能是在省长到达的半小时之前，当时他偏偏不在官邸。警察马上赶到了，开始是零星出现，后来就尽可能大批出动；当然，他们威严地命令工人解散。但是工人们却像走到了栅栏跟前的羊群一样执拗起来，还简单明了地回答说，他们要见"大人本人"；那坚定的决心是显而易见的。装腔作势的吆喝中止了；随之而来的是沉思，是神秘的低声指示，是使长官们愁眉蹙额的忧心忡忡。警察局长宁肯等候冯·列姆布克亲临。说什么他乘着三套马车全速赶到，还说他下车伊始就打起人来，这都是无稽之谈。他确实常常喜欢乘着这辆后部漆成黄色的轻便马车飞驰，而且随着"被放纵的拉边套的马"越来越疯狂而使沿街的商人全都赞叹不已，他就在车上站得笔挺，紧靠着一侧特意安装的皮带，宛如一尊纪念像把右手伸向空中，于是就这样巡视市容。但这一次他可没有打人，虽然飞身下车时不免骂了粗话，不过这样做也仅仅是为了不致有失声威。至于说调来了端刺刀的士兵，还向某处发了电报，通知派遣炮兵和哥萨克部队，更是无稽之谈，这种神话如今连捏造者本人也不信了。说到曾运来消防水桶向老百姓身上泼水，也是瞎扯。其实是伊利亚·伊利伊奇冲动起来，嚷着说，谁也别想出水不湿鞋①；大概水桶之说就是由此而来，还载入了首都各报的报道。最可靠的说法想必是，最初碰巧在场的警察全体奉命将群众包围起来，而第一区警察所长则被派去向列姆布克报信，他就乘着警察局长的轻便马车动身前往斯克沃列什尼基，因为知道冯·列姆布克大约在半小时前乘着他的带弹簧的四轮马车到那里去了……

　　可是说实话，我还是有一个无法解释的问题：怎么会从一开始马上就把一群无足轻重的，就是说普通的请愿者——不错，是有七十个人——说成是心腹之患的暴动呢？为什么二十分钟后冯·列姆布克紧随信使一到达就抓住这个想法不放呢？据我推测（不过这也是个人的看法），作为经理朋友的伊利亚·伊利伊奇，带着这种倾向向冯·列姆布克汇报群众的情况甚至有利，其目的就是使他不致认真审案；而促使他这样做的正是列姆布克本人。最近两天他同他有过两次机密而紧急的谈话，不过含糊其辞，然而伊利亚·伊利伊奇从这些谈话中还是注意到，首长死抱着关于传单、关于有人唆使什皮古林工厂工人举行社会暴动的想法，而且他那样固执己见，倘若唆使暴动被查明是无稽之谈，说不定反而会惘然若失。我们这位狡猾的伊利亚·伊利伊奇在离开冯·列姆布克时想道："他想在彼得堡邀功请赏哩，行，这对我们来说是正中下怀。"

　　但我深信，可怜的安德列·安东诺维奇即使为了自己邀功，也不会希望有暴动。他是一名极其忠于职守的官员，结婚前始终是清清白白的。四十岁的公爵小姐使他失去了一份清白的薪俸和一位同样清白的明亨姑娘，而把他抬举到与自己相同的社会地位，这难道是他的错

---

① 意为谁也脱不了干系，谁也逃脱不了惩罚。

吗？我几乎可以肯定，就是在这个不祥的早晨出现了一种精神状态的最初的明显迹象，据说，正是这种精神状态使可怜的安德列·安东诺维奇住进了瑞士的那个著名的特殊机构，目前他似乎正在那里养精蓄锐。但如果假定正是在这天早晨暴露了**某种**明显的事实的话，那么在我看来很可以设想，类似事实的表现早在前一天可能就已经发生了，虽然还不那么明显。我知道，根据最隐秘的传闻（您不妨推测，是尤莉娅·米海洛夫娜后来亲自把这个故事的部分情况告诉了我，这时她已不是扬扬得意，而是**几乎**有了悔意——因为女人是永远不会**完全**后悔的）我知道，安德列·安东诺维奇前一天曾去见过自己的夫人，那时已是深夜，凌晨两点多了，他把她叫醒，要求她听取"自己的最后通牒"。他的要求是如此坚决，以至她不得不从床上起来，怒气冲冲，还带着卷发纸呢，她舒舒服服地在沙发床上坐下，尽管满怀嘲讽和轻蔑，总算愿意听一听。这时她才第一次明白，她的安德列·安东诺维奇的想法多么离谱，暗自大吃一惊。她总该有所醒悟而随和一些啊，可是她却掩饰自己的惊恐，比先前更加执拗起来。她（似乎每一位夫人都一样）自有对付安德列·安东诺维奇的办法，这是一再经过考验而且一再使他愤激如狂的办法。这个办法就是轻蔑地沉默，沉默一个小时，两个小时，一个昼夜，甚至三个昼夜，——无论如何就是沉默，不管他在那里说什么，不管他做什么，即使他爬到窗口要从三楼跳下去也罢，——这个办法是一个多愁善感的人所无法忍受的！或许尤莉娅·米海洛夫娜是因为他近来的失误，因为他作为省长强烈忌妒她的行政才能而要惩罚夫君；或许是他批评她在青年们以及我们这一伙人之中的行为而不理解她那微妙而高瞻远瞩的政治目的使她感到愤慨；或许是因为他对彼得·斯捷潘诺维奇的愚蠢、无聊的醋意而生气，——不论怎样，反正她此刻也决心毫不退让，尽管已是深夜三点，尽管安德列·安东诺维奇的激愤为她前所未见。他在她小客厅的地毯上踱来踱去，四处走动，向她倾诉了一切，一切，不错，说得语无伦次，然而倾诉了**一切**郁积，因为这一切都"太过分了"。他首先说到人人都在嘲笑他，而且"牵着他的鼻子走"①。"我才不在乎您的表情呢！"他一发觉她在笑就尖声叫道，"我是说了'牵着鼻子'，但这是实情！……"

"不，太太，是时候了；您要明白，现在顾不上说笑，也顾不上女性的撒娇卖俏。我们不是在扭扭捏捏的太太小姐的小客厅里，而是作为两个抽象的生物在一个气球上，为了说出实情而相见。"（当然他在乱说一气，没有找到正确的表达方式，不过他的想法还是对的。）

"是您，您，太太，使我脱离了原来的处境，我接受这个职务仅仅是为了您，为了您的虚荣心……您在含讥带讽地笑？别得意，别急。您要明白，太太，要明白，我是有能力、有把握胜任这个职务的，而且不只是这个职务，十个这样的职务我也能胜任，因为我有才干；可是同您在一起，在您身边，就不能胜任了；因为我在您身边就没有才干了。有两个中心是不行的，而您却搞出了两个——一个在我这儿，另一个在您的小客厅里——两个权力中心，太太，但这是我所不允许的，不允许！！在公务上，正如在夫妻关系上一样，只有一个中心，不能有两个……您是怎样报答我的呢？"他接着叫道，"我们的夫妻关系就是您经常、每时每刻向我证明，我渺小、愚蠢，甚至卑鄙，而且我经常、每时每刻不得不有失体面地向您证明，我并不渺小，决不愚蠢，而我的高尚品格使人惊叹，——这岂不是使我们双方都有失体面吗？"这时他常常在地毯上急剧地双脚直蹦，以至尤莉娅·米海洛夫娜不得不威严地欠起身来。他很快地平静了，却又伤感起来，不禁捶胸痛哭（是的，痛哭），差不多哭了有五分钟，由于尤莉娅·米海洛夫娜不哼不哈而越来越怒不可遏。最后他犯了个致命的错误，他说漏了嘴，说他忌妒她和彼得·斯捷潘诺维奇的私情。他意识到这下子说得糊涂透顶，更加恼羞成怒，大叫道："决不允许不信上帝"；他要解散她那"没有信仰的肆无忌惮的沙龙"；省长甚至是必须信仰上帝，"因此他的妻子也必须信仰"；对年轻人他无法容忍；"您，您，太太，本当为了自己的尊严而关心丈夫，维护他的聪明才智，即

---

① 意译为欺骗他，愚弄他。

使他才具平庸（而我决非平庸之辈！），可是这里人人轻视我，其根源恰恰是您，他们的这种思想情绪正是您的影响所致！……"他叫嚷道，他要取消妇女问题，驱散这股乌烟瘴气，为家庭女教师（让她们见鬼去吧！）募捐的荒唐集会他明天就予以禁止，加以解散；不管哪个家庭女教师，他明天早晨一碰上就把她逐出省境，"派哥萨克兵押送，太太！""偏偏这样，偏偏这样！"他尖声叫道，"知道吗，知道吗？"他叫道，"您的那些混蛋在工厂里暗中鼓动工人，而且我已经了解到了。知道吗，他们在有目的地散发传单，是有一目一的一的，太太！知道吗，我已经了解到四个混蛋的名字，我要疯了，完全疯了，完全疯了啊！！！……"但这时尤莉娅·米海洛夫娜突然打破沉默，严正声明，她本人早已知道这些罪恶的图谋，这一切都不足为患，而他是太认真了，至于那些捣蛋的家伙，她不但知道那四个，而且知道他们所有的人（她撒了谎）；但她决不想因此而发疯，恰恰相反，她更相信自己的智慧了，希望把一切都引导到一个和谐的结局，就是鼓舞青年，开导青年，突然出人意外地向他们证明，他们的图谋已经暴露，然后再向他们指出新的目标，让他们去从事明智的、更加高尚的活动。啊，此刻的安德列·安东诺维奇是怎样的心情啊！得知彼得·斯捷潘诺维奇又哄骗了他，而且那样恶劣地戏弄他，竟然向她揭露得更多也更早，最后，也许彼得·斯捷潘诺维奇本人就是一切罪恶计划的主谋，——他愤怒至极。"你要知道，你这个糊涂却又恶毒的女人，"他不顾一切地叫道，"你要知道，我马上就逮捕你那个卑鄙的情夫，让他戴上镣铐，送进监狱或者——或者我立即当着你的面从窗口跳下去！"听了这段激昂的独白，尤莉娅·米海洛夫娜恼怒得面色铁青，当即爆发了一阵大笑，笑声悠长、响亮，抑扬婉转，时强时弱，恰似在法兰西剧院一位以十万巨款应聘的巴黎女伶在扮演卖弄风情的女人，当面嘲笑那个胆敢对她含酸吃醋的丈夫。冯·列姆布克向窗口奔去，突然却一动不动地站住了，他面如死灰，双手交叉在胸前，以灾难临头的戚然的目光看了看笑着的女人。"你知道吗，你知道吗，尤莉娅……"他以哀求的声音气急败坏地说道，"你知道吗？

我也可能做出什么事来的啊。"话音刚落，只听又爆发了更猛烈的一阵大笑，他一咬牙，呻吟起来，猛地奔了过去——不是冲向窗口，而是扑到自己的夫人跟前，向她举起了拳头！拳头没有落下，——没有，三次举起而没有落下，却突然就地消失了。他脚不沾地跑到自己的书房，就那样穿着衣服，纵身扑到为他铺好的床上，痉挛地拉被单把自己连头蒙上，躺了两个小时，——没有入睡，没有思虑，心头像压着一块石头，满怀木然而无奈的绝望。有时他浑身发抖，掠过痛苦的、神经质的战栗。他回忆起一些零乱的不相干的事情。例如，有时他想到十五年前他在彼得堡的那个掉了分针的挂钟；有时想起生性快乐的官员米尔布阿，有一次他俩在亚历山德罗夫公园捉了一只麻雀，捉住了才想到，他俩已经有一个是八等文官了，笑得整个公园都听得见。我想，他是在早晨七点左右入睡的，不觉睡得那么酣畅，美梦连连。近十时醒来，他突然惊慌地从床上一跃而起，一下子回忆起了全部情况，猛地一拍脑门，早餐也好，布柳姆也好，警察局长也好，前来提醒他与会者等着他当天上午去主持会议的官员也好，他一概不予理会，他什么也听不进去也不想听，而是疯子似的向尤莉娅·米海洛夫娜的居室奔去。到了那里，久已在尤莉娅·米海洛夫娜处生活、出身贵族的索菲娅·安特罗波夫娜老太太向他详细说明，夫人在十点钟就与一大群人分乘三辆马车动身到瓦尔瓦拉·彼特罗夫娜·斯塔夫罗金娜的斯克沃列什尼基庄园去了，要察看一下那个地方，为的是拟议中的未来的盛会，这是第二次盛会了，两周后举行，还说这是三天前就与瓦尔瓦拉·彼特罗夫娜本人约定的。听了这个消息，安德列·安东诺维奇大吃一惊，他回到书房，急忙吩咐带马。甚至迫不及待。他非常想念尤莉娅·米海洛夫娜，——只是要看看，在她身边待上五分钟；也许她会看他一眼，注意到他，像往常一样莞尔而笑，原谅他——啊——！"怎么马还没有带到？"他机械地翻开桌上一本厚厚的书（有时他这样用书占卜，随意把书翻开，阅读右边一页的起首三行），只见："在这个最美好的星球上一切都向好的方面发展"。伏尔泰，《老实人》。他啐了一口，跑去上了车："去斯克沃列什尼基！"车夫说，老爷一路上催促他，可是刚刚接近府邸，他突然吩咐掉头回城："快，请快一点。"还没有到城墙跟前，"他又吩咐我停车，他从车上下来，穿过道路走到田野；我想，他是有什么癖好吧，他却站住了，开始端详那些小花，就那么站了一会儿，奇怪，我真给搞糊涂了。"车夫是这样说的。我记得那个早晨的天气，那是一个寒冷、晴朗但有风的秋天；在穿过道路的安德列·安东诺维奇面前，展现了一片萧索的景象，庄稼早已收割了，田野光秃秃的；呼啸的风摇曳着那些残存而奄奄待毙的可怜的小黄花……他是想把自己和自己的命运比作遭到秋寒摧残而枯萎的小花吗？不会吧。我甚至肯定他不会，他根本就不记得什么小花，尽管车夫那样讲，尽管当时乘着警察局长的轻便马车赶到的第一区警察所长后来也证实，他的确看到首长的手里握着一束黄花。这个警察所长——狂热的官僚瓦西里·伊万诺维奇·弗利布斯捷罗夫不久前才来到我们这个城市，但已经因为特别卖力，因为在执行命令方面那种猛打猛冲的作风以及天生的懵懂显得与众不同而名噪一时。他跳下马车，看到首长的举止也丝毫不感到诧异，带着疯狂却坚定的神气马上报告，说"城里有骚乱"。

"啊？什么？"安德列·安东诺维奇神色严峻地向他转过身来，但毫不惊讶，也一点没有记起他的四轮马车和车夫，好像他是在自己的书房里。

"第一区警察所长弗利布斯捷罗夫，阁下。城里在暴动。"

"弗利布斯捷尔①？"安德列·安东诺维奇若有所思地重复了一遍。

"正是，阁下。什皮古林工厂的工人在暴动。"

"什皮古林工厂的工人！……"

提起"什皮古林工厂的工人"，他似乎想起了一点儿什么。他甚至哆嗦了一下，伸手指点着脑门："什皮古林工厂的工人！"他沉默

---

① 这个词与警察所长的姓氏谐音，仅词尾略有差异，意为海盗，省长神思恍惚，把姓氏误听为海盗。以下直接译作海盗。

着，但仍然若有所思，从容地走向四轮马车，坐下，吩咐进城。警察所长乘着轻便马车跟在后面。

我想，他一路上想起了许多很有趣的往事，形形色色，但他驶入省长官邸前面的广场时未必有什么坚定的想法或任何明确的意图。但一见到一群排成队伍、坚定地伫立着的"暴动者"，警察的包围圈，束手无策（或许是假装束手无策）的警察局长以及众人瞩目于他的期待，全身的热血就涌到了他的心脏。他面色苍白地下了车。

"脱帽！"他低沉而气急地说道，"跪下！"他出人意外地厉声叫道，这也出乎他本人的意外，也许此后事态的全部进展就包含在这个意外之中。这就像在山上欢度谢肉节；从山头飞驰而下的雪橇哪能在半山腰停下来呢？偏偏安德列·安东诺维奇性格特别开朗，从来不对任何人叫嚷或跺脚；同这样的人打交道却更危险，如果他们的雪橇偶尔不知为什么陡然从山上滑下来的话。他面前的一切都旋转起来了。

"海盗！"他更加尖厉而荒唐地号叫道，话声却中断了。他站着，还不知道他要干什么，但是他知道而且全身心地感觉到，他一定会马上就干出点儿什么来。

"天哪！"人群中传来一声感叹。一个小伙子在胸前画着十字；有三四个人的确想跪下，但是其余的人群像一个庞然大物向前移动了两三步，并且突然全都一下子嚷了起来："阁下……他们雇了一批人……那个经理……你可不能说"等等，等等。不知所云。

唉！安德列·安东诺维奇不可能进行审理：一束小花还拿在他的手里呢。他觉得暴动是无可置疑的，正如刚才对斯捷潘·特罗菲莫维奇来说，那两辆马车是无可置疑的一样。而在瞪眼看着他的"暴动"的人群之中，对他们进行"煽动"的彼得·斯捷潘诺维奇老是在他眼前晃来晃去，从昨天起这个人就一时一刻也不曾离开过他，——彼得·斯捷潘诺维奇，他所憎恶的彼得·斯捷潘诺维奇……

"拿树条抽！"他更加出人意料地叫道。

一片死一样的寂静。

根据极为准确的资料和我的推测，最初的情况就是这样。但此后资料就不那么准确了，我的推测也一样。不过，有若干事实。

　　首先，树条不知怎么很快就拿来了；显然，树条是机灵的警察局长预先准备好的。不过，受到惩罚的只有两个人，我甚至认为不会有三个；我坚持这个看法。说所有的人或至少有半数受到了惩罚，完全是臆造。一位贫穷但出身贵族的女士路过时被抓而且不知为什么立刻挨了一顿鞭子，这也是瞎说；后来我却亲自在彼得堡的一份报纸上看到了关于这位女士的报道。我们这里有很多人提到一个公墓养老院里的老婆婆阿夫多季娅·彼特罗夫娜·塔拉佩金娜，说她做客后回养老院时路过广场，出于自然的好奇心，挤进了围观的人群，目睹暴行，叫道："真不要脸！"并且啐了一口。据说警察因此顺手把她也抓了，也给了她"啪啪几鞭子"。这件事不仅上了报，人们出于一时气愤，甚至还在城里为她组织募捐。我本人就捐了二十戈比。结果呢？现在搞清楚了，我们这里压根儿就没有这样一个塔拉佩金娜老婆婆。我亲自去公墓在他们的养老院里作了调查，那里的人从未听说过什么塔拉佩金娜；不仅如此，我把传闻告诉他们，他们听了还很生气。我提起这位并不存在的阿夫多季娅·彼特罗夫娜，其实是因为斯捷潘·特罗菲莫维奇的遭遇几乎和她（如果确有其人的话）毫无二致；甚至关于塔拉佩金娜的这个荒唐的传说，也许整个儿就来源于他，就是说在以讹传讹的过程中，竟把他说成了某个塔拉佩金娜。主要的是我不明白，我和他刚到广场，他怎么就能从我身边溜走了。我因为有一种不祥的预感，原想领他绕过广场，直奔省长官邸的台阶，可是我也感到好奇，只驻足片刻，向第一个碰到的人打听了一下情况，回头一看，斯捷潘·特罗菲莫维奇已经不在身边了。凭直觉，我马上冲到最危险的地方去找他；不知为什么，我预感到，他的雪橇也冲下了山。果然，我发现他已经置身于事态的中心。记得，我一把抓住了他的手；可他却平静而傲然地瞥了我一眼，以强有力的权威口气说道：

　　"亲爱的，"他说，声音里仿佛有一条绷得太紧的弦在颤抖。"既然他们在这里，在广场上，当着我们的面竟敢如此放肆，那么比如**这个家伙**什么事干不出来呢……倘若他有机会一意孤行的话。"

他气得发抖，渴望挑战，他气势汹汹地伸出责难的手指，直指站在两步之内瞪着我们的弗利布斯捷罗夫。

"**这个家伙！**"弗利布斯捷罗夫气得两眼发黑，叫道，"什么这个家伙？你是什么人？"他握紧拳头逼近了一步，"你是什么人？"他疯狂、痛苦而声嘶力竭地号叫道（我要指出，他对斯捷潘·特罗菲莫维奇的面貌是很熟悉的）。当然，转眼间他就会抓住他的衣领；但幸而列姆布克听到叫声转过头来。他困惑地，然而仔细地看了看斯捷潘·特罗菲莫维奇，若有所思，突然他急忙摇起手来。弗利布斯捷罗夫泄了气。我把斯捷潘·特罗菲莫维奇拖出了人群。不过，也许他自己这时也想撤退了。

"回家吧，回家，"我坚持道。"我们没有挨揍，当然是多亏列姆布克。"

"您走吧，我的朋友，我把您卷进来是我的过错。您有您的未来和前程，而我——我的末日到了。"

我坚定地踏上了省长官邸的台阶。门房是认识我的；我说明我俩要见尤莉娅·米海洛夫娜。我们在客厅里坐下来等候。我不愿丢下自己的朋友，但觉得对他多说也是无益。他一副为国赴死的神气。我们没有坐在一起，而是各自坐在不同的角落，我离门口较近，他远远地坐在对面，低着头若有所思，双手略微扶着手杖，左手拿着他的那顶宽檐礼帽。我们这样坐了约莫十分钟。

二

突然，列姆布克在警察局长的陪同下大步流星地走了进来，他心不在焉地看看我们，没有留意，想向右拐进书房，但斯捷潘·特罗菲莫维奇站到他面前挡住了去路。斯捷潘·特罗菲莫维奇那与众不同的颀长身材发生了影响；列姆布克止住了脚步。

"这是什么人？"他惶惑地嘟哝道，似乎在询问警察局长，但并没有向他转过头来，而是继续打量着斯捷潘·特罗菲莫维奇。

"退职八等文官斯捷潘·特罗菲莫维奇·韦尔霍文斯基，阁下。"斯捷潘·特罗菲莫维奇庄重地俯首答道。省长继续瞅着他，不过那眼神是茫然的。

"什么事？"他随即打着官腔简洁地问道，嫌恶而不耐烦地把耳朵凑向斯捷潘·特罗菲莫维奇，终于把他当作一个带着什么诉状的一般申诉人了。

"今天我的家遭到一名官员的搜查，他是以您的名义采取行动的；因此我希望……"

"姓名？姓名？"列姆布克不耐烦地问道，仿佛突然想起了什么。斯捷潘·特罗菲莫维奇更加庄重地再一次报上了自己的姓名。

"啊——！这……这就是那个温床……阁下，您已经表明您的立场是……您是一位教授吧？教授？"

"我曾有幸给某大学的青年人讲过几节课。"

"青——年人！"列姆布克似乎颤动了一下，但我敢打赌，他还不大明白谈的是什么，甚或不大明白在同谁谈话。"阁下，这是我不能容许的，先生，"他陡地勃然大怒，"我决不容许青年人……这全都是宣传。这是攻击社会，阁下，是海上袭击，海盗行为……请问您有什么要求？"

"恰恰相反，是您的夫人要求我明天在她举办的一次盛会上朗诵。我并不是要求什么，而是来维护我的权利……"

"盛会？盛会不会有了。你们的盛会我予以取缔，先生！讲课？讲课？"他狂叫道。

"我很希望，您同我谈话要更有礼貌一点，阁下，不要跺脚，也不要对我大喊大叫，像对孩子一样。"

"您也许明白您是在同谁讲话吧？"列姆布克脸红了。

"完全明白，阁下。"

"我挺身捍卫社会，而您在破坏。破——坏！您……不过，我想起来了，您是在将军夫人斯塔夫罗金娜家里当过家庭教师吧？"

"是的，我当过……家庭教师……在将军夫人斯塔夫罗金娜家里。"

"二十年来您是目前一切积弊的温床……一切后果……刚才我好像在广场上看到过您。您可要当心哪，阁下，要当心；您的思想倾向是众所周知的。请相信，我注意到了。阁下，我不能允许您讲课，不能，先生。不要来向我提这种要求。"

他又想走过去。

"我再说一遍，您误会了，阁下。您的夫人不是要求我讲课，而是在明天的盛会上朗诵作品。但现在我本人也要拒绝朗诵。若有可能，我恳请阁下向我作出解释：我怎么会遭到今天的搜查，是什么理由，什么原因？我的一些书籍、文件以及我所珍惜的私人信件被没收了，而且用独轮手推车装着招摇过市……"

"是谁搜查的？"列姆布克一激灵，完全清醒了过来，蓦地满脸通红。他迅速地冲着警察局长转过身来。就在这时门口出现了布柳姆拱腰缩背的、长长的、笨拙的身影。

"就是这个官员。"斯捷潘·特罗菲莫维奇向他一指。布柳姆向前走了一步，一副虽然有愧，但决不服气的架势。

"您净干蠢事，"列姆布克又气又恨地冲他说道，突然仿佛形容大变，一下子彻底清醒了过来。"对不起……"他局促不安地喃喃道，脸涨得红极了。"这一切，这一切大概只是失误、误会……只是误会。"

"阁下，"斯捷潘·特罗菲莫维奇说道，"我年轻时曾目睹一件很典型的事情。有一次在剧院的走廊里，有人迅速走到另一个人跟前，当众给了他一个响亮的耳光。他马上看清楚了，挨打的并不是他想赏以耳光的那张脸，而完全是另一张脸，只是有点儿相像而已，于是就像一个没有工夫浪费宝贵时间的人那样悻悻地匆匆说了几句话，与阁下现在所说的一丝不差：'我搞错了……对不起，这是误会，只是误会。'而当那个受到侮辱的人仍然愤愤不平地叫起来时，他非常气愤地说：'我对您说了嘛，这是误会，您干吗还要嚷嚷！'"

"这……当然，这是很可笑的……"列姆布克苦笑道，"可是……可是难道您没有看到，我本人是多么不幸吗？"

他几乎是感慨地大叫，而且……而且似乎想用双手蒙住自己的脸。

这出人意外的痛苦的慨叹，几乎就像号哭，是叫人受不了的。也许，从昨天起，这时他才第一次完全地、明明白白地意识到了所发生的一切，随即是绝望，彻底的、有辱尊严的、毫不掩饰的绝望；谁知道呢，再有一会儿，他也许就会失声痛哭。斯捷潘·特罗菲莫维奇起初惊慌地看看他，然后突然低下头来，十分动情地说道：

"阁下，请不要再为我的不近人情的抱怨而烦恼啦，只要吩咐一下，把我的书籍、信件归还给我……"

他的话被打断了。就在这时，尤莉娅·米海洛夫娜和追随她的那一帮人闹哄哄地回来了。不过，在这里我想作一番尽可能细致的描述。

三

首先，所有那些分乘三辆马车的人是大伙儿一拥而入，进了客厅。通往尤莉娅·米海洛夫娜的内室有一条单独的通道，直接从门廊向左拐；但这一次大家都取道客厅，我认为就是因为斯捷潘·特罗菲莫维奇在客厅里，而且他和什皮古林工厂的工人们的全部遭遇，尤莉娅·米海洛夫娜在进城时已尽悉无遗。及时报告消息的是利亚姆申，他由于什么过失而被留在家里，未能同行，因而最早获悉详情。他幸灾乐祸地急忙跨上一匹租来的哥萨克驽马，沿着去斯克沃列什尼基的大路迎向归途中的车队，要去通报这些可乐的新闻。我想，尤莉娅·米海洛夫娜尽管极有决断，听到这样的奇闻毕竟有点儿感到尴尬；不过，那大概也只是转瞬间的事。问题的政治方面，比如说，是不会使她犯愁的，因为彼得·斯捷潘诺维奇已再三向她暗示，对什皮古林工厂的暴徒们应当挨个儿抽一顿鞭子，而一个时期来彼得·斯捷潘诺维奇在她的心目中确已成为权威。"可是……他终究要为此而给我付出代价，"想必她是暗自这样想的，而且所谓"他"当然是指她的丈夫。我要顺便指出一点，这次彼得·斯捷潘诺维奇偏偏也没有与大伙儿同行，而且从一早起就哪里也没有人见到过他。我还要顺便提一提，瓦尔瓦拉·彼特罗夫娜在家里接待客人以后，也与他们一起回到了城里（与尤莉娅·米海洛夫娜同乘一辆马车），目的是一定要参加委员会关于翌日盛会的最后一次会议。她当然会对利亚姆申所说的关于斯捷潘·特罗菲莫维奇的消息感到关切，也许还会感到激动。

对安德列·安东诺维奇的还击立即开始了。唉，他一眼瞧见自己那位出色的夫人就感觉到了。她以热诚的态度，带着迷人的微笑，迅速来到斯捷潘·特罗菲莫维奇面前，向他伸出细心保养的小手，极力恭维，殷殷致意，——仿佛这天早晨她所关心的只是要快点儿亲切地向斯捷潘·特罗菲莫维奇趋前问好，就因为她终于能在自己的家里见到他了。对早晨的搜查一字不提；就好像她还一无所知。对丈夫一言不发，也不朝他看一眼，——仿佛客厅里就没有这个人。不仅如此，她立即独占了斯捷潘·特罗菲莫维奇，把他领进了会客室，——好像他与列姆布克没有任何交涉，而且即使有，也不值得继续下去。我再重复一遍：我觉得，尽管尤莉娅·米海洛夫娜风度高雅，但这一回她又铸成了大错。卡尔马津诺夫更是给她帮了倒忙（他应尤莉娅·米海洛夫娜的特邀，参加了这次出游，因而虽然是间接地，但终于拜访了瓦尔瓦拉·彼特罗夫娜，而她由于缺乏坚定性，竟喜不自胜）。还在门口（他最后进来），一见斯捷潘·特罗菲莫维奇他就大叫起来，冲过去同他拥抱，甚至打断了尤莉娅·米海洛夫娜的话。

"多少年，多少春秋！可终于……尊敬的朋友。"

他开始亲吻，当然，只是把面颊凑上去。措手不及的斯捷潘·特罗菲莫维奇只得在他的面颊上吻一下。

"亲爱的，"傍晚，他在回忆当天的事情时对我说道。"当时我想的是：我和他谁更卑鄙？是为了当场折辱我而拥抱我的他呢，还是鄙夷他这个人和他的面颊，却还是当即吻它的我，而我是可以掉头不理的……呸！”

“您就谈谈吧，谈谈一切。”卡尔马津诺夫缓缓地、拿腔拿调地说道，仿佛可以把二十五年的全部生活一下子都告诉他。但这种缺心眼儿的浮夸是符合“高雅”风度的。

“请想一想，我和您最后一次见面，是在欢迎格拉诺夫斯基的宴会上，从那时起已经过去二十四年了……”斯捷潘·特罗菲莫维奇通情达理地（因而是大大地有违高雅的风度）开始说道。

“最亲爱的，”卡尔马津诺夫刺耳地叫叫嚷嚷，亲昵地插了进来，一只手过分友爱地搂着他的肩膀。“快把我们领到您的房间，尤莉娅·米海洛夫娜，让他在那里坐下来把一切都告诉我们。”

“可是我和这个爱激动的娘娘腔的家伙从来就不曾接近过，”就在那天晚上，斯捷潘·特罗菲莫维奇恼怒得发抖，继续向我抱怨道，“我们几乎还是青年，那时我就开始憎恨他……当然啦，他也同样憎恨我……”

尤莉娅·米海洛夫娜的沙龙很快就宾朋满座。瓦尔瓦拉·彼特罗夫娜的心情特别激动，不过竭力显得淡漠，但是我有两三次注意到了她对卡尔马津诺夫的憎恨目光和对斯捷潘·特罗菲莫维奇的愤怒目光——这是一种超前的愤怒，是出于忌妒、出于爱情的愤怒：倘若斯捷潘·特罗菲莫维奇这次有什么差错而让卡尔马津诺夫使他当众出丑，那么我觉得她就会立刻跳过去打他。我忘了说啦，莉莎也在座，我还从来没有见到她那么快乐，那么无忧无虑地满怀喜悦。不用说，马夫里基·尼古拉耶维奇也在。后来我注意到，在尤莉娅·米海洛夫娜的那一伙时常追随左右的青年妇女和几近放荡的青年男子（在他们之间放荡被看作消遣，而恶劣的玩世不恭被看作聪明）当中有两三个新的面孔混迹其间：一个偶然逗留的阿谀逢迎的波兰人，一个德国医生，体格强健的老者，时常对自己的错觉自得其乐地放声大笑，还有一个来自彼得堡的年纪轻轻的小公爵，举止僵硬，带着国家要人的庄重，小硬领高得异乎寻常。然而显而易见，尤莉娅·米海洛夫娜很看重这位来宾，甚至为自己的沙龙而感到不安……

"亲爱的卡尔马津诺夫先生,"斯捷潘·特罗菲莫维奇姿态优美地在沙发上坐下来说道,突然也拿腔拿调起来,竟比卡尔马津诺夫毫不逊色,"亲爱的卡尔马津诺夫先生,在我们过去的时代,一个有某种见解的人,他的生活即使在二十五年之间也会显得单调乏味……"

那个德国人高声地、断断续续地哈哈大笑起来,就像马在嘶鸣,显然他以为斯捷潘·特罗菲莫维奇说了什么风趣之极的笑话。后者故作惊讶地看了看他,不过这对他没有产生任何效果。公爵也看了看,他那高高的硬领整个儿地向他转了过去,还架上了夹鼻眼镜,虽然丝毫没有感到好奇。

"……会显得单调乏味,"斯捷潘·特罗菲莫维奇故意重说了一遍,尽可能长而放肆地拖着话音。"在这四分之一世纪里我的生活也是这样,因为到处都是修道士多于健全理性,还因为我对此深有同感,所以结果是,我在这四分之一世纪里……"

"关于修道士说得妙极了,"尤莉娅·米海洛夫娜转身对坐在身旁的瓦尔瓦拉·彼特罗夫娜低语道。

瓦尔瓦拉·彼特罗夫娜报以傲然的一瞥。但卡尔马津诺夫受不了那句法国话所取得的成功,急忙尖声尖气地打断了斯捷潘·特罗菲莫维奇的话。

"至于我,在这方面是满意的,我在卡尔斯鲁厄①至今已有六年多了。去年,市议会决定要铺设一条新的排水管,我心里觉得,卡尔斯鲁厄的这个排水问题比我亲爱的祖国……在这里的整个所谓的改革时期的全部问题都更为亲切而重要。"

"不得不佩服,不过这是违心的。"斯捷潘·特罗菲莫维奇叹了一口气,意味深长地低下头来。

尤莉娅·米海洛夫娜可高兴啦:谈话逐渐有了深度而且带有倾向性了。

"是污水管吧?"医生高声问道。

————————————

① 德国的一座城市。

"排水管，医生，是排水管，我当时还帮他们绘制设计图呢。"

医生丢人现眼地哈哈大笑起来。很多人也跟着笑了，这一回却是在冲着医生嘲笑，他没有觉察到，所以非常得意，因为大家都笑啦。

"请允许我向您表示异议，卡尔马津诺夫，"尤莉娅·米海洛夫娜慌忙插嘴道，"卡尔斯鲁厄姑且不谈，但您喜欢故弄玄虚，所以这回我们就不相信您的话了。在俄国人，在作家当中，是谁塑造了那么多最现代的典型人物，预见到了那么多最现代的问题，是谁恰恰指明了足以构成现代活动家典型的那些主要的现代要素呢？是您，唯有您，再没有别人了。然而您却要我们相信您对祖国漠不关心，而对卡尔斯鲁厄的排水管倒满怀兴趣！哈哈！"

"是的，我嘛，当然啦，"卡尔马津诺夫拿腔拿调地说，"通过波戈热夫这个典型表现了斯拉夫主义者的一切缺点，并通过尼科季莫夫的典型揭示了西欧派的一切缺点……"

"居然是**一切**呢。"利亚姆申悄悄地低声道。

"不过这是我捎带着做的，以便打发令人厌烦的时间，并……满足同胞们的那些令人厌烦的种种要求。"

"您想必知道，斯捷潘·特罗菲莫维奇，"尤莉娅·米海洛夫娜热情洋溢地继续说道，"明天我们将有幸听到绝妙的篇章……谢苗·叶戈罗维奇最新的优美绝伦、充满灵感的小品之一，篇名是《谢谢》。在这篇作品中他宣布，他不再从事写作了，无论如何也不写了，即使天上的安琪儿或者不如说整个上流社会都来央求他改变主意也罢。总之，他从此搁笔，而这篇优雅的《谢谢》是献给公众的，以感谢他们多年来始终不渝地热情欢迎他对正直的俄罗斯思想所作的持久不懈的奉献。"

尤莉娅·米海洛夫娜得意极了。

"是的，我向大家告别了：在说了我的《谢谢》以后就离开这里，而在那里……在卡尔斯鲁厄……我将长眠，"卡尔马津诺夫渐渐地动了感情。

正如我们的某些伟大作家（而我们是有很多伟大作家的），他经不起赞美，因而立刻浑身酥软起来，尽管他机智乖巧。不过我想，这是可以原谅的。据说，我们的莎士比亚之一在私下的谈话中竟贸然说道："我们这些**伟大人物**不得不如此"等等，自己还没有意识到有什么不妥。

"在那里，在卡尔斯鲁厄，我将长眠。我们这些伟大人物在完成自己的事业以后，只有快点儿合上眼睛而不求回报。我也要这样做。"

"把地址给我们吧，我一定到卡尔斯鲁厄来凭吊您的坟墓。"德国人纵声狂笑起来。

"现在铁路也承运死者了。"在那些不引人注目的年轻人之中，有人突然说道。

利亚姆申乐不可支地尖叫起来。尤莉娅·米海洛夫娜双眉紧蹙。尼古拉·斯塔夫罗金走了进来。

"听说您给抓到局子里去啦？"他首先向斯捷潘·特罗菲莫维奇高声说道。

"不，这只是**局外人**的私事。"斯捷潘·特罗菲莫维奇说了一句俏皮话。

"不过我希望，这件事丝毫不会妨碍我的请求，"尤莉娅·米海洛夫娜又接过了话茬，"我希望，尽管有了这次我至今还毫不知情的不愉快的遭遇，您还是不会辜负我的美好期望，不会剥夺我们聆听您在文学晨会上朗诵的喜悦。"

"我不知道，我……现在……"

"真的，我多么倒霉啊，瓦尔瓦拉·彼特罗夫娜……您想想看吧，正当我如此渴望尽快结识俄罗斯最卓越、最有独立见解的精英之一的时候，您瞧，斯捷潘·特罗菲莫维奇却突然有意与我们疏远。"

"溢美之词说得如此响亮，当然，我本该装作没有听见，"斯捷潘·特罗菲莫维奇一字一顿地说道，"可是我不信，区区在下竟是您明日盛会所不可或缺的人物。不过，我……"

"你们把他给宠坏啦！"彼得·斯捷潘诺维奇叫道，疾步跨进了房间。"我刚刚制服了他，却突然在一个早晨又是搜查，又是逮捕，警察还一把抓住他的衣领，而此刻，瞧，在省长的沙龙里女士们正对他曲意逢迎。现在他可高兴得飘飘然了；他是做梦也想不到这样的美事的。这一来他就要去告发社会主义者了！"

"这是不可能的，彼得·斯捷潘诺维奇。社会主义是非常伟大的思想，斯捷潘·特罗菲莫维奇不可能对此没有认识，"尤莉娅·米海洛夫娜起劲地为他辩护道。

"社会主义思想是伟大的，但其信奉者未必都是伟人，到此为止吧，我亲爱的。"斯捷潘·特罗菲莫维奇终于姿态优雅地从座位上欠身对儿子说道。

可是这时发生了最出人意外的情况。冯·列姆布克来到沙龙已经有一会儿了，但仿佛谁也没有注意到他，虽然他进来时人人都看到了。尤莉娅·米海洛夫娜余怒未消，仍然对他故意不理不睬。他站在门旁，神色严峻，阴沉地谛听着人们的谈话。一听到关于早晨事态的暗示，他就有点儿不安地扭动身子，先是紧盯着公爵，看来是惊讶于他那向前翘着的浆得笔挺的硬领；后来似乎突然一震，因为他听到了话声而且看见彼得·斯捷潘诺维奇跑了进来，而斯捷潘·特罗菲莫维奇关于社会主义者的那句箴言的话音刚落，他就突然逼近他，走过去时还撞了利亚姆申一下，后者怪模怪样、故作惊异地跳开，揉着肩膀，仿佛被撞得痛极了。

"行啦！"冯·列姆布克说道，猛地一把抓住受惊的斯捷潘·特罗菲莫维奇的一只手，而且用尽全力紧紧地攥着它。"够啦，当代的海盗都查出来了。不必多说。已经采取了措施……"

他大声说道，坚决地下了结论，满屋子都听见了。引起的印象是他有病。大家都觉得不对劲儿。我看见尤莉娅·米海洛夫娜脸都白了。最后还偏偏出了个意外。列姆布克宣布已经采取了措施以后，霍地转身，快步向门外走去，可是刚迈了两步就在地毯上绊了一下，鼻子朝前一冲，差点儿跌倒。他停了一会儿，望望绊了他的地方，喝道："换掉它"，这才走了出去。尤莉娅·米海洛夫娜赶忙跟上他。

她一走，室内就掀起了一阵喧哗，闹哄哄地叫人很难听得明白。有的说，他"心绪不佳"，有的说，他"受了刺激"。还有人用手指点点脑门；利亚姆申在一个角落里在头上竖起两根手指。人们暗示发生了某些家庭风波，当然，都是窃窃私议。谁也没有拿帽子，大家都在等着。我不知道尤莉娅·米海洛夫娜做了什么，不过五分钟之后她回来了，竭力显得镇静自若。她含糊其辞地回答说，安德列·安东诺维奇有点儿激动，不过这没有关系，他自幼就是这样，她对他的了解是"最清楚不过"的，明天的盛会，当然，会让他高兴起来。然后又对斯捷潘·特罗菲莫维奇说了几句恭维话，但仅仅是出于礼貌，她随即大声邀请委员会的委员们现在马上开会。没有参加委员会的人这时才纷纷准备回家；可是这不祥的一天的离奇故事还没有结束呢……

还是在尼古拉·弗谢沃洛多维奇进来的时候，我就发觉，莉莎迅速而专注地瞟了他一眼，后来又久久地目不转睛地看着他，时间之久终于引起了人们的注意。我看见马夫里基·尼古拉耶维奇从后面向她俯下身去，似乎要悄悄地对她说点儿什么，但他显然改变了主意，迅速直起腰来，仿佛做错了什么事，赧然环视着大家。尼古拉·弗谢沃洛多维奇也激起了人们的好奇心，他的面色异常苍白，他的目光迷离恍惚。他在进门时向斯捷潘·特罗菲莫维奇发问后，似乎立即就把他忘在脑后，而且真的，我觉得他连向女主人趋前致意也忘了。对莉莎看也不看一眼，——并非他不愿，而是因为他也根本没有注意到她，这一点我可以肯定。在尤莉娅·米海洛夫娜提出要抓紧时间召开最后一次会议之后，有一个短暂的静默，——突然，响起了莉莎的清脆而有意拔高的嗓音。她在呼唤尼古拉·弗谢沃洛多维奇。

"尼古拉·弗谢沃洛多维奇，有一个大尉，自称是您的亲戚，您的妻舅，老是给我写一些不三不四的信，信里对您啧有烦言，要我揭露您的什么隐私。如果他真是您的亲戚，请您禁止他来侮辱我吧，让我摆脱这种不愉快的纠缠。"

这些话包含着可怕的挑战，大家都心知肚明。其中责难的意思是明白无误的，虽然很可能她本人也感到意外。这就像一个人把眼睛一闭从屋顶上跳下去一样。

但尼古拉·弗谢沃洛多维奇的回答更是令人为之愕然。

首先，奇的是他毫无惊讶之色，极其平静地倾听了莉莎的话。他的脸上既没有流露出局促不安，也没有流露出愤懑。他对这个要命的问题的回答，简单、明确，甚至是十分愿意回答的样子：

"是的，我不幸而是这个人的亲戚。我是他的妹夫，我妻子娘家姓列比亚德金娜，结婚快五年了。请相信，我将在最短时间内把您的要求转告他，我担保他不会再来打搅您了。"

我永远忘不了瓦尔瓦拉·彼特罗夫娜的恐怖的脸色。她状若疯狂地从椅子上欠起身来，仿佛自卫似的抬起右手挡在自己的面前。尼古拉·弗谢沃洛多维奇看看她，看看莉莎，看看观众，蓦地傲然一笑；从容不迫地走出了房间。人人都看见了，尼古拉·弗谢沃洛多维奇刚刚转身而去，莉莎就从沙发上跳了起来，明显地作势要去追他，但她及时醒悟过来，没有奔跑，而是慢慢地走了出去，同样既没有跟任何人说句话，也没有对谁看一眼，不言而喻，马夫里基·尼古拉耶维奇连忙追上去陪伴她……

关于这天晚上城里的轰动和议论我就不提了。瓦尔瓦拉·彼特罗夫娜把自己反锁在城内的邸宅里，而尼古拉·弗谢沃洛多维奇据说直接去了斯克沃列什尼基，没有与母亲见面。斯捷潘·特罗菲莫维奇托我晚上去见"最亲爱的朋友"，央求准许他前去相见，但我被拒之门外。他大为骇异，哭了。"这种婚姻！这种婚姻！这样的家庭惨剧，"他时不时地反复说道，不过他也想起了卡尔马津诺夫，把他骂了个狗血喷头。至于次日的朗诵，他也在努力地作着准备——真是艺术家的天性！还对着镜子演练呢，同时回忆着专门记在一个小本子里的他生平的所有俏皮话和双关语，以备穿插在次日的朗诵里。

"我的朋友，我这是为了伟大的信念，"他对我说道，显然是在为自己辩解。"亲爱的朋友，我离开二十五年来蛰居的地方而突然扬帆起航了，前往何方——我不知道，然而我起航了……"

第三章　盛会。第一部分

一

　　盛会举行了，尽管昨天那个"什皮古林"日出了那么多咄咄怪事。我觉得，即使列姆布克在当天夜里一命呜呼，第二天早晨的盛会还是会如期举行，——在尤莉娅·米海洛夫娜看来，它具有某种非同小可的特殊意义。唉，直到最后一分钟她都是盲目的，不了解公众的情绪。最后谁也不相信，这个喜庆的日子能不出大乱子，不来个"总了结"，有些人早就在幸灾乐祸地搓着手这么说了。不错，有很多人露出愁眉不展、忧国忧民的样子；但一般说来，任何闹得沸沸扬扬的社会丑闻都会让俄国人乐不可支。不过，我们这里还有比单纯酷爱丑闻更为严重的情况：那是一种普遍的公愤，一种不可遏制的仇恨；看来，人人都对现状厌烦透了。弥漫着那种普遍的、容易误入歧途的玩世不恭，那种仿佛有恃无恐、恣肆妄为的玩世不恭。只有妇女是毫不游移的，但也仅仅在一点上，那就是对尤莉娅·米海洛夫娜的毫不留情的敌视。各派妇女在这方面合流了。可怜她竟想也不曾想到呢；她到最后一刻还深信，她是众人"环绕"的中心，人们对她仍然怀着"狂热的忠诚"。

　　我已经暗示过，我们这里冒出了形形色色的小人。在混乱的动荡时期或过渡时期，总是到处都会出现形形色色的小人。我说的不是那些所谓的"先进"分子，他们总是急于走在一切人之前（主要的关心所在），虽然往往怀有愚蠢透顶的目的，但毕竟或多或少有一定的目的。不，我说的只是一帮歹徒。在任何一个过渡时期都会冒出这类歹徒（他们在任何一个社会里都有），不但没有任何目的，而且毫无运用思想的迹象，只是显出焦躁不安的样子。同时这批歹徒几乎总是不知不觉地听命于抱着一定目的行事的一小撮"先进"分子，于是这一小撮就随心所欲地指使着这批社会渣滓，只要那一小撮不是十足的白痴，不过，这也偶或有之。现在，当一切已成过去，就有人在说，彼得·斯捷潘诺维奇是受共产国际操纵的，而彼得·斯捷潘诺维奇又操纵着尤莉娅·米海洛夫娜，而她就在其指挥下调动着各种各样的歹徒。现在我们那些声望卓著的有识之士对自己感到诧异：他们当时怎么就疏忽了这一点呢？我们的那个混乱时期究竟是怎么一回事，我们是从哪里向哪里过渡——我不知道，而且我想也没有人知道，除非是某些袖手旁观的来宾。可是坏透了的小人们突然占了上风，他们开始夸夸其谈地抨击一切崇高的东西，而以前他们是没有胆量开口的，那些至今安处上风的头面人物却突然对他们言听计从，自己反而噤若寒蝉；有些人还恬不知耻地阿谀逢迎。那些利亚姆申、捷利亚特尼科夫、地主坚捷特尼科夫①之流，粗鄙的黄口小儿拉吉舍夫之辈，带着悲天悯人而傲慢的微笑的犹太佬，嘻嘻哈哈的游客，首都来的携有介绍信的诗人，虽无介绍信和才华却身穿紧腰细褶的长外衣、脚蹬油光锃亮的皮靴的诗人，嘲笑自己的军衔一文不值，为了赚点儿外快愿意马上卸下佩剑溜到铁路部门去当一名文书的少校和中校；改行当了律师的将军们；发达的经纪人，正在发达的商界后生，不计其数的中专生，本身构成妇女问题的妇女们，——这各色人等在我们这里居然完全占了上风，被压倒的竟是什么人呢？是俱乐部，是可敬的达官显贵，是安装了木头假腿的将军们，以及端庄严谨而高不可攀的上层妇女。既然瓦尔瓦拉·彼特罗夫娜在她的爱子突遭变故之前也几乎受所

---

① 果戈理《死农奴》第二卷中的一个人物，是温情脉脉而萎靡不振、优柔寡断的幻想家。

有那些歹徒的差遣，那么我们其他的密涅瓦①的一时糊涂也就多少是可以原谅的了。现在正如我所说，一切都被归咎于共产国际。这个想法是如此根深蒂固，以致蜂拥而来的局外人也都听说了。就在不久之前，脖子上挂着斯坦尼斯拉夫勋章的六十二岁高级文官库布里科夫不请自到，动情地宣称，他无疑曾处于共产国际的影响之下达三个月之久。可是，当人们出于对他的高龄和功勋的敬意，邀请他作出更令人满意的解释时，他除了"全身心地感觉到"之外却提不出任何足资证明的文献，然而仍坚持自己原先的说法，于是大家就不再对他追根究底了。

再说一遍。我们这里也有少数特别谨慎的人，他们最初闭门不出，甚至大门上锁。但是什么锁能抗得住自然法则呢？即使最谨慎的家庭也有要跳跳舞的姑娘啊。于是这些人终究还是为资助家庭女教师而签名认捐。人们预料会有花团锦簇、场面宏大的舞会；谈论着惊人的良辰美景；传说着远道而来的戴着单目眼镜的公爵们，以及十名干事，清一色的左肩佩着花结的年轻俊男；谈起了彼得堡的一些倡导者；据说卡尔马津诺夫为了增加募集的款项，同意身着我省家庭女教师的服装朗诵《谢谢》；有"文学卡德利尔舞"的化装舞会，而且每套服装都表现某种流派。最后，还有什么"正直的俄罗斯思想"也将化装起舞，——这本身就是十足的新鲜事儿。怎能不认捐呢？大家都签了名。

二

盛会的节目分为两个部分：文学晨会，从中午至四点，然后是舞会，从九时起通宵。可是这种安排本身就包含着纷扰的萌芽。首先，公众从一开始就深信有早餐②的传闻，据说文学晨会一结束马上供

---

① 罗马神话中的智慧女神（即希腊神话中的雅典娜）。
② 俄俗将中午前的一餐均称为早餐。

应，甚至就在晨会进行中安排一段休息时间用餐，——不言而喻，早餐是免费的，是大会程序中所规定的，而且还有香槟酒。高昂的票价（三卢布）使这种流言生了根。"要不我干吗要白白认捐？大会预定要进行一昼夜，那就供应饮食吧。人是要饿的嘛"，——大伙儿就是这样议论的。我应当承认，尤莉娅·米海洛夫娜本人的轻浮也使这个要命的流言牢不可破。大约一个月前，还在她陶醉于伟大构想的最初魅力的时候，逢人就闲聊她的这次盛会，甚至向首都的一家报纸发了消息，说届时还要祝酒。当时主要的是祝酒使她为之神往，她要亲自致祝酒词，而且一直在预先拟稿。祝酒词应当阐明我们主要的指导思想（什么思想呢？我敢打赌，可怜的女人是白费心思），并作为新闻报道由首都各报予以转载，以打动并折服最高当局，然后传遍各省，引起轰动和仿效。但要祝酒就少不了香槟，而空腹饮酒是不行的，所以早餐也就不可或缺。后来，委员会在她的努力下建立起来了，并认真地着手办事，于是立即明确地向她指出，要想举行酒宴，给家庭女教师的就所剩无几了，即使募集到巨款也是枉然。因此问题有两个结局：摆设伯沙撒的盛筵①并致祝酒词，而以九十卢布应付那些家庭女教师，或者，募捐可观的款项，而盛会可以说只是走走过场而已。不过，委员会只是想制造一点儿恐慌情绪，它当然还想出了第三个解决办法——调和的、明智的办法，就是使节日般的盛会在各方面都很像样子，只是把香槟免了，这样就能剩下很大一笔款子，远远超过九十卢布。但是尤莉娅·米海洛夫娜不赞成；她生性蔑视庸人的折中。她当即决定，既然最初的想法不能实现，那就干脆马上投入相反的极端，就是募集让各省羡慕的巨额捐款。"公众毕竟应当理解，"她在委员会上发表热情洋溢的讲话时下结论道，"努力实现全人类的目标，较之一时的物质享受，是不可比拟的崇高事业，举办此次盛会实质上就是宣扬一种伟大的观念，因而应当满足于一个最节约的、德国

---

① 《圣经》关于巴比伦陷落的故事中讲述了伯沙撒王摆设的盛大豪华的筵席，见《但以理书》第5章。

式的舞会，仅仅为了象征一下，如果这个讨厌的舞会非有不可的话！"——她突然那样憎恶起舞会来。不过大家终于使她得到了安慰，比如，"文学卡德利尔舞"以及其他审美设想就是在那时提出的，以代替物质享受。卡尔马津诺夫也是在那时慨然同意朗诵《谢谢》（而在此之前总是支吾其词，一味推托），以便使狂热的公众根本忘记了吃喝的念头。因此舞会又将是一番富丽堂皇的盛况，虽然性质已经变了。为了不要太脱离实际，决定舞会开始时可以供应柠檬茶和圆饼干，然后有杏仁酪、柠檬汽水，最后是冰淇淋，但仅此而已。可以为那些随时随地要吃、主要是要喝的饕餮之徒在穿廊的尽头专门开设一个小吃部，就由普罗霍雷奇（俱乐部的掌厨）经营，而且敞开供应，但要另外收费（不过委员会要严加监督），为此要在大厅门口张贴布告，特别声明小吃部是计划之外的。但到了当天早晨又决定取消小吃部，以免影响朗诵，虽然小吃部与卡尔马津诺夫同意在其中朗诵《谢谢》的白厅相隔有五个房间。奇怪的是大家似乎都认为朗诵《谢谢》这件事意义太重大了，就是那些最务实的人也不例外。至于多愁善感的人们，就说首席贵族夫人吧，她向卡尔马津诺夫宣布，她要在朗诵以后立即吩咐在白厅的墙壁上嵌入一块有金色题词的大理石，说明某年某日一位俄国和欧洲的伟大作家在行将搁笔之际曾在此处朗诵《谢谢》，从而在我市诸位代表面前首次向俄国公众告别，而且大家在这次舞会上就能读到这篇题词，也就是在《谢谢》朗诵完毕仅仅过了五个小时之后。我确知，主要是卡尔马津诺夫本人要求，上午在他就要朗诵的时候无论如何也不要有小吃部，虽然有些委员指出，这不大合乎本地的习俗。

　　情况就是这样，而城里的人却还一直相信会有伯沙撒的盛宴，即有委员会供应食品的小吃部；直到最后一刻还深信不疑。甚至小姐们也梦想有很多糖果、蜜饯，还梦想有一些从未吃过的美味。人人都知道已经募集了一笔极大的款子，城里的人蜂拥而至，从各县赶来的人络绎不绝，票已脱销。还知道除了规定的票价收入，还收到了额外的大笔捐款；瓦尔瓦拉·彼特罗夫娜就为自己的那张票付出了三百卢布，另外将自家温室里的全部鲜花献出供装饰大厅之用。首席贵族夫人（委员会成员）提供府第和照明；俱乐部提供乐队和仆役，而且派普罗霍雷奇来工作一整天。此外还有其他捐款（尽管数额并不那么大），所以曾考虑把原定的三卢布票价减为两卢布。委员会起初确实担心，要花三卢布小姐们就不会来了，于是提议发售合家欢票，具体地说，就是每个家庭只要给一位小姐购票，这一家的其他小姐哪怕再有十位，也都可以免费入场。但种种担心全都是多余的：恰恰相反，来的就是小姐们。甚至最穷的官儿也是带着闺女来，十分明显，要是他们没有闺女，他们连认捐的念头也不会有的。有一个官卑职小的秘书把他的七个女儿全都带来了，自然这还没有把夫人算上，他还带了个侄女，而这些女眷人人手里都有一张三卢布的门票。哎呀，可以想象，城里发生了怎样的一场革命啊！就说衣着吧，因为这次盛会分为两个部分，所以每位女性要有两套服装——一套是参加朗诵会的，一套是参加舞会的。后来才知道，很多中产阶级人士为了这一天把一切都抵押了，甚至把内衣，床单，几乎连床垫也抵押给了当地的那些犹太人，偏偏就有那么多已经在本市定居了两年的犹太人，而且还有犹太人络绎于途，与日俱增。差不多所有的官员都预支薪俸，有些地主卖掉必不可少的牲口，就为了把自己的千金打扮得像公爵小姐一般，比谁都毫不逊色。这一次服装的华美艳丽为本地前所未见。两周来家庭里的形形色色的笑话在城里铺天盖地，我们的那些缺德鬼马上就把那些家庭的笑话全搬来取悦于尤莉娅·米海洛夫娜。一些家庭漫画开始出现了。我就亲眼看到在尤莉娅·米海洛夫娜的画册中有几幅这样的画。对这些情况，出了笑话的人家是十分清楚的。正是因此，我觉得一些家庭在最近一段时间才对尤莉娅·米海洛夫娜激起了如此强烈的憎恨。如今人人都在破口大骂，回想起来就咬牙切齿。但早先就很清楚，那时只要委员会有什么不尽如人意之处，舞会有什么纰漏，空前强烈的愤怒就会爆发。所以人人都暗自预料会出大乱子；既然大家是这种心态，那怎会不出事呢？

正午，乐队奏乐。我作为干事，即十二名"佩戴花结的年轻人"

之一，亲眼目睹这留下可耻记忆的一天是怎样开始的。入口处一下子就拥挤不堪。从最初起一切都不对劲，包括警察在内，怎么会发生这种情况呢？我不责怪真正的公众：家长们不但没有拥挤，而且没有推搡任何人，尽管他们都有官衔，而是相反，据说他们还在大街上就张皇失措，眼看着我们这个城市罕有的人头攒动的景象，人群围着大门，争先恐后地往台阶上冲，而不是在走。与此同时马车陆续驶来，最后把街道堵得水泄不通。在我执笔的此刻，我有确凿的证据可以肯定，城里的某些坏透了的歹徒就是利亚姆申和利普京，也许还有几个像我一样身为干事的人带着混进来的，不管怎么说，出现了一些甚至完全陌生的人，他们是从邻近各县以及其他的什么地方汇集到这里来的。这些野蛮人一进入大厅，马上就异口同声地（仿佛是经过调教似的）打听小吃部在哪里，听说没有小吃部，他们就毫无顾忌地用以前我们这里异乎寻常的粗话破口大骂。诚然，其中有一些是醉汉。有的人目睹首席贵族夫人金碧辉煌的大厅，像野人似的惊得呆了，因为他们从未见过这样的场面，他们进来时愣了一会儿，张着大嘴左顾右盼。这偌大的白厅，虽然是古旧的建筑，却果然富丽堂皇：规模宏大，有两排窗户，金煌煌的天花板上，饰有古色古香的彩绘，还有乐队，窗户间的墙壁镶着一面面镜子，白底红花的帷幔，一座座大理石雕像（不管是什么雕像，总是雕像吧），白、金两色，蒙着红丝绒的拿破仑时代古老、厚重的家具。在我所描述的那个时候，大厅的尽头为有意朗诵的作家们建起了高高的舞台，整个大厅就像剧院的池座满是为观众准备的留有宽宽的过道的椅子。但惊愕之余，随即响起无聊透顶的询问和怨言。“我们说不定还不想听朗诵呢……我们是出了钱的……公众被无耻地蒙骗啦……主人是我们，而不是列姆布克两口子！……”总而言之，似乎放他们进来的目的就是要捣乱。我特别想起有过一起冲突，出了风头的是前一天的那个远道而来的小公爵。前一天早晨他曾在尤莉娅·米海洛夫娜家里，竖着高高的硬领，木头人似的。在她的再三央求下，他终于同意在自己的左肩别上花结，成了我们的同仁——干事。不料这个听人摆布的哑巴蜡人虽然不善言谈，倒是会自行其是。有一个身材高大的麻脸退役大尉，在追随身后起哄的一大帮歹徒的撺掇下，缠着他问：去小吃部怎么走？——他向地区警察眨了眨眼示意。指示被立即执行了，醉醺醺的大尉被拉了出去，尽管他破口大骂。这时"真正的"公众也终于沿着椅子间的三条通道开始陆续进场。捣乱分子渐渐安静下来，但公众，即使是最"纯正"的公众也流露出不满和吃惊的神气；有些妇女简直吓坏了。

最后观众都已就座；音乐也停止了。只见人们在擤鼻涕，东张西望。他们以过于凝重的神情等待着——这本身从来就是一种不祥之兆。但是"列姆布克两口子"还没有到。满眼是丝绸、天鹅绒和钻石的珠光宝气；空气中暗香弥漫。男人们挂着所有的勋章，老头子们甚至身着制服。首席贵族夫人也终于带着莉莎露面了。莉莎还从来没有像今晨那样秀色可餐，打扮得花枝招展。头发梳成一绺绺鬈发，目光灼灼，面带粲然的微笑。她显然引起了注意；人们打量着她，窃窃私议。据说她在张望着寻觅斯塔夫罗金，但斯塔夫罗金和瓦尔瓦拉·彼特罗夫娜都不见踪影。我当时还不能理解她的表情：为什么她的脸上会那样洋溢着幸福感、欢乐、活力和生气。我联想起昨天的情景，百思不得其解。但"列姆布克两口子"还是没有到。这实在是一个失误。我后来才知道，尤莉娅·米海洛夫娜等彼得·斯捷潘诺维奇直等到最后一刻，近来离了他简直不会迈步了，尽管她从来不承认这一点。我要顺便指出，头一天在委员会的最后一次会议上彼得·斯捷潘诺维奇拒绝接受干事的花结，这使她十分伤心，甚至黯然泪下。使她惊讶继而异常困惑的是（我在这里提前说一说），整个上午他踪影全无，也根本没有出席文学朗诵会，而且直到晚上也没有人碰到过他。最后，观众明显地焦躁起来。舞台上还是空无一人。后排观众像在剧院里一样鼓起掌来。老者和贵夫人们愀然不悦："列姆布克两口子显然太妄自尊大了"。甚至最好的一部分观众也窃窃私议，瞎说什么此次盛会也许真的不会举行了吧，列姆布克本人也许真的身体不适吧，如此等等。但感谢上帝，列姆布克终于露面了：他与她挽臂而来；说实话，我自己也担心极了，唯恐他们来不了。但流言不攻自破，事实毕竟是事实。观众仿佛都松了一口气。列姆布克本人看来十分健康，记得这也是大家一致的看法，因为有多少双眼睛注视着他啊，这是可以想象得到的。为了说明情况，我要指出，上流社会本来就很少有人认为列姆布克有什么病；觉得他的所作所为是完全正常的，甚至对昨天早晨在广场上的事态也表示赞许。"从一开始就该如此，"显贵们这样说道，"纵然怀着仁爱之心而来，最终也还是要那样做，即使不明白那正是为了仁爱而必须做的，"至少人们在俱乐部里就是这样议论的。他们只是责备他当时不该大动肝火。"应该冷静一点嘛，毕竟他还嫩呢，"老于世故的人们说道。所有的视线也同样热切地集中于尤莉娅·米海洛夫娜。当然，涉及隐私，涉及一个女人的时候，谁也无权要求我把细节也讲得十分准确；然而有一点我是知道的：昨天晚上她走进安德列·安东诺维奇的书房，与他共度了大半夜的时光。安德列·安东诺维奇得到了宽恕和安慰。夫妇俩终于情投意合，不计前嫌，而当误会冰释，冯·列姆布克竟然双膝跪地，不寒而栗地忆起前天夜里的最后那个主要情节时，夫人的玉手、樱唇相继堵住了那个骑士般气度高雅而又感动得柔情似水的男人表示忏悔的热情洋溢的倾诉。人人都看到她满面春风。她落落大方，衣着华贵。看来她正是春风得意；举行此次盛会是她的政策的目标和圆满结局，已经如期实现。列姆布克夫妇向靠近舞台的座位走过去时频频颔首答礼。他们立即被围在中间。首席贵族夫人起身相迎……但这时却出了个糟糕的差错：乐队不知为什么突然奏起了迎宾曲，——并不是什么进行曲，而只是一种餐厅迎宾曲，就如我们俱乐部在正式筵席上举杯为某人的健康祝酒时所奏。现在我知道，这是利亚姆申以他干事的身份在胡搞，似乎是为了向进来的"列姆布克两口子"致敬。当然，他总是可以推托说，他是干了一件蠢事，或者说他是热心得过了头……唉，那时我还不知道，他们已经无需寻找推托之词了，阴谋在当天就可以得逞。但奏一曲不合时宜的迎宾乐还不算完：就在公众悻悻然感到困惑和讪笑的时候，突然在大厅的后部哄然响起了一阵**乌拉**声，似乎也是在向列姆布克致敬。叫喊者为数寥寥，但我得承认，叫声持续了好一会儿。尤莉娅·米海洛夫娜勃然大怒，两眼冒火。列姆布克在自己的座位旁停住脚步，向叫声转过身去，傲然而严峻地扫视着大厅……人们赶忙让他坐下。我又一次惊恐地发觉，他的脸上露出了危险的冷笑，昨天早上他站在他夫人的会客室里，看着斯捷潘·特罗菲莫维奇，在向他逼近之前，脸上就是带着这种危险的笑容。我觉得，现在他的脸上又有了一种不祥的表情，而且最糟糕的是，那是一个人为了自己夫人的崇高目标而不惜牺牲自己时的有点儿可笑的表情……尤莉娅·米海洛夫娜急忙把我招到身边，悄悄嘱咐我赶快去找卡尔马津诺夫，求他马上出场。可我刚一转身，只见又发生了令人厌恶的事情，只是比前一件更加恶劣得多。在此之前所有期待的目光都集中于舞台，空空的舞台上只有一桌一椅，桌上有一杯水放在小银托盘上，——在这空空的舞台上突然闪出了穿着燕尾服、系着白领结的列比亚德金大尉的庞大身影。我大吃一惊，简直不相信自己的眼睛。大尉似乎忸怩起来，在舞台深处站住了。公众中突然响起一声惊呼："列比亚德金！是你？"大尉那赤红的蠢脸（他完全醉了）在这招呼声中咧开了嘴傻笑。他抬手擦了擦脑门，摆了摆乱蓬蓬的脑袋，仿佛要一不做二不休，朝前跨了两步，却——突然扑哧一声笑了，笑声不大，但声调抑扬、悠长、欢畅，笑得他那肥大的身躯微微晃动，两只小眼睛眯成一线。看到这种景象，几乎半数观众笑了起来，有二十个人鼓起掌来。严肃的观众都神情黯然地面面相觑；不过，这一切只持续了半分钟不到。佩戴着干事花结的利普京和两个仆人忽然跑上舞台；他们谨慎地抓住大尉的双臂，利普京对他低声说了点儿什么。大尉皱起眉头，叽咕道："那好吧，既是这样。"一挥手，转身把肥硕的背部冲着观众，与伴送者一起消失了。但片刻后利普京又跳上了舞台。他平时的微笑往往像加了糖的醋，而此刻他唇边挂着前所未有的最甜蜜的笑容，手里拿着一张信纸。他迈着急急的碎步走到台前。

"诸位，"他对观众说道，"由于疏忽，出了个可笑的差错，这个差错已经得到了纠正；但我希望接受本地一位诗人的委托和恳切的、十分恭敬的请求……他满怀人道的、崇高目的……尽管仪表欠佳……正是这个目的把我们大家团结在一起……要为本省那些家境贫寒、受过教育的姑娘们擦干眼泪……这位先生，不，我想说的是本地的这位诗人……不愿透露姓名，却很希望自己的诗作能在舞会之前……不，我想说的是——在朗诵会之前读给大家听，虽然这首诗没有列入节目单，也不可能列入……因为它在半小时前才送到……但**我们**（我们是谁？我是逐字引用这篇断断续续、含糊其词的讲话的）觉得，它的感情特别纯真，也渗透了特别欢快的情调，因此是可以把这首诗读给大家听的，就是说，不是作为一篇严肃的作品，而是作为某种适合于喜庆气氛的东西……总之，它适合于主旨……何况只有寥寥数行……所以我想请求观众慨然俯允。"

"读吧！"大厅的后座有人吼了一声。

"那就读了，先生们？"

"读吧，读吧！"很多人说道。

"承蒙各位允许，我就读了。"利普京又咧嘴一笑，依然是那蜜糖般的微笑。他终究拿不定主意似的，我甚至觉得他有点儿忐忑不安。这些人尽管放肆，但有时终究会有所顾忌。不过，一个中专生就不会有什么顾忌了，而利普京毕竟属于比较年长的一代人。

"我要提醒大家，就是说我有幸提醒大家，这毕竟不是从前为节日而写的那种颂诗，几乎可以说是戏谑之作，但它有真情实感，融合了活泼欢快的情调，而且可以说有极现实的内容。"

"你读吧，读吧！"

他展开了那张纸。当然，谁也没有来得及阻止他。何况他是佩带着干事花结登台的。他声音响亮地朗诵道：

"献给本地一位家庭女教师同胞，——诗人为盛会而作。"

你好，你好，家庭女教师！
你欣然雀跃吧，

　　　　不论你是反动分子还是乔治桑①，
　　　　反正此刻你欢欣鼓舞吧！

　　"这是列比亚德金的嘛！就是列比亚德金的！"有几个声音指出
道。响起了笑声甚至掌声，虽然为数寥寥。

　　　　你给拖鼻涕的孩子们
　　　　教法文识字课本，
　　　　而又随时准备眉目传情，
　　　　哪怕是把教堂执事勾引！

　　"妙！妙！"

　　　　但在我们这伟大的改革时代，
　　　　连教堂执事也不会娶你：
　　　　要有"私房钱"哪，小姐，
　　　　否则只得再把识字课本拿起。

　　"对呀，对呀，这才是现实主义呢，没有钱寸步难行！"

　　　　可是此刻在饮宴之间
　　　　我们募集了一笔巨款，
　　　　在这座大厅里，我们
　　　　载歌载舞为你献上妆奁，——
　　　　　　不论你是反动分子还是乔治·桑，
　　　　　　反正此刻你可以欢欣鼓舞，
　　　　　　你有嫁妆了，家庭教师，

――――――――――

① 乔治桑（1804—1876），法国女作家。这里是把她作为进步女性的代表。

你可以藐视一切，喜气洋洋！

　　说实话，我简直不相信自己的耳朵。话说得如此厚颜无耻，甚至无法因其愚蠢而加以原谅。而利普京可一点也不蠢。其意图昭然若揭，至少对我来说是如此——他们似乎在急于引起混乱。这首无聊的诗中的某些诗句，譬如最后一句，无论怎么蠢也不至于写出这类东西。看来利普京自己也觉得，他强自出头，承担了过于沉重的责任，他在完成了自己的业绩以后，为自己的胆大妄为而慌了神，以至没有走下舞台，他站在那里仿佛还有什么话想说。他原来所预料的结果想必是有所不同的；但甚至曾为他的行径鼓过掌的那一小撮无赖也突然噤若寒蝉，仿佛也为之愕然。最荒唐的是，其中有很多人对整个这一行径激情洋溢地加以欢迎，也就是说他们以为这并不是一场诽谤，真的以为是有关一个女家庭教师的真实情况，是一首有揭露倾向的小诗。然而该诗措辞的不必要的过分的放肆终于使他们也大为惊愕。至于全体观众，他们不仅深感受辱，而且显然激起了公愤。我这样说明当时的印象是不会错的。尤莉娅·米海洛夫娜后来说，再有一会儿她就要昏倒了。一位极可敬的老者扶起自己的老伴，在观众不安的目送下双双走出了大厅。谁知道呢，也许还有一些人会随之而去，可这时卡尔马津诺夫亲莅舞台，身穿燕尾服，系着白色领结，手里拿着笔记本。尤莉娅·米海洛夫娜把他视为救星而投以喜不自胜的目光……但我已到了后台；我要找利普京。

　　"您这是故意的！"我悻悻地一把抓住他的手臂说道。

　　"我真没有想到，"他弓起身子，马上就说起谎来，装出一副可怜相。"诗是刚刚才送到，我就想，作为一篇逗乐的戏谑之作……"

　　"您才不是这么想的呢。难道您认为这拙劣的胡诌是什么逗乐、戏谑？"

　　"是的，先生，我认为是，先生。"

　　"您在撒谎，您也不是刚刚才收到。它是您亲自与列比亚德金一起编写的，也许昨天就写好了，为的是捣乱。最后一句一定是您的，关于教堂执事的几句也是。为什么他出来时穿着燕尾服？这就是说，要不是他喝醉了，您还准备让他朗诵？"

利普京冷冷地、讥讽地瞟了我一眼。

"可这与您何干？"他突然异常冷静地问道。

"什么何干？您也戴着这种花结……彼得·斯捷潘诺维奇在哪儿？"

"不知道；就在这儿的什么地方吧；干吗？"

"因为我现在看透了。这完全是反对尤莉娅·米海洛夫娜的阴谋，是要把这一天搞得声名狼藉……"

利普京又斜睨了我一眼。

"可与您何干？"他冷笑道，耸耸肩走开了。

我仿佛被浇了一头冷水。我的疑虑都得到了证实。原先我还希望是我想错了呢！我能怎么办呢？我想和斯捷潘·特罗菲莫维奇商量一下，可是他对着镜子在排练着各种微笑，时时参阅一张纸上他所标出的记号。卡尔马津诺夫之后就轮到他出场了，他已经顾不上同我谈话。跑去见尤莉娅·米海洛夫娜？但找她还为时过早，她需要受到更惨痛的教训，才能使她自以为受"拥护"，自以为人们对她普遍怀有"狂热的忠诚"的想法得到矫正。她是不会相信我的话的，一定认为我在疑神疑鬼。何况她有什么办法挽救呢？"嗨，"我想，"本来嘛，这与我何干，**等到一闹起来**我就摘下花结走人。"记得，我就是那么说出了声："等到一闹起来。"

但是得去听听卡尔马津诺夫的朗诵。我最后一次回头看了看后台，发现那里有很多闲人甚至妇女在窜来窜去，出出进进。这后台是很狭小的地方，用遮得严严实实的帷幕与观众隔开，后面有一条走廊与其他几个房间相通。我们的朗诵者就在这里等着依次上场。但在这一刹那给我留下的印象特别深刻的是排在斯捷潘·特罗菲莫维奇之后的那位讲演者。他似乎也是什么教授（我至今也不知道他究竟是什么人），他是在一次学潮之后自愿离开学校的，就在几天前不知为什么来到这个城市。有人把他也向尤莉娅·米海洛夫娜作了推荐，于是她竭诚相待，礼敬有加。现在我知道，在朗诵会之前他总共只在她家参加过一次晚会，整晚默默无言，对围绕在尤莉娅·米海洛夫娜身边的一伙人的笑谑和举止面露模棱两可的微笑，他那高傲同时却又拘谨得近于胆怯的样子给所有人都留下了不愉快的印象。是尤莉娅·米海洛夫娜亲自约请他参加朗诵的。此刻他从一个角落走向另一个角落，也像斯捷潘·特罗菲莫维奇一样暗自低声细语，但眼望地下，而不是看着镜子。他没有排练微笑，不过常常露出猥亵的笑容。显然，要同他交谈也是不可能的。他身材矮小，看上去四十岁左右，谢顶，一丛灰白的小胡子。最有趣的是，他每次拐弯时都把右拳举过头顶，在空中晃动着，又突然砍下，仿佛要把某个对手击成齑粉。他时不时地做着这个怪动作。我感到怪可怕的。我赶快跑去听卡尔马津诺夫朗诵。

三

大厅里又笼罩着不融洽的气氛。我要预先声明：我是崇拜伟大的天才的；可是为什么我们这些才华横溢的先生们在其光辉岁月的晚年有时完全像个孩子呢？不错，他是卡尔马津诺夫，出场时气度不凡，那又怎样呢？面对那样的一批观众，难道凭一篇作品就可以占用整整一个小时吗？本来我就注意到，即使是一位超天才，在公开举行的轻松的文学朗诵会上，占用观众的时间超过二十分钟就不会不受到惩罚。诚然，这位伟大天才的出场受到了满怀敬意的欢迎。甚至最庄重的老人们也表现了赞许和兴味，而女士们简直有点儿欣喜若狂。不过掌声很短暂，有点儿不和谐，零零落落。然而后排毫无乖常的动静，直至卡尔马津诺夫先生开始讲话的时候，而且就在这时也几乎没有发生什么特别恶劣的事情，而是似乎有了点误会。我曾经提到过，他的嗓音太刺耳，甚至有点儿娘娘腔，而且带着道地贵族式的拿腔拿调。他刚刚讲了几句话，突然有人竟放声大笑起来，——想必是一个没有见过世面的小傻瓜，对上流社会毫无阅历，而又生性爱笑。但丝毫没有发生起哄的现象；倒是对那个傻瓜嘘声四起，他也就销声匿迹了。

可这位卡尔马津诺夫先生却装模作样、拿腔拿调地声明，他"起初怎么也不同意来朗诵"（好必要的声明哪！），说什么"有些话是发自内心的声音，是不能为外人道的，所以决不能把如此神圣的真情当众诉说（那又为什么要当众诉说呢？）"；"但既然人们执意相求，我也就来讲一讲，不仅如此，既然我已经永远搁笔，而且曾发誓无论如何决不再当众朗诵任何东西，那就好吧，向大家朗读一下这最后的一篇作品"，等等，等等，全是这个调调儿。

　　但这样也就罢了，谁不知道有所谓作者的开场白呢？不过我要指出，面对我们那些缺少文化教养的听众以及后面几排的暴躁，这一切是会有影响的。如果他以以往的风格读一个短小的故事，一篇微型的小说，就是说，虽然文词雕琢，扭扭捏捏，有时却不无幽默，岂不更好？这样就都得到补救了。不，先生，才不呢！冗长乏味的絮叨开始了①！天哪，无奇不有！直说吧，不要说我们的那批观众，就是首都的观众也会听得目瞪口呆。您想想看，故作风雅的无聊的胡扯几乎有两个印张之多，这且不说，这位先生在朗读时不知为什么还神态高傲、意兴索然，宛如在屈尊赏脸，这对我们的公众甚至是一种侮辱。主题嘛……可有谁能搞得清楚他的这个主题呢？这是关于一些印象、一些回忆的某种报告。但回忆的是什么？是关于什么的印象呢？——在朗诵的整个前半段，不论我们省城的那些脑瓜子怎样愁眉蹙额，终究还是茫无头绪，因而他们仅仅出于礼貌才听完了后半段。不错，有

---

① 据某些作者的研究，卡尔马津诺夫的《感谢》是讽刺性地模仿屠格涅夫 19 世纪 60 年代一些作品（《够了》，《幻影》，《关于〈父与子〉》）的内容和风格。构成《感谢》的开头和结尾的告别读者是模仿屠格涅夫在《关于〈父与子〉》一文中向读者的告白。《感谢》（"关于一些印象、一些回忆的某种报告"）的体裁和结构是把《幻影》（屠格涅夫本人曾说，它是"仅有某种表面联系的一系列画面"）和《够了》的独特的体裁和结构漫画化，后两篇作品的主线正是叙述作者本人的感受和思考。《感谢》中的两个情节（主人公在冬天渡过伏尔加河和一个苦行修士独处于莫斯科近郊的洞穴）直接来自《够了》中内容近似的"画面"。陀思妥耶夫斯基的讽刺性模仿还嘲笑了《幻影》和《够了》的某些风景描写，等等，等等。

很多话是讲爱情的，是讲这位天才对一位女性的爱慕之情，但听起来不免令人发窘。在我看来，对天才作家那矮矮胖胖的身材而言，津津乐道自己的初吻，似乎不大相宜……而且令人遗憾的是，他俩的吻似乎进行得与全人类都不同，这也令人气恼。这时总少不了有一丛豆科灌木（一定是豆科灌木或只有在植物学里才查得到的什么草）。同时天上必定有一抹淡淡的紫罗兰色，当然，凡夫俗子谁也不曾留意它，换句话说，人人都看到过，却视而不见，"可我，"他仿佛在说，"看了一眼，现在就把这平常不过的现象描述给你们这些傻蛋听听吧。"这一对迷人的情侣在一棵树下坐倒，那树必定是一种橘红色的。他们是坐在德国的某处。蓦地他们看见了大战前夕的庞培①或卡修斯②，于是双双掠过一阵狂喜的战栗。一条美人鱼在灌木丛里发出了尖细的叫声。格鲁克③在芦苇丛中拉起了小提琴。他所演奏的乐曲是说了全名的，但是没有人知道，所以必须查阅音乐辞典。这时涌起了一股股浓雾，那样团团翻卷、翻卷，倒像是叠起百万个枕头，而不大像是雾了。蓦地全都消散，伟大的天才就在冬日冰消雪融的时候横渡伏尔加河，这一渡就是两页半，但终究还是掉进了冰窟窿。天才在下沉，——您以为他给淹死了？才不呢；这一切只是为了说明，就在他行将没顶、不断呛水的当儿，一小块冰在他面前一闪，一颗豌豆大的小小冰粒儿，但纯净而透明，"像一颗凝结的泪珠"，而这小冰粒儿里映出了德国，或者不如说映出了德国的天空，这倒影的彩虹似的闪烁变幻使他忆起了她的那颗泪珠，"你记得吗，它从你的眼里流下，那时我们正坐在翠绿的树下，你欢呼道：'罪行是没有的！''是的，'我噙泪说道，'不过，这样一来也就没有匡扶正义的人了。'我们大哭而别，从此永诀"。——她去了海滨某地，他前往某些洞穴；于是他往下走，往下走，在莫斯科的苏哈廖夫塔旁往下走了

---

① 庞培（前106—前48），古罗马统帅和政治家，曾同恺撒争夺国家的最高政权。
② 卡修斯（？—前42），古罗马政治家，是阴谋反对恺撒的参与者之一。
③ 格鲁克（1714—1787），德国歌剧作曲家。原籍波西米亚。

三年，突然，在深深的地下，他发现在一个洞穴里有一盏长明灯，灯前有一个苦行修士。苦行修士在祈祷。天才弯腰凑近有窗栅的小窗口，猛地听到一声叹息。您以为那是苦行修士在叹息吗？他才不理会您的什么苦行修士呢！不，先生，这叹息只是"使他想起了她的第一声叹息"，三十七年前，那时"你记得吗，在德国，我俩坐在一株玛瑙似的树下，你对我说：'何必多情？你瞧，周围赭色渐浓，而我心中有爱，但等到赭色不再更浓，我心中也就不再有爱了。'这时又涌起了浓雾，霍夫曼①出现了，美人鱼用口哨吹着肖邦的乐曲，蓦地头戴桂冠的安克-马尔齐②从雾中现身于罗马屋顶的上空。狂喜的战栗掠过了我俩的背脊，于是我们就此永别"等等，等等。总之，我的转述也许不很准确，而且我也转述不了，但瞎扯的意思大致就是这样。而且我们那些才华横溢的人物多么可鄙地热衷于牵强附会的文字游戏③啊！伟大的欧洲哲学家，伟大的科学家，发明家，劳动者，受难者——所有这些辛勤劳动、肩负重荷的人们对我们这位伟大的俄罗斯天才来说，就像是他家的厨子。他是老爷，而他们要把工作帽拿在手里恭候他的指示。不错，他也傲然嘲笑俄罗斯，最使他快意的莫过于向欧洲的伟大学者宣布俄国已经全面垮台，至于他本人，——又当别论，先生，他已经巍然高耸于欧洲这些伟大学者之上了；所有这些人都不过是他玩弄文字游戏的素材罢了。他把别人的思想拿过来，再给它编造个对照的反题，于是文字游戏就完成了。有罪行，没有罪行，正义是没有的，正人君子是没有的；无神论，达尔文主义，莫斯科钟声……可是，唉，他已经不信仰莫斯科钟声了；罗马，桂冠……可他连桂冠也不相信了……他所表现的是拜伦式抑郁情绪的公式化的发作，是海涅笔下的丑态，是彼乔林的某种特点，——于是滔滔不绝，没完没了，风驰电掣……"不过，你们赞美吧，赞美吧，我可爱听极

---

① 霍夫曼（1776—1822），德国小说家，也从事作曲和音乐评论。
② 安克-马尔齐，传说中的第四位罗马皇帝，约于公元前 640 至 616 年在位。
③ 俄文的 каламбур 一词指利用谐音词和一词多义所做的文字游戏。

啦；我说要搁笔了，其实只是说说罢了，我还要让你们生厌三百次呢，要让你们读得倦了呢……"

当然，结果不大妙；但糟糕的是，恰恰就是他自己引起的。早就响起了脚步蹭地的沙沙声，擤鼻涕声，咳嗽声以及其他声音，一个作家，不管他是谁，在文学朗诵会上只要占用听众的时间超过二十分钟，这种种现象就会出现。然而这位天才作家却置若罔闻。他继续懒洋洋地拿腔拿调，不理会公众的情绪，以至人人都困惑莫解。突然后排响起了一个声音，但声音很大：

"天哪，真是胡说八道！"

这是情不自禁脱口而出的，我相信丝毫没有起哄的意思。人家就是厌倦了嘛。但卡尔马津诺夫停住了，嘲弄地看看听众，突然又摆出被刺伤的显要人物的姿态拿腔拿调地说道："先生们，我似乎使你们很厌烦了吧？"

瞧，他错就错在首先提起这一点。因为这样要求听众回答，就使歹徒们也有了说话的机会，可以说这简直是顺理成章，要是他能忍一忍，观众也不过是擤擤鼻涕而已，事情也就这么对付过去了……也许他是期望人们对他的问题报以掌声；但掌声没有等到；相反，大家似乎吃了一惊，蜷缩着，默然不语。

"您根本不曾见到安克-马尔齐，讲的都是空话。"猛地响起了一个人气冲冲的，简直似乎忍无可忍的声音。

"一点不错，"另一个人马上附和道，"如今哪有鬼魂，有了自然科学嘛。您还是读读自然科学吧。"

"先生们，我没有想到会有这样的反驳，"卡尔马津诺夫惊讶极了，伟大的天才久居卡尔斯鲁厄，对祖国感到陌生了。

"在我们的时代讲世界驮在三条鱼的背上是可耻的，"突然一个少女尖声细气地说道，"您，卡尔马津诺夫，不可能到地下的洞穴里去见隐士。谁现在还会谈什么隐士呢？"

"先生们，最使我感到惊讶的是你们这样认真。不过……不过，你们完全正确。我是最尊重真理的……"

他虽然含讥带讽地微笑着，但颇为震惊。他的脸色在一个劲地表示："我并不是你们所想的那样呀，我是赞成你们的意见的，还是赞美我吧，多多赞美吧，越多越好，我可爱听啦"……

"诸位，"他终于叫道，已经深感受辱。"我明白了，我的这篇可怜的小叙事诗是瞄错了地方。而且我本人似乎也瞄错了地方啦。"

"瞄准乌鸦，却打中了母牛。"一个傻瓜扯着嗓门叫道，大概是个醉鬼，当然，对他大可不必理睬。的确，引起了不礼貌的笑声。

"打中了母牛，您说？"卡尔马津诺夫马上接茬道。他的嗓音越来越尖厉刺耳了。"诸位，关于乌鸦和母牛我就不多说了。我对任何听众都尊重，我是不会用这种比喻的，即使是并无恶意的比喻；然而我想……"

"不过您，阁下，不要太……"后排有人叫道。

"然而我以为，在我决定搁笔、告别读者之际，人们是能把我的话听完的……"

"不，不，我们想听，想听。"前排终于有几个人鼓起勇气说道。

"还是读吧，读吧！"有几位女士热情洋溢地附和道，最后还突然响起了掌声，诚然，声音微弱，零零落落。卡尔马津诺夫勉强地一笑，从座位上欠起身来。

"请相信，卡尔马津诺夫，大家甚至感到荣幸……"连首席贵族夫人也忍不住说道。

"卡尔马津诺夫先生，"蓦地从大厅深处响起一个清脆的、年轻的声音，讲话的是县立中专的年纪轻轻的教师，一位出色的青年，温文尔雅，不久前才来到本地。他还从座位上欠起了身子。"卡尔马津诺夫先生，倘若我有幸像您给我们所描写的那样爱上一个人，那么，真的，我是不会把关于我的爱情的文字写进一篇准备公开朗诵的作品的……"

他甚至满脸涨得通红。

"诸位，"卡尔马津诺夫叫道，"我结束了。我略去结尾，就此告退。不过请允许我只读一读收尾的六行吧。"

"是的，读者朋友，别了！"他立即开始照手稿读下去，也不再在圈椅上坐下。"别了，读者；我甚至不很坚持要作为朋友分手，真的，何必给你添麻烦呢？即使你要骂我，啊，那就骂我吧，悉听尊便，如果这样做能使你感到某种快意的话。但最好是我们彼此永远忘却。要是你们大家，读者诸君，突然如此厚爱，以至跪下，噙泪恳求说：'写吧，啊，为我们写吧，卡尔马津诺夫——为了祖国，为了后代，为了桂冠，'那时，自然，我要彬彬有礼地表示感谢，然后我还是要回答说：'不，我们满意地相交了一场，亲爱的同胞们，谢谢！我们该各奔东西了！谢谢，谢谢，谢谢'。"

卡尔马津诺夫彬彬有礼地鞠了一躬，满脸通红，就像在开水里煮过一样。他退回了后台。

"谁也不会跪下；真是想入非非。"

"竟然这样自负！"

"这不过是幽默嘛。"一个比较有见识的人纠正道。

"得了吧，您的这种幽默还是免了吧。"

"嗨，这可是放肆，先生们。"

"现在他总算是结束了。"

"无聊透了！"

但后排的（不过不光是后排）所有这些缺乏教养的呼声都被另一部分观众的掌声所淹没。他们在欢迎卡尔马津诺夫谢幕。有几位女士，以尤莉娅·米海洛夫娜和首席贵族夫人为首，拥在台前。尤莉娅·米海洛夫娜的双手上出现了精美的桂冠，用白丝绒垫子托着，放在鲜艳的玫瑰花环中央。

"桂冠！"卡尔马津诺夫面露微妙而有点儿尖酸刻薄的讪笑说道。"我，当然，深为感动，并怀着新鲜的感情接受这早已准备好但尚未枯萎的桂冠；但是请相信，夫人们，我突然变得太讲究实际了，认为在我们这个时代，桂冠放在精通烹饪的厨师手里，比放在我的手里要合适得多……"

"厨师倒是更有用处，"曾在维尔金斯基家里参加"会议"的那个师范生叫道，秩序有点儿乱了。好多排的座位上都有人站起来，想看一看献桂冠的仪式。

"我现在为厨师再捐三个卢布。"另一个人大声附和道，这声音是太响亮了，响亮而坚决。

"还有我。"

"还有我。"

"难道这里就没有小吃部吗？"

"先生们，这不过是骗局呀……"

不过，应当承认，所有这些放纵的先生们还非常惧怕我们的达官显贵，以及在场的警察分局长。过了十分钟，大家又勉强地各自就座，但原来的秩序未能恢复。可怜的斯捷潘·特罗菲莫维奇正赶上了这初露端倪的混乱局面……

四

不过我又一次赶到后台去找他，及时地发出了警告，我非常激动地说，一切都搞糟了，他不如干脆不出场，马上回家，就说得了轻霍乱也行，我也扔下花结，同他一起走。他这时正朝台上走去，猛地收住脚步，高傲地把我从头到脚打量了一下，凛然说道：

"阁下，为什么您居然认为，我会干出这样卑鄙的事情来呢？"

我退缩了。我深信，就像相信二二得四一样，他不闯下祸是不肯走下舞台的。就在我万分沮丧的当儿，面前又闪过了外地来的那位教授的身影，斯捷潘·特罗菲莫维奇之后就轮到他上台了，刚才他老是举起拳头再猛然击下。他还是那样踱来踱去，沉思默想，脸上挂着阴险然而得意的笑容悄悄地喃喃自语。不知怎么一来，我几乎是下意识地（又是鬼使神差）又走到了他跟前。

"知道吗，"我说，"有很多例子说明，朗诵者占用听众的时间超过二十分钟，人家就不听了。不论是怎样的名人也支持不了半小时……"

他猛地停下，简直似乎气得浑身发抖。脸上露出了高傲至极的神气。

"您不用操心。"他鄙夷地嘟哝道，从一旁走了过去。这时大厅里响起了斯捷潘·特罗菲莫维奇的声音。

"唉，你们全都见鬼去吧！"我想着就跑到大厅去了。

斯捷潘·特罗菲莫维奇坐在圈椅里，还处于纷扰的余波之中。显然，前排迎接他的是没有好感的目光。（在俱乐部里人们似乎不再爱戴他了，也远不像以前那样尊重他。）不过，没有嘘他就算不错了。从昨天起我就有一个奇怪的想法：我总觉得，他一露面就会遇到嘘声。不过，在那纷扰的某种余波中人们并没有立即注意到他。这个人能有什么指望呢，既然卡尔马津诺夫也摊上了那样的遭遇？他面色苍白，有十年不曾在公众场合露面了。根据他的激动和我十分熟悉的他的种种表现来看，我很清楚，他本人也把此刻在舞台上的出现看作决定自己命运或与此类似的举动。而我怕的正是这一点。这个人我是引为挚友的。当我听到他张口说了第一句话的时候，我的感受真是一言难尽！

"诸位！"他突然说道，似乎决定豁出去了，同时又紧张得语不成句："诸位！今天早晨我的面前还放着一张不久前在这里散发的非法文件，而我第一百次地向自己提出一个问题：'它的秘密何在？'"

整个大厅一下子鸦雀无声，所有的视线都转向了他，有些目光流露着恐惧。没有话说，他真会出语惊人。甚至从侧幕后面也有人探出头来；利普京和利亚姆申在贪婪地倾听。尤莉娅·米海洛夫娜又向我招手了：

"阻止他，无论如何要阻止他！"她惊慌地低语道。我只是耸了耸肩；难道能阻止得了一个**豁出去的**人吗？唉，我了解斯捷潘·特罗菲莫维奇的德行。

"嘿，是讲传单呢！"观众在窃窃私语，整个大厅一片骚动。

"诸位，我洞悉了全部秘密。它们之所以能发生影响，其全部秘密就在于——它们的愚蠢！（他目光炯炯。）是的，诸位，如果这愚蠢是蓄意的，是出于计谋而伪装的，——啊，这简直就是天才的创造！但应当为它们说一句十足的公道话：它们丝毫没有伪装。这是最赤裸裸、最实实在在、最简单的愚蠢，——这是最纯粹的愚蠢，就像简单的化学元素一样纯粹。如果话说得稍微聪明一点，那么人人就会马上看出，这简单的愚蠢是何等空虚！可现在人人都深感困惑，因为谁也不信，这是那样原始的愚蠢。'要说其中再也没有别的，不可能吧'，人人都自语道，于是探寻秘密，觉得其中定有奥妙，想读出字里行间的言外之意，——效果有啦！噢，愚蠢还从未得到过如此隆重的嘉奖，尽管它是常常应当得到的……因为，顺便说说，愚蠢和最高的天才对人类的命运是同样有用的……"

"四十年代的文字游戏！①"有人说道，不过话声相当谦和，但随后仿佛全都乱套了，一片喧哗和嗡嗡声。

"先生们，乌拉！我提议为愚蠢干杯！"斯捷潘·特罗菲莫维奇叫道，已经兴奋得完全忘乎所以，在公众前硬充好汉。

我跑到他跟前，假装要给他续水。

"斯捷潘·特罗菲莫维奇，别说了，尤莉娅·米海洛夫娜求您……"

"不，别管我，不务正业的年轻人！"他高声大嗓地冲着我来了。我只好逃走。"先生们！"他继续说道，"何必激动呢，何必让我听到怒气冲冲的叫嚷呢？我是手持橄榄枝而来。我带来了最后的一句话，因为在这个问题上我有最后一句话要说——然后我们就言归于好吧。"

"滚下去！"有些人叫道。

----

① 斯捷潘·特罗菲莫维奇说纯粹的愚蠢令人难以置信而寻求字里行间的言外之意，从而产生了效果，据此又戏言愚蠢"有用"，至于说愚蠢和天才"同样有用"，则是故意混淆"有用"这个词在这里的不同含义而搞文字游戏。

"静一静，让他说嘛，让他把话说完，"另一部分人吼道。特别激动的是那个年轻的教师，他鼓起勇气说过一次话，似乎就收不住口了。

"先生们，这个问题的最后一句话就是——宽恕一切。我，过时的老人，我要庄严宣布，生命的精神依然在传递，活力在青年一代身上并未耗竭。现代青年的热情与我们当年一样纯洁而崇高。只有一个变化：追求的目标转移了，一种美为另一种美所取代！全部困惑仅仅在于：什么更美，是莎士比亚还是靴子，是拉斐尔还是煤油？"

"这是在告密吗？"有些人嘀咕道。

"诬陷性的问题！"

"内奸！"

"而我宣布，"斯捷潘·特罗菲莫维奇尖声叫道，他的狂热达到了顶点，"而我宣布，莎士比亚和拉斐尔——高于农奴解放，高于民族性，高于社会主义，高于青年一代，高于化学，几乎高于全人类，因为他们已经是成果，全人类的真正成果，而且也许是所可能有的最高成果！美的形式已经达到，要不是达到了这种美的形式，我也许就不愿活下去了……啊，天哪！"他举起双手轻轻一拍，"十年前我曾在彼得堡，在舞台上，大声说着这同样的内容，同样的话语，他们也同样地不能理解，又是笑又是嘘，同现在一样；浅薄的人们哪，你们有什么欠缺而不能理解呢？知道吗，你们知道吗，没有英国人，人类可以活下去，没有德国可以，没有俄国人太可以了，没有科学可以，没有面包可以，唯独没有美不行，因为世间就绝对没有什么事情可做了！全部秘密就在这里，全部历史就在这里！没有美，科学本身一分钟也支持不了，——这一点你们知道吗，讪笑的人们哪，——人类将变得愚昧无知，一根钉子你们也发明不出来！……我决不后退！"最后他荒唐地叫道，并且用足力气在桌上猛击了一拳。

但在他莫名其妙、颠三倒四地尖声嚷嚷的时候，大厅里的秩序也乱了。很多人从座位上跳了起来，有些人朝台前拥过去。真的，说时迟，那时快，简直来不及采取措施。或许也没有人想采取措施。

"你们衣食不愁，日子当然好过啦，你们这些养尊处优的家伙！"那个师范生紧靠台前吼道，快活地冲斯捷潘·特罗菲莫维奇笑着。他注意到了，一纵身跳到台口：

"我刚才、我刚才不是说了吗，青年一代的热情同过去一样纯洁而崇高，他们遭殃，只是因为在美的形式问题上犯了错误！你们还觉得不够？假定是一位心情沮丧、深感屈辱的父亲来发表意见，难道，——啊，浅薄的人们哪，——难道能有更公正而温和的见解吗？……不知好歹……不讲道理……为什么，为什么你们不愿和解呀！……"

突然，他歇斯底里地号啕大哭起来。他用手指抹去流下的眼泪。哭得肩膀抽搐，胸部颤动……他忘了世上的一切。

观众显然大吃一惊，几乎所有的人都站了起来。尤莉娅·米海洛夫娜也迅速跳起来，挽着丈夫的手臂，把他从圈椅里拉起来。情况糟糕极了。

"斯捷潘·特罗菲莫维奇！"师范生高兴地吼道，"现在逃亡的苦役犯费季卡在城里和郊外游荡。他抢劫而且不久前还犯了新的凶杀案。请问，如果十五年前您没有送他去当兵以偿还赌债，简单地说吧，如果不是您赌输了钱，您说他会落到服苦役的地步吗？会像现在这样在求生存的斗争中去杀人吗？您说呢，美学家先生？"

我不想再写此后所发生的事情了。首先，爆发了一阵狂热的掌声。鼓掌的不是全体，而是观众的大约五分之一，但他们狂热地鼓着掌。所有其余的观众纷纷拥向出口，但因为鼓掌的那部分观众都向台前挤，所以秩序大乱。妇女们吵吵嚷嚷，有些姑娘哭着要回家。列姆布克站在自己的座位旁，常常神情狂暴地环顾四周。尤莉娅·米海洛夫娜完全张皇失措了，——这是她在本地活动期间的第一次。至于斯捷潘·特罗菲莫维奇，在最初的一刹那他似乎被师范生的话震蒙了；但他突然举起双手，仿佛要把手伸到观众的头顶上，狂叫道：

"我和你们一刀两断并且诅咒你们……了结了……了结了……"

于是他转身向后台跑去，一面威胁地挥舞着双手。

"他侮辱公众！……拦住韦尔霍文斯基！"发狂的人们吼叫道。

他们甚至想扑过去追他。要制止他们的喧哗是不可能的，至少在当时不可能，可突然，一场最后的灾难像一枚炸弹在会上爆发而引起了骚动：第三个朗诵者①，那个在后台老是挥舞拳头的狂人突然跑上了舞台。

看他的样子完全是个疯子。他咧开嘴得意扬扬地微笑着，充满了无限的自信，仿佛很喜欢那纷扰的场面。他并不因为要在这样混乱的时候朗诵而有丝毫的窘态，反而似乎很高兴。这一点是显而易见的，立即引起了注意。

"这又是怎么一回事？"人们发出了疑问，"这又是什么人？嘘！他要说什么？"

"诸位！"这个狂人使劲地大叫道，他紧靠台口站着，那嗓音几乎是与卡尔马津诺夫一样的尖声尖气的娘娘腔，不过没有贵族式的拿腔拿调。"诸位！二十年前，在与半个欧洲开战的前夕，俄国在所有各级文官的心目中是一个理想的国家。文学受雇于书刊检查机关；大学实行军训；军队变成了芭蕾舞表演，而老百姓交捐纳税，在农奴制的皮鞭下噤若寒蝉；爱国主义就是向生者和死者搜刮贿赂。不受贿赂的人被目为叛逆，因为他们破坏了和谐一致。桦树林被滥加砍伐以支持现行制度。欧洲惴惴不安……但俄国在其一千年的全部昏聩的历史上，从未落到今天这样可耻的地步……"

他举起一个拳头，激昂而威严地在头上挥动着，又突然猛地击下，仿佛要把敌人击成齑粉。狂热的呼喊声从四处响起，掌声震耳欲

① 1862 年 3 月 2 日在文学、音乐晚会上，自由派史学教授普·瓦·帕夫洛夫 (1823—1895) 以俄罗斯建国千年为题发表了决非革命的演讲。但他没有冠冕堂皇地歌功颂德，而主要是讲了俄国人民的苦难史。第三厅的暗探密报，帕夫洛夫"以一种特别的、激昂的、预言似的、大声疾呼的声调"讲话，有时举起一只手和食指。演说受到了公众的欢呼。这一真实的素材在这里变成了第三个朗诵者精神失常的狂人公开"羞辱"俄罗斯，激烈地挥动拳头配合自己的叫嚷。帕夫洛夫 3 月 5 日被捕，6 日被流放到韦特卢加受警方监视。在 1862 年 3 月 2 日的那次晚会上，陀思妥耶夫斯基也作为进步作家（车尔尼雪夫斯基、涅克拉索夫等人）之一，朗诵了他的《死屋手记》。

聋。几乎已有半数观众在鼓掌；他们心醉神迷是无可非议的：俄罗斯被当众公开诋毁，怎能不高兴得狂呼乱叫呢？

"这才切中要害！这才切中要害呢！乌拉！这可不是什么美学啦！"

狂人依然欣喜若狂："从那时起过去了二十年。大学开放了，增多了。军训变成了传说；军队的编制缺少数以千计的军官。铁路吞噬了全部资金，蛛网似的布满了俄国，再过十五年，或许就可以乘火车出行了。桥梁失火只是偶尔有之，而城市的焚毁是有规律的，在火灾季节按固定的程序依次被焚。法庭的判决像所罗门一样公正，陪审员们只是在饿得要死时才为了求生存而受贿。农奴解放了，于是他们互相用树条鞭打，为过去的地主代劳。人们喝掉了多如海水的伏特加，以支持预算，而在诺夫哥罗德，在古老的没有用处的索菲亚大教堂对面，耸起了一个巨型的青铜圆球，以纪念已经过去的混乱、昏聩的一千年。欧洲愁眉蹙额，又开始感到不安了……十五年改革！可是俄国即使在它最畸形的昏聩年代也不曾落到像今天这样……"

底下的话在观众的一片吼叫声中简直无法听清。可以看到，他又举起了一只手，再一次所向无敌地向下一击。狂热的情绪达到了顶点，人们吼叫，拍手，有些女士甚至喊道："够啦！您说得再好也没有了！"人们好像醉了。演说家扫视着大家，仿佛由于自己的胜利而飘飘然。我一眼瞥见列姆布克在不可名状的激动中向人作着什么指示。尤莉娅·米海洛夫娜面色煞白，向跑到她跟前的公爵匆匆说着什么……但这时一大群人，有六个左右，都是多少带有官方色彩的人物，从后台蹿到了台上，敏捷地抓住演说家就往后台拖。我不明白，他怎么能够摆脱他们，但他摆脱了，又跳到台口，而且挥动着拳头，声嘶力竭地叫道：

"但是俄国还从来没有落到……"

但他已经又被拖走了。我看到，也许有十五个人左右，往后台冲去要解救他，不过他们没有经过台上，而是从侧面打破薄薄的隔板，这块隔板终于倒了……后来我又看到，虽然我简直不相信自己的眼睛，女大学生（维尔金斯基的亲戚）不知从哪里突然蹿到了台上，腋下还是夹着那卷纸，还是那身打扮，还是那样面色红润，还是那样保养得好好的，有两三个女人、两三个男人簇拥着她，由她的死敌，那个中学生陪伴着。我甚至还听到了她说的一句话：

"先生们，我来是要说明不幸的大学生们的苦难，并在各地唤起他们进行抗议。"

但我逃走了。我把自己的花结塞进口袋，从我所熟悉的后门绕到了大街上。当然，首先要找斯捷潘·特罗菲莫维奇。

第四章　盛会的尾声

一

他没有接待我。他把门锁上在写东西。我一再敲门呼唤，他在门后回答说：

"我的朋友，我把一切都了结①了，谁能再对我有什么要求呢？"

"您并没有断送什么，您不过帮了点儿倒忙，促使一切加快垮台罢了。看在上帝分上，别再做文字游戏啦，斯捷潘·特罗菲莫维奇；开门吧。必须采取措施；他们还会来找麻烦，侮辱您……"

我认为我理当特别严厉甚至苛求。我担心他会有什么更疯狂的举动。但令我惊讶的是，他的态度异常坚决：

"您不要第一个来侮辱我吧。为了过去的一切，我感谢您，但是我再说一遍，我了结了与人们的一切关系，不论是好人还是坏人。我在给达丽娅·帕夫洛夫娜写信，我至今不可饶恕地把她忘了。明天您把信带给她，如果您愿意的话，现在'谢谢'。"

"斯捷潘·特罗菲莫维奇，我告诉您，情况比您想的要严重。您以为您在那里把某些人打垮了？谁也没有被您打垮，倒是您自己像一只空玻璃瓶那样碰得粉碎（噢，我粗鲁无礼；现在想起来就难受！）。您绝对没有必要给达丽娅·帕夫洛夫娜写信……没有我您现在如何摆脱困境？您对实际了解多少？您想必还在打什么主意吧？您只会再一次碰得头破血流，如果又在打什么主意的话……"

他站起来走到门边。

"您和他们相处不久，却学会了他们的语言和腔调，我的朋友，愿上帝原谅您，保佑您。但我一向注意到，您身上有高贵品格的萌芽，所以也许您还能幡然悔悟，——当然，要在以后，就像我们所有的俄罗斯人一样。至于您批评我不切实际，我要向您提一提我的一个由来已久的想法：我们俄国有一种人比比皆是，他们就知道咄咄逼人而且像苍蝇一样特别令人讨厌地攻击别人不切实际，以此指责所有的人，只除了他自己。亲爱的，请注意，我很激动，就别折磨我啦！我再一次为过去的一切向您说一声谢谢，然后咱们就分手吧，就像卡尔马津诺夫与公众那样分手，就是说我们要尽可能豁达地互相忘却。他那样煞有介事地央求自己过去的读者把他忘却，是故作姿态；至于我，我不那样自负，我主要是寄希望于您的一颗涉世未深的年轻的心：您哪会长久地记住一个无用的老人呢？'活下去吧'，我的朋友，就像娜斯塔霞在我以往的命名日给我的祝愿那样（这些可怜的人有时会说出一些美妙而充满哲理的话语）。我不祝您多福多寿——这令人觉得乏味；我也不愿您遭灾；而是遵循老百姓的哲理，简单地重复一遍：'活下去吧'，并且设法不要活得太寂寞；这个徒然的祝愿是我自己另外加上去的。好吧，永别了，真的永别了。您不要站在门口啦，我决不开门。"

他走开了，我再也没有得到什么收获。他尽管"激动"，话却说得流畅、从容、有分量，而且显然想开导我。当然他有点儿生我的气，转着弯子报复了我，嗨，说不定还是为了昨天的"带篷马车"和"会裂开的地板"。今天早晨尽管得到了某种胜利，但当众流泪，他明白，使他显得有点可笑，要知道没有一个人像斯捷潘·特罗菲莫维奇那样看重美，那样看重与朋友交往的一丝不苟的风度。噢，我并不怪他！尽管经历了那么多令人震惊的事情，他还保持着吹毛求疵、冷嘲热讽的特点，当时正是这一点使我感到安心：一个似乎并没有大大

---

① "了结"在俄文中也有断送的意思。

改变常态的人是不会干出什么悲剧性的或反常的事来的。那时我就是这样想的，但是天哪，我是大错特错了！我忽略了太多的迹象……

在继续讲下去以前，我先引述这封给达丽娅·帕夫洛夫娜的信的一段话，她在第二天确实收到了信。

"我的孩子，我的手在颤抖，但我把一切都了结啦。您没有目击我同那些人的最后的搏斗；您没有出席这个'朗诵会'是好事。但是人们会告诉您，在我们这个缺乏刚强性格的俄国，有一个勇敢的人站起来了，他不顾从四面八方纷纷袭来的死亡的威胁，对那些笨蛋们道出了他们的真相，即直言他们是笨蛋。啊，这是一些可怜的渺小的人，如此而已，是一些可怜的（笨蛋），——正是如此！不再犹豫了；我将永远离开这个城市，还不知要去何方。我所爱的人都舍我而去了。但是您，您，纯洁而天真烂漫的人儿，您，温柔的姑娘，屈从于某一颗任性而专横的心的意愿，差点儿曾把自己的命运和我的命运结合在一起，您，也许曾鄙夷地看着我在我们夭折的婚礼前夕洒下怯懦的泪水；您，不论您是怎样的人，不可能不把我看作可笑的小丑，哦，对您，对您我要倾吐我内心的最后的呼声，对您我要致以我最后的告别，仅仅对您！我不能让您永远留下一个想法，认为我是一个不知好歹的蠢材、浑人、利己主义者，某一颗忘恩负义的残酷的心想必每天都在向您这样数落我，唉，那颗心却是我难以忘怀的啊……"

如此等等，等等，写满了四大张纸。

作为对"我决不开门"这句话的回答，我用拳头在门上连续敲了三次，随即对他叫道，他今天就会派娜斯塔霞来请我三次，我自己却不肯来了，我扔下他跑去找尤莉娅·米海洛夫娜。

二

在这里我意外地成了一个令人愤慨的场面的目击者：人家在当面哄骗一个可怜的女人，而我束手无策。实际上我能对她说什么呢？我已经有点醒悟过来并且认识到，我只有某些感觉和多心的预感，仅此而已。我碰见她泪流满面，几乎处于歇斯底里状态，用香水敷额，正在喝水。在她面前站着喋喋不休的彼得·斯捷潘诺维奇和仿佛嘴被封住而默默无言的公爵。她含泪尖叫，埋怨彼得·斯捷潘诺维奇"临阵脱逃"。我马上就感到大为惊讶，她居然把这天早晨的所有挫折，全部耻辱，总之把一切都完全归咎于彼得·斯捷潘诺维奇没有到场。

我发觉他有一个重要的变化：他似乎有什么特别烦心的事，可以说神情严肃。平时他从来不显得严肃，总是嘻嘻哈哈，即使是在生气的时候，而他是常常生气的。啊，他此刻就在生气，说话粗鲁，轻慢，悻悻然而且不耐烦。他说他当时在加甘诺夫的寓所头痛、呕吐，他是一清早偶然拐到他那里去的。唉，可怜的女人好想再次受骗啊！我发现摆在桌面上的主要问题是，要不要举行舞会，即此次盛会的后半部分要不要照常进行？尤莉娅·米海洛夫娜无论如何不同意在受到"刚才的侮辱"之后还出席舞会，换句话说，她极力想被人逼着出席，而且这个人一定要是他，彼得·斯捷潘诺维奇。她把他视为先知，看来要是他此刻离去，她就会一病不起。但他根本没有想走：他本人需要竭尽全力，使舞会今天能如期举行，而且一定要尤莉娅·米海洛夫娜亲临……

"好啦，哭什么！您非得闹一闹吗？要向什么人发泄一下怒气？那就向我发泄吧，不过要快，时间不等人，我们必须作出决定。他们的朗诵搞砸了，我们用舞会来弥补嘛。瞧，公爵也是这个意见。是的，太太，要不是有公爵，您那里会发生什么后果啊？"

公爵起初是反对舞会的（就是说反对尤莉娅·米海洛夫娜在舞会上露面，舞会无论如何还是要举行的），但经过这样再三援引他的意见，他渐渐地开始咕噜着表示同意了。

彼得·斯捷潘诺维奇那种极不平常的毫无礼貌的腔调也使我惊讶。啊，我愤怒地否定后来才广为流传的卑鄙谣言，说什么尤莉娅·米海洛夫娜和彼得·斯捷潘诺维奇似乎有暧昧关系。这是没有的事，也不可能有。他之所以能左右她，只是因为从一开始就不遗余力地赞同她影响社会、影响政府的梦想，了解她的种种计划，并亲自为她草拟，施展赤裸裸的阿谀奉承，使她完全入其彀中，她终于像需要空气那样需要他了。

她看见我，目光炯炯地叫道：

"问问他吧，他也和公爵一样，始终没有离开过我的身边。您说，是不是显而易见，这一切都是阴谋，卑鄙狡猾的阴谋，不就是要尽可能使我和安德列·安东诺维奇威信扫地吗？噢，他们是商量好的。他们有一帮人，一大帮人！"

"扯远啦，您总是这样。老是想入非非。不过我很高兴见到……（他佯装想不起我的名字）他会把自己的看法告诉我们的。"

"我的看法，"我急忙说道，"与尤莉娅·米海洛夫娜的看法完全一致。毫无疑问是阴谋。我把这些绦带交给您，尤莉娅·米海洛夫娜。舞会举行还是不举行，——这当然不是我的事，因为我无权过问；但我作为干事的作用结束了。请原谅我的冲动，但我不能做违背健全的理性和信念的事情。"

"听见吗，听见吗！"她双手一拍。

"听见了，太太，我要对您说的是，"他转向我说道，"我认为你们全都吃错了药，在说胡话。在我看来，什么事也没有发生，在这个城市里过去不曾有过也永远不会有的事情，现在也根本没有发生。什么阴谋？事态很丑恶，荒唐得可耻，但哪里有什么阴谋呢？他们是反对尤莉娅·米海洛夫娜吗，是反对宠爱他们，庇护他们，宽容他们的一切胡闹的这个人吗？尤莉娅·米海洛夫娜！整整一个月我向您不停地叮嘱什么来着？我是怎样警告您的？所有这些人对您究竟有什么用，有什么用？何必同这些小人纠缠！何必呢，为什么？为了团结社会？可他们会团结起来吗，怎么可能呢！"

"您什么时候警告过我啊？相反，您是赞同，甚至还要求……我，说实话，太惊讶了……您自己就领来了很多怪人。"

"相反，我同您争论过，而不是赞同，至于领人来，确实领过，但那时他们已经蜂拥而至了，而且也只是在最近才领过人来，为的是组织'文学卡德利尔舞'，没有这些奴才不行嘛。不过我敢打赌，今天有一二十个其他奴才是没有票混进来的！"

"一定有，"我肯定地说。

"瞧，您已经同意了。想想吧，近来在这里，就是说在全城形成了什么风气啊？完全是肆无忌惮，厚颜无耻；简直就是连续不断地公然胡闹。是谁鼓励他们的？是谁以自己的权威加以包庇？是谁误导了所有的这些人？是谁惹恼了那些小人物？要知道本地的所有家庭秘密都在您的画册里暴露得淋漓尽致。不是您纵容了您的那些诗人和画家吗？不是您把小手伸给利亚姆申亲吻吗？师范生不是当着您的面把一位四等文官痛骂了一顿，还用那双粗大的脏靴子践踏了他女儿的衣裳吗？公众对您持反对态度，您怎么还感到吃惊呢？"

"但这都怪您啊，是您自己搞的啊！啊，我的天！"

"不，太太，我们争吵过，听见吗，我们争吵过！"

"您是在当面撒谎。"

"当然啦，您这样说说还不容易。您现在需要牺牲品，需要向谁发泄一下怒气；那就向我发泄吧，我讲过了。我不如同您谈谈，……先生（他还是想不起我的名字）。让我们扳着指头算算：除了利普京，根本没有什么阴谋，根——本——没——有！我可以证明，但我们先来分析一下利普京。他登台朗诵傻瓜列比亚德金的诗——怎么呢，您认为这是阴谋？您是否知道，利普京可能只是觉得这很风趣？当真地，当真地觉得很风趣。他登台只是为了让大家，首先是让自己的靠山尤莉娅·米海洛夫娜笑一笑，高兴高兴，如此而已。您不信？难道这与整整一个月来这里的种种现象不协调吗？我不妨直说了吧：真的，要是在别的情况下，大概也就过去了！一个粗鲁的玩笑，就说太尖刻吧，毕竟很滑稽，不是很滑稽吗？"

"什么！您认为利普京的行径很风趣？"尤莉娅·米海洛夫娜怒气冲天地大叫道，"那样荒唐，那样不知分寸，那样卑鄙下流，暗藏机关，啊，你们是蓄意的。您本人就是他们的同谋！"

"可不是吗，我躲在后面操纵着整个机器！可是如果我参与了阴谋，——至少您要明白这一点！——那就不会只勾结一个利普京！那么在您看来，我也勾结了爸爸，让他故意制造那样的丑闻？请问，让爸爸朗诵是谁的错？是谁昨天曾阻止您，就在昨天，昨天？"

"啊，昨天他是那么风趣，我抱着好大的希望，而且他有风度，所以我想，他和卡尔马津诺夫……可结果呢！"

"是的，太太，可结果呢。爸爸尽管那么风趣，他还是把事情搞糟了，倘若我自己预先知道他会坏事，那么我既然真的阴谋破坏您的盛会，昨天就不会劝您不要把山羊放进菜园子里，是不是这样呢，太太？可我昨天曾劝阻您，——我劝阻您是因为我有预感。不言而喻，预见一切是不可能的：恐怕连他自己也不知道，一分钟以后他会那样大放厥词。这些神经质的老头子难道还像个人吗！不过还能补救：为了让公众感到满意，明天就由政府下命令，派两名医生带上全套医疗用品去诊断他的健康状况，甚至今天去也行，然后直接送医院，施冷敷。至少大家会开怀大笑，觉得不必生气。关于这件事我还要在今天的舞会上加以宣布，因为我是他儿子嘛。还有卡尔马津诺夫，他简直是不谙世事的笨驴，一篇作品拖了整整一个小时，——这个人嘛，毫无疑问，是我的同谋！他是说，好，我也来暗中使坏，让尤莉娅·米海洛夫娜倒大霉！"

"啊，卡尔马津诺夫，真是耻辱！我为我们的公众羞死啦！"

"不，太太，要是我，才不愿死呢，倒是要把他本人给烹了。公众并没有错。可又是谁看错了卡尔马津诺夫呢？我有没有把他硬塞给您？我参加过对他的顶礼膜拜吗？好了，随他去吧，还有这第三个疯疯癫癫的狂人，搞政治的，不过，这是另一码事了。这里人人都有了失误，而不是我的什么阴谋。"

"哎呀，别说啦，这太可怕了，太可怕！这，这都是我的错！"

"当然喽，太太，但是我要在这里为您辩护。唉，谁能看住他呢，他可以公开活动嘛！对他就是在彼得堡也防不胜防。何况他是经人推荐的；还倍加赞扬！所以您得承认，现在您甚至必须在舞会上露面。这可是个重要问题，因为是您亲自把他请上讲坛的。现在您就应当公开宣布，您和此人毫无瓜葛，说明这个坏蛋已经被警方拘留，说明您是莫名其妙地受了骗。您应当愤怒地申明，您是这个疯子的受害者。因为他确实是疯子，纯粹是个疯子。向上级也要这样汇报他的情况。这些爱咬人的家伙我简直不能容忍。我自己也许会讲得更凶，但毕竟不是站在讲坛上讲。而现在他们偏偏在纷纷议论一位参政员。"

"哪位参政员？谁在议论？"

"您瞧，我自己也一无所知。您，尤莉娅·米海洛夫娜，对参政员这件事毫不知情吗？"

"参政员？"

"您知道吗，他们都确信，彼得堡派了一位参政员来这里，要撤你们的职。我听见很多人在讲。"

"我也听说了。"我证实道。

"是谁讲的？"尤莉娅·米海洛夫娜火冒三丈。

"您是问最先讲的是谁吧？我哪里知道。真的，有人讲。讲的人可多啦。尤其是昨天。所有的人似乎都很严肃，不过让人摸不着头脑。当然，比较聪明、慎重的人是不讲的，但在他们之中有些人也留神地听着。"

"多卑鄙！而且……多荒唐！"

"所以现在恰恰需要您出面，给这些傻瓜们瞧瞧。"

"说实话，我自己也觉得我有这个责任，可是……如果我又蒙受耻辱，怎么办？如果人都不来，怎么办？没有人会来了，没有人，没有人会来！"

"这样冲动！您是说他们不会来？那么做好的衣裳呢，姑娘们的服装呢，全白费？我从此要把您看作一个普通的女人，再也不承认您的权威了。这样不了解人！"

"首席贵族夫人是不会到场的，不会的！"

"这里究竟出了什么事嘛！她为什么不到场？"他终于悻悻然不耐烦地叫道。

"丢人现眼，奇耻大辱，——就是出了这种事。我不知道那是怎么回事，我只知道从此以后我就不能再走进去了。"

"为什么？您究竟有什么错？您干吗要把过错揽在自己身上呢？说白了，有错的不是观众吗，不是您的那些老头子，那些身为家长的人吗？他们应当约束坏蛋和无赖，——因为那不过就是一批坏蛋和无赖嘛，没什么大不了的事。任何社会，任何地方都不能光靠警察来管。我们这里人人在进来时都要求派专人跟着保护他。不明白社会是要自己来保护自己。我们的家长、达官显贵、妇女、姑娘们在这种情况下在干什么呢？不作声，生闷气。社会竟如此缺乏主动精神，连几个顽童也约束不住。"

"哎呀，这是千真万确！不作声，生闷气，还有就是……东张西望。"

"既然千真万确，您就该公开地、勇敢地、毫不姑息地说出来。就是要给他们看看，您并没有倒下。就是要这些老头子和做母亲的看看。啊，您是办得到的，您在头脑清醒的时候是有才干的。您把他们集中起来，公开地，公开地讲吧。然后给《呼声报》和《交易所新闻》①发一篇通讯。别急，这件事我自己来办，我为您办妥一切。当然，要更加注意监视小吃部；请公爵，请这位……先生……您总不能丢下我们吧，先生，现在正是要一切从头开始的时候。最后，您要挽着安德列·安东诺维奇的手臂。安德列·安东诺维奇身体好吗？"

"噢，您在谈到这个天使般的人的时候，向来是多么不公道、不正确，多么委屈了他啊！"突然，尤莉娅·米海洛夫娜以一阵突发的激情，几乎是泪水盈盈地叫道，一面拿着手帕要擦泪。彼得·斯捷潘诺维奇在最初的一刹那不禁愕然：

"怎么会呢，我……可我究竟……我总是……"

"您从来没有，从来没有！您对他从来都不说公道话！"

"永远无法理解女人！"彼得·斯捷潘诺维奇讪笑着嘟哝道。

"他是最诚实、最彬彬有礼、最是天使般的一个人！一个最善良的人！"

---

① 俄国资产阶级温和的自由派报纸，1880 至 1917 年在彼得堡出版。

"您怎么啦，我说过他什么呢……对他的善良我向来都……"

"从来没有！不过不说了。我的辩护太笨拙了。刚才那个伪善的首席贵族夫人也对昨天的事冷嘲热讽地作了一些暗示。"

"啊，她现在顾不上对昨天的事暗示什么了，她有今天的问题。您怎么那样担心她不出席舞会呢？她当然不会出席，既然她卷进了这种丑闻。或许并不是她的错，可毕竟影响声誉；弄脏了手嘛。"

"什么意思，我不明白，为什么说弄脏了手？"尤莉娅·米海洛夫娜莫名其妙地看了看他。

"其实我并不能肯定，但城里已经沸沸扬扬，说就是她撮合的。"

"什么意思嘛，她撮合了谁呀？"

"哎呀，难道您还不知道吗？"他故作惊讶地叫道，装得倒挺像，"就是斯塔夫罗金和莉莎维塔·尼古拉耶夫娜！"

"什么？什么？"我们全都叫了起来。

"你们居然不知道？嘿！这儿可发生了一个悲剧性的浪漫故事呢：莉莎维塔·尼古拉耶夫娜从首席贵族夫人的马车里出来，直接坐上了斯塔夫罗金的马车，与'此人'在大天白日溜往斯克沃列什尼基。就在一个小时前吧，还不到一个小时。"

我们都愣住了。不言而喻，我们争先恐后地详细打听起来，但奇怪的是，虽然他本人"碰巧"是目击者，却什么情况也讲不清楚。事情发生的经过似乎是这样的：首席贵族夫人的马车带着莉莎和马夫里基·尼古拉耶维奇驶近莉莎母亲（她仍然病足）的家时，离大门不远，约有二十五步左右，有谁的一辆马车等在那里，莉莎跳到台阶上就直接向那辆马车奔去；车门开了，又砰地关上；莉莎向马夫里基·尼古拉耶维奇喊了一声："原谅我吧！"——于是马车全速向斯克沃列什尼基驶去。我们急忙问道："这是不是事先约好的？是谁坐在马车里？"彼得·斯捷潘诺维奇的回答是，他一无所知；又说约定当然是约定的，但他没有看到斯塔夫罗金本人在马车里；很可能是仆人阿列克谢·叶戈雷奇老头。我们问："您怎么会在那里？为什么您准知道她是到斯克沃列什尼基去呢？"他答道，他是偶然路过那里，看见莉莎以后还跑到了那辆马车旁边（居然没有看清谁在马车里，而他是那样好奇的一个人！），而马夫里基·尼古拉耶维奇非但没有上前追赶，甚至没打算加以阻止，还拉着首席贵族夫人，她在拼命叫喊："她找斯塔夫罗金去啦，她找斯塔夫罗金去啦！"这时我突然忍无可忍，冲着彼得·斯捷潘诺维奇狂叫起来：

"这全是你这个无赖安排的！今天早晨你就是在干这件事。是你在帮着斯塔夫罗金，是你乘着那辆马车来的，是你带走了……是你，是你，是你！尤莉娅·米海洛夫娜，他是您的敌人，他会把您也给毁了！您留神吧！"

我急匆匆地从屋里跑了出去。

我至今不明白而且自己也感到奇怪，当时怎么会对他那样大喊大叫。但我完全猜对了：事情的几乎全部经过都与我所说的吻合。主要是他在透露消息时的虚伪态度太露骨了。他在进屋时没有马上讲起这个最新的特别新闻，而是作出一种姿态，似乎不用他说我们也已经知道了，——而这在如此短促的时间里是不可能的。我们倘若真的知道，那么在他开始讲以前，也绝不会不谈起。他当时也不可能听到城里对首席贵族夫人的"沸沸扬扬"的议论，还是因为时间太短促嘛。此外，他在讲的时候有两三次露出可恶的轻浮的笑容，想必他已经把我们看作完全受骗的傻瓜了。但我已经顾不上他；对主要的事实我是相信的，于是忘乎所以地离开尤莉娅·米海洛夫娜而跑了出来。这场祸事深深刺伤了我的心。我心疼得几乎掉泪；是的，也许我还真的哭了。我完全不知道该怎么办。我赶紧去找斯捷潘·特罗菲莫维奇，可是这个令人懊丧的人又不肯开门。娜斯塔霞满怀敬意地低语道，他已经就寝了，不过我不相信。在莉莎家里我终于能详细询问仆人们；他们证实是私奔，但也毫不知情。府里一片惊慌；有病的太太一次次晕过去；马夫里基·尼古拉耶维奇守在她身边。我觉得要把马夫里基·尼古拉耶维奇叫出来是不行的。在我问及彼得·斯捷潘诺维奇时，仆人们说，最近他天天在府里窜来窜去，有时一天来两次。仆人们很伤心，谈起莉莎来怀有某种特殊的敬意；大家都喜欢她。她毁了，完全给毁了，对这一点我毫不怀疑，但此事的心理方面我却全然不解，尤其是在昨天她和他的那场唇枪舌剑之后。当然，现在消息已经传开，满城跑来跑去到我认识的那些幸灾乐祸的人家去打听，我又觉得不是滋味，何况对莉莎来说也是一种屈辱。但奇怪的是，我竟跑去找达丽娅·帕夫洛夫娜，不过那里不接待我（从昨天起斯塔夫罗金家就不接待任何人了）；我不明白，我能对她说什么呢，为什么要跑去找她？我从她那里又转而去找她的哥哥。沙托夫阴沉地、默默地听着。我注意到，他还处于前所未有的忧郁的心境；他沉浸于深思之中，仿佛在勉强地听我把话说完。他几乎一言不发，开始在斗室中的两个屋角之间踱来踱去，比平时更重地踩着靴子。在我就要走下楼梯时，他在后面大声地叫我去找利普京："在那里您会知道一切的。"但我没有去找利普京，而是在走了一段很长的路之后又折回沙托夫那里，我把门推开一半，站在门口，简单明了也不作任何解释就向他提了个建议："今天您不去看看玛丽娅·季莫费耶夫娜吗？"沙托夫一听就骂了起来，于是我走了。我写下来备忘：就在那天晚上他特意走到市郊去见了玛丽娅·季莫费耶夫娜，他久已没有见到她了。他发现她的健康和情绪都好得不能再好了，而列比亚德金醉得像死人一样，睡在外间的沙发上。那时正好九点。第二天他在大街上与我匆匆相遇时就把这些告诉了我。当晚九点多我才决定到舞会上去，但已不是作为"年轻的干事"（而且我的绶带已经留在尤莉娅·米海洛夫娜家里），而是怀着不可抑制的好奇心去倾听（但不发问）我们城里大体上在怎样谈论这些事件。而且我很想看看尤莉娅·米海洛夫娜，哪怕从远处看一眼也好。我狠狠地埋怨自已，刚才不该那样从她那里跑出来。

三

这一夜的种种可以说怪诞的事件以及凌晨的可怕"结局"至今恍若一场丑恶的噩梦并且是——至少对我来说是我的这篇纪事中最令人

难以忍受的一幕。虽然我迟迟才到达舞会上，但还是赶上了它的末尾，——它是注定要那么快就结束的。已经十点多了，我来到首席贵族夫人府第的台阶，那里不久前举行朗诵会的白厅，尽管时间仓促，已经布置好作为主要的舞厅，它原定是面向全城的。但是不论我就在不久前的上午把舞会想象得多么糟糕，我还是没有预料到全部真实情况：到场的没有一个是上层家庭；甚至略微有点地位的官员也缺席，——而这可是非常能说明问题的一点。说到女士和小姐，彼得·斯捷潘诺维奇不久前的估计（现在看来显然是包藏祸心的估计）竟然是大错特错：她们来的人数非常少；四个男人未必能摊上一个妇女，而且都是什么样的妇女啊！"什么"团部尉官的妻子，邮政局和机关的小公务员，三名女医生和她们的女儿，两三个贫寒的女地主，我在前面仿佛提到过的那个秘书的七个女儿和一个侄女，商人家庭的女眷，——这难道是尤莉娅·米海洛夫娜所期待的吗？甚至商人也有一半没有到。至于男人，尽管我们的名门贵族踪影全无，但男人还是济济一堂，然而给人留下的是暧昧而令人生疑的印象。当然，这里有几位温和可敬的军官和他们的夫人，几位听话的父亲，比如说身为七个女儿的父亲的那位秘书。所有这些温顺而无足轻重的人们，正如其中的一位先生所言，他们可以说是"迫于无奈"才来的。但另一方面，有一批活跃的家伙，此外，不久前我和彼得·斯捷潘诺维奇怀疑为无票混入的那种人，现在更多了。现在他们全都待在小吃部里而且一露面马上就朝小吃部走，就像是赴预先约定的地点。至少我的印象是这样。小吃部位于穿廊的尽头，在一个宽敞的大厅内，普罗霍雷奇带着俱乐部厨房的所有令人垂涎的东西在那里安营扎寨，诱人地陈列着食品和饮料。我注意到有几个人穿的几乎是有窟窿的常礼服，极不体面，太不适合于充当舞会的服装了，他们显然好不容易才被人从宿醉中暂时弄醒，这些人天知道是从哪里弄来的，有点像是外埠的。我当然知道，根据尤莉娅·米海洛夫娜的主意曾作出决定，举行一个最大众化的舞会，"即使是小市民也不拒之门外，如果小市民中偶然也有人认捐购票的话"。这些话她可以大胆地在委员会上说，满以为我们的小市民全都一贫如洗，谁也不会想到要买票。但我还是怀疑会把这些面色阴沉，几乎衣衫褴褛的灰色人群放进来，不管委员会怎样高喊大众化。然而是谁把他们放了进来呢，目的何在？利普京和利亚姆申的干事绦带已经被没收（不过他们还是出席了舞会，因为要参加跳"文学卡德利尔舞"）；然而使我惊讶的是，取代利普京的是不久前的那个中专生，他和斯捷潘·特罗菲莫维奇的冲突最使"晨会"难堪，而取代利亚姆申的是——彼得·斯捷潘诺维奇本人；在这种情况下能有什么好结果呢？我努力倾听人们的谈话。有些看法的荒诞不经使我骇然。比如，有一伙人肯定说，斯塔夫罗金和莉莎的那档子事是尤莉娅·米海洛夫娜一手策划的，她因此而拿了斯塔夫罗金的钱。甚至还报出了这笔钱的金额。甚至说她举办这次盛会也是为了搞钱；所以城里有一半人知道内情以后没有露面，而列姆布克本人诧异莫名，以至"心神失常"，她现在只得"搀着"神经错乱的丈夫。——与此同时爆发了一阵阵哈哈大笑声，笑声嘶哑、粗野、阴险。他们都对舞会大肆攻击，毫不留情地谩骂尤莉娅·米海洛夫娜。总的说来，这是语无伦次、断断续续、酒气熏天并且令人为之悚然的闲扯，所以很难理清头绪，作出什么结论。待在这小吃部里的也有些人只是在消遣，甚至还有几个老于世故，天不怕地不怕的娘们，她们十分亲切、非常快活地缠着丈夫，其中大多是军官的妻子。他们搭伙儿坐在单独的小桌子周围，愉快地喝着茶。小吃部成了几乎半数来自四面八方的观众的温暖的港湾。然而，过不了多久所有这一大群人就要纷纷拥入大厅了；想想真可怕。

这时白厅里组成了有公爵参加的三对稀落的卡德利尔舞。小姐们跳着舞，父母在快乐地观赏。但就在这时，这些可敬的人物中已经有很多人开始考虑，在他们的姑娘快乐一会儿之后，怎样比较及时地脱身，而不要等到"闹起来的时候"。所有的人都毫无例外地深信，必定会闹起来。尤莉娅·米海洛夫娜本人的心情我感到很难描述。我没有同她谈话，虽然有几次走到了离她相当近的地方。对我在进门时的鞠躬致意，她没有回礼，因为没有看到我（确实没有看到我）。她神色痛苦，目光鄙夷而高傲，但游移、不安。她显然在痛苦地克制着自己，——是为了什么，为了谁呢？她是应当走的，主要是要把丈夫带走，而她却留了下来！看她的脸色就可以察觉，她的眼睛"完全睁开了"，她没有必要再等待什么。她甚至连彼得·斯捷潘诺维奇也没有召唤到身边（他似乎自己也在回避她，我曾见到他在小吃部，他当时异常高兴）。但她终究还是留在舞会上，而且片刻也不让安德列·安东诺维奇离开自己身边。噢，她直到最后一瞬间都会由衷地愤然否定任何对他的健康状况的暗示，甚至是在当天上午。然而此刻她在这方面也该睁开眼睛了。至于我，我第一眼就觉得，安德列·安东诺维奇看上去比上午更糟。他仿佛有点儿神不守舍，不大明白他是在什么地方。有时他突然神色严峻地回头看看，例如有两次是看我。一次他想说什么，开始说出声来，而且很响亮，却终于没有说完，使一位偶然站在他身旁的谦恭的年老官员几乎感到一阵恐惧。但甚至白厅里的这半数谦和的观众也阴沉而胆怯地避开尤莉娅·米海洛夫娜，同时又向她的丈夫投以非常奇怪的目光，一种全神贯注而毫无顾忌的目光，它与这些人的惊骇是显得太不和谐了。

"正是这一点强烈地刺痛了我，我突然开始意识到安德列·安东诺维奇的情况。"后来尤莉娅·米海洛夫娜向我本人承认道。

是的，她又一次做错了！大概不久前在我跑开以后，她和彼得·斯捷潘诺维奇决定，舞会要开而且她必须出席，——大概她又走进在"朗诵会"上受到极大"震惊"的安德列·安东诺维奇的书房，又施展她的全部魅力，终于把他拉了来。但现在她会多么痛心啊！可还是没有离开！是她的自尊心受着折磨，还是她完全惊慌失措了——我不知道。尽管她是那样高傲的一个人，还是带着谦卑的微笑试图同某些妇女攀谈，但他们立即惊慌起来，心存疑虑地、简短地说"是的，太太"，或"不，太太"来敷衍，而且显然在回避她。

本城名副其实的达官显贵只有一位出现在舞会上，他就是那位傲慢的退休将军，我已经描述过他，在斯塔夫罗金和加甘诺夫决斗之后，他曾在首席贵族夫人家里"为人们迫不及待的情绪打开了宣泄的闸门"。他傲慢地在那些大厅里走动，谛视着，倾听着，竭力装出一副样子，似乎他主要是来考察民情，而不是寻求那显然的快乐。最后，他老是挨在尤莉娅·米海洛夫娜身边，寸步不离，显然在竭力鼓励她，安慰她。毫无疑问，这是一个极其善良的人，地位显赫，而且年事已高，以至他的怜悯也是可以忍受的了。但要她自己意识到，这个老唠叨鬼竟敢怜悯她，几乎是庇护她，因为他明白自己的出席使她脸上有光，——这是让人恼火的。而将军却不离左右，唠叨个没完。

"据说，一座城市没有七位主持正义的人士就站不住……好像是说七位，我不记得准数了。我不知道，本城这七位……无可置疑的正人君子中几位……有幸光临您的舞会，但虽然有他们出席，我还是觉得自己在这里不无危险。您会原谅我的，高雅的夫人，是不是？我的话是寓——言——式的，但我去过小吃部，我很高兴能安然无恙地回来……我们亲爱的普罗霍雷奇在那里不合适，看来他那小摊子不到早晨就会被人给捣毁。不过，我是说笑话。我只是等着看看，那是什么样的'文——学卡德利尔舞'，然后就去睡觉。原谅患痛风症的老人吧，我睡得早，我也劝您去'睡觉觉'，就像对孩子们说的那样。而我来这里是为了美貌的小妞儿……当然，除了在这个地方，我在哪里也碰不到这样佳丽云集的美事……她们都是从河对面来的，而我从来不去那里。有一个军官……似乎是猎骑兵军官，他的妻子……真的很不丑，真的，而且……而且这一点她自己也知道。我和这个小调皮鬼谈过话；她活泼伶俐而且……就是小姑娘们也是很娇嫩的；但也仅此而已；除了娇嫩，没有别的。不过，我很满意。有些是含苞欲放的花蕾；只是嘴唇厚了些。一般地说，俄罗斯女性的容貌之美缺少那种端正匀称……有点儿像发面煎饼……您会原谅我的，是不是……不过，有一双好看的小眼睛……含笑的小眼睛。这些花蕾在青春年少的两年真——迷——人，甚至三年……然后就无可挽回地发胖了……引起自己丈夫的那种可悲的冷淡，它是那样促使妇女问题的加剧……如果我对这个问题的理解正确的话……大厅很好；各个房间都布置得不错。可以差一些。音乐可以更加差得多……我不是说——应当。效果不好，因为总的说来妇女少了。关于服装我就不——提——了。很糟糕，这个穿灰裤子的竟公然大跳康康舞。我可以原谅，如果他是一时兴起，何况他是本地的一个药剂师……然而十点多钟即使对药剂师来说也毕竟太早了……小吃部里曾有两个人打架，却没有被赶出去。在十点多钟还是应当把打架的人赶走的，不论公众的习俗如何……我不是说两点多钟，那时就该对社会舆论让让步了，——如果这个舞会能维持到两点多钟的话。瓦尔瓦拉·彼特罗夫娜并没有遵守诺言，她没有提供鲜花。嗯，她顾不上花啦，可怜的母亲！而可怜的莉莎，您听说了吗？据说，是一段秘史，又……又是斯塔夫罗金惹了事啦……嗯，我还是去睡吧……简直要打瞌睡了。什么时候才跳'文—学卡德利尔舞'啊？"

"文学卡德利尔舞"也终于开始了[①]。最近一个时期，城里只要哪里一谈到即将举行的舞会，就必定会马上提起"文学卡德利尔舞"这个话题，因为谁也想象不出这是个什么玩意儿，所以对它激起了极强烈的好奇。这对舞会的成功是最危险的威胁；唉，——结果是何等的失望！

白厅原来关闭的边门全都打开了，于是立即出现了几个戴假面具的人。公众热情地向他们围了过去。小吃部的人全都一下子拥进了大厅。戴假面具的人散开跳舞了。我挤到了前面，恰巧站在尤莉娅·米海洛夫娜、冯·列姆布克和将军的身后。这时一直不见踪影的彼得·斯捷潘诺维奇跑到了尤莉娅·米海洛夫娜身边。

"我一直在小吃部里监视。"他像一个犯了过失的小学生一样低

[①] 由此开始对 18 世纪 60 至 70 年代的三种报刊作了讽刺性的描写：一、《呼声报》，1863 至 1883 年发行于彼得堡。其普及程度在当时的报界是罕见的，发行量曾一度超过两万份。二、《行动》，急进的民主主义月刊，发行于 1866 至 1888 年，其前身是 1866 年被政府查封的《俄罗斯言论》。三、《莫斯科新闻》，具有反动、保守倾向的报纸，为米·尼·卡特科夫自 1863 年起出版。陀思妥耶夫斯基在描写舞会及"文学卡德利尔舞"时所依据的素材，可能是 1869 年 2 月 28 日"莫斯科演艺小组"在莫斯科贵族会大厅所举办的舞会，舞会上曾表演"文学卡德利尔舞"。

声说道，不过他是故意装的，为的是再逗弄逗弄她。那一位勃然大怒。

"到了这时候，您还要欺骗我吗，厚颜无耻的家伙！"她几乎是大声地冲口而出道，公众是听得见的。彼得·斯捷潘诺维奇跑开了，非常得意。

很难想象还有比这场"文学卡德利尔舞"更可怜、更庸俗、更拙劣、更乏味的讽喻了。不可能想出更不适合于我们的公众的东西了；然而据说还是卡尔马津诺夫的创意呢。诚然，是利普京在张罗，他同曾经参加维尔金斯基家的晚会的那个瘸腿教师商量着办。但毕竟是卡尔马津诺夫出的主意，而且据说他还想亲自装扮一番，扮演一个与众不同的独立的角色。卡德利尔舞由六对可怜的化装舞者组成，甚至谈不上化装，因为他们穿的是和大家一样的服装。例如有一位已过中年的先生，个子不高，穿着燕尾服，总之穿得和大家一样，有一部灰白的大胡子①（胡子被束了起来，这就是全部化装），他带着庄重的表情在原地舞蹈、跺脚，踏着急速的碎步，几乎不移动地方。他发出一些温和但嘎哑的男低音②，声音的嘎哑大概就是表示一家著名的报纸了。在他对面跳舞的是两个大汉 X 和 Z，这两个字母别在他们的燕尾服上，但这 X 和 Z 是什么意思，并没有说明。"正直的俄罗斯思想"表现为一位中年的先生，他戴着眼镜，身穿燕尾服，戴着手套和——手铐（真的手铐）③。这个思想的腋下夹着个公文包，里面有一本《行动》。衣袋里露出一封已经启封的国外来信④，它向一切怀疑者证明"正直的俄罗斯思想"确实是正直的。所有这一切都由干事口述，因为插在衣袋里的信是无法阅读的。"正直的俄罗斯思想"

---

① 大概是指《呼声报》出版者安·亚·克拉耶夫斯基。
② 这是俏皮地形容该报那种态度暧昧、极端谨慎的自由主义，这种自由主义无碍于该报在很多问题上为反动报刊帮腔。
③ 暗示《行动》月刊及其最著名的几位撰稿人遭到政府的残酷迫害。但可能还另有含义：《行动》是 1865 年《出版法规》颁布后首都刊物中唯一仍必须在付印前接受新闻检查的刊物。
④ 暗示该刊与俄国革命侨民有联系。

高举右手擎着酒杯，仿佛要致祝酒词。在它两边各有一个并排站着的剪短发的女虚无主义者在踏着碎步，而在对面跳舞的也是一位已过中年的先生，穿着燕尾服，但手里拿着一根沉重的大棒，似乎代表某一个非彼得堡的、但令人生畏的出版物："我一棒下来就见血。"[①]然而尽管有大棒，他却无论如何也忍受不住"正直的俄罗斯思想"紧紧盯着他的眼镜，竭力瞅着旁边，而在跳双人舞时，他弯着身子，或左或右地绕着弯子，不知往哪儿躲藏才好——想必是他的良心受到强烈的谴责……不过，我无法把这些愚蠢的玩意儿全都回忆起来；大致上全都是这样，所以我终于深感羞耻。全体观众都流露了这同样的仿佛羞耻的感受，甚至从小吃部来的那些最阴沉的家伙也是这样。在一段时间里大家都沉默着，气愤而困惑地看着。一个感到羞耻的人通常会生气而倾向于放肆。我们的观众渐渐嚷嚷起来：

"这是什么玩意儿？"在一伙人中一个小吃部的吃客嘟哝道。

"胡闹得不成样子。"

"这是一种文学。他们在攻击《呼声报》。"

"可这与我何干。"

第二伙人：

"一批蠢驴！"

"不，他们不是蠢驴，我们才是蠢驴。"

"为什么你是蠢驴？"

"我可不是蠢驴。"

"你不是蠢驴，那我就更不是了。"

第三伙人：

"用膝盖狠狠地顶他们的屁股，让他们全都滚蛋！"

"把大厅给拆了！"

---

① 显然是指卡特科夫。他作为《莫斯科新闻》的负责人利用其在政界的关系，以监视俄国报刊在政治上是否"可靠"为己任，并经常在告密性文章中陷害和"抨击"包括《行动》在内的进步报刊。

第四伙人：

"列姆布克夫妇看了怎么不觉得惭愧呢？"

"为什么他们要惭愧？你并不觉得惭愧吧？"

"我也惭愧嘛，而他是省长啊。"

"你是蠢猪。"

"我一辈子从未见过这样最寻常不过的舞会，"一个妇人就在尤莉娅·米海洛夫娜身边刻毒地说道，显然是要让她听见。这个妇人四十岁左右，身体结实，脸上搽着红红的胭脂，穿着鲜艳的绸衣；城里几乎人人认识她，但谁也不予接待。她是一个五等文官的遗孀，丈夫给她留下了一幢木屋和一笔菲薄的生活费，但她生活得很好，还养着几匹马，两个月前她曾主动拜访尤莉娅·米海洛夫娜，但那一位拒不接待。

"这是完全预料得到的，太太。"她又补了一句，放肆地望着尤莉娅·米海洛夫娜的眼睛。

"既然预料得到，为什么又枉驾光临呢？"尤莉娅·米海洛夫娜忍无可忍了。

"由于太天真，太太。"这个泼辣的妇人立即反击，并且勃然变色（直想吵架）；但将军站到了他们当中。

"亲爱的太太，"他俯身对尤莉娅·米海洛夫娜说道，"还是走吧。我们只是使他们感到拘束，没有我们，他们就能尽情地乐一下了。您完成了任务，为他们举办了舞会，那就让他们自由自在吧……而且安德列·安东诺维奇似乎觉得身体不大自一在……不会出什么事吧？"

但已经迟了。

在人们跳卡德利尔舞时，安德列·安东诺维奇一直恼怒而困惑地看着那些跳舞的人，等到观众纷纷议论起来时，他开始不安地游目四顾。这时小吃部的那些人物才第一次落入他的视线；他的目光显得非常惊讶。突然卡德利尔舞中的一个动作引起了一阵哄堂大笑："令人生畏的非彼得堡出版物"的那位手拿大棒舞蹈的出版家，终于感到忍受不了"正直的俄罗斯思想"的那副冲着他的眼镜,而又不知道到哪里去躲避,突然,他在最后一个舞蹈动作中迎着眼镜倒立而行,顺便说说,这大概是要表示,"令人生畏的非彼得堡出版物"经常头足颠倒地歪曲真相。因为只有利亚姆申会拿大顶,所以他就自告奋勇地扮演了手持大棒的出版家。尤莉娅·米海洛夫娜完全不知道,有人会在舞会上头朝下行走。"这一点他们把我瞒过了,瞒过了。"后来她绝望而愤怒地对我反复说道。人群哄笑着表示欢迎,当然,不是欢迎什么讽喻,因为对它谁也不感兴趣,而只是笑穿着拖后襟的燕尾服拿大顶。列姆布克怒火中烧,颤抖起来。

"混蛋!"他指着利亚姆申叫道,"把这个坏蛋抓起来,把他倒过来,把脚……头倒过来,让他头朝上……朝上!"

利亚姆申跳起来站住了。人们笑得更欢。

"把嘻嘻哈哈的坏蛋们全赶出去!"列姆布克突然命令道。于是人声嘈杂,一片哗然。

"不能这样啊,阁下。"

"不可以辱骂公众,先生。"

"自己是个笨蛋!"从角落里的什么地方传来了话声。

"海盗!"另一端有人大叫道。

列姆布克急忙朝喊声转过身去,脸色变得煞白。他的唇边浮现出了傻笑,——仿佛明白了什么,想起了什么。

"先生们,"尤莉娅·米海洛夫娜对慢慢逼近的人群说道,同时拉着丈夫就走,"先生们,请原谅安德列·安东诺维奇,安德列·安东诺维奇有病……对不起……原谅他吧,先生们!"

我正好听到她说"原谅他吧"。事情发生得很快。但我完全记得,部分观众这时已经冲出了大厅,仿佛受了惊似的,恰好是在尤莉娅·米海洛夫娜说了这些话之后。我甚至还记得一个女人流着泪的歇斯底里的叫声:

"哎呀,又像不久前那样啦!"

突然,就在这几乎拥挤起来的时候又爆响了一颗炸弹,真是"又

鬼　543

像不久前那样":

"失火啦! 整个扎列奇耶①都着火了!"

不过我不记得了,这可怕的叫声最初是从哪里发出来的:是发自大厅里呢,还是有人似乎从前厅沿着楼梯跑了进来叫的,但随即是一片惊慌,我也不去多说了。来参加舞会的公众大半来自扎列奇耶,他们是那里的一幢幢木屋的业主或租户。他们冲到窗前,转眼间拉开了窗幔,扯下了百叶窗。扎列奇耶火光熊熊。不错,大火还刚刚烧起来,然而是在三个完全不同的地方烧起来的,——这就令人大为惊骇。

"有人纵火! 是什皮古林厂的!"人群中有人尖叫道。

我还记得几句很典型的大声感叹:

"我心里有一种强烈的预感,会有人纵火,这些天来心里老是有这个感觉!"

"什皮古林厂的,什皮古林厂的,不会是别人!"

"把我们聚集到这里来就是别有用心,为的是要在那里纵火!"

这最后一声最令人吃惊的叫喊是女人的声音,是家产被焚毁的柯罗博奇卡下意识的情不自禁的叫声。大家都向门口拥去。我不想描写在前厅里各自取皮大衣、头巾、女式斗篷时的那种拥挤,妇女们受惊的尖叫和小姐们的哭喊。未必有什么失窃的事情,但并不奇怪,有些人找不到自己的防寒衣服,只好就那样走了,对这种情况后来城里很久都有充满杜撰和渲染的传说。列姆布克和尤莉娅·米海洛夫娜在门口几乎被人群挤得出不去。

"把他们全都拦住! 一个也不要放出去!"列姆布克尖叫道,迎着拥挤的人群伸出一只手臂。"逐个地严加搜查,立即执行!"

大厅里响起了一片叫骂声。

"安德列·安东诺维奇! 安德列·安东诺维奇!"尤莉娅·米海洛夫娜完全绝望地呼喊道。

---

① 地名,意思是河那边的地方。

"首先逮捕她！"那一位大叫，威严地指着她，"首先搜查她！举办舞会的目的是纵火……"

她大叫一声晕了过去（噢，当然是真的晕了过去）。我、公爵和将军赶忙去救助；在这困难的时刻也有别的一些人跑来帮助我们，甚至还有妇女。我们把不幸的夫人从这座地狱里抬进了马车；但她在马车驰近家门口的时候才醒了过来，而她第一声叫的又是安德列·安东诺维奇。在她的一切幻想终于破灭的时候，留在面前的就只有安德列·安东诺维奇一个人了。请医生的人派出去了。我在她身边等了整整一个小时，公爵也是；将军出于一片高情雅意（虽然他本人也吓得够呛），要通宵不离"不幸的夫人的床边"，可是过了十分钟，他在厅里睡着了，这时医生还没有到，他是坐在圈椅里睡着的，我们也就让他待在那里。

要离开舞会赶往火灾现场的市警察局长总算领着安德列·安东诺维奇跟在我们后面出来了，想让他坐上马车挨着尤莉娅·米海洛夫娜，极力劝他"安歇"。但我不明白，为什么他未能办到。当然，谈到安歇，安德列·安东诺维奇听也不愿听，急切地要去火场；但这是不明智的。结果他只好用自己的轻便马车载着他赶往火场。事后他说，列姆布克一路上做着手势，并且"大声地出着主意，都由于太不寻常而无法执行"。后来就是这样呈报了上司，说省长大人那时已经由于"突然受惊"而处于震颤性谵妄之中。

关于舞会的结束，没有什么可说的。大厅和客厅里逗留着几十个饕餮之徒，甚至还有几个妇女同他们在一起。没有警察。他们不让乐队离开，要走的音乐家们遭到了毒打。不到早晨"普罗霍雷奇的小摊子"就被捣毁了，他们滥饮无度，狂跳卡马林舞，房间里一片狼藉，直到天色破晓，这伙人的一部分才大醉而去，赶到余烬未熄的火场，再去胡作非为……另外一部分就在厅堂里过夜了，他们烂醉如泥，在那一片狼藉中躺在丝绒沙发上和地板上。一大早，一有可能他们就被抓着双脚拖到了大街上。为本省女家庭教师举行的盛会就此结束。

四

火灾之所以使我们扎列奇耶的公众大为惊骇，就因为那显然是有人纵火。值得注意的是，一有人叫"失火啦"，随即就有人叫道"是什皮古林厂的人在纵火"。现在已经查明，确有三个什皮古林厂的人曾参加纵火，但也只有这三个；一般舆论和官方都肯定该厂的其他人员都一概无罪。除了那三个坏蛋（其中一人被捕并供认不讳，两人至今在逃），费季卡·卡托尔日内无疑也参加了纵火。关于大火的起因，目前查明的就是这些；至于种种猜测，那就完全不同了。这三个坏蛋出于什么动机，是否受什么人指使？这个问题即使目前也很难回答。

由于风势强劲，扎列奇耶又几乎全是木头建筑，而且是三处同时纵火，所以大火蔓延很快，异常猛烈地吞噬了整个街区（不过不如说是两处起火，第三处几乎一起火就当即被扑灭，下面还要说到）。但首都的通讯报道还是夸大了我们的灾难，因为大致说来，被焚毁的地方不超过（也许还少于）整个扎列奇耶的四分之一。我们的消防队同城市的面积和人口相比，虽然力量薄弱，但他们的行动相当及时而且富于献身精神。然而即使有居民的协力配合，他们也很难有所作为，如果不是凌晨风势陡变的话（天色破晓前风突然完全停了）。我离开舞会只过了一个小时，当我终于来到扎列奇耶的时候，火势正旺。沿河的那条街烈焰腾空。火光照得亮如白昼。我不想详细描述火灾的景象了：在俄罗斯有谁不知道呢？在离开这条烈火熊熊的大街最近的几条胡同，人头攒动，乱成一团。这里势必要被大火殃及，居民们正把财物往外搬，但他们仍然不愿离开自己的住处，各自在自家的窗前，坐在搬出来的箱子和褥子上等待着。一部分男性居民在干着重活，他们毫不惋惜地砍掉篱笆，甚至把那些离火较近而又处于下风的茅屋全部拆毁。只有惊醒的婴儿在啼哭，还有已经把杂七杂八的家什搬了出来的女人们在号哭、数落。没有搬完的女人们还在默默地抢救。火星和余烬四处飞溅；人们竭力加以扑灭。在火灾现场，从城市的四面八方奔来的人群拥挤着围观。有的人帮着灭火，有的袖手旁观，好像是在欣赏。夜色中的大火总是使人感到刺激，赏心悦目；因此而有焰火；但那时火焰散开，化为美妙而有规则的形状，观赏者因为毫无危险而产生轻松愉快的印象，宛如满饮了一杯香槟。真正的火灾就不同了：在夜色中的大火使人有某种愉悦之感的同时，那种恐怖以及毕竟会有的某种身临危境的感觉，也使旁观者（当然不是遭到火灾的居民）有点儿惊心动魄，仿佛是在向他本人的破坏本能发出挑战，而这种本能，唉！是隐藏在人人的心灵深处的，即使你是一个最驯良而且有家室的九等文官……这种阴暗的心理几乎总是令人陶醉。"真的，我不知道，看着一场大火而没有某种快感可能吗？"这是斯捷潘·特罗菲莫维奇对我说过的一字不改的原话，那是有一次他偶遇夜间大火，归来后还怀有对那番景象的最初印象的时候。不言而喻，一个观赏夜间大火的人也会奋不顾身地抢救火窟中的婴儿或老妇人。但这是另当别论的。

我随着好奇的人群往前挤，不用问就来到了最主要也最危险的地点，在这里终于看到了列姆布克，我是受尤莉娅·米海洛夫娜本人的委托来找他的。他站在围墙的废墟上；他左面约三十步开外，矗立着一幢几乎完全烧毁的两层木楼的焦黑的骨架，上下两层的窗户只剩下了窟窿，屋顶坍塌，火焰还在烧焦的圆木上的某些地方蜿蜒。院子里面，离烧毁的木屋约二十步，一幢也是两层的厢房起火，消防队员们正全力扑救。在右面，消防队员和群众在保护一座相当高大的木建筑，虽然它还没有烧起来，但已有好几次险些儿起火，而且它是不可避免地注定要被焚毁。列姆布克面对厢房打着手势大叫，他在发号施令，但谁也不去执行。我真以为他就那么被扔在这里了，而且根本无人理会他。至少围在他身边的密密麻麻、形形色色的人群，虽然好奇而惊讶地听着他，但谁也不同他交谈，也不试图把他拉开，在这混杂的人群中还有一些上层人士，甚至有一位是大教堂的大司祭。列姆布克面色苍白，双目灼灼，说着奇奇怪怪的话；而且他没有戴帽子，早就把它弄丢了。

"全是纵火！这是虚无主义！只要有东西着了火，那就是虚无主义！"我听得几乎大惊失色，虽然已经没有什么可奇怪的，然而亲眼目睹的现实总是有某种震撼的力量。

"阁下，"一名街区警察出现在他身边，"要是您能回家安歇就好了……否则连站在这里对您也是有危险的。"

后来我了解到，是警察局长特意把这名街区警察留在安德列·安东诺维奇身边照看他，要千方百计送他回府，在危险关头甚至可以使用强制手段，显然，这个任务使那位执行者感到力不从心。

"他们将擦干难民的眼泪，却要把城市烧掉。这全是四个坏蛋干的，四个半。把那个坏蛋抓起来！这里只有他一个，而四个半是受他诬陷。他骗取了很多家庭的敬重。为了纵火，利用了女家庭教师。这是卑鄙的，卑鄙！喂，他在干什么！"他叫道，突然看见在那失火的厢房屋顶上有一名消防队员，他脚下的房顶已经烧穿，四周火头直蹿，"把他拖下来，拖下来，他会掉下来的，他要烧起来啦，扑灭他身上的火吧……他在那里干什么呢？"

"救火，阁下。"

"不可思议。火在脑子里，而不是在屋顶上。拖他下来，把一切都放弃！不如放弃，不如放弃！随它怎样！喂，谁还在哭？一个老妇人！老妇人在叫喊，怎么把老妇人给忘了？"

确实，在失火的厢房底层，有一个被遗忘的老妇人在叫喊，她是一个商人——失火的房主的八十岁亲戚。但她并不是被人遗忘了，而是她自己在还有可能的时候回到了着火的屋子里，疯狂地想从屋角的一间还完好的小储藏室里把自己的一床褥子拖出来。小储藏室也烧起来了，浓烟窒息，热浪灼人，她一面大叫，一面还用衰弱的双手竭力把那床褥子从打破的玻璃窗往外塞。列姆布克冲上去帮助她。大家都看到，他跑到窗子跟前，抓住褥子的一角，拼命往窗外拽。就在这一刹那，偏偏有一块断裂的木板从屋顶上掉下来，砸到了这位倒霉的先生。他没有被砸死，只是木板的一端擦伤了他的脖子，但安德列·安东诺维奇的官场生涯完结了，至少是在我们这个地方；木板将他击倒了，他失去了知觉。

终于迎来了凄凉阴暗的黎明。火势减弱了；风一停，顿时一片寂静，然后是仿佛过了筛的绵绵细雨。我已经在扎列奇耶的另一部分了，离列姆布克昏倒的地方很远，在这里我听到了人群中非常奇怪的议论。人们发现了一个奇怪的现象：一座不大的木屋竣工不久，坐落在街区最偏远的边缘处，在菜园后面的一片空地上，与其他建筑物的距离不少于五十步，就是这孤零零的房子，在火灾刚一开始时几乎比所有其余房屋都更早地燃烧了起来。即使它被烧光，由于距离的缘故，它也不可能殃及该城的其他任何一座建筑物，反之，即使整个扎列奇耶都被烧光，惟有这座房屋是能够保全的，甚至不论风势如何。结论是，它是单独起火的，因而事出有因。但主要的是，它并没有烧光，黎明前在屋内发现了惊人的情况。这座新屋的主人是居住在最近的街区的小市民，他一见自己的新屋失火就急忙赶来，在众邻居的协助下把一面侧墙边的柴垛上着了火的木柴撒开而保住了房子。但这座屋子里是有住户的，就是那个全市闻名的大尉和他的妹妹，他们还有一个上了年纪的女仆，所有这三个人当夜被杀而且显然遭抢。（警察局长离开火场就是到这里来的，那时列姆布克正在抢救褥子。）黎明时消息传开了，为数众多的形形色色的人们，甚至那些遭了火灾的人都朝空地上的这座屋子蜂拥而至，挤得水泄不通。人们马上告诉我：当时发现大尉喉管被割断，和衣躺在长凳上，想必被杀时烂醉如泥，所以毫无觉察，而伤口血流如注，"像被宰的公牛"；他的妹妹玛丽娅·季莫菲耶夫娜全身"被捅了无数刀"，躺在门口的地板上，看来她大概真同凶手厮打搏斗了一番。女仆大概也是在醒来以后被一刀捅穿了脑袋。据房东说，前一天早晨大尉还醉醺醺地拐到他家，吹嘘着拿出了很多钱显摆，约有二百卢布。在地板上找到了大尉破旧的绿色钱包，里面是空的，但玛丽娅·季莫菲耶夫娜的箱子没有动过，圣像上的银质衣饰也没有动过；大尉的衣服也都完好。可见，这个恶棍很匆忙，同时是一个了解大尉情况的人，他就是为钱而来并且知道钱放在哪里。如果不是房东及时赶到，那么木柴燃烧起来势必会把房子烧掉，"而尸体烧焦了是很难据以查明真相的"。

人们讲述的情况就是这样。另外还补充了一点：为大尉和他的妹妹租下这个寓所的就是斯塔夫罗金先生，即尼古拉·弗谢沃洛多维奇，将军夫人斯塔夫罗金娜的爱子，他是亲自来租赁的，说了很多好话，因为主人不愿出租，原想在这座屋子里开一个小酒馆，不过尼古拉·弗谢沃洛多维奇不计较租金而且预付了半年。

"起火不是没有原因的。"人群中有人说道。

但大多数人都默不作声。人们的脸色阴沉，但我没有发现那种明显的、强烈的愤慨。不过，周围在继续谈论尼古拉·弗谢沃洛多维奇的故事，说遇害的女人是他的妻子，昨天他从本地首户将军夫人德罗兹多娃家里诱拐了她的女儿，一位少女，采取了"不名誉的做法"，所以人家要到彼得堡起诉他，至于妻子被杀，那显然是为了让他能娶德罗兹多娃小姐。斯克沃列什尼基很近，不会超过两俄里半，记得我曾想过，要不要去通知一声？不过，我并没有发现有谁在故意煽动群众，我不愿说谎，尽管有两三个"小吃部吃客"的嘴脸曾在我面前晃过，他们是黎明前出现在这片火场的，我马上就认出了他们。但我特记得一个瘦高个儿的小伙子，他是小市民，满面倦容，头发鬈曲，脸上像抹了一层烟油，后来我才知道他是一名钳工。他一直在向众人讲话，不过我不记得他讲的话了。他所说的有点联系的话，都不长，不过是："弟兄们，这是什么事啊？难道就这样算了不成？"——同时双手乱舞。

第五章　夭折的浪漫

一

从斯克沃列什尼基的大厅（就是瓦尔瓦拉·彼特罗夫娜和斯捷潘·特罗菲莫维奇最后一次见面的那个大厅）望出去，大火仿佛就在眼前。早上五点多钟，天色破晓，莉莎站在右首最末的窗口，凝望着缓缓熄灭的火光。室内只有她一人。她穿的是昨天赴朗诵会的节日盛装——浅绿色缀满花边的华丽的连衣裙，但已经揉皱了，是匆忙而漫不经心地穿上的。蓦地发现胸前没有扣严，她脸上泛起了红晕，匆匆整理了一下衣衫，从圈椅上抓起昨天进来时扔下的红头巾围在颈项上。蓬松的秀发散成一绺绺发卷，从头巾下露出来，披在右肩。她面有倦容，神情抑郁，但紧皱的双眉下是一双亮闪闪的眼睛。她又走近窗口，将滚烫的前额贴着冰冷的玻璃。门开了，尼古拉·弗谢沃洛多维奇走了进来。

"我派专差骑着马去了，"他说，"过十分钟我们就知道了，目前人们在说，扎列奇耶的一部分被焚毁，那里邻近河岸，在桥的右方。十一点多钟就起火了，现在正渐渐熄灭。"

他没有走近窗口，站在她身后三步的地方；但她没有向他转过身来。

"按照历书一小时前就该天亮了，还几乎是一片夜色。"她悻悻地说道。

"历书净撒谎，"他亲切地微笑着指出道，但顿感羞愧，又匆匆

补了一句："按历书过日子是乏味的，莉莎。"

接着他完全沉默了，恨自己又讲了一句俗气的话；莉莎勉强地一笑。

"您那样满怀愁绪，竟找不出话来同我说。不过您放心，您的话说得正是时候：我总是按历书过日子，我的每一步都是历书计算好的。您觉得奇怪吗？"

她从窗口迅速地转过身来，坐到了圈椅上。

"您也请坐下。我们相处不久了，我要畅所欲言……为什么您不能也畅所欲言呢？"

尼古拉·弗谢沃洛多维奇坐到她身旁，轻轻地、几乎是胆怯地握着她的一只手。

"这话是什么意思啊，莉莎？怎么突然这么说呢？'我们相处不久了'，这是什么意思嘛？从您醒来以后，这已经是半小时内的第二句令人费解的话了。"

"您开始为我的费解的话计数吗？"她笑了，"还记得昨天我进来时作自我介绍，说我是死人吗？这句话您倒认为应当忘记，忘记或不予理会。"

"我不记得了，莉莎。为什么要说是死人呢？应当活下去……"

"说不下去啦？您的口才完全消失了。我度过了我在世上的光阴，这就行了。您是否记得赫里斯托福尔·伊万诺维奇？"

"不，不记得。"他皱起眉头说道。

"赫里斯托福尔·伊万诺维奇，在洛桑的？他使您厌烦得要命。他推开门总是说：'我只待一会儿'，可一坐就是一整天。我不愿像赫里斯托福尔·伊万诺维奇那样坐上一整天。"

他的脸上流露了苦涩的心情。

"莉莎，这样消沉的话语令我痛心。这种荒谬的态度会让您自己付出沉重的代价。何必如此？这是为什么？"

他的眼睛闪着光芒。

"莉莎，"他叫道，"我起誓，我现在比你昨天朝我走进来时更爱你了！"

"多么奇怪的自白！何必要分昨天和今天，而且有所不同呢？"

"你不会离开我的，"他几乎绝望地继续说下去，"我们远走高飞，就在今天，好吗？好吗？"

"喂，别把我的手捏得那么痛！今天我们能到哪里去呢？再到什么地方去'获得新生'？不，已经尝试得够了……而且对我来说太迟；何况我也办不到；对我来说太崇高了。要走，就去莫斯科，并且在那里探亲访友，我们自己也在家里迎来送往——这才是我的理想，您是知道的；在瑞士时我就不曾向您隐瞒，我是怎样的一个人。既然我们不可能去莫斯科并且探亲访友，因为您已婚，那也就不必谈它了。"

"莉莎！昨天发生的事呢？"

"发生了的已成过去。"

"这不可能！这太残酷！"

"残酷又怎样呢，就是残酷，您也忍受着吧。"

"您是为了昨天的荒唐而报复我……"他冷笑了一下，嘟哝道。莉莎满面泛起了红潮。

"多么卑劣的想法！"

"那您为什么给了我……'那么多的欢乐'？我有权利知道吗？"

"没有，您就别提什么权利吧；您不要在提了那种卑劣的猜想之后又来说蠢话。今天您不大走运。顺便问问，您是不是害怕上流社会的舆论，因为这'那么多的欢乐'而受到谴责？噢，如果是这样，看在上帝分上，您就别自寻烦恼了。在这方面您不是事情的起因，并不对谁负有责任。昨天我推门进来的时候，您甚至不知道进来的是谁。这只是我单方面的荒唐，正像您刚才所说的，如此而已。您可以勇敢而得意地面对任何人。"

"您的话语，您的那种笑声，在这一个小时里使我不寒而栗。这'欢乐'，你说起来那么冷酷，而对我是……无价的。难道现在我能失去你吗？我起誓，昨天我对你的爱不如今天。究竟为什么今天你要剥夺我的一切呢？你是否知道，这新的希望对我有多么宝贵吗？我为它牺牲了一生。"

"自己的一生还是别人的一生呢？"

他猛地欠起身来。

"这是什么意思？"他说道，怔怔地看着她①。

"您牺牲了自己的还是我的一生，这就是我想问的。难道您现在什么也不能理解了吗？"莉莎满面绯红，"为什么您突然那样跳了起来？为什么这样看着我？您吓着我啦。您究竟害怕什么？我早就注意到了，您害怕，就是现在，就是此时此刻……天哪，您多么苍白！"

"如果你知道了什么，莉莎，那么我起誓，我并不知情……我刚才说付出了一生也根本不是指**那件事**……"

"我一点也不懂您在说什么。"她胆怯地缓缓说道。

终于他的唇边慢慢地浮出了若有所思的微笑。他轻轻坐下，把双肘搁在膝上，双手捂住了脸。

"一场噩梦和呓语……我们说的是两件不同的事情。"

"我完全不知道您说的是什么……难道昨天您不知道我今天要离开您吗，知道还是不知道？不要说谎，知道还是不知道？"

"知道……"他轻轻地说。

"那您要怎样呢：您知道，却还是要了那个'瞬间'。还有什么可抱怨的呢？"

"你对我说实话，"他沉痛地叫道，"昨天你推我的门的时候，你自己知道你推开它仅仅是为了这一个小时吗？"

她怨恨地瞅了他一眼：

"果真，一个最慎重的人有可能提出最奇怪的问题。究竟为什么

---

① "一生"在俄语中也有"生命"的意思。尼古拉·弗谢沃洛多维奇知道他的妻子玛丽娅·季莫菲耶夫娜会被杀，心虚地以为莉莎在怀疑他牺牲了"别人的"，即他妻子的生命，因而一听之下不禁大骇。

您这样烦恼呢？莫非是出于自尊心，因为一个女人先抛弃了您，而不是您先抛弃她？您要明白，尼古拉·弗谢沃洛多维奇，顺便说说，我在您身边的时候终于确信，您对我是极其宽容的，恰恰是这一点我无法忍受。”

他从座位上站起来，在房间里踱了几步。

“好吧，就算该如此了结……但这一切是怎么会发生的呢？”

“瞧，操心这个！主要的是，您自己对这一点了如指掌，比世界上的任何人都更清楚，而且您也希望如此。我是大家闺秀，我的心是受歌剧陶冶的，这就是根源，就是全部谜底。”

“不。”

“这里没有什么可以刺伤您的自尊心，而且完全是实情。一切开始于一个美丽的瞬间，它使我屈服了。前天，我当众‘侮辱’您，而您的答复是那样具有骑士风度，我回到家里马上就明白了，您避开我是因为已经有了妻室，并不是轻贱我，而这是我作为闺阁小姐所最怕的。我明白了，您回避我就是在爱惜我这个昏了头的女孩子。您瞧，我是多么珍视您的高尚。这时彼得·斯捷潘诺维奇出现了，并且马上向我说明了一切。他向我透露，您被一种伟大的思想所打动，在它面前我和他都微不足道，然而我毕竟挡着您的道。他把自己也拉扯进来；他一定要三个人在一起，还说了一些异想天开的话，讲到一首俄罗斯歌曲所唱的扬帆远航的帆船啦，枫木桨啦，我赞扬了他，说他是位诗人，他就完全信以为真了。可我本来早就知道，我只要把自己献出片刻就够了，于是马上决定了。就是这样，够了，够了，请不要再说下去了。说不定我们还会吵起来呢。您谁也别怕，一切由我承担。我又傻又任性，我被歌剧中的帆船所诱惑，我是小姐……您知道吗，毕竟我曾以为，您爱我爱得神魂颠倒。不要轻视我这个傻子吧，不要嘲笑我此刻洒下的泪水。我就爱‘自怜自叹’地哭泣。好，行了，行了，我束手无策，您也束手无策；双方都碰了钉子，我们就聊以自慰吧。至少自尊心不会受到伤害。”

“梦吃！”尼古拉·弗谢沃洛多维奇叫道，绞着双手在室内踱

鬼　　557

着。"莉莎,可怜的,你对自己干了什么啊?"

"被蜡烛烧了一下,如此而已。您也哭了吗?请得体一点吧,冷酷一点吧……"

"为什么,为什么你要来到我身边啊?"

"瞧您居然不明白,您提这种问题会使自己在上流社会的舆论面前处于多么可笑的地位吗?"

"为什么你要把自己给毁了,如此反常,如此荒唐,现在可怎么办呢?"

"这就是斯塔夫罗金吗,这就是爱上您的一位夫人所说的'无情的斯塔夫罗金'吗!听着,我已经对您说过:我决定在我的一生中只有这一个小时,而且无怨无悔。您也这样决定自己的一生吧……不过,您不必如此;您还会有很多不同的'小时'和'瞬间'呢。"

"与你的一样多;我向你庄严地保证,绝不比你多一个小时!"

他一直在踱步,没有看见她那突然仿佛闪出希望的光辉的锋利的一瞥。但光芒瞬间即熄灭。

"倘若你知道我此刻这**非同寻常**的真诚的代价,莉莎,倘若我能向你坦白……"

"坦白?您要对我坦白什么呢?上帝保佑我不要听到您的坦白吧!"她几乎恐惧地打断了他的话。

他停下脚步,不安地等着下文。

"我应当向您承认,从瑞士那时起,我就认定,您内心隐藏着的某种东西,是可怕的、肮脏的、血腥的,而且……而且它还会把您置于非常可笑的境地。如果真是这样,您就别坦白吧,否则我会笑您的。我会在您有生之年一直大声嘲笑您……哎呀,您的脸色又苍白起来啦?不说了,不说了,我马上就走。"她以嫌恶而鄙夷的动作从椅子上跳了起来。

"折磨我吧,惩罚我吧,向我发泄你的怨恨吧,"他绝望地叫道,"你完全有这个权利!我明知我不爱你,却毁了你。是的,'我要了那个瞬间';我当时抱着希望……早已就有的……最后的一个希望……昨天你向我走了进来，你亲自来了，单独来了，主动来了，这时我无法抗拒那照亮了我的心的一片光明。我忽然相信……也许，我现在也还相信。"

"对于这样高尚的坦率，我也报以同样的坦率：我不想做您的好心肠的护士。我也许真的去当一名护士，假如我不能今天就及时死去的话，不过即使当，也不是给您当，不过您，不用说，有个缺胳膊少腿的也就够了。我总觉得，您会把我带到某个地方去，那里有一个巨大的、一人高的毒蜘蛛，于是我们一辈子就那么看着它、怕着它。我们彼此间的爱情就在这种情况下消失了。您找达申卡去吧，她会跟着您到天涯海角。"

"这时候您也不能不提她吗？"

"一条可怜的小狗！请向她问好。她知道您在瑞士就决定由她来陪伴您共度晚年吗？想得多么周到！多么有远见！喂，是谁？"

在大厅远处门微微地开了；有人把头伸了进来，又急忙躲开了。

"是你吗，阿列克谢·叶戈雷奇？"斯塔夫罗金问道。

"不是，只有我在这里，"彼得·斯捷潘诺维奇又探进了半个身子，"您好，莉莎维塔·尼古拉耶夫娜；不管怎样，早上好。我就知道，在这大厅里能找到你们两位。我只待一会儿，尼古拉·弗谢沃洛多维奇，我赶来有两句话无论如何要说……非说不可……就两句话！"

斯塔夫罗金去了，但走了三步又回来对莉莎说道：

"如果你现在听到什么，那么您要知道，我是有罪的。"

她浑身震颤了一下，惊慌地望望他；但他急忙走了。

二

彼得·斯捷潘诺维奇探头张望时所在的房间，是宽敞的椭圆形前厅。阿列克谢·叶戈雷奇在他来之前待在这里，但被他支走了。尼古拉·弗谢沃洛多维奇随手带上大厅的门，站在那儿等候着。彼得·斯

鬼　559

捷潘诺维奇迅速而好奇地打量了他一下。

"嗯？"

"哦，要是您已经知道了，"彼得·斯捷潘诺维奇急忙说道，一双眼睛仿佛要看透他的心思，"当然，我们谁也没有什么过错，特别是您，因为这件事是那么凑巧……是偶然的巧合……总之，在法律上不可能牵涉到您，我是赶来告诉您的。"

"房子烧了？人杀了？"

"杀了，但房子没有烧掉，糟就糟在这里，不过我向您保证，这也不是我的过错，不论您怎样怀疑我，——也许您在怀疑我吧，啊？我就说一说全部经过吧：您知道，我确实起过念头，——是您亲自给了我暗示的，不是很认真，而是似乎在逗弄我（因为您不可能正经八百地暗示我嘛），——但我下不了决心，而且无论如何也不会下决心，即使给我一百卢布，——其实这件事毫无好处，我是说对我而言，对我而言……（他非常急切，喋喋不休。）但情况偏偏那么凑巧：我拿自己的钱（听见吗，是我自己的钱，没有花您的一个卢布，特别重要的是，这一点您自己也清楚）给了这个醉醺醺的蠢货列比亚德金二百三十卢布，这是在前天，在晚上的聚会之后就给了他，——听见吗，是在前天，而不是在昨天的'朗诵会'之后，请注意：这是一个相当重要的巧合，因为我那时还完全不知道，莉莎维塔·尼古拉耶夫娜究竟会不会到您这里来；我拿自己的钱给他，仅仅是因为前天您大出风头，突然竟当众宣布了您的秘密。得，我不提了……是您的事……骑士……然而说实话，我大为惊讶，就像挨了当头一棒。可是由于这些悲剧使我厌倦得至矣极矣，——请注意我讲的是真话，尽管用了古斯拉夫语汇，——由于这一切终究会有害于我的计划，所以我暗自决定，无论如何，而且也不征得您的同意，要把列比亚德金兄妹打发到彼得堡去，何况他本人也一心想去。我犯了一个错误：我是以您的名义给他钱的，这是一个错误吗？也许，这不算是错误吧，啊？现在请听我说，听我说吧，这一切是怎样发生了波折……"他说到兴奋处挨近了斯塔夫罗金，伸手想抓住他常礼服的翻领（真的，很可能是故意的）。斯塔夫罗金猛地打开了他的手。

"您干吗呀……得……手还打折了呢……这里重要的是，怎样发生了波折，"他又喋喋不休地说起来，对挨了一下甚至毫不惊讶。"那天晚上我拿出钱来，是要他兄妹俩第二天一早就动身；我把这件小事托给了混蛋利普京，叫他亲自送他们上车出发。可利普京这个坏蛋却要同公众耍闹一番——也许您听说了吧？在'朗诵会'上？您听着，听着：两个人一起喝酒作诗，其中有一半是利普京的；他让列比亚德金穿上了燕尾服，对我却说早上已经把他送走了，其实把他藏在后面的一个小房间里，为的是把他推到台上去。可这个家伙很快就出人意料地酗起酒来。然后就是那出众所周知的闹剧，然后他就半死不活地被送回家，而利普京悄悄地掏走了他的二百卢布，只留下零头。但不幸的是，当天早晨列比亚德金就已经从衣袋里掏出钱来炫耀过，在不妥当的地方拿给人看。这正是费季卡求之不得的，他又在基里洛夫那里听到了一点风声（记得吧，您的那个暗示？），于是决心利用这个机会。这就是全部经过。我高兴的是，至少费季卡没有找到钱，而这个混蛋指望能搞到上千卢布呢！他慌慌张张而且自己也似乎被那场大火吓了一跳……请相信，对我来说这场大火就像当头一棒。不，鬼知道这是怎么搞的！这完全是自作主张……您瞧，我对您期望很高，所以什么也不瞒您：不错，我早就在酝酿着放火的想法，因为它是那样通俗而简单的手段；但我是要把它用在紧急关头，用在我们全体暴动的重要时刻……他们却突然自作主张，不等命令就这么干，而现在恰恰是必须隐蔽下来，不露声色的时候！……总之，我还毫不知情，现在人们在议论什皮古林厂的两个人……但如果**我们的人**也有份，哪怕其中只有一个人插了手，这个人就要倒霉！您瞧，只要放松一点点就会引起什么后果！不，这批闹民主的下等人和他们的那些五人小组是靠不住的；这里需要不以某种偶然的、外在的因素为转移的极高明的、被奉若神明的独裁意志……那时五人小组就会夹起尾巴服从，必要时才会奴颜婢膝地听候差遣。但不论怎样，即使现在到处在叫嚷，说就因为斯塔夫罗金要把老婆烧死，城市才遭了火灾，但是……”

“已经到处在叫嚷了吗？”

“那倒还没有，说实话，我什么都没有听到，不过对老百姓有什么办法呢，特别是遭了火灾的居民：人民的声音即上帝的声音①。最荒唐的流言蜚语不久就会到处风传……不过实质上您是完全不用担心的。在法律上您完全无罪，良心也是清白的，——因为您并不希望这样，是不是？没有任何罪证，有的只是偶然的巧合……除非费季卡提起您在基里洛夫家里不慎所讲的那些话（当时您为什么要那样讲呢？），不过这完全不能证明什么，至于费季卡，我们一定要制止他胡来。我今天就去设法制止他……”

“尸体没有烧掉？”

“没有；这个鬼东西什么也干不好。不过我高兴的是，至少您很镇静……因为您虽然毫无罪责，连犯罪的想法也没有，但毕竟，而且您得承认，这一切正好解决了您的难题：您突然成了自由的单身汉，马上就可以娶一位豪富的美貌姑娘，更何况她已经落到了您的手里。您瞧，一个简单的、无意中的巧合造成了多么美妙的结局——啊？”

“**蠢材**，您威胁我吗？”

“咳，得啦，得啦，**蠢材**也骂出来了，而且这是什么口气啊？该高兴才是，可您……我是特意赶来预先通知您的……再说，我能拿什么来威胁您呢？我要争取您，才不必用威胁的手段呢！我要的是您自觉自愿，而不是出于恐惧。您是光明和太阳……是我怕您怕得要命，而不是您怕我，我又不是马夫里基·尼古拉耶维奇……您想想看，我乘着一辆赛车②正飞驰而来，而马夫里基·尼古拉耶维奇就待在您家花园的栅栏旁边，在花园后面的一个拐角上……穿着军大衣，浑身湿透，大概待了一整夜！奇迹！人能疯到什么程度啊！”

“马夫里基·尼古拉耶维奇？真的吗？”

---

① 原文为拉丁文。
② 比赛用的单座两轮马车。

"真的，真的，待在花园的栅栏旁边。离这儿，——离这儿约有三百步，我想。我赶快绕开他，不过他看见了我。您不知道？那我很高兴没有忘了告诉您。这样的人要是再有一把手枪就危险极了，再加上黑夜、泥泞、可想而知的愤激，——要知道他是怎样的一种处境啊，哈哈！您怎么看，为什么他要待在那里？"

"当然是等莉莎维塔·尼古拉耶夫娜。"

"对啦！可她怎么会出去见他呢？而且……瞧这雨……真是傻瓜！"

"她马上就会出去见他。"

"嘿！真是新闻！这么说来……可是您听我说，她的情况现在完全变了嘛，为什么她现在还要马夫里基？您是自由的单身汉，不是明天就可以娶她吗？她还不知道呢，——这事交给我，我现在就替您办妥。她在哪里，要让她也高兴高兴。"

"让她高兴？"

"那还用说，走吧。"

"您以为她猜不到这些尸体是怎么回事吗？"斯塔夫罗金有点异样地眯缝着眼睛道。

"当然猜不到，"彼得·斯捷潘诺维奇顺口答道，简直像个大傻瓜。"因为在法律上……哎哟，您哪！就算她猜到了又怎样！女人对这些事会看得很淡，您还不了解女人！此外，她现在嫁给您最有利，因为她毕竟闹出了绯闻，此外我曾对她大讲'扬帆远航'，我看准了，只有'帆船'才会对她有影响，可见她是什么类型的女孩子。您放心，她会轻松地从尸体上迈过去，——尤其因为您是完全完全无辜的，不是吗？她只是把这些尸体记在心里，以便往后提起这个话题来刺您，总在婚后的第二年吧。每个女人在出嫁时都会记住丈夫的诸如此类的过去，不过到那时……一年以后，会是什么情况呢？哈哈哈！"

"您是乘赛车来的，现在就把她送到马夫里基·尼古拉耶奇那里去吧。她刚才说，她讨厌我，要离开我，当然是不肯用我的车的。"

"这一样！难道她真的要走？怎么会的呢？"彼得·斯捷潘诺维奇傻呵呵地望着他。

"夜里她不知怎么猜到了，我根本不爱她……这一点，当然，她是早就明白的。"

"难道您不爱她？"彼得·斯捷潘诺维奇应声问道，露出万分惊讶的神气。"既然这样，为什么您昨天在她进来时把她留了下来，而不是作为一个高尚的人坦率地说您不爱她呢？您这样做太卑鄙了，而且您使我在她面前显得有多么卑鄙啊？"

斯塔夫罗金突然大笑起来。

"我在笑我的猴子。"他立即解释道。

"哦！您猜到了我是在装模作样，"彼得·斯捷潘诺维奇也非常快活地大笑起来，"我是要逗您笑！您瞧，您出来见我时，我马上就从您的脸色猜到，您遭到了'不幸'。也许还是完全的失败吧，啊？嘿，我敢打赌，"他叫道，开心得喘不过气来，"你们整夜都并排坐在大厅里的两把椅子上，就某个极其崇高的高雅话题争论不休而浪费了全部宝贵的时间……噢，请原谅，请原谅；我何必问呢，我昨天就清楚你们会有一个荒唐的结局。我把她给您送来，只是要让您开开心，也为了证明，和我在一起您不会觉得无聊；我可以这样效劳三百次；我总是爱讨人欢喜。既然您现在不要她，——这一点我是估计到的，也是因此才来的，那么……"

"原来您是为了让我开心才把她送来的？"

"那还能为什么？"

"不是为了逼我杀害妻子？"

"瞧您说的，难道是您杀了她？多么可怕的一个人！"

"反正一样，您杀了她。"

"难道是我杀的吗？我告诉您，这件事与我没有一丁点儿关系。不过，您开始让我担心了……"

"说下去，您说：'既然您现在不要她，那么……'"

"那么交给我吧，当然！我把她好好地嫁给马夫里基·尼古拉耶维奇，顺便说一下，可不是我叫他待在花园外面的，您不要又瞎疑心。要知道，我现在怕他。您刚才提到我乘的是赛车，而我还是快马加鞭地绕开了他……真的，要是他带着手枪呢？……还好，我也带了手枪。瞧（他把手枪从衣袋里抽出来给他看，又马上藏好）——带着它是怕路远出事……不过，我立刻为您把这件事摆平：现在她的小心眼正惦记着马夫里基呢……至少很可能在惦记他……知道吗——说真的，我简直有点可怜她啊！我让他俩一见面，她就马上会想起您，——向他称赞您，而当面骂他，——女人的心哪！您又笑了？我高兴极了，您能这么快活起来。好，我们去吧。我就直接从马夫里基谈起，至于那些……至于死者……您看，目前是不是不提？反正她以后会知道的。"

"知道什么？谁被杀了？你们说马夫里基·尼古拉耶维奇怎么了？"莉莎猛地推开了门。

"啊！您在偷听？"

"你们刚才说马夫里基·尼古拉耶维奇怎么了？他被杀？"

"啊！原来您没有听清楚！放心吧，马夫里基·尼古拉耶维奇好好的，这一点您马上就能得到证实，因为他在这里的大路边，在花园的栅栏外……似乎待了一整夜；浑身都湿了，穿着军大衣……我来时他曾看到我。"

"这是谎话。您说过'被杀'……谁被杀？"她痛苦而怀疑地坚持问道。

"被杀的只有我的妻子、她的哥哥列比亚德金和他们的女仆。"斯塔夫罗金坚决地说道。

莉莎一颤，脸色煞白。

"一个凶残、奇怪的事件，一次荒唐透顶的抢劫，"彼得·斯捷潘诺维奇马上唠叨起来，"是趁火打劫；案子涉及费季卡·卡托尔日内和傻瓜列比亚德金，这个傻瓜到处把自己的钱拿给人看……我就是为这件事来的……就像脑袋上给砸了一砖头。斯塔夫罗金一听几乎站不稳了。我们在这里商量，要不要马上告诉您？”

“尼古拉·弗谢沃洛多维奇，他说的是真话吗？”莉莎勉强问道。

“不，不是真话。”

“怎么不是真话！”彼得·斯捷潘诺维奇一颤，“又是怎么啦！”

“天哪，我要疯了！”莉莎叫道。

“您至少得明白，他现在是个疯子！”彼得·斯捷潘诺维奇竭力叫道，“毕竟是他的妻子被人杀了。您看，他的面色多么苍白……他不是整夜和您在一起吗，片刻不曾离开，怎么能怀疑他呢？”

“尼古拉·弗谢沃洛多维奇，就像对上帝那样说吧，您是否有罪，我发誓，我会相信您的话的，就像相信上帝的话一样，我会跟着您到天涯海角，啊，我会跟着您的！跟着您，像一条小狗一样……”

“为什么您要折磨她，您这个古怪的家伙！”彼得·斯捷潘诺维奇狂怒道，“莉莎维塔·尼古拉耶夫娜，真的，您就是在钵子里把我捣得粉碎，我也要说他是无辜的，恰恰相反，他自己伤心欲绝，在说胡话，您看见了。他丝毫，丝毫无罪，甚至在思想上也是清白的！……都是盗贼们干的，大概过一个星期就能把他们逮捕归案，用鞭子抽他们……那是费季卡·卡托尔日内和什皮古林厂的几个人，全城都传得沸沸扬扬，所以我才这么说。”

“是吗，是吗？”莉莎浑身哆嗦，等候着对自己的最后判决。

“我没有杀人而且是反对的，但我知道他们会被杀，却没有阻止凶手。离开我吧，莉莎。”斯塔夫罗金说道，随即到大厅里去了。

莉莎双手掩面，走出了屋子。彼得·斯捷潘诺维奇想追她，但马上回到了大厅。

“您居然这么说？您居然这么说？您就一点也不怕？”他完全疯了似的扑向斯塔夫罗金，语无伦次地嘟哝着，几乎找不出话来说，嘴边满是白沫。

斯塔夫罗金站在大厅中央，一句话也不回答。他左手轻轻地抓着自己的一绺头发，忧伤地微笑着。彼得·斯捷潘诺维奇猛地拽了一下他的袖子。

"您躲起来了，是吗？原来您是要这么干哪？打算把所有的人都出卖了，然后自己进修道院或见鬼去……但我反正会要了您的命，尽管您从来不怕我！"

"啊，是您在唠叨？"斯塔夫罗金终于认出了他，"快去，"他猛地醒悟过来，"快去追她，吩咐备马车，别扔下她……快去，快去嘛！把她送到家，不要让人知道，也不要让她到那里去……看尸体……尸体……要强迫她上车……阿列克谢·叶戈雷奇！阿列克谢·叶戈雷奇！"

"等一下，别嚷！她现在已经依偎在马夫里基的怀抱里了……马夫里基是不会坐您的车的……等一下吧！有比马车更重要的事！"

他又拔出了手枪；斯塔夫罗金严肃地看了看他。

"好吧，打死我吧。"他轻轻地，几乎是和气地说道。

"呸，见鬼，把捏造的罪名硬往自己头上扣！"彼得·斯捷潘诺维奇气得直颤，"真想给您一枪！她真该唾弃您！……您算什么'帆船'，一条报废的又破又旧的木驳船罢了！……喂，您生气呀，哪怕因为生气而清醒过来也好啊！唉——！既然您但求一死，也就对一切都无所谓了吧？"

斯塔夫罗金怪模怪样地笑了笑。

"如果您不是这样一个小丑，此刻我也许就会对您说：是的……如果您略微聪明一点儿……"

"就算我是小丑吧，可我不愿您是小丑，您是我的主要的一半啊！您了解我吗？"

斯塔夫罗金了解，也许只有他才了解。沙托夫听斯塔夫罗金说彼得·斯捷潘诺维奇有激情，就曾大为诧异。

"现在从我这儿滚吧，明天我有话对您说。明天来吧。"

"真的？真的？"

"我怎么知道！……滚吧，滚吧！"

于是他走出了大厅。

"也许还有转机。"彼得·斯捷潘诺维奇暗自嘟哝道，一面藏起手枪。

三

他急忙去追赶莉莎维塔·尼古拉耶夫娜。她还走得不远，离开屋子只有几步。阿列克谢·叶戈罗维奇本想拦住她，此刻仍跟在她身后，相距一步，穿着燕尾服，恭敬地弯着腰，光着头。他再三恳求她等车；老人惊恐不安，几乎要哭了。

"去吧，少爷要茶，喊不到人。"彼得·斯捷潘诺维奇推开他，直接挽起了莉莎维塔·尼古拉耶夫娜的手臂。

她没有抽出手臂，不过她似乎恍恍惚惚，还没有清醒过来。

"首先，您不要往那里走，"彼得·斯捷潘诺维奇轻言细语地说道，"我们要走这里，不要经过花园；其次，无论如何步行是不行的，离您家有三俄里，您又没有合适的衣服。您最好稍等片刻。我是乘赛车来的，那匹马就在院子里，立刻就能牵来，我让您坐上车就送您回家，谁也不会看到。"

"您真好……"莉莎亲切地说道。

"哪里，在这种情况下任何一个好心人处于我的地位都会……"

莉莎看看他，吃了一惊。

"哎呀，天哪，我以为还是那个老人在这里呢！"

"听我说，您这样想，我太高兴啦，因为那都是要不得的偏见，既然这样，我不如立即吩咐老人备好马车，只要十分钟，我们回去在台阶旁边等着吧，啊？"

"我首先想……那些死者在哪里？"

"啊，又在胡思乱想！我就担心……不，我们不如抛开这些废话；何况您也不该去看。"

"我知道死者在哪里，我认得那栋房子。"

"您知道又怎样！您瞧这雨、这雾（嗨，我算揽上了一份好差使！）……听我说，莉莎维塔·尼古拉耶夫娜，二者必居其一：要么您同我乘赛车，那就等在这里，一步也不要往前走，因为再走二十步左右，马夫里基·尼古拉耶维奇就一定会发现我们了。"

"马夫里基·尼古拉耶维奇！在哪里？在哪里？"

"好吧，要是您想同他在一起，我还可以再送送您，把他所待的地方指给您看，我自己就不再听候差遣啦；这时候我不想走得离他太近。"

"他是在等我，天哪！"她突然站住了，满脸绯红。

"可别这样，但愿他是个没有偏见的人！您要知道，莉莎维塔·尼古拉耶夫娜，这一切都与我无干；我完全是局外人，您自己也知道；然而我毕竟希望您好……如果说，我们的'帆船'令人失望，如果说那原来不过是一条只能报废的老朽的木驳船……"

"啊，妙极了！"莉莎叫道。

"妙极了，可自己却在流泪。要有勇气嘛。在哪方面也不该输给男人。现在这个时代，女人……唉，见鬼（彼得·斯捷潘诺维奇几乎啐了一口）！要紧的是，没有什么可惋惜的：也许结果会很好。马夫里基·尼古拉耶维奇这个人……总而言之，这个人重感情，不过不爱说话，这倒也好，当然啦，条件是他不能有偏见……"

"妙极了，妙极了！"莉莎歇斯底里地大笑。

"啊，咳，见鬼……莉莎维塔·尼古拉耶夫娜，"彼得·斯捷潘诺维奇突然话里带刺，"我其实都是为了您……对我有什么好处嘛……昨天我为您效劳，当时是您自己要那样，可今天……喂，从这里就看得见马夫里基·尼古拉耶维奇了，瞧，他坐在那里，他看不见我们。听我说，莉莎维塔·尼古拉耶夫娜，您读过《波林卡·萨克斯》①吗？"

---

① 俄国作家亚·瓦·德鲁日宁（1824—1864）所写的中篇小说，是俄国文学中最早涉及妇女的自由恋爱权利的作品之一（萨克斯获悉其妻波林卡不忠，于是允其离异，并促使她与所爱者结合，希望她获得幸福）。陀思妥耶夫斯基在写作《鬼》期间认为婚姻是神圣而不可解除的，他提及德鲁日宁的这篇小说，意在讽刺。另一方面，让彼得·韦尔霍文斯基说出关于波林卡·萨克斯的那样不合时宜的话来，陀思妥耶夫斯基是要着重描写他在道德上的迟钝和麻木。

“什么？”

“有这么一本中篇小说，《波林卡·萨克斯》。我还是在读大学时看的……有一名官员，叫萨克斯，非常富有，他把不忠的妻子禁闭在别墅里……啊，咳，见鬼，不值一提！您就等着瞧吧，马夫里基·尼古拉耶维奇不等到家就会向您求婚。他还是看不见我们。”

“哎呀，别让他看见！”莉莎突然疯了似的叫道，“我们走吧，走吧！到树林里去，到田野去！”

于是她掉头往回跑。

“莉莎维塔·尼古拉耶夫娜，您这是太缺乏勇气啦！”彼得·斯捷潘诺维奇在跟着她跑，“为什么您不愿让他看见您呢？相反，您要自傲地直视他的眼睛……要是您想到**那件事**……处女什么的……那可是一种要不得的偏见，一种落后的观念……您到哪里去呀，您到哪里去？唉，她还是在跑！我们不如回到斯塔夫罗金家，乘我的赛车……您到哪里去呀？那里是田地……咳，跌倒啦！……”

他站住了。莉莎像一只鸟儿似的在飞，不辨方向，彼得·斯捷潘诺维奇已落后约五十步了。她在土坷垃上绊了一跤，跌倒了。就在这时，从后面稍远处传来了一声可怕的叫喊，那是马夫里基·尼古拉耶维奇的叫声，他看见她奔跑时跌倒，于是穿过田野向她跑了过去。彼得·斯捷潘诺维奇霎时躲进了斯塔夫罗金家的大门，只想快点儿坐上自己的赛车。

而大惊失色的马夫里基·尼古拉耶维奇已经站在爬起的莉莎身边，弯腰捧着她的一只手。这次相逢的不可思议的环境使他惊心动魄，泪流满面。他看见自己那么崇拜的她在田野里疯狂地奔跑，在这样的时刻，在这样的天气里，穿着一条连衣裙，昨天的那条华丽的连衣裙，现在由于跌跤而揉皱了，弄脏了……他说不出话来，他脱下军大衣，用颤抖的双手给她披在肩头。他蓦地叫了一声，觉得她的唇轻轻地触及了他的手。

“莉莎！”他叫道，“我百无一用，可您不要赶走我啊！”

“啊，好的，我们快离开这儿吧，别把我扔下！”于是她牵着他的手，拉着他朝前走。"马夫里基·尼古拉耶维奇，"她突然惊惧地压低了嗓音，"在那里我一直装得很勇敢，在这里我却很怕死。我要死了，很快就要死了，但我害怕，害怕死亡的阴影……"她紧握着他的手，低声悄语道。

"噢，来个人吧！"他绝望地转头四顾，"碰上个路人也好啊！您腿脚会受潮，您会……神志失常的！"

"没有关系，没有关系，"她鼓励他道，"就这样，我在您身边就不那么怕了，搀着我的手，领着我走吧……我们现在是去哪里呢，回家吗？不，我想先看一下那些死者。据说，他们杀了他的妻子，而他却说是他本人所杀；可这是假话，是假话吧？我要亲眼看看因我……而被杀的死者……由于他们的缘故，他在这一夜不爱我了……我亲眼看看就全明白了。快，快，我认识那栋房子……那里失过火……马夫里基·尼古拉耶维奇，我的朋友，不要宽恕我这个不正派的女人！为什么要宽恕我呢？您怎么哭了？给我一记耳光，把我像狗一样打死在这田野里吧！"

"现在谁也不是您的审判官，"马夫里基·尼古拉耶维奇坚定地说道，"上天作证，我尤其不是！"

他们的谈话，听起来不免使人觉得奇怪。同时，他俩手挽着手，匆匆疾走，就像两个疯子。他们直奔火场而去。马夫里基·尼古拉耶维奇仍然抱着希望，哪怕能遇到一辆大车也好，但阒无一人。遍野笼罩着绵绵细雨，不见一丝光亮和色彩，只有灰色的、烟雨迷蒙的茫茫一片。早已经是白天，看起来却好像尚未破晓。从这雾蒙蒙、冷丝丝的黑暗中竟突然显出了一个身影，怪诞而荒唐，正迎面走来。现在想起来，即使当时我处于莉莎维塔·尼古拉耶夫娜的地位，我想我也不会相信自己的眼睛；而她却发出一声欢呼，马上认出了那个走过来的人。那是斯捷潘·特罗菲莫维奇。他是怎样出走的，他的疯狂的、异想天开的出逃计划是如何实现的，——下面再谈。我只提一点，这天上午他已经得了寒热病，但疾病也未能阻止他：他在潮湿的土地上迈着坚定的步伐；显然，他这个缺乏经验、不切实际的人是尽可能妥善地独自筹划了自己的行动。他一身"旅行"装束，身穿长袖军大衣，腰束一条宽宽的带扣的漆皮带，脚登崭新的高筒皮靴，裤腿塞在靴筒里。大概在他的想象中早已这样描绘了旅行者的模样，几天前就备下了那条皮带和那双他走起来觉得别扭的剽悍、锃亮的高筒靴。再加一顶宽边礼帽，一条紧紧围在脖子上的毛线围巾，右手握着的一根手杖，左手拎着的一个非常小却塞得紧绷绷的手提包，便是他的全部行装了。此外，右手还撑着一把打开的伞。拿着这三样东西——伞、手杖和提包，在走头一俄里路时觉得很不方便，从第二俄里路开始就觉得既不方便又挺沉了。

"莫非这真的是您？"在最初的一阵不自觉的高兴过去之后，莉莎叫道，悲伤而惊讶地打量着他。

"莉兹！"斯捷潘·特罗菲莫维奇也叫道，同样是几乎梦呓般地扑向她。"亲爱的，亲爱的，莫非您也……在这样的大雾天气？您瞧，那一片火光！您很不幸，是吗？我看得出，看得出，您不用说啦，可也别问我的情况。我们都很不幸，但必须宽恕他们所有的人。宽恕吧，莉兹，我们就永远自由了。为了摆脱人世而成为完全自由的人，必须宽恕，宽恕再宽恕！"

"可是为什么您要跪下呢？"

"为了在告别人世的时候，我想以您为象征，也告别我的全部过去！"他哭了，拿起她的双手贴近自己泪痕斑斑的眼睛。"我跪拜我一生中所曾经拥有的一切美好的东西，满怀感激地吻别了！从此我把自己分为两半：在那里的是一个曾经梦想飞上天堂的疯子，二十二年！在这里的是一个沮丧而落泊的老家庭教师……依附于这个商人，倘若确有这样一个商人的话……可您淋湿了啊，莉兹！"他叫道，跳起身来，觉得自己的双膝也在泥地上湿透了，"这怎么行，您穿着这样的衣裳？……还步行，而且是在这样的田野里……您在哭？您很不幸吧？噢，我听到了一点传闻……可现在你们是从哪里来的呢？"他神色惊慌地急速问道，深感困惑地望着马夫里基·尼古拉耶维奇，"可您知道现在是几点吗？"

"斯捷潘·特罗菲莫维奇，您听说那里有人被杀了吗……这是真的？真的？"

"这些人哪！我通宵看见他们燃起的火光。他们不可能有别的收场……（他又目光灼灼了）我昏昏沉沉地从热病般的梦里跑了出来，跑出来寻找俄罗斯，它存在吗，俄罗斯？噢，是您，亲爱的大尉！我从不怀疑，一定会遇见您在哪里建功立业……您把我的伞拿去吧，而且——为什么一定要步行呢？看在上帝分上，至少把伞拿去吧，我反正要雇一辆马车的。我之所以步行，是因为斯塔西（即娜斯塔霞）倘若知道我要出走，就会嚷得整条大街都听得见；我这才悄悄地溜了，尽可能隐姓埋名。我顾不得了，《呼声报》说盗匪遍地，可是我想，不可能一走上大路就马上遇盗吧？亲爱的莉兹，您好像说有谁遇害了？哦，我的上帝，您要晕倒啦！"

"我们走吧，走吧！"莉莎歇斯底里地叫道，又拉着马夫里基·尼古拉耶维奇朝前走。"等一下，斯捷潘·特罗菲莫维奇，"她突然回到他跟前。"等一下，可怜的人，让我为您画个十字吧。也许把您捆起来才好呢，不过我还是为您画个十字吧。您也要为'可怜的'莉莎祈祷祈祷——偶尔地，稍稍地，别太难为自己。马夫里基·尼古拉耶维奇，把伞还给这个天真的孩子吧，一定要还给他。这就对了……我们走吧！走吧！"

他们来到了那座不祥的房子附近，拥挤在屋前的密密麻麻的人群正好听够了关于斯塔夫罗金以及杀害妻子对他有好处的议论。但我要再说一遍，绝大多数人毕竟还是在默默地、不动声色地听着。情绪失控的只是一些大喊大叫的醉汉以及那些"滑下山"的人们，例如那个挥舞双手的小市民。大家都知道他甚至是个性格温和的人，但是如果有什么事使他受到某种强烈的刺激，他就突然仿佛从山顶上滑了下去而不可遏止地向某处飞落。莉莎和马夫里基·尼古拉耶维奇到达时我没有看见。我乍一见到莉莎，惊得愕然失色，这时她已经在人群中离我很远了，至于马夫里基·尼古拉耶维奇，我起初简直没有认出来。似乎在某个瞬间他曾由于拥挤而落在她后面两步光景或者是被挤得分开了。莉莎在人群中往前闯，对周围的一切视而不见也不予理会，宛如逃出医院的热病患者，当然很快就引起了注意，于是人们高声议论而且立即尖叫起来。当下有人嚷道："这是斯塔夫罗金的女人！"另一处也有人在叫："杀了人还不够，还要来看！"突然我看到，在她头顶上，在她身后，有一只手臂举起又落下；莉莎倒下了。马夫里基·尼古拉耶维奇发出了一声可怕的叫喊，冲上去救助，并且猛击一个遮住莉莎的人。但就在那同一瞬间，那个小市民从背后双手抱住了他。一场殴斗开始了，好一会儿什么也看不清。莉莎好像站了起来，但又挨了一击而倒下了。突然人群开始后退，在躺着的莉莎身旁围成一个不大的圆圈，而血迹斑斑、疯了似的马夫里基·尼古拉耶维奇站在她身边，绞着双手又哭又喊。以后的情况我记不清了；只记得莉莎突然被抬走。我跑着跟在她后面；她还活着，可能还有知觉。人群中的那个小市民和另外的三个人被捕。这三个人至今不承认参加过任何暴行，一口咬定他们被抓错了；他们说的也许倒是真话。小市民显然罪证确凿，但他是个糊涂虫，至今还是说不清事情的经过。我作为目击者，尽管站得远些，也必须在侦查中提供证词。我声称，事情的发生是极其偶然的，涉案人员也许是不怀好意，然而他们神志不清，酒醉糊涂，已经丧失了清醒的意识。我现在还是这个看法。

第六章 最后的决定

一

这天上午很多人都见到过彼得·斯捷潘诺维奇；见到过他的人记得，他处于非常亢奋的状态。午后两点他跑到了加甘诺夫那里，后者一天前才从乡下回来，家里聚集了满屋子的客人，正在热烈地大谈刚刚发生的事件。彼得·斯捷潘诺维奇的话最多，大家只得听他说。我们这里的人一向把他看作"说过就忘的饶舌大学生"，但现在他说的是尤莉娅·米海洛夫娜，而在一片混乱的情况下，这个话题是引人入胜的。作为她不久前最亲密的心腹，他透露了有关她的很多相当新鲜而且出人意料的细节。他无意中（当然，也是由于出言不慎）谈到了她个人对城里众所周知的人士的评语，从而当即刺痛了一些人的自尊心。他的话说得含糊而模棱两可，就像是一个不大机灵的人；然而他为人正直，痛感有必要立即澄清一大堆令人困惑的问题，却又由于憨厚笨拙，自己也不知道，该从哪里说起，该到哪儿结束。他也相当疏忽大意地说漏了嘴，说尤莉娅·米海洛夫娜知道斯塔夫罗金的所有秘密，正是她促成了这次幽会。她还使他彼得·斯捷潘诺维奇难堪，因为他本人是钟情于这个可怜的莉莎的，同时她又把他搞得"晕头转向"，以至**可以说**是他用马车把她送到了斯塔夫罗金的身边。"是的，是呀，先生们，你们可以轻松地笑笑，可我要是知道，要是我知道，这会导致什么结果啊！"他结束道。对有关斯塔夫罗金的各种敏感问题，他直截了当地宣称，列比亚德金惨遭杀害，在他看来纯属偶然，而且只能怪列比亚德金自己到处露财。这一点他解释得特别精彩。有一个听众曾向他指出，他"装模作样"是徒劳的，因为他在尤莉娅·米海洛夫娜家里吃喝，几乎是睡在她家，现在却第一个出来给她脸上抹黑，这并不像他所认为的那样光彩。但是彼得·斯捷潘诺维奇立即为自己辩护道：

"我在她家吃喝，并不是因为我没有钱，而且我受到邀请也不是我的错。请让我自己来考虑，我应当因此而怎样心存感激吧。"

总的说来，人们的印象是对他有利的："小伙子虽然无聊，而且不用说，为人轻浮，但尤莉娅·米海洛夫娜干的蠢事怎么能归咎于他呢？原来他还一再劝阻过她呢……"

将近两点，突然传出了一个消息，人们纷纷议论的斯塔夫罗金出人意料地乘中午的列车去了彼得堡。这件事很引人注意；很多人皱起了眉头。彼得·斯捷潘诺维奇大为震惊，据说他勃然变色，并且奇怪地叫道："谁会放走他呢？"他立即离开了加甘诺夫。不过有人见到他又在其他两三户人家露过面。

傍晚他终于见到了尤莉娅·米海洛夫娜，他是费尽心机才能如愿的，因为她坚决地拒不接待。这个情况我只是在三周后才从她本人那里了解到，那是在她前往彼得堡之前。她没有细谈，然而深恶痛绝地说，他"当时使她惊讶得无法形容"。我认为，他只是恫吓她，如果她敢于"说出去"，他就指控她是同谋。他之所以要进行恐吓，与他当时的种种图谋有密切的关系，当然，这些图谋是她所不了解的，只是后来，在五天之后她才恍然大悟，为什么他那样担心她会打破沉默，而且那样害怕她会激起新的愤怒……

晚上七点多钟，天色已经黑尽，**我们的人**一共五个，全体集合在准尉埃尔克利的住所，那是市郊福明胡同的一栋倾斜的小屋。彼得·斯捷潘诺维奇亲自指定在这里召开全体会议；但他不可原谅地姗姗来迟，大家已经等了他一个小时。这个埃尔克利准尉就是外地来的那个小军官，他在维尔金斯基家的那次夜晚的会议上始终拿着铅笔坐着，面前放着一本笔记簿。他不久前来到本市，在这条偏僻的小胡同里单独赁屋居住，房东是小市民——一双老姐妹，而且他不久就要离开；在他那里聚会最能避人耳目。这个奇怪的孩子特不爱说话；他可以一连坐上十个晚上，尽管周围人声嘈杂而且在进行非同寻常的谈话，他却一言不发，而是相反，非常专注地睁着一双孩子气的眼睛盯着说话的人，倾听着。他的脸很俊，甚至似乎很有灵气。他不属于五人小组；我们的人认为，他负有某种特殊的、纯属执行方面的任务。现在已经清楚，他并没有任何任务，他本人也未必了解自己的处境。他只是崇拜彼得·斯捷潘诺维奇，尽管相识不久。如果他遇上的是一个过早堕落的暴徒，而这个暴徒以某种社会理想主义为借口唆使他建立匪帮，并且为了考验他而命令他去杀害并洗劫任何一个偶然碰到的男人，他一定会唯命是从。他在某地有一位患病的母亲，他总是把自己微薄的薪水寄一半给她，——她该是多么慈爱地亲吻这可怜的淡黄头发的小脑袋，怎样为它担忧，为它祈祷啊！我之所以这样不厌其烦地谈到他，是因为我对他满怀怜悯。

我们的人都很激动。前一夜所发生的事件使他们大为震惊，看来他们被吓坏了。在此之前他们如此热心参与的那些简单然而经常不断的捣乱却导致了出乎他们意外的结局。深夜大火，列比亚德金兄妹被杀，群众对莉莎的暴行，凡此种种都是他们在其计划中所始料不及的。他们激烈地指责他们的领导者独断专行，讳莫如深。总之，在等待彼得·斯捷潘诺维奇的时候，他们互相影响，情绪激昂，以至再次决定，最后一次要求他作出明确的解释，倘若他重施故伎，支吾其词，那就解散五人小组也在所不惜，然后要建立从事"思想宣传"的新的秘密团体来取而代之，由他们自己按平等和民主的原则来干。利普京、希加廖夫和那位民情专家特别支持这一设想；利亚姆申保持沉默，不过也抱着赞同的态度。维尔金斯基犹豫不决，想先听听彼得·斯捷潘诺维奇怎么说。大家决定听一听彼得·斯捷潘诺维奇的说法；但他仍然没有露面；这种轻慢的态度更加火上浇油。埃尔克利默不作声，只是忙着上茶，他亲手从女房东那里端来放着几杯茶的托盘，未带茶炊，也不让女仆进来。

彼得·斯捷潘诺维奇八点半才到。他疾步走到沙发前大伙围坐着的圆桌跟前；帽子仍拿在手里，也不要茶。大概他立即从脸色上看出了"反叛"的迹象。

"在我开口之前，你们畅所欲言吧，你们似乎很凝重啊。"他说，冷笑着环视大家的脸色。

利普京"代表大家"发言，气愤得声音发抖，声称："如果这样继续下去，就会碰得头破血流，先生。"啊，他们并不是怕头破血流，甚至作好了牺牲的准备，但只能是为了共同的事业而牺牲。（普遍骚动，赞许。）因而对他们要坦诚相见，让他们总是能预先了解，"否则会怎样呢？"（又起骚动，几声发自喉头的声音。）这样行动是屈辱而危险的……我们并不是害怕，如果一个人活动，而其余的人只是走卒，那么一个人有了失误，就会全体遭殃。（呼声：对，对！一致支持。）

"见鬼，你们要怎样？"

"请问，斯塔夫罗金先生的私情，"利普京勃然大怒，"与共同事业有什么关系？就算他与中央有什么神秘的联系，如果真有这么一个空中楼阁的中央的话，我们这些人可不想知道，先生。然而出了命案，惊动了警察；他们会顺藤摸瓜的。"

"您和斯塔夫罗金遭了殃，我们也跟着遭殃。"民情专家补充道。

"而且对共同事业毫无裨益。"维尔金斯基沮丧地作了结论。

"胡说什么！杀人这件事是偶然的，是费季卡谋财害命。"

"嗯。真是奇怪的巧合啊，先生。"利普京气得发抖。

"也许就是由于你们才有了这个巧合。"

"怎么是由于我们呢？"

"首先，您，利普京，亲自参与了这个阴谋，其次，也是主要的一点，您奉命把列比亚德金送走，而且钱也给了，可您干了什么呢？如果您把他送走了，那就什么事也不会发生。"

"不是您本人提出了一个想法，最好是让他去朗诵诗歌吗？"

"想法不是命令。命令是把他送走。"

"命令。好古怪的字眼……恰恰相反,您的命令正是要把他暂时留下来。"

"您误解了,表现了您的愚蠢和自作主张。而人是费季卡杀的,而且他是单独行动,为了抢劫。你们听了流言蜚语就信以为真了。你们害怕了。斯塔夫罗金并不那么愚蠢,证据就是,他会见副省长以后在中午十二点走了;如果真有什么事,是不会在光天化日之下放他去彼得堡的。"

"我们并没有说斯塔夫罗金先生自己杀了人,"利普京阴毒而不客气地应声说道,"他甚至毫不知情呢,先生,就跟我一样;您自己非常清楚,我是一无所知的,先生,虽然现在我就像一只山羊莫名其妙地栽进了铁锅里。"

"您在怪谁呢?"彼得·斯捷潘诺维奇阴郁地瞟了他一眼。

"就是怪那些要烧掉城市的人,先生。"

"最糟的是您想摆脱干系。不过,不妨看看这封信,也给大家看看;这只是通报情况。"

他从衣袋里拿出列比亚德金致列姆布克的匿名信,递给了利普京。利普京看了,显然很惊讶,若有所思地把它传给身边的人;信很快地传了一圈。

"这确实是列比亚德金的笔迹吗?"希加廖夫问道。

"是他的笔迹。"利普京和托尔卡琴科(即民情专家)说道。

"我给你们看信,只是通报情况,还因为我知道你们对列比亚德金很动了感情,"彼得·斯捷潘诺维奇又说道,一面接过了信。"由此看来,先生们,这费季卡倒是十分偶然地为我们除了一个大害。瞧,这就叫作偶然性。很有教益,不是吗?"

组员们很快地彼此瞅了一眼。

"现在,先生们,轮到我来问你们了,"彼得·斯捷潘诺维奇神气活现地说道,"请告诉我,你们为什么不经允许就在城里纵火?"

"这是什么话!我们,我们在城里纵火?这真是贼喊捉贼!"响起了一片惊叫声。

"我明白，你们是太投入而忘乎所以了，"彼得·斯捷潘诺维奇固执地继续说道，"但这可不是同尤莉娅·米海洛夫娜胡闹胡闹。我召集你们到这里来，是要说明你们愚蠢透顶地给自己招惹了多大的危险，而且还会波及其他的很多人。"

"对不起，我们刚才倒是准备向您指出，避开组员采取如此重大而又奇怪的措施，这是多么独断专行，多么不平等。"一直沉默的维尔金斯基几乎愤慨地说道。

"这么说，你们是不肯承认？我却肯定是你们放的火，只有你们，再没有别人。先生们，别扯谎，我有准确的情报。你们的自作主张甚至危及了共同事业。你们仅仅是由各个点构成的广大网络中的一个点，必须无条件服从中央。可你们中的三个人并没有接到任何有关的指示就鼓动什皮古林厂的人纵火，于是有了这场大火。"

"哪三个？我们哪三个？"

"前天深夜三点多钟，您，托尔卡琴科，曾在'毋忘我'小酒店鼓动福姆卡·扎维亚洛夫放火。"

"什么，"他跳了起来，"我只说了一句话，而且是无意间随便说说的，因为那天早晨他挨了鞭子，何况我也没有再说下去，因为我看到他醉得太厉害。火是不可能由于一句话就烧起来的。"

"您就像一个人感到惊讶，一座火药厂竟会由于星星之火而飞上了天。"

"我的话声很低，而且是在一个角落里对他耳语，您怎么会知道的？"托尔卡琴科突然想了起来。

"我钻在那张桌子底下。放心吧，先生们，你们的一举一动我都知道。利普京先生，您在阴笑？可我就知道，比方说，您三天前曾把您的妻子拧得遍体是伤，那是在你们的卧室里，在半夜就寝的时候。"

利普京瞠目结舌，脸色发白。

（后来才知道，关于利普京的壮举他是向利普京家的女仆阿加菲

鬼　581

娅了解的，他早就收买了阿加菲娅，让她通风报信，这是以后才查明的。）

"我可否也指出一个事实？"希加廖夫突然站了起来。

"指出吧。"

希加廖夫坐下，神态凝重地说道：

"据我的理解，其实也不可能不理解，您起初后来又再次亲自阐明了俄国的现状，说俄国遍布由各个点构成的广大网络。每个行动小组都在各自网罗信徒并无限地扩展分支机构，任务是经常展开揭露性宣传，从而不断削弱地方政权的威信，在村镇蛊惑人心，挑起混乱和纷争，制造信任危机，煽动改善现状的渴望，最后，如果需要，就在规定的时刻以纵火作为民间的一种主要手段，使国家简直陷入绝望的困境。这是您的话吗？这些话我是竭力一字不改地回忆起来的。这是您作为中央委员会派出的全权代表所宣布的行动纲领吗？然而我们对这个委员会至今毫无了解，因而对我们说来，它几乎是莫须有的。"

"不错，只是说得拖泥带水。"

"人人都有讲话的权利。您让我们以为已经遍布俄国的网络现在有了几百个点，您阐述一种预测，如果每个点都成功地做好自己的工作，那么到规定的期限，一经发出信号，整个俄国就……"

"哎呀，见鬼，没有您来啰唆，事情就够多啦！"彼得·斯捷潘诺维奇在圈椅里转动了一下。

"对不起，长话短说，我只最后提一个问题：我们已经看到了种种丑剧，看到了民众的不满，亲历了并且促成了本地当权者的垮台，最后还目睹了一场大火。您究竟不满意什么呢？这不就是您的纲领吗？您有什么可以指责我们的？"

"你们自作主张！"彼得·斯捷潘诺维奇狂叫道，"只要我在这里，不经我的允许你们就不可以采取任何行动。够了。有人已经写好告密的材料，也许就在明天或今夜你们将被捕。活该。这是可靠的情报。"

大家顿时目瞪口呆。

"逮捕你们，罪名不仅是纵火的教唆犯，而且是五人小组的成员。告密者知道工作网的全部秘密。瞧你们惹的祸！"

"准是斯塔夫罗金！"利普京叫道。

"什么……怎么说到了斯塔夫罗金？"彼得·斯捷潘诺维奇仿佛猛地顿了一下，"嗨，见鬼，"他立刻明白过来。"那是沙托夫！现在你们大概都已经知道，沙托夫曾经参加工作。我应当说明，我通过一些不致使他起疑的人监视过他，惊讶地获悉，工作网的布局以及……总之，一切对他来说都毫无秘密可言。为了自己不致因过去的介入而受指控，他一定会出卖所有的人。到目前为止他一直迟疑不决。现在你们的这场大火使他铁了心：他感到震惊因而不再犹豫了。明天我们就会作为纵火犯和政治犯而被捕。"

"真的？沙托夫怎么会知道？"

大家的激动是无法形容的。

"全都千真万确。我无权向你们说明我通过什么途径，怎样了解了情况，但眼下我能为你们做一件事：我可以通过某个人对沙托夫施加影响，使他毫不起疑地推迟告密，——但不会推迟一昼夜以上。所以在后天早晨以前你们不必担心自己的安全。"

一片沉默。

"干脆送他回老家！"托尔卡琴科首先嚷道。

"早该如此！"利亚姆申一捶桌子，悻悻地插了一句。

"可是怎么干呢？"利普京喃喃地说。

彼得·斯捷潘诺维奇立刻抓住这个问题，提出了自己的计划。计划是，叫沙托夫移交他所保管的秘密印刷机，为此而在明天日落后把他引到埋藏印刷机的那个偏僻的地方，——"就在那里干掉他"。他开始谈到许多必须交代的细节，我们现在都略而不提了，他还详细说明了沙托夫对中央的确实暧昧的态度，这种态度是读者已经知道的。

"话是不错，"利普京不大坚决地说，"不过由于这是……又一起类似的新冒险行动……所以会引起太大的震动。"

"毫无疑问，"彼得·斯捷潘诺维奇肯定了他的看法，"不过这一点已经考虑到了。有办法完全避免嫌疑。"

于是他继续言之凿凿地谈到基里洛夫,谈到他有意开枪自杀并且应许等到知会他的时候,而且在临死前留下遗书,根据口授,把所有的事都揽在自己身上。(总之,是读者已经知道的所有的那些事。)

"他决意自戕,是出于哲理的思考,在我看来,不过是发疯,这个情况被**那里**知道了(彼得·斯捷潘诺维奇继续详加解释)。**那里**不会有一丝一毫的损失,对共同事业完全有利。考虑到可以预见的益处并判明了他自杀的意图是完全认真的,就给了他一笔钱供他前来俄国(不知为什么他一定要死在俄国),提出了他必须完成的任务(他也完成了),此外,还责成他应许只在给他指定的时候自杀,这一点你们已经知道。他答应一切照办。请注意,他参与此事有其特殊的理由,而且愿意效力;我不能向你们说得更多了。明天,**在沙托夫之后**,我向他口授遗书,说明他是沙托夫的死因。这是说得通的:他们曾是朋友,曾一起去美国,在那里闹翻了,遗书要把这些都讲清楚……还有……看情况,甚至还可以向基里洛夫口授一些别的,譬如关于传单,也许还可以在某种程度上提一提纵火。不过,关于这一点我要考虑一下。放心吧,他不抱成见;不会有什么异议的。"

大家纷纷表示怀疑。这个故事听起来像神话。不过,关于基里洛夫的事,大家或多或少听到过一些;尤其是利普京。

"万一他翻悔,不愿干呢,"希加廖夫说道,"不管怎么说,他毕竟是个疯子,所以指望他是靠不住的。"

"放心吧,先生们,他一定愿意,"彼得·斯捷潘诺维奇斩钉截铁地说道,"按照约定,我必须在头一天,也就是在今天,预先通知他。我请利普京马上同我去见他,以便证实,而利普京,先生们,如果必要今天就回来向你们通报,我所说的话究竟是真是假。不过,"他突然非常气愤地打断话头,仿佛突然感到,如此苦苦劝说,同这些小人物苦苦周旋是太屈尊了,"不过,你们想怎么干就怎么干吧。如果你们不拿定主意,我们的结盟就瓦解了,——而这完全是由于你们实际上拒绝服从和背叛。这样我们就从此分道扬镳。但是你们要明白，在这种情况下，除了沙托夫的告密及其后果所引起的麻烦，你们还惹上了结盟时所明确宣布的那个小小的麻烦。至于我，先生们，我并不那么怕你们……别以为我和你们绑在一起了……不过，这无关紧要。"

"不，我们决定了。"利亚姆申声明道。

"别的出路是没有的，"托尔卡琴科嘟哝道，"只要利普京证实了基里洛夫的情况，那就……"

"我反对；我由衷地强烈抗议这种血腥的决定！"维尔金斯基从座位上站了起来。

"但？"彼得·斯捷潘诺维奇问道。

"什么**但**？"

"您说了**但**……所以我在等您说下去。"

"我似乎不曾说**但**……我只是想说，如果他们都决定了，那么……"

"那么？"

维尔金斯基一言不发。

"我认为，可以漠视自己的生命安全，"埃尔克利突然开口说话了，"但是，如果共同事业有可能受到损害，那么我认为，就不能允许漠视自己的生命安全……"

他语无伦次，臊得脸也红了。尽管大家都在想着自己的心事，却都诧异地看看他。他居然也说起话来，这是那么出人意外。

"我拥护共同事业。"维尔金斯基蓦地说道。

大家起身离座。决定明天中午再次交换信息，不过不必全都集中到一起，那时就要最后作出决定。宣布了埋藏印刷机的地点，分配了角色和任务。利普京和彼得·斯捷潘诺维奇立刻出发，一同去见基里洛夫。

二

说沙托夫会告密，我们的人都相信；但是他们也相信，彼得·斯捷潘诺维奇摆布他们就像摆布小卒子一样。其次都知道，明天他们终究会全体到场，那时沙托夫的命运就决定了。大家觉得，他们突然像苍蝇一样落进蛛网，面对一个庞大的蜘蛛；憎恨，却又胆战心惊。

彼得·斯捷潘诺维奇对他们的确不够意思，事情本来可以进行得远为和谐而**轻松**，只要他试图对实际情况略加粉饰就行。他没有把事实陈述得光鲜体面，显出某种古罗马公民或类似的气概，却一味赤裸裸地恐吓并以有性命之忧相威胁，这简直就是无礼。当然，一切都是为生存而斗争，别的原则是没有的，然而毕竟……

可是彼得·斯捷潘诺维奇顾不上调动古罗马人了；他已经乱了章法。斯塔夫罗金的出逃使他大为震惊，悒悒不欢。他说斯塔夫罗金曾会见副省长，是在撒谎。问题恰恰在于他是不告而别，临行前没有见过任何人，包括母亲在内，——居然没有人惊动过他，这确实令人奇怪。（后来当局不得不专门就此作出回答。）彼得·斯捷潘诺维奇整天到处打听消息，暂时却一无所获，他还从来没有这样惊慌失措过。他怎么能，怎么能就这样一下子失去斯塔夫罗金呢！他之所以对我们的人不太有好脸色，原因就在于此。何况他们还使他束手束脚：他本来决定立刻跨马急追斯塔夫罗金，可是沙托夫使他耽搁了下来，必须彻底巩固五人小组以防万一。"总不能白白放弃五人小组嘛，说不定还用得着它呢"。我想他就是这样考虑的。

至于沙托夫，他深信此人一定会告密。关于告密的材料他所说的全是谎言：他从未见过这样一份材料，也不曾听说过，然而他就像相信二二得四一样相信告密的材料已经写就。他觉得，莉莎遇害，玛丽娅·季莫费耶夫娜遇害的这种时刻是沙托夫无论如何无法忍受的，因而正是在这样的时候他会终于下定告密的决心。谁知道呢，也许他这样想不无根据。人们还知道，他对沙托夫怀有私怨；他们曾发生过争吵，而彼得·斯捷潘诺维奇从来是睚眦必报。我甚至肯定，这才是最主要的原因。

我们这里的人行道很狭窄，是砖砌的，否则就铺着木板。彼得·斯捷潘诺维奇走在人行道中央，独占了人行道，丝毫不去注意利普京已经没有并肩而行的余地，使他不得不追随于一步之后，或者为了并肩交谈而踏入人行道下的泥泞。彼得·斯捷潘诺维奇突然想起，就在不久前，他也曾这样在泥泞中亦步亦趋地追随斯塔夫罗金，斯塔夫罗金也像他现在这样走在中央，独占着人行道，于是一阵狂怒使他为之窒息。

但利普京也由于受到屈辱而窒息。彼得·斯捷潘诺维奇可以随便怎样对待我们的人，可是对他呢？要知道他比所有我们的人更**知情**，更接近工作，更了解内幕，而且直至目前虽然间接却持续不断地参加了活动。噢，他知道，彼得·斯捷潘诺维奇即使现在也能在**迫不得已**的情况下置他于死地。然而他对彼得·斯捷潘诺维奇的憎恨由来已久，并非由于危险，而是因为他态度傲慢。在不得不就这种事情作出决定的此刻，他比所有我们的人加起来还更为恼怒。唉，他知道，就在明天他一定会"像奴仆一样"第一个到达现场，而且还会把所有其余的人都带到那里，倘若现在他能设法在明天之前杀了彼得·斯捷潘诺维奇而自己不致送命的话，他就一定会把他干掉。

他沉浸于自己的感受，默默地跟在自己的冤家后面连跑带颠。那一位似乎已把他置诸脑后，只是肘部偶尔不小心失礼地碰撞他。在一条最著名的大街上彼得·斯捷潘诺维奇突然止步，走进了一家小酒馆。

"这是去哪里啊？"利普京心头火起，"这是小酒馆。"

"我想吃煎牛排。"

"那怎么行，这里总是有很多人。"

"没关系。"

"可是……我们会迟到的。已经十点了。"

"到那里去什么时候也不算迟。"

"可我会太迟了！他们在等我回去呢。"

"没关系；不过您要是去见他们，那就太傻了。由于你们的纠缠，我今天还不曾吃午饭。至于找基里洛夫，越迟越靠得住。"

彼得·斯捷潘诺维奇找了个单间。利普京又气愤又委屈地坐在旁边的一张圈椅里看着他吃。半个多小时过去了。彼得·斯捷潘诺维奇不慌不忙，吃得津津有味，又摇铃要了一点芥末，后来又摇铃要啤酒，始终一言不发。他陷入了沉思。他可以同时做两件事，一边大快朵颐，一边沉思。利普京简直恨透了他，以至紧盯着他而无法移开目光。这好像是一种神经质的病态发作。他数着那个人送进嘴里的一片片牛排，恨他张嘴的样子，恨他那样咀嚼，那样津津有味地嚼着油腻的部分，恨那块牛排。最后眼睛昏花起来，脑袋微微晕眩；脊梁上一阵冷一阵热。

"您现在没有事，读一读吧，"彼得·斯捷潘诺维奇突然把一张纸掷给他，纸上写着密密麻麻的小字，笔迹拙劣，每一行都涂改过。等到他费劲地读完，彼得·斯捷潘诺维奇已经结好账要走了。在人行道上利普京把纸递还给他。

"您留着吧；以后我有话对您说。不过，您觉得怎样？"

利普京浑身哆嗦了一下。

"依我看……这种传单……又可笑又荒谬。"

积怨爆发了；他觉得仿佛已身不由己。

"倘若我们决定，"他浑身微微颤栗，"散发这种传单，我们的愚蠢和对情况的无知就会让人鄙视我们，先生。"

"哼。我的看法不是这样。"彼得·斯捷潘诺维奇坚定地迈着步子。

"而我的看法不同；莫非这是您本人的手笔？"

"这不关您的事。"

"我还认为，《志士》这首歪诗糟糕极了，不可能更糟了，而且绝不会是赫尔岑所作。"

"您胡说；诗是好诗。"

"再比方说，"利普京连跑带跳，气喘吁吁，"现在要我们采取行动，搞得一切都土崩瓦解，这也使我感到奇怪。在欧洲，希望摧毁一切是很自然的，因为那里有无产阶级，而我们在这里不过是一些学徒罢了，因而在我看来，我们只能扬起尘土而已，先生。"

"我还以为您是傅立叶主义者呢。"

"傅立叶的主张不是这样，完全不是，先生。"

"我知道，是瞎说一气。"

"不，傅立叶不是瞎说一气……对不起，我无论如何不信，五月里能掀起一场暴动。"

利普京甚至敞开了衣襟，他热得受不住了。

"够啦，现在听着，必须记住，"彼得·斯捷潘诺维奇异常冷静地岔开话题，"这份传单您要亲手排印。我们把沙托夫的印刷机挖出来，明天就交给您，您在最短期间内排好字并尽可能多印，然后整个冬天把传单散发出去。具体做法会有指示的。份数要尽可能多，因为其他地方也会向您索取。"

"不，先生，对不起，我不能承担这种……我拒绝。"

"不过，您是会承担下来的。我是按中央委员会的指示办事，您应当服从。"

"可我认为，我们国外的中央忘记了俄国的现实，而且中断了一切联系，所以一味地痴人说梦……我甚至觉得，俄国并没有千百个五人小组，我们只是仅有的一个，根本就没有什么网络，"利普京终于喘不过气来。

"那您就更加可鄙，您不相信我们的事业，却追随着它……现在您就跟着我，像一条下贱的巴儿狗。"

"不，先生，我不跟了。我们完全有权退出，组建新的团体。"

"傻一瓜！"彼得·斯捷潘诺维奇猛地目光灼灼，威严地怒斥道。

一时间两人相向而立。彼得·斯捷潘诺维奇转身，自信地依原路而行。

利普京的脑子里像闪电一样掠过："我要转身往回走，如果此刻不转身，我就再也不会回头了。"他这样想时整整走了十步，在跨出第十一步时，一个新的绝望的意念又在他的脑子里燃起：他并没有转身，也没有往回走。

他们接近了菲利波夫公寓，但在到达之前拐进了一条小胡同，或者不如说踏上了篱笆边一条若隐若现的小径，于是有一会儿不得不沿着沟渠的陡坡往前走，坡陡很难立足，必须攀着篱笆才行。在歪歪斜斜的篱笆的最暗处，彼得·斯捷潘诺维奇抽出一块木板，露出了洞口，他立刻钻了过去。利普京吃了一惊，但跟着也钻了进去；然后把木板照原样放好。这就是费季卡来见基里洛夫时爬进爬出的那个秘密通道。

"不能让沙托夫知道我们在这里。"彼得·斯捷潘诺维奇对利普京严厉地低声说道。

三

这个时候基里洛夫总是坐在皮沙发上喝茶。他没有起身相迎，但仿佛全身一纵，惊慌地看着进来的人。

"不错，"彼得·斯捷潘诺维奇说道，"我就是为那件事来的。"

"就在今天？"

"不，不，明天……差不多就是这个时候。"

于是他急忙坐到桌边，略显不安地凝视着惊慌的基里洛夫。不过后者已经平静下来，恢复了常态。

"瞧，这些人总是不相信。我把利普京带来，您不会生气吧？"

"今天我不生气，可明天我想独自待着。"

"不过在我来之前不行，所以会有我在场。"

"我倒是希望没有您在场。"

"您记得，您答应过写下我所口授的一切并签字。"

"我无所谓。现在您还要待很久吗？"

"我必须同一个人见面，要等大约半个钟头，不管您愿不愿意，这半个钟头我要待在这里。"

基里洛夫没有作声。利普京这时坐在一旁，坐在一位高级僧正的画像下面。刚才那绝望的意念越来越强烈地控制着他的思绪。基里洛夫几乎不去注意他。利普京以前就了解基里洛夫的理论，总是嘲笑他；可是现在他默默无语，抑制地环顾四周。

"不妨给我来点茶，"彼得·斯捷潘诺维奇往前凑了凑，"刚才吃了牛排，很想在您这里喝上一口茶。"

"喝吧，有。"

"以前您总是亲自奉茶。"彼得·斯捷潘诺维奇酸溜溜地说道。

"这无所谓嘛。让利普京也喝吧。"

"不，先生，我……不能喝。"

"是不想喝还是不能喝？"彼得·斯捷潘诺维奇迅速地转身说道。

"我在他这里决不喝茶，先生。"利普京决然拒绝道。彼得·斯捷潘诺维奇皱起了眉头。

"听起来有迷信色彩。鬼知道你们是怎样的一种人！"

谁也不搭理他；静默了足有一分钟。

"但我知道一点，"他突然又疾言厉色地说道，"任何先入之见也不能阻止我们各尽其责。"

"斯塔夫罗金走了？"

"走了。"

"走得好。"

彼得·斯捷潘诺维奇本要瞪他一眼，但克制住了。

"我不在乎你们怎么想，只要人人都遵守自己的诺言。"

"我会遵守诺言的。"

"不过，我向来坚信，您一定会作为独立的进步人士尽到自己的义务。"

"您真可笑。"

"这没有关系，我很高兴引人发笑。如果我能取悦于人，总是高兴的。"

"您非常想要我开枪自杀，就怕我突然翻悔吧？"

"哎呀，您瞧，是您自己把您的计划同我们的活动联系在一起的。我们已经配合您的计划采取了某些步骤，所以您无论如何也不能变卦，因为您会使我们陷入困境啊。"

"您无权作决定。"

"我明白，我明白，这完全是您的决定，我们等于零，不过但愿您的这个完全自主的决定能够实行。"

"而且我还得把你们的肮脏勾当全都揽在自己身上？"

"听着，基里洛夫，您不是要退缩吧？倘若想回绝，现在就明说。"

"我是不会退缩的。"

"我这么说是因为您提的问题太多啦。"

"您很快就走吧？"

"又问？"

基里洛夫鄙夷地打量了他一下。

"您瞧，"彼得·斯捷潘诺维奇接着说道，越来越气恼不安，甚至不知怎么说才好。"您希望我走，让您独处，好专心致志地思考；但这一切对您，首先对您来说，都是危险的迹象。您想好好地想一想。依我看，您最好不去想，而是说干就干。说真的，您叫我担心。"

"只有一件事让我厌烦，就是在那一刻到来的时候有您这样的混蛋在我身边。"

"好，这倒无关紧要。那时候我不妨出去在台阶上站一会儿。如果您死前还这么不超脱，那……这是很危险的。我一定到门外的台阶上去，您可以认为我什么也不懂，是一个比您低劣得不足挂齿的人。"

"不，并非如此，您有才干，但有很多事您不懂，因为您心地卑劣。"

"很高兴，很高兴。我已经说过，很高兴引您开心……在这样的时候。"

"您什么也不懂。"

"可我……至少在洗耳恭听啊。"

"您什么也不会；此刻甚至不会掩饰您那渺小的愤懑，尽管这种表现对您是不利的。您会触怒我，于是我突然要再等上半年。"

彼得·斯捷潘诺维奇看了看表。

"对您的理论我一窍不通，可是我知道，您并不是为了我们才提出这种理论的，所以即使没有我们，您也一定会遵循它。我还知道，不是您在折腾思想，而是思想在折腾您，所以您是不会推迟的。"

"什么？思想在折腾我？"

"对。"

"而不是我在折腾思想？说得好。您有点儿小聪明。不过您在嘲弄我，而我是引以为自豪。"

"好极了，好极了。您感到自豪，这才正中下怀呢。"

"行啦；茶也喝了，您走吧。"

"见鬼，只好走啦，"彼得·斯捷潘诺维奇欠身站了起来，"不过还是太早。听我说，基里洛夫，我要在米亚斯尼奇哈家里见到那个人，您明白吗？难道她也说了假话？"

"您见不到他的，因为他在这里，而不是在那里。"

"怎么会在这里，见鬼，人呢？"

"坐在厨房里又吃又喝。"

"他怎敢这样？"彼得·斯捷潘诺维奇气得脸也红了，"他是应该等我的……胡闹！他既没有护照也没有钱！"

"我不知道。他是来辞行的；已经整理好行装。这一去就不再回来了。他说您是个卑鄙的家伙，所以不愿等着拿您的钱。"

"哦——！他是怕我……嘿，我现在也能整他，如果……人呢，在厨房里？"

基里洛夫打开一扇侧门，那是一个小小的暗间；由暗间往下走三级台阶是厨房，连着一间隔开的狭小的下房，通常是供厨娘放一张床铺。就在这里的一个角落，在几幅圣像下面，费季卡正坐在一张未铺桌布的木桌之后。在他面前，桌上放着半俄升装的酒瓶，一碟面包，一只陶盘里放着一块冷牛肉和土豆。他懒洋洋地吃着，已经醉态可掬，但穿着皮袄，显然已整装待发。隔板边茶炊的水就要开了，但不是给费季卡准备的，而是费季卡本人一周多来每夜一定烧水泡茶，这样做是"为了阿列克谢·尼雷奇，先生，因为他夜夜饮茶，已经习以为常了，先生"。我深信，由于没有厨娘，牛肉和土豆是基里洛夫一早就亲自给费季卡煎好的。

"你是怎么搞的？"彼得·斯捷潘诺维奇从上面冲了进来，"为什么不在指定的地点等着？"

他挥臂在桌上猛击了一拳。

费季卡神情倨傲。

"你等一等，彼得·斯捷潘诺维奇，等一等，"他一字一板地昂然说道，"你在这里首先要明白，你是对基里洛夫先生——阿列克谢·尼雷奇作高雅的礼节性拜访，你永远只配给他擦皮鞋，因为你面前的他是一位有教养的聪明人，而你不过是——呸！"

他夸张地向一旁干啐了一口。显而易见的是他的倨傲，豁出去的决心，以及在行将发作之前的一种十分危险的故作平静的说教。然而彼得·斯捷潘诺维奇已无暇顾及这种危险了，何况这也不符合他对事态的看法。当天的种种情况和挫折使他晕头转向……利普京好奇地从暗间里隔着三级台阶向下窥探着。

"你想不想得到可靠的身份证和一笔可观的钱前往指定的地点？要还是不要？"

"你知道，彼得·斯捷潘诺维奇，你从最初起就开始欺骗我，因为你在我面前的表现是一个十足的恶棍。完全是一只肮脏的虱子，——这就是我对你的看法。你为了流无辜者的血答应给我一大笔钱，还赌咒发誓说是为了斯塔夫罗金先生，其实都是你的胡作非为。我分文未得，更别说一千五百卢布了，不久前斯塔夫罗金先生左右开弓扇了你的耳光，这件事连我们也知道了。现在你又来威胁我，许我钱，至于要我干什么，却一字不提。我心里猜想，你出于私怨，要派我去彼得堡，不择手段地替你报复斯塔夫罗金先生——尼古拉·弗谢沃洛多维奇，指望我会轻信你的说辞。因此你才是罪魁祸首。你由于道德败坏连上帝，真正的创世主也不信了，你是否知道，仅凭这一点你该得什么报应？完全是个偶像崇拜者，同鞑靼人和莫尔多瓦人是一路货。阿列克谢·尼雷奇是一位哲人，向你昭示了真正的上帝，创世主，还讲了世界的创造以及《启示录》中关于每一种生物、每一种野兽的未来命运和变形。可你跟木头人一样，又聋又哑，顽固不化，而且带坏了埃尔捷列夫①准尉，就像个蛊惑人心的歹徒，所谓的无神论者……”

“哈，你这个醉鬼！自己扒圣像的衣服，还大谈上帝呢！”

“我对你说，彼得·斯捷潘诺维奇，不错，我是扒过；但我只是取下了那些珠子，你哪里知道，也许那时我面对至尊上帝的考验，由于自己所受的委屈而热泪盈眶，因为我完全孑然一身，孤苦无依，甚至连不可或缺的栖身之处都没有。你是否知道，书上说古代曾有一个商人，也是这样含泪叹息、祷告，从圣母的光环上窃取了一颗珍珠，后来他当众俯伏在地，照价归还在台座下，于是圣母当着众人用帷幕庇覆他，所以在这件事上当时竟出现了一桩奇迹，于是当局下令将此事原原本本地记载在国家的档案里。而你却将一只老鼠放了进去，这简直是亵渎神圣。你是我的故主，在我年少时，我们就常把你抱在手上，否则我现在就把你当场给宰了！”

彼得·斯捷潘诺维奇大为震怒：

“你说，你今天见过斯塔夫罗金没有？”

“这一点永远不许你来向我打听。斯塔夫罗金先生对你的所作所为只有诧异，他根本无意介入，更不会有什么吩咐或拿钱收买我。都是你在教唆我。”

“钱你会拿到的，还有两千卢布在彼得堡也立即如数照付，而且以后还有。”

---

① 费季卡把埃尔克利误为埃尔捷列夫。

"最最亲爱的，你在胡说，我看着你简直觉得好笑，你是多么轻信的一个人啊。斯塔夫罗金先生在你面前仿佛高高地站在楼梯上，你就像一只愚蠢的狗崽子在下面对他乱吠，而他往下啐你一口都觉得太给你面子啦。"

"你知道吗，"彼得·斯捷潘诺维奇怒极，"我可以不让你这个坏蛋离开此地一步，把你直接交给警察？"

费季卡一跃而起，双目闪着狂怒的光芒。彼得·斯捷潘诺维奇拔出了手枪。这时发生了一出迅猛而可憎的闹剧：趁彼得·斯捷潘诺维奇瞄准之前，费季卡一闪身，全力猛击他的面颊。随即又响起可怕的一击，接着是第三下、第四下，每一下都打在面颊上。彼得·斯捷潘诺维奇被打懵了，他呆呆地瞪大眼睛，叽咕着什么，突然咕咚一声直挺挺地倒在地板上。

"自作自受，交给你们了！"费季卡摆出得胜的架势叫道；他火速抓起鸭舌帽，从板凳底下拎起小包裹，立即跑了。彼得·斯捷潘诺维奇不省人事地打着呼噜。利普京甚至以为出了人命。基里洛夫慌忙从上面冲下来进了厨房。

"水！"他叫道，用一把铁勺从桶里舀水淋在他头上。彼得·斯捷潘诺维奇动了一会儿，抬起头，坐了起来，茫然瞪着前面。

"喂，怎么样？"基里洛夫问道。

他凝视着基里洛夫，却还是神色茫然；但他一看见从厨房里探出头来的利普京，就露出了他那可憎的笑容，突然抓起地板上的手枪，一跃而起。

"倘若您明天想要逃跑，像那个混蛋斯塔夫罗金，"他狂暴地扑向基里洛夫，面色煞白，结结巴巴，口齿不清。"就是在天涯海角我也要……吊死您……就像吊死……捻死一只苍蝇……懂吗！"

他用手枪顶着基里洛夫的脑门；但几乎就在那一瞬间他终于完全清醒了过来，他缩回手，把手枪揣进衣袋，一言不发跑出了屋子。利普京紧随其后。他们从原来的洞口爬出去，又攀着篱笆走过斜坡。彼得·斯捷潘诺维奇在胡同里疾步而行，利普京好不容易才跟得上。到第一个十字路口他突然站住。

"有话说吗？"他挑衅地转身对利普京问道。

利普京记着那把手枪，刚才的场面仍使他浑身哆嗦；但他的答复仿佛自动地无法遏止地冲口而出：

"我想……我想，'从斯摩棱斯克到塔什干人们根本不是那么迫切地期待着大学生'。"

"您看到费季卡在厨房里喝什么来着？"

"喝什么？喝伏特加。"

"那您得明白，这是他生平最后一次喝伏特加了。我劝您记住以作前车之鉴。现在滚吧，在明天之前您可以自便……但是您当心：别干傻事！"

利普京没命地飞跑回家。

四

他早就用别人的名字办了一本护照。想想简直荒唐，这个循规蹈矩的人，家庭的小暴君，说起来毕竟是一名官员（尽管是傅立叶主义者），而且首先是一个资本家和高利贷者，居然很早就暗自异想天开地起意办好这本护照备用，以便用它溜往国外，万一……亏他想得出会有这种**万一**！不过，他自己也从来讲不清楚，这**万一**究竟是指什么……

然而现在却突然明朗了，而且是一种完全出乎意料的情况。在人行道上听彼得·斯捷潘诺维奇骂他"傻瓜"之后，在走进基里洛夫寓所时所怀有的那孤注一掷的想法，就是要在次日天一亮就撇下所有的一切移居国外！谁要是不相信在我国普通的日常生活中会发生如此匪夷所思的事情，那就了解一下目前所有俄国侨民的经历吧。没有一个人的出逃是比较明智而合情合理的。全是想入非非的结果，概莫能外。

他跑回家里首先把门锁上，拿出旅行袋仓促地收拾行装。他最担心的是钱，怎样才能把钱保住，能保住多少呢？说的正是保住，因为在他看来，连一个钟头也不能耽搁了，天一亮就得踏上旅途。他也不知道该怎样上车；他大体上决定在离城的第二或第三个大站上车，在此之前不妨步行。他思绪纷乱，本能而机械地收拾着，突然他住了手，撂下一切，长叹一声直挺挺地躺倒在沙发上。

　　他清楚地感觉到并且陡然明白过来，逃是要逃的，但有一个问题现在却已经完全无法解决：必须在沙托夫遇害**之前**还是**之后**逃走呢；他意识到现在他只是一具行尸走肉，一种惰性的物体，受着可怕的外部力量的支配，虽然他有出国护照，尽管他能为避开沙托夫事件而逃亡（否则他何必如此匆忙呢？），但他的逃走不是在沙托夫遇害之前避开了沙托夫事件，而恰恰是在沙托夫遇害**之后**，这一点是已经决定、签字、存档的。他愁肠百结，时时战栗而又对自己的表现感到惊讶莫名，时而呻吟时而发愣，他闭门躺在沙发上总算挨到了次日上午十一点，就在这时他陡遭迎头一击，使他马上拿定了主意。十一点，他刚开门出见家人，突然从他们那里了解到，那个暴徒，人人害怕的逃犯费季卡，劫掠教堂的贼，那个警方追捕而始终未能捕获的不久前的杀人纵火犯，黎明时发现已被杀，就在离城七俄里处，在从公路拐往一座村庄、通向扎哈里因诺的弯道上，而且全城都已在谈论这件事了。他立即从家里奔出去打听详细情况，终于了解到，首先，一切迹象表明，头部被击穿的费季卡曾遭到洗劫，其次，警方已经掌握了重大疑点甚至某些可靠的证据，断定杀害他的凶手是什皮古林厂的福姆卡，此人无疑是他在列比亚德金家杀人放火的共犯，他们曾在半道上就起了内讧，似乎是因为费季卡吞没了从列比亚德金身上窃得的巨款……利普京还跑到彼得·斯捷潘诺维奇的寓所附近，在后门口就悄悄打听到，昨天彼得·斯捷潘诺维奇虽然在深夜近一点时才回家，但整宿都非常安静地待在家里，直至早晨八点。不言而喻，暴徒费季卡之死无疑没有任何离奇之处，而且这样的下场在类似的行当中是屡见不鲜的，然而"今晚是费季卡最后一次喝酒"这句凶险的话同预言立即应验的这种吻合是如此非同小可，以致利普京当即不再犹豫。这迎头一击有了效果；仿佛一块大石头落在他身上，把他永远压得趴下了。他回到家里，默默无言地用脚把旅行袋塞到床底下，晚上他在指定的时间最先到达约定地点迎候沙托夫，不过衣袋里仍然揣着他的那本护照……

第七章　一位女旅客

一

　　莉莎的惨祸和玛丽娅·季莫费耶夫娜的遇害使沙托夫心情很沉重。我已经提过，那天上午我与他曾匆匆晤面，觉得他似乎神态失常，他随口告诉我，头天晚上大约九点（也就是大约在起火前三小时）他是在玛丽娅·季莫费耶夫娜那里。他一清早就去看过死者的尸体，但据我所知，那天上午他没有在任何地方谈及案情。然而到傍晚他心潮翻腾，而且……而且我敢肯定，在暮色苍茫中曾有过那么一刹那，他看来想挺身而出，揭露一切。这**一切**究竟是什么，只有他自己知道。不言而喻，他将一无所获而只能是暴露了他自己。他没有任何证据，足以揭露刚刚发生的暴行，况且对于这起暴行他仅有一些模糊的猜测，只有他才觉得这些推测是无可置疑的。但他准备不惜一死，但愿"扫灭这帮歹徒"——这是他本人的原话。彼得·斯捷潘诺维奇在某种程度上准确地估计到了他会有这种冲动，而且他知道，把他的又一个罪恶图谋推迟到次日执行，是冒着很大风险的。从他这方面来说，他这时也像平时一样很自负，而且轻视所有那些"小人物"，尤其是沙托夫。他轻视沙托夫的"愚蠢的妇人之仁"由来已久，早在国外时就这样说过他，所以坚信能对付得了这个老实人，要在当天始终加以监视，一有危险就设法制止他。不过，暂时救了这帮"歹徒"的却是他们所不曾预料到的一个完全意外的情况……

　　晚上七点多钟（这正好是**我们的人**在埃尔克利处碰头，因久等彼得·斯捷潘诺维奇而气愤、激动的时候）沙托夫头痛，有轻微的寒颤，伸直了身子躺在床上，没有点蜡烛，室内很暗；困惑、气恼、想拿定主意却又总是下不了决心，他痛骂了一声，预感到这一切都无济于事。渐渐地他微微入睡，梦见了一种可怕的景象；仿佛他在自己的床上被绳捆索绑，全身受制而动弹不得，同时整幢屋子里响彻了敲击篱笆、大门、房门的声音以及来自基里洛夫的厢房的碰撞声，以致整幢屋子都在震动，而一个遥远的、熟悉的、却使他感到隐痛的声音在哀伤地召唤着他。他蓦地惊醒，从床上欠身而起。奇怪的是，敲击篱笆的声音在继续，虽然远不如梦里那样猛烈，却急促而顽强，而那个奇怪的、使他感到"隐痛"的话语声，不但毫无哀伤之意，相反，却焦躁而激愤，从下面的大门口不断传来，其中夹杂着另一个人比较有节制的寻常的声音。他纵身而起，打开一扇小窗，把头探了出去。

"谁呀？"他叫道，简直惊得发愣。

"如果您是沙托夫，"下面有人生硬而坚定地答话道，"那么恳请您诚实地直说，您愿意让我进来还是不愿？"

果然不错；他听出了这个声音！

"玛丽……是你吗？"

"是我，是我，玛丽娅·沙托娃，我告诉您，我连一分钟也不能让马车夫再等啦。"

"马上……我来点蜡烛……"沙托夫轻轻地叫道，急忙寻找火柴。火柴，正如通常在这种情况下一样，没有找到。他失手把烛台和蜡烛掉在地板上，于是一听到又从下面响起那焦躁的声音，就丢下一切，沿着那陡直的楼梯飞奔而下，打开了篱笆门。

"劳驾，拿一拿旅行袋，我来打发这个木头。"玛丽娅·沙托娃女士在下面迎着他，把旅行袋递到他手上，这是一个很轻很轻的价格低廉的手提帆布包，带有几个铜钉，是德累斯顿的产品。她马上就气愤地对马车夫嚷开了：

"我敢说，您多要了。如果说您在这些肮脏的街道上拖着我整整多绕了一个小时，那也只能怪您自己，因为您显然不知道这条荒唐的街道和这栋可笑的公寓在哪里。请收下您的三十五戈比吧，别指望多给一个子儿。"

"哎呀，太太，是您自己叫我到沃兹涅先斯克街嘛，可这是博戈亚夫连街啊，而沃兹涅先斯克胡同，您看，在那里呢。倒把我的骟马累得浑身是汗。"

"沃兹涅先斯克，博戈亚夫连，这些荒唐的街名，您应该比我清楚，因为您是本地人哪，而且您讲话不公道：我对您先说了菲利波夫公寓，您说您认得。不管怎么说，您明天可以上民事法庭告我，现在请您别烦我啦。"

"好了，好了，再加五戈比！"沙托夫急忙从口袋里摸出五戈比硬币给了马车夫。

"这怎么行，求您啦，不许这样！"沙托夫夫人发脾气了，但马车夫已经摧动"骟马"，而沙托夫一把抓住她的手，拉着进了大门。

"快点儿，玛丽，快点儿……这都是小事嘛，你已经汗流浃背啦！慢点儿，这里要上楼梯了，——真可惜，没有灯，——楼梯很陡，抓紧了，抓紧，瞧，这就是我的小房间。对不起，我没有点灯……马上！"

他捡起烛台，可还是好久也找不着火柴。沙托夫夫人静静地站在房间中央等候。

"谢天谢地，找到了！"他欢呼道，把房间照亮了。玛丽娅·沙托娃对这个住处匆匆一瞥。

"我听说您的生活很糟糕，可还是没想到会是这样。"她嫌恶地说道，向床铺走了过去。

"噢，我累了！"她神疲力乏地在硬板床边上坐下，"请放下旅行袋，您也在椅子上坐吧。不过，随您的便，您站在那里碍眼。我暂时住在您这里，找到一份工作就走，因为我是在一个陌生的地方，又没有钱。不过，如果我让您感到不便，行行好，我又求您啦，马上就明说吧，如果您是一个诚实的人，就该这么做嘛。明天我毕竟可以变卖一点东西，付旅馆的住宿费，去旅馆可要劳驾您送我了……噢，只是我累了！”

沙托夫浑身都剧烈地颤抖起来。

“不要，玛丽，不要旅馆！要什么旅馆嘛？何必呢，何必呢？”

他哀求地交叠着双手。

“不过，即使能对付着不去旅馆，情况还是得讲讲清楚。回想一下吧，沙托夫，我和您曾在日内瓦共度两周零几天的夫妻生活，分手已有三年了，不过，分手时不曾有过特别的争吵。可是别以为我回来是要重温往日的荒唐。我是回来找工作的，如果说我直奔这座城市，那是因为对我来说无可无不可。我不是来忏悔什么；恳请您可别再加上这一层荒唐的想法。”

“啊，玛丽！不必说它，完全不必啊！”沙托夫低声悄语道。

“既然如此，既然您这么开通，连这一点也能理解，那就允许我补充一句吧，我现在直接来找您并且来到您的寓所，还因为我一向认为您决非鄙俗之辈，兴许还远远地胜过某些……混蛋！……”

她两眼冒火。想必她吃过一些“混蛋”的大亏。

“请相信我，我刚才说您人好，绝没有取笑您的意思。我是实话实说，不是花言巧语，何况我也不屑于那样做。不过这都是扯淡。我曾经老是希望，您有足够的聪明而不令人生厌……啊，不说啦，我累了！”

她向他投以久久的、苦楚而疲惫的目光。沙托夫站在她面前，在房间的另一边，相距五步，畏怯地听着她说，然而仿佛换了一个人，脸上焕发着一种前所未有的神采。这个强健而毛糙的家伙总是毛发直竖，突然却整个儿地软化了、开朗了。他的心里掠过某种异样的、完全意外的震颤。三载久别，婚姻解体三年，但他的心一如既往。也许三年来他天天如饥似渴地思念着她，思念对他说过“我爱你”的那个亲人。我了解沙托夫，可以有把握地说，他从来不敢梦想会有女人对他说个“爱”字。他洁身自好而且腼腆得出奇，他认为自己是可怕的丑男人，憎恨自己的长相和性格，自比于只能牵着在市场上展览的怪物。由于这一切他认为正直高于一切，而对自己思想信念执着到了狂热的地步，他阴沉、高傲、易怒、不苟言笑。但，瞧，这唯一爱了他两个星期（对此他向来、向来是相信的！）的人，——他向来认为这个人高不可攀，尽管对她的迷误有完全清醒的认识；这个他完全可以原谅其一切、**一切**的人（这是毫无疑问的，甚至相反，在他看来，倒是他自己处处有负于她），这个女人，这个玛丽娅·沙托娃突然又在他的家里，又在他的面前……这几乎是无法理解的啊！他是那么震惊，这件事使他骇然而又那样幸福，以至他，当然，竟醒不过来了，兴许是不愿醒过来，害怕醒过来。这是梦啊。可是当她以这样苦楚的眼神看他时，他突然明白了，他如此钟爱的人在受苦，或许是受了冷落。他的心揪了起来。他心疼地谛视着她的容颜：在这疲惫的面庞上豆蔻年华的光彩早已消逝。不错，她依然美丽，在他眼里依旧是一位美人。（实际上她是一位约莫二十五岁的妇人，体格相当强健，高于中等身材〔高于沙托夫〕，蓬松的深褐色头发，苍白的椭圆脸，一双大大的黑眼睛，现在闪着热病似的光泽。）但是她以前那轻率、天真而直露的旺盛活力，已经一变而为抑郁的烦躁、失望，仿佛玩世不恭，她对此还不习惯，自己也因此而苦恼。但主要的是她有病，这是显而易见的。尽管他对她那么心怀畏惧，还是突然走了上去，一把抓住她的双手：

"玛丽……你知道……你也许是太累了，千万别烦恼……如果你同意，哪怕喝点茶吧，啊？茶很能提神的，啊？要是你同意就好了！……"

"什么同意不同意的，我当然同意，您还和从前一样，那么像个孩子。有就拿来吧。您这里多么局促！您这里多么冷啊！"

"噢，我马上去拿木柴，拿木柴……木柴我有！"沙托夫活跃起来了；"木柴……啊，可是……不过，茶也马上就有！"他手一挥，似乎豁出去了，一把抓起帽子。

"您去哪里？是家里没有茶叶吧？"

"有，有，有，马上就全都有了……我……"他从搁板上拿下了那支左轮手枪。

"我马上把这支手枪卖掉……或者抵押掉……"

"说什么蠢话，而且这得多久啊！就用我的钱吧，既然您什么也没有，这是八个十戈比的银币，大概是；全在这里了。您这个家简直不像样子。"

"不用，不用您花钱，我马上，一眨眼的工夫，我就是不卖手枪也……"

他直奔基里洛夫的家。这时比彼得·斯捷潘诺维奇和利普京访问基里洛夫大约还早两个钟头。住在一个大院里的沙托夫和基里洛夫，几乎彼此不见面，碰到了也不打招呼，不说话：他们在美国实在是在一起"躺"得太久啦。

"基里洛夫，您这里总是有茶；您有茶叶和茶炊吗？"

在房间踱步的基里洛夫（他的习惯是通宵从一个角落踱到另一个角落）立即站住了，他凝神注视着来者，但并不特别惊讶。

"茶叶有，糖有，茶炊也有。不过用不着茶炊，茶是热的。坐下来喝就是。"

"基里洛夫，我们在美国时是躺在一起的……我妻子来了……我……给我点茶叶吧……茶炊也要。"

"既是妻子来了，茶炊是需要的。但茶炊待会儿拿吧。我有两把，现在把桌上的茶壶拿去。（茶）很热，热极了。全拿去；糖拿去；全部。面包……面包多着呢；全部。有小牛肉。钱有一个卢布。"

"给我吧，朋友，明天还您！噢，基里洛夫！"

"就是在瑞士的那个妻子？很好。您这么来找我，也很好。"

"基里洛夫！"沙托夫叫道，他胳膊肘挟着茶壶，两手拿起糖和面包。"基里洛夫！要是……要是您能放弃您那些可怕的幻想，抛弃您的无神论胡说……啊，您会是多么出色的人啊，基里洛夫！"

"看得出来，您爱妻子，即使在瑞士（分手）之后。这很好，在瑞士之后。需要茶就再来。整夜都可以，我是根本不睡的。茶炊是有的。卢布拿着吧，给。快回到妻子身边去，我留在这里不走，会想着您和您的妻子的。"

玛丽娅·沙托娃见他匆匆赶回，看来很满意，几乎是急切地喝着茶，但再跑去拿茶炊就没有必要了：她只喝了半小杯，咽下了一小片面包。她腻味地气呼呼地推开了小牛肉。

"你病了，玛丽，这一切都表明你身上有病……"沙托夫怯生生地说道，怯生生地在她身边服侍着。

"当然有病，坐呀。您在哪里弄到茶的，不是没有的吗？"

沙托夫谈起了基里洛夫，三言两语地略略带过。这个人她多少听说过一点。

"我知道，一个疯子；请您别说了；傻瓜还少吗？这么说您到过美国？我听说您写过信。"

"是的，我……往巴黎写过信。"

"够了，请您谈点儿别的吧。您在思想观点上是斯拉夫主义者？"

"我……并非……我因为不能做个俄罗斯人才成了斯拉夫主义者。"他尴尬地勉强笑了笑，那是一个人不合时宜地说了一句牵强附会的俏皮话之后的尴尬。

"您不是俄罗斯人？"

"不是，不是俄罗斯人。"

"嗳，这都不值一提。您倒是坐呀，请坐。怎么您老是坐立不安？您以为我是病得在说胡话吗？也许吧，我倒真的会说起胡话来。您说公寓里只有你们两个？"

"两个……楼下……"

"都是那么聪明的人。楼下怎么？您说了楼下？"

"不，没什么。"

"什么没什么？我要知道。"

"我不过想说，这个院子里现在只有两个人，而以前楼下还住着列比亚德金兄妹……"

"就是昨天夜里被杀的那个女人？"她猛地身子一挺，"听说了。我一来就听说了。这里还发生了一场大火？"

"是的，玛丽，是的，也许此刻我正在犯一个可鄙的过失，因为我放过了那些歹徒……"他突然站起来，在房间里走来走去，发狂似的举起双臂。

但玛丽不大明白他的意思。她是漫不经心地听着；她问过了却并不在听。

"你们这里净干好事。噢，多么卑劣！都是一些多么卑鄙的家伙！您坐下嘛，我求您行不行，噢，您把我烦死啦！"她疲惫不堪地把头倒在枕头上。

"玛丽，我不说了……也许你还是躺下吧，玛丽？"

她没有回答，虚弱地合上了眼睛，面如死灰。她几乎马上就睡着了。沙托夫向四周看了看，扶正了蜡烛，又不安地看了一下她的脸，把两手紧握在胸前，蹑手蹑脚地走出了房间，来到走廊。在楼梯顶上他脸贴着墙角，就那样站了十分钟左右，寂然不动。他还会站得更久，但楼下传来了轻微的、小心翼翼的脚步声。有人正在上楼。沙托夫想起他忘记把篱笆门锁上了。

"谁在这里？"他耳语般地问道。

陌生的来客从容地往上走，也不答话。来到上面他站住了；在黑暗中要看清他是不可能的；突然响起了他谨慎的问话：

"是伊万·沙托夫吗？"

沙托夫自报了姓名，但立即伸手拦住他；但对方主动抓住了他的手，于是——沙托夫一哆嗦，仿佛触到了一条可怕的毒蛇。

"站在这里吧，"他迅速地悄声道，"别进去，现在我不能接待您。我的妻子回来了。我去把蜡烛拿出来。"

当他拿着蜡烛回来时，一个年纪轻轻的小军官站在那里；他不知道这个人的名字，但曾在哪里见过。

"埃尔克利，"对方自我介绍道，"您在维尔金斯基家见到过我。"

"我记得；您坐在那里写着什么。听着，"沙托夫突然冒火，狂怒地向他逼近，但仍然低声地说道，"您刚才抓住我的手时，用手给我做了个暗号。但您要明白，我可以蔑视所有这些暗号！我不承认……不愿意……我可以马上把您从楼梯上推下去，您明白吗？"

"不，我一点也不明白，也完全不知道为什么您这样生气，"客人毫无恶意地，几乎是憨厚地说道，"我只是需要向您传话，所以就来了，主要是不想浪费时间。您有一部机器，如您所知，它不属于您所有，而是由您负责保管。我奉命要求您明天就把它交给利普京，在晚上七时正。此外，奉命通知您，从此对您不再有任何要求。"

"没有任何要求？"

"完全没有任何要求。您的请求已经获准，您被永远开除了。上面明确地命令我通知您。"

"谁的命令？"

"告诉我暗号的人。"

"您是从国外回来的？"

"这……我想，这对您来说是无所谓的。"

"哼，鬼东西！既然您得到了命令，为什么不早些来？"

"我是遵照某些指示办事，不是单独行动。"

"我懂，我懂，您不是单独行动。哼……鬼东西！为什么利普京本人不来呢？"

"那么，我明晚准六点来找您，然后步行去那里。除了我们三个没有别人。"

"韦尔霍文斯基去吗？"

"不，他不去。韦尔霍文斯基明天上午十一点离开本市。"

"不出所料，"沙托夫发狂地低语道，啪地在大腿上捅了一拳。"他要溜，这个流氓！"

他激动地沉思起来。埃尔克利注视着他，默默地等着。

"你们怎么拿呢？这可不是能一下子拿了就走的啊。"

"不必拿。您只要指明地点，而我们只要证实一下，确实是埋在那里。可我们只知道这个地点在哪里，却不知道究竟埋在何处。您是否还把这个地点指给别人看过呢？"

沙托夫瞟了他一眼。

"您哪，您哪，这么个娃娃，——这么个呆头呆脑的娃娃，——您也像绵羊一样一头钻进去了吗？哼，他们要的就是这样的精英！好，您走吧！唉——！那个混蛋坑了你们大家就想溜啦。"

埃尔克利开朗而安详地望着，但似乎不明白他的意思。

"韦尔霍文斯基想溜啦，韦尔霍文斯基！"

"他还在这里呢，没有走。他明天才走，"埃尔克利温和而恳切地说道，"我曾特意邀请他作为见证人到场；我的全部指示都是他发出的（他像个少不更事的孩子吐露了机密）。但遗憾的是他没有同意，理由是他就要走了；不过他也确实有点儿匆忙。"

沙托夫又怜惜地打量了一下这个小糊涂虫，但突然把手一挥，仿佛在想："才不值得怜惜呢。"

"行，我来，"他突然打断了对方的话头，"现在您滚吧，走！"

"那么，我准六点来，"埃尔克利有礼貌地微微鞠躬，缓缓地走下楼去。

"小傻瓜！"沙托夫在楼梯顶上忍不住朝着他叫道。

"什么，先生？"他问，已经到了楼下。

"没什么，您走吧。"

"我以为您说了什么呢。"

二

埃尔克利这个小"傻瓜"只是在大事上缺心眼，没有主心骨；但作为下属的小聪明倒是绰绰有余，近乎狡猾。他狂热而天真地忠诚于"共同事业"，实质上是忠诚于彼得·斯捷潘诺维奇，是按照他的一项指示在行动的，他是在**我们的人**在会议上议决并分配了次日的角色之后得到这个指示的。彼得·斯捷潘诺维奇在指派他担任信使时，曾同他私下谈了十分钟左右。奉命行事是这种缺乏理智、渴望服从他人意志的渺小天性的强烈需要，——当然啦，必定是为了"共同的"或"伟大的"事业。然而这也无关紧要，因为像埃尔克利这样的小狂热分子所理解的献身于主义，不外乎将主义与他们视为代表主义的人本身混为一谈。重感情的殷勤善良的埃尔克利也许是合力对付沙托夫的凶手中最翻脸无情的一个，虽然毫无私怨，却会在沙托夫惨遭杀害时充当帮凶，连眼也不眨一下。比如说，他奉命在执行任务时顺便观察沙托夫的情况，沙托夫在楼梯上接待他，激动中很可能是一时大意，脱口说出他妻子回来了，——埃尔克利当即就有足够的本能的狡黠不再流露丝毫的好奇，尽管脑子里闪过了一种猜想：妻子回来这一事实对他们行动的成功会有重大意义……

实际上正是如此：恰恰是这个事实使沙托夫不暇旁骛而使"混蛋们"得救，同时也就帮助他们"摆脱"了他……首先，它使沙托夫心情激动，乱了章法，失去了平时的机警和谨慎。现在最不可能有什么关于自身安危的想法进入他那完全被别的事占据着的头脑。相反，他一厢情愿地相信，彼得·韦尔霍文斯基明天就要逃跑：这与他原先的猜疑是那么吻合！回到房间后，他又在角落里坐下，两肘撑着膝盖，双手捂着脸。苦涩的思虑折磨着他……

现在他又抬起头来，踮起脚尖，走过去看望："天哪！她明天就要酿成热病了，明天一早，说不定热病现在已经发作啦！当然，是受寒得病的。她不习惯这种可怕的气候，她乘的是三等车厢，周围风狂雨骤，而她只穿一件单薄的披风式女大衣，完全没有什么衣裳……就这样被抛弃了，被孤苦无依地扔下！旅行袋嘛，这只旅行袋又小又轻，皱巴巴的，十俄磅①重！可怜的女人，她精疲力竭，忍受了多少磨难！她自尊自重，所以才不出怨言。但心情烦躁，烦躁啊！这是有病，就是天使在病中也会烦躁嘛，脑门多么枯干，想必很烫，眼圈多么黑……不过，多美啊，这椭圆脸，这蓬松的秀发，多……"

----

① 1 俄磅等于 409.5 克。

他慌忙移开视线，慌忙走开，仿佛只能把她看作一个不幸的、受尽苦楚而需要人照顾的人，一有绮念便惊慌起来——"这是多么要不得的**痴心妄想**！啊，人是多么下流，多么卑鄙！"于是他又走到自己的角落坐下来，双手捂着脸，于是又幻想，又忆起……于是痴心妄想又隐隐萌生。

"噢，我累了，噢，我累了！"他想起她的叹息，她那虚弱、颓唐的声音。"天哪！这时被人扔下，而她只有八十戈比；递过来一个小小的旧钱包！来找工作，——可她对找工作的难处了解多少，他们这些人对俄国了解多少呢？他们就像任性的孩子，只有自造的幻境；可怜的女人，她还生气呢，为什么俄国与他们在国外时的幻想不一样！啊，不幸的人们，啊，天真的人们！……唉，这里真的好冷呢……"

他想起了她的埋怨，他曾答应要把炉子生起来。"木柴倒是可以去拿，只是不能吵醒她。不过，办得到。可小牛肉怎么处理呢？她起来时或许想吃……唉，再说吧；基里洛夫是通宵不睡的。给她盖上点儿就好了，她睡得真香，可是她想必很冷呢，哎呀，好冷哪！"

于是他又走过去看看她；连衣裙稍稍卷了起来，裸露了膝盖以下的半条右腿。他几乎大吃一惊，立即扭头，他脱下身上的棉大衣，只穿着一件破旧的常礼服，把大衣给她盖上，竭力不去看那裸露处。

点燃木柴，踮着脚来来去去，看望睡梦中的她，在角落里幻想，然后又去看望睡梦中的她，时间就这样溜走了。两三个小时过去了。就在这期间，韦尔霍文斯基和利普京已经拜访过基里洛夫。他也终于在角落里打起盹来。响起了呻吟声；她醒了，她在呼唤他；他仿佛罪犯似的跳了起来。

"玛丽！我差点儿睡着了……噢，我真混蛋，玛丽！"

她欠起身来，诧异地望望四周，仿佛不知道身在何处，突然，她大为不安，又气又恼：

"哎呀，我占了您的铺，我是困得不知不觉地睡着了；您怎么可以不叫醒我呢？您怎么会以为我是有意要成为您的累赘呢？"

"我怎么可以叫醒你呢，玛丽？"

"可以；应当叫醒我！您没有别的铺，我却占了您的。您不应当让我显得不真诚。难道您以为我是来利用您的好意的吗？请您立即上您的床吧，我在角落里拼几把椅子睡……"

"玛丽，没有那么多椅子啊，而且也没有东西可铺垫。"

"那就干脆睡地板。否则您自己就得睡地板了。我要睡地板，马上，马上！"

她站起来想迈步，但似乎一阵突发的痉挛般的剧痛一下子剥夺了她所有的力气和决心，于是她大声呻吟着又倒在了铺上。沙托夫跑了过去，但玛丽把脸埋在枕头里，一把抓住他的手，死命地揉着、捏着。这样持续了约一分钟。

"玛丽，亲爱的，需要的话，这里有一位我认识的弗连采利医生……我还是去找他吧。"

"胡说！"

"怎么是胡说呢？告诉我，玛丽，你是哪里痛？可以敷泥毡剂……譬如敷在肚子上……就是没有医生我也会……或者敷芥子泥。"

"您在说什么呢？"她奇怪地抬头问道，吃惊地看着他。

"那到底是怎么回事呢，玛丽？"沙托夫不明白她的意思。"你问的是什么呀？噢，天哪，我真是手足无措了，玛丽，请原谅，我什么也不明白啊。"

"唉，得了吧，您用不着明白。否则就太好笑了……"她苦涩地笑了笑，"您对我说点儿什么吧。您在房间里边走边说吧。别站在我身边，也不要看我，这个特别的请求我向您提了有五百遍啦！"

沙托夫开始在房间里走来走去，盯着地板，竭力不去看她。

"这儿——别生气，玛丽，我恳求你，——这儿有小牛肉，现成的，还有茶……你刚才吃得那么少……"

她厌烦而气恼地摇摇手。沙托夫绝望地闭紧了嘴巴。

"听我说，我想按照适当的原则同人合伙在这里开办一家装订作坊①。您是这里的居民，依您看能成吗？"

"唉，玛丽，我们这里的人是不读书的，何况根本就没有书。他哪会去装订书籍呢？"

"他是谁？"

"泛指这里的读者和这里的居民，玛丽。"

"那就讲清楚嘛，却说：**他**，他是谁呢——不知道。语法也不懂。"

"这是符合语言的特性的，玛丽，"沙托夫咕哝道。

"嘻，去您的特性吧，让人厌烦。为什么这里的居民或读者不会来装订书呢？"

"因为读书和装订是整整两个发展阶段，而且是漫长的阶段。起初他渐渐地习惯于读书，当然，那要经过长年累月的时间，但把书乱翻乱扔，不当一回事。装订书籍却表示对书已经有了敬意，表示不仅有了读书的爱好，而且承认开卷有益。整个俄国还没有到达这个阶段。欧洲人早就在装订书籍了。"

"这话虽然有学究气，但至少说得头头是道，而且使我想起了三年前；三年前您有时是很聪慧机敏的。"

她这样说的时候，就像原先说那些乖张任性的话时一样，仍然是厌烦的口气。

"玛丽，玛丽，"沙托夫动情地对她说道，"啊，玛丽！要是你知道，这三年有多少、多少事不堪回首！我后来听说，你似乎鄙夷我改变了信仰。我背离的究竟是些什么人呢？是生机勃勃的生活的敌人；是害怕自己的独立的落伍的自由主义分子；是思想的奴才，个性与自由的敌人，鼓吹因循守旧和陈腐习气的老朽！他们有的只是：守旧，中庸之道，极端市侩气的可鄙的平庸，嫉贤妒能的平等，没有个

_____

① 指的是车尔尼雪夫斯基的小说《怎么办？》中薇拉·巴甫洛夫娜的那种作坊，它在 19 世纪 60 年代曾在读者中引起很大兴趣。

人尊严的、像奴仆或一七九三年的法国人所理解的那种平等……而主要的是到处都有坏蛋、坏蛋、坏蛋！”

“是的，坏蛋很多，”她沉痛地厉声说道。她直挺挺地躺着，凝然不动，仿佛害怕动弹，头仰靠在枕头上，微微侧向一边，望着天花板，眼神倦怠而炽烈。她面色苍白，嘴唇干裂。

“你认识到啦，玛丽，你认识到啦！”沙托夫叫道。她想摇摇头，表示不是那么回事，可是刚才的痉挛又突然发作了。她又把脸埋在枕头里，又整整一分钟把跑上前来、吓得发疯的沙托夫的手攥得生疼。

“玛丽，玛丽！可是病情可能很严重啊，玛丽！”

“别说啦……我不要听，不要，”她几乎是狂怒地叫道，“不许您看我，不要您同情！您在房间里走走吧，说点儿什么，说呀……”

沙托夫又失魂落魄地开始嘟哝着什么。

“您在这里做什么工作？”她问，嫌恶而不耐烦地打断了他。

“我在一个商人的办事处上班。玛丽，如果我特别想钱，在这里也能挣大钱……”

“对您来说这样比较好……”

“噢，你不要瞎想，玛丽，我这样说……”

“您还干些什么呢？在鼓吹什么？您是不可能不鼓吹什么的；生性如此！”

“我鼓吹上帝，玛丽。”

“鼓吹自己并不信仰的上帝。对这种思想我永远无法理解。”

“不说了，玛丽，以后谈吧。”

“这个玛丽娅·季莫费耶夫娜是个什么人？”

“也以后再谈吧，玛丽。”

“不许您这样敷衍我！真的吗，制造这起命案是……那伙人的罪恶行径？”

“一定是，”沙托夫咬牙切齿地说道。

玛丽忽然抬起头，痛苦地大声喊道：

"不许您对我再提这件事，永远不许，永远不许！"

她又由于剧痛发作而倒在铺上；这已经是第三次了，但这次的呻吟声更响，变成了叫喊。

"噢，讨厌的家伙！噢，叫人受不了的家伙！"她翻来覆去，已经毫不顾惜自己，推搡着站在身边的沙托夫。

"玛丽，你要我怎样我就怎样……我就边走边说话吧……"

"难道您竟看不出是什么情况开始了吗？"

"什么事情开始了，玛丽？"

"我哪里知道呢？难道我能知道什么吗……啊，我真该死！啊，这世道真该死！"

"玛丽，你说呀，是什么情况开始了……否则我……你不说我怎会明白呢？"

"您是脱离实际、百无一用的唠叨鬼。啊，这该死的世道！"

"玛丽！玛丽！"

他真的觉得，她开始精神失常了。

"难道您就看不出我这是阵痛吗，"她微微抬起身来看着他，可怕的、痛苦的恼怒使她的脸都扭歪了。"该死，这个孩子！"

"玛丽，"沙托夫叫道，他终于明白了是怎么回事。"玛丽……可你为什么不早说呢？"他猛然醒悟，毅然决然地一把抓起鸭舌帽。

"我来的时候怎么知道呢？——知道还会上您这儿来吗？他们告诉我还要过十天呢！您要去哪里，您要去哪里，不许走！"

"去找接生婆！我要把手枪卖掉；现在最要紧的是钱！"

"不行，不许找接生婆，只要一个娘儿们，一个老太婆，我的钱包里有八十戈比……乡下女人不是没有接生婆也生孩子吗……我要是咽了气倒好了……"

"娘儿们会有的，老太婆也会有。只是我怎能、怎能把你一个人丢下呢，玛丽！"

但他明白，与其以后丢下她无人照料，不如现在把她一个人留下而不顾她那极度的愤怒，于是他不理会她的呻吟，也不理会她的怒叫，而是寄希望于自己的两条腿，从楼梯上气急败坏地奔了下去。

<h1 style="text-align:center">三</h1>

首先去找基里洛夫。时间已近午夜一点。基里洛夫站在房间中央。

"基里洛夫，妻子要生了！"

"您说什么？"

"她要生了，要生孩子了！"

"您……没有搞错吧？"

"啊，没错，没错，她开始阵痛了！要个娘儿们，随便哪个老太婆就行，马上就要……现在能找到吗？您认识不少老太婆啊……"

"很可惜，我不会生，"基里洛夫思忖着答道，"不，不是我不会生，而是说我不会干使别人生孩子的事情……或者说……嘻，我说不好。"

"您是说您自己不会助产；不过我不是说这个；要的是老太婆，老太婆，我要请娘儿们，一名看护、女仆！"

"老太婆会有的，不过也许不能马上就到。这样吧，我来代替……"

"噢，不行；我现在去找维尔金斯卡娅，那个接生婆。"

"一个坏女人！"

"是的，基里洛夫，是的，但她比谁都强！是呀，这一切不会有肃穆，不会有欢乐，少不了嫌恶、谩骂、亵渎——而一个新生命的诞生是那么伟大的一个奥秘！……啊，她已经在诅咒这个孩子了！……"

"这样吧，我……"

"不不，我走了以后（啊，我一定把维尔金斯卡娅拖来！），您可以偶尔到我的楼梯底下，悄悄地听着，但不许进去，您会吓着她的，无论如何不能进去，您只要听着……以防不测。嗯，倘若出现非常情况，那您就进去。"

"我明白。我还有一个卢布。给。我本来想明天买只鸡,现在不想买了。您快去,要拼命跑。茶炊通宵都有。"

基里洛夫一点也不知道危害沙托夫的企图,而且从来也不知道威胁着他的极大危险。只知道他与"那伙人"有些旧账,尽管他本人由于国外发给他的指示(不过只是泛泛的指示,因为他没有直接参加过任何活动)而在某种程度上卷进了这桩公案,但是近来他抛开了一切,把所有的任务都置诸脑后,完全脱离了一切活动,首先是"共同事业",而醉心于内省的生活。彼得·韦尔霍文斯基虽然在会议上邀利普京去见基里洛夫,以便证实基里洛夫届时将把"沙托夫案件"揽在自己身上,但是在同基里洛夫谈话时却一字不提沙托夫,连暗示也没有,——大概认为那样做太冒失,甚至还认为基里洛夫不可靠,因而要留到次日再说,那时生米已经煮成熟饭,基里洛夫也就"无可奈何"了;至少彼得·斯捷潘诺维奇是这样分析基里洛夫的。利普京也清楚地注意到,他违背诺言,一句不曾提到沙托夫,可是当时利普京心神激荡,未能提出抗议。

沙托夫一阵风似的朝蚂蚁街跑去,咒骂着路太远,仿佛没有尽头。

在维尔金斯基那里不得不咚咚咚地敲了好久,因为全家人早就睡了。可沙托夫毫不顾及礼貌地猛敲着护窗板。一条用链子拴在院里的狗冲过来,恶狠狠地狂吠起来。整条街的狗都跟着叫了;犬吠声此起彼伏。

"您为什么敲窗户,有事吗?"窗子里终于响起了维尔金斯基本人温和得与这番"侮辱"不相称的声音。窗户板打开了一点,小气窗也开了。

"谁在那里,是哪个混蛋?"一个女人的声音恶狠狠地尖叫道,它与侮辱完全相称了,那是维尔金斯基的亲戚,一个老处女。

"是我,沙托夫,我妻子回来了,她现在马上就要生了……"

"那就让她生呗,你给我滚!"

"我找阿琳娜·普罗霍罗夫娜,找不到阿琳娜·普罗霍罗夫娜我就不走！”

"她不能谁喊都去。特别是夜间出诊……去找马克舍耶娃吧，不许在这里吵闹！"被惹恼的女人喋喋不休。听得出维尔金斯基在阻止她；可是老处女把他推开，不肯让步。

"我不走！"沙托夫又叫道。

"等一等，等一等！"维尔金斯基终于喝住了老处女，"沙托夫，请您再等五分钟，我去叫醒阿琳娜·普罗霍罗夫娜，请您可不要再敲再叫啦……啊，这一切真可怕！"

过了没完没了的五分钟，阿琳娜·普罗霍罗夫娜终于来了。

"您的妻子来啦？"从小气窗里传来了她的声音，沙托夫感到诧异，那绝不是恶声恶气，而只是像平时一样的命令语气；而阿琳娜·普罗霍罗夫娜是不会用别的语气说话的。

"是的，妻子来了，她要生了。"

"玛丽娅·伊格纳捷夫娜？"

"是的，玛丽娅·伊格纳捷夫娜。当然啦，玛丽娅·伊格纳捷夫娜！"

一阵沉默。沙托夫等着。屋子里在窃窃私语。

"她来了很久吗？"维尔金斯卡娅女士又问道。

"今晚八点钟到的。请快点吧。"

又是一阵窃窃私语，仿佛又是在商量。

"听我说，您没有搞错吧？是她本人叫您来找我的吗？"

"不，她没有叫我来找您，她想找一个娘儿们，普通的娘儿们，免得我破费，不过您放心，我一定付钱。"

"好，我来，不管您付不付钱。我向来看重玛丽娅·伊格纳捷夫娜敢爱敢恨的脾气，不过她也许不记得我了。您有最必需的东西吗？"

"什么都没有，但一切都会有的，会有的，会有的……"

"这些人也有高尚的感情啊！"沙托夫在去找利亚姆申的路上这样寻思着，"信念和人，这似乎是在很多方面都不同的两回事。我对他们也有许多不是！……人人都有过错，人人都有过错啊……但愿大家都能认识到这一点！……"

在利亚姆申那里倒是没有敲多久；奇怪的是他霎时就打开了小气窗，赤着脚、穿着内衣就从床上跳了下来，也不怕受凉；而他向来是小心谨慎，时时当心身体的人。不过他这样灵敏、匆忙有个特殊的原因：利亚姆申由于我们的人所召开的会议而整晚都战战兢兢，激动得到现在还未能入睡；他总是恍惚觉得有一些讨厌的不速之客来访。有关沙托夫告密的消息最使他寝食不安……突然，就在这时偏偏有人惊天动地地敲起窗子来！……

他一见到沙托夫就惊恐万状，立即关上窗子逃回床上。沙托夫发疯似的又敲又喊。

"您怎敢在深更半夜这样乱敲？"利亚姆申厉声喝道，其实心里害怕得要死，至少过了约莫两分钟才又决定打开气窗，这才看清沙托夫是一个人来的。

"这手枪给您；您收回吧，付我十五卢布。"

"这是怎么回事，您喝醉了吧？这是强抢；我要受凉啦。您等一等，我去披一条毛毯。"

"马上给我十五卢布。要是不给，我就敲到天亮，喊到天亮；我会砸了您的窗子。"

"那我就喊警卫，您就会坐牢。"

"我是哑巴不成？我不会喊警卫？谁怕警卫呢，是您还是我？"

"您居然抱着这样卑鄙的想法……我知道您在暗示什么……行啦，行啦，千万别再敲啦！真是，深更半夜谁拿得出钱呢？如果您不是喝醉了，我倒要问问，您要钱干吗？"

"我妻子回来了。我少要您十个卢布，这支手枪我一次也不曾开过；把手枪收下吧，马上收下。"

利亚姆申机械地从气窗口伸出一只手接过了手枪；他等了片刻，突然从窗口猛地探出头来，仿佛脊背上掠过一阵寒颤，激动得忘乎所以地轻声说道：

"您说谎，您的妻子根本就没有来。这……这不过是您想逃跑。"

"您是个傻瓜，我为什么逃？是你们的彼得·韦尔霍文斯基要逃，而不是我。我刚才找了接生婆维尔金斯卡娅，她当即答应去我那里。您去问嘛。妻子在受煎熬；要钱用；拿钱来！"

利亚姆申机灵的脑袋里闪过了一连串的想法。突然他的看法转变了，但恐惧依然使他无法决断。

"怎么会呢……您不是不和妻子生活在一起吗？"

"为这种问题我会打破您的脑袋。"

"哎呀，天哪，对不起，我明白，我只是一时糊涂……不过我明白，明白。可是……可是——难道阿琳娜·普罗霍罗夫娜肯去吗？您刚才说她去了？瞧，这可是谎话。瞧，瞧，瞧，您说的净是谎话。"

"她现在想必已经待在我妻子的身边了，别耽搁吧，您蠢可怨不得我。"

"胡说，我不蠢。对不起，我无能为力……"

他已经心慌意乱，又第三次开始回绝，但沙托夫吼叫起来，逼得他又探出头来。

"这不纯粹是要人好看吗？您要我怎样，究竟要我怎样，讲清楚嘛。不过注意，请您注意，这是在深更半夜！"

"我要十五卢布，蠢货！"

"可我也许根本就不想收回手枪呢。您没有权利要我收回。您买了东西——这就结了，您就没有什么权利了。深更半夜我怎么也拿不出这一大笔钱。我到哪里去弄这笔钱呢？"

"你身边总是有钱的；我少要你十个卢布，不过你是个出名的守财奴。"

"您后天来吧，——听着，后天中午十二点整，我如数照付，照付，不行吗？"

沙托夫第三次发疯似的猛敲窗子：

"给十个卢布吧，明天一早再给五个。"

"不，后天上午再给五个，明天真的没有。最好别来了，最好别来了。"

"十个卢布拿来；噢，混蛋！"

"您为什么骂人？等一下，要把灯点起来，瞧，您把玻璃打碎了……谁会在夜里这样出口伤人呢？给！"他从窗口递出了一张纸币。

沙托夫劈手夺了过来——那是一张五卢布的纸币。

"真的，我拿不出了，杀了我也拿不出了，后天一切照办，现在可毫无办法。"

"我不走！"沙托夫吼道。

"好吧，把这拿去，再给一张吧，瞧，再给一张，我不再给了。您就是喊破喉咙我也不给了，无论如何不给了；不给就是不给！"

他怒极，绝望，浑身冒汗。他又交出的是两张一卢布的纸币。沙托夫总共有了七个卢布。

"就这样吧，我明天再来。要是你不准备好八个卢布，利亚姆申，我就把你打扁了。"

"那时我就不在家了，傻瓜！"利亚姆申很快地暗自想道。

"站住，站住！"他朝已经往回跑的沙托夫狂叫起来，"站住，您给我回来。请告诉我，您说您的妻子回来了，这是真的吗？"

"蠢货！"沙托夫啐了一口，往家里疾奔而去。

四

我要指出，阿琳娜·普罗霍罗夫娜对昨天会议上决定的行动计划一无所知。维尔金斯基回到家里时又震惊又疲乏，没有勇气把通过的决议通知她；但终究忍不住，透露了一半——就是韦尔霍文斯基所宣布的有关沙托夫必将告密的全部情报；但他当即声明，他不完全相信这个情报。阿琳娜·普罗霍罗夫娜害怕极了。因此当沙托夫跑来找她时，她尽管头天夜里为一名产妇忙活了一个通宵而疲惫不堪，还是立即决定前去。她向来坚信"像沙托夫这样讨厌的家伙能干得出伤天害理的勾当";然而玛丽娅·伊格纳捷夫娜的到来却使她从一个新的角度来看这个问题。沙托夫的担惊受怕,他提出请求、央求帮助时的绝望的声调表明这个叛徒的感情有了一个转折:一个决心不惜暴露自己也务必要置别人于死地的人,他的样子和声调与实际上表现出来的似乎会有所不同。总之,阿琳娜·普罗霍罗夫娜决心亲自去把一切看个明白。维尔金斯基对她的这个决定深感满意,仿佛卸下了千斤重担!他甚至产生了希望,因为他觉得沙托夫的样子与韦尔霍文斯基的预料是格格不入的……

　　沙托夫没有错;他回到家里就看到阿琳娜·普罗霍罗夫娜已经待在玛丽的身边。她是刚到,藐视地赶走了伫立在楼梯底下的基里洛夫,她向玛丽匆匆作了自我介绍,但后者没有认出她是自己的旧相识;她发现她处于"糟糕透顶的状态",也就是说她恼怒、沮丧,而且是在"极度颓唐的绝望"之中,并且——就在短短的五分钟之内彻底地压倒了她的一切抗拒。

　　"为什么您决定不要收费高的助产士呢?"沙托夫进门时她正在这样说,"毫无道理,这是您在不正常的处境下的矫揉造作的想法。用一个普通的老太婆,那种民间的接生婆,您极有可能结局不妙;在这种情况下比用收费高的助产士麻烦更多,开销更大。您怎么知道我是收费高的助产士呢?钱以后再给,我不会多要您的,而我能担保一切顺利;用我您就不会死,更糟的情况我也见过。而且孩子我可以哪怕就在明天替您送往孤儿院,以后再送到乡下去上学,这就全妥了。您会渐渐康复,找一份合适的工作,在很短时期内就可以回报沙托夫的收留和决不会太多的花费……"

　　"我不是这个意思……我没有理由给他添累赘……"

　　"这是合理、公道的感情,但您要相信,如果沙托夫稍为理智一点,而不要像个异想天开的老爷,他几乎不会有什么花费。只要不干傻事,不敲锣打鼓,不伸着舌头满城跑。要是不捆住他的手脚,他天亮前也许会惊动本地所有的医生;他不是惊动了我那条街上所有的狗吗。医生是用不着的，我说过了，我负全责。可能还需要雇个老太婆来帮忙，这花不了多少钱。不过他本人也可以派点用场嘛，而不要光会干傻事。有手，有脚，能跑跑腿去药房，这不会使您觉得受惠于人而感情受到伤害。说得上什么受惠哟！您的这种处境难道不是他造成的吗？难道不是他自私自利地为了娶您为妻而挑拨了您同您当家庭教师时的东家的关系吗？我们听说啦……不过，他刚才跑来时急得像个疯子，嚷得整条街都听得见。我不强加于人，我完全是为了您才来的，是出于所有我们的人都必须团结这一原则；我还没有出门时就向他声明了这一点。如果您觉得我是多余的，那我就告辞；但愿不要发生本来可以轻易避免的祸事。"

她甚至已经起身离座。

玛丽是那么需要帮助，那么痛苦，应当说句老实话，她还那么害怕面临的一切，以至没有勇气放她走。但她突然恨起了这个女人：她所说的完全不对，完全不是玛丽心里所想的！但是关于她有可能死在不内行的接生婆手里的预言战胜了她的恶感。可是从这时起她对沙托夫更苛求、更无情了。最后简直不仅禁止他看她，而且禁止他面对着她。痛苦越来越剧烈。诅咒甚至叫骂越来越狂野。

"唉，咱们把他赶出去吧，"阿琳娜·普罗霍罗夫娜断然说道，"他面无人色，只会吓着您；脸白得像死人！请问，您这是何必呢，可笑的怪物？这真滑稽！"

沙托夫没有回答；他决心不赞一词。

"在这种情况下我见过一些傻父亲，他们也六神无主。不过那些人至少……"

"别说啦，要不您就扔下我，让我死掉算了！一句话也不许说！我不要听，不要听！"玛丽大叫大嚷道。

"要我一句话不说可不行，如果你们自己没有失去理智的话；我对你们这种处境就是这样看的嘛。至少有正事要说，告诉我，你们准备了些什么？您来回答，沙托夫，她顾不上啦。"

"您说吧，究竟需要什么？"

"可见什么也没有准备。"

她列举了所有必需的东西，应当为她说句公道话，所要的都是最必不可少的，简直少得寒碜。有些东西是沙托夫家里有的。玛丽取出钥匙递给他，让他在她的小旅行袋里找找看。他因为双手颤抖，在开那把他所不熟悉的锁时，磨蹭了一会儿。玛丽焦躁起来，可是当阿琳娜·普罗霍罗夫娜跳过去要夺下他手中的钥匙时，她却坚决不允许她翻自己的旅行袋，疯疯癫癫地又哭又叫，坚持只让沙托夫一个人把旅行袋打开。

有些东西不得不跑去找基里洛夫要。沙托夫刚转身走出去，她就疯了似的喊他回来，沙托夫急忙从楼梯上赶回来向她说明，他只离开片刻去要最必需的东西，马上就会回来的，这时她才安静下来。

"嗬，太太，您真难伺候，"阿琳娜·普罗霍罗夫娜大笑道，"一会儿要他面壁而立，还不许看您，一会儿又片刻也不许他离开，还哭呢。他说不定会想入非非啊。得，得，别闹，别耍小性儿。我不是在开个玩笑吗。"

"他没有理由想入非非。"

"得—得—得，他要不是爱您爱昏了头，就不会伸着舌头满街跑，不会把满城的狗都惊动起来啦。他把我的窗子都砸碎了。"

五

沙托夫见到基里洛夫时，他还在室内的角落间来回踱步，神思恍惚，把沙托夫妻子的归来简直忘得一干二净，听着沙托夫的话竟茫然不解。

"哦，对啦，"他突然想了起来，仿佛从令他神往的某种思想中勉强而且极短暂地解脱出来，"嗯……老太婆……妻子还是老太婆？等一等，妻子和老太婆，是吧？我记得；我去过了；老太婆一定来，不过不是现在。枕头您拿去吧。还要什么？嗯……等一等，沙托夫，您有时体验到那种永恒的和谐吗？"

"知道吗，基里洛夫，您不可以再常常彻夜不眠了。"

基里洛夫清醒了过来，而且奇怪的是，他的话语甚至比平时还有条理得多；显然，这些话他曾经斟酌了好久，也许还作了记录：

"有那么几秒钟时间，每次总共只有五秒或六秒，您突然感觉到那种完全实现的永恒的和谐。这不是世俗中的；我并不是说它是天国里的，而是说世俗中的人是无法忍受的。要么脱胎换骨，要么死亡。这种感觉明白无误而且无可争议。您仿佛突然感觉得到整个自然界而立刻说道：是的，这是实在的。当上帝创造世界时，他在每日创造之后说：'是的，这是实在的，这很好'。这……这不是感动，而不过是快乐。您不宽恕什么，因为已经没有任何需要宽恕的了。您不是在爱，噢——那是高于爱的！最可怕的是那么明明白白，那么快乐。如果超过五秒钟——精神就承受不住而会消失。在这五秒钟内我浓缩了一生，为了这五秒钟我愿付出我的整个生命，因为值得。要坚持十秒就必须脱胎换骨。我想，人应当停止生育。何必要孩子，何必还要发展，既然最终目的已经实现？福音书中说，复活后人们就不再生儿育女，而是像天使一样。这是一种暗示。您的妻子要生了？"

"基里洛夫，这种情况常有吗？"

"三天一次，一周一次。"

"您没有癫痫病吧？"

"没有。"

"这就是说早晚会有。当心，基里洛夫，我听说癫痫病就是这样开始的。有一个癫痫病患者曾向我详细描述发病前的这种前期感觉，与您所说的丝毫不差；五秒，他规定了这个时间，也说更久是无法忍受的。想一想穆罕默德的水罐吧，他骑着他的神驹飞遍了天堂，那水罐里的水还没有流完呢①。水罐就是表示那五秒钟；太像您所谓的和

---

① 说的是伊斯兰教传说中穆罕默德的一个梦：一天夜里，他被天使长加夫里尔唤醒，他仿佛骑着一匹神驹，一眨眼的工夫就到了耶路撒冷，然后又到了天上，与安拉、天使、先知谈话，看见了火焰地狱，等等。这一切都发生得那么快，以至穆罕默德归来时他的被窝还是热的，他出发时踢翻的水罐，里面的水还没有流完。

谐了，而穆罕默德是一个癫痫病患者。当心，基里洛夫，是癫痫病！"

"它来迟了，"基里洛夫轻轻地笑了笑。

六

夜即将过去。沙托夫被支使，挨骂，时而又被召唤。玛丽为自己的生命担忧至极。她大叫她"一定、一定"要活下去，她怕死。"不要死，不要啊！"她反复这样说。如果不是阿琳娜·普罗霍罗夫娜，情况就糟了。渐渐地她完全控制住了病人。病人终于孩子般地听从她的每一句话、每一声吆喝。阿琳娜·普罗霍罗夫娜靠的是严厉，而不是温柔，但医术精湛。天色破晓。阿琳娜·普罗霍罗夫娜突然想到要沙托夫去楼梯那里向上帝祈祷，于是不禁笑了起来。玛丽也气恼而讥诮地笑了，这一笑仿佛使她轻松了一点。沙托夫终于被赶了出来。这是一个阴冷的早晨。他在角落里脸贴着墙，就像头天晚上埃尔克利进来时一样。他像一片树叶似的颤抖，害怕去想，但他关于刚才目击的景象的思绪萦回脑际，挥之不去，宛如在梦里。幻想不断地使他沉溺其中，又不断地像朽了的线一样中断。最后，室内传出来的已不是呻吟，而是可怕的、纯粹兽类的号叫，凄厉惨切，令人心碎。他想塞住耳朵，但办不到，他双膝跪下，无意识地一遍遍喊着："玛丽，玛丽！"这时，终于传来了啼哭声，一种陌生的啼哭声，沙托夫听了一震，跳了起来，那是婴儿微弱的、微微发颤的啼哭。他画了个十字，连忙奔到室内。阿琳娜·普罗霍罗夫娜怀里抱着一个红扑扑、皱巴巴的小人儿，他啼哭着，舞动着小手小脚，可怜巴巴的，像一颗经不起风吹的小草，他不停地啼哭着，宣告自己的存在，仿佛他也有不容置疑的生存权利……玛丽失去知觉似的躺着，但片刻后睁开眼睛，向沙托夫投去了怪怪的一瞥，那是一种全然陌生的目光，究竟是什么目光呢，他还无法理解，但过去他从来不知道也不记得她有那样的眼神。

"是男孩吗？男孩？"她以虚弱的声音向阿琳娜·普罗霍罗夫娜

问道。

"是个小子！"她大声答道，一面包裹着婴儿。

当她已经把孩子包好，准备横放在床上的两个枕头当中时，她把孩子递给沙托夫抱一抱。玛丽不知为什么偷偷地向他点点头，似乎怕被阿琳娜·普罗霍罗夫娜看见。他立刻明白了，就把婴儿抱过去给她看。

"多么……好看……"她微笑着虚弱地低语道。

"嗬，瞧他这神气！"阿琳娜·普罗霍罗夫娜瞅着沙托夫的脸高兴地大笑道，"你看看他的这张脸啊！"

"您高兴吧，阿琳娜·普罗霍罗夫娜……这是大喜啊……"沙托夫带着痴痴的幸福表情喃喃道，他听了玛丽谈起孩子的那两个词儿满面春风。

"您有什么大喜呀？"阿琳娜·普罗霍罗夫娜高高兴兴地匆匆收拾，梳妆打扮，忙得像个陀螺。

"一个新生命诞生的奥秘，一个伟大而神秘莫测的奥秘啊，阿琳娜·普罗霍罗夫娜，多可惜，您不明白！"

沙托夫语无伦次、如痴如醉、喜形于色地低语道。仿佛在他的脑子里有什么被触动了，于是自然而然不由自主地从心里流了出来。

"本来是两个人，突然又有了第三个，一个新的灵魂，尽善尽美，非人类的双手所能造就的；新的思想、新的追求，简直令人生畏……绝对是无与伦比！"

"哎哟，胡扯一通！不过是有机体的继续发育罢了，毫无奥秘可言，"阿琳娜·普罗霍罗夫娜直爽而愉快地哈哈大笑道，"任何一只苍蝇都是奥秘啦。不过听着：多余的人是不该出生的。先要使状况彻底改观，让他们不致成为累赘，然后再生儿育女吧。否则你瞧，后天就得把他送到孤儿院去……不过也只好这样。"

"他决不会离开我到孤儿院去！"沙托夫盯着地板坚定地说道。

"您把他收为养子？"

"他本来就是我的儿子。"

"当然，他姓沙托夫，沙托夫是他的合法姓氏，您大可不必装作人类的大恩人似的。就爱唱高调。得，得，好啦，不过听着，"她终于收拾完毕，"我该走了。我上午再来，晚上也来，如果有必要的话，现在既然一切都顺顺当当，我就该去别人家了，人家早就在等着了。沙托夫，得有个老太婆守在您家里；有个老太婆固然好，不过您做丈夫的也不能丢下不管；在这儿待着吧，兴许能帮得上忙；玛丽娅·伊格纳捷夫娜看来是不会赶您走的了……得，得，我开开玩笑嘛……"

沙托夫把她送到大门口，她又对他一个人说道：

"您惹得我一辈子都觉得好笑；钱我不收您的；我在梦里都会笑起来。没见过比您这一夜的样子更好笑的。"

她走了，十分满意。从沙托夫的表现和谈话来看明明白白，此人"正准备做父亲，是个不足为害的大窝囊废"。她特意绕道把这一点告知维尔金斯基，虽然可以走更直更近的路去另一个产妇家里。

"玛丽，她吩咐你等一会儿再睡，不过我看这很难做到啊……"沙托夫怯怯地开始说道。"我就坐在窗前守护着你吧，啊？"

于是他在窗前的沙发背后坐下，这样她就怎么也看不见他了。但一分钟还不到，她就喊他过去，厌烦地求他把枕头弄弄好。他开始弄枕头。她气呼呼地看着墙壁。

"不是这样，哎呀，不是这样……笨手笨脚！"

沙托夫又弄了弄。

"朝我弯下腰来。"她突然情不自禁地说道，却竭力不朝他看。

他一震，但还是把腰弯了下去。

"再弯……不是这样……再近点儿。"突然她的左臂猛地搂住他的脖子，而他感到自己的脑门被印上了她的热烈的、湿润的吻。

"玛丽！"

她的唇在哆嗦，她在克制自己，但突然欠起身来，目光灼灼，说道：

"尼古拉·斯塔夫罗金是个混蛋！"

她无力地颓然扑倒，把脸埋在枕头里，歇斯底里地失声痛哭，紧紧握着沙托夫的一只手。

从这一刻起她就再也不让他离开自己了，要求他坐在她的床头。她不能多说话，但一直看着他，痴痴地朝着他微笑。她突然变得宛然一个小傻妞。一切仿佛都已今非昔比。沙托夫时而哭得像个孩子，时而不知所云地絮叨着，情不自禁、云山雾罩、热情洋溢；又吻着她的双手；她喜不自胜地听着，兴许并没有听懂，但伸出一只虚弱无力的手温柔地拨弄着他的头发，抚摩着，欣赏着。他向她说到基里洛夫，说到他们现在要开始享受人生，"重新开始以至永远"，谈到上帝的存在，谈到人人都是好人……他们又欢天喜地地抱起婴儿看看。

"玛丽，"他抱着婴儿叫道，"过去的噩梦、屈辱和颓唐已经结束了！咱俩都去工作，三个人一起踏上新生之路，是呀，是呀！……哈，还有，我们给他起个什么名字呢，玛丽？"

"他？起什么名字？"她惊讶地重复道，脸上突然流露了内心深切的苦涩。

她双手紧握，责备地瞅了沙托夫一眼，猛地把脸埋在枕头里。

"玛丽，你怎么了？"他痛苦地骇然叫道。

"您居然会，居然会……噢，这个不知好歹的人！"

"玛丽，对不起，玛丽…我只是问问取什么名字。我不知道……"

"叫伊万，伊万，"她抬起头来，脸色绯红，满腮挂泪。"难道您能设想用别的什么**可怕的**名字吗？"

"玛丽，你要安静，啊，你是多么沮丧啊！"

"又在瞎说；您说沮丧是什么意思？我敢打赌，如果我说给他起……那个可怕的名字，您也会立即同意，甚至懵然不觉！噢，不知好歹，没良心的，全都是，全都是！"

不用说，一会儿他们又言归于好。沙托夫劝她睡一觉。她睡着了，不过仍然握着他的手不放，时常惊醒，看看他，仿佛怕他走掉，又蒙眬入睡。

基里洛夫差了个老太婆来"道喜",还给"玛丽娅·伊格纳捷夫娜"带来了热茶、刚出锅的煎肉饼、肉汤和白面包。产妇贪婪地喝完了肉汤,老太婆把婴儿重新包裹好,玛丽逼着沙托夫也吃了块肉饼。

时间在悄悄过去。沙托夫自己也疲乏地在椅子上睡着了,头靠在玛丽的枕头上。如约前来的阿琳娜·普罗霍罗夫娜见到这番光景,心情愉快地叫醒了他们,她对玛丽作了必要的交代,诊察了婴儿,又一次吩咐沙托夫不要走开,然后略带藐视和倨傲的口气把"两口子"调侃了一番,就像上次一样满意地走了。

沙托夫醒来时天色已经黑了。他连忙点燃蜡烛,跑去喊老太婆;但刚下楼梯,就吃惊地听到有人迎面上楼来的轻轻的、从容的脚步声。是埃尔克利进来了。

"别进去!"沙托夫低声说道,一把抓住他的手,把他拖回到大门口,"在这里等我,我现在要出去一下,我把您的事忘得干干净净!啊,您算提醒了我!"

他急急忙忙,连基里洛夫那里也不去了,只是叫来了老太婆。玛丽又绝望又气愤,他"居然想要把她一个人留下"。

"不过,"他兴奋地叫道,"这已经是最后的一步了!以后就是新的坦途,我们永远、永远也不要再想起可怕的过去了!"

他总算说服了她,答应九点钟一准回来;他热烈地吻了她,吻了婴儿,匆匆下楼去见埃尔克利。

两人前往斯克沃列什尼基的斯塔夫罗金公园,一年半以前在公园尽头紧挨着一片松林的僻静所在,他埋下了托付给他的一台印刷机。这是人迹罕至的荒野,十分隐蔽,离斯克沃列什尼基的邸宅很远。从菲利波夫公寓要走三俄里半甚至四俄里。

"难道一直步行?我去雇一辆马车吧。"

"我求您千万别雇车,"埃尔克利表示反对,"这恰恰是他们所坚持的。马车夫也有眼睛啊。"

"哼……见鬼!反正一样,但愿了结吧,了结吧!"

他们迈开了大步。

"埃尔克利，小小年纪的孩子啊！"沙托夫感叹道，"您有过幸福的时刻吗？"

"您现在好像很幸福呢。"埃尔克利很有兴致地说道。

第八章　困难重重的一夜

一

维尔金斯基在一天里花了两个小时左右遍访了所有**我们的人**，要告诉他们，沙托夫想必是不会告密的，因为他的妻子回来了，而且生了孩子，只要"了解人之常情"，就不能设想他在这样的时候会是危险分子。但使他不安的是，除了埃尔克利和利亚姆申谁也不在家里。埃尔克利默默地听完了他的话，平静地看着他的眼睛；对于"他六点钟来还是不来？"这个直截了当的问题，他面带坦然的微笑回答说："他当然来。"

利亚姆申似乎身患重病，把头蒙在被子里躺着。维尔金斯基进来使他大吃一惊，来客刚开始说话，他立刻从被子里伸出双手直摇，恳求不要烦他。不过关于沙托夫的情况他还是听了；谁也不在家里这个消息不知为什么竟使他非常震惊。原来他也知道了（通过利普京）费季卡之死，并且不由自主匆忙而语无伦次地对维尔金斯基讲了这件事，这又反过来使对方也大吃一惊。听了维尔金斯基所提的"我们该不该去？"这个直截了当的问题，他突然又双手直摇，恳求说他"置身事外，什么也不知道，但愿别来烦他"。

维尔金斯基垂头丧气心烦意乱地回到家里；他还因为不得不向家人隐瞒实情而心情沉重；他习惯于对妻子无话不谈，要不是此刻在他那发热的头脑里闪现了一个新的主意，一个新的谋求和解的下一步行动计划，说不定也会像利亚姆申一样蒙头大睡。但新的主意使他振作起来，不仅如此，他简直焦急地等待着预定时刻的到来，甚至提前去了集合地点。

这是一个非常阴沉的地方，在偌大的斯塔夫罗金公园的尽头处。后来我曾特意到那里去看看；在那个萧索的秋夜这地方该是多么阴森啊。那是在禁止采伐的古森林的边缘；古老的巨松在夜色里显出朦胧的暗影，夜幕低垂，两步之内几乎看不清彼此的面貌，不过彼得斯·捷潘诺维奇、利普京以及后到的埃尔克利都随身带着灯笼。很久很久以前，不知为了什么，也不知是什么时候，有人在这里用未经雕琢的天然石块建造了一个非常可笑的石洞。洞中的木桌长椅早已腐朽残破。右首约二百步开外是第三个池塘。所有三个池塘从邸宅边起一个接着一个，直达公园的尽头，约有一俄里以上。很难设想有什么喧哗、叫嚷甚至枪声能惊动这座被遗弃的斯塔夫罗金邸宅中的人。自从尼古拉·弗谢沃洛多维奇昨日出走，阿列克谢·叶戈雷奇离去，整座邸宅里只剩下了五六个常住的人，可以说都是老弱妇孺。在任何情况下，几乎可以蛮有把握地断定，即使这些离群索居的人们有谁听到惨叫或呼救声，那也只会引起恐惧，而绝不会有谁愿意离开火炉和暖炕前往援救。

六点二十分，除了被派去找沙托夫的埃尔克利已全体到场。彼得·斯捷潘诺维奇这一次没有迟到；他是同托尔卡琴科一起来的。托尔卡琴科愁眉不展，心事重重；他那虚有其表、张狂浮夸的果断神气已荡然无存。他几乎寸步不离彼得·斯捷潘诺维奇，似乎突然对他无限忠诚起来，时常慌慌张张地凑上去与他窃窃私语；但对方却几乎不答碴儿或者悻悻地哼唧着什么，想摆脱这种纠缠。

希加廖夫和维尔金斯基还到得略早于彼得·斯捷潘诺维奇，一见他来就一言不发地略略退避一边，显然是故意沉默。彼得·斯捷潘诺维奇举起灯笼，以无礼的唐突态度专注地打量他们。"他们有话要说。"他心里闪过了这个想法。

"利亚姆申没有来？"他问维尔金斯基，"是谁说他病了？"

"我在这儿，"利亚姆申应道，立刻从树后走了出来。他穿着棉大衣并且紧紧地裹着一条厚厚的毛围巾，以致打着灯笼也很难看清他的脸。

"那么，只有利普京没有来？"

利普京默默地从石洞里走了出来。彼得·斯捷潘诺维奇又举起了灯笼。

"您怎么躲到了那里，为什么不出来？"

"我想，我们还是有权自由……活动的。"利普京嘀咕道，不过，他大概不十分明白他想说的究竟是什么。

"先生们，"彼得·斯捷潘诺维奇提高嗓门，首先打破了小声说话的氛围，这很有效果。"我想大家都很明白，现在我们不必再多费口舌了。该说的昨天都坦率而明确地说过了，解释清楚了。但是我从大家的脸色来看，也许有人想说点儿什么；那就请赶快说吧。见鬼，时间不多了，埃尔克利可能马上就要把他带来了……"

"他一定会把他带来的。"不知为什么托尔卡琴科插了一句。

"如果我没有记错的话，首先是要移交印刷机吧？"利普京问道，又仿佛并不明白为什么要提这个问题。

"那当然，东西是不能丢的，"彼得·斯捷潘诺维奇把灯笼举到了他面前，"但昨天大家已经约定，不必当真接收。只是让他指出埋藏的地点，以后我们自己来挖取。我知道，是在离石洞某一角十步之内的某处……可是真见鬼，您怎么就忘了呢，利普京？说好了由您单独与他见面的，然后我们才出来……您问得好奇怪，或许只是随便问问吧？"

利普京阴郁地不予理睬。大家都默默无言。松树的树梢在风中摇曳。

"不过我希望，先生们，大家都能执行自己的任务。"彼得·斯捷潘诺维奇焦躁地打破了沉默。

"我知道，沙托夫的妻子回来了，而且还生了孩子，"维尔金斯基突然说道，激动、急促、费劲地说着话，比画着。"根据人之常情……可以肯定他现在决不会告密……因为他现在好幸福……所以我刚才去过你们家里，却谁也没碰到……所以目前也许可以一切作罢了……"

他住了口，因为他喘不过气来了。

"倘若您，维尔金斯基先生，突然也很幸福，"彼得·斯捷潘诺维奇向他逼近了一步，"那么您会不会丢开——我不是说告密，您是决不会告密的，而是说您会不会丢开一项冒险犯难而功在社会的行动呢，这一行动是您在获得幸福之前所策划的，而且认为采取这一行动是自己的义务和天职，尽管有风险，尽管会失去幸福？"

"不，我不会丢开！决不！"维尔金斯基毫无道理地热烈说道，全身都活动起来。

"您宁可重新陷于不幸，也不愿成为卑鄙之徒？"

"是的，是的……甚至恰恰相反……我宁愿做个十足的卑鄙之徒……啊，不，……至少决不做卑鄙之徒，而是相反，宁愿十足地不幸也不愿做卑鄙之徒。"

"那么您要明白，沙托夫认为这次告密是功在社会的行动，是最崇高的决定，证明就是：他本人也多少冒着受到政府惩办的危险，尽管由于告密他当然会在很大程度上得到宽恕。这样一个人是决不会放弃的。无论怎样美满的幸福也阻止不了他；隔天他就会醒悟、自责、行动起来。何况他的妻子在离开他三年之后才来到他身边生了个斯塔夫罗金的孩子，我看也没有什么幸福可言。"

"但没有人见到过告密信。"希加廖夫突然执拗地说道。

"我见到过，"彼得·斯捷潘诺维奇叫道，"确实有，你们这样可真是太愚蠢啦，先生们！"

"而我，"维尔金斯基突然冒火了，"我抗议……我最强烈地抗议……我提议……我的提议是这样的：我提议，他到的时候我们全体出面，一起问清楚：如果确有其事就叫他悔过，如果他保证就放他走。不论情况如何都要审讯，按判决办。而不是全都躲起来，然后猛扑过去。"

"轻信保证而拿共同事业去冒险——这是愚不可及！见鬼，这是多么愚蠢啊，先生们，在目前这个时候！在危险关头你们究竟要扮演什么角色呢？"

"我抗议，我抗议。"维尔金斯基反复说道。

"至少您不要吼叫啊，我们会听不见信号的。先生们，沙托夫……（见鬼，在目前这是多愚蠢啊！）我已经对你们说过，沙托夫是斯拉夫主义者，也就是说是最愚昧的人之一……不过，见鬼，这无关紧要，不值一提！你们真把我搞糊涂了！……先生们，沙托夫是个心怀不满的人。由于他愿意也好，不愿意也好，毕竟是团体的一员，所以我始终希望能为了共同事业而用他，就把他作为心怀不满的人而加以使用。我爱护他，宽恕他，不惜违背极其明确的指示……我对他的宽恕百倍于他所应得的！而结果他竟然去告密；哼，该死的，人所不齿！……现在谁要是想溜，那就试试看！你们谁也没有理由脱离这次行动！你们哪怕要同他亲吻也行，但是要以保证为借口背叛共同事业是不行的！只有无赖和被政府收买的家伙才会这么干！"

"这里谁被政府收买了？"利普京又追究道。

"也许就是您吧。您最好免开尊口，利普京，您不过是在随便说说罢了，这是您的习惯。先生们，被政府收买的家伙就是所有那些在危险关头畏缩不前的人。由于恐惧，总是有傻瓜在最后关头跑去哀号：'啊，饶恕我吧，我愿意把他们全供出来！'不过要知道，先生们，现在你们不论怎样告密也不会得到饶恕了。即使减刑两等，终究还是人人都得去西伯利亚，此外，你们还无法逃脱另一把惩罚之剑。而这一把剑比政府的更锋利。"

彼得·斯捷潘诺维奇在狂怒中大放厥词。希加廖夫坚定地向他逼近了三步。

"从昨晚起我全面地考虑了这个问题，"他开始像平时一样自信而有条不紊地说道（我觉得即使他脚下的地面崩陷，他也决不会提高音调，也丝毫不会改变讲话的条理），"经过深思熟虑，我坚信，拟议中的谋杀不仅浪费了本来可以用于更重要、更迫切的方面的宝贵时间，而且还致命地背离了正道，这种背离历来最有害于事业，并且由于屈从于浮躁的、主要是政客式人物而非纯正社会主义者的影响而使事业的胜利推迟数十年。我来这里仅仅是为了抗议拟议中的行动，为的是使大家都能受到教益，然后我就与此时此刻脱离任何干系，我不知道你们怎么会说此时是你们的危险关头。我要走了——不是由于害怕危险，也不是出于对沙托夫的感情，我根本不想同他亲吻，唯一的原因在于这件事自始至终实在是完全违背了我的纲领。至于告密和被政府收买，你们对我可以完全放心，我不会告密。"

他转身而去。

"见鬼，他会碰到他们并且警告沙托夫！"彼得·斯捷潘诺维奇叫道，一把拔出了左轮手枪。咔的一声扳起了扳机。

"您可以相信，"希加廖夫又转身说道，"在路上遇见沙托夫，我也许还会向他点头致意，但不会提出警告。"

"您是否知道您会因此而付出怎样的代价，傅立叶先生？"

"请您注意，我不是傅立叶。您把我同这个温情脉脉、不切实际的懦夫混为一谈，只能说明，虽然我的手稿曾放在您那里，您对它却毫不了解。至于您的报复，我要告诉您，您扳起了扳机是无济于事的；此刻这对您十分不利。如果您威胁我要在明天或后天报复，那么在枪杀我之后，除了惹上多余的麻烦，还是得不到任何好处，——因为您可以杀了我，但或早或迟终究会回到我的思想体系上来。再见了。"

这时大约在两百步开外，从公园里的池塘那边响起了一声口哨。利普京立即也以哨音回应，这是昨天就约好了的（为此他上午就在市场上花一戈比买了个陶制玩具哨子，因为他对自己几乎没有牙齿的嘴不抱希望）。埃尔克利在路上已经对沙托夫说过会有哨声，所以他丝毫没有起疑。

"你们放心，我绕着他们走，他们根本就不会注意到我。"希加廖夫有力地低声说道，然后就不慌不忙也不加快脚步，头也不回地穿过黑暗的公园回家了。

现在这个可怕的故事直至细枝末节都完全清楚了。先是利普京在石洞旁迎上了埃尔克利和沙托夫；沙托夫没有点头致意也没有同他握手，而是马上慌不迭地大声说道：

"喂，您这儿铁锹在哪里，还有灯笼吗？不用怕，这里连一个人也没有，现在就是在这里开大炮，斯克沃列什尼基的人也听不见。就在这儿，瞧，这里，就在这个地方……"

他跺了跺脚，确实是在离石洞后面一个拐角的十步之内，在靠近松林一方。就在这时托尔卡琴科从树后转出来，从他背后扑了过去，埃尔克利也从背后猛地抓住他的两个胳膊肘。利普京从前面扑了上去。三个人立刻把他撂倒，摁在地下。这时彼得·斯捷潘诺维奇手握左轮跳到了跟前。据说，沙托夫还来得及向他转过头来，还能盯他一眼并且认出了他。三盏灯笼照着这个场景。沙托夫突然发出了一声短促而绝望的惨叫；但他的叫声被制止了：彼得·斯捷潘诺维奇及时而坚决地把枪口对准了他的脑门，紧紧地顶着——扣动了扳机。枪声似乎不很大，至少在斯克沃列什尼基一点也听不见。当然，惨叫声和枪声希加廖夫都听到了，他当时走了未必有三百步，据他本人后来的供词，他没有回头甚至没有停步。死亡几乎是瞬间的事。只有彼得·斯捷潘诺维奇一个人保持着一丝不苟的干练，——我想，他未必也能保持内心的安宁。他蹲下去，匆遽地但以毫不哆嗦的手搜遍了死者的衣袋。没有钱（钱包留在玛丽娅·伊格纳捷夫娜的枕头底下）。找到了两三张没有用的纸片：一张发票，标题是一本书名，一张外国酒店的旧账单，天知道它怎么会在他的衣袋里保存了两年。彼得·斯捷潘诺维奇把纸片放进了自己的口袋，陡然发觉大家在围观尸体，什么也不干，便恶狠狠地无礼谩骂并催促起来。托尔卡琴科和埃尔克利醒悟过来，跑去转眼间从石洞里搬来了两块大石头，这是他们上午就预备好的，每一块大约都有二十俄磅重，已经结结实实地捆上了绳子备用。因为尸体预定要抬到最近的（第三个）池塘那里再把他沉下去，所以他们开始把石头系在他身上，一块系在两条腿上，一块系在脖子上。彼得·斯捷潘诺维奇系绳子，而托尔卡琴科和埃尔克利只是捧着石头，依次递过去。第一个递石头的是埃尔克利，在彼得·斯捷潘诺维奇嘟嘟哝哝骂骂咧咧地用绳子捆住尸体的双腿，再把这第一块大石头系上去的时候，托尔卡琴科在这相当长的时间里一直垂手捧着大石头，仿佛恭而敬之地深深地向前弯着腰，以便一有需要就毫不迟延地递过去，丝毫不曾想到可以把那个重家伙暂时放在地下。当两块石头终于系上，彼得·斯捷潘诺维奇站起来审视在场诸人的面容时，突然出了一件完全出人意料、使人人吃惊的怪事。

如前所述，除了托尔卡琴科和埃尔克利，几乎所有的人都无所事事地站着。维尔金斯基虽然跟着大家向沙托夫扑了过去，但没有去抓沙托夫，也没有帮着制服他。利亚姆申在开枪之后才出现在人群之中。此后，在忙于处理尸体的大约十分钟里，他们全都仿佛丧失了一部分意识。他们围成一圈，在产生种种不安和恐慌之前，他们仿佛只是感到惊讶。利普京站在前面靠近尸体。维尔金斯基在他后面，从他的肩后张望着，带着一种特别的仿佛局外人的好奇，甚至踮起脚尖想看看清楚。利亚姆申躲在维尔金斯基身后，只是偶尔提心吊胆地从他身后往外张望，又马上躲了起来。就在石头系好，彼得·斯捷潘诺维奇站起身来的时候，维尔金斯基突然浑身瑟瑟发抖，扬起双手一拍，悲哀地纵声长叹：

"这不对头，不对头啊！不，这根本不对头啊！"

他也许还会在这太迟的哀叹之后再说些什么，但利亚姆申没有让他说下去：他突然从背后下死劲搂紧他并且发出了令人难以置信的尖叫。恐惧往往会产生强烈的影响，比方说，这时人会突然发出怪异的叫声，在此之前没有人会认为他有这种叫声，这有时简直是非常可怕的。利亚姆申发出的不是人类的叫声，而是某种野兽般的哀号。他双手从背后越来越紧，一阵阵痉挛地搂住维尔金斯基，发出无尽无休的尖叫，瞪圆双眼瞅着大家，异乎寻常地大张着嘴，双足频频跺地，仿佛在地面上敲击着鼓点。维尔金斯基惊恐万状，自己也像疯子一样号叫起来，狂暴地挣扎着要挣脱利亚姆申的搂抱，显得那么凶恶，简直很难设想维尔金斯基会这样，同时他又在反手可及的范围内抓他、打他。埃尔克利终于帮他拽开了利亚姆申。可是当维尔金斯基惊慌地跳开了十步左右时，利亚姆申看见了彼得·斯捷潘诺维奇，立刻又号叫起来向他扑去。他被尸体一绊，就隔着尸体趴到了彼得·斯捷潘诺维奇身上，于是把他拼命地紧搂在怀里，还用头顶着他的胸口，以至无论是彼得·斯捷潘诺维奇还是托尔卡琴科和利普京都毫无办法。彼得·斯捷潘诺维奇叫着，骂着，用拳头捶着他的脑袋；他终于好不容易脱了身，一下拔出手枪，把枪口对准了还在号叫的利亚姆申张开的大嘴；但利亚姆申继续尖叫，毫不理会那把手枪，托尔卡琴科、埃尔克利和利普京已经紧紧地抓住他的双手。最后，埃尔克利总算把自己的绸手帕攥成一团灵巧地塞进了他的嘴巴，这样叫声才停了下来。与此同时，托尔卡琴科用剩下的一截绳头捆住了他的双手。

“这很奇怪。”彼得·斯捷潘诺维奇说道，不安而诧异地打量着疯子。

“我以为他会有完全不同的表现。”他若有所思地补充了一句。

埃尔克利被暂时留在他身边。死者必须赶快处理：刚才那样叫叫嚷嚷，可能哪里有人听见。托尔卡琴科和彼得·斯捷潘诺维奇举着灯笼托起尸体的头部；利普京和维尔金斯基托着两条腿就抬起走了。再加上两块大石头分量很沉，而距离却有两百步还多。托尔卡琴科是最强壮的。他提议比齐脚步，但没有人搭理他，大家还是随便走。彼得·斯捷潘诺维奇走在右边，低低地弓着腰，把死者的头扛在肩上，又用左手从下面托着大石头。托尔卡琴科走了一半还没有想起该帮着托一把，所以彼得·斯捷潘诺维奇终于对他大声呵斥、叫骂起来。这是猝然的孤单的叫声；大伙仍然默默无语地走着，只是到了池塘的岸边，在重负下伛偻着腰，似乎被压得精疲力竭的维尔金斯基才突然又以同样的哭腔大声长叹：

“这不对头，不，不，这根本就不对头啊！”

遇害者被抬到的这个地方是斯克沃列什尼基庄园相当大的第三个池塘的尽头，此处是公园中游人绝迹的最荒凉的处所之一，尤其是在这样的深秋。池塘的这一头岸边杂草丛生。大伙放下灯笼，把尸体摇晃几下抛进了水里。响起了沉闷的经久不息的声音。彼得·斯捷潘诺维奇举起灯笼，大伙也跟着拥到了前面来，好奇地望着尸体怎样沉下去；但是已经什么也看不见了，绑着两块大石头的人体马上就沉没了。水面漾起的巨大波纹迅速地消逝着。完事了。

"先生们，"彼得·斯捷潘诺维奇对大家说道，"现在我们要分开了。无疑，你们会感到那种自由的豪情，它是伴随着自由履行天职而来的。如果现在因为纷扰和激动而令人遗憾地没有这种情感，那么明天无疑就会感觉到它，到那时还感觉不到就该惭愧了。对于利亚姆申丢人现眼的激动，我愿把它看作谵妄，何况他据说从早晨起就有病。而您，维尔金斯基，只要稍稍扪心自问就会明白，为了共同事业的利益是不能轻信保证而据以行动的，应当采取的恰恰是我们刚才的做法。以后的事态会向您证明他写过告密信。我愿意忘记您的感叹。至于危险，现在看不到任何危险。任何人也不会怀疑到我们当中的哪个人，特别是如果你们善于自持的话。可见，说到底主要取决于你们自己和坚定的信念，我希望你们明天就能确立这种信念。顺便说说，你们团结在志同道合者自由集合的独立组织之内，正是为了在共同事业中，在此刻，共同发挥力量，如果必要也相互监督相互提醒。你们每个人都必须作重要的汇报。你们的使命是使因为停滞不前而衰落腐败的事业气象一新；永远记住这个目标而振作起来吧。目前你们的全部活动就是要摧毁一切，把国家及其道德规范一并摧毁。留下来的只有我们，预先就决定要由自己来接管政权的我们；我们吸收聪明人而把蠢材当马骑。对此你们不应忸怩。必须对整整一代人进行再教育，使他们无愧于自由。将来还会有成千上万的沙托夫之流。我们组织起来是为了掌握方向；有人躺着什么也不干，还向我们说三道四，不加以控制应当觉得羞愧。现在我去基里洛夫那里，凌晨可以拿到材料，在这份材料里他将承担一切，作为临死前对政府的交代。这样的安排再可靠不过。首先，他与沙托夫互有敌意；他们曾在美国共同生活，因而有反目的时间。大家知道，沙托夫改变了信念；可见他们的敌意是由于信念和对告密的恐惧，这就是说，是一种你死我活的敌意。这一切都会写下来。末了还要提到费季卡曾与他为邻，赁居于菲利波夫公寓。这样就完全排除了对你们的任何怀疑，因为那些糊涂蛋全都会被误导。明天，先生们，我们就不见面了；我要到县里去一个极短暂的时期。但后天你们会得到我的消息。我劝你们明天整天都待在家里。现在我们两人一组分道离开。托尔卡琴科，请您照料利亚姆申并且送他回家。您可以开导他，主要是说明他的怯懦首先是对他自己多么有害。维尔金斯基先生，对您的亲戚希加廖夫，正像对您一样，我觉得不必怀疑，他是决不会告密的。对他的做法只能感到遗憾；但他还没有宣布脱离我们的团体，所以要埋葬他还为时过早。好了，快走吧，先生们；他们虽然是一伙糊涂蛋，不过谨慎行事总没有坏处……"

维尔金斯基与埃尔克利一起走了。埃尔克利在把利亚姆申交给托尔卡琴科之前曾把他带到彼得·斯捷潘诺维奇跟前，说他已经醒悟，很懊悔，请求原谅，他甚至不记得曾做过什么。彼得·斯捷潘诺维奇是独自走的，他从池塘的那一边绕过公园。这条路是最远的。使他惊讶的是，几乎在他已走了一半路程时，利普京赶了上来。

"彼得·斯捷潘诺维奇，利亚姆申会告密啊！"

"不，他会醒悟过来，认识到要是他告密，第一个去西伯利亚的就是他。现在没有人会告密。您也不会。"

"您呢？"

"毫无疑问，你们敢动一动，想叛变，我就立即把你们全干掉，这一点您是知道的。不过您不会叛变。跟着我跑了两俄里就是为了说这些吗？"

"彼得·斯捷潘诺维奇，彼得·斯捷潘诺维奇，我们也许永远不再见面了啊！"

"为什么要这样说呢？"

"请您只告诉我一点。"

"什么？不过我倒是希望您马上走开。"

"告诉我一个答案，但一定要真实：我们是唯一的一个五人小组呢，还是真的有几百个五人小组？这是我至为关切的问题，彼得·斯捷潘诺维奇。"

"我明白，看您这狂热的劲头就明白了。您比利亚姆申更危险，您知道吗，利普京？"

"我知道，我知道，但是我要答案，您的答案！"

"您是个蠢人！现在看来，一个五人小组还是一千个五人小组对您来说岂不是反正一样。"

"就是说只有一个！我就知道嘛！"利普京叫道，"我一直知道只有一个，直至此刻……"

于是他不等别的答复，转过身去，迅速地消失在黑暗中。

彼得·斯捷潘诺维奇略略沉思。

"不，没有人会告密，"他断然说道，"五人小组应当仍然是五人小组并且应当服从……这样的一群废物，真是！"

二

他先回到自己的住处，细心而从容地装好皮箱。早晨六点有一趟特快列车。这清晨的特快列车每周只有一次，刚刚开通不久，目前只是试运行。彼得·斯捷潘诺维奇虽然预先告诉过**我们的人**，说什么他要到县里去一个时期，但后来的事实说明，他完全另有打算。收拾好皮箱，他同预先得到他通知的女房东结了账，随即乘出租马车去了住在火车站附近的埃尔克利那里。然后就在约莫将近深夜一点的时候去找基里洛夫，又是从隐秘的费季卡通道钻了进去。

彼得·斯捷潘诺维奇的情绪坏透了。除了其他一些非常重要的烦心事（他仍然打听不到斯塔夫罗金的任何消息）之外，他白天似乎——因为我不能肯定，——从某处（最可能是从彼得堡）接到了一个秘密通知，说他近期内将遇到某种危险。当然，对这个时期我们城里现在有很多臆测；但即使有人真的了解点儿实情，也只限于那些该知道的人。仅据我个人的看法，彼得·斯捷潘诺维奇在本市之外的其他地方也可能有活动，所以他确实有可能接到通知。与利普京的唐突而绝望的怀疑相反，我甚至认定，除了我们的人，他可能确实还有两三个五人小组，比方说在彼得堡和莫斯科；如果不是有五人小组，就是有联系和交往，——也许还是十分奇特的联系和交往。他离开不过三天之后，我市就从首都接到了立即逮捕他的命令，究竟为什么事，是为我们的事还是为别的事，我就不知道了。这个命令那时到达，恰恰加剧了那种使人心惊胆战，几乎带有神秘色彩的恐惧氛围。在发现大学生沙托夫神秘而绝非偶然地被杀——这起凶杀使我们这里的一连串荒谬事件达到了极限，——以及与此案有关的扑朔迷离的情况之后，这种恐惧就突然笼罩了我们的地方当局和在此之前轻举妄动的上流社会。但命令来迟了：彼得·斯捷潘诺维奇那时已经化名待在彼得堡，他在那里暗中探听到内情就赶紧溜到了国外……不过，我扯得太远了。

他带着恼怒、寻衅的神气到了基里洛夫那里。除了主要的事情，他个人似乎还想对基里洛夫有所探究，对他发泄发泄。基里洛夫见他来了似乎非常高兴，显然，他等得太久了，焦躁难耐。他的脸色异常苍白，黑眼睛射出阴沉而凝重的目光。

"我以为您不来了，"他坐在沙发的一角吃力地说道，但没有为了表示欢迎而动一动。彼得·斯捷潘诺维奇站在他面前，一言不发盯着他的脸看了看。

"看来一切正常，我们不会放弃我们的意图，好样儿的！"他露出了令人不快的表示鼓励的微笑，"只得这样了，"他又以恶劣的戏谑口吻说道，"我虽然迟到，您是不该抱怨的啊：我给您赠送了三个钟头。"

"我不需要从你们这儿得到多余的几个钟头，而且你也不可能给我赠送时间……傻瓜！"

"什么？"彼得·斯捷潘诺维奇一震，但赶快克制了自己，"瞧您这么爱生气！唉，我们是不是火气太大了？"他清晰地说道，始终带着那种令人不快的傲然的神气，"在这样的时刻倒是更需要心平气和。您最好认为自己是哥伦布，而把我看作一只耗子，不要生我的气。昨天我提过这个建议。"

"我认为不该把你看作耗子。"

"这算什么，恭维？咦，茶也凉了，——可见全乱套了。不对，这里发生了让人担心的事情。哎呀！我看到在窗台上盘子里盛着什么呢（他走到窗口）。嗬，米饭炖鸡！……可是为什么到现在没有动过？可见我们情绪不佳，连鸡也……"

"我吃了，这与您无关；闭上您的嘴吧！"

"啊，当然，何况吃不吃反正一样。可是对我可就不一样了：想想看，我几乎什么也没有吃，那么，既然这只鸡，我看，现在您已经不需要了……啊？"

"吃吧，只要您吃得下去。"

"那就谢谢啦，还可以再来点茶呢。"

他马上坐到沙发的另一端，靠近桌子，非常贪婪地大吃起来；但仍然随时观察着自己的猎物。基里洛夫又恼怒又憎恶地定定地看着他，好像无法移开自己的视线。

"不过，"彼得·斯捷潘诺维奇突然直起身子，边吃边说道，"不过事情怎么样？我们决不会放弃吧，啊？写不写呢？"

"夜里我决定了，我无可无不可。我写。关于传单？"

"是的，也涉及传单。不过由我口授内容。反正您是无所谓的。难道这时候您还介意内容吗？"

"不关你的事。"

"不关我的事，当然。不过总共只有几行：您和沙托夫散过传单，顺便提一提躲在您家里的费季卡也帮过忙。关于费季卡和住处的这最后一点相当重要，甚至是最要紧的。您瞧，我对您是十分坦白的。"

"沙托夫？为什么提沙托夫？我无论如何不涉及沙托夫。"

"瞧您，与您有什么相干？您已经不可能伤害他了。"

"他妻子回来了。她醒了，派人来找我：他在哪儿？"

"她派人来问您他在哪里？嗯，这不好办。说不定还会派人来；

不能让人知道我在这里……"

彼得·斯捷潘诺维奇惊慌起来。

"她不会知道，又睡了。一个接生婆在他那里，阿琳娜·维尔金斯卡娅。"

"是这样……她不会听见吧，我想？哎，把大门锁上。"

"一点也听不见，要是沙托夫来了，我把您藏在那个房间。"

"沙托夫不会来了；您就写，您因为他的叛卖和告密而与他反目……今晚……他因你而死。"

"他死了！"基里洛夫从沙发上跳起来叫道。

"今晚七点多死的，哦，不如说是昨晚七点多，现在已经是次日凌晨一点了。"

"是你杀了他！……昨天我就预料到了！"

"怎么会不预料到呢？瞧，就是用的这支手枪（他拿出手枪，仿佛是要给他看，但已经不再收起来了，而是继续握在右手，似乎是以防不测）。您可真是个怪人，基里洛夫，因为您自己知道，这个蠢人一定会有这个结局。还要什么预见呢？我已经再三对您说得明明白白。沙托夫准备告密，我调查过；怎么也不能放手不管嘛。而且您也得到指示要监视他；三周之前您自己就告诉过我……"

"住口！你这是因为他在日内瓦唾你的脸！"

"为这件事还为别的事。为了很多别的事；不过，不是出于任何私怨。何必跳呢？何必装腔作势？嗬！原来我们①会这样！……"

他跳起来向前举起手枪。原来基里洛夫从窗台上抓起了手枪，还是早上就顶上子弹预备好的。彼得·斯捷潘诺维奇摆好架势，把枪口对准了基里洛夫。后者没好气地大笑起来。

"你承认吧，混蛋，你把手枪拿出来是因为怕我会枪杀你……不

---

① 俄语中可以用"我们"表示你（您），这是对话时要表白自己的关切、同情时的用法。彼得·斯捷潘诺维奇与基里洛夫谈话时还多次如此，活画出他对基里洛夫胸有成竹的倨傲态度及其伪善，因为他力求不触怒对方，诱使对方写下绝命书承担罪责。

过我不杀你……不过……不过……"

于是他又把枪口对着彼得·斯捷潘诺维奇，仿佛在瞄准，似乎无法放弃在想象中把他枪杀的快意。彼得·斯捷潘诺维奇仍然摆着架势，等待着，想等到最后的一瞬间才扣动扳机，冒着自己在脑门上先挨枪子儿的危险：这个"狂人"是干得出的。但"狂人"终于把手放下，喘着气，打着颤，说话的力气也没有了。

"戏要一下够了，"彼得·斯捷潘诺维奇也垂下了武器，"我就知道，您是在闹着玩；不过您要知道，您是在冒险，我是可能开枪的啊。"

于是他相当镇静地坐到沙发上，为自己斟了茶，不过斟茶的手在微微发抖。基里洛夫把手枪放在桌上，开始来回踱步。

"我不写是我打死了沙托夫，而且……现在我什么也不写。这份材料不会有了！"

"不会有了？"

"不会有了。"

"多么卑鄙，多么荒唐！"彼得·斯捷潘诺维奇气得脸色发青，"不过，我对此早有预感。您要明白，您并没有使我惊慌失措。随您的便吧，真是。如果我能强迫您，我就强迫您写了。不过您是个混蛋，"彼得·斯捷潘诺维奇越来越忍无可忍。"那时您向我们要钱，许下了一大堆诺言……不过我是决不会一无所获就走的，至少我要看着您亲手把自己的脑门击穿。"

"我要你马上出去，"基里洛夫强硬地站在他面前。

"不，这可不行，先生，"彼得·斯捷潘诺维奇又抓住了手枪，"现在，说不定您会由于恼怒和怯懦而突然把事情搁置起来，明天又为了再得一笔钱而去告密；为这种事他们是肯花钱的。见鬼，像您这样的小人太多了！不过您放心，我一切都预见到了：如果您自己胆怯而改变初衷的话，不用这把手枪像对混蛋沙托夫那样把您的脑壳击穿，我就不走，见鬼去吧！"

"你一定要看到我也流血？"

"您要明白，我不是出于怨恨；我无所谓嘛。我是为了不致为我们的事业担心。您知道，别人是靠不住的。我一点也不明白，您要自尽的古怪想法究竟是怎么回事。这不是我给您想出来的，而是您自己在我来之前就有的主意，而且最初不是向我而是向我们国外的成员宣布的。请注意，他们谁也不曾问起您，他们甚至与您素不相识，而是您自己真心诚意地去吐露隐衷。现在怎么办呢，根据这一情况当时就在您的同意和建议（请注意，是您的建议啊！）之下制订了在这里采取行动的某种计划，现在要变更它无论如何也不行了。由于您的做法，现在您已经知道了太多不该知道的事情。如果您胆小失控，明天去告密，很可能对我们不利，关于这一点您是怎么想的？不，先生，您答应过，保证过，拿过钱。这是您无法否认的……"

　　彼得·斯捷潘诺维奇慷慨激昂，可基里洛夫早就不在听了。他又若有所思地在室内踱着步。

　　"我可怜沙托。"他又停在彼得·斯捷潘诺维奇面前说道。

　　"我也可怜他，难道就可以……"

　　"住口，混蛋！"基里洛夫吼了起来，做了个可怕的、明白无误的动作，"我杀了你！"

　　"哎，哎，哎，我撒了谎，我承认，根本没有可怜他；这总行了吧，行啦！"彼得·斯捷潘诺维奇提心吊胆地猛然欠起身来，把一只手挡在前面。

　　基里洛夫突然安静下来，又踱起步来。

　　"我不改初衷；正是现在我想结束自己的生命：全都是混蛋！"

　　"这就对了；当然，全都是混蛋，正因为正派人在这个世界上觉得腻烦极了，所以……"

　　"傻瓜，我也是和你一样的混蛋，和所有的人一样，而不是什么正派人。正派人哪里也不曾有过。"

　　"我总算想对了。基里洛夫，以您的聪明，难道至今不明白，所有的人都一样，没有好坏之分，只有比较聪明和比较愚蠢的，如果所有的人都是混蛋（其实这样说是不对的），那么也就没有非混蛋了？"

"啊！你真的不是在取笑？"基里洛夫微感诧异地瞥了他一眼，"你说得热烈而质朴……难道像你这样的人会有这样的见解？"

"基里洛夫，我永远不能理解，为什么您要自杀。我只知道是出于一种见解……坚定的见解。但如果您觉得有一种需要，就说是畅谈心曲的需要吧，我愿意洗耳恭听……不过要考虑到时间……"

"几点了？"

"嗬，整两点。"彼得·斯捷潘诺维奇看看表，点燃了一支烟。

"看来还有可能谈妥。"他暗自想道。

"我对你没有什么可说的。"基里洛夫嘟哝道。

"我记得您谈起过神……有一次您曾向我解释过；甚至有两次。如果您开枪自杀，您就会成为神，好像是这样说的吧？"

"是的，我会成为神。"

彼得·斯捷潘诺维奇甚至没有笑；他等着；基里洛夫意味深长地瞟了他一眼。

"您是政治骗子和阴谋家，您想诱使我谈哲理，使我高兴，达成和解，以平息我的怒气，而我一有和解的表示，您就央求我写下供词，说是我杀了沙托夫。"

彼得·斯捷潘诺维奇几乎是自然而朴实地回答道：

"好吧，就算我是这样的一个混蛋，不过对您来说，在临终的时候岂不是一切都无所谓了吗，基里洛夫？我们何必争吵呢，请您说说：您是那样一个人，而我是这样一个人，那又怎样呢？况且两个人……"

"都是混蛋。"

"是的，就算是吧。您知道，我们说的不过是空话而已。"

"我一生都不愿把这些只是当作空话。我之所以活着，就是因为一直不愿那样。就是现在我也每天都希望不只是说说空话。"

"也是，每个人都各有所好。鱼儿……不如说每个人都在某种程度上寻求舒适；如此而已。很久很久以来就无人不知了。"

"舒适，你说？"

"嗜，才犯不着为字眼争执呢。"

"不，你说得好啊；就说舒适吧。神是必需有的，所以应当有。"

"嗯，好极了。"

"但是我知道，神是没有的，也不可能有。"

"这样说更正确。"

"难道你不明白，兼有这两种想法的人无法活着？"

"该开枪自杀，是吗？"

"难道你不明白，仅仅由于这一点就可能自戕？你不明白，可能有这样一个人，你们十亿人口中有一个，他不愿（自戕），也忍受不了。"

"我只明白一点，您似乎在动摇……这很不好。"

"斯塔夫罗金也受到思想的折腾。"基里洛夫没有注意到他的意见，阴郁地在室内踱着步。

"什么？"彼得·斯捷潘诺维奇竖起了耳朵，"什么思想？他亲口对您说过什么吗？"

"没有，是我自己看出来的：斯塔夫罗金如果信神，他就不信他信神。如果他不信神，他就不信他不信神。①"

"嗯，斯塔夫罗金还有比这更高明的想法呢……"彼得·斯捷潘诺维奇挑逗地嘟哝道，不安地注视着谈话的转折和面色苍白的基里洛夫。

"见鬼，他是不会自杀的，"他想，"我向来有这个预感；脑子不正常，如此而已；微不足道的废物！"

---

① 基里洛夫的这些话是和前面的话相呼应的。譬如最后这一句："……他不信神"，就是说，他认为神是没有的，也不可能有，但是他又认为，神是必需有的，所以应当有，因而不信他是不信神的。前面一句不过是把意思颠倒了一下。总之，基里洛夫认为斯塔夫罗金也和他一样，处于无法把这两种想法统一起来的矛盾之中。

"你是最后一个与我相处的人：我不想与你不欢而散，"基里洛夫突然刺了他一句。

　　彼得·斯捷潘诺维奇没有马上答话。"见鬼，这又是什么意思？"他再次想道。

　　"请相信我，基里洛夫，从私人关系来说，我丝毫没有反对您的意思，而且总是……"

　　"你卑鄙而且是工于心计的伪君子。不过我也和你一样，可我会自杀，而你将活下去。"

　　"您是想说，我很下贱，所以才想活下去。"

　　他还不能断定，在这样的时候继续这样的谈话是否有利，便决定"听其自然"。但是基里洛夫那种自视优越以及总是公然蔑视他的口吻向来惹他生气，而现在不知为什么尤其如此。也许是因为基里洛夫个把钟头不到就要死了（毕竟彼得·斯捷潘诺维奇还抱着这个意图），在他看来已经是某种半人半鬼的东西，对这样的东西是再也不能容忍其倨傲了。

　　"您似乎是在我面前夸耀您敢于自杀？"

　　"我总感到奇怪，怎么人人都能活下去？"基里洛夫没有听见他的指摘。

　　"嗯，假定说，这也是一种想法，但……"

　　"你这个猴子，你随声附和是为了能使我就范。你住口，你是什么也不会懂的。如果没有神，那么我就是神。"

　　"瞧，我永远无法理解您所说的这一点，为什么说您就是神呢？"

　　"如果有神，那么一切意志归于他，因而我不能脱离他的意志。如果没有神，那么一切意志归于我，因而我必须表现出一意孤行。"

　　"一意孤行？为什么说必须呢？"

　　"因为一切意志都成了我的意志。难道在这个星球上，在否定了神而信仰一意孤行之后，竟没有人敢最充分地表现一意孤行吗？这就像一个穷汉得到遗产而大吃一惊，不敢去接受，觉得自己没有胆量去拥有。我要表现一意孤行。纵使是我一个人，我也必定做到。"

"那就干吧。"

"我必须自杀，因为我的一意孤行的最充分的表现就是亲手杀死自己。"

"可自杀的并不是只有你啊；自杀者多的是。"

"那都是有原因的。但没有任何原因，仅仅为了一意孤行而自杀惟我一人。"

"他不会自杀的。"彼得·斯捷潘诺维奇又闪过了这个想法。

"听我说，"他兴奋地说道，"我要是处于您的地位，我会为了显示一意孤行而杀掉别的什么人，不必自杀。您会成为有用的人的。如果您有胆量，我就给您指出可以杀掉谁。那么您今天也许就不用自杀了。我们可以商量一下。"

"杀死别人是我的一意孤行的最低下的表现，只有你才会这么干。我不是你，我要的是最崇高的表现，自杀。"

"总算让他自己得出了结论，"彼得·斯捷潘诺维奇阴险地叽咕道，

"我必须表现出我是不信神的，"基里洛夫在室内踱着步。"对于我来说，没有神是高于一切的思想。人类历史证明我是对的。人为了活下去而不致自杀，就专门臆造一个神；迄今的全部世界史就是这样。在全部世界史上，我是不愿臆造神的第一人。让人们永远记住吧。"

"他不会自杀了。"彼得·斯捷潘诺维奇惊慌地想。

"谁会知道呢？"他煽动道，"这里只有我和您；难道利普京会知道吗？"

"人人都该知道，人人都会知道。任何秘密终究都会大白于天下。这是**他**说的。"

于是他激昂而喜悦地指着救世主的圣像，圣像前点着一盏长明灯。彼得·斯捷潘诺维奇气坏了。

"可见，您还是信仰他的，还点了长明灯呢；是不是'宁可信其

有'？"

对方默然。

"知道吗，我看您是有信仰的，也许比牧师更虔诚。"

"信仰谁？信仰**他**？听着，"基里洛夫停住脚步，如痴如狂地定定地望着前面，"听取一个伟大的思想吧：大地上有过这么一天，大地的中央竖着三个十字架。一个十字架上的人的信仰十分虔诚，对另一人说道：'今天你和我上天堂。'一天终了，他俩都死了，他们去了，却既没有找到天堂，也没有复活。预言没有实现。听着：这个人是整个大地上最崇高的人，是大地为之而存在的人。没有了这个人，整个星球及其全部负载只是一片荒诞。以前和以后都没有他那样的人了，从来没有，这简直是怪事。怪就怪在没有而且永远不会有这样的人了。既然这样，既然自然规律对**这个人**也不知珍惜，连自己的奇迹也不知珍惜，而迫使他生于谎言，死于谎言，那么可见，整个星球就是谎言而且是立足于谎言和愚蠢的玩笑。因而星球的规律本身就是谎言和魔鬼的滑稽剧。为什么还要活着？你回答，如果你还算是人的话！"

"这是问题的另一方面。我觉得您把两个不同的理由混在一起了；这是不足取信的。对不起，怎么呢，既然您是神？既然谎言已不存在，既然您已经悟到全部谎言来源于曾经有过原先的那个神。"

"你终于理解了！"基里洛夫兴高采烈地叫道，"可见是可以理解的，既然你这样的人也理解了！现在你明白了，对所有人的彻底拯救就是向所有人证明这个思想。谁来证明？我！我不明白，为什么直到现在无神论者会知道没有神却不立即自杀呢？意识到没有神，而不同时意识到自己成了神，这是荒唐的，否则一定会亲手杀了自己。如果你意识到你是帝王，你就不会自杀了，你将生活于显要尊荣之中。但是某一个人，那个敢为人先者，必须自杀，否则谁来开头，谁来证明呢？我必须为了开这个头，为了证明而自杀。我还只是身不由己的神，因而我是不幸的，因为我**有义务**表现一意孤行。一切人之所以不幸，是因为他们都害怕表现一意孤行。人类至今之所以如此不幸、可怜，是因为害怕表现一意孤行的最主要之点，而像孩子一样任性胡来。我不幸极了，因为我害怕极了。恐惧是对人的惩罚……但是我一定要表现一意孤行，我必须坚信我是不信神的。由我开头，也由我结束，于是我敞开了得救之门。我将使世人得救。只有这一件事能拯救一切人，并从生理上重塑下一代；因为以现在的生理状况，人类绝对不能没有原先的神而生存。我以三年时间探索我的神的属性，终于发现，我的神的属性就是一意孤行！只有它使我能在主要之点上显示不屈的精神和我的可怕的新自由。因为这种自由是十分可怕的。我要自杀，以显示叛逆和我的可怕的新自由。"

他的脸色异样地苍白，目光令人难以忍受地阴沉。他仿佛身患热病。彼得·斯捷潘诺维奇觉得他眼看就要倒下了。

"拿笔来！"突然，基里洛夫完全出人意外地充满灵感地叫道，"你口述吧，我承认一切。也承认杀害了沙托夫。口述吧，趁我还视为儿戏。我不在乎目中无人的奴才们的想法！你会看到，一切秘密都将大白于天下！而你将粉身碎骨……我相信！我相信！"

彼得·斯捷潘诺维奇一下子拿起墨水瓶、纸张递给他，并开始口述，他紧紧抓住时机，因为成功而瑟瑟发抖。

"我，阿列克谢·基里洛夫，声明……"

"停！不行！向谁声明？"

基里洛夫像发疟子似的打着哆嗦。似乎这个声明以及与之有关的某种突发的奇想猛地吸引了他的全部注意力，仿佛他那备受煎熬的精神遽然沉浸于一种尽管只是片刻的发泄。

"向谁声明？我要知道是向谁？"

"不向谁，是向所有的人，谁读到它就是向谁声明。何必确指呢？是向全世界！"

"向全世界？棒极了！不过不许有悔过之说；我不愿悔什么过；我也不愿同当局打交道。"

"不，不必，让当局见鬼去！您就写吧，倘若您不是在开玩笑！……"彼得·斯捷潘诺维奇歇斯底里地喝道。

"等一等！我想在上端画个吐出舌头的鬼脸儿。"

"嗳，胡闹！"彼得·斯捷潘诺维奇火了，"这一切不画画儿，用笔调也能表达嘛。"

"用笔调？这样好。对，用笔调，笔调！你用这种笔调口授吧。"

"我，阿列克谢·基里洛夫，"彼得·斯捷潘诺维奇用坚定的命令语气口授道，他弯腰凑在基里洛夫肩后，仔细地看着他用激动得发抖的手所写的每一个字。"我，基里洛夫，声明，今天，十月某日，晚七时许，因背叛行为而将大学生沙托夫击毙于公园，还因他揭发了传单的秘密和费季卡，费季卡也曾在我俩所住的菲利波夫公寓赁居并住宿了十天。至于我今天开枪自杀，并非因为后悔和害怕你们，而是在国外时就有了结束自己生命的意图。"

"完了？"基里洛夫诧异而气愤地叫道。

"一个字也不必再加了！"彼得·斯捷潘诺维奇摇摇手说道，急于想夺过他写的材料。

"等一等！"基里洛夫一只手紧紧按住那张纸，"等一等，胡闹！我要说出共犯。为什么提费季卡？而那场大火呢？我要全说出来，还要痛骂一顿，用你的笔调，笔调！"

"够了，基里洛夫，您要相信，这就够了！"彼得·斯捷潘诺维奇几乎是在央求了，他微微颤抖，唯恐他把那张纸给撕了，"您要相信，必须尽可能隐晦一些，就是要这样，就是要只作一些暗示。必须只揭露实情的一角，恰到好处地吊起他们的胃口。他们总是会比我们臆造更多的情节，而且他们当然不会相信我们而更相信自己，而这是最好的情况，最好的！给我吧；这样就再好没有了，给我吧，给我吧！"

他一直在设法把纸夺过来。基里洛夫瞪圆双眼听着，仿佛竭力想弄明白是什么意思，但他似乎已失去了理解的能力。

"唉，鬼东西！"彼得·斯捷潘诺维奇突然恼火起来，"他还没有签名呢！您为什么瞪着眼睛，签名哪！"

"我想痛骂一顿……"基里洛夫嘀咕道，不过他抓起笔来签了名。"我想痛骂一顿……"

"在下面写上共和国万岁，就行了。"

"棒极了！"基里洛夫高兴得几乎吼了起来。"世界社会民主主义共和国万岁或者——死亡！……不，不，不是这样。自由，平等，博爱或者死亡！这样更好，这样更好，"他美滋滋地在自己的签名底下写了下来。

"行了，行了。"彼得·斯捷潘诺维奇不停地反复说道。

"等一等，再加一点点……你知道吗，我要用法文再签个名：俄国贵族和世界公民基里洛夫。哈哈哈！"他大笑起来。"不，不，不，等一等，找到了最好的，妙：神学学者、俄国贵族和文明世界公民！这是最好不过的了……"他从沙发上一跃而起，突然迅猛地从窗台上抓起手枪，持枪奔进了另一个房间，随手紧闭了房门。彼得·斯捷潘诺维奇望着门寻思了一会儿。

"或许他现在终于要开枪了，要是他开始思索，那就什么结果也不会有。"他想。

他这时拿起了那张纸，坐下重新浏览了一遍。声明的措辞又使他感到欣慰，他想：

"现在该怎样才好呢？要暂时使他们完全被迷惑，从而引开他们的注意。公园？城里没有公园，于是他们自己终究会想到斯克沃列什尼基的公园。等他们想到这一点，时间过去了，寻找又需要时间，而一旦找到尸体，就意味着写的是实情；意味着全是实情，因而意味着关于费季卡所写的也是实情。而费季卡是什么人呢？费季卡——与纵火，与列比亚德金兄妹之死有关：原来根子在这里，在菲利波夫公寓，而他们却根本没有想到，而他们却完全忽略了，——这下子他们就会完全晕头转向！决不会想到**我们的人**；沙托夫和基里洛夫，还有费季卡，还有列比亚德金；他们为什么互相残杀——这又是他们面临的一个小小的问题呢。唉，鬼东西，怎么老是不听见枪声！……"

他虽然在读，在欣赏措辞，但时时刻刻都在十分不安地倾听着动静，突然他发起火来。他惊慌地瞥一眼手表；很晚了；他走了大约已有十分钟……他拿起蜡烛，朝基里洛夫所在的房间门口走去。到了门口他蓦地想起，蜡烛快完了，大约再过二十分钟就要熄灭，可又没有别的蜡烛。他握着门把手仔细倾听，没有一丝声息；他猛地拉开了门，举起蜡烛。有什么东西大吼着向他扑了过来。他砰地一声使劲把门碰上，又用身子把门顶住，但已经寂然无声——又是一片死寂。

他拿着蜡烛犹豫不决地站了好久。在他拉开门的那一刹那很难看清什么，不过他曾瞥见房间深处站在窗边的基里洛夫的那张脸，以及他猛扑过来时那猛兽似的野性。彼得·斯捷潘诺维奇猛地一震，迅速把蜡烛放在桌上，准备好手枪，踮着脚跳到对面的一个墙犄角，这样基里洛夫就是带着枪开门冲往桌子那里，他也来得及抢先瞄准并扣动扳机。

对自杀这回事彼得·斯捷潘诺维奇现在已全然不信！"他是站在屋子里寻思"，彼得·斯捷潘诺维奇的脑子里飞快地闪过了这个想法，"而且那是一间幽暗、可怕的屋子……他大吼着扑过来——这有两个可能：或者是在他正要扣动扳机的那一瞬间我惊扰了他，或者……或者是他站在那里考虑，怎样把我击毙。对，是这样，他是在考虑……他知道，如果他自己畏缩，我离开前一定会杀了他，——因此他必须先杀了我，才不至于被我所杀……这不，那里又是寂然无声！简直可怕：要是他突然开门……糟糕的是他比牧师还要信神……他是绝不会开枪自杀的！……这种'自作聪明'的人如今比比皆是。败类！唉呀，见鬼，蜡烛，蜡烛！过一刻钟一定会熄灭……必须了结；无论如何必须了结……也好，现在倒是可以杀了他……有了这份材料，他们绝不会想到人是我杀的。可以把他收拾好放在地板上，把退出子弹的手枪放在他手里，他们一定以为是自杀。咳，见鬼，怎么杀他呢？我一开门，他就又冲过来，抢先开枪。嗳，不碍事，他准会打偏的！"

他十分为难，烦躁得微微打颤，因为他的这个主意势在必行，而他又犹豫不决。他终于拿起蜡烛，又走到门口，举起手枪作好准备，拿着蜡烛的左手按在门把手上。但情况不妙：门把手咔嗒一响，还发出了吱吱声。彼得·斯捷潘诺维奇想："他马上就会开枪！"他使劲一脚把门踹开，举起蜡烛，伸出手枪；但既没有听到射击声，也没有叫声……房间里没有人。

他一激灵。这是一个不通外面、没有出口的房间，是无路可逃的。他把蜡烛举得更高些，仔细地瞅了瞅：真的没有人。他压低嗓门叫了一声基里洛夫，然后又大声些叫了一遍；没有人应声。

"难道是越窗逃跑了？"

真的，一个窗子上的气窗开着。"荒唐，他不可能从气窗逃出去。"彼得·斯捷潘诺维奇穿过房间走到窗子跟前："绝不可能。"突然他迅速转身，一个奇怪的现象使他大为讶异。

在对着窗户的一面，靠墙立着一个柜子，在房门右首。柜子的右边，在墙和柜子之间的犄角里站着基里洛夫，他的姿势怪极了，——他一动不动笔挺地站着，双手垂直贴着裤缝，头抬起，后脑勺紧挨着犄角边的墙壁，仿佛想隐藏起来似的。从一切迹象来看，他是想躲着，然而这似乎是难以置信的。彼得·斯捷潘诺维奇并不是正对着那个犄角，而是略略偏在一边，所以只能观察到突露出来的身体部位。他仍然下不了决心向左移动，以便看清基里洛夫的全身从而打破这个哑谜。他的心脏在剧烈跳动……突然，他被一阵狂怒所控制：他霍地纵起，大叫着噔噔噔地向那个可怕的所在猛扑过去。

但是，到了跟前他又怔怔地站住了，更为惊讶。使他惊讶的主要是，这个人对他的叫喊和疯狂袭击视若无睹，竟岿然不动，连手脚也纹丝不动，宛如一具石雕或蜡像。他的脸色异样苍白，黑色的双眸定定地凝望着空间的某一点。彼得·斯捷潘诺维奇举着蜡烛从上往下又从下往上照着、审视着这张脸。他赫然发觉，虽然基里洛夫在望着自己的前面，却以眼角余光睨视着他，或许还在观察着他。这时他想干脆把烛火凑近"这个无赖"的面部烧他，看看他会怎样。蓦地他觉得基里洛夫的下巴动了动，唇间掠过一丝嘲弄的笑意，仿佛猜到了他的念头似的。他不寒而栗，怒不可遏地紧紧抓住了基里洛夫的肩膀。

随即发生了那么荒唐，那么急剧的变化，以至后来彼得·斯捷潘诺维奇无论如何也不能把自己的回忆理出个头绪来。他一碰到基里洛夫，对方就猛地低下头来，用头撞掉了他手中的蜡烛；烛台呼的一声飞到了地板上，蜡烛也灭了。就在这一刹那，他感到左手的小指一阵剧痛。他叫了起来，他只记得，他曾忘乎所以地用手枪朝着逼近他咬伤了他手指的基里洛夫的脑袋使劲连砸了三下。他终于挣脱手指，没命地奔出屋外，在黑暗中觅路而逃。在他身后从房间里传来了吓人的狂叫：

"马上，马上，马上，马上……"

大约连叫了十次。但他仍然在跑，已经跑进了门廊，这时骤然响起了清脆的枪声。他立即停在黑暗的门廊里，寻思了约有五分钟；他终于回到室内。可是必须有蜡烛。只要在柜子右面的地板上找到被撞落的蜡烛就行；但用什么把蜡烛头点燃呢？他心里蓦地闪过一个模糊的记忆：他记起昨天他跑进厨房要向费季卡扑去时，似乎瞥见角落里的搁板上有一个红色的大火柴盒，他摸索着向左拐，走到厨房门口推开门，经过过道拾级而下。在搁板上，就在他刚才回想起的地方，摸黑拿到了满满一盒原封未动的火柴。他没有擦火柴，而是赶忙回到上面，只是到了柜子旁，在他用手枪朝咬伤他的基里洛夫砸去的地方，才蓦地想起被咬伤的手指，于是顿时感到了手指上几乎无法忍受的剧痛。他咬咬牙，匆匆点燃蜡烛头，再把它插到烛台上，看了看四周：基里洛夫的尸体躺在开着气窗的那扇窗户旁边，脚朝着房间右首的一个角落。枪是对准右边太阳穴开的，子弹从左上方射出，击穿了颅骨。鲜血和脑浆溅了一地。手枪仍然拿在死者摊在地板上的手里。他想必当即毙命。仔细察看了一切之后，彼得·斯捷潘诺维奇稍微抬起身子，踮着脚走了出去，掩上门，把蜡烛放在外间的桌子上，略一寻思，决定不去吹熄它，因为他想它是不会引起火灾的。他再望一眼放在桌上的那份材料，不觉微微一笑，然后就向屋外走去了，不知为什么还是踮着脚尖。他又钻过费季卡通道，随后又细心地把洞口堵了起来。

三

正好六点缺十分，彼得·斯捷潘诺维奇和埃尔克利在火车站上顺着一溜长长的列车漫步。彼得·斯捷潘诺维奇要乘火车走了，埃尔克利是来给他送行的。行李已经托运，一个手提包被送到了二等车厢里指定的地方。第一遍铃声已经响过，人们在等着第二遍铃声。彼得·斯捷潘诺维奇满不在乎地左右张望，观察着正在上车的旅客。但没有遇见亲近的相识；总共只有一两次曾向人点头致意，——一个是他相知甚浅的商人，还有一个是年轻的乡村牧师，他要乘两站到自己的教区去。埃尔克利看来很想在这最后时刻谈谈比较重要的话题，——虽然他自己恐怕也不知道究竟想谈些什么；但他始终不敢启齿。他总觉得彼得·斯捷潘诺维奇似乎嫌他累赘，在急不可耐地等待着最后的铃声。

"您是那么满不在乎地看着那些人。"他有点儿畏怯地指出道，好像是想提醒一下。

"为什么不可以呢？我还不必东躲西藏嘛。早着呢。您别担心。我倒是怕鬼会把利普京引来；他一听到风声就会赶来的。"

"彼得·斯捷潘诺维奇，他们这些人不可靠。"埃尔克利断然说了出来。

"利普京？"

"所有的人，彼得·斯捷潘诺维奇。"

"瞎说，现在大家都被昨天的事绑在一起了。没有人会背叛，要不是失去理智，谁会自寻死路呢？"

"彼得·斯捷潘诺维奇，这些人是会失去理智的。"

这个想法，彼得·斯捷潘诺维奇兴许也曾有过，所以埃尔克利的话就更加激怒了他：

"是不是您也害怕了，埃尔克利？我对您寄予的希望超过对他们所有的人。我现在已看清了各人的价值。今天您就把全部情况向他们作口头传达，我把他们直接托付给您了。上午起您就一家家走访。我的书面指示明天或后天在集合以后由您宣读，那时候他们就能好好地听了……不过请相信，他们明天一定能够好好地听，因为吓破胆的懦夫会像羔羊一样百依百顺……要紧的是您可不能泄气。"

"噢，彼得·斯捷潘诺维奇，要是您不走就好了！"

"我不过离开几天嘛；我会赶快回来的。"

"彼得·斯捷潘诺维奇，"埃尔克利慎重但坚决地说道，"哪怕您去彼得堡也行。难道我不明白，您的所作所为都是共同事业的需要。"

"您没有辜负我的期望，埃尔克利。既然您猜到我是去彼得堡，那么您就能理解，昨天，在那样的时刻，我是不能告诉他们我要去那么远的地方的，以免他们惊慌失措，您亲眼看到了他们当时的情况，不过您知道，我是为了工作，为了紧要的工作，为了共同事业，而不是像利普京之流所想的那样逃之夭夭。"

"彼得·斯捷潘诺维奇，哪怕您是去国外，我也能理解，先生；我能理解，您必须保存自己，因为您举足轻重，而我们是微不足道的。我能理解，彼得·斯捷潘诺维奇。"

这个可怜的小家伙甚至声音都发抖了。

"感谢您，埃尔克利……哎哟，您碰到了我受伤的指头（埃尔克利笨拙地握了握他的手；受伤的手指用黑色塔夫绸包扎得很悦目）。但是我要再一次肯定地告诉您，我去彼得堡只是探听一下消息，也许总共只待一天一夜，随即返回。回来以后，我为了做样子，在乡下的加甘诺夫家落脚。如果他们认为有什么风险，我就第一个出来领头承担。万一我在彼得堡耽搁了下来，我会立即通知您……通过某种途径通知您，您再通知他们。"

第二遍铃声响了。

"啊，还有五分钟就开车了。您要明白，我不希望这里的小组散伙。我倒并不在乎，您不要为我操心；在整个网络中这样的点我有的是，我没有必要特别看重它；但多一个点丝毫没有坏处。不过，我并不为您担心，虽然我几乎是把您单独留在这些败类当中：您放心，他们不会告密的，他们不敢……啊——，您今天也走？"他突然以截然不同的欢快的声调向一个年纪轻轻的人叫道，这个年轻人愉快地来到他跟前打着招呼，"我不知道您也是乘这趟特快。去哪儿，去看妈妈？"

年轻人的妈妈是邻省一位极殷实的地主，算起来这个年轻人还是尤莉娅·米海洛夫娜的远房亲戚，他在本城做客已近两周。

"不，更远些，我去 P 市。要在车厢里待八个小时左右。是去彼得堡吧？"年轻人笑了起来。

"为什么您预料我是去彼得堡呢？"彼得·斯捷潘诺维奇也更加坦然地笑了。

年轻人伸出一根戴手套的手指吓唬了他一下。

"不错，给您猜着了，"彼得·斯捷潘诺维奇神秘地对他悄声说道，"我带着尤莉娅·米海洛夫娜的信件，要走访那里的三四个人，您知道是哪些人嘛，坦白说，但愿他们见鬼去。这种鬼差使！"

"您说说，为什么她那样提心吊胆？"年轻人也压低了嗓门，"昨天她连我也不让进门；我看，她没有必要为丈夫担忧，恰恰相反，他那么引人注目地倒在大火现场，简直可以说是不惜牺牲性命哪。"

"别逗了，"彼得·斯捷潘诺维奇大笑道，"您要知道，她害怕是因为有人向上面写了书面材料……是几个特权阶层的人物……总之，主要是斯塔夫罗金；或者说是 K 公爵……嘿，这是一个说来话长的故事；旅途中我不妨对您说说，——不过只能是在骑士风度所允许的限度之内……这是我的亲戚，埃尔克利准尉，从县里来的。"

睨视着埃尔克利的年轻人举手碰了碰帽檐；埃尔克利点头致意。

"知道吗，韦尔霍文斯基，八个小时待在车厢内可真够呛。和我们同乘头等车的还有别列斯托夫，一个非常滑稽的上校，我们的庄园彼此毗邻；娶了加琳娜（née de Garine）为妻，您要知道，他是个正派人。甚至很有思想。在这里只待了两天。是酷爱叶拉拉什的大牌迷；

打牌吧，啊？还有一个人我已经物色到了，普里普赫洛夫，我们 T 市的一个大胡子商人，百万富翁，名副其实的百万富翁，这是我说的……我给你们介绍一下，他是个很有意思的阔佬，我们会笑声不断。"

"我很喜欢打叶拉拉什，而且我特爱在车厢里打，可是我坐的是二等。"

"嗳，什么话，那可不行！上我们那儿去。我马上吩咐把您调到头等。列车长听我的。您带了什么，手提包？毛毯？"

"妙极啦，咱们走吧！"

彼得·斯捷潘诺维奇连忙带上自己的手提包、毛毯、一本书，马上兴冲冲地转往头等车厢去了。埃尔克利也帮着忙。第三遍铃声响了。

"喂，埃尔克利，"彼得·斯捷潘诺维奇急急忙忙地从车厢窗口最后一次伸出了手，"瞧，我要坐下同他们打牌了。"

"可是何必向我解释呢，彼得·斯捷潘诺维奇，我是理解的，全都理解，彼得·斯捷潘诺维奇！"

"好吧，后会有期。"这时他突然转过身去，因为那个年轻人在呼唤他，要他与牌友们认识一下。埃尔克利从此就再也不曾见到过他的彼得·斯捷潘诺维奇了。

埃尔克利惘然若失地回到了家里。他并不惧怕彼得·斯捷潘诺维奇如此突然地舍他们而去，可是……可是他一听到那个年轻的花花公子的呼唤就那么急匆匆地掉头不理他了，而且……他完全可以对他说点儿别的，而不是"后会有期"，或者……或者至少紧紧地握握手嘛。

最后这一点是主要的。他自己也还不了解的一种异样的心情，一种与昨夜种种相关联的思绪，开始痛楚地抓挠着他那颗可怜的心。

第九章　斯捷潘·特罗菲莫维奇的临终之旅

一

我确信，斯捷潘·特罗菲莫维奇在觉得极不明智地出走的日期迫近时是栗然危惧的。我确信，这种恐惧曾使他寝食难安，尤其是在前一天夜里，在那个恐怖之夜。娜斯塔霞后来提到，他很晚才就寝，不过睡得好好的。但这不能说明任何问题。据说，死囚就是在行刑的前夕也睡得很沉。虽然他出门时天色已经破晓，这时候一个神经质的人总是比较兴奋（而那位少校，维尔金斯基的亲戚，每逢夜色将尽时连神也不信了），但我确信，他事前想起孤孤单单地走在大路上，而且是在这种状况之下，决不会不感到毛骨悚然。当然，他心灰意懒的思绪想必起初曾减弱了他对猝然孤独的那种强烈的恐惧感，他一旦离开斯塔西和二十年来一直居住的安乐窝马上就孑然一身了。但反正一样：他纵然极其清醒地意识到即将面对艰难窘迫，还是要踏上大路而义无反顾！这里有傲气，有某种令他神往而罔顾一切的东西。啊，他本来可以接受瓦尔瓦拉·彼特罗夫娜的优厚条件，"作为一名普通食客"而寄身于她的卵翼之下！然而他不接受恩赐，不愿留下。瞧，现在是他自己离开她而举起"伟大思想的旗帜"，他为了这面旗帜而出走，不惜倒毙于大路之上！想必这就是他当时的感触；想必这就是他当时对他的行动的感想。

我一再想到的还有一个问题：为什么他恰恰要走，就是说如这个词的本意迈开双腿去走，而不干脆以马代步呢？起初我以为这是他五十年来华而不实的习气使然，是一时冲动而想入非非。我以为，在他看来，张罗驿马证①和马匹（虽然还系着小铃铛）太平淡无奇，太缺乏诗意，反之，如朝圣者般地徒步而行，尽管带着一把伞，就美得多了，更富于因恋情而自虐报复的情调。可是在一切已成往事的今天，我想当时这一切之所以发生，原因要简单得多：首先，他怕动用马匹，因为瓦尔瓦拉·彼特罗夫娜可能会知道而力加阻止，她一定会这么做，而他也一定会屈服，于是——伟大思想顿成泡影。其次，你要领取驿马证，至少得让人知道你要去哪里。然而当时正是这个问题勾起了他最主要的烦恼：说出地名，指定去向，这是他无论如何也办不到的。要知道，他一旦决定去某个城市，那么他的行动就是在他自己的心目中也顿时显得既无聊又不现实；这一点他预先就清楚地感觉到了。试问他要在这么一个城市干什么呢，为什么不是在另一个城市呢？找那个商人？可是哪一个商人？于是又冒出这第二个问题，而这已是最可怕的一个问题了。实际上对他来说最可怕的莫过于那个商人，他突然拼命想去找到他，不言而喻，却又最怕真的找到他。不，还是大路好些，还是干脆迈上大路往前走，什么也不去考虑，只要暂时能混得下去，大路是某种漫长漫长而不见尽头的东西，宛如人生，宛如人类的幻想。大路蕴含着一种思想；而驿马证能蕴含什么思想呢？驿马证意味着思想的死亡……大路万岁，往后便听天由命吧。

在他如前所述与莉莎不期而遇之后，他更加神思恍惚地走了。大路在离斯克沃列什尼基半俄里处通过，奇怪，起初他竟然没有注意到是怎样走到了这条路上。此时此刻，合理的思索，或者哪怕是清醒的认知都是他难以承受的。纷纷细雨时停时下；他对雨也没有留意。他也没有留意，他是怎样把手提包背上了肩头，因而走起来轻便了一些。他大概这样走了一俄里或一俄里半之后，骤然止步，举首四顾。黑幽幽的车辙纵横的古道像一条线在他前面无尽地延伸，两旁栽着白

---

① 证明持有者有权使用驿马旅行的证件（注明马匹数量和去向）。

柳；右面是早已收割了庄稼的一片光秃秃的空旷地带；左面灌木丛生，其后连着一片小树林。而远处——远处是隐约可见的斜斜远去的铁路线，其上飘浮着一列火车的淡淡轻烟；但响声已渺不可闻。斯捷潘·特罗菲莫维奇微生怯意，但瞬息即逝。他无端叹息一声，把手提包放在一棵白柳边，坐下歇息。往下蹲时他感到一阵寒颤，就裹上毛毯；这时他也发觉在下雨，便撑起雨伞。他这样坐了好久，偶尔喃喃自语并紧握手中的伞柄。不同的人物形象在他眼前匆匆掠过，迅速地交替出现在他的脑海里。"莉兹，莉兹，"他想，"同她在一起的是那个莫里斯……这两个古怪的人……但是那场奇怪的大火究竟是怎么回事啊……他们说了些什么，有人被杀？……我看，斯塔西还什么也不知道，还在等着我喝咖啡呢……打牌？难道我打牌把人输掉了？哼……在我们俄国，在所谓的农奴制时代……哎呀，天哪，可是费季卡呢？"

他吓得浑身一颤，向周围张望了一下。他想："要是这个费季卡这时就待在这灌木丛里的什么地方，那可怎么办；据说，他在这一带有一大帮拦路抢劫的匪徒，怕是真的？噢，天哪，那么我……那么我就如实相告，承认有罪……说**我**为他难受了**十**年，比他在那里当兵还要痛苦，再……我再把钱包交给他。哼，我总共有四十卢布；他把钱拿去还是要杀了我的。"

由于害怕，他不知为什么收起伞放在身边。远处，在从城里出来的路上，出现了一辆大车；他惊慌地仔细打量起来，他想：

"感谢上帝，这是大车，而且——走得很慢；这是不会有危险的。这些本地的瘦骨嶙峋的驽马……过去我时常谈到马的品种……不过，那是彼得·伊利奇在俱乐部常常谈起的品种，那时我曾使他大为受窘，后来，咦，那是什么跟在后面……好像还有个妇女在大车上。农妇和农夫——这使我开始安心了。农妇在后面，农夫在前面——这是很令人安心的。他们后面有一头母牛，两只角系在大车上，这就让人大大地安心了。"

大车到了他跟前，这是农家用的相当结实而且很像样的大车。农妇坐在塞得鼓鼓的口袋上，农夫坐在前面赶车，两条腿悬在朝着斯捷潘·特罗菲莫维奇的一侧。后面果然有一头母牛慢腾腾地跟着，两只角系在大车上。农夫和农妇瞪着大眼瞅着斯捷潘·特罗菲莫维奇，斯捷潘·特罗菲莫维奇也瞪着大眼看他们，可是在他们过去已有二十步，他才突然站起来赶上去。有一辆大车在身旁，他自然感到踏实些，然而赶上大车以后，他立刻又忘怀一切而沉浸于零零星星的思绪和想象。他一步一步地走着，当然并没有想到，对于这一对农夫农妇来说，此时他是在大路上所能遇到的最神秘最不平常的人物。

"您究竟是什么人呢，我这样问没有失礼吧？"小妇人在斯捷潘·特罗菲莫维奇心不在焉地偶然看她一眼时，终于忍不住问道。小妇人二十七岁左右，身体结实，眉毛乌黑，面色红润，红唇间露出亲切的微笑，洁白整齐的牙齿闪着光泽。

"您……您是在同我说话吗？"斯捷潘·特罗菲莫维奇神情忧伤而诧异地嘟哝道。

"商人，准是。"农夫自信地说道。这是一个年约四十身材魁梧的汉子，一张宽宽的、精明的脸庞，满脸棕红色的络腮胡子。

"不，我不是什么商人，我……我……我是完全不同的另一种人。"斯捷潘·特罗菲莫维奇负气地反驳道，为了防止意外，他略微落在后面，退到大车尾部，这样一来，他就和母牛并排着走了。

"是位老爷，准是。"农夫听见他说的不是俄语便肯定地说，还猛一提小马的缰绳。

"所以我们才这样望着您呢，您好像是出来散步的吧？"小妇人又好奇地问道。

"这……您这是在问我？"

"这儿也有外国人乘火车路过，您这样的靴子不像是本地的……"

"这是军靴。"农夫得意而煞有介事地插话道。

"不，我不是军人，我……"

"多么好奇的小妇人，"斯捷潘·特罗菲莫维奇暗自生气，"瞧他们在怎样打量我……但终究……总之，很奇怪，好像我有什么对不起他们似的，可我并没有对不起他们的地方啊。"

小妇人和农夫在窃窃私语。

"要是您不觉得受委屈，您可以搭我们的车，只要您乐意。"

斯捷潘·特罗菲莫维奇猛地醒悟过来。

"对呀，对呀，朋友们，我非常乐意，可我怎么爬上去呢？"

"这多么奇怪，"他暗自想道，"我和这头母牛并排走了这么久，竟没有想到请他们让我搭车做个伴儿……这'现实生活'包含着某种相当典型的东西……"

不过农夫并没有把马勒住的意思。

"您要上哪儿？"他有点儿怀疑地问道。

斯捷潘·特罗菲莫维奇没有马上明白。

"上哈托沃，准是？"

"去哈托沃？不，不是去哈托沃……我也不太熟悉；不过听说过。"

"哈托沃村，一个村庄，离这儿九俄里。"

"村庄？妙极了，怪不得我觉得耳熟呢……"

斯捷潘·特罗菲莫维奇还在走，而他们也还没有邀他坐上去。一个天才的猜想掠过他的脑际。

"你们也许以为我……我有身份证，我是教授，好吧，就说是教师也行……不过是高级的。我是高级教师。不错，恰好可以这样译，我很想坐上来，我给你们买……为表谢意我给你们买半俄升①酒。"

"您付半个卢布吧，老爷，路难走哇。"

"要不我们就觉得太吃亏了。"小妇人插嘴道。

"半个卢布？那好，就给半个卢布。这样更好，我一共有四十个卢布，可是……"

农夫把车停下，他们一齐使劲把斯捷潘·特罗菲莫维奇拉上了大

---

① 旧俄量酒单位，1 俄升等于 1.229 9 升。

车，让他和农妇并肩坐在口袋上。他思绪纷乱。有时候他自己也感觉到，不知为什么那样精神恍惚，所想的完全不是他需要考虑的事情。这种对脑力过度衰弱的意识有时使他很难受，甚至恼火。

"这……这后面怎么带着一头母牛？"他突然向农妇问道。

"怎么啦，先生，您好像不曾见过似的。"农妇大笑起来。

"是在城里买的，"农夫插了进来，"自家的牲口，嘻，一开春就死了；是瘟疫。在我们那一带，牲口老是一个接一个地倒下，至今如此，剩下的不到一半了，叫天天不应。"

他又向陷在车辙里的小马抽了一鞭子。

"是呀，在我们俄国常有这种事……总而言之，我们俄国人……唉，是的，常有这种事。"斯捷潘·特罗菲莫维奇的话说了个半截子。

"您是教师，上哈托沃干吗？还是要再往前走？"

"我……我倒不是要再往前走……其实，我是要找一位商人。"

"去斯帕索夫，准是？"

"对，对，就是斯帕索夫。不过，这也无所谓。"

"您要是去斯帕索夫，又是走着去，那穿着您这双靴子怕要走一个礼拜呢。"小妇人笑道。

"不错，不错，这也无所谓，我的朋友们，无所谓，"斯捷潘·特罗菲莫维奇不耐烦地打断了她的话。

"这些人太好奇了；不过，小妇人比他会说话，而且我发觉，二月十九日①以后他们讲话的语气有点变了，再说……再说，我去不去斯帕索夫有什么关系呢？况且我是付钱给他们的，他们又何必纠缠不休。"

"要去斯帕索夫得坐轮船。"农夫没有罢休的意思。

"这倒是真的，"小妇人兴致勃勃地及时插了一句，"因为骑马

---

① 1861 年 2 月 19 日（俄历）沙皇亚历山大二世签署了《关于农民脱离农奴依附关系的法令》，废除农奴制。该法令于 3 月 5 日公布。

走旱路，就得多走三十俄里的弯路。"

"四十俄里呢。"

"明天两点以前正好有轮船在乌斯捷沃靠岸，"小妇人又紧追了一句。但斯捷潘·特罗菲莫维奇固执地沉默着。两个问长问短的也沉默了。农夫时而轻轻地扯一下小马；农妇偶尔与他短短地交谈几句。斯捷潘·特罗菲莫维奇打起盹来。他诧异极了，农妇笑着在把他推醒，而他发现自己是在一个相当大的村子里，在一栋有三扇窗户的农家木屋的大门口。

"睡着了吧，先生？"

"这是怎么了？我这是在哪里？哦，是啦！行……无所谓。"斯捷潘·特罗菲莫维奇叹了口气，从大车上爬了下来。

他忧郁地看看周围；他觉得乡村的样子很奇怪，非常陌生而难以亲近。

"啊，半个卢布，我倒忘了！"他对农夫说道，举止显得非常急促；看来他已经很怕同他们分手了。

"进屋再给吧，请。"农夫邀请道。

"这里挺不错的。"小妇人鼓励道。

"怎么会这样啊，"他胆怯而深感困惑地喃喃自语，不过还是走进了木屋。"是她希望这样。"他心如刀割，于是他突然又忘记了一切，甚至忘记了他已走进木屋。

这是亮堂堂的相当干净的农家木屋，有三扇窗户，两个房间；它不是旅店，而是按照古老的习俗供过往熟人住宿的客舍。斯捷潘·特罗菲莫维奇不慌不忙地走到招待贵客的上座，忘了寒暄，他从容落座，陷入了沉思。这时非常舒坦的暖和的感觉在三小时旅途风雨之后突然流布他的全身。甚至一阵阵短促地掠过他的背脊的寒颤也使他感到某种异样的惬意，这种寒颤是身患热病而又特别神经质的人从寒气中陡地走进暖和的地方时通常会有的。他抬起头来，热腾腾的煎饼香气扑鼻，女主人正在炉灶边忙活。他孩子般地嘻嘻笑着，凑到女主人跟前，突然轻松地说道：

"这是什么呀？煎饼？嗬……妙不可言。"

"您不想来点儿吗，先生，"女主人马上有礼貌地问道。

"想，真想，而且……我还想向您要点儿茶。"斯捷潘·特罗菲莫维奇兴致勃勃。

"把小茶炊坐上？我们很乐意招待。"

在一只蓝色大花纹的盘子上端来了煎饼——农家有名的美味煎饼，半是面粉做的，薄薄的，浇上滚烫的鲜奶油。斯捷潘·特罗菲莫维奇美美地尝了尝。

"这么多奶油，真可口！要是再有一点儿伏特加就好了。"

"您不是想要伏特加吧，先生？"

"正是，正是，不要多，一点点就行。"

"买五戈比的，是吧？"

"五戈比——五戈比——五戈比——五戈比，一点点就行，"斯捷潘·特罗菲莫维奇傻乎乎笑眯眯地连声称是。

倘若您请老百姓替您办点儿什么事，只要他能办、愿办，他就会尽心尽力地效劳。可是倘若您请他跑一趟去打酒——那么寻常的、平静的亲切态度就一变而为匆匆忙忙喜气洋洋的热心，几乎是亲人般的关爱。去打酒的人虽然早已知道喝的只是您，而不是他，却仿佛在分享您即将开怀畅饮的某些乐趣……不过三四分钟（小酒馆近在咫尺）斯捷潘·特罗菲莫维奇面前的桌上就出现了半瓶伏特加和一只绿莹莹的高脚玻璃酒杯。

"这都是给我的！"他感到非常诧异，"我家里总是有伏特加，可是我从来不知道，五戈比可以买这么多。"

他满斟一杯，站起来带着几分庄重穿过房间来到另一个角落，待在那里的是与他同坐一条口袋的旅伴，那位黑眉毛的小妇人，她一路上曾问东问西使他不胜其烦。小妇人害起臊来，想推托，不过，在说了礼节上的套话之后，最后还是站起来，恭恭敬敬地喝了，就像妇女通常饮酒那样，抿了三小口，然后做出一脸苦相递还了酒杯，向斯捷潘·特罗菲莫维奇鞠了一躬。他郑重地鞠躬还礼，于是昂然归座。

他这样做是一时心血来潮，在一秒钟之前，连他自己也不知道，他会去款待那位小妇人。

"我善于无可挑剔、无可挑剔地接近民众，我过去总是这样告诉他们。"他自满地想，一面给自己斟着瓶子里的余酒；虽然还不满一杯，但酒使他兴奋起来，甚至有点儿头晕。

"我完全病了，但有病也不坏呀。"

"您买吗？"在他身旁响起了一个女子的低低的声音。

他抬头一看，惊讶地发现有一位夫人站在自己面前，她确实具有贵夫人的仪态，已年过三十，神态谦和，是城市女子的打扮，穿一条黑连衣裙，肩上披着一条大幅的灰色头巾。她的脸上有一种十分亲切的表情，使斯捷潘·特罗菲莫维奇顿生好感。她是刚刚回到木屋里来的，她的东西就留在一条长凳上，紧挨着斯捷潘·特罗菲莫维奇的座位，顺便说说，那是一个皮包，他记得他进来时曾好奇地看了看它，还有一个不很大的漆布口袋。她从这个口袋里取出了两册装订精美、封面烫有十字的小书，送到斯捷潘·特罗菲莫维奇面前。

"噢……这好像是福音书嘛；非常乐意买下来……啊，我现在想起来了……您是人们所说的女书商；我读过不止一次……半个卢布？"

"三十五戈比一本。"女书商回答道。

"非常乐意。我是赞同福音书的，而且……我早就想重读一遍……"

这时他想起，他至少有三十年没有读福音书了，只是大约七年前根据勒南的《耶稣的一生》①一书才回忆起其中的一星半点。他因为没有零钱，就取出了自己的四张十卢布纸币——他的全部所有。女主人帮他换成零钱，这时他留神一看才发觉，木屋里已经聚集了很多

---

① 法国哲学家、历史学家、宗教学家勒南（1823—1892）所著。书中否定基督的神性，把他说成一个普通的凡人。陀思妥耶夫斯基认为该书是反基督教的，它被列入斯捷潘·特罗菲莫维奇的阅读范围并非偶然。

人，大家早就在观察他，还似乎在谈论他。他们也议论城里的那场大火，大车和母牛的男主人话最多，因为他是刚从城里回来的。他们谈到纵火，谈到什皮古林厂的人。

"关于那场大火，我坐在大车上时他什么也不曾对我说，现在却全都说到了。"斯捷潘·特罗菲莫维奇不知为什么这样想了想。

"我的老天爷，斯捷潘·特罗菲莫维奇，我见到的是您吗，老爷？这可是完全没有想到啊！……您认不出我了？"一个上年纪的下人叫道，看样子像个老家仆，胡子剃得光光的，穿一件带长翻领的制服大衣。斯捷潘·特罗菲莫维奇听见有人喊自己的名字吓了一跳。

"请原谅，"他低声说道，"我不大记得了……"

"您忘啦！我是阿尼西姆啊，阿尼西姆·伊万诺夫。我是已故加甘诺夫先生家的当差，在已故阿夫多佳·谢尔盖耶夫娜家里见过您和瓦尔瓦拉·彼特罗夫娜好多次呢，老爷。她派我给您送过书，还派我给您带过两次彼得堡的糖果……"

"啊，是的，我记得你，阿尼西姆，"斯捷潘·特罗菲莫维奇微微一笑，"你就住在这里吗？"

"在斯帕索夫附近，老爷，在属于 B 修道院的地产上，在小镇上的马尔法·谢尔盖耶夫娜那里，她是阿夫多佳·谢尔盖耶夫娜的妹子，您大概知道，她摔折了一条腿，是从马车里跳下来的，当时正要去参加舞会。现在她住在修道院旁边，我就是跟着她；现在，您瞧，我是准备去省城探望亲友……"

"是的，是的。"

"见到您我好高兴，您待我一向仁慈，老爷，"阿尼西姆喜洋洋地笑道，"您这是准备去哪儿呢，老爷，看上去这么孤孤单单的……您好像还从来不曾单独出过门吧，老爷？"

斯捷潘·特罗菲莫维奇惊慌地看了他一眼。

"莫不是到我们斯帕索夫去吧，老爷？"

"对，我要去斯帕索夫。好像人人都是去斯帕索夫……"

"莫不是去找费奥多尔·马特韦耶维奇？他见到您一定高兴。早先他是多么敬重您哪；现在还常常惦记您呢……"

"对，对，也要去看费奥多尔·马特韦耶维奇。"

"一定去吧，一定去吧，老爷。怪不得这里的农夫们大惊小怪，说什么有人遇见您在大路上步行呢。他们愚昧无知，老爷。"

"我……我，你要明白，阿尼西姆，我像英国人那样跟人打了赌，说我能徒步走到，所以我……"

他的脑门和鬓角都冒出汗来了。

"一定要去，一定要去，老爷……"阿尼西姆怀着毫无怜悯心的好奇倾听着，可是斯捷潘·特罗菲莫维奇再也受不了了。他那样无地自容，恨不得站起来离开屋子。不过茶炊端上来了，出去了一趟的女书商也恰好在这时回来了。他像抓到了一根救命稻草，向她转过身来，请她喝茶。阿尼西姆退到了一旁。

确实，农夫们大感不解：

"这是什么人？有人发现他徒步在路上走，他说他是教师，衣着仿佛是外国人，智力倒像个小孩子，回答的话颠三倒四，就像是从什么人家里逃出来似的，还带着钱！"曾想向当局报告——"况且城里不大太平。"不过阿尼西姆当即就把一切摆平了。他走进穿堂，告诉所有愿意听他讲话的人说，斯捷潘·特罗菲莫维奇并不是教师，"他是大学者，研究的是大学问，他过去是本地的地主，现在在上将夫人斯塔夫罗金娜家里已经住了二十二年，是家中最重要的人物，城里人人都非常尊敬他。在贵族俱乐部里一个晚上就能花掉上百卢布，官衔是高级文官，同军队里的中校一样，比最高的上校只差一级，要说有钱，他通过上将夫人斯塔夫罗金娜得到的钱多得数也数不清，"等等，等等。

"这真是一位夫人，而且是很出色的夫人。"斯捷潘·特罗菲莫维奇摆脱了阿尼西姆的进攻在休息，他怀着愉快的好奇心端详着坐在身旁的女书商，而她正端着茶碟啜茶，吮着小糖块。"这小小的一块糖，吃了不妨……她有一种高雅、独立而又文静的气质。十分出色，但有几分与众不同的风韵。"

他很快就向她了解到，她叫索菲娅·马特韦耶夫娜·乌利京娜，家住 K 镇，有一个孀居的姐姐在那里，是小市民；她自己也是寡居，她的丈夫因任职满期而由上士提升为少尉，在塞瓦斯托波尔牺牲。

"不过您还相当年轻，您三十岁不到。"

"三十四啦，先生。"索菲娅·马特韦耶夫娜不觉莞尔。

"怎么，您还懂法语？"

"懂一点，先生；那以后我在一个贵族家庭待了四年，在那里向孩子们学过一点。"

她说，丈夫去世时她只有十八岁，有一个时期在塞瓦斯托波尔"当护士"，此后就到处为家了，先生，这不，现在东奔西走，卖福音书。

"我的天，我们城里一个奇怪的，简直非常奇怪的故事，是不是与您有关？"

她脸上泛起了红潮；果然是她。

"这些小人，这些恶棍！……"他说，气愤得声音发抖；痛苦而充满憎恨的回忆使他黯然神伤。霎时间他仿佛想得出了神。

"呀，她又走啦，"他蓦地一惊，发现她又已经不在身边了。"她常常出去，在忙着什么；我甚至发觉她神色慌张……啊，我成了个自私的人啦……"

他抬起头来，又看见了阿尼西姆，但这一次他是处于极具威胁性的境况之中。满屋子都是庄稼汉，而且显然全都是被阿尼西姆拖来的。在场的既有木屋的男主人，也有那个买母牛的农夫，还有两个庄户人（后来才知道是马车夫），还有一个半醉的小个子，庄稼人打扮，却剃了胡子，像个把家财喝光了的小市民，他的话比谁都多。所有这些人都在议论他，议论斯捷潘·特罗菲莫维奇。买母牛的农夫坚持己见，说走旱路要绕四十俄里弯路，一定得乘轮船。半醉的小市民和屋主激烈反对：

"因为，我的老弟，倘使他老人家，乘轮船过湖，当然啦，是要近些；这话一点不假；可轮船呢，在眼下这时候，兴许就靠不上岸。"

"能靠岸，能靠岸，还有一个礼拜能通船呢。"阿尼西姆比谁都焦急。

"话是不错！可轮船会误期，因为季节晚了，有时在乌斯捷沃等船要等上三天。"

"明天会来，明天两点前准时到。傍黑前，老爷，您就能按时到达斯帕索夫啦，"阿尼西姆巴结道。

"这个人要干什么嘛。"斯捷潘·特罗菲莫维奇胆战心惊，惶恐地等着别人的摆布。

两个马车夫也抢上前来讲价钱；到乌斯捷沃要三个卢布，其余的人都嚷着说不吃亏，就是这个价，从这里到乌斯捷沃整个夏季就是按这个价拉客的。

"不过……这里也不错……我不想走。"斯捷潘·特罗菲莫维奇讷讷道。

"不错，老爷，您说得在理，我们斯帕索夫现在可真不错，您去了费奥多尔·马特韦耶维奇会多高兴啊。"

"我的天，朋友们，这对我太突然了。"

索菲娅·马特韦耶夫娜终于回来了。但她坐到长凳上是那样沮丧、伤心。

"斯帕索夫我去不成啦！"她对女主人说道。

"什么，您也要去斯帕索夫？"斯捷潘·特罗菲莫维奇精神一振。

原来有一位女地主，娜杰日达·叶戈罗夫娜·斯韦特莉岑娜，昨天就吩咐她在哈托沃等她，答应让她搭车去斯帕索夫，可这时候还没有到。

"现在我怎么办呢？"索菲娅·马特韦耶夫娜一遍又一遍地念叨。

"可是，我亲爱的新朋友，我也可以像那位女地主一样，用车带您走嘛，到这个，叫什么来着，到这个村子去，我已经雇了马车，而明天，——这样，明天我们一起去斯帕索夫。"

"难道您也去斯帕索夫？"

"为什么不呢，我太高兴了！我会非常愉快地将您带到，瞧，他们都愿去，我已经雇了……我雇了你们谁的车呀。"斯捷潘·特罗菲莫维奇突然非常想去斯帕索夫了。

一刻钟以后他们已经在忙着上一辆敞篷的四轮轻便马车；他十分活跃，心满意足，她带着自己的口袋，感激地微笑着挨在他身边。阿尼西姆扶他们一一登车。

"一路平安，老爷，"他在车旁忙得团团转，"瞧吧，您会多么受欢迎啊！"

"再见，再见，我的朋友，再见。"

"老爷，您一定会见到费奥多尔·马特韦耶维奇的……"

"好，我的朋友，好……费奥多尔·彼特罗维奇①……不过再见啦。"

二

"您瞧，我的朋友，您不介意我以您的朋友自居吧，不是吗？"马车轮子一动，斯捷潘·特罗菲莫维奇就急忙打开了话匣子。"您瞧，我……我爱人民，这是应当的，但是我觉得，我从来没有接近过人民。娜斯塔霞……不用说，她也是人民的一分子……然而真正的人民，我是说在大路上的真正的民众，我觉得，他们关心的只是，我究竟要到哪里去……不过我们不谈不愉快的事吧。我似乎有点前言不搭后语，不过这好像是由于说得太急了。"

"您好像不大舒服，先生。"索菲娅·马特韦耶夫娜敏锐但恭敬地凝神观察着他。

"不，不，只要穿得暖和些就行，本来风就凉飕飕的，甚至寒气

---

① 这是斯捷潘·特罗菲莫维奇讲错了。

很重呢，不过我们不要去理会它。主要的是我刚才所说的话词不达意。亲爱的无与伦比的朋友，我觉得我几乎是幸福的，而您就是我的幸福之源。感到幸福对我是不利的，因为我立刻就竭力想宽恕我所有的敌人……"

"怎么呢，这很好啊，先生。"

"并非总是很好，亲爱的好心人。福音书……您瞧着吧，今后我们要一起去宣讲福音了，我会很乐意推销您的这些美丽的小书。是的，我感觉到这倒是个好主意，似乎是一个崭新的想法。人民是信仰上帝的，这是事实，但是他们还不了解福音书。我要讲给他们听……在口头讲述时可以纠正这本卓越的书中的错误，不言而喻，对这本书我会满怀敬意的。我在大路上也将有所作为，我一向是有作为的，我曾经常把这一点告诉**他们**以及那个我所珍爱的不知好歹的女人……噢，宽恕，宽恕，首先是我们宽恕一切人，永远宽恕，但愿别人也宽恕我们。是的，因为人人在彼此面前都有过错。所有的人都是有过错的！……"

"瞧这些话，我觉得您讲得太好了，先生。"

"是的，是的……我感觉得到我讲得很好。我会对他们讲得很好的，可是，可是我想讲的主要之点是什么呢？我老是走题，想不起来……您允许我不与您分离吗？我感到，您的眼神和……我简直对您的谈吐举止感到惊讶：您老实，您说话常用敬称'先生'，您把茶杯倒扣在碟子上……还有那不成体统的小糖块；①但是您身上有一种魅力，我从您的容貌上还看出……啊，别害羞，也不要害怕我是个男人。亲爱的、无与伦比的人儿啊，对我来说，女人就是一切，我不能不生活在一个女人的身边，但仅仅是在身边……我说得太走题了，太走题了……我怎么也想不起来我想说什么来着。啊，上帝总是派一个女人去与他相守相伴的男人是有至福的，所以……所以我简直觉得，我仿佛是喜从天降。原来在大路上也能有这样崇高的思想！嘿——这

---

① 斯捷潘·特罗菲莫维奇想说，她的谈吐举止说明她出身平民，而不是大家闺秀。

才是我想说的，——与思想有关，现在才想起来了，否则老是说不到点子上。他们何必载着我们往前走呢？那里也不错嘛，这儿——太冷了。顺便说说，我只有四十卢布，瞧，全在这里了，您拿去吧，拿去吧，我不会用，我会把钱弄丢的，被别人拿去……我觉得我想睡了；不知怎么我的头在转。是的，转呀，转呀，转呀。啊，您真好，您拿什么给我盖上了？"

"您大概是热病发作了，先生，所以我拿我的被子给您盖上，不过说到钱，我……"

"啊，千万别，我们不要谈钱了，因为我会不高兴的，啊，您真好！"

他不知怎么很快就打住了话头，并且随即打着患热病似的寒颤睡着了。他们走过的这十七俄里村道崎岖不平，车身颠簸得很厉害，斯捷潘·特罗菲莫维奇常常醒过来，从索菲娅·马特韦耶夫娜塞在他头下的小枕头上迅速抬起身来，抓住她的手问道："您在这里？"好像生怕她离开似的。他还告诉她梦见了一排暴露的颌骨和牙齿，使他觉得很恶心，索菲娅·马特韦耶夫娜大为不安。

马车夫把他们直接送到一幢高大的农家木屋，屋子有四扇窗户，院子里还有供人居住的附属建筑。斯捷潘·特罗菲莫维奇醒了过来，连忙走进去，径直走进了第二个房间，那是屋子里最宽敞、最好的房间，他睡意蒙眬的脸上是一副匆忙的神气。女主人是个高大健壮的农妇，四十上下，漆黑的眉毛，长着淡淡的胡子。他立即向女主人说明，他要占用整个房间，"并且必须把门关上，不要放任何人进来，因为我们应该谈一谈。是的，我有很多话必须对您说，亲爱的朋友。我给您付钱，我付钱！"他对女主人挥着手。

虽然他很着急，但不知怎么舌头却不大听使唤。女主人态度冷淡地听了，但以沉默表示了同意，不过这沉默使人似乎预感到某种威胁。他对此毫无觉察，急忙（他非常着急）要求她离开，并马上尽快地把午餐送过来。"一刻也别耽搁。"

这时长胡子的农妇忍不住了。

"这里可不是旅店，我们不给过路的客人备午餐。煮虾或者把茶炊坐上还行，此外我们什么都没有。鲜鱼明天才会有。"

但是斯捷潘·特罗菲莫维奇挥着手，愤怒而焦躁地反复说道："我给钱，只要快点儿，快点儿。"他们讲定来鱼汤和烤母鸡；女主人声明，全村也搞不到一只母鸡，不过答应去找找看，但那神气仿佛是在格外帮忙。

她刚出去，斯捷潘·特罗菲莫维奇就立刻坐到沙发上，邀索菲娅·马特韦耶夫娜坐在自己身边。房间里有一个沙发和几把圈椅，但样子难看极了。这个相当宽敞的房间（带一个放着一张床的隔间），泛黄的墙纸又旧又破，墙上挂着以神话故事为题材的恶俗的石印画，待客的地方有一长溜圣像和可折叠的铜神像，古怪的家具是杂凑的，总之，整个房间是城乡风格的难看的大杂烩。但他对这一切看也不看，甚至没有瞧一眼窗外相距仅十俄丈的大湖。

"我们终于单独相处了，我们不让任何人进来！我要从头说起，把一切、一切都告诉您。"

索菲娅·马特韦耶夫娜简直是非常慌张地阻止他道：

"您知道吗，斯捷潘·特罗菲莫维奇……"

"怎么，您已经知道了我的名字？"他高兴地笑道。

"刚才您和阿尼西姆·伊万诺维奇谈话时，我听他这么称呼您的。从我这方面来说，我要冒昧地告诉您的是……"

于是她对他迅速地耳语起来，一面瞟着关上的房门，唯恐有人偷听，她说这里，在这个村子里，情况不妙啊，先生。这里的村民虽然全都是渔民，却特别想在每年夏天向旅客收费，随心所欲地开价。这个村子不是四通八达，而是十分闭塞，所以人们来这里只是因为轮船在此地停靠，要是轮船不来——因为只要天气有一点点不对劲，轮船就无论如何也不会来——那么几天之内就会人头攒动，这时村子里家家户户都住满了人，而主人们等的就是这一天；因为他们可以每样东西都要三倍价钱，而且这家的主人自高自大，目空一切，因为在本地他算是很有钱的富户；他的一张渔网就值一千卢布。

斯捷潘·特罗菲莫维奇几乎是责怪地望着索菲娅·马特韦耶夫娜的非常激动的神情，几乎打着手势要阻止她。但是她坚持把话说完了：照她说来，夏天她已经同城里的"一位很高贵的夫人"来过这里，也住了下来等船，等了整整两天啊，吃了很多苦头，想起来就觉得可怕。"您呢，斯捷潘·特罗菲莫维奇，您独自要了这个房间……我不过想提醒一下，先生……那里，那间屋里已经有了客人，一个上年纪的人和一个年轻人，还有一位带着几个孩子的夫人，明天两点以前这栋房子就会挤得满满的，因为轮船两天没有来了，所以今天必定来。这么一来，因为您独住一间房，因为您还要他们提供午餐，还因为得罪了后来的客人，他们向您开的价，就是在彼得堡和莫斯科也是闻所未闻的呢，先生……"

但是他觉得在受着折磨，真心实意地觉得在受着折磨：

"行啦，我的孩子，我恳求您别说了；我们有钱，而且，而且上帝会帮助我们。我简直惊讶，您，以您见解的崇高……行啦，行啦，您是在折磨我啊，"他歇斯底里地说道，"在我们的前面是我们美好的前途，而您……您却吓唬我，使我为将来感到恐惧……"

他立即开始叙述自己的生平，说得那样急促，以至起初简直叫人难以理解。这个故事持续了好久。鱼汤来了，烤母鸡来了，最后，茶炊也拿来了，而他还在讲……显得有些奇怪和病态，其实他本来就有病嘛。这是脑力的遽然紧张，这种紧张，当然，——而且在他讲述时，索菲娅·马特韦耶夫娜一直忧伤地预见到了，——会在此后立即在他已经虚弱的身体里引起反应，使他心力衰竭。他几乎是从童年说起，那时他"朝气蓬勃地在田野奔跑"；过了一个小时他才讲到自己的两次婚姻和柏林生活。不过，我是没有勇气嘲笑他的。对他来说这里确有某种崇高的东西，用流行的话来说，几乎是为生存而斗争。他面对的她，已被他预定为未来的伴侣，因而可以说是急于向她倾诉隐衷。他的绝世才华对她不应再是秘密……也许他对索菲娅·马特韦耶夫娜期望过高，但他已经选择了她。他不能没有女人。他自己从她的脸上看得很清楚，她几乎完全不理解他的话，甚至不理解最主要的意思。

"这没有关系，我们可以等待，目前她可以通过预感去理解……"他想。

"我的朋友，我唯一需要的只是您的心！"他打断叙述感叹道，"以及您此刻望着我的这可爱的动人的眼神。啊，您不要脸红呀！我已经对您说过了……"

对萍水相逢的可怜的索菲娅·马特韦耶夫娜来说，特别使她茫然的是在故事几乎变成了长篇大论的时候，他谈到从来没有人能够理解斯捷潘·特罗菲莫维奇，谈到"天才在我们俄国被扼杀"。说的可"都是那么聪明的话哟"，后来她忧郁地这样告诉别人。她听的时候显然很苦恼，微微瞪着眼睛。有时斯捷潘·特罗菲莫维奇激情洋溢地幽默起来，十分俏皮地讥刺我们的那些"进步分子和当权派"，这时她甚至有一两次苦恼地试着笑出声来，以应和他的笑声，结果是笑比哭更糟，以至最后连斯捷潘·特罗菲莫维奇自己也很尴尬，于是因此而更加激烈，更加恼怒地攻击虚无主义者和"新派人物"。这下他简直把她吓坏了，只是在纯粹的浪漫故事开始以后，她才得到了一点休息，不过这是最靠不住的休息。女人毕竟是女人，哪怕你是修女也罢。她嫣然微笑，摇着头，而且马上双颊泛起红晕，垂下眼睛，这就使斯捷潘·特罗菲莫维奇心花怒放，大受鼓舞，以至竟大吹其牛。瓦尔瓦拉·彼特罗夫娜在他嘴里成了有魅力的黑发女子（她曾倾倒了"彼得堡和很多欧洲首都"），而她的丈夫死了，"在塞瓦斯托波尔饮弹身亡"，仅仅因为觉得自己配不上她的爱情才让给了情敌，就是说让给了那同一个斯捷潘·特罗菲莫维奇……"别害羞啊，我的文静的女基督徒！"他对索菲娅·马特韦耶夫娜喊道，几乎连他自己也相信他所说的一切了，"这是一种高尚的情愫，那样微妙，在我们的一生中竟一次也不曾彼此表白"。造成这种局面的原因在后来的叙述中又是一位金发女郎（如果不是达丽娅·帕夫洛夫娜，那我就不知道斯捷潘·特罗菲莫维奇在这里所指的是谁了）。这位金发女郎的一切都是那黑发女子之赐，作为远亲在她的家里长大。黑发女子终于发觉金发女郎爱着斯捷潘·特罗菲莫维奇，就自己合上了心扉。金发女郎也发觉黑发女子爱着斯捷潘·特罗菲莫维奇，也自己合上了心扉。于是这三个人都由于彼此的高尚情操而心力交瘁，就这样各自合上心扉，沉默了二十年。"啊，这是怎样的激情，这是怎样的激情啊！"他慨然叹道，由衷地感极而泣。我见到她（黑发女子）最娇艳时的花容玉貌，天天"心碎地"看着她从我身边走过，仿佛因为自己的美貌而害羞（有一次他说的是："因为自己的肥胖而害羞。"）。最后，他逃走了，抛开这二十年来的绮梦。——二十年！而现在在大路上……然后，他脑子发热，开始向索菲娅·马特韦耶夫娜解释，今天"他们这样不期而遇，这样注定相逢而永不分离"该意味着什么。索菲娅·马特韦耶夫娜满面含羞，终于从沙发上站了起来；他甚至作势要跪在她面前，把她给弄哭了。暮色已浓；两个人关在房间里已度过了好几个小时。

"不，您最好放我到那间屋子去，先生，"她喃喃道，"要不，人家会怎么想呢，先生。"

她终于挣脱了身；他放开她，答应她马上就躺下睡觉。分别时他抱怨头痛得厉害。索菲娅·马特韦耶夫娜在进来时把手提包和其他东西都留在第一个房间，打算与主人家在一起过夜；但她没有睡成觉。

这天夜里斯捷潘·特罗菲莫维奇出现了我以及他的所有朋友都如此熟悉的轻霍乱发作的症状，通常这是他神经紧张和心神激荡的结果。可怜的索菲娅·马特韦耶夫娜通宵未眠。因为她为了护理病人不得不时常经过主人的房间在这栋木屋里进进出出，睡在那个房间里的旅客和女主人嘟嘟哝哝地抱怨，清晨她想起要把茶炊坐上时，他们竟然破口大骂起来。斯捷潘·特罗菲莫维奇在病情发作时一直处于半昏迷状态；有时他仿佛觉得有人在把茶炊坐上，在喂他喝着什么（马林果汁），用东西焐他的腹部和胸部。但他几乎每时每刻都感觉到，是**她**在他的身边，是她在来来去去，扶他起床又安排他躺下。后半夜近三点时他的病情开始减轻；他欠身起来，把两条腿从铺上放下来，不假思索地突然扑倒在她面前的地板上。这已经不是不久前的下跪了；

他干脆俯伏在她脚下，吻着她的裙裾……

"别这样，先生，我受不起啊，先生，"她喃喃道，竭力扶他上床。

"我的恩人，"他毕恭毕敬地对着她把双手交叉在胸前："您高贵得像一位侯爵夫人！我呢，我是个坏蛋！啊，我一辈子都卑鄙下流……"

"您休息吧。"索菲娅·马特韦耶夫娜恳求道。

"我刚才对您说了一大堆谎话，——为了吹嘘，为了炫耀，由于无聊，句句都是谎言，啊，坏蛋，坏蛋！"

这样，轻霍乱就变成了另一种病态的发作——歇斯底里的自责。我在谈到他给瓦尔瓦拉·彼特罗夫娜写的信时曾提及这种发作的情况。他突然忆起了莉兹，想起昨天早晨的相遇："这是那么可怕，而且一定是发生了什么不幸的事，我却没有问，没有了解一下！我只想着自己！啊，她怎样了，您知道吗，她怎样了？"他恳求索菲娅·马特韦耶夫娜告诉他。

然后他起誓"决不变心"，一定会回到**她**身边（也就是回到瓦尔瓦拉·彼特罗夫娜身边）。"我们每天在她上马车要作晨间闲游时，走近她家的大门口（就是说仍然是与索菲娅·马特韦耶夫娜在一起），悄悄地看着……啊，我但愿她在我另一边面颊上抽一个耳光；我情愿！我一定把我的另一边面颊向她转过去，像您的书里所说的那样！①我现在，现在才懂得把另一边的……'脸'也转过去是什么意思。以前我从来就不懂！"

对索菲娅·马特韦耶夫娜来说这是她生活中可怕的两天；她现在就是回想起那些日子也不寒而栗。斯捷潘·特罗菲莫维奇病势沉重，不能乘轮船动身，这一次轮船倒是在午后两点准时到了。她又不能把他单独留下来，所以她也没有去斯帕索夫。据她说，他听说轮船开走

___

① 耶稣说："有人打你的右脸，连左脸也转过来由他打。"见《圣经·新约·马太福音》第 5 章第 39 节。

了简直好高兴。

"这太好了，好极了，"他在床上叽咕道，"要不，我老担心我们要走。这儿很好嘛，这儿比哪里都好……您不会丢下我吧？啊，您没有丢下我呢！"

"这儿"可并不那么好啊。他一点也不想了解她的困境；他的头脑里只是充满了胡思乱想。他以为自己的病不过是昙花一现的东西，是区区小事，根本就不去想它，他想的只是怎样去出售"这些小书"。他请她给他读一读福音书。

"我很久没有读过……原著了。要是有人问起来，我会讲错的；总得准备一下才好。"

她坐到他身边，打开了一本小书。

"您读得真好哇，"在她读第一行时他就打断了她，"我看得出，看得出，我没有看错人！"他口齿不清地补了一句，但充满了喜悦之情。总之，他时常处于喜滋滋的心境。她把山上教训那一章读完了①。

"够了，够了，我的孩子，够了……难道您认为**这**还不够吗！"

他无力地合上了眼睛。他很虚弱，不过还没有失去知觉。索菲娅·马特韦耶夫娜以为他想睡就站了起来。但是他阻止道：

"我的朋友，我一生说谎。即使在我讲真话的时候。我讲话从来不是为了说明真相，而只是为了自己，这一点我从前也知道，但现在才领会到了……啊，在我的一生中因我的友谊而蒙羞的那些朋友在哪里呢？所有的朋友啊，所有的！您知道吗，也许我现在也在撒谎；想必现在也在撒谎。主要是我讲谎话时自己也相信。在生活中最难的莫过于活着而不讲假话……并且……不相信自己的谎言，是的，是的，确实是这样！不过您等一等吧，这一切以后再说吧……我们在一起，在一起！"他热情洋溢地补了一句。

"斯捷潘·特罗菲莫维奇，"索菲娅·马特韦耶夫娜怯生生地请

---

① 指《圣经·新约·马太福音》第5章。

求道，"要不要派人到'省城'里去请个医生来呢？"

他大为吃惊。

"何必呢？难道我病得那么重了？没有的事。我们何必要旁人来呢？万一给他们知道了，那可怎么办？不，不，不要任何旁人，我们在一起，在一起！"

"这样吧，"他沉默了一会儿说道，"您再给我读点儿什么吧，随便挑点儿什么，看到哪里就读哪里。"

索菲娅·马特韦耶夫娜翻开书本就要开始读了。

"随便翻，翻到哪里是哪里。"他又叮嘱了一遍。

"'你要写信给老底嘉教会的使者……'"

"这是什么？是什么？这是在哪里的？"

"这是《启示录》里的。"

"哦，我想起来了，对，是《启示录》。读下去吧，读下去，我是要用书来预卜我们的未来，我想知道结果如何；从使者读起，从使者……"

"'你要写信给老底嘉教会的使者，说："那为阿门的，为诚信真实见证的，在上帝创造万物之上为元首的，说：我知道你的行为，你也不冷也不热；我巴不得你或冷或热。你既如温水，也不冷也不热，所以我必从我口中把你吐出去。"你说："我是富足，已经发了财，一样都不缺。却不知道你是那困苦、可怜、贫穷、瞎眼、赤身的。"'"①

---

① 《圣经·新约·启示录》中的这段文字最初引用于《在季洪那里》一章，出自季洪之口。由于在陀思妥耶夫斯基的心目中，它对揭示《鬼》的思想内容具有重要意义（按照陀思妥耶夫斯基的构思，"冷"的是无神论者基里洛夫，"热"的是女信徒列比亚德金娜，她体现着充满爱心而率真的非理性的生活感受，"温"的是斯塔夫罗金），作家在抽掉《在季洪那里》一章之后把它移至倒数第二章，与《路加福音》中关于"鬼"的一段意义深远的引文放在一起。出自《启示录》的这段箴言直接预示着小说最后一章中斯塔夫罗金的自杀，也仿佛在解释其所以自杀的原因。

季洪长老是基督教思想道德的化身，斯塔夫罗金在他面前忏悔，试图真心悔罪，以求得心灵的净化，然而斯塔夫罗金未能如愿，他内心中善与恶的斗争是悲剧性的。

"这……您的书里还有这样的话！"他欠起身来，两眼炯炯有神地叫道，"我从来不知道有这么伟大的一段！听我说：冷，冷比温好，比**仅仅是温**好。啊，我要证明这一点。您可不要丢下我，不要把我一个人丢下！我们来证明，我们来证明！"

"我是不会丢下您的，斯捷潘·特罗菲莫维奇，永远不会，先生！"她抓起他的双手紧紧握着，把他的手贴近自己的胸口，热泪盈眶地望着他。（"那一刻我好可怜他啊，"后来她告诉别人道。）他的双唇痉挛般地牵动着。

"不过，斯捷潘·特罗菲莫维奇，我们究竟该怎么办呢，先生？是不是要通知您的某位熟人或亲戚呢？"

但是他那样大惊失色，以至她不敢再提了。他战战兢兢地恳求她不要喊人来，什么也别张罗；他要她保证，力劝道："谁也不要，谁也不要！就我们两个，只要我们两个，我俩一起出发。"

还有一个情况也很糟糕：房东也开始担心了，他们怨声不断，跟着索菲娅·马特韦耶夫娜刺刺不休。她给他们付清了账，并且有意把钱露给他们看；情况暂时得到了缓和；但男主人要求出示斯捷潘·特罗菲莫维奇的"证件"。病人高傲地一笑，指指自己的小手提包；索菲娅·马特韦耶夫娜从里面找出了他的一张退休证或类似的证件，他就是凭着这个证件过了一辈子。男主人不肯罢休，他说"一定得有个地方接收他，我们这儿可不是医院，要是他死了，说不定会有麻烦；我们会倒大霉的"。索菲娅·马特韦耶夫娜也同他谈起了请医生的事，这才知道派人去"省城"花费太大，当然只好把请医生的念头彻底放弃。她忧伤地回到了自己的病人身边。斯捷潘·特罗菲莫维奇在渐渐衰弱下去。

"现在您再给我读一段吧……关于猪的。"他蓦地说道。

"您说什么，先生？"索菲娅·马特韦耶夫娜大吃一惊。

"关于猪……就在这里……这些猪……我记得，鬼进入猪里去，于是全都淹死了。这一段您一定要给我读一读；我以后再告诉您为什么。我要逐字逐句地回忆起来。我要一字不差。"

索菲娅·马特韦耶夫娜很熟悉福音书，立即在《路加福音》中找到了我用作我的这篇纪实作品的卷首题词的那一段。这里我再援引一下：

"那里有一大群猪在山上吃食。鬼央求耶稣，准他们进入猪里去。耶稣准了他们。鬼就从那人出来，进入猪里去。于是那群猪闯下山崖，投在湖里淹死了。放猪的看见这事就逃跑了，去告诉城里和乡下的人。众人出来要看是什么事。到了耶稣那里，看见鬼所离开的那人坐在耶稣脚前，穿着衣服，心里明白过来，他们就害怕。看见这事的，便将被鬼附着的人怎么得救告诉他们。"

"我的朋友，"斯捷潘·特罗菲莫维奇非常激动地说道，"您要知道，这段奇妙而……不同凡响的文字，是我毕生……在这本书里……难以逾越的障碍，所以这段文字我从童年起就记住了。现在，我有了一个想法；一个比喻。现在我思如泉涌：您要明白，这与我们俄罗斯毫无二致。这群从病人出来，进入猪里去的鬼，就是千百年来，千百年来积聚在我们伟大的、亲爱的病人，我们俄罗斯身上的一切痈疽、一切腐败、一切污浊、一切大鬼小鬼！是的，我历来热爱的俄罗斯。但是上帝的伟大思想和伟大意志荫庇着她，就像荫庇那个被鬼附体的疯子一样，于是这一切鬼，这一切污浊，在病人表皮上腐烂的这一切癣疥之疾都会出来……并且自己请求进入猪里去。很可能已经进入了！这就是我们，我们和那些人，和彼得鲁沙……以及他那一伙，我呢，也许就是第一个，走在头里，于是我们，丧失理智的疯子，从悬崖上跳入大海，全都淹死，我们活该落得这个下场，因为这是我们唯一能做的。但病人将康复，'坐在耶稣脚前'……于是众人都惊讶地看着……亲爱的，……您以后会明白的，而现在我太激动了……您以后会明白的……我们会明白的。"

他陷入了谵妄，终于失去知觉。次日也这样持续了一整天。索菲娅·马特韦耶夫娜坐在他身边哭泣，直至第三夜几乎完全没有睡觉，也不敢同房东照面，她预感到他们已经要采取某种措施了。只是在第三天才来了救星。早晨斯捷潘·特罗菲莫维奇醒了过来，认出了她，把手向她伸了过来。她抱着希望画了十字。他要看看窗外。"嘻,这里有湖,"他说,"啊,我的天,我还不曾看到过它呢……"这时有谁的马车在门口辚辚驶近,随即屋子里一片忙乱。

三

那是瓦尔瓦拉·彼特罗夫娜亲临,她是乘了四匹马拉的四座轿式马车来的,带着两名听差和达丽娅·帕夫洛夫娜。这个奇迹的发生倒也简单:好奇心特别重的阿尼西姆,一进城第二天就到瓦尔瓦拉·彼特罗夫娜家里去打听,在与仆人们闲谈时说到,他曾遇见斯捷潘·特罗菲莫维奇独自在一个村子里,有两个农民在大路上看见他独自行走,他是去斯帕索夫,在前往乌斯捷沃时已是与索菲娅·马特韦耶夫娜同路了。瓦尔瓦拉·彼特罗夫娜也早已急得要命,在到处寻找自己逃走的朋友,所以仆人当即向她报告了阿尼西姆的情况。听了他的话,特别是听说与什么索菲娅·马特韦耶夫娜同乘一辆轻便马车前往乌斯捷沃的情节以后,她一眨眼的工夫就准备就绪,坐上马车不失时机地亲自赶到乌斯捷沃。关于他的病情她还一无所知。

响起了她的严厉的发号施令的声音;甚至房东也胆怯了。她停下来只是要打听消息,问清情况,因为她确信斯捷潘·特罗菲莫维奇已经到了斯帕索夫;得悉他在这里而且有病,就激动地走进了屋子。

"喂,他究竟在哪儿?啊,是你!"她一见索菲娅·马特韦耶夫娜就叫道,恰在这时她出现在里屋的门口,"我一见你这恬不知耻的嘴脸就知道是你。滚,坏女人!现在就不准她待在这栋房子里!把她赶出去,要不,婆娘,我把你一辈子关在牢里。暂时在别的房子里把她看管起来。她在城里已经坐过一次牢,还得坐。我要求你,房东,只要我在这里,就不许放任何人进来。我是将军夫人斯塔夫罗金娜,我租下整栋房子。而你,伙计,要把一切向我讲清楚。"

熟悉的声音震撼了斯捷潘·特罗菲莫维奇。他微微颤抖起来。但她已经走到隔墙里面来了。她两眼冒火,用脚推了推椅子,仰身靠在椅背上，向达莎叫道：

"你暂时出去，待在房东那里。何必好奇？随手把门闭紧了。"

她默然片刻，用凶狠的目光注视着他的惊骇的面容。

"嗨，近况如何，斯捷潘·特罗菲莫维奇？逛得怎么样啊？"她突然情不自禁地以强烈的讥讽口气说道。

"亲爱的，"斯捷潘·特罗菲莫维奇忘情地喃喃说道，"我了解了俄国的现状……而且我要宣讲福音……"

"啊，不知羞耻的粗鄙的家伙！"她突然举起双手一拍尖叫道，"您使我难堪还不够，居然干出了……啊，不要脸的老色鬼！"

"亲爱的……"

他声音中断了，一句话也说不出来，只是恐怖地瞪大了眼睛望着。

"**她**是什么人？"

"这是一位天使……对我来说，她比天使更伟大，她整夜……啊，别嚷，不要吓着她，亲爱的，亲爱的……"

瓦尔瓦拉·彼特罗夫娜忽然哗啦一声从椅子上跳了起来，发出了一阵惊怖的叫声："水，水！"他虽然醒了过来，但她仍然惊骇得发抖，面色苍白地望着他那形容大变的脸：这时她才意识到他病势的严重。

"达丽娅，"她蓦地对达丽娅·帕夫洛夫娜低声说道，"立刻请医生，把扎利茨菲什请来；叫叶戈雷奇马上出发；叫他在这里雇车去，回来时在城里再雇别的马车。天黑前务必赶到这里。"

达莎连忙跑去执行命令。斯捷潘·特罗菲莫维奇仍然瞪着惊骇的眼睛望着，变得煞白的嘴唇在哆嗦。

"你等一下，斯捷潘·特罗菲莫维奇，等一下，亲爱的！"她像哄孩子似的哄着他，"你等一下嘛，等一下，等达丽娅一回来就……唉，我的天哪，女房东，女房东，哪怕你来一下也好啊，姑奶奶！"

她焦躁地亲自跑去找女房东了。

"马上，再叫**那个女人**立刻回来。把她找回来，去！"

幸而索菲娅·马特韦耶夫娜还没有搬出这栋房子，正要带着自己的口袋和小包袱走出大门。她被叫了回来。她简直吓得手和腿瑟瑟发抖。瓦尔瓦拉·彼特罗夫娜像老鹰抓小鸡似的一把抓住她的手，急急地把她拖到了斯捷潘·特罗菲莫维奇跟前。

　　"瞧，这不是她嘛。我可没有吃了她。您以为我就那么把她吃了不成。"

　　斯捷潘·特罗菲莫维奇抓起瓦尔瓦拉·彼特罗夫娜的一只手，贴近自己的眼睛，泪如雨下，哀哀痛哭，虚弱地哽咽着。

　　"你安静一下吧，安静一下，我亲爱的，喂，老爷！唉，我的天哪，您安——静一下好不好嘛！"她声嘶力竭地叫道，"啊，冤家，冤家，我一辈子的冤家！"

　　"亲爱的，"最后，斯捷潘·特罗菲莫维奇对索菲娅·马特韦耶夫娜喃喃说道，"您在那边待一会儿，我在这里有话要说……"

　　索菲娅·马特韦耶夫娜赶紧走了出去。

　　"亲爱的，亲爱的……"他气喘吁吁地说道。

　　"您等一下再说，斯捷潘·特罗菲莫维奇，稍微等一下，等缓过气来。这儿有水。您就等——一下嘛！"

　　她又在椅子上坐下。斯捷潘·特罗菲莫维奇紧紧地抓着她的一只手。她好久也不许他说话。他把她的手拿到唇边亲吻起来。她咬紧了牙关，眼睛望着别处。

　　"我是爱您的！"他终于情不自禁地说道。她从未听他说过这句话，而且是用这样的口气说的。

　　"嗯。"她含糊地应了一声。

　　"我爱了您一辈子……二十年！"

　　她一直默然无语，有两三分钟之久。

　　"那你是怎样准备去见达莎的，还洒了香水呢……"她突然以骇人的耳语声说道。斯捷潘·特罗菲莫维奇顿时傻了。

　　"还系了新领带……"

　　又是约莫两分钟的沉默。

"那支雪茄烟记得吗？"

"我的朋友。"他惶恐地嗫嚅道。

"雪茄，傍晚，在窗前……月亮照着……在离开凉亭之后……在斯克沃列什尼基？记得吗，记得吗，"她又从座位上跳起来，抓起他枕头的两只角，连同他的脑袋一起使劲抖了起来。"记得吗，你这个没出息、没出息、没羞没臊、窝窝囊囊，一辈子，一辈子没出息的人哪！"她压低嗓门恶狠狠地嘶声说道，强忍着不叫喊起来。她终于抛下他，倒在椅子上，双手捂着脸。"算啦！"她挺起身子，生硬地说道，"二十年过去了，一去不复返；我也傻。"

"我是爱您的。"他又交叠起双手。

"你怎么老是爱呀爱的！算啦！"她又跳了起来。"要是您现在不马上睡觉，我就……您需要安息；睡吧，马上睡，闭上眼睛。唉，天哪，说不定他要吃早饭！您吃什么？他吃什么？啊，我的天，那个女人在哪里？她在哪里？"

于是只见一阵忙乱。但斯捷潘·特罗菲莫维奇声音虚弱喃喃地说，他确实想睡个把钟头，然后——来点鸡汤、茶……他终于感到那么幸福。他躺下，似乎真的睡着了（想必是装的）。瓦尔瓦拉·彼特罗夫娜等了片刻，踮着脚走出了隔墙。

她在房东的屋子里坐好，把房东赶了出去，又吩咐达莎把**那个女人**带到自己跟前来。一场严肃的审问开始了。

"现在，亲爱的，你把详细情况说一说；在旁边坐下，好。嗯？"

"我遇见斯捷潘·特罗菲莫维奇……"

"停，先别说。我警告你，如果你撒谎或隐瞒什么，我就是从地底下也要把你挖出来。嗯？"

"我遇见斯捷潘·特罗菲莫维奇……是在我刚到乌斯捷沃的时候，太太……"索菲娅·马特韦耶夫娜几乎喘不过气来……

"停，别说了，等一等；你怎么乱弹琴？首先，你自己是只什么鸟儿啊？"

她总算用最简短的话语对她讲了讲自己，从塞瓦斯托波尔说起。瓦尔瓦拉·彼特罗夫娜默默地听了，她在椅子上挺起身来，严厉而执着地直视着讲述者的眼睛。

"你为什么这样惶恐？为什么望着地下？我喜欢敢于正视我并且同我争辩的人。继续说吧。"

她讲完了邂逅的经过、关于小书的事以及斯捷潘·特罗菲莫维奇怎样以伏特加款待一个农妇……

"好，好，不要遗漏任何细枝末节，"瓦尔瓦拉·彼特罗夫娜表示鼓励。最后，谈到他们怎样乘马车出发，斯捷潘·特罗菲莫维奇怎样不停地说话，那时他"已经完全是个病人了，太太"，他在这里讲了自己的一生，他是从头说起的，讲了好几个小时。

"你讲讲他的生活吧。"

索菲娅·马特韦耶夫娜顿时语塞，完全不知所措了。

"我可什么也不会说了，太太，"她说，差点儿哭了，"我几乎什么也没有听懂啊，太太。"

"瞎说，你不可能一点儿也听不懂嘛。"

"关于一位黑头发的贵夫人他讲了很久，太太。"索菲娅·马特韦耶夫娜羞得满脸红晕，不过她发觉瓦尔瓦拉·彼特罗夫娜是淡黄色头发，而且与"黑发女子"完全不像。

"黑头发？是怎样讲的？你说呀！"

"他说，这位贵夫人对他一往情深，一生钟情于他，有整整二十年，但一直没有勇气表白，在他面前感到害羞，因为她实在太胖了，太太……"

"傻瓜！"瓦尔瓦拉·彼特罗夫娜若有所思但断然地斥道。

索菲娅·马特韦耶夫娜真的哭了。

"我真是什么也讲不好，因为当时我好为他担忧，理解不了他的话，他又是那么聪明的一个人……"

"他聪明不聪明不是你这样的乌鸦所能评论的。他求婚了？"

讲述者微微打颤了。

"爱上你了？——说呀！他向你求婚了？"瓦尔瓦拉·彼特罗夫娜喝问道。

"差不多就是那么回事吧，太太，"她哭道，"不过，我把这一切都不当一回事，因为他有病嘛。"她抬起眼睛，明白无误地补了一句。

"你怎么称呼，名字和父称是？"

"索菲娅·马特韦耶夫娜，太太。"

"你可得明白，索菲娅·马特韦耶夫娜，他是最恶劣、最没出息的一个人……天哪，天哪！你认为我是个坏女人吧？"

她的眼睛睁大了。

"是一个毁了他一生的坏女人、泼妇？"

"怎能这么说呢，太太，您自己不是哭了吗，太太？"

瓦尔瓦拉·彼特罗夫娜确实是满眼含泪。

"你坐吧，坐，别怕。你再看着我的眼睛，直直地看着；怎么脸红啦？达莎，你来，你看看她：你怎么想呢，她的心地是纯洁的……"

使索菲娅·马特韦耶夫娜惊讶、也许更加骇然的是，她突然轻轻地拍了拍她的面颊。

"只可怜是个傻女人。——傻得与年龄不相称。好吧，亲爱的，我来照顾你。我明白了，这一切都不值一提。你暂时住在附近，给你租个住处，你的饮食和一切花销由我负担……等我招呼。"

索菲娅·马特韦耶夫娜一惊，说她急着要走呢。

"你哪里也不用去。——你的书我全都买下来，你就待在这里。别说了，不准推托。要是我不来，你反正不会丢下他的，是不是？"

"我无论如何也不会丢下他的，太太。"索菲娅·马特韦耶夫娜轻轻地坚定地说道，一边抹着眼泪。

扎利茨菲什医生深夜才到。这是一位很令人起敬的老人，经验丰富的医生，由于冒犯上司，不久前失去了职务。瓦尔瓦拉·彼特罗夫娜立即不遗余力地"庇护"他。他仔细诊察了病人，详细询问了病情，然后向瓦尔瓦拉·彼特罗夫娜慎重宣布，"患者"的状况由于产生了并发症，很令人担忧，要作"最坏"的准备。瓦尔瓦拉·彼特罗夫娜二十年来对凡是涉及斯捷潘·特罗菲莫维奇个人的事，甚至连想也不想会有什么严重、紧急的性质，这时不禁大为震惊，甚至脸也吓白了。

"难道毫无希望了？"

"不能说绝对地完全没有一点儿希望，但……"

她一宿未睡，勉强挨到天亮。病人刚刚睁开眼睛，恢复了知觉（他暂时还一直是清醒的，不过时时刻刻都在衰弱下去），她就神情异常坚定地走到了病人跟前：

"斯捷潘·特罗菲莫维奇，一切都应当预见到。——我已经派人去请司祭。您必须履行您的天职……"

由于了解他的思想信念，她非常担心他会拒绝。他惊讶地瞅了她一眼。

"胡说，胡说！"她尖叫道，以为他已经是在拒绝了，"现在不是淘气的时候。您胡闹得还不够吗。"

"不过……难道我的病有这么严重？"

他若有所思地同意了。总之，我后来大为惊讶地从瓦尔瓦拉·彼特罗夫娜处获悉，他丝毫不惧怕死亡。也许是他并不相信而仍然认为自己的病不足为虑。

他很乐意地做了忏悔，领了圣餐。所有的人，索菲娅·马特韦耶夫娜甚至仆人们也都来祝贺他领受了圣事。人人都克制地哭着，望着他那瘦削憔悴的面容和煞白哆嗦的嘴唇。

"是啊，我的朋友们，我只感到惊讶，你们这样……费心费力。兴许我明天就起来了，而且我们……可以动身……我，不言而喻，给予应有评价的……这全部仪式……是……"

"我请求您，神父，一定要留在病人身边，"瓦尔瓦拉·彼特罗夫娜连忙挽留已经脱去法衣的司祭，"在向大家奉茶以后，请您立即宣讲教义，以坚定他的信仰。"

司祭开始宣讲了；大家或坐或立，围在病榻旁边。

　　“在我们这罪孽深重的时代，”司祭端着一盏茶，流畅地开始说道，“对至高无上的上帝的信仰是饱经忧患和磨难，而又对神许给虔诚信徒的永恒幸福坚定地寄予希望的人们唯一的避难所……”

　　斯捷潘·特罗菲莫维奇仿佛振作了起来；唇间掠过一抹意味深长的笑意。

　　“神父，我感谢您，您慈悲为怀，但……”

　　“绝不是但，根本不是但！”瓦尔瓦拉·彼特罗夫娜叫道，她从椅子上纵了起来。“神父，”她又对司祭说，“这，这个人，这个人……过一个钟头他又得重新忏悔了！他就是这样的一个人！”

　　斯捷潘·特罗菲莫维奇矜持地一笑。

　　“我的朋友们，”他说，“我需要上帝，哪怕仅仅是因为惟有上帝你才能永恒地去爱他……”

　　他真的信神了，还是领受圣事的庄严仪式激起了他天性中的艺术敏感呢，不过他坚定地而且据说是深情地说了这几句与他以前的信念大相径庭的话。

　　“我的永生是必然的，哪怕仅仅是因为上帝不愿做不公道的事，不愿把我心中一朝燃起的对他的爱之火完全熄灭。有什么比爱更珍贵呢？爱高于存在，爱是存在的皇冠，那么存在怎么可能不向爱低头呢？既然我爱他，而且因为我的爱而欢欣，而他把我和我的爱一并熄灭而使我化为乌有，这怎么可能呢？如有上帝，我必永生！这就是我的信仰的剖白。”

　　“上帝是存在的，斯捷潘·特罗菲莫维奇，您要相信他是存在的，”瓦尔瓦拉·彼特罗夫娜哀求道，“您回头吧，哪怕生平就这一次摒弃您所有的荒唐想法吧！（看来她不大懂他所说的信仰的剖白。）”

　　“我的朋友，”他越来越兴奋，不过他的声音时常中断。“我的朋友，在我明白了把另一边脸也转过去由人打的时候，还立即明白了一点别的……我一生说谎，一生！我但愿……不过，明天……明天我们都出发。"

瓦尔瓦拉·彼特罗夫娜哭了。他的眼睛在寻找着谁。

"您看,她在这里!"她抓住索菲娅·马特韦耶夫娜的一只手,把她领到他跟前。他动情地笑了。

"啊,我很想再活下去!"他兴致勃勃慨然叹道,"生命的每一分钟,每一瞬间对人来说都应当是福祉……应当是,必须是!这样安排人生是人自身的天职;这是人的法则,——一个潜在的,但必定存在的法则……啊,我但愿能见到彼得鲁沙……和他们所有的人……还有沙托夫!"

我要指出,关于沙托夫之死,无论是达丽娅·帕夫洛夫娜,还是瓦尔瓦拉·彼特罗夫娜,甚至最后一个离开城里的扎利茨菲什都还一无所知。

斯捷潘·特罗菲莫维奇越来越激动,一副病容显得虚弱而体力不支。

"仅仅时刻意识到,有某种我所无法比拟的、最公正而幸福的存在,就使我也充满了无可比拟的感动和——荣誉感,——啊,不论我是谁,不论我曾做过什么!比起自身的幸福,人更远为需要知道并时刻信仰在某个地方已经有着人人和万物都享有的美满、安宁的幸福……人类生存的全部法则就在于,人永远能够在一个无可比拟地伟大的存在面前顶礼膜拜。如果使人们失去了无可比拟的伟大存在,他们便活不下去而在绝望中死去。无垠和无限也是人类所必需的,正如人类生息其上的那个小小的星球……我的朋友们,结束了,结束了:伟大的观念万岁!那永恒的、深不可测的观念!每一个人,不论他是谁,都必须在那伟大的观念面前顶礼膜拜。甚至最愚昧的人也需要哪怕有某种伟大的东西。彼得鲁沙……啊,我多么想再次见到他们所有的人!他们不知道,不知道在他们身上也潜伏着那同样的伟大的观念啊!"

扎利茨菲什医生没有出席仪式。他偶然进来,不禁大吃一惊,把所有的人都赶了出去,坚决不让病人受到惊扰。

三天后斯捷潘·特罗菲莫维奇去世，不过他早就不省人事了。他仿佛是悄悄熄灭的，宛如一支燃尽的蜡烛。瓦尔瓦拉·彼特罗夫娜就地做了安魂祈祷，把她可怜的朋友的遗体运往斯克沃列什尼基去了。他的墓在教堂的墓园里，已经盖上了大理石墓石。铭文和栅栏留待春天再说。

　　瓦尔瓦拉·彼特罗夫娜离开城里大约有八天。与她一起并排坐在她马车里回来的还有索菲娅·马特韦耶夫娜，看来要在她家永久落户了。我要指出，斯捷潘·特罗菲莫维奇一失去知觉（就在当天早晨），瓦尔瓦拉·彼特罗夫娜马上又打发索菲娅·马特韦耶夫娜离开木屋，亲自护理病人，直至最后；等他断气，又立即把她叫了回来。她对在斯克沃列什尼基永久落户的建议（不如说是命令）大为吃惊而提出的任何异议，瓦尔瓦拉·彼特罗夫娜一概不听。

　　"全是废话！我要亲自同你去卖福音书。现在我在世上已经举目无亲了！"

　　"不过您有儿子啊。"扎利茨菲什说道。

　　"我没有儿子！"瓦尔瓦拉·彼特罗夫娜生硬地说道，——谁想一语成谶。

第十章　结　　局

　　全部暴行和罪恶活动都被迅速侦破，比彼得·斯捷潘诺维奇的预计要快得多。起初是这样，在丈夫遇害的那一夜，不幸的玛丽娅·伊格纳捷夫娜破晓前醒来，伸手一摸，不见丈夫在身边，激动得无法形容。当时与她同宿的是阿琳娜·普罗霍罗夫娜所雇的一名女仆。女仆怎么也不能使她平静下来，于是天一亮就跑去找阿琳娜·普罗霍罗夫娜，对产妇说她知道她的丈夫在哪里，也知道他什么时候回来。这时阿琳娜·普罗霍罗夫娜也有了一些烦恼：她的丈夫已经把夜里在斯克沃列什尼基所发生的勾当告诉了她。他夜里十点多钟才失魂落魄地回到家里；他绞着双手，扑倒在床上，抽抽搭搭地哭着，哭得浑身抖动，反反复复地说："这不对头，不对头；这完全不对头啊！"不用说，结果是对走到跟前来的阿琳娜·普罗霍罗夫娜坦陈了一切，——不过只是对她一人说。她让他待在床上，严厉地吩咐道："如果想哭，就用枕头捂着嘴号，别让人听见，要是明天暴露出什么形迹，你就是个傻瓜。"她略一沉思，就立刻开始整理：把不宜保留的文件、书籍、也许还有传单收藏起来或者彻底销毁。在此之后她认为，实际上她、她的姐姐和姑妈、女大学生，也许还有那个耷拉着耳朵的兄弟都不必太担心。一清早那个看护来找她的时候，她就不假思索地去了玛丽娅·伊格纳捷夫娜那儿。不过，她极想尽快地打听清楚，昨天她的丈夫以胡话似的惊恐、疯狂的低语告诉她的有关彼得·斯捷潘诺维奇出于共同利益的考虑，预谋利用基里洛夫的那些话是否属实。

　　然而她来到玛丽娅·伊格纳捷夫娜住处时已经太晚了：产妇打发了女仆而独自留下以后，耐不住了，于是起床，随手拿了一件似乎非常单薄、不合季节的衣裳披在身上，亲自去侧屋找基里洛夫，以为他兴许能比谁都可靠地把她丈夫的情况通知她。可想而知，她在那里所目睹的一切，对一个产妇的刺激有多大。值得注意的是，她没有读到基里洛夫临死前的一纸遗言，这张纸就放在桌上，很显眼，当然是由于她在惶恐中根本没有注意到它。她跑进自己楼上的小房间，抱起婴儿就出了屋，走到街上。这是一个阴湿有雾的早晨。在这条偏僻的街道上阒无一人。她不停地跑着，气喘吁吁，踏着冰冷的深深的泥泞，最后，她开始敲人家的门；一家没有开门，另一家好久也不肯开；她焦急地放弃了，又开始去敲第三家。这是我们的商人季托夫的住宅。她在这里引起了一片慌乱，她语无伦次地哭诉着"丈夫被杀"。季托夫一家对沙托夫以及他的经历有点了解；他们大为惊骇的是，听她说，她分娩才一天，就单衣薄衫地在这样的冷天沿街奔波，怀里还带着个略微盖着点儿什么的婴儿。起初他们以为她不过是在说胡话，尤其是因为他们怎么也弄不明白，是谁被杀了：是基里洛夫还是她的丈夫？她发觉人家不信她的话，就冲出去要再往别处跑。但是大家把她硬拉住不放，据说她曾拼命地叫喊挣扎。他们去了菲利波夫公寓，于是两小时后基里洛夫的自杀及其临终遗书已经满城皆知。警方来见产妇，那时她还有知觉；这时才知道她没有看过基里洛夫的遗书，那么她究竟为什么断定，她的丈夫也已被杀呢，——她就讲不清楚了。她只是叫道："既然他被杀，丈夫也一定被杀了；他们是在一起的！"午前她陷入昏迷，从此没有再醒过来，三天后去世。受寒的婴儿死得比她还早些。阿琳娜·普罗霍罗夫娜一看玛丽娅·伊格纳捷夫娜和婴儿都不在，知道不妙，本想往家跑，但在大门口停了下来，派看护"到侧屋去问问那位先生，玛丽娅·伊格纳捷夫娜在不在他那里，他是否知道她的什么情况？"看护回来了，发疯似的叫得整条街都听得见。她终于说服她不要嚷嚷，也不要对任何人说，理由妙极了："会判你有罪的。"然后就溜出了院子。

　　自然，她作为产妇的接生婆，当天上午就遇到了麻烦；不过在她那里也问不出什么：她冷静地如实说了在沙托夫家的所见所闻，至于所发生的事件，她答复说，对此她一无所知，而且也无法理解。

可以想见，城里掀起了怎样的轩然大波。一起新的"事件"，又是杀人案！但情况不同了：已经查明，存在着，确实存在着一个杀人放火的革命者、造反者的秘密团体。骇人听闻的莉莎之死，斯塔夫罗金妻子的被害，甚至斯塔夫罗金本人，纵火案，为女家庭教师举办的舞会，尤莉娅·米海洛夫娜周围的骄奢淫逸……甚至把斯捷潘·特罗菲莫维奇的失踪也一定要看作一个暧昧的谜。人们对尼古拉·弗谢沃洛多维奇起劲地窃窃私议。傍晚人们又获悉彼得·斯捷潘诺维奇已经不在城里，奇怪的是对他的议论最少。可是那天议论最多的是"参政员"。在菲利波夫公寓附近几乎整个上午人头攒动。的确，基里洛夫的遗书迷惑了当局。他们开始相信沙托夫是基里洛夫所杀，而"凶手"又自杀。不过，当局虽然受到迷惑，却并没有完全被骗过。譬如，基里洛夫遗书中一笔带过的"公园"一词，并没有如彼得·斯捷潘诺维奇所估计的那样使当局感到困惑。警方立即出动，直扑斯克沃列什尼基，倒不是因为那里有一座本城仅有的公园，而简直是由于某种直觉，因为最近的一切惨剧不是与斯克沃列什尼基有直接关系，就是在某种程度与它有牵连。至少我是这样猜想的。（我要指出，瓦尔瓦拉·彼特罗夫娜毫不知情，一大早就动身捉拿斯捷潘·特罗菲莫维奇去了。）尸体当天傍晚就在池塘里找到了，因为有某些迹象可循；在谋杀现场发现了沙托夫的鸭舌帽，这是凶手们非常轻率地忽略了的。直接观察和医学尸检以及某些推测从一开始就使人怀疑，基里洛夫不可能没有同伙。他们查明，与传单有关的沙托夫-基里洛夫秘密团体是存在的。那么这些同伙是谁呢？那天对**我们的人**，对其中的任何一个，大家连想也不曾想到。他们了解到，基里洛夫过的是隐居生活，他那样与世隔绝，以至到处通缉的费季卡居然能如遗书所述，与他同住了那么多日子……主要的是，有一个情况使他们所有的人都感到焦急，那就是这一团乱麻理不出一个头绪来。很难设想，我们惊慌失措的社会最终会得出什么样的结论，会陷入怎样的思想混乱，如果不是第二天就由于利亚姆申的缘故而真相大白的话。

他经受不住了。他所发生的情况，当初连彼得·斯捷潘诺维奇也终于预感到了。他被托付给托尔卡琴科以及埃尔克利，第二天他整天躺在被窝里，似乎很温顺，他脸朝着墙壁，一言不发，即使同他谈话，他也几乎不理不睬。因而这一整天他就一点儿也不了解城里发生的事情。然而托尔卡琴科是非常了解的，于是在傍晚时分突然扔下彼得·斯捷潘诺维奇委托给他的监视利亚姆申的使命，出城去了县里，也就是说干脆逃之夭夭；他果真失去了理智，正如埃尔克利对他以及他们全体所作的预言一样。我顺便提一下，利普京也在同一天从城里消失了，那还是在中午之前。但不知为什么，此人的消失当局直到第二天傍晚才知道，当时他们开始直接向他的家庭成员询问情况，一家人由于他不见踪影而惊恐万状，又由于害怕而三缄其口。不过我还是接着讲利亚姆申吧。等到只剩下他一个人的时候（埃尔克利由于指望托尔卡琴科，先就回家去了），他立刻出了家门，不言而喻，他很快就知道了城里的情况。他家也不回便仓皇逃走。但夜是那样黑，而出逃是如此可怕而困难重重，走过两三条街以后，他就回到家里，整夜闭门不出。黎明前他似乎曾试图自杀；但自杀未遂。不过，他闭门独坐差不多直到中午，这时——他突然跑去向当局自首。据说他跪在地上爬着，号啕痛哭，吻着地板，嚷着说他简直不配吻站在面前的长官们的靴子。他们安慰他，甚至异常亲切。据说审问持续了约三个小时。他交代了所有一切，供述了全部内幕，他所知道的一切以及全部详情细节；他常常冒进，急于坦白，甚至说一些不必要说也没有要他说的事情。原来他所知甚多，而且善于预先指出问题的要害：沙托夫和基里洛夫的悲剧，大火，列比亚德金兄妹之死等等已退居次要地位。被提到首要地位的是彼得·斯捷潘诺维奇、秘密团体、组织、网络。为什么要制造这么多凶杀、丑闻和令人嫌恶的秽行呢，对这个问题他热烈而急迫地回答道："为了有计划地动摇国家的根基，为了有计划地瓦解社会，断送一切生机，为了搅得人心惶惶，到处制造混乱。这样一个摇摇欲坠的社会，是病态的醉生梦死的社会，道德败坏、没有信仰的社会，但它又无限地渴望有一个指导思想，渴望自我保存——于是他们就出其不意地把这个社会控制在自己手里，为此而举起造反的大旗，凭借五人小组所构成的整个网络，那时候这些五人小组将积极行动起来，扩充实力，采取一切实际可行的手段并寻找一切可以利用的弱点。"最后他说，彼得·斯捷潘诺维奇在本城只是作了这种有计划的群众性骚动的第一次尝试，可以说这是今后的行动纲领，而且甚至是所有的五人小组都要遵循的，——他还说，这完全是他（利亚姆申）的想法，他的推测，"希望务必记住并且预先注意到这一切，他是何等坦白而值得嘉许地详细说明了案情，可见，今后也很可能有机会再为当局效力"。对于一个具体问题：五人小组多不多？他回答说多极了，网络遍布于整个俄国，虽然他没有提出证据，但我想，他的回答是完全出自内心的。他提供的只有国外出版的印刷品团体纲领，以及一份开展下一步行动的规划草案，虽然字迹潦草，却是出自彼得·斯捷潘诺维奇的亲笔。原来关于"动摇根基"的话，是利亚姆申逐字逐句地引自这份文件，连标点符号也没有遗漏，尽管他硬说这完全是他本人的见解。关于尤莉娅·米海洛夫娜，他甚至未经许可而节外生枝，非常可笑地说什么"她是无辜的，完全是受人愚弄"。但值得注意的是，他完全否认尼古拉·斯塔夫罗金与秘密团体有任何瓜葛，与彼得·斯捷潘诺维奇有任何勾结。（关于彼得·斯捷潘诺维奇对斯塔夫罗金曾寄予殷切却又十分可笑的希望，利亚姆申一点也不了解。）列比亚德金兄妹之死，照他说来，是彼得·斯捷潘诺维奇在尼古拉·弗谢沃洛多维奇丝毫没有参与的情况下一手策划的，其狡猾的意图是要陷他于罪，从而落入彼得·斯捷潘诺维奇的掌握；他并没有得到他无疑曾轻浮地预期会得到的感激，相反，彼得·斯捷潘诺维奇使"高尚的"尼古拉·弗谢沃洛多维奇十分震怒甚至感到绝望。最后利亚姆申又不等提问就急急忙忙谈起斯塔夫罗金，他显然在故意暗示，此人几乎是一位非常重要的人物，不过这里有某种机密；暗示他住在我们这里可以说是隐姓埋名，他身负重任，而且很可能再次从彼得堡（利亚姆申确信，斯塔夫罗金在彼得堡）光临本地，但那时就会有完全不同的另一番风光和排场了，而其扈从都是声名远播的人物，也许不久我们这里也会听到他们的事迹，而这一切都是听"尼古拉·弗谢沃洛多维奇的宿敌"彼得·斯捷潘诺维奇说的。

请注意，两个月后利亚姆申承认，他当时是故意为斯塔夫罗金开脱，希望能得到斯塔夫罗金的庇护，并且希望他在彼得堡为他谋求减罪二等，而在遭到流放时为他提供金钱和介绍信。从这样的自白中可以看出，他是过高地估计了尼古拉·斯塔夫罗金。

不言而喻，当天还逮捕了维尔金斯基，在冲动中也逮捕了他的全家。（阿琳娜·普罗霍罗夫娜，她的姐姐、姑妈，甚至女大学生都早已获释；有人甚至说，希加廖夫也一定会在最近获释，因为安不上合适的罪名；不过，这还只是道听途说。）维尔金斯基立即彻底认罪：在逮捕他时，他正卧病在床而且发着高烧。据说他几乎感到高兴，"我心里反而轻松了，"他说。听说他现在坦白招供，但表现了一定程度的自尊，而且不放弃他的任何一个"光明的希望"，与此同时他又诅咒政治道路（与社会道路相对而言），他是十分轻浮地被"风云际会的形势"偶然吸引到这条道路上来的。他在沙托夫被杀时的表现被查明而作了有利于减轻罪责的解释，看来他也有希望在一定程度上得到宽大处理。至少大家都在这么说。

但是埃尔克利就未必能从轻发落了。他被捕后一直沉默或者尽可能歪曲真相，至今没有说过一句表示后悔的话。可是他甚至引起了那些最严厉的法官的某种同情，由于他的年轻，他的孤苦无依，有证据表明他不过是政治诱惑者的一个狂热的牺牲品；尤其是已经查明他对母亲的态度，他几乎把自己微薄薪金的一半寄给她。他的母亲目前在这里；这是一个未老先衰、体弱多病的女人；她哭哭啼啼，乞哀告怜，为儿子求情。不知会发生什么事，不过这里的很多人都很可怜埃尔克利。

利普京是在彼得堡被捕的，他在那里已整整住了两个星期。他发生了几乎不可思议的事情，甚至很难加以解释。据说他有使用假名的护照，有充分的可能及时溜往国外，随身带有很大的一笔钱，可是他却逗留在彼得堡，哪里也没有去。他曾一度四处寻找斯塔夫罗金和彼得·斯捷潘诺维奇，却突然开始酗酒，荒淫无度，就像一个完全丧失理智，全然不了解自身处境的人。他就是在彼得堡的一家妓院被捕的，当时已喝得烂醉。风闻他现在一点也不沮丧，在供述中吹牛撒谎，并且有些得意扬扬地抱着某种希望（？）准备迎接面临的审判。他甚至打算在法庭上发表讲话。托尔卡琴科逃走大约十天之后，在县里某地被捕，他的举止彬彬有礼，不说假话，不支支吾吾，供出了他所知道的一切，十分谦恭地认罪，但也有爱唱高调的毛病；他侃侃而谈，在问题涉及对人民及其革命（？）分子的认识时，甚至故作姿态，极想哗众取宠。听说他也打算在法庭上发表讲话。总之，他和利普京不大害怕，这简直奇怪。

我再说一遍，此案尚未终结。现在三个月过去了，我们的社会得到了休息，恢复了元气，也闲荡够了，他们有了各自的看法，某些人甚至把彼得·斯捷潘诺维奇这个人几乎看作天才，至少有"天才般的才具"。"有一个组织啊，先生！"在俱乐部里人们竖起一根指头说道。不过，这一切并无大害，而且也只是少数人的说法。相反，有些人并不否认他精明，但认为他完全不了解现实，太脱离实际，畸形、盲目地片面发展，由于这一切而非常浮躁。关于他的道德面貌大家意见一致；在这个问题上倒无人持有异议。

说实话，不知道还有什么人该提到，不要忘了谁才好。马夫里基·尼古拉耶维奇一去不返。德罗兹多娃老太得了老年痴呆症……不过，最后还要讲一段伤感的故事。我只限于陈述事实。

瓦尔瓦拉·彼特罗夫娜回来后在城里的邸宅中住下了。所有积累起来的消息向她骤然涌来，使她极为震惊。她独自闭门不出。天色已晚；大家很疲倦，都早早地睡下了。

清晨女仆神秘地交给达丽娅·帕夫洛夫娜一封信。她说这封信昨天就到了，但时间太晚，大家都已安寝，所以她不敢惊动。信不是邮寄的，是一个陌生人到斯克沃列什尼基去交给了阿列克谢·叶戈雷奇。阿列克谢·叶戈雷奇立即在昨天晚上亲自把信送到她手里，随即又回斯克沃列什尼基去了。

达丽娅·帕夫洛夫娜怦然心动，久久地望着信却不敢启封。她知道是谁的信：它是尼古拉·弗谢沃洛多维奇的亲笔。她读了信封上的字："阿列克谢·叶戈雷奇转达丽娅·帕夫洛夫娜亲启"。

　　下面就是这封信，逐字照录，文字上的错误丝毫未加改动，这位俄国少爷虽然很有欧洲教养，俄文却学得不大到家：①

亲爱的达丽娅·帕夫洛夫娜：

　　您曾经想当我的"看护"并要我许诺，一旦需要时就派人找您。两天后我要走了，而且不再回来。愿否同去？

　　去年我像赫尔岑一样，入籍乌里州，②这件事谁也不知道。我在那里已经买了一座小屋。我还有一万二千卢布；我们可以到那里去永久定居。我永远不想再到其他任何地方去了。

　　那地方很寂寞，是一个峡谷；层峦叠嶂阻塞着视线和思维。很沉闷的。我因此才买了这座小屋，要是您不喜欢，我就卖了它，到别处另买。

　　我身体不适，但我希望那里的空气能医好我的幻觉。这是生理方面；精神方面您是全都了解的。不过，全都了解吗？

　　我对您说了我生平的很多往事。但不是全部。即使对您也没有全说！顺便向您承认，我对妻子之死从良心上讲是有罪的。从那以后我们就不曾见过面，所以在这里提一提。我对莉莎维塔·尼古拉耶夫娜也负有罪责，但这一点您清楚；您的预言几乎全都应验了。

　　您最好别来。我召唤您到我身边来，是极卑鄙的。您何必为了我而葬送您的一生呢？您使我爱恋，我忧伤时待在您身边就感

---

① 保留"文字上的错误"当然意在讽刺。不过，若不顾中俄文字的差异勉强仿效，不免弄巧成拙，故译文仍以忠实地表达原意为重。
② 乌里是瑞士联邦的一个州。1850年赫尔岑拒绝按沙皇政府的要求返回俄国。1851年5月根据本人的请求，赫尔岑被接纳为瑞士弗里堡州公民（并不是陀思妥耶夫斯基所说的乌里州）。

到心情愉快，因为只有在您身边我才能畅谈自己。不过从这里是不能得出什么结论的。您决定当"看护"——这是您用的字眼；为什么要作这么大的牺牲呢？再仔细听我说吧，如果我召唤您，就是不怜惜您，如果我等待您，就是不尊重您。而我现在既召唤您又等待您。不论怎样，我需要您的答复，因为很快就要动身了。在这种情况下我将只身离去。

我对乌里不抱什么希望；我只是去罢了。我不是故意选择沉闷的地方。在俄国我没有任何牵挂，——在俄国我像在任何地方一样对一切都感到陌生。诚然，与别的地方相比，我更不爱在俄国生活；但即使在俄国我也无法憎恨什么！

我曾到处试验自己的力量。这是您给我的劝告，"为了认识自己"。在为了自己和展现自己而进行试验的时候，正如在过去的整个一生，我的力量显得是无限的。我当着您的面挨了您哥哥的耳光；我当众承认已经结婚。但是运用这种力量是为了什么目的呢——我从来看不到这个目的，现在也看不到，尽管您在瑞士时曾对我赞许有加，而我也相信了您的赞许。我仍然和从前一样，希望行善并因此而感到快慰，与此并行不悖，也愿意作恶并同样感到快慰。可是在这两种情况下，我的感觉总依旧太微弱，从来不是很强烈。我的愿望是太不强烈了；它不足以支配我。在圆木上可以渡河，而在小木片上就不行了。我这样说是希望您不要以为我对乌里之行抱有什么希望。

我仍旧无意责备任何人。我曾尝试荒淫无度的生活，并耗尽了我的精力；但是我并不喜欢也不情愿过这种生活。您最近曾注意观察我的一言一行。您知道吗，我对反对我们的人的那些人甚至感到恼怒，是由于我们的人毕竟抱有希望而对他们心存羡慕？但您的担心是徒然的：我不可能成为他们的同伙，因为我与他们格格不入。为了开开玩笑，出于怀恨，也同样不可能，倒不是因为怕显得可笑，可笑吓不倒我，——而是因为我毕竟养成了正派人的习气，那使我感到厌恶。但如果我对他们的恼恨和羡慕更强烈一些，也许我就同他们一起干了。您瞧瞧，我是多么轻浮啊，多么摇摆不定！

亲爱的朋友，温柔而品格高尚的人啊，我猜中了您的心思！也许您幻想给我醉人的爱情，从您美好的心灵中为我倾注感人的美，希望这样就能终于为我树立一个目标？不，您最好小心一些：我的爱情和我本人一样渺小，所以您是不幸的。您的哥哥对我说过，谁失去与自己乡土的联系，谁也就失去了自己的神，即失去自己所有的目标。任何问题都可以无止境地争论下去，而我所流露的只有否定，既无高尚理由也没有任何力量的否定。甚至连否定也不曾流露。一切都浅薄而萎靡。心灵高尚的基里洛夫忍受不了思想的折磨而——开枪自杀了；但是我看得很清楚，他心灵高尚是因为理智不健全。我决不会失去理智，因而决不会对思想相信到他那种程度。我甚至不能以那种精神去研究思想。决不会，我决不会自戕！

我知道，我应该把自己杀了，把自己像可恶的虫豸一样从地面上消灭掉，但我害怕自杀，因为我害怕显得高尚豁达。我知道，这将是又一次欺骗，——在无穷系列的欺骗中的一次最后的欺骗。仅仅为了表演高尚豁达而欺骗自己有什么好处呢？我从来不会有愤怒，也从来不知羞耻为何物，所以也从来不会有绝望。

请原谅，我写了这么多。我醒悟过来了，写这么多是始料不及的。大概写一百页还嫌少，写十行也足够。要请您当"看护"写十行就够了。

我出走后就住在第六站站长家里。我和他是五年前在彼得堡饮酒作乐时结识的。我住在这里没有人知道。来信由他收。附上地址。

尼古拉·斯塔夫罗金

达丽娅·帕夫洛夫娜立即把信拿去给瓦尔瓦拉·彼特罗夫娜看。她看了信，请达莎出去，让她再独自看一遍；但不知为什么很快又把她喊了回去。

"你去吗?"她几乎是怯生生地问道。

"去。"达莎回答。

"收拾一下吧!我们一起去!"

达莎疑惑地看着她。

"我现在还留在这里干什么呢?不是反正一样吗?我也移居乌里,在峡谷过一辈子……放心,我不会妨碍你们的。"

他们迅速着手准备,以便赶上中午的火车。但不到半小时,阿列克谢·叶戈雷奇就从斯克沃列什尼基赶来了。他禀告说,早晨尼古拉·弗谢沃洛多维奇"突然"回来了,乘的早班火车,现在就在斯克沃列什尼基,不过"情况是这样的,少爷对别人的问题不理不睬,走遍了各个房间,然后就把自己反锁在他的一套房间里……"。

"我不顾少爷的命令,决定前来禀报。"阿列克谢·叶戈雷奇补了一句,神色甚为关切。

瓦尔瓦拉·彼特罗夫娜目光犀利地瞅了他一眼,什么也没问。转瞬间轿式四轮马车已经备好。她带着达莎动身了。据说,途中她不断画着十字。

在"他的一套房间里",所有的房门都开着,哪里也见不到尼古拉·弗谢沃洛多维奇。

"该不是在顶层吧,太太?"福穆什卡小心翼翼地说。

值得注意的是,有几个仆人跟着瓦尔瓦拉·彼特罗夫娜进了"他的一套房间";其他仆人都候在大厅里。过去他们从来不敢这样不守规矩。瓦尔瓦拉·彼特罗夫娜看在眼里,没有作声。

他们又上了顶层。那里有三个房间;但是所有的房间里都阒无一人。

"少爷该不是去了那里吧,太太?"有人指指亮间的门。确实,一向锁着的亮间的小门现在开了,敞在那里。那几乎是在屋顶底下,上去要走一道又长又窄而且很陡很陡的木梯。那里也有一个小小的房间。

"我不去那里。他何必爬到那上面去呢？"瓦尔瓦拉·彼特罗夫娜脸色变得煞白，环顾着仆人们。仆人们看着她，默默无言。

瓦尔瓦拉·彼特罗夫娜急忙扑上小木梯；达莎紧随其后；但是她刚走进亮间，就大叫了一声，昏倒在地。

那位乌里州公民就吊在小门后面。小桌上有一张小小的纸片，上面用铅笔写着："谁也别怪，是我自己"。小桌上还放着一把小锤子，一块肥皂和一枚显然是备用的大铁钉。一根结实的细丝绳，看来是预先选中了准备下的，上面油光光地抹了一层肥皂水，尼古拉·弗谢沃洛多维奇就是用这根绳子上吊的。一切都表明是事出故意，而且直至最后一刻神志清醒。

医生们在尸体解剖以后，断然地完全否认是神经错乱致死。

（完）

译后记

    清晨，斯捷潘·特罗菲莫维奇离家出走，秋雨凄迷，"黑幽幽的车辙纵横的古道像一条线在他面前无尽地延伸"，途中他邂逅了贩卖《圣经》的女书商索菲娅·马特韦耶夫娜，一位丈夫在塞瓦斯托波尔战死的"天使"一样纯朴善良的青年妇女。

    斯捷潘·特罗菲莫维奇在病榻上请求索菲娅·马特韦耶夫娜将《新约·路加福音》中关于鬼的故事读给他听，即陀思妥耶夫斯基用作本书卷首题词的那一段。然后是他在弥留之际含义深远的感慨：

    "我的朋友，"斯捷潘·特罗菲莫维奇非常激动地说道，"您要知道，这段奇妙而……不同凡响的文字，是我毕生……在这本书里……难以逾越的障碍，所以这段文字我从童年起就记住了。现在，我有了一个想法；一个比喻。现在我思如泉涌；您要明白，这与我们俄罗斯毫无二致。这群从病人出来，进入猪里去的鬼，就是千百年来，千百年来积聚在我们伟大的、亲爱的病人，我们俄罗斯身上的一切痛疽、一切腐败、一切污浊、一切大鬼小鬼！是的，我历来热爱的俄罗斯。但是上帝的伟大思想和伟大意志荫庇着她，就像荫庇那个被鬼附体的疯子一样，于是这一切鬼，这一切污浊，在病人表皮上腐烂的这一切癣疥之疾都会出来……并且自己请求进入猪里去。很可能已经进入了！这就是我们，我们和那些人，和彼得鲁沙……以及他那一伙，我呢，也许就是第一个，走在头里，于是我们，丧失理智的疯子，从悬崖上跳入大海，全都淹死，我们活该落得这个下场，因为这是我们唯一能做的。但病人将康复，'坐在耶稣脚前'……于是众人都惊讶地看着……亲爱的……您以后会明白的，而现在我太激动了……您以后会明白的……我们会明白的。"

他陷入了谵妄，终于失去知觉…… (689 页)

陀思妥耶夫斯基把这部长篇小说题名为《鬼》，就是源于这段福音故事中所说的"鬼"，并且以这段故事比喻俄罗斯当时的状况和未来，形象地阐释了作家的政治观点和宗教观点。①

《鬼》的人物和情节与当初的一个政治谋杀案有密切关系。提一提这起案件的性质和经过是很有必要的。

一八六九年十一月二十一日，莫斯科近郊彼特罗夫农学院的学生伊万诺夫被杀，弃尸于校园池塘内。此案被迅速侦破。德国报刊把它视为"轰动一时"的新闻。一月二十日柏林各报刊登公告，俄国政府悬赏缉拿该案首犯涅恰耶夫 (1847 —1882)。此案甚至惊动了马克思和恩格斯，他们在批判涅恰耶夫时写道："这些想使一切都成为无定形状态以便在道德领域内也确立无政府状态的，破坏一切的无政府主义者，把资产阶级的不道德品行发展到了登峰造极的地步。"（《马克思恩格斯全集》，第 18 卷，人民出版社 1964 年版，第 472 页）

涅恰耶夫是彼得堡大学旁听生，一八六九年春彼得堡学生运动中的积极分子。逃亡国外后在日内瓦结识了巴枯宁②并接受了他的无政府主义阴谋策略。涅恰耶夫回国后，于一八六九年九月带着建立地下反政府组织的计划来到莫斯科，随身携有巴枯宁签署的"世界革命联盟俄国分部"委任状。涅恰耶夫建立了一系列地下小组（"五人小

---

① 有人把书名译为《群魔》。"群魔"脱胎于四字词组"群魔乱舞"，泛指一群坏人猖狂活动。如此，比喻的深远含义便荡然无存。《群魔》的译者见不及此，势必误导读者。

② 巴枯宁 (1814 —1876)，俄国无政府主义者。1864 年加入第一国际，1872 年被第一国际开除。马克思说："如果说他在理论上一窍不通，那么他在干阴谋勾当方面却是颇为能干的。"（《马克思恩格斯选集》第 4 卷，人民出版社 1972 年版，第 395 —396 页）

组"），并使之联合成为所谓的"人民惩治会"。秘密小组的成员主要是彼特罗夫农学院学生。

涅恰耶夫欺骗秘密小组的成员，说地下组织已遍布俄国各地；使用威胁、恐吓手段，冒用反政府组织秘密中央（其实是无中生有）的权威。他作为无政府主义阴谋家，绝口不谈未来的社会制度，声称这是不值得讨论的"教条主义"问题，号召"到处从事无情的破坏"。涅恰耶夫所奉行的宗旨，是只问目的，不择手段，把一切道德准则置诸脑后，不惜使用刑事犯罪分子。伊万诺夫因拒绝服从涅恰耶夫，打算退出秘密组织而招致杀身之祸。涅恰耶夫以伊万诺夫有可能向当局告密为借口，迫使"人民惩治会"的一些成员参与了这起凶杀案。结果是"人民惩治会"的几乎所有成员都被押上了被告席。涅恰耶夫逃匿国外。

陀思妥耶夫斯基笔下的彼得·斯捷潘诺维奇（彼得鲁沙）便是以涅恰耶夫为原型，是一个自命不凡、寡廉鲜耻的阴谋家，"借革命而发迹"的野心家。

作家在一八七〇年四月六日致迈科夫的信中说："我所写的是一部有倾向性的作品，很想措辞激烈一些（这不，虚无主义者和西欧主义者都在大放厥词，说我是反动分子）。去它的吧，我将畅所欲言。"俄语 нигилизм（虚无主义）的词意之一是指十九世纪六十年代俄国平民知识分子反对农奴制，否定贵族社会传统及其道德准则的思潮。《鬼》就是一部从政治上和道德上抨击"虚无主义"，抨击革命，反对社会主义和无神论思想的论战性长篇小说。在陀思妥耶夫斯基看来，十九世纪四十年代自由派摒弃民族特点，向西欧"学习"是虚无主义及其"涅恰耶夫现象"的发端。小说中斯捷潘·特罗菲莫维奇是一个"鬼"（彼得·斯捷潘诺维奇）的父亲，又是另一个"鬼"尼古拉·斯塔夫罗金的启蒙老师，其源盖出于此。

作家认为，他永远不会成为涅恰耶夫，但在年轻时很可能成为涅恰耶夫分子，"我们彼得拉舍夫斯基派曾站在断头台上听着对我们的判决而无悔"。但他认为那是"年轻时误入歧途"，是在"诱人的学说"影响下所犯的"悲剧性"错误。一八四九年他因参加彼得拉舍夫斯基小组而被逮捕，判处死刑，临刑前才宣布改判四年苦役。在西伯利亚服苦役期间，他的世界观起了变化。他坚信，无神论和社会主义观点，"完全在科学和理性的基础上"建立"没有上帝"的新社会制度的思想，是同俄国人民格格不入的；他颂扬俄国生活方式的"独特根基"，其主要内容在他看来就是正教信仰以及它所宣扬的驯良温顺，甚至通过沙托夫之口宣称，惟有俄罗斯民族才是"神意的载体，将以新上帝之名革新世界、拯救世界……被赐予创造新生活，创造新文化的契机"①。因此书中对屠格涅夫、格拉诺夫斯基和涅克拉索夫，别林斯基和赫尔岑，车尔尼雪夫斯基和皮萨列夫，扎伊采夫和奥加廖夫等人都加以无情的嘲讽。

陀思妥耶夫斯基在攻击革命者和自由主义者的同时，也"揭露"和"谴责"维护现存制度的社会政治力量，即政府官员和上层贵族，认为前者鼠目寸光，无所作为，不善于同"叛逆"作斗争（冯·列姆布克），后者完全脱离俄罗斯民族的根基，容易受到"有害"思想的侵蚀，因而会"姑息"甚至"助长"虚无主义（尤莉娅·米海洛夫娜·列姆布克，在某种程度上还有瓦尔瓦拉·彼特罗夫娜·斯塔夫罗金娜）。

冯·列姆布克是大权在握，然而颠顸惧内的省长，至于他的肆意干政的夫人尤莉娅·米海洛夫娜，安东·拉夫连季耶维奇·格-夫（这部"纪实"故事的讲述者）说道："这个可怜的女人（我很为她惋惜）本来可以得到她所醉心和迷恋的一切（荣誉及其他）而无需采取她下车伊始就着手的那些激烈而有悖常理的行动。可是，也许由于过分耽于幻想，或由于在豆蔻年华长期抑郁、失意，随着命运的转折，她陡然觉得自己似乎负有十分特殊的使命，似乎就是'头上闪着光环'的登基女皇……谁愿投其所好，谁就能达到目的，而投其所好者趋之若鹜。可怜她一下子成了各种势力的玩物。"这夫妻俩被"大学生"，即彼得·斯捷潘诺维奇玩弄于股掌之间，夫人却认为她的

---

① 见本书第 242 页。

"怀柔"政策已经赢得了这个青年的忠诚和崇拜，暗中希冀有一天他会向她揭发一起叛国大阴谋而使彼得堡为之震动；省长对鼻子下面的异动视而不见，竟怀疑他与夫人有染而醋意大发，一幕幕家庭悲喜剧，双双落入阴谋家彀中的可笑亦复可悲的情景和心理活动被表现得淋漓尽致。

《鬼》陆续发表于一八七一至一八七二年的《俄罗斯通报》，一八七三年出单行本。原来在《伊凡王子》之后还有《在季洪那里》一章，是第二部的最后一章，即第九章。连载时已经付排，但由于《俄罗斯通报》的编辑卡特科夫反对而未能付印。①

《鬼》是陀思妥耶夫斯基创作鼎盛时期的主要代表作之一。小说充分表现了作家的艺术才华，心理分析的本领和安排情节的技巧。小说问世后，《圣彼得堡新闻》在一八七三年一月十三日就发表了长篇评论，盛赞斯捷潘·特罗菲莫维奇这一鲜明、生动、真实的典型人物接近于奥涅金②、奥勃洛莫夫③这样的典型。倒霉的市长列姆布克和他的妻子也都是现实主义的色彩鲜明的形象。莉莎·图申娜是作家所塑造的出色的女性形象之一。对她和斯塔夫罗金的爱情的描写展现了作家擅长心理刻画的特点。

一九一三年莫斯科艺术剧院将《鬼》搬上舞台，高尔基曾连续发表文章（《论卡拉马佐夫气质》、《再论卡拉马佐夫气质》）表示抗议，认为演出的社会效果无疑是有害的，因为正好投合了反动势力的口味。苏联时期十卷本的陀思妥耶夫斯基文集是在一九五六至一九五八年才出版的。在此之前虽然他在苏联长期受到冷落，但在国外却受到思想家和文学家持久不衰的关注和推崇。姑且略举数例，以见一斑。

德国哲学家尼采在一八八七年至一八八九年居留尼斯期间曾根据一八八六年巴黎版的法译本作了《鬼》的笔记和摘录。摘录分四个部

---

① 新版全文补译第九章，本文有关这一章的介绍和说明均予以删除。
② 普希金诗体长篇小说《叶甫盖尼·奥涅金》的主人公。
③ 冈察洛夫长篇小说《奥勃洛莫夫》的主人公。

分，第一部分是摘自斯塔夫罗金临死前致达莎的信的若干片断。这些片断是斯塔夫罗金的心理悲剧的真实写照。其他三个部分分别以《关于虚无主义者的心理》、《无神论的逻辑》（主要是涉及基里洛夫的哲学信条）、《作为民族属性的神》（沙托夫及其关于神的观点）为标题。笔记之前冠以拉丁文书名《Bési》。

法国存在主义作家加缪于一九五九年将《鬼》改编为剧本，改编的情况可参阅 Н. П. 苏哈切夫的《法国舞台上的陀思妥耶夫斯基作品》（载《文学遗产》第 86 卷）。

奥地利作家和文艺评论家斯·茨韦格于一九二〇年出版了《三位大师》一书，其中对陀思妥耶夫斯基有一段精彩的论述："狄更斯笔下的主人公所追求的目的是一所处在大自然怀抱中的好看的住房和膝下一群欢乐的孩子，巴尔扎克笔下的主人公追求的是带有贵族爵位的城堡，再加上百万家私……陀思妥耶夫斯基的主人公之中，有谁追求这些呢？一个也没有。他们不想停留在任何地方，甚至也不想停留在幸福之中。他们永远往前奔去……他们对这个世界一无所求……"[1]根据他的构思，"每一个伟大民族"都应通过其"最伟大的小说家"得到表现。[2]

陀思妥耶夫斯基往往醉心于分析荒诞的现象和"病态"的心理，有人称他为"病态的天才"。为什么会这样呢？作家本人给了我们理解他的钥匙，他说：

"有人叫我心理学家：不，我只是最高意义上的现实主义者，也就是说，我描写的是人类心灵深处的一切。"[3]

娄自良

二〇〇〇年十月于上海

---

① 转引自《陀思妥耶夫斯基与世界文学》，弗里德连杰尔著，上海译文出版社 1997 年版，第 357 页。

② 斯·茨韦格：《昨日的世界》，美因河畔法兰克福 1975 年版，第 94 页。

③ 《陀思妥耶夫斯基生平、书信和札记》，彼得堡 1883 年版，第 373 页。

图书在版编目（CIP）数据

鬼/（俄）陀思妥耶夫斯基著；娄自良译. —上海：
上海译文出版社,2015.1（2025.5 重印）
（陀思妥耶夫斯基文集）
ISBN 978 - 7 - 5327 - 6613 - 0

Ⅰ.①鬼… Ⅱ.①陀… ②娄… Ⅲ.①长篇小说—俄
罗斯—近代 Ⅳ.①I512.44

中国版本图书馆 CIP 数据核字（2014）第 096722 号

Ф. М. Достоевский
БЕСЫ

鬼

〔俄〕陀思妥耶夫斯基　著　娄自良　译
责任编辑/吴健平　装帧设计/张志全工作室

上海译文出版社有限公司出版、发行
网址：www.yiwen.com.cn
201101　上海市闵行区号景路 159 弄 B 座
苏州市越洋印刷有限公司印刷

开本 890 ×1240　1/32　印张 23.5　插页 2　字数 504,000
2015 年 1 月第 1 版　2025 年 5 月第 19 次印刷
印数：65,001 — 70,000 册

ISBN 978 - 7 - 5327 - 6613 - 0
定价：86.00 元